논술로 통하는 소설 1

논술로 통하는 소설 1

2005년 11월 17일 초판 발행 | 2008년 7월 15일 4쇄 발행

지은이 김윤식·서경석 | 펴낸이 홍정완 | 펴낸곳 (주)한국문학사 | 편집 이은영·홍주완 | 일러스트 김명호 | 북디자인 연장통 | 마케팅 조정현·박소현 | 출판등록 제16-15호(1979년 8월 3일) | 서울특별시 마포구 염리동 161-3 벤처비지니스센터 별관 5층 | 전화 02-706-8541~3(편집부), 02-706-8545(영업부) | 팩스 02-706-8544
ⓒ 2005, (주)한국문학사 ISBN 89-87527-24-7 44810, 89-87527-23-9 44810(세트) 값 9,800원

『논술로 통하는 소설』 꿰뚫어보기

문학사적인 지식의 습득이나 문학작품의 역사주의적 이해를 벗어나, 인간과 사회에 대해 사유하는 방식을 작품 읽기를 통해 어떻게 배울 것인가 하는 과제에 대한 진지한 고민을 담았을 뿐더러 기존의 여러 이론들을 재분별하고 새로운 해석들을 비판적으로 독해하면서 일구어진 시선들을 아울러 작품 곳곳에 배치함으로써, 대학에서 요구하는 종합적 판단력과 비판적 사고에 접근할 수 있도록 했다.

중·고생들이 반드시 읽어야 할 주요 작품을 중심으로 현대적 감각을 확보한 최근까지 수록하였고, 아울러 각권의 작품 선별과 작품의 배열 및 분류도 논리적으로 접근함으로써 독자가 문학을 체계적으로 이해하고 문학을 통해 논리적으로 사유하고 표현할 수 있는 단계에 이르도록 배려하였다.

'미리읽고 생각열기'는 작품을 읽기 전에 작품해석의 상투성에서 벗어나 인간과 세계를 새롭게 사유해 가는 안목과 방법을 안내함으로써 문학이라는 은유를 통해 확장적으로 사유해 가는 '생각의 지도'를 엿볼 수 있게끔 했다.

'소설의 얼개 뜯어보기'는 작품의 근간을 이루는 뼈대, 즉 소설의 갈래, 주제, 등장인물, 그리고 구성 등을 낱낱이 해부해 보임으로써 소설의 주요맥락을 한눈에 파악할 수 있도록 했다.

각 교과간의 통합적 이해를 중시하는 현행 교육과정을 가장 적확하게 반영한 '통합교과형 작품해설' 형식을 취하고 있다. 각 주 하나하나에 작품 해석에 결정적인 역할을 하는 내용을 담고 있어 비판적·창의적 독해를 가능하게 했다.

작가와 작품을 더 깊숙하고 다양하게 접근하는 데 도움되는 '다채로운 읽을 거리'와 '사진자료들', 그리고 '일러스트' 등을 다양하게 배치하여 작품 읽기의 즐거움을 배가시켰다.

작품 말미에 있는 '언어논술 Q & A' '통합논술 Q & A'는 학교 현장에서 이루어지는 토론학습 및 수행평가시 참고자료로 이용할 수 있을 뿐더러 논술을 준비하는 학생들에게 독창적·창의적·논리적·논술로 나아가는 든든한 디딤돌 역할을 할 것이다. 특히 '통합논술 Q & A'는 작품에서 읽어낼 수 있는 가장 심화된 문제의식에 기반을 두어 출제하였기에 내실 있는 도움을 줄 것이다.

논술로
통하는
소설
1
사랑을
찾아간다

김윤식 · 서경석 지음

㈜한국문학사

책을 펴내며_

'문학을 어떻게 읽고 이해하는가' 하는 것은 문학전공자에게나 독자들, 혹은 현장의 교사들 모두에게 어려운 문제다. 이 책을 꾸미면서 가장 중심에 두었던 생각이 바로 이 문제였다. 문학사적인 지식의 습득이나 문학작품의 역사주의적 이해를 벗어나 인간과 사회에 대해 사유하는 방식을 작품 읽기를 통해 어떻게 배울 것인가 하는 과제는 표피적인 작품 해석으로 간단히 풀리는 것이 아니다. 그 일은 그산 쌓아 온 인간의 인문과학적 인식과도 궤를 같이하는 것이며 언어의 구조물인 작품 속의 언어에 대한 오랜 사유를 통해 비로소 달성되는 것이기도 하기 때문이다. 이 책에서 우리는 이러한 과제를 풀어 보려 노력했다.

문학에 가해진 기왕의 여러 해석들을 분별하고 대학의 연구진들이 최근까지 해 왔던 연구 논문들이 제기한 새로운 해석들을 비판적으로 독해하면서 새롭게 일구어진 시선들을 작품 분석 곳곳에 배치했다. 해석의 상투성을 넘어 작품을 통해 인간과 세계를 새롭게 사유해 가는 안목과 방법을 새겨 넣기 위해 매진했다. 문학이라는 은유를 통해 확장적으로 사유해 가는 '생각의 지도'를 그리려 노력했다. 그리하여 독자들로 하여금 '문학이라는 창을 통해 어떻게, 무엇을 읽을 것인가'라는 과제에 자연스럽게, 그러나 깊이 있게 도달하도록 최선을 다했다. 그리고 이것이 각 대학에서 논술이 요구하는 가장 핵심적인 내용임을 새삼 확인하기에 이르렀다.

『논술로 통하는 소설』시리즈는 전체 5권으로 구성되어 있다. 작품 선별도 그렇거니와 작품의 배열과 분류도 독자가 체계적으로 문학을 이해하고 문학을 통해 논리적으로 사유하고 표현할 수 있는 단계에 이르도록 배려한 바탕에서 이루어진 것이다.

이러한 원칙 하에 '제1권 사랑을 찾아간다', '제2권 예술·철학의 세계로 들어간다', '제3권 나와 가족을 만난다', '제4권 인간을 탐구한다', '제5권 역사·사회현실과 함께한다'로 구분해 보았다. 이 구분들이 물론 뚜렷한 구획선을 가지고 있는 것은 아니지만 문학을 체계적으로 접근하는 나침반 역할을 한다는 점은 분명하다.

이 책의 특징 중의 하나는 각주일 것이다. 이 각주는 일반적으로 붙여지는 각주가 아니다. 각주는 작품의 세목 해석에 익숙하지 않은 학생들을 위해 붙인 것이긴 하지만 각주 하나하나에 작품 해석에 결정적인 역할을 하는 내용들이 소개되어 있다. 이것이 가능한 이유는 필자들이 늘 고민해 왔고 민감하게 검토해 마지않았던 문학에 대한 연구서, 논문들의 총체적인 비판적 독해에 의해 가능했음을 감히 밝히고자 한다.

그리고 '미리읽고 생각열기' '소설의 얼개 뜯어보기' 등은 작품의 근간을 이루는 뼈대와 살을 새로운 각도로 바라보고 분석함으로써 소설에 대한 이해도를 높이는 역할을 할 것이다. 또한 작가나 작품을 더 깊숙하고 다양하게 접근하는 데 도움되는 읽을 거리와 사진자료들, 그리고 일러스트 등을 다양하게 배치해 작품 읽기의 즐거움을 배가시켰다.

또한 작품 말미에 있는 '언어논술 Q & A' '통합논술 Q & A'는 학교 현장에서 이루어지는 토론학습 및 수행평가시 참고자료로 이용할 수 있을 뿐더러 논술을 준비하는 학생들에게 독창적·창의적·논리적 논술로 나아가는 든든한 디딤돌 역할을 할 것이다. 특히 '통합논술 Q & A'는 작품에서 읽어 낼 수 있는 가장 심화된 문제의식에 기반을 두어 출제했기에 내실 있는 도움을 주리라 생각한다.

이 책을 펴내는 데는 한국문학사의 인내심 있는 기다림과 세심하고 정성어린 편집과 기획 과정이 없었으면 불가능했을 것이다. 한국문학사 사장님을 비롯해서 편집진 여러분께 깊이 감사드린다.

2005년 11월, 김윤식

〈제1권, 사랑을 찾아간다〉의 체제와 내용_

동서양을 막론하고 인류 역사가 시작된 이래 사랑은 예술의 가장 중요한 주제가 되어 왔다. 한국 현대소설에서도 예외가 아니다. 최초의 신소설이라 일컫는 「혈의 누」에서도 근대적인 사랑인 자유연애가 구가되고 있으며, 최초의 근대소설이라 하는 「무정」도 남녀의 삼각관계를 다루었다. 그러나 같은 사랑이라고 해도 시대와 계급, 그리고 성별에 따라 다르게 감지된다. 그리고 시각에 따라 여러 형태의 사랑이 등장하기 마련이다. 그렇기 때문에 때에 따라서는 사랑이 세계를 구원할 이상적 원리가 되기도 하지만, 때로는 파멸에 이르는 병이 되기도 한다. 제1권은 이처럼 다양한 사랑을 주제로 한 소설들로 엮어 보았다. 그러나 이러한 계열화는 여기 실린 모든 소설들이 사랑이라는 틀로 남김없이 해석될 수 있음을 의미하는 것은 아니다. 소설을 해석하는 데 있어 하나의 관점만을 고집하는 것은 가장 나쁜 소설 읽기 가운데 하나라고 할 수 있다. 사랑이라는 주제는 여기 실린 소설들을 읽는 한 방식에 불과함을 염두에 둘 필요가 있다.

주요섭의 「사랑 손님과 어머니」는 사회통념상 과부의 재가가 어렵던 시절의 사랑 이야기를 어린아이의 눈으로 관찰하고 있다. 어른들의 사랑은 어떤 시각에서 보면 아름답고 또 어떤 시각에서 보면 불순하기 짝이 없다. 대개 사회적으로 용인되는 사랑이 아름답게 치장되는 반면에 사회적으로 용인되지 못하는 사랑은 '불륜'이나 '치정'과 같이 부정적으로 표상된다. 지금의 시각에서 보면 여성의 재가는 자연스러운 것이지만, 이 소설이 씌어진 당대에는 '불륜'이나 '치정' 같이 부자연스러운 사랑으로 여겨졌다. 그 이유는 여성들의 육체가 정신성 속에 봉인되어야만 아름다운 것으로 표상되었기 때문이다. 소설 속에서 어머니가 기독교라는 정신성 속으로 깊이 들어가 사랑 대신에 어머니로서의 자기 책임감을 내세우는 것으로도 잘 나타나 있다. 그러나 어린아이의 눈으로 보면 이 모든 것이 순수하고 아름답게 보인다. 더군다나 그 사랑이 이루어지지 못하는 것일수록 애틋함은 더욱 깊어진다고 할 수 있다.

김유정의 「동백꽃」은 순수함이라는 관점에 의해 사랑을 본다는 점에서 「사랑 손님과 어머니」와 통한다. 사랑을 알지 못하는 주인공이 점순이의 적극적인 구애에 사랑을 깨달아 가는 모습 때문에 일종의 성장 소설로도 읽을 수 있다. 이 소설을 계급적인 관점에서 마름과 소작인의 자녀들 사이에 벌어지는 일로 읽을 수도 있지만, 그러한 계급 관계가 두 사람의 사랑을 막지는 못한다. 따라서 이러한 사랑의 감정은 동백꽃이라는 봄의 정경과 더불어 읽는 이로 하여금 풋풋한 느낌을 가지게 한다. 더군다나 김유정 특유의 농촌과 농촌 생활에 대한 묘사는 생명력으로 충만되어 있다고 할 수 있을 것이다. 이러한 건강한 생명력은 청소년 주인공을 설정한 것과 무관하지 않은데, 김유정이 사랑을 바라보는 관점은 토속적 서정주의라고 부를 수 있을 것이다.

주요섭과 김유정의 소설이 순수한 사랑을 보여 주었다면, 나도향의 「물레방아」는 치정에 얽힌 사랑을 보여 주고 있다. 이 소설에는 농촌의 궁핍, 하층민 문제, 돈의 문제 등이 다루어져 있어 계급주의 사상의 영향을 짐작할 수 있다. 그러나 그러한 소재를 취급하는 방법은 계급적이라기보다 성적 욕망의 문제로서 처리되고 있다. 이 소설은 서양소설인 「카르멘」, 「마농레스꼬」처럼 요부형 여인을 주인공으로 등장시킴으로써 이 문제를 제기한다. 표독하고, 남성을 이용대상으로밖에 알지 못하지만, 독버섯처럼 아름답기에 그 매력에 빠져들 수밖에 없는 그런 여인형은 한국 소설사에서는 처음 등장하는 것이다.

사랑을 성적 욕망의 문제로 파악하는 점에서 이효석의 「돈」은 나도향의 소설들과 같은 계열에 놓여 있다. 그러나 「돈」은 「물레방아」처럼 요부형 여인이 등장하지도 않고, 치정 문제도 등장하지 않는다. 「물레방아」가 성적 욕망을 부정적이면서도 매력적인 것으로 그렸다면, 「돈」은 오로지 매력적인 것으로서 성애를 다룬다. 그것은 인간과 자연을 동일시함으로써 가능해지는데, 이 소설에서 돼지와 같은 동물과 인간의 성은 분간되지 않는다. 그렇기 때문에 주인공 식이는 나이가 덜 차 아직은 씨를 붙일 수 없는 돼지를 보며 분이의 자태를 연상한다. 이러한 자연적 본능에 충실하려는 삶을 옹호하는 관점은 일종의 원시주의, 즉 원초적 생명에 대한 예찬이라고 볼 수 있다.

오영수의 「갯마을」은 엄밀하게 따지자면 사랑 이야기가 중심이 아니다. 오히려 운명과 원형적 삶의 건강성이 주제라 할 수 있는데, 이러한 주제가 구현되는 한 요건으로서 사랑이 개입하고 있다고 할 수 있다. 해순이라는 주인공의 사랑을 방해하는 것은 사회적인 힘이 아니라, 운명이라고 부를 수 있는 초월적인 것이다. 따라서 사회나 역사는 거기에 끼어들 자격을 얻지 못하고, 대신 거기에는 원형 관념만이 남는다. 원형 관념의 삶은 자꾸 반복되며 그것은 생의 리듬을 이룬다. 생활을 원형으로까지 끌어올린 점에 「갯마을」의 특징이 있다고 할 수 있을 것이다.

이에 비해 「낙동강」에서의 사랑은 사회적인 사랑이다. 여기서도 사랑은 중심적인 주제가 되지 못한다. 사회주의적 투쟁이 이 소설의 주제라 할 수 있는데, 이 과정에서 사랑은 독립변수가 아니라 종속변수로 등장한다. 그렇기에 「낙동강」의 사랑은 혁명으로 이르는 한 과정에 불과하다. 그것도 이성적 대상에 대한 감정이라기보다, 이상사회라는 목적에 이르는 가장 바람직한 동지적인 결합이라는 목적의식적 사랑이 전면에 드러나고 있다. 여기에서는 개인의 감정이나 욕망은 뒷전으로 밀린 채 고도의 정신성만이 사랑의 덕목으로 강조되고 있다.

송병수의 「쑈리 킴」은 전쟁고아를 등장시켜서 전쟁의 비극을 부각시킨 소설이다. 한국 민족의 수난사라고 할 수 있는 이 소설에서 유일하게 긍정적으로 묘사되고 있는 것은 쑈리 킴과 따링 누나 사이의 사랑이다. 이것은 남녀관계에서 벌어지는 에로스적 사랑이라기보다, 소외된 자들 사이의 연대감이라고 할 수 있는 사랑이다. 이러한 사랑은 원래 가족들 간의 관계로 드러나야 하지만, 고아인 두 인물은 가족을 대신해 서로에게 애정을 주고 있기 때문에 가족애라고도 할 수 있을 것이다.

김승옥의 「무진기행」에서 무진은 과거의 부끄러움과 병과 가난과 그리고 무엇보다도, 순수하므로 속된 현실과 어울릴 수 없는 데서 오는 외로움 때문에 혼자 미쳐 가는 젊은 영혼의 몸부림을 표상하는 상징적 공간이다. 젊은 혼의 순수는 그러나 자욱한 안개가 뜻하듯 중심도 방향도 상실하고 부유할 뿐 현실에 뿌리내리지 못하고 있으니 지속될 수 없다. 내심으로는 부정하는 전보 속 세계, 돈이 지배하는 물신의 세계와 타협하는 주인공의 마지막 결단은 이 같은 환상의 허망함을 의미한다. 이러한 세계 속에서는 사랑마저 물신화되어 있고, 진정한 사랑은 환상의 영역에 속한다고 할 수 있다.

오정희의 「중국인 거리」는 월남한 가족이 6·25를 겪고 항구도시 인천에 뿌리내리는 과정을 어린 소녀 '나'의 눈으로 그리고 있는 작품이다. 월남민의 불안정성, 여기에 전쟁까지 덮쳤으니 '나'의 안팎은 온통 동요하고 있다. 세계와 자아의 불안정성을 이에 대응하는 모호한 이미지의 비유로 그려 내고 있는 것이다. 언뜻 보면 이 같은 동요를 거쳐 세계에 눈떠 가는 과정을 그린 것처럼 생각되기도 하지만 자아와 세계의 단절에 대한 확인이 작품의 주제다. 그렇기 때문에 이 소설에서 주인공은 성장하지 않고, 무시간성의 세계 속에 놓여 있으며 이러한 무시간성 속에서 사랑은 뒤틀려 등장한다.

강신재의 「젊은 느티나무」는 젊은이들의 순수한 사랑을 그린 작품이다. 사랑을 순수한 것으로 본다는 점에서 「사랑 손님과 어머니」나 「동백꽃」과 상통한다고 볼 수 있다. 그러나 이 소설은 위의 두 작품이 한국적이고 토속적인 감각에 호소함에 비해 서구적 감수성에 호소한다는 점에서 크게 구별된다. 더군다나 여성적 문체는 소설 속에 묘사되는 사랑을 더욱 감각적으로 만들어 낸다. 세밀한 내면 묘사와 사물을 통해 분위기를 만들어 가는 수법은 여성 작가가 아니고서는 도저히 해 낼 수 없는 것이라 할 수 있다. 그러나 이 소설을 페미니즘 소설이라고 보기는 어렵고 단지 여성적 성격이 드러난 여성 작가의 소설이라고 할 수밖에 없을 것이다.

이에 비해 김재원의 「겨울의 환」은 여성성을 분명하게 내세우고 있다. 이 작품은 세 여인의 갈등 속에서 자궁을 가진 여성으로서의 숙명감, 여성으로서 결연히 인생과 맞서야 하는 숙명을 그리고 있다. 특히 내면 심리를 '내면에 의한 독백'에 따라 서술하고 있는데, 이러한 '내면에 의한 독백'은 버지니아 울프의 소설에서 볼 수 있듯이 여성적 글쓰기의 대표적 방법이라 할 수 있다. 이 점은 1990년대 신경숙 등의 여성 작가의 소설로까지 이어진다.

양귀자의 「한계령」은 소시민의 인생사를 그리고 있어 일반적 남녀간의 사랑이라는 주제와는 다소 동떨어져 있다. 주인공의 어릴 적 친구였던 미화와 주인공의 오빠는 1970~80년대 한국사회를 살아온 소시민의 대표격이라 할 수 있다. 그들의 고단한 삶은 이제야 보상을 받기 시작하고 있지만, 그들에게 더 이상 나아갈 길은 보이지 않는다. 제목인 한계령처럼 이제는 내리막길만 남은 소시민의 인생을 따뜻한 눈길로 바라볼 수 있는 것은 작가가 이들에게 보내는 애정 때문이라 할 수 있다. 그러기에 그들을 감싸 안으면서 위로하는 것을 주요 과제로 삼은 소설 쓰기를 사랑이라 하지 않을 수 없는 것이다.

위에서 보았듯이 때로는 사랑의 불가능성, 혹은 사랑의 목적성을 드러내기까지 하지만, 제1권의 소설들은 어떤 방식으로든 전면에서, 그리고 후면에서 사랑을 그리고 있다. 소설 속에서 어떤 사랑을 읽어 내는가, 그리고 사랑을 어떻게 바라볼 것인가는 독자들의 몫이다.

2005년 11월, 서경석

사랑 손님과 어머니

주요섭

1902~1972 | 평양에서 출생 1921년 「매일신보」에 「깨어진 항아리」가 입선하여 등단 1927년 상해 호강대학 졸업 1935년 「조광」에 「사랑 손님과 어머니」 발표

그 밖에 주요 작품으로 「인력거꾼」 「아네모네의 마담」 「북소리 두둥둥」 등이 있음

주요섭은 시인 주요한의 동생으로 「추운 밤」(1921)을 『개벽』에 발표함으로써 문단에 등단했다. 그의 단편 「인력거꾼」(1925)은 당시 하층계급을 대상으로 한 것이어서 신경향파 문학의 하나로 평가받기도 했다. 장편에는 「망국노 군상」(1956)이 있다.

「사랑 손님과 어머니」는 「아네모네의 마담」과 함께 그의 대표작이다. 이 두 작품은 같은 계열에 속한다. 1930년대 한국 소설 가운데 이 작품들이 이채롭게 받아들여지는 이유는 도시 문명의 감각적 수용 때문이다. 1930년대 서울 거리의 카페나 다방이란 음악, 술, 여인, 그리고 예술의 분위기를 연출한다. 마담과 미완성 교향곡, 그리고 망토를 두른 대학생이 모여드는 안식처의 감각적 처리가 「아네모네의 마담」이다. 이는 이상(李箱)의 작품에서 보이는 도시의 파멸적 요소와는 다르다. 그런데 이 「아네모네의 마담」보다 더욱 산뜻한 작품이 바로 「사랑 손님과 어머니」이다.

미묘한 감정의 흐름이 아무런 줄거리나 사건 없이 생생하게 포착된 이 작품에서 우리는 1930년대 소설이 감각이나 정서 묘사에 어느 정도 세련성을 확보했음을 확인할 수 있다. 당시 나란히 발표된 이효석의 작품 「돈(豚)」에서의 성적 표현, 김유정의 소설 속에서 보이는 토속적인 유머 등이 감각이나 정서의 세련성과는 거리가 멀었다는 점을 고려한다면, 이 「사랑 손님과 어머니」의 가치가 새삼 느껴질 것이다.

소설의 얼개 뜯어보기

갈래 __ 단편 소설 | 주제 __ 과부와 죽은 남편 친구 사이에 오가는 애틋한 감정 | 배경 __ 예배당과 유치원과 학교가 있는 어느 조그만 마을 | 시점 __ 1인칭 관찰자 시점 | 등장인물 __ 나(박옥희) __ 이 작품의 화자로 여섯 살 난 소녀. 아저씨와 어머니 사이에 일어나는 일들을 천진난만한 시선으로 이야기한다. 어머니 __ 남편과 일찍 사별하고 한때 사랑 손님에게 마음을 빼앗기나 재혼하지 않을 것을 결심한다. 사랑 손님 __ 남편의 옛 친구. 마을 학교의 교사로 부임하게 되어, '나'의 집에서 하숙한다. | 구성 __ 발단 __ 어머니, 작은외삼촌과 함께 사는 '나'의 집에 어느 날 큰외삼촌이 한 아저씨를 데리고 온다. 전개 __ '나'는 아저씨와 친하게 지내며 어머니도 아저씨가 좋아한다는 달걀을 늘 밥상 위에 올린다. 위기 __ 어느 날, '나'는 어머니에게 화가 나서 벽장 속에 숨었다가 잠이 들어 집안에 난리가 난다. 미안해진 '나'는 유치원에서 가져온 꽃을 아저씨가 준 꽃이라고 속이며 어머니에게 드린다. 그날 밤 어머니는 갈등에 빠진다. 절정 __ 아저씨는 어머니에게 떠나겠다는 편지를 써 보내고, 어머니는 아버지가 살았을 때 입었던 하얀 옷을 꺼내 만지작거린다. 대단원 __ 아저씨는 떠나고 우리의 생활은 원상태로 돌아간다.

1

나는 금년 여섯 살 난 처녀애입니다.[1] 내 이름은 박옥희이구요. 우리 집 식구라고는 세상에서 제일 이쁜 우리 어머니와 단 두 식구뿐이랍니다. 아차 큰일났군, 외삼촌을 빼놓을 뻔했으니.

지금 중학교에 다니는 외삼촌은 어디를 그렇게 싸돌아다니는지 집에는 끼니때나 외에는 별로 붙어 있지를 않으니까 어떤 때는 한 주일씩 가도 외삼촌 코빼기도 못 보는 때가 많으니까요, 깜빡 잊어버리기도 예사지요, 무얼.

우리 어머니는, 그야말로 세상에서 둘도 없이 곱게 생긴 우리 어머니는, 금년 나이 스물네 살인데 과부랍니다. 과부가 무엇인지 나는 잘 몰라도 하여튼 동리 사람들은 날더러 '과부딸'이라고들 부르니까 우리 어머니가 과부인 줄을 알지요. 남들은 다 아버지가 있는데 나만은 아버지가 없지요. 아버지가 없다고 아마 '과부딸'이라나 봐요.[2]

2

외할머니 말씀을 들으면[3] 우리 아버지는 내가 이 세상에 나오기 한 달 전에 돌아가셨대요. 우리 어머니하고 결혼한 지는 일 년 만이고요. 우리 아버지의 본집은 어디 멀리 있는데, 마침 이 동리 학교에 교사로 오게 되기 때문에 결혼 후에도 우리 어머니는 시집으로 가지 않고 여기 이 집을 사고 (바로 이 집은 우리 외할머니 댁 옆집이지요) 여기서 살다가 일 년이 못 되어 갑자기 돌아가셨대요. 내가 세상에 나오기도 전에 아버지는 돌아가셨다니까 나는 아버지 얼굴도 못 뵈었지요. 그러기에 아무리 생각해 보아도 아버지 생각은 안 나요. 아버지 사진이라는 사진은 나두 한두 번 보았지요. 참말로 훌륭한 얼굴이야요. 아버지가 살아 계시다면 참말로 이 세상에서 제일가는 잘난 아버지일 거야요. 그런 아버지를 보지도 못한 것은 참으로 분한 일이야요. 그 사진도 본

1) 이 작품은 어린 소녀인 '나'의 눈으로 관찰하여 '나'의 입으로 이야기된 것이다. 따라서 이지적이거나 분석적이라기보다는 감각적으로 대상이 관찰되며, '했어요' '그랬대요' 등의 용언에서 확인되듯이 어린 소녀의 어법이 구사되어 호소력을 더하고 있다.

2) 아버지가 죽었다는 내용을 이렇게 간접적으로 표현하여 산뜻한 뉘앙스를 풍긴다. 이는 어린 소녀 시점의 활용에 의해서 비로소 가능하다.

3) 1인칭 어린이 관찰자 시점이 한계를 극복하기 위해 객관적인 사실을 전언의 형태로 독자들에게 전달하기 위한 장치다.

18

지가 퍽 오래되었는데, 이전에는 그 사진을 늘 어머니 책상 위에 놓아 두시더니 외할머니가 오시면 오실 때마다 그 사진을 치우라고 늘 말씀하셨는데, 지금은 그 사진이 어디 있는지 없어졌어요. 언젠가 한번 어머니가 나 없는 동안에 몰래 장롱 속에서 무엇을 꺼내 보시다가 내가 들어오니까 얼른 장롱 속에 감추는 것을 내가 보았는데, 그것이 아마 아버지 사진인 것 같았어요.

아버지가 돌아가시기 전에 우리가 먹고살 것을 남겨 놓고 가셨대요. 작년 여름에, 아니로군, 가을이 다 되어서군요. 하루는 어머니를 따라서 저 여기서 한 십 리나 가서 조그만 산이 있는 데를 가서 거기서 밤도 따먹고 또 그 산밑에 초가집에 가서 닭고깃국을 먹고 왔는데, 거기 있는 땅이 우리 땅이래요. 거기서 나는 추수로 밥이나 굶지 않게 된다고요. 그래도 반찬 사고 과자 사고 할 돈은 없대요. 그래서 어머니가 다른 사람의 바느질을 맡아서 해주지요. 바느질을 해서 돈을 벌어서 그걸로 청어도 사고 달걀도 사고 또 내가 먹을 사탕도 사고 한다고요.

그리고 우리 집 정말 식구는 어머니와 나와 단둘뿐인데 아버님이 계시던 사랑방이 비어 있으니까 그 방도 쓸 겸 또 어머니의 잔심부름도 좀 해줄 겸 해서 우리 외삼촌이 사랑방에 와 있게 되었대요.[4]

3

금년 봄에는 나를 유치원에 보내 준다고 해서 나는 너무나 좋아서 동무 아이들한테 실컷 자랑을 하고 나서 집으로 들어오노라니까 사랑에서 큰외삼촌이 (우리 집 사랑에 와 있는 외삼촌의 형님 말이야요) 웬 낯선 사람 하나와 앉아서 이야기를 하고 있었습니다. 큰외삼촌이 나를 보더니 '옥희야' 하고 부르겠지요.

"옥희야, 이리 온. 와서 이 아저씨께 인사드려라."

나는 어째 부끄러워서 비슬비슬하니까, 그 낯선 손님이,

4) 1장의 식구 소개에 이어, 식구들의 생활 방도며, 왜 세 사람만이 살게 되었으며, 각자의 생각이 어떠한지가 소녀의 말속에서 거의 완벽하게 설명되었다. 관찰자인 이 소녀는 남의 말이나 직접 본 장면을 그대로 옮기는 어법을 구사하고 있는데 바로 그 직접성을 매개로 하여 독자들은 생생한 현장감을 느낄 뿐 아니라, 정황을 '추측'하여 집안 사정을 전체적으로 떠올릴 수 있게 된다.

"아, 그 애기 참 곱다. 자네 조카딸인가?"

하고 큰외삼촌더러 묻겠지요. 그러니까 외삼촌은,

"응, 내 누이의 딸…… 경선군의 유복녀 외딸일세."

하고 대답합니다.

"옥희야, 이리 온, 응! 그 눈은 꼭 아버지를 닮았네그려."

하고 낯선 손님이 말합니다.

"자, 옥희야, 커단 처녀가 왜 저 모양이야. 어서 와서 이 아저씨께 인사해여. 너의 아버지의 옛날 친구신데 오늘부터 이 사랑에 계실 텐데 인사 여쭙고 친해 두어야지."

나는 이 낯선 손님이 사랑방에 계시게 된다는 말을 듣고 갑자기 즐거워졌습니다.[5] 그래서 그 아저씨 앞에 가서 사붓이 절을 하고는 그만 안마당으로 뛰어들어왔지요. 그 낯선 아저씨와 큰외삼촌은 소리를 내서 크게 웃더군요.

나는 안방으로 들어오는 나름으로 어머니를 붙들고,

"엄마, 사랑방에 큰삼춘이 아저씨를 하나 데리구 왔는데에, 그 아저씨가아, 이제 사랑에 있는대."

하고 법석을 하니까,

"응, 그래."

하고 어머니는 벌써 안다는 듯이 대수롭잖게 대답을 하더군요. 그래서 나는,

"언제부텀 와 있나?"

하고 물으니까,

"오늘부텀."

"에구 좋아."

하고 내가 손뼉을 치니까 어머니는 내 손을 꼭 붙잡으면서,

"왜 이리 수선이야."

"그럼 작은외삼춘은 어디루 가나?"

"외삼춘두 사랑에 계시지."

"그럼 둘이 있나?"

"응."

5) 어린 화자이기 때문에 아저씨가 집에 있게 된다는 사실에 '즐거워'할 수 있다. 이 순간됨으로 인해 아무런 악의나 스스럼없이 이 작품에서 아저씨와 어머니의 관계가 묘사될 수 있다.

"한방에 둘이 있어?"

"왜, 장지문⁶⁾ 달구 외삼춘은 아랫방에 계시구 그 아저씨는 윗방에 계시구, 그러지."

영화 「사랑방 손님과 어머니」의 한 장면

4

나는 그 아저씨가 어떠한 사람인지는 몰랐으나 첫날부터 내게는 퍽 고맙게 굴고 나도 그 아저씨가 꼭 마음에 들었어요. 어른들이 저희끼리 말하는 것을 들으니까 그 아저씨는 돌아가신 우리 아버지와 어렸을 적 친구라고요. 어디 먼데 가서 공부를 하다가 요새 돌아왔는데, 우리 동리 학교 교사로 오게 되었대요. 또 우리 큰외삼촌과도 동무인데, 이 동리에는 하숙도 별로 깨끗한 곳이 없고 해서 우리 사랑으로 와 계시게 되었다고요. 또 우리도 그 아저씨한테서 밥값을 받으면 살림에 보탬도 좀 되고 한다고요.

그 아저씨는 그림책들이 얼마든지 있어요. 내가 사랑방으로 나가면 그 아저씨는 나를 무릎에 앉히고 그림책들을 보여 줍니다. 또 가끔 과자도 주고요.

어느 날은 점심을 먹고 이내 살그머니 사랑에 나가 보니까 아저씨는 그때에야 점심을 잡수셔요. 그래 가만히 앉아서 점심 잡숫는 걸 구경하고 있노라니까, 아저씨가,

"옥희는 어떤 반찬을 제일 좋아하누?"

하고 묻겠지요. 그래 삶은 달걀을 좋아한다고 했더니 마침 상에 놓인 삶은 달걀을 한 알 집어 주면서 나더러 먹으라고 합니다. 나는 그 달걀을 벗겨 먹으면서,

"아저씨는 무슨 반찬이 제일 맛나우?"

하고 물으니까, 그는 한참이나 빙그레 웃고 있더니,

"나두 삶은 달걀."⁷⁾

하겠지요. 나는 좋아서 손뼉을 짤깍짤깍 치고,

6) 지게문에 장지를 덧 들인 문.

7) 달걀이란 소품이 등 장한다. 이것은 옥희와 아저씨를 맺는 끈이자 아저씨와 어머니의 감 정을 연결시키는 역할 을 한다.

“아, 나와 같네. 그럼, 가서 어머니한테 알려야지.”

하면서 일어서니까, 아저씨가 꼭 붙들면서,

“그러지 말어.”

그러시겠지요. 그래도 나는 한번 맘을 먹은 다음엔 꼭 그대로 하고야 마는 성미지요. 그래 안마당으로 뛰쳐 들어가면서,

“엄마, 엄마, 사랑 아저씨두 나처럼 삶은 달걀을 제일 좋아한대.”

하고 소리를 질렀지요.

“떠들지 말어.”

하고 어머니는 눈을 흘기십니다.

영화 「사랑방 손님과 어머니」 포스터

그러나 사랑 아저씨가 달걀을 좋아하는 것이 내게는 썩 좋게 되었어요. 그것은 그 다음부터는 어머니가 달걀을 많이씩 사게 되었으니까요. 달걀 장수 노친네가 오면 한꺼번에 열 알도 사고 스무 알도 사고 그래선 두고두고 삶아서 아저씨 상에도 놓고 또 으레 나도 한 알씩 주고 그래요. 그뿐만 아니라 아저씨한테 놀러 나가면 가끔 아저씨가 책상 서랍 속에서 달걀을 한두 알 꺼내서 먹으라고 주지요. 그래 그담부터는 나는 아주 실컷 달걀을 많이 먹었어요.

나는 아저씨가 아주 좋았어요. 마는 외삼촌은 가끔 툴툴하는 때가 있었어요. 아마 아저씨가 마음에 안 드나 봐요. 아니, 그것보다도 아저씨 상 심부름을 꼭 외삼촌이 하게 되니까 그것이 싫어서 그러나 봐요. 한번은 어머니와 외삼촌이 말다툼하는 것까지 내가 들었어요. 어머니가,

“야, 또 어디 나가지 말구 사랑에 있다가 선생님 들어오시거든 상 내가야지.”

하고 말씀하시니까, 외삼촌은 얼굴을 찡그리면서,

“제길, 남 어디 좀 볼일이 있는 날은 으레 끼니때에 안 들어오고 늦어지니……”

하고 툴툴하겠지요. 그러니까 어머니는,

“그러니 어짜갔니? 너밖에 사랑 출입할 사람이 어디 있니?”

“누님이 좀 상 들구 나가구려. 요새 세상에 내외합니까!”

어머니는 갑자기 얼굴이 발개지시고 아무 대답도 없이 그냥 외삼촌에게 향하여 눈을 흘기셨습니다.

그러니까 외삼촌은 흥흥 웃으면서[8] 사랑으로 나갔지요.

5

나는 유치원에 가서 창가[9]도 배우고 댄스도 배우고 하였습니다. 유치원 여자 선생님이 풍금을 아주 썩 잘 타요. 그런데 우리 유치원에 있는 풍금은 우리 예배당에 있는 풍금과는 아주 다른데, 퍽 조그마한 것이지마는 소리는 썩 좋아요. 그런데 우리 집 윗간에도 유치원 풍금과 꼭 같이 생긴 것이 놓여 있는 것이 갑자기 생각이 났어요. 그래 그날 나는 집으로 오는 길로 어머니를 끌고 윗간으로 가서,

"엄마, 이거 풍금 아니우?"[10]

하고 물으니까, 어머니는 빙그레 웃으시면서,

"그렇단다. 그건 어찌 알았니?"

"우리 유치원에 있는 풍금이 이것과 꼭 같은데 무얼. 그럼 엄마두 풍금 탈줄[11] 아우?"

하고 나는 다시 물었습니다. 그것은 내가 이때껏 한 번도 어머니가 이 풍금 앞에 앉은 것을 본 일이 없기 때문입니다.

어머니는 아무 대답도 아니하십니다.

"엄마, 이 풍금 좀 타 봐!"

하고 재촉하니까, 어머니 얼굴은 약간 흐려지면서,

"그 풍금은 너의 아버지가 날 사다 주신 거란다. 너의 아버지 돌아가신 후에는 그 풍금은 이때까지 뚜껑두 한 번 안 열어 보았다……."

이렇게 말씀하시는 어머니 얼굴을 보니까 금방 또 울음보가 터질 것만 같이 보여서 나는 그만,

"엄마, 나 사탕 주어."

하면서 아랫방으로 끌고 내려왔습니다.

8) 이 외삼촌은 아저씨와 어머니의 감정에 대해 의식할 수 있는 연령의 사람이다. 이것이 그를 웃게 만드는데, 아저씨가 이 외삼촌만 집에 들어오면 옥희를 안아 주지 않게 되는 이유도 여기에 있다.

9) ①개화기에 잠시 유행했던 문학 장르의 한 가지. 대개 7·5조 등의 정형에, 애국·독립 정신 등을 담아, 서양식 곡을 붙여 노래하던 것. ② '학교에서 배운 신식 노래'를 이전에 이르던 말. ③곡조에 맞추어 노래부름, 또는 그 노래. 여기서는 ②의 의미이며, 이런 용어 사용을 통해 시대배경을 알 수 있다.

10) 어머니의 감정 상태를 표현해 주는 소품으로 '풍금'이 등장한다. 이 풍금은 죽은 아버지를 연상시키는 물건이어서, 풍금과 어머니의 거리가 바로 아버지에 대한 어머니의 마음의 거리다.

11) '어떤 악기를 연주하다'는 의미의 동사는 악기의 종류에 따라서 다르다. 활로 연주하는 현악기(바이올린, 첼로)는 '켜다', 손으로 퉁기는 현악기(가야금, 하프)는 '타다', 관악기(플루트, 클라리넷)는 '불다', 타악기(팀파니, 북)는 '두드리다', 건반악기(피아노, 오르간)는 '치다'다. 여기 나오는 풍금(오르간)은 '치다'가 맞으나, 예전에는 '타다'라는 동사를 사용했다. 지금의 용어법과 다르다는 점에 주의할 필요가 있다.

아저씨가 사랑방에 와 계신 지 벌써 여러 밤을 잔 뒤입니다. 아마 한 달이나 되었지요. 나는 거의 매일 아저씨 방에 놀러 갔습니다. 어머니는 나더러 그렇게 가서 귀찮게 굴면 못쓴다고 가끔 꾸지람을 하시지만 정말인즉 나는 조금도 아저씨를 귀찮게 굴지는 않았습니다. 도리어 아저씨가 나를 귀찮게 굴었지요.

"옥희 눈은 아버지를 닮았다. 고 고운 코는 아마 어머니를 닮았지, 고 입하고! 응, 그러냐, 안 그러냐? 어머니도 옥희처럼 곱지, 응?"

이렇게 여러 가지로 물을 적도 있었습니다. 그래서 나는,

"아저씨, 입때 우리 엄마 못 봤수?"

하고 물었더니, 아저씨는 잠잠합니다. 그래 나는,

"우리 엄마 보러 들어갈까?"

하면서 아저씨 소매를 잡아 당겼더니, 아저씨는 펄쩍 뛰면서,

"아니, 아니, 안 돼. 난 지금 분주해서."

하면서 나를 잡아 끌었습니다. 그러나 정말로는 무슨 그리 분주하지도 않은 모양이었어요. 그러기에 나더러 가란 말도 않고 그냥 나를 붙들고 앉아서 머리도 쓰다듬어 주고 뺨에 입도 맞추고 하면서,

"요 저구리 누가 해주지? ……밤에 엄마하구 한자리에서 자니?"

라는 둥 쓸데없는 말을 자꾸만 물었지요!

그러나 웬일인지 나를 그렇게도 귀애해 주던 아저씨도 아랫방에 외삼촌이 들어오면 갑자기 태도가 달라지지요. 이것저것 묻지도 않고 나를 꼭 껴안지도 않고 점잖게 앉아서 그림책이나 보여 주고 그러지요. 아마 아저씨가 우리 외삼촌을 무서워하나 봐요.

하여튼 어머니는 나더러 너무 아저씨를 귀찮게 한다고 어떤 때는 저녁 먹고 나서 나를 꼭 방안에 가두어 두고 못 나가게 하는 때도 더러 있었습니다. 그러나 조금 있다가 어머니가 바느질에 정신이 팔리어서 골똘하고 있을 때 몰래 가만히 일어나서 나오지요. 그런 때에는 어머니는 내가 문 여는 소리를 듣고야 퍼뜩 정신을 차려서 쫓아와 나를 붙들지요. 그러나 그런 때는 어머니는 골

은 아니 내시고,

"이리 온, 이리 와서 머리 빗고……."

하고 끌어다가 머리를 다시 곱게 땋아 주시지요.

"머리를 곱게 땋고 가야지. 그렇게 되는대루 하구 가문 아저씨가 숭보시지[12]
않니?"

하시면서, 또 어떤 때에는 머리를 다 땋아 주시고는,

"응, 저구리가 이게 무어냐?"

하시면서 새 저고리를 내어주시는 때도 있었습니다.[13]

7

어떤 토요일 오후였습니다. 아저씨는 나더러 뒷동산에 올라가자고 하셨습니다. 나는 너무나 좋아서 가자고 그러니까, 아저씨가,

"들어가서 어머님께 허락 맡고 온."

하십니다. 참 그렇습니다. 나는 뛰쳐 들어가서 어머니께 허락을 맡았습니다. 어머니는 내 얼굴을 다시 세수시켜 주고 머리도 다시 땋고 그리고 나서는 나를 아스러지도록 한번 몹시 껴안았다가 놓아 주었습니다.

"너무 오래 있지 말고, 응."

하고 어머니는 크게 소리치셨습니다. 아마 사랑 아저씨도 그 소리를 들었을 거야요.

뒷동산에 올라가서는 정거장을 한참 내려다보았으나 기차는 안 지나갔습니다. 나는 풀잎을 쭉쭉 뽑아 보기도 하고 땅에 누운 아저씨의 다리를 가서 꼬집어 보기도 하면서 놀았습니다. 한참 후에 아저씨가 손목을 잡고 내려오는데 유치원 동무들을 만났습니다.

"옥희가 아빠하구 어디 갔다 온다, 응."

하고 한 동무가 말하였습니다. 그 아이는 우리 아버지가 돌아가신 줄을 모

12) '숭보다'는 '흉보다'의 사투리다. 'ㅎ'이 단어 맨 앞에 올 때 'ㅅ'으로 바뀌는 방언의 형태는 전국적으로 분포되어 있다. '힘→심', '형(兄)님→성님' 등이 대표적인 예다.

13) 옥희의 곱게 땋은 머리나 새 저고리는 아저씨에게 비쳐진 어머니의 모습임이 암시된다. 옥희의 곱게 꾸며진 모습도 아저씨와 어머니의 관계를 측정할 수 있는 척도다.

르는 아이였습니다. 나는 얼굴이 빨개졌습니다. 그때 나는 얼마나 이 아저씨가 정말 우리 아버지였더라면 하고 생각했는지 모릅니다. 나는 정말로 한 번만이라도,

"아빠!"

하고 불러 보고 싶었습니다. 그리고 그날 그렇게 아저씨하고 손목을 잡고 골목골목을 지나오는 것이 어찌도 재미가 좋았는지요.

나는 대문까지 와서,

"난 아저씨가 우리 아빠래문 좋겠다."

하고 불쑥 말했습니다. 그랬더니 아저씨는 얼굴이 홍당무처럼 빨개져서 나를 몹시 흔들면서,

"그런 소리 하문 못써."

하고 말하는데 그 목소리가 몹시 떨렸습니다.[14] 나는 아저씨가 몹시 성이 난 것처럼 보여서 아무 말도 못하고 안으로 뛰어들어갔습니다. 어머니가,

"어디까지 갔던?"

하고 나와 안으며 묻는데, 나는 대답도 못하고 그만 훌쩍훌쩍 울었습니다. 어머니는 놀라서,

"옥희야, 왜 그러니? 응?"

하고 자꾸만 물었으나 나는 아무 대답도 못하고 울기만 했습니다.

8

이튿날은 일요일인 고로 나는 어머니와 함께 예배당에를 가려고 차리고 나서 어머니가 옷을 갈아입는 동안 잠깐 사랑에를 나가 보았습니다. '아저씨가 이직두 성이 있나?' 하고 가민히 빙인을 들이다보있더니 괘:에 있어서 무잇을 쓰고 있던 아저씨가 내다보면서 빙그레 웃었습니다. 그 웃음을 보고 나는 마음을 놓았습니다. 아저씨가 지금은 성이 풀린 것이 확실하니까요. 아저씨

14) 어머니에 대한 호감과 사회적 관습 사이에서 흔들리는 아서씨의 묘한 심리가 나타난 대목이다. 이러한 심리 묘사는 소설 곳곳에서 나타나고 있다.

는 나를 이리 보고 저리 보고 훑어보더니,

"옥희 오늘 어디 가노? 저렇게 곱게 채리구."

하고 물었습니다.

"엄마하고 예배당에 가."

"예배당에?"

하고 나서 아저씨는 잠시 나를 멍하니 바라다보더니,

"어느 예배당에?"

하고 물었습니다.

"요 앞에 예배당에 가지 뭐."

"응? 요 앞이라니?"

이때 안에서,

"옥희야."

하고 부드럽게 부르는 어머니 목소리가 들리었습니다. 나는 얼른 안으로 뛰어들어오면서 돌아다보니까, 아저씨는 또 얼굴이 빨갛게 성이 났겠지요. 내 원, 참으로 무슨 일로 요새는 아저씨가 그렇게 성을 잘 내는지 알 수 없었습니다.[15]

예배당에 가서 찬미하고 기도하다가 기도하는 중간에 갑자기 나는, '혹시 아저씨두 예배당에 오지 않았나?' 하는 생각이 나서 눈을 뜨고 고개를 들어 남자석을 바라다보았습니다. 그랬더니 하, 바로 거기에 아저씨가 와 앉아 있 겠지요. 그런데 아저씨는 어른이면서도 눈 감고 기도하지 않고 우리 아이들처럼 눈을 번히 뜨고 여기저기 두리번두리번 바라봅니다. 나는 얼른 아저씨를 알아보았는데 아저씨는 나를 못 알아보았는지 내가 방그레 웃어 보여도 웃지도 않고 멀거니 보고만 있겠지요. 그래 나는 손을 흔들었지요. 그러니까 아저씨는 얼른 고개를 숙이고 말더군요. 그때에 어머니가 내가 팔 흔드는 것을 깨닫고 두 손으로 나를 붙들고 끌어당기더군요. 나는 어머니 귀에다 입을 대고,

"저기 아저씨두 왔어."

하고 속삭이니까 어머니는 흠칫하면서 내 입을 손으로 막고 막 끌어 잡아다 가 앞에 앉히고 고개를 누르더군요. 보니까 어머니가 또 얼굴이 홍당무처럼 빨개졌군요.

15) 아저씨가 성이 난 것이 아니라는 것은 작가와 독자 모두가 알고 있다. 모두가 알고 있는 사실을 화자인 어린이만 모른다는 사실이 소설에 흥미를 더하는 요소다. 이것은 어린이 화자의 특징이라 할 수 있다.

그날 예배는 아주 젬병이었어요. 웬일인지 예배 다 끝날 때까지 어머니는 성이 나서 강대만 향하여 앞으로 바라보고 앉았고, 이전 모양으로 가끔 나를 내려다보고 웃는 일이 없었어요. 그리고 아저씨를 보려고 남자석을 바라다보아도 아저씨도 한 번도 바라다보아 주지 않고 성이 나서 앉아 있고, 어머니는 나를 보지도 않고 공연히 꾁꾁 집아딩기지요. 왜 모두들 그리 성이 났는지! 나는 그만 으아 하고 한번 울고 싶었어요. 그러나 바로 멀지 않은 곳에 우리 유치원 선생님이 앉아 있는 고로 울고 싶은 것을 아주 억지로 참았답니다.[16]

9

내가 유치원에 입학한 후 처음 얼마 동안은 유치원에 갈 때나 올 때나 외삼촌이 바래다 주었습니다. 그러나 여러 밤을 자고 난 뒤에는 나 혼자서도 넉넉히 다니게 되었어요. 그러나 언제나 내가 유치원에서 돌아오는 때면 어머니가 옆대문(우리 집에는 대문이 사랑대문과 옆대문 둘이 있어서 어머니는 늘 이 옆대문으로만 출입하시는 것이었습니다) 밖에 기다리고 섰다가 내가 달음질 쳐 가면, 안고 집안으로 들어가곤 하는 것이었습니다.

그런데 하루는 어쩐 일인지 어머니가 대문간에 보이지를 않겠지요. 어떻게도 화가 나던지요. 물론 머릿속으로는, '아마 외할머니 댁에 가셨나 부다' 하고 생각했지마는 하여튼 내가 돌아왔는데 문간에서 기다리지 않고 집을 떠났다는 것이 몹시 나쁘게 생각되더군요. 그래서 속으로, '오늘 엄마를 좀 곯려야겠다' 하고 생각하고 있는데, 옆대문 밖에서,

"아이고, 얘가 원 벌써 왔나?"

하는 어머니 목소리가 들리더군요. 그 순간 나는 얼른 신을 벗어 들고 안방으로 뛰어들어가서 벽장문을 열고 그 속에 들어가서 숨어 버렸습니다

"옥희야, 옥희 너, 여태 안 왔니?"

하는 어머니 목소리가 바로 뜰에서 나더니,

16) 어머니와 아저씨의 서로에 대한 감정을, '성났다'는 표현으로 처리하고 있다. 즉 옥희는 이렇게 느끼고 있는데 이는 곧이어 옥희가 벽장 속에 숨어 '앙갚음' 하는 장면으로 이어져서 어머니로 하여금 아저씨와의 관계를 재고하게 하는 계기가 된다.

"여태 안 왔군."

하면서 밖으로 나가는 모양이었습니다. 나는 재미가 나서 혼자 흐흥흐흥 웃었습니다.

한참을 있더니 집에서는 온통 야단이 났습니다. 어머니 목소리도 들리고 외할머니 목소리도 들리고 외삼촌 목소리도 들리고!

"글쎄, 하루 종일 집이라곤 안 떠났다가 옥희 유치원 파하고 오문 멕일 과자가 없기에 어머님 댁에 잠깐 갔다 왔는데 고 동안에 이런 변이 생긴걸……."

하는 것은 어머니 목소리.

"글쎄 유치원에서 벌써 이십 분 전에 떠났다는데 원 중간에서……."

하는 것은 외할머니 목소리.

"하여튼 내 나가서 돌아댕겨 볼웨다. 원 고것이 어딜 갔담?"

하는 것은 외삼촌의 목소리.

이윽고 어머니의 울음소리가 가늘게 들렸습니다. 외할머니는 무어라고 중얼중얼 이야기하는 모양이었습니다. '이젠 그만하고 나갈까?' 하고도 생각했으나, '지난 주일날 예배당에서 성냈던 앙갚음을 해야지' 하는 생각이 나서 나는 그냥 벽장 안에 누워 있었습니다. 벽장 안은 답답하고 더웠습니다. 그래서 이윽고 부지중에 나는 슬며시 잠이 들고 말았습니다.

얼마 동안이나 잤는지요? 이윽고 잠을 깨어 보니 아까 내가 벽장 안으로 들어왔던 것은 잊어버리고 참 이상스러운 데에 내가 누워 있거든요. 어두컴컴하고 좁고 덥고…… 나는 갑자기 무서운 생각이 나서 엉엉 울기 시작했지요. 그러자 갑자기 어디 가까운 데서 어머니의 외마디 소리가 나더니 벽장문이 벌컥 열리고 어머니가 달려들어서 나를 안아 내렸습니다.

"요 망할 것아."

하면서 어머니는 내 엉덩이를 댓 번 때렸습니다. 나는 더욱더 소리를 내서 울었습니다. 그때에는 어머니는 나를 끌어안고 어머니도 따라 울었습니다.

"옥희야, 옥희야, 응 인젠 괜찮다. 엄마 여기 있지 않니, 응, 울지 마라, 옥희야. 엄마는 옥희 하나문 그뿐이다. 옥희 하나만 바라구 산다. 난 너 하나문 그뿐이야. 세상 다 일이 없다. 옥희만 있으문 바라고 산다. 옥희야, 울지 마

라. 응, 울지 마라."

이렇게 어머니는 나더러 자꾸 울지 말라고 하면서도 어머니는 그치지 않고 그냥 자꾸자꾸 울었습니다. 외할머니는,

"원 고것이 도깨비가 들렸단 말일까, 벽장 속엔 왜 숨는담."

하고 앉아 있고, 외삼촌은,

"에, 재수, 메유다."

하면서 밖으로 나갔습니다.

10

이튿날 유치원을 파하고 집으로 오게 된 때 나는 갑자기 어제 벽장 속에 숨었다가 어머니를 몹시 울게 했던 생각이 나서 집으로 돌아가기가 어쩐지 부끄러워졌습니다. '오늘은 어머니를 좀 기쁘게 해드려야 텐데…… 무엇을 갖다 드리문 기뻐할까?' 하고 생각했습니다. 그러자 문득 유치원 안에 선생님 책상 위에 놓여 있던 꽃병 생각이 났습니다. 그 꽃병에는 나는 이름도 모르나 곱고 빨간 꽃이 꽂히어 있었습니다. 그 꽃은 개나리도 아니고 진달래도 아니었습니다. 그런 꽃은 나도 잘 알고 또 그런 꽃은 벌써 피었다가 져 버린 후였습니다. 무슨 서양꽃이려니 하고 나는 생각하였습니다. 나는 우리 어머니가 꽃을 사랑하는 줄을 잘 압니다. 그래서 그 꽃을 갖다가 드리면 어머니가 몹시 기뻐하려니 하고 생각하였습니다.

그래서 나는 도로 유치원 방안으로 들어갔습니다. 마침 방안에는 아무도 없었습니다. 선생님도 잠깐 어디를 가셨는지 보이지 않았습니다. 그래 나는 그 꽃을 두어 개 얼른 빼 들고 달음질 쳐 나왔지요.

집에 오니 어머니는 문간에서 기다리고 있다가 나를 안고 들어왔습니다.

"그 꽃은 어디서 났니? 퍽 곱구나."

하고 어머니가 말씀하셨습니다. 그러나 나는 갑자기 말문이 막혔습니다.

'이걸 엄마 드릴라구 유치원서 가져왔어' 하고 말하기가 어째 몹시 부끄러운 생각이 들었습니다. 그래 잠깐 망설이다가,

"응, 이 꽃! 저, 사랑 아저씨가 엄마 갖다 주라구 줘."

하고 불쑥 말했습니다. 그런 거짓말이 어디서 그렇게 툭 튀어나왔는지 나도 모르지요.

꽃을 들고 냄새를 맡고 있던 어머니는 내 말이 끝나기가 무섭게 무엇에 몹시 놀란 사람처럼 화다닥하였습니다. 그리고는 금시에 어머니 얼굴이 그 꽃보다도 더 빨갛게 되었습니다. 그 꽃을 든 어머니 손가락이 파르르 떠는 것을 나는 보았습니다. 어머니는 무슨 무서운 것을 생각하는 듯이 방안을 휘 한번 둘러보시더니,

"옥희야, 그런 걸 받아 오문 안 돼."

하고 말하는 목소리는 몹시 떨렸습니다. 나는 꽃을 그렇게도 좋아하는 어머니가 이 꽃을 받고 그처럼 성을 낼 줄은 참으로 뜻밖이었습니다. 어머니가 그렇게도 성을 내는 것을 보니까 그 꽃을 내가 가져왔다고 그러지 않고 아저씨가 주더라고 거짓말을 한 것이 참 잘되었다고 나는 속으로 생각했습니다.[17] 어머니가 성을 내는 까닭을 나는 모르지만 하여튼 성을 낼 바에는 내게 내는 것보다 아저씨에게 내는 것이 내게는 나았기 때문입니다. 한참 있더니 어머니는 나를 방안으로 데리고 들어와서,

"옥희야, 너 이 꽃 이야기 아무보구두 하지 말아라, 응."

하고 타일러 주었습니다. 나는,

"응."

하고 대답하면서 고개를 여러 번 까닥까닥했습니다.

어머니가 그 꽃을 곧 내버릴 줄로 나는 생각했습니다마는 내버리지 않고 꽃병에 꽂아서 풍금 위에 놓아 두었습니다. 아마 퍽 여러 밤 자도록 그 꽃은 거기 놓여 있어서 마지막에는 시들었습니다. 꽃이 다 시들자 어머니는 가위로 그 대는 잘라 내버리고 꽃만은 찬송가 갈피에 곱게 끼워 두었습니다.

내가 어머니께 꽃을 갖다 주던 날 밤에 나는 또 사랑에 놀러 나가서 아저씨 무릎에 앉아서 그림책을 보고 있었습니다. 갑자기 아저씨 몸이 흠칫하였습니

17) 꽃은 달걀, 편지 등과 함께 아저씨와 어머니를 이어주는 소설적 소품이다. 어머니가 꽃을 받고 화를 내는 것은 그녀 자신의 마음이 흔들리고 있음을 나타낸다. 이 지점에서 어린이의 시선과 어른의 시선이 교차하는데, 독자는 어린이의 시선에서 어른의 욕망을 읽어내는 독해를 수행함으로써 행위의 의미를 재구성한다. 이때 어린이의 해석과 어른의 해석이 괴리가 크면 클수록 소설의 효과는 더욱 높아지게 된다.

다. 그리고는 귀를 기울입니다. 나도 귀를 기울였습니다.

풍금 소리!

그 풍금 소리는 분명 안방에서 흘러 나오는 것이었습니다.

"엄마가 풍금 타나 부다."

하고 나는 벌떡 일어나서 안으로 뛰어왔습니다. 안방에는 불을 켜지 않았었습니다. 그러나 그때는 음력으로 보름께나 되어서 달이 낮같이 밝은데 은빛 같은 흰 달빛이 방 한 절반 가득히 차 있었습니다. 나는 흰옷을 입은 어머니가 풍금 앞에 앉아서 고요히 풍금을 타는 것을 보았습니다.[18]

나는 나이 지금 여섯 살밖에 안 되었지마는 하여튼 어머니가 풍금을 타시는 것을 보는 것은 오늘이 처음이었습니다. 어머니는 우리 유치원 선생님보다도 풍금을 더 잘 타시는 것이었습니다. 나는 어머니 곁으로 갔습니다마는 어머니는 내가 곁에 온 것도 깨닫지 못하는지 그냥 까딱 아니하고 풍금을 탔습니다. 조금 있더니 어머니는 풍금 곡조에 맞추어서 노래를 부르기 시작하였습니다. 어머니의 목소리가 그렇게도 아름다운 것도 나는 이때까지 모르고 있었습니다. 어머니는 참으로 우리 유치원 선생님보다도 목소리가 훨씬 더 곱고 또 노래도 훨씬 더 잘 부르시는 것이었습니다. 나는 가만히 서서 어머님 노래를 들었습니다. 그 노래는 마치 은실을 타고 저 별나라에서 내려오는 노래처럼 아름다웠습니다. 그러나 얼마 오래지 않아 목소리는 약간 떨리기 시작하였습니다. 가늘게 떨리는 노랫소리, 그에 따라 풍금의 가는 소리도 바르르 떠는 듯했습니다. 노랫소리는 차차 가늘어지더니 마지막에는 사르르 없어져 버렸습니다. 풍금 소리도 사르르 없어졌습니다. 어머니는 고요히 풍금에서 일어나시더니 옆에 섰는 내 머리를 쓰다듬었습니다. 그 다음 순간 어머니는 나를 안고 마루로 나오셨습니다. 어머니는 아무 말씀도 없이 그냥 나를 꼭꼭 껴안는 것이었습니다. 달빛을 함빡 받는 내 어머니 얼굴은 몹시도 새하얗다고 생각되었습니다. 우리 어머니는 참으로 천사 같다고 나는 생각하였습니다.

우리 어머니의 새하얀 두 뺨 위로 쉴새없이 두 줄기 눈물이 줄줄 흘리 내리고 있는 것을 나는 보았습니다. 그것을 보니 나도 갑자기 울고 싶어졌습니다.

"어머니, 왜 울어?"

18) 아저씨에 대한 어머니의 감정이 붉은 꽃에 비유된다면, 밝은 달빛 아래 어머니가 치고 있는 풍금 소리와 어머니가 입고 있는 흰옷은 죽은 남편에 대한 그리움을 의미한다. 격정적인 붉은색과 고요한 흰색이 대조를 이루고 있다.

하고 나도 훌쩍거리면서 물었습니다.

"옥희야."

"응?"

한참 동안 어머니는 아무 말씀도 없었습니다. 그러나 한참 후에,

"옥희야, 난 너 하나문 그뿐이다."[19]

"엄마."

어머니는 다시 대답이 없으셨습니다.

11

하루는 밤에 아저씨 방에서 놀다가 졸려서 안방으로 들어오려고 일어서니까 아저씨가 하얀 봉투를 서랍에서 꺼내어 내게 주었습니다.

"옥희, 이것 갖다가 엄마 드리고 지나간 달 밥값이라구, 응."

나는 그 봉투를 갖다가 어머니에게 드렸습니다. 어머니는 그 봉투를 받아 들자 갑자기 얼굴이 파랗게 질렸습니다. 그 전날 달밤에 마루에 앉았을 때보다도 더 새하얗다고 생각되었습니다. 어머니는 그 봉투를 들고 어쩔 줄을 모르는 듯이 초조한 빛이 나타났습니다. 나는,

"그거 지나간 달 밥값이래."

하고 말을 하니까 어머니는 갑자기 잠자다 깨나는 사람처럼 '응?' 하고 놀라더니 또 금시에 백지장같이 새하얗던 얼굴이 발갛게 물들었습니다. 봉투 속으로 들어갔던 어머니의 파들파들 떨리는 손가락이 지전을 몇 장 끌고 나왔습니다. 어머니는 입술에 약간 웃음을 띠면서 후 하고 한숨을 내쉬었습니다. 그러나 그것도 잠깐, 다시 어머니는 무엇에 놀랐는지 흠칫하더니 금시에 얼굴이 다시 새하얘지고 입술이 바르르 떨렸습니다. 어머니의 손을 바라다보니 거기에는 지전 몇 장 외에 네모로 접은 하얀 종이가 한 장 잡혀 있는 것이었습니다.

19) 어머니는 옥희에게 '너 하나면 그뿐이다'라는 말을 수시로 한다. 이것은 옥희에게 하는 말이라기보다는, 아저씨에 대한 애정을 거둬들이자는 자기 자신에게 하는 독백이라 할 수 있다. 따라서 이 말이 수시로 반복된다는 것은 어머니가 그만큼 많이 흔들리고 있는 증거라 할 수 있다.

영화의 한 장면

어머니는 한참을 망설이는 모양이었습니다. 그러더니 무슨 결심을 한 듯이 입술을 악물고 그 종이를 차근차근 펴 들고 그 안에 쓰인 글을 읽었습니다. 나는 그 안에 무슨 글이 씌어 있는지 알 도리가 없었으나 어머니는 그 글을 읽으면서 금시에 얼굴이 파랬다 발갰다 하고 그 종이를 든 손은 이제는 바들바들이 아니라 와들와들 떨리어서 그 종이가 부석부석 소리를 내게 되었습니다.

한참 후에 어머니는 그 종이를 아까 모양으로 네모지게 접어서 돈과 함께 봉투에 도로 넣어 반짇그릇[20]에 던졌습니다. 그리고는 정신 나간 사람처럼 멀거니 앉아서 전등만 쳐다보는데 어머니 가슴이 불룩불룩합니다. 나는 어머니가 혹시 병이나 나지 않았나 하고 염려가 되어서 얼른 가서 무릎에 안기면서,

"엄마, 잘까?"

하고 말했습니다.

엄마는 내 뺨에 입을 맞추어 주었습니다. 그런데 어머니의 입술이 어쩌면 그리도 뜨거운지요. 마치 불에 달군 돌이 볼에 와 닿는 것 같았습니다.

한잠을 자고 나서 잠이 채 깨지는 않았으나 어렴풋한 정신으로 옆을 쓸어 보니 어머니가 없었습니다. 가끔가다가 나는 그런 버릇이 있어요. 어렴풋한 정신으로 옆을 쓸면 어머니의 보드라운 살이 만져지지요. 그러면 다시 잠이 들어 버리곤 하는 것이었습니다.

어머니가 자리에 없다는 것을 알게 되자 나는 갑자기 무서워졌습니다. 그래서 잠은 다 달아나고 눈을 번쩍 뜨고 고개를 돌려 살펴보았습니다. 방안에는 불은 안 켰지만 어슴푸레하게 밝습니다. 뜰로 하나 가득한 달빛이 방안에까지 희미한 밝음을 던져 주는 것이었습니다. 윗목을 보니 우리 아버지의 옷을 넣어 두고 가끔 어머니가 꺼내서 쓸어 보시는 그 장롱 문이 열려 있고, 그 아래 방바닥에는 흰옷이 한 무더기 널려 있습니다. 그리고 그 옆에는 장롱을 반쯤 기대고 자리옷[21]만 입은 어머니가 주춤하고 앉아서 고개를 위로 쳐들고 눈은 감고 무엇이라고 입술로 소곤소곤 외고 있는 것이 보였습니다. 아마 기도를 하나 보나 하고 나는 생각했습니다. 나는 자리에서 일어나 기어가서 어머니 무릎을 뻐개고 기어 들어갔습니다.

"엄마, 무얼 해?"

　어머니는 소곤거리기를 그치고 눈을 떠서 나를 한참이나 물끄러미 들여다
보십니다.

"옥희야."

"응?"

"가서 자자."

"엄마두 같이 자."

"응, 그래 엄마두 같이 자."

그 목소리가 어째 싸늘하다고 내게 생각되었습니다.

어머니는 돌아가신 아버지의 옷들을 한 가지씩 들고는 가만히 손바닥으로
쓸어 보고는 장롱 안에 넣었습니다. 하나씩 하나씩 쓸어 보고는 장롱에 넣곤
하여 그 옷을 다 넣은 때 장롱 문을 닫고 쇠를 채우고 그리고 나서 나를 안고
자리로 돌아왔습니다.

"엄마, 우리 기도하고 자?"

하고 나는 물었습니다. 어머니는 나를 밤마다 재워 줄 때마다 반드시 기도
를 하는 것이었습니다. 내가 할 줄 아는 기도는 주기도문뿐이었습니다. 그 뜻
은 하나도 모르지만 어머니를 따라서 자꾸자꾸 해보아서 지금에는 나도 주기
도문을 잘 욉니다. 그런데 웬일인지 어제 밤 잘 때에는 어머니가 기도할 것을
잊어버리고 그냥 잤던 것이 지금 생각이 났기 때문에 나는 그렇게 물었던 것
입니다. 어제 밤 자리에 들 때 내가,

"기도할까?"

하고 말하고 싶었으나 어머니가 너무도 슬픈 빛을 띠고 있는 고로 그만 나
도 가만히 아무 소리 없이 잠이 들고 말았던 것입니다.

"응, 기도하자."

하고 어머니가 고요히 대답했습니다.

"엄마가 기도해."

하고 나는 갑자기 어머니의 기도하는 보드라운 음성이 듣고 싶어져서 말했
습니다.

"하늘에 계신 우리 아버지시여."

어머니는 고요히 기도를 시작하였습니다.

"이름을 거룩하게 하옵시며 나라이 임하옵시며 뜻이 하늘에서 이루어진 것처럼 땅에서도 이루어지이다. 오늘날 우리에게 일용할 양식을 주옵시고 우리가 우리에게 죄지은 자를 용서하여 준 것처럼 우리 죄를 사하여 주옵시고, 우리를 시험에 들지 말게 하옵시고…… 우리를 시험에 들지 말게 하옵시고…… 시험에 들지 말게…… 시험에 들지 말게……." [22]

이렇게 어머니는 자꾸 되풀이하였습니다. 나도 지금은 막히지 않고 줄줄 외는 주기도문을 글쎄 어머니가 막히다니 참으로 우스운 일이었습니다.

"시험에 들지 말게…… 시험에 들지 말게……."

하고 자꾸만 되풀이하는 것을 나는 참다못해서,

"엄마, 내 마저 할게."

하고,

"다만 악에서 구하옵소서. 대개 나라와 권세와 영광이 아버지께 영원히 있사옵나이다."

하고 내가 끝을 마쳤습니다. 어머니는 한참이나 가만 있다가 오래 후에야 겨우,

"아멘."

하고 속삭이었습니다. [23]

12

요새 와서 어머니의 하는 일이란 참으로 알 수가 없는 노릇입니다. 어떤 때는 어머니도 퍽 유쾌하셨습니다. 밤에 때로는 풍금도 타고 또 때로는 찬송가도 부르고 그리실 때에는 나는 너무도 좋아서 가만히 어머니 옆에 앉아서 듣습니다. 그러나 가끔가끔 그 독창은 소리 없는 울음으로 끝을 맺는 때가 많은데, 그런 때면 나도 따라서 울었습니다. 그러면 어머니는 나를 안고 내 얼굴에

22) 어머니가 아저씨에 대한 욕망에서 벗어나려 하는 것은 봉건적인 윤리, 그러니까 일부종사라는 유교적 윤리에 따른 것만은 아니라는 것을 보여 준다. 그 외에도 프로테스탄트적 금욕주의가 많이 작용하고 있음을 알 수 있다.

23) 어머니가 옥희와 장롱 속의 헌옷을 매개로 하여 자신의 욕망을 억누르고 있는 장면이다. 특히 이 작품은 적절한 소품들, 즉 달걀, 풍금, 꽃, 손수건, 인형 등을 세련되게 사용하고 있다.

돌아가면서 무수히 입을 맞추어 주면서,

"엄마는 옥희 하나문 그뿐이야, 응, 그렇지……."

하시면서 언제까지나 언제까지나 우시는 것이었습니다.

어떤 일요일날, 그렇지요, 그것은 유치원 방학하고 난 그 이튿날이었어요. 그날 어머니는 갑자기 머리가 아프시다고 예배당에를 그만두었습니다. 사랑에서는 아저씨도 어디 나가고 외삼촌도 나가고 집에는 어머니와 나와 단둘이 있었는데, 머리가 아프다고 누워 계시던 어머니가 갑자기 나를 부르시더니,

"옥희야, 너 아빠가 보고 싶니?"

하고 물으십디다.

"응, 우리두 아빠 하나 있으문."

하고 나는 혀를 까불고 어리광을 좀 부려 가면서 대답을 했습니다. 한참 동안을 어머니는 아무 말씀도 아니하시고 천장만 바라다보시더니,

"옥희야, 옥희 아버지는 옥희가 세상에 나오기도 전에 돌아가셨단다. 옥희두 아빠가 없는 건 아니지. 그저 일찍 돌아가셨지. 옥희가 이제 아버지를 새로 또 가지면 세상이 욕을 한단다. 옥희는 아직 철이 없어서 모르지만 세상이 욕을 한단다. 사람들이 욕을 해. 옥희 어머니는 화냥년이다 이러구 세상이 욕을 해. 옥희 아버지는 죽었는데 옥희는 아버지가 또 하나 생겼대, 참 망측두 하지, 이러구 세상이 욕을 한단다. 그리 되문 옥희는 언제나 손가락질받구. 옥희는 커두 시집두 훌륭한 데 못 가구. 옥희가 공부를 해서 훌륭하게 돼두 에그까짓 화냥년의 딸, 이러구 남들이 욕을 한단다."

이렇게 어머니는 혼잣말하시듯 드문드문 말씀하셨습니다. 그리고는 한참 있더니,

"옥희야."

하고 또 부르십니다.

"응?"

"옥희는 언제나, 언제나, 내 곁을 안 떠나지. 옥희는 언제나, 언제나 엄마하구 같이 살지. 옥희는 엄마가 늙어서 꼬부랑 할미가 되어두 그래두 옥희는 엄마하구 같이 살지. 옥희가 유치원 졸업하구 또 소학교 졸업하구, 또 중학교 졸

업하구, 또 대학교 졸업하구, 옥희가 조선서 제일 훌륭한 사람이 돼두 그래두 옥희는 엄마하구 같이 살지. 응! 옥희는 엄마를 얼만큼 사랑하나?"

"이만큼."

하고 나는 두 팔을 짝 벌리어 보였습니다.

"응? 얼만큼? 응! 그만큼! 언제나, 언제나, 옥희는 엄마만 사랑하지. 그리구 공부두 잘하구, 그리구 훌륭한 사람이 되구……."

나는 어머니의 목소리가 떨리는 것으로 보아 어머니가 또 울까 봐 겁이 나서,

"엄마, 이만큼, 이만큼."

하면서 두 팔을 짝짝 벌리었습니다.

어머니는 울지 않으셨습니다.

"응, 그래, 옥희 엄마는 옥희 하나문 그뿐이야. 세상 다른 건 다 소용없어, 우리 옥희 하나문 그만이야. 그렇지, 옥희야."

"응!"

어머니는 나를 당기어서 꼭 껴안고 내 가슴이 막혀 들어올 때까지 자꾸만 껴안아 주었습니다.

그날 밤 저녁밥 먹고 나니까 어머니는 나를 불러 앉히고 머리를 새로 빗겨 주었습니다. 댕기도 새 댕기를 드려 주고, 바지, 저고리, 치마 모두 새것을 꺼 내 입혀 주었습니다.

"엄마, 어디 가?"

하고 물으니까,

"아니."

하고 웃음을 띠면서 대답합니다. 그러더니 풍금 옆에서 새로 다린 하얀 손 수건을 내리어 내 손에 쥐어 주면서,

"이 손수건, 저 사랑 아저씨 손수건인데, 이것 아저씨 갖다 드리구 와, 응. 오래 있지 말구 손수건만 갖다 드리구 이내 와, 응."

하고 말씀하셨습니다.

손수건을 들고 사랑으로 나가면서 나는 그 손수건 접이 속에 무슨 발각발각 하는 종이가 들어 있는 것처럼 생각되었습니다마는 그것을 펴 보지 않고 그냥

갖다가 아저씨에게 주었습니다.

아저씨는 방에 누워 있다가 벌떡 일어나서 손수건을 받는데, 웬일인지 아저씨는 이전처럼 나 보고 빙그레 웃지도 않고 얼굴이 몹시 파래졌습니다. 그리고는 입술을 질근질근 깨물면서 말 한마디 아니하고 그 수건을 받더군요.

나는 어째 이상한 기분이 돌아서 아저씨 방에 들어가 앉지도 못하고 그냥 뒤돌아서 안방으로 들어왔지요. 어머니는 풍금 앞에 앉아서 무엇을 그리 생각하는지 가만히 있더군요. 나는 풍금 옆으로 가서 가만히 그 옆에 앉아 있었습니다. 이윽고 어머니는 조용조용히 풍금을 타십니다. 무슨 곡조인지는 몰라도 어째 구슬프고 고즈넉한 곡조야요.

밤이 늦도록 어머니는 풍금을 타셨습니다. 그 구슬프고 고즈넉한 곡조를 계속하고 또 계속하면서.[24]

13

여러 밤을 자고 난 어떤 날 오후에 나는 오래간만에 아저씨 방엘 나가 보았더니 아저씨가 짐을 싸느라고 분주하겠지요. 내가 아저씨에게 손수건을 갖다 드린 다음부터는 웬일인지 아저씨가 나를 보아도 언제나 퍽 슬픈 사람, 무슨 근심이 있는 사람처럼 아무 말도 없이 나를 물끄러미 바라다만 보고 있는 고로 나도 그리 자주 놀러 나오지 않았던 것입니다. 그랬었는데 이렇게 갑자기 짐을 꾸리는 것을 보고 나는 놀랐습니다.

"아저씨, 어디 가우?"

"응, 멀리루 간다."

"언제?"

"오늘."

"기차 타구?"

"응, 기차 타구."

24) 이 풍금 소리는 죽은 남편에 대한 그리움을 청각화한 것이다. 이 그리움은 슬프고 고즈넉하기에 풍금 소리 역시 그러하다.

"갔다가 언제 또 오우?"

아저씨는 아무 대답도 없이 서랍에서 이쁜 인형을 하나 꺼내서 내게 주었습니다.

"옥희, 이것 가져, 응. 옥희는 아저씨 가구 나문 아저씨 이내 잊어버리구 말겠지!"

나는 갑자기 슬퍼졌습니다. 그래서,

"아니."

하고 얼른 대답하고 인형을 안고 안으로 들어왔습니다.

"엄마, 이것 봐. 아저씨가 이것 나 줬다우. 아저씨가 오늘 기차 타구 먼데루 간대."

하고 내가 말했으나, 어머니는 대답이 없으십니다.

"엄마, 아저씨 왜 가우?"

"학교 방학했으니깐 가지."

"어디루 가우?"

"아저씨 집으루 가지, 어디루 가."

"갔다가 또 오우?"

어머니는 대답이 없으십니다.

"난 아저씨 가는 거 나쁘다."

하고 입을 쫑긋했으나, 어머니는 그 말은 대답 않고,

"옥희야, 벽장에 가서 달걀 몇 알 남았나 보아라."

하고 말씀하셨습니다.

나는 깡총깡총 방안으로 들어갔습니다. 달걀은 여섯 알이 있었습니다.

"여스 알."

하고 나는 소리쳤습니다.

"응, 다 가지구 이리 나오너라."

어머니는 그 달걀 여섯 알을 다 삶았습니다. 그 삶은 달걀 여섯 알을 손수건에 싸 놓고 또 반지에 소금을 조금 싸서 한 귀퉁이에 넣었습니다.

"옥희야, 너 이것 갖다 아저씨 드리구, 가시다가 찻간에서 잡수시랜다구,

웅."[25]

14

그날 오후에 아저씨가 떠나간 다음 나는 방에서 아저씨가 준 인형을 업고 자장자장 잠을 재우고 있었습니다. 어머니가 부엌에서 들어오시더니,

"옥희야, 우리 뒷동산에 바람이나 쐬러 올라갈까?"

하십니다.

"웅, 가, 가."

하면서 나는 좋아 덤비었습니다.

잠깐 다녀올 터이니 집을 보고 있으라고 외삼촌에게 이르고 어머니는 내 손목을 잡고 나섰습니다.

"엄마, 나 저, 아저씨가 준 인형 가지고 가?"

"그러렴."

나는 인형을 안고 어머니 손목을 잡고 뒷동산으로 올라갔습니다. 뒷동산에 올라가면 정거장이 빤히 내려다보입니다.

"엄마, 저 정거장 봐. 기차는 없군."

어머니는 아무 말씀도 없이 가만히 서 계십니다. 사르르 바람이 와서 어머니 모시 치맛자락을 산들산들 흔들어 주었습니다. 그렇게 산 위에 가만히 서 있는 어머니는 다른 때보다도 더한층 이쁘게 보였습니다.

저편 산모퉁이에서 기차가 나타났습니다.

"아, 저기 기차 온다."

하고 나는 좋아서 소리쳤습니다.

기차는 정거장에 잠시 머물더니 금시에 삑 하고 소리를 지르면서 움직였습니다.

"기차 떠난다."

25) 달걀이란 소품이 아저씨에 대한 어머니의 마지막 감정 표현의 대치물로 이용되고 있다.

영화 「사랑방 손님과 어머니」

1961년 신상옥 감독, 임
희재 각색, 김진규 · 최
은희 · 김희갑 · 신영
균 · 도금봉 · 한은진이
출연하고, 아역을 전영
선이 맡았다. 1960년대
문예영화의 대표작으로
손꼽히는 이 영화가 특
별히 주목받은 것은 단
조로운 스토리텔링 대
신 특정한 상황과 인물
들의 내면심리를 묘사
하는 데 비중을 두었기
때문이다. 이러한 구성
은 그때까지의 일반적
인 한국영화들에 비해
서는 대단히 독특하고
이례적인 것이었다. 끝
날 즈음 소복을 입은 최
은희가 한 번도 치지 않
던 피아노를 꺼내 격정
에 찬 음률로 치는 이별
의 곡이나 즉흥환상곡
등의 쇼팽의 음악들은
분위기에 맞는 효과적
인 선곡으로 영화의 감
동을 배가하고 있다. 제
1회 대종상영화제에서
감독상 · 시나리오상 등
을 수상했으며, 제9회
아시아영화제에서 최우
수작품상을 수상했다.
떠도는 풍문에 따르면,
북한 지도자 김정일이
최은희에게 반한 것이
이 영화를 보고서라고
도 한다.

하면서 나는 손뼉을 쳤습니다. 기차가 저편 산모퉁이 뒤로 사라질 때까지, 그리고 그 굴뚝에서 나는 연기가 하늘 위로 모두 흩어져 없어질 때까지, 어머니는 가만히 서서 그것을 바라다보았습니다.

뒷동산에서 내려오자 어머니는 방으로 들어가시더니 이때까지 뚜껑을 늘 열어 두었던 풍금 뚜껑을 닫으십니다. 그리고는 거기 쇠를 채우고 그 위에나가 이전 모양으로 반짇그릇을 얹어 놓으십니다. 그리고는 그 옆에 있는 찬송가를 맥없이 들고 뒤적뒤적하시더니 빼빼 마른 꽃송이를 그 갈피에서 집어 내시더니,

"옥희야, 이것 내다 버려라."

하고 그 마른 꽃을 내게 주었습니다. 그 꽃은 내가 유치원에서 갖다가 어머니께 드렸던 그 꽃입니다. 그러자 옆대문이 삐걱하더니,

"달걀 사소."

하고 매일 오는 달걀 장수 노친네가 달걀 광주리를 이고 들어왔습니다.

"인젠 우리 달걀 안 사요. 달걀 먹는 이가 없어요."

하시는 어머니 목소리는 맥이 한푼 어치도 없었습니다.[26]

나는 어머니의 이 말씀에 놀라서 떼를 좀 써 보려 했으나 석양에 빤히 비치는 어머니 얼굴을 볼 때 그 용기가 없어지고 말았습니다. 그래서 아저씨가 주신 인형 귀에다가 내 입을 갖다 대고 가만히 속삭이었습니다.

"얘, 우리 엄마가 거짓부리 썩 잘하누나. 내가 달걀 좋아하는 줄 잘 알문성 생 먹을 사람이 없대누나. 떼를 좀 쓰구 싶다만 저 우리 엄마 얼굴을 좀 봐라. 어쩌문 저리두 새파래졌을까? 아마 어디가 아픈가 보다."

라고요.

〈『조광』, 1935. 11〉

26) 다시 원래의 모습으로 돌아가자 어머니의 감정은 표현하던 소품들인 꽃, 달걀이 필요 없게 되고 한편으로 이 감정들을 억제하던 풍금의 뚜껑도 닫히게 된다.

「사랑 손님과 어머니」는 어린아이의 눈을 통해 어머니와 사랑 손님의 관계를 관찰하고 있다. 그 효과를 알아보고 어른의 시점을 운용할 경우 어떻게 달라질지 생각해 보자.

이 작품에서는 어린이의 시선으로 인해 몇 가지 적절한 효과를 보고 있다. 대개 어린이의 시선은 사물이나 사건에 대해 객관적인 가치 판단이나 이해가 부족하다는 점이 특징이다. 이 특징으로 인해 어머니와 아저씨 사이의 미묘한 감정의 흐름이 존재해도 그것을 이해하지는 못하고, 소녀의 눈이나 입을 통해 그 징표들만이 고스란히 독자들에게 전달된다. 즉 연애 감정이 싹튼 것은 분명한데 소녀가 이를 제대로 이해하지 못하고 있기 때문에, 독자들은 어머니와 아저씨의 관계에서 보이는 감정의 결이 해석되지 않은 채로 섬세하게 읽어 낼 수 있으며 따라서 그것이 더욱 안타깝게 느껴지는 것이다.

사태를 이해하지 못하는 옥희의 이러한 안목은 한편으로 어머니와 아저씨의 관계를 매개해 줄 수 있다. 옥희를 통해서 서로 간의 감정을 교류할 수 있는 것이다. 어머니는 아저씨에게 옥희를 보낼 때면 정성스레 옥희의 옷치장을 해 준다. 아저씨는 옥희를 귀여워해 주며 안아 준다. 다만 이 사태를 이해할 줄 아는 외삼촌이 곁에 있을 경우에 아저씨는 옥희를 안아 주지 않는다. 이런 장면에서 작품 속에서의 옥희의 위치를 가늠해 볼 수 있다.

만약 이 작품이 성인의 시선으로 씌어졌다면 여러 장면에서 보이는 감정의 미세한 흐름이나 안타까움이 표현되지 못했을 것이다. 어른의 시선으로 작품을 정리해 보면, 딸을 키우며 사는 과붓집에 한 사내가 하숙을 하게 되었고 둘 사이에 연애 감정이 싹터 남자가 여자에게 고백하지만, 여자는 딸의 존재와 사회적 통념 때문에 선뜻 수락하지 못하고 남자에게 떠나 줄 것을 요구하게 되고 남자는 결국 떠난다는 정도의 내용이 될 것이다. 이런 맥락에서는 원래의 작품이 보여 주고 있는 감정의 섬세한 무늬가 제거되어 흔한 소재의 이야기로 전락될 것이다.

「사랑 손님과 어머니」에서는 일정한 기능을 가진 여러 소품들이 배치되어 있다. 이러한 것들을 몇 가지 들어 보고 각 소품의 의미를 약술해 보자.

달걀—어머니가 아저씨의 일상생활을 배려해 주는 감정의 표현으로 사용되었다. 아저씨의 밥상에 이 삶은 달걀이 오르는 장면에서 드러난다. 아저씨가 떠나자 이 달걀은 필요 없게 되었다.

꽃—옥희가 아저씨에게 받은 것이라 하며 어머니에게 전하는 꽃은 어머니 입장에서 보면 아저씨의 마음을 전달받은 것이 된다. 어머니의 얼굴이 빨개지고 감정이 고조되는 것은 이 때문이다.

시점
視點,
point of view,
viewpoin

하나의 이야기가 서술되는 방식. 다음 넷으로 나눌 수 있다.

1) 1인칭 주인공 시점
1인칭 서술자(주관적) 시점. 주인공이 자기 자신의 이야기를 하는 서술 방식이다. 등장인물의 내면을 그리는 데 효과적이며, 가장 손쉬운 서술 방식이어서 자주 활용된다. 그러나 주인공의 체험과 사고의 폭이 좁아지므로 주제가 한정된다.
2) 1인칭 관찰자 시점
1인칭 목격자 시점. 작품 속의 부차적 인물이 '나'가 되어 주인공의 행동과 심리를 관찰하는 형식이다. 물론 서술의 초점은 '나'가 아니라 주인공에 맞춰져야 한다. 주요섭의 「사랑 손님과 어머니」가 대표적인 작품이다.
3) 작가 관찰자 시점
작가가 외부적인 관찰자의 위치에서 서술하는 방식. 마치 연극에서 배우들의 행동만 제시하고 극작가가 이에 대해 개입할 수 없는 것과 비슷하기 때문에 연극적 수법이라고도 부른다.
4) 전지적 작가 시점
작가의 위치가 전지전능한 신의 위치에 비유될 수 있다. 작가는 모든 것을 다 알고 있다는 전제하에, 등장인물의 심리는 물론 아직 등장하지 않은 인물에 대해서까지 설명할 수 있다. 전쟁터와 같은 광활한 공간, 수십 년에 걸친 긴 시간대, 많은 등장 인물에 대한 설명이 필요할 때 주로 사용된다. 신문 연재 소설은 다 읽지 못한 독자들에게 앞의 내용을 부연 설명하기 위해 이를 사용하는 경우도 있다.

풍금―옥희 어머니가 죽은 남편에 대한 그리움을 드러낼 때 사용되는 소품이다. 이 풍금 소리는 애처롭고 고즈넉하여 남편에 대한 그리움의 빛깔도 이 소리 속에 드러나게 된다. 특히 사랑 손님에 대한 감정을 억제할 때 이 풍금이 연주된다.

흰옷―풍금과 마찬가지로 죽은 남편을 떠올릴 때 입는 옷이다. 풍금을 칠 때 이 옷을 입고 있는 장면에서 옷의 성격이 드러난다.

「사랑 손님과 어머니」는 관찰자인 화자의 시점을 선명하게 드러낸 작품이다. 이 시점을 포함하여 시점(point of view) 일반에 대해서 알아보자.

하나의 이야기가 말해지는 방식, 즉 한 편의 작품에서 이야기를 구성하는 작중 인물, 행동, 배경, 사건 등을 독자에게 제시하기 위해 작가가 설정한 관점을 의미한다. 사실 이 시점은 작가에 따라 다양한 방식이 발전되어 왔기 때문에 유형적인 분류가 별 의미가 없어지고 있다. 그러나 M.H. Abrams의 견해에 따라 이 시점을 분류해 보면 다음과 같다.

그에 의하면 시점은 크게 3인칭 시점과 1인칭 시점으로 나눌 수 있다. 3인칭 시점은 다시 전지적 작가 시점과 작가 관찰자 시점으로 나누어진다. 여기서 전지적 작가 시점이란 화자가 관찰하기만 하는 것이 아니라 작중 인물에 관해 자유로이 논평하고 그들의 행동이나 동기를 평가하기도 한다. 보통 이 화자의 판단은 권위가 있는 것으로 받아들여진다. 작가 관찰자 시점은 화자가 3인칭으로 이야기하지만 이야기에 나오는 작중 인물들 중에서 한 사람이나 극히 제한된 인물들에 의해 경험되고 사고되고 느껴진 것에만 자신을 제한하거나 혹은 그 인물들에 대해 평가하지는 못하고 관찰하기만 한다.

1인칭 시점이란 화자가 '나'가 된다. 이 시점은 당연히 1인칭인 화자 자신이 알고 있거나, 경험하거나, 추측하거나, 다른 작중 인물들과 이야기함으로써 알아낸 것에만 시점을 제한한다. 주요섭의 이 작품은 바로 이 시점을 선택했지만 어린아이를 화자로 등장시켜 '관찰' 하고 경험한 것에 이야기를 제한시켰다. 이러한 1인칭 시점에는 주인공이 자신의 이야기를 하는 1인칭 주인공 시점과 주변 인물이 주인공 이야기를 하는 1인칭 관찰자 시점이 있다.

동백꽃

김유정

1908~1937 | 강원도 춘성에서 출생 1930년 연희전문 문과 중퇴 1935년 『조선일보』 신춘문예에 「소낙
비」가 당선, 『조광』에 「봄봄」 발표 1936년 『조광』에 「동백꽃」 발표

그 밖에 주요 작품으로 「노다지」 「금 따는 콩밭」 「만무방」 「산골 나그네」 등이 있음

「동백꽃」은 경제적으로 궁핍한 농촌을 배경으로 삼고 있지만, 시종 밝고 명랑한 분위기가 유지되고 있다. 사춘기의 순박한 남녀들이 벌이는 사랑 이야기는 인생의 봄을 그리고 있어 늘 희망차고 순수한 것으로 보이게 마련이다. 계절적 배경 또한 봄에 맞추어져 있다. 동백꽃이 흐드러지게 피어 있는 장면이야말로 봄의 따뜻한 정경을 보여 주기에 모자람이 없다.

'나'는 작품의 주인공이자 서술자다. 그러나 '나'는 지적으로도 뭔가 부족하고 어수룩한 인물로 그려져 있다. 늘 가까운 거리에서 접하는 점순이의 심리 상태조차 읽어 내지 못할 정도로 바보스럽다. 반면 점순이는 사춘기 소녀답게 활달하고 적극적인 성격의 소유자다. 물론 자기의 감정을 있는 그대로 표현하지는 못하지만, 그렇다고 그저 안달만 내고 있는 여자는 아니다. '남녀 칠세 부동석'이라는 유교적 윤리에 철저했을 당시에 이만큼 적극적인 여성을 보는 일은 그리 흔하지 않을 것이다. 점순이는 '나'에 대해 직접 사랑한다는 말을 건네지는 못한다. 그러나 '감자'와 '닭싸움'이라는 계기를 이용해 '나'에게 집요하게 사랑의 감정을 표현하고 있다. 다시 말해 점순이가 무심히 건넨 감자 몇 알, 주인공의 닭을 향한 집요한 공격 등에는 '나'에 대한 점순이의 짝사랑의 감정이 깔려 있는 것이다.

작품을 읽을 때, 사소한 상징이나 소도구를 제대로 파악해 가면서 읽는다면, 좀더 생생하게 작품의 활력을 느낄 수 있을 것이다. 예컨대 감자와 닭싸움에 어떠한 의미가 있는지 따져 보며 읽어 보자.

소설의 얼개 뜯어보기

갈래 __ 단편 소설, 애정 소설 ㅣ 주제 __ 순박한 시골 남녀의 사랑 ㅣ 배경 __ 일제 강점기의 강원도 어느 시골(강원도 춘성은 김유정의 고향임) ㅣ 시점 __ 1인칭 주인공 시점 ㅣ 등장인물 __ 나 __ 소작인의 아들로 순박한 시골 총각. 점순이의 구애를 이해 못하고 계층 간의 차이로 인해 점순이에게 열등감과 위화감만을 느끼고 있다. 점순이 __ 마름 집의 딸. '나'를 사랑하는 사춘기 처녀. 자신의 감정을 이해하지 못하는 '나'에게 불만을 가지고 심술궂은 장난을 치는 등, 적극적인 성격을 가지고 있다. ㅣ 구성 __ 발단 __ 점순은 '나'에게 삶은 감자를 주기도 하고, 우리 집 수탉을 괜히 괴롭히기도 하며 심술궂은 장난을 걸어 온다. 전개 __ 감자를 주는 호의를 거절하는 등 '나'의 반응이 시원치 않자, 점순은 점차 적극적인 공세를 취하면서 '나'를 괴롭히려고 우리 수탉을 학대한다. 위기 __ '나'도 그냥 당할 수만은 없어 우리 집 수탉에게 고추장을 먹여 점순네 닭과 싸우게 하지만, 결국 실패한다. 절정 __ 참지 못한 '나'는 결국 점순네 닭을 때려죽이고는 이를 후회하며 울음을 터뜨린다. 대단원 __ 점순은 '나'를 달래며 앞으로 자기와 사이좋게 지내기로 약속하면 죽은 닭을 문제 삼지 않기로 하고, 두 사람은 동백꽃 속에 파묻힌다.

오늘도[1] 또 우리 수탉이 막 쪼이었다. 내가 점심을 먹고 나무를 하러 갈 양으로 나올 때이었다. 산으로 올라서려니까 등뒤에서 푸드덕푸드덕하고 닭의 횃소리가 야단이다. 깜짝 놀라서 고개를 돌려 보니 아니나다르랴, 두 놈이 또 얼리었다.

점순네 수탉(은 대강이가 크고 똑 오소리같이 실팍하게 생긴 놈)이 덩저리 작은 우리 수탉을 함부로 해내는 것이다. 그것도 그냥 해내는 것이 아니라 푸드덕 하고 면두[2]를 쪼고 물러섰다가 좀 사이를 두고 또 푸드덕 하고 모가지를 쪼았다. 이렇게 멋을 부려 가며 여지없이 닭을 놓는다. 그러면 이 못생긴 것은 쪼일 적마다 주둥이로 땅을 받으며 그 비명이 킥 킥 할 뿐이다. 물론 미처 아물지도 않은 면두를 또 쪼이어 붉은 선혈은 뚝뚝 떨어진다.

이걸 가만히 내려다보자니 내 대강이[3]가 터져서 피가 흐르는 것같이 두 눈에서 불이 번쩍 난다.[4] 대뜸 지게 막대기를 메고 달려들어 점순네 닭을 후려칠까 하다가 생각을 고쳐먹고 헛매질[5]로 떼어만 놓았다.

이번에도 점순이가 쌈을 붙여 났을 것이다. 바짝바짝 내 기를 올리느라고 그랬음에 틀림없을 것이다.

고놈의 계집애가 요새로 들어서서 왜 나를 못 먹겠다고 고렇게 아르렁거리는지 모른다.

나흘 전 감자 조각만 하더라도 나는 저에게 조금도 잘못한 것은 없다.[6]

계집애가 나물을 캐러 가면 갔지 남 울타리 엮는 데 쌩이질[7]을 하는 것은 다 뭐냐. 그것도 발소리를 죽여 가지고 등뒤로 살며시 와서,

"얘! 너 혼자만 일하니?"

하고 긴치 않은[8] 수작을 하는 것이다.

어제까지도 저와 나는 이야기도 잘 않고 서로 만나도 본 척 만 척하고 이렇게 점잖게 지내던 터이련만 오늘로 갑작스레 대견해졌음은 웬일인가. 항차[9] 망아지만한 계집애가 남 일하는 놈보고.

"그럼 혼자 하지 떼루 하디?"

내가 이렇게 내뱉은 소리를 하니까,

"너 일하기 좋니?"

1) '오늘도'라는 표현에서 예전에도 이러한 일이 있었음을 알게 된다. 작가는 예전의 이야기를 먼저 하지 않고 오늘의 이야기를 꺼냄으로써 그 사건에 대한 궁금증을 불러일으키고 있다.

2) 이마 꼭지.

3) 머리의 속된 표현.

4) 수탉의 처지와 자신의 처지를 동일하게 생각하는 감정이입.

5) 치는 듯하면서 딴 데를 치는 허튼 짓.

6) '닭싸움'과 '감자'에 대한 이야기를 주목해 보자. 점순이는 '나'의 관심을 끌기 위해 이렇게 닭싸움과 감자를 이용하고 있다. '나'는 모른다. 잘못 없다는 태도로 일관하고 있는데, 독자들로서는 이러한 '점순이'의 태도를 아직 이해하지 못하는 '나'를 바라보는 데에 묘미를 느낄 직하다.

7) 한창 바쁠 때에 쓸데없는 일로 남을 귀찮게 하는 짓.

8) 쓸데없는.

9) 하물며.

또는,

"한여름이나 되거든 하지 벌써 울타리를 하니?"

잔소리를 두루 늘어놓다가 남이 들을까 봐 손으로 입을 틀어막고는 그 속에서 깔깔댄다. 별로 우스울 것도 없는데 날씨가 풀리더니 이놈의 계집애가 미쳤나 하고 의심하였다.[10] 게다가 조금 뒤에는 제 집께를 할금할금 돌아다보더니 행주치마의 속으로 꼈던 바른손을 뽑아서 나의 턱밑으로 불쑥 내미는 것이다. 언제 구웠는지 아직도 더운 김이 홱 끼치는[11] 굵은 감자 세 개가 손에 뿌듯이 쥐였다.

"느 집엔 이거 없지?"[12]

하고 생색 있는 큰소리를 하고는 제가 준 것을 남이 알면은 큰일날 테니 여기서 얼른 먹어 버리란다. 그리고 또 하는 소리가,

"너 봄감자가 맛있단다."[13]

"난 감자 안 먹는다, 너나 먹어라."

나는 고개도 돌리려지 않고 일하던 손으로 그 감자를 도로 어깨 너머로 쑥 밀어 버렸다.

그랬더니 그래도 가는 기색이 없고, 뿐만 아니라 쌔근쌔근 하고 심상치 않게 숨소리가 점점 거칠어진다.[14] 이건 또 뭐야 싶어서 그때에야 비로소 돌아다보니 나는 참으로 놀랐다. 우리가 이 동리에 들어온 것은 근 삼 년째 되어오지만 여태껏 가무잡잡한 점순이의 얼굴이 이렇게까지 홍당무처럼 새빨개진 법이 없었다. 게다 눈에 독을 올리고 한참 나를 요렇게 쏘아보더니 나중에는 눈물까지 어리는 것이 아니냐. 그리고 바구니를 다시 집어 들더니 이를 꼭 악물고는 엎더질 듯 자빠질 듯 논둑으로 휭허케 달아나는 것이다.

어쩌다 동리 어른이,

"너 얼른 시집을 가야지?"

하고 웃으면,

"염려 마서유. 갈 때 되면 어련히 갈라구!"

이렇게 천연덕스레 받는 점순이었다. 본시 부끄럼을 타는 계집애도 아니거니와 또한 분하다고 눈에 눈물을 보일 얼병이[15]도 아니다. 분하면 차라리 나

10) 주인공 나의 무심함을 가장 잘 나타내는 말. 주인공이 모르는 사실을 화자, 독자가 알고 있을 때 '웃음'이 발생한다.

11) 오로지 '나'에게 주기 위해 금방 감자를 구워 왔음을 암시한다.

12) 점순이도 애정의 표현으로 감자를 주지만, 쑥스러워서 말로는 하지 못함을 알 수 있다. 그러한 퉁명스런 말투를 곧이곧대로 받아들이는 나의 우직함도 갈등의 원인이 된다.

13) 대화에 뒤따르게 마련인 설명이 생략되어 있다. 서술자는 설명을 생략함으로써 두 사람 간의 대화 사이에 불편한 여백을 제공하고 있다.

14) 점순이의 호의를 '나'가 거절한 데 대한 심리적 반응이 엿보인다. 점순이가 '나'에게 가진 감정이 예사롭지 않음을 암시해 준다.

15) 수줍음을 많이 타고 말을 잘 못하는 사람. 얼뜨기.

의 등허리를 바구니로 한번 모질게 후려쌔리고 달아날지언정.

그런데 고약한 그 꼴을 하고 가더니 그 뒤로는 나를 보면 잡아먹으려고 기를 복복 쓰는 것이다.

설혹 주는 감자를 안 받아 먹은 것이 실례라 하면, 주면 그냥 주었지 '느 집엔 이거 없지'는 다 뭐냐. 그러잖아도 저희는 마름이고 우리는 그 손에서 배재[16]를 얻어 땅을 부치므로 일상 굽실거린다.[17] 우리가 이 마을에 처음 들어와 집이 없어서 곤란으로 지낼 제 집터를 빌리고 그 위에 집을 또 짓도록 마련해 준 것도 점순네의 호의이었다. 그리고 우리 어머니 아버지도 농사 때 양식이 달리면 점순네한테 가서 부지런히 꾸어다 먹으면서 인품 그런 집은 다시없으리라고 침이 마르도록 칭찬하곤 하는 것이다. 그러면서도 열일곱씩이나 된 것들이 수군수군하고 붙어다니면 동리의 소문이 사납다고 주의를 시켜 준 것도 또 어머니였다. 왜냐하면 내가 점순이하고 일을 저질렀다가는 점순네가 노할 것이고, 그러면 우리는 땅도 떨어지고 집도 내쫓기고 하지 않으면 안 되는 까닭이었다.[18]

그런데 이놈의 계집애가 까닭 없이 기를 복복 쓰며 나를 말려죽이려고 드는 것이다.

눈물을 흘리고 간 그 담날 저녁 나절이었다. 나무를 한 짐 잔뜩 지고 산을 내려오려니까 어디서 닭이 죽는 소리를 친다. 이거 뉘 집에서 닭을 잡나 하고 점순네 울 뒤로 돌아오다가 나는 고만 두 눈이 뚱그래졌다. 점순이가 저희 집 봉당에 홀로 걸터앉았는데, 아 이게 치마 앞에다 우리 씨암탉을 꼭 붙들어 놓고는,

"이놈의 닭! 죽어라, 죽어라."

요렇게 암팡스레 패 주는 것이 아닌가. 그것도 대가리나 치면 모른다마는 아주 알도 못 낳으라고 그 볼기짝께를 주먹으로 콕콕 쥐어박는 것이다.

나는 눈에 쌍심지가 오르고 사지가 부르르 떨렸으나 사방을 한번 휘돌아보고야 그래서 점순이 집에 아무도 없음을 알았다. 삽은 참 시세 막내기를 들어 울타리의 중턱을 후려치며,

"이놈의 계집애! 남의 닭 알 못 낳으라구 그러니?"

16) 패지(牌旨)의 속어. 마름과 소작인 사이에 맺어진 소작권.

17) 점순이와 '나'와의 계층적 위화감이 엿보이는 대목이다. 소작인이라는 지위에서 오는 심리적 열등감이 오히려 점순의 호의를 거절하는 요인이 되고 있다. 그러나 이 작품에서 이러한 계층적인 차이는 중요하게 다루어지지 않고 있다.

18) 이 장면에서 주인공인 내가 남녀관계에 대해 무지하지 않음을 알 수 있다. 계층적 차이가 나의 욕망을 억누르고 있는 것이 점순이에 대한 무심함의 실상이라 할 수 있다. 그러나 이것은 주인공에게는 무의식으로 작용하고 있을 뿐, 표면으로 드러나지는 않는다.

하고 소리를 빽 질렀다.

그러나 점순이는 조금도 놀라는 기색이 없고 그대로 의젓이 앉아서 제 닭 가지고 하듯이 또 죽어라, 죽어라 하고 패는 것이다. 이걸 보면 내가 산에서 내려올 때를 겨냥해 가지고 미리부터 닭을 잡아 가지고 있다가 너 보란 듯이 내 앞에 쥐지르고 있음이 확실하다.

그러나 나는 그렇다고 남의 집에 뛰어들어가 계집애하고 싸울 수도 없는 노릇이고 형편이 썩 불리함을 알았다. 그래 닭이 맞을 적마다 지게 막대기로 울타리나 후려칠 수밖에 별도리가 없다. 왜냐하면 울타리를 치면 칠수록 울섶[19] 이 물러앉으며 뼈대만 남기 때문이다. 하나 아무리 생각하여도 나만 밑지는 노릇이다.

「동백꽃」의 배경이 된 강원도 춘성

"야, 이년아! 남의 닭 아주 죽일 터이냐?"

내가 도끼눈을 뜨고 다시 꽥 호령을 하니까 그제야 울타리께로 쪼르르 오더니 울 밖에 섰는 나의 머리를 겨누고 닭을 내팽개친다.

"에이, 더럽다! 더럽다!"

"더러운 걸 널더러 입때 끼고 있으랬니? 망할 계집애년 같으니!"

하고 나도 더럽단 듯이 울타리께를 힁허케 돌아 내리며 약이 오를 대로 다 올랐다. 라고 하는 것은 암탉이 풍기는 서슬에 나의 이마빼기에다 물찌똥을 찍 깔겼는데 그걸 본다면 알집만 터졌을 뿐 아니라 골병은 단단히 든 듯싶다.

그리고 나의 등뒤를 향하여 나에게만 들릴 듯 말 듯한 음성으로,

"이 바보 녀석아!"

"얘! 너 배냇병신이지?"[20]

그만도 좋으련만,

"얘! 너 느 아버지가 고자라지?"[21]

"뭐? 울 아버지가 그래 고자야?"

할 양으로 열벙거지가 나서 고개를 홱 돌리어 바라봤더니 그때까지 울타리 위로 나와 있어야 할 점순이의 대가리가 어디 갔는지 보이지를 않는다. 그러다 돌아서서 오자면 아까에 한 욕을 울 밖으로 또 퍼붓는 것이다. 욕을 이토록 먹어 가면서도 대거리 한마디 못하는 걸 생각하니 돌부리에 채어 발톱 밑이

19) 울타리를 만들 때 쓰는 나뭇가지.

20) 점순이의 애정 표현을 받아들일 줄 모르는 '나'에 대한 조롱.

21) 이 부분은 특히 점순이의 적극적이면서도 당돌한 성격이 드러난 대목이다. '배냇병신'이라는 욕설에도 별 반응을 보이지 않자 더욱 강하게 쏘아붙이고 있다.

터지는 것도 모를 만치 분하고 급기야는 두 눈에 눈물까지 불끈 내솟는다.

그러나 점순이의 침해는 이것뿐이 아니다.

사람들이 없으면 틈틈이 제 집 수탉을 몰고 와서 우리 수탉과 쌈을 붙여 놓는다. 제 집 수탉은 썩 험상궂게 생기고 쌈이라면 홰를 치는 고로 으레 이길 것을 알기 때문이다. 그래서 툭하면 우리 수탉이 면두며 눈깔이 피로 흐르르하게 되도록 해 놓는다. 어떤 때에는 우리 수탉이 나오지를 않으니까 요놈의 계집애가 모이를 쥐고 와서 꾀어내다가 쌈을 붙인다.

이렇게 되면 나도 다른 배차[22]를 차리지 않을 수 없다. 하루는 우리 수탉을 붙들어 가지고 넌지시 장독께로 갔다. 쌈닭에게 고추장을 먹이면 병든 황소가 살모사를 먹고 용을 쓰는 것처럼 기운이 뻗친다 한다. 장독에서 고추장 한 접시를 떠서 닭 주둥아리께로 들이밀고 먹여 보았다. 닭도 고추장에 맛을 들였는지 거스르지 않고 거진 반 접시 턱이나 곧잘 먹는다.

그리고 먹고 금세는 용을 못 쓸 터이므로 얼마쯤 기운이 돌도록 해 속에다 가두어 두었다.

밭에 두엄을 두어 짐 져내고 나서 쉴 참에 그 닭을 안고 밖으로 나왔다. 마침 밖에는 아무도 없고 점순이만 제 울 안에서 헌 옷을 뜯는지 혹은 솜을 타는지 웅크리고 앉아서 일을 할 뿐이다.

나는 점순네 수탉이 노는 밭으로 가서 닭을 내려놓고 가만히 맥을 보았다. 두 닭은 여전히 얼리어 쌈을 하는데 처음에는 아무 보람이 없다. 멋지게 쪼는 바람에 우리 닭은 또 피를 흘리고 그러면서도 날갯죽지만 푸드덕푸드덕 하고 올라 뛰고 뛰고 할 뿐으로 제법 한번 쪼아 보도 못한다.

그러나 한번은 어쩐 일인지 용을 쓰고 펄쩍 뛰더니 발톱으로 눈을 하비고 내려오며 면두를 쪼았다. 큰 닭도 여기에는 놀랐는지 뒤로 멈씰하며 물러난다. 이 기회를 타서 작은 우리 수탉이 또 날쌔게 덤벼들어 다시 면두를 쪼니 그제서는 감때사나운 그 대강이에서도 피가 흐르지 않을 수 없다.

옳다 알았다, 고추장만 먹이면은 되는구나 하고 나는 속으로 아주 잰그라워[23] 죽겠다. 그때에는 뜻밖에 내가 닭쌈을 붙여 놓는 데 놀라서 울 밖으로 내다보고 섰던 점순이도 입맛이 쓴지 눈살을 찌푸렸다.

22) 정해진 차례.

23) 속으로 매우 고소하게 생각하다.

나는 두 손으로 볼기짝을 두드리며 연방,

"잘한다! 잘한다!"

하고 신이 머리끝까지 뻗치었다.

그러나 얼마 되지 않아서 나는 넋이 풀리어 기둥같이 묵묵히 서 있게 되었다. 왜냐하면 큰 닭이 한번 쪼인 앙갚음으로 호들갑스레 연거푸 쪼는 서슬에 우리 수탉은 찔끔 못하고 막 곯는다. 이걸 보고서 이번에는 점순이가 깔깔거리고 되도록 이쪽에서 많이 들으라고 웃는 것이다.

나는 보다못하여 덤벼들어서 우리 수탉을 붙들어 가지고 도로 집으로 들어왔다. 고추장을 좀더 먹였더라면 좋았을걸, 너무 급하게 쌈을 붙인 것이 퍽 후회가 난다. 장독께로 돌아와서 다시 턱밑에 고추장을 들이댔다. 흥분으로 말미암아 그런지 당최 먹질 않는다.

나는 하릴없이 닭을 반듯이 누이고 그 입에다 궐련 물부리[24]를 물리었다. 그리고 고추장 물을 타서 그 구멍으로 조금씩 들이부었다. 닭은 좀 괴로운지 킥킥 하고 재채기를 하는 모양이나 그러나 당장의 괴로움은 매일같이 피를 흘리는 데 댈 게 아니라 생각하였다.

그러나 한 두어 종지 가량 고추장 물을 먹이고 나서는 나는 고만 풀이 죽었다. 싱싱하던 닭이 왜 그런지 고개를 살며시 뒤틀고는 손아귀에서 뻐드러지는 것이 아닌가. 아버지가 볼까 봐서 얼른 홰에다 감추어 두었더니 오늘 아침에서야 겨우 정신이 든 모양 같다.

그랬던 걸 이렇게 오다 보니까 또 쌈을 붙여 놨으니 이 망할 계집애가, 필연 우리 집에 아무도 없는 틈을 타서 제가 들어와 홰에서 꺼내 가지고 나간 것이 분명하다.

나는 다시 닭을 잡아다 가두고 염려는 스러우나 그렇다고 산으로 나무를 하러 가지 않을 수도 없는 형편이었다.

소나무 삭정이[25]를 따며 가만히 생각해 보니 암만해도 고년의 목쟁이를 돌려놓고 싶다. 이번에 내려가면 망할 년 등줄기를 한번 되게 후려치겠다 하고 싱둥겅둥 나무를 지고는 부리나케 내려왔다.

거지반 집에 다 내려와서 나는 호드기[26] 소리를 듣고 발이 딱 멈추었다. 산

24) 물부리 : 궐련을 끼워 입에 물고 빠는 물건.

25) 말라죽은 작은 가지. 땔감으로 씀.

26) 물오른 버들가지나 짤막한 밀짚의 토막으로 만든 피리.

기슭에 널려 있는 굵은 바윗돌 틈에 노란 동백꽃[27]이 소보록하니 깔리었다. 그 틈에 끼어 앉아서 점순이가 청승맞게시리 호드기를 불고 있는 것이다. 그보다 더 놀란 것은 그 앞에서 또 푸드덕푸드덕 하고 들리는 닭의 횃소리다. 필연코 요년이 나의 약을 올리느라고 또 닭을 집어 내다가 내가 내려올 길목에다 쌈을 시켜 놓고 저는 그 앞에 앉아서 천연스레 호드기를 불고 있음에 틀림없으리라.

나는 약이 오를 대로 다 올라서 두 눈에서 불과 함께 눈물이 퍽 쏟아졌다. 나무 지게도 벗어 놀 새 없이 그대로 내동댕이치고는 지게 막대기를 뻗치고 허둥지둥 달려들었다.

가차이 와 보니 과연 나의 짐작대로 우리 수탉이 피를 흘리고 거의 빈사 지경에 이르렀다. 닭도 닭이려니와 그러함에도 불구하고 눈 하나 깜짝 없이 고대로 앉아서 호드기만 부는 그 꼴에 더욱 치가 떨린다. 동리에서도 소문이 났거니와 나도 한때는 걱실걱실히 일 잘하고 얼굴 이쁜 계집애인 줄 알았더니 시방 보니까 그 눈깔이 꼭 여우새끼 같다.

나는 대뜸 달려들어서 나도 모르는 사이에 큰 수탉을 단매[28]로 때려 엎었다. 닭은 푹 엎어진 채 다리 하나 꼼짝 못하고 그대로 죽어 버렸다. 그리고 나는 멍하니 섰다가 점순이가 매섭게 눈을 홉뜨고 닥치는 바람에 뒤로 벌렁 나자빠졌다.

"이놈아! 너 왜 남의 닭을 때려 죽이니?"

"그럼 어때?"

하고 일어나다가,

"뭐 이 자식아! 누 집 닭인데?"

하고 복장[29]을 떠미는 바람에 다시 벌렁 자빠졌다. 그러고 나서 가만히 생각을 하니 분하기도 하고 무안도 스럽고 또 한편 일을 저질렀으니 인젠 땅이 떨어지고 집도 내쫓기고 해야 될는지 모른다.[30]

나는 비슬비슬 일어나며 소맷자락으로 눈을 가리고는 얼김에 엉 하고 울음을 놓았다. 그러다 점순이가 앞으로 다가와서,

"그럼, 너 이담부텀 안 그럴 테냐?"

27) 이 작품의 제목인 '동백꽃'이 처음 본문에 사용되고 있음을 알 수 있다. 순박한 남녀의 순수한 사랑을 표현하기 위해 동백꽃이 깔려 있는 장소를 선택하고 있음에 유의할 것. 여기에서의 '동백꽃'은 '생강나무'의 사투리라는 견해가 유력하다.

28) 단 한 번의 매질. '나'는 처음에는 점순네 집 울타리를 헛방으로 치는 것으로 점순네 닭을 위협했지만, 이제는 거의 감정이 복받친 상태이므로 직접 '단매'로 친 것이다. 닭싸움에 대한 '나'의 심리 상태가 절정에 이르렀음을 알 수 있다.

29) 가슴의 한복판

30) 소작인의 처지 때문에 움츠러든 '나'의 심리 상태를 알 수 있다.

하고 물을 때에야 비로소 살길을 찾은 듯싶었다. 나는 눈물을 우선 씻고 뭘 안 그러는지 명색도 모르건만,

"그래!"

하고 무턱대고 대답하였다.

"요담부터 또 그래 봐라, 내 자꾸 못살게 굴 테니."

"그래 그래, 인젠 안 그럴 테야."

"닭 죽은 건 염려 마라. 내 안 이를 테니."[31]

그리고 뭣에 떠다밀렸는지 나의 어깨를 짚은 채 그대로 퍽 쓰러진다. 그 바람에 나의 몸뚱이도 겹쳐서 쓰러지며 한창 피어 퍼드러진 노란 동백꽃 속으로 폭 파묻혀 버렸다.

알싸한 그리고 향긋한 그 냄새에 나는 땅이 꺼지는 듯이 온 정신이 고만 아찔하였다.[32]

"너 말 마라."[33]

"그래!"

조금 있더니 요 아래서,

"점순아! 점순아! 이년이 바느질을 하다 말구 어딜 갔어!"

하고 어딜 갔다 온 듯싶은 그 어머니가 역정이 대단히 났다.

점순이가 겁을 잔뜩 집어먹고 꽃 밑을 살금살금 기어서 산 아래로 내려간 다음 나는 바위를 끼고 엉금엉금 기어서 산 위로 치빼지 않을 수 없었다.

〈『조광』, 1936. 5〉

31) 둘 사이에 최초의 비밀이 생겨난다. 이 비밀은 두 사람을 매개하는 기능을 한다.

32) 동백꽃 향기에 도취한 것으로 표현되어 있지만, 점순이의 향기에 취한 것으로 해석하는 편이 문맥에 맞다. 이때 '향기'는 중의적 표현이 된다. 동백꽃을 매개로 두 사람의 애정이 성취되는 부분이다.

33) '금지된 사랑'이라는 보다 더 중요한 비밀이 성립된다.

소작인의 아들인 '나'와 마름의 딸인 '점순이'를 각각 바꾸어 소설 「동백꽃」을 새롭게 쓴다면, 어떤 점을 고려할 것인가.

남아선호사상이 남아 있는 전통적인 한국 사회에서 남성은 일반적으로 여성에 비해 우월한 위치를 점하고 있다. 또한 '나'가 마름의 아들이라면, 적어도 소작인이라는 계층적 열등감은 나타내지 않을 것이다.

이 경우 '나'는 '점순이'에 비해 여러모로 우월한 위치를 점하고 있게 된다. 남성이라는 성적 우월성, 마름이라는 계층적 우월성은 '나'에게 일방적인 승리의 조건을 제공해 줄 것이다. 반면 점순은 가난한 소작인의 딸로서 '수난받는 여성'의 전형을 보여 주게 될 것이다. 가난과 편견 등의 이유로 몸을 팔거나 자살하는 여성의 일생이야말로 「심청전」과 「장화홍련전」에서부터 이광수의 「무정」에 이르기까지 한국 소설에 등장하는 여성들의 보편적인 운명이었다. 남자인 '나'와 폭력적인 사회 현실 속에서 신음하는 여성 주인공의 모습은 한(恨)의 정서로 일관해 온 전통적인 여성상과 일치하는 것이다. 이는 작가 김유정이 추구해 온 '해학'의 정서와는 상반된 것이다.

이렇게 될 경우, 소설로서의 묘미는 훨씬 반감될 것으로 보인다. 「동백꽃」의 재미는 사랑이라는 낭만적 세계, 계층이라는 현실적 세계 사이의 불일치에서 비롯된 것으로 볼 수 있다. 점순이는 일방적으로 '나'를 짝사랑하고 있으며, '나'는 소작인의 아들이라는 불리한 심리적 열등감에 싸여 있다. 이러한 시소 게임이 없어진다면, 이 소설은 남녀 간의 사랑과 이를 막는 계층적인 장벽 등으로 주제가 한정될 것이다.

통합논술 Q & A

「동백꽃」에서 '나'와 '점순이'의 사랑은 은밀하게 감춰져 있다. 이 작품 속에 서로 사랑한다는 표현이 단 한 차례도 등장하지 않는 점은 이를 반증해 준다. 오히려 서로 닭싸움을 시키고, 감자를 줘도 받지 않는 장면을 통해서 역으로 사랑의 감정이 드러난 셈이다. 감춰진 사랑의 기호(記號)를 추적해 보자.

일반적으로 우리는 사랑의 감정을 '사랑한다'는 말로 표현해야 한다고 믿고 있다. 그러나 현실적으로 '사랑한다' 고 말하는 일이 그리 흔하지는 않다. 한국적인 의사 표현 방식이 이러한 직설적인 의사 전달을 선호하지 않기 때문이기도 하고, '사랑' 이라는 언어적 기호 자체가 사랑의 감정을 보여 주기에는 뭔가 미흡하기 때문이기도 할 것이다. 우리는 김유정의 「동백꽃」에서 말로 표현되지 않은 아름다운 사랑의 기호들을 발견하게 된다.

이 작품에서는 사랑의 감정을 '감자' 와 '닭싸움' 으로 표현한다. 「동백꽃」의 첫 구절은 '오늘도 또 우리 수탉이 막 쪼이었다' 는 표현에서 출발한다. '오늘도 또' 에서 우리는 '우리 수탉' 이 전에도 '막 쪼이었다' 는 정보를 가장 먼저 접하게 된다. 그리고 난 다음에는 이제 '우리' 수탉과 '다른' 어떤 수탉과의 대립 관계를 머릿속에 떠올리게 된다. 대관절 '어떤' 수탉이기에 '우리' 수탉을 못살게 군다는 말인가. 다음에는 처절히도 당하고 마는 우리 수탉의 모습에 시선이 옮겨진다. 그리고 '어떤' 수탉의 주인임에 틀림없을 '점순이' 가 등장해 난데없이 감자를 내민다.

"느 집엔 이거 없지?"
하고 생색 있는 큰소리를 하고는 제가 준 것을 남이 알면은 큰일날 테니 여기서 얼른 먹어 버리란다. 그리고 또 하는 소리가,
"너 봄감자가 맛있단다."

그러나 이 대목에서 '점순' 은 결정적인 실수를 한다. 점순이가 전달한 감자는 분명 사랑의 기호였어야 하는데, 여기에다가 쓸데없이 '느 집엔 이거 없지?' 라는 언어적 기호를 부가함으로써 가난한 소작인 아들의 자존심을 건드린다. 이 경우, '감자를 소유한 자/감자를 소유하지 않은 자' 사이의 대립은 심각한 계급적 대립으로 비화된다. 감자를 거절당한 점순이가 '눈에 독을 올리고 한참 나를 요렇게 쏘아보더니 나중에는 눈물까지 어리는 것이 아니냐. 그리고 바구니를 다시 집어 들더니 이를 꼭 악물고는 엎어질 듯 자빠질 듯 논둑으로 휭허케 달아나는 것' 도 그렇지만, 감자를 거절한 '나' 로서도 이러한 대립은 참을 수 없는 것이다.

설혹 주는 감자를 안 받아 먹은 것이 실례라 하면, 주면 그냥 주었지 '느 집엔 이거 없지' 는 다 뭐냐. 그러잖아도 저희는 마름이고 우리는 그 손에서 배재를 얻어 땅을 부치므로 일상 굽실거린다.

그러나 그냥 물러설 점순이가 아니다. 점순은 예의 그 닭을 안고는 다시 우리 수탉에게 덤벼든다. 이것을 기호론으로 설명하기에는 너무 복잡하다. 사랑의 발신자인 점순만이 분명할 따름이지, 사랑의 수신자도 사랑의 메시지도 너무 혼란스럽기 때문이다. 사랑의 수신자는 원래 '나' 가 되어야 할 터인데, 괜한 '우리 수탉' 을 수신자로 삼아 괴롭히고 있으며, 사랑의 메시지도 사랑의 감정과는 너무도 거리가 먼 '닭싸움' 으로 바뀌어 있기 때문이다. 이 작품은 끝 장면에서야 비로소 유일하게 사랑의 묘사가 보인다.

그리고 뒷에 떠다밀렸는지 나의 어깨를 짚은 채 그대로 퍽 쓰러진다. 그 바람에 나의 몸뚱이도 겹쳐서 쓰러지며 한창 피어 퍼드러진 노란 동백꽃 속으로 폭 파묻혀 버렸다.

알싸한 그리고 향긋한 그 냄새에 나는 땅이 꺼지는 듯이 온 정신이 고만 아찔하였다.

'땅이 꺼지는 듯이 온 정신이 고만 아찔' 한 그 사랑의 장면이 좀더 자세하게 묘사되기를 우리는 기대해 보지만, 그러나 이 정도의 묘사를 끝으로 이 단편은 끝난다.

"너 말 마라."
"그래!"

점순과 '나'는 새로운 '비밀'을 하나 약속하고는, 하나는 산 위로 하나는 마을로 도망가 버리는 것이다. 독자로서는 조금 야속한 느낌을 가질 수 있다. 독자는 다시 한 번 그들의 사랑의 소통의 장에서 소외되기 때문이다. 이 작품이 순수한 사랑의 감정을 보여 주고 있다고 느낄 수 있는 것은, 역설적으로 이 작품 속에 '사랑'이라는 언어적 표현이 한 마디도 없기 때문이다.

흔히 남녀 간의 사랑은 국경과 계층의 장벽마저 초월할 수 있다고 생각한다. TV 연속극이나 대중적인 영화에서도 이러한 상황을 자주 접할 수 있다. 그러나 현실 속에서의 사랑은 그렇지 않다는 주장도 있다. 다음의 두 견해를 참조해 자신의 견해를 피력해 보자.

(가) 낭만적인 사랑은 인간 경험의 자연스런 한 부분이며, 따라서 모든 사회에서 발견된다. 그리고 그것은 결혼과 밀접하게 관련되어 있다.

(나) 결혼이 낭만적인 사랑에 기초한다는 관념은 최근에 생겨난 관념이다. 실제로 낭만적인 사랑은 대부분의 사회에 존재하지 않는다.

왜 사람들은 사랑에 빠지고 결혼을 하는가. 언뜻 보기에 그 대답은 자명하다. 사랑은 두 사람이 서로에 대해 느끼는 육체적이고 감정적인 애착을 말한다. 오늘날 많은 사람들이 사랑은 '영원한 것'이라는 생각에 대해 회의적이면서도, '사랑에 빠진다는 것' 자체는 보편적인 인간의 기질이나 감정으로 인한 것이라고 생각하는 경향이 있다. 서로 사랑하는 두 사람이 가정을 꾸리는 일은 전적으로 당연한 일인 것처럼 보인다.

하지만 그렇게 자명한 것처럼 보이는 이 생각은 사실상 그리 자명한 것은 아니다. 사랑에 빠진다는 것은 대개의 사람들이 모두 겪는 경험이라고 할 수 없으며, 또한 결혼과 그렇게 밀접하게 관련된 것도 아니다. 서구 사회에서 낭만적인 사랑이라는 관념은 얼마 전까지만 해도 그리 널리 퍼져 있지 않았으며, 대부분의 문화권에서는 한 번도 존재한 적이 없었다고 한다. 사랑,

결혼, 그리고 성이라는 세 가지가 밀접하게 관련되기 시작한 것은 근대 세계에 들어선 이후의 일이다. 낭만적인 사랑은 혼외 정사에 탐닉했던 귀족사회에서 처음으로 생겨났다. 지금부터 약 2세기 전까지만 해도 그것은 귀족사회와 같은 일부 집단에만 한정되어 있었고, 더욱이 결혼 과는 전혀 별개의 것으로 간주되었던 것이다. 사람들은 대부분 가족의 신분이나 재산을 유지 하거나, 농토를 경작할 아이들을 낳으려는 목적 때문에 결혼했다고 한다. 물론 일단 결혼하고 나면 서로 사랑하게 될 수도 있지만, 어쨌든 그것은 사랑 때문에 결혼한 것이 아니라 결혼한 이 후에 사랑하게 된 경우를 말한다.

이런 의미에서 볼 때, 「동백꽃」에 묘사된 사랑은 일상적인 사랑의 감정과는 다르게 소설 속 에서나 묘사될 수 있는 성격의 것으로 판단된다. 단편으로 끝난 이 작품의 후반부를 더 이어 나 간다고 가정해 보자. 소작을 부치는 집안의 '나' 가 '점순이' 를 대하는 태도에는 계층적 위화감 이나 반감이 늘 개입되게 마련이다. 만약 '점순이' 와의 사랑이 이루어진다 하더라도 '나' 가 이 러한 감정을 감출 수 있을지도 의문이며, 이러한 감정을 감춘 상태에서 이루어지는 결합이 그 리 바람직한 것은 아닐 것으로 생각된다.

김유정의 소설에는 가슴에 와 닿는 한국인의 정서가 있고, 피부에 와 닿는 한국인의 언어가 있다. 그의 언어는 언어라고 하기보다는 목소리라고 하는 것이 옳겠다. 그것이 푸짐한 욕설이건 발랄한 우스갯소리이건 그의 목소리는 생생하게 귀에 와 닿는다. 예컨대 국어사전에 따르면 '형님한테로'가 맞는 말이지만, 강원도 늙은이들은 지금도 '싱님안터로'라고 말한다. 놀랍게도 그의 소설에 "홍천인가 어니 스 성님안터로"(「만무방」)가 보인다. 이처럼 김유정은 녹음기를 가지지 않고도 발화 현장을 그대로 녹음한다. 그는 말을 살리고 사전은 말을 죽인다. 발화 현장을 그대로 녹음하듯, 김유정은 사건 현장을 그대로 녹화한다. 그리고 그 현장의 정서를 정확하게 포착한다. 가난했지만 그래도 푸근했던 삶에서 우러난 특유의 정서들, 그 속에 슬픔을 감추고 있는 웃음과 원수처럼 싸우면서도 떨어지지 못하는 끈끈한 정, 살기 위해서 자기 살을 떼어 내고 자기 몸을 버리는 처절한 아름다움, 죽음 앞에서도 가식 없이 드러나는 천진함을 정확하게 포착한다. 그러한 김유정의 소설은 방금 뽑아 올린 흙 묻은 무처럼 싱싱하다.

한편 김유정이 사용한 강원도 토속적 언어는 그의 문학을 한결 싱싱하게 만든다. 그의 소설에 사용된 어휘들 중에서 무려 611개가 현재까지 어느 국어사전에도 들어 있지 않다. 그 토속어의 예를 살펴보기로 하겠다. 그 의미가 무엇인지 추측하면서 아래 문장들을 읽어 보자. 해답은 맨 아래쪽에 제시해 둔다.

① 이것들이 또 저를 고라땡을 먹이는군요.(「노다지」)
② 따는 응칠이의 솜씨이면 낙짜는 없을 것이다.(「만무방」)
③ 네가 넌춧넌춧이 그 물을 대신 길어도 주었다(「봄봄」)
④ 어이 배랄먹을 년 웬걸 그러케 처먹고 이 지랄이야(「떡」)
⑤ 동무들과 놀라지도 지낄라지도 안는 아이에 있어서는 먹는 편이 월등 발달되었고,(「떡」)
⑥ 콩밭을 통이 뒤집어놓았다.(「금따는 콩밭」)
⑦ 바로 그럴 양이면 향수를 사다 뿌려놓고 드럽디었지.(「야앵」)

이 가운데 몇 개나 맞힐 수 있을까.

해답 ① 골탕, ② 영락, ③ 넌지시, ④ 빌어먹을, ⑤ 지껄이지도, ⑥ 온통, ⑦ 들엎드렸지

김유정문학관

물레방아

나도향

1902~1926 | 서울에서 출생 1918년 배재고보 졸업 1922년 『백조』 동인 1925년 『조선문단』에 「물레
방아」 발표

그밖에 주요 작품으로 「벙어리 삼룡이」 「자기를 찾기 전」 「뽕」 「지형근」 등이 있음

「물레방아」는 아내를 주인에게 빼앗긴 막실살이 종놈의 분노와 비애를 그린 작품이다. 머슴인 방원의 아내가 신치규라는 주인 늙은이와 음행(淫行)을 하고 남편을 배신한 데서 방원의 분노가 폭발해 폭행과 살인극까지 빚게 되는 이 작품의 스토리는 일제 치하의 빈곤, 지배자와 피지배자의 갈등을 주요 내용으로 삼고 있다.

남자 주인공인 방원은 떠돌이 생활을 하는 방랑자였으나 지금의 아내를 만나 그녀의 전남편을 버리고 함께 도망해 와 신치규네 머슴살이를 하고 있는 터였다. 그러나 늙은 주인이 음심(淫心)을 품고 접근하는 것을 목격하고 아내와 함께 도주하고자 했으나 아내의 반대로 실패하고 만다. 결국 방원은 불행한 죽음으로 삶을 마감한다.

이 작품에서 강렬한 개성을 보여 주는 인물은 방원의 아내다. 그녀는 전남편을 버리고 방원을 선택했으며, 그 다음에는 방원을 버리고 늙은 노인인 신치규를 선택한다. 조선조의 봉건적인 윤리가 아직 강하게 남아 있던 1920년대의 사회에서 그녀의 선택은 매우 파격적인 것으로 보인다. 이런 이유에서 그녀는 한국문학사에 나타난 최초의 창부(娼婦)형 인물로 평가되기도 한다.

그러나 방원의 아내는 자신의 주체적인 판단과 의지에 따라 방원을 선택했고 또한 신치규를 선택했다. '내 하고 싶은 대로' 살겠다는 그녀의 선택은 기존 윤리에 얽매이지 않고, 자기의 의지에 따라 행동하고 있다는 점에서 근대성(近代性)을 확보한 개성적인 인물로 평가될 수도 있다.

갈래 __ 단편 소설, 사실주의 소설 | 주제 __ 물질에 대한 탐욕이 빚어 낸 윤리와 도덕의 타락상, 가난한 부부의 비극적 삶에 대한 고발 | 배경 __ 1920년대의 어느 농촌 | 시점 __ 전지적 작가 시점 | 등장인물 __ 방원 __ 주인집에서 막실살이를 하는 종. 우직하고 순박하며, 마지막 순간까지도 신치규에게 적극적으로 대들지 못할 만큼 노예적 삶에 익숙한 인물 아내 __ 물질적 탐욕 때문에 남편을 배반하는 창부형의 인물. 방원과 만나기 전에도 원래 남편이 있었던 여자로서, 전통적인 정조 관념과는 거리가 먼 인물. 비윤리적인 인물로 비판할 수도 있지만, 자기의 개성과 취향을 자신 있게 내세울 줄 안다는 점에서 보면, 개성적이고 적극적인 인물 신치규 __ 방원의 상전이며, 그의 아내를 가로챈 부도덕한 인물. 탐욕의 전형에 해당하는 정적 인물 | 구성 __ 발단 __ 신치규가 방원의 아내를 탐낸다. 전개 __ 신치규가 방원의 아내를 유혹한다. 위기 __ 방원이 신치규와 자기 아내가 물레방앗간에서 나오는 것을 목격한다. 절정 __ 방원은 자신의 아내를 두둔하는 신치규를 구타해 상해죄로 구속된다. 대단원 __ 출감한 방원은 아내를 달래 보지만 아내의 마음은 변하지 않는다. 방원은 아내를 우발적으로 죽이고 자살한다.

1

덜컹덜컹 홈통에 들었다가 다시 쏟아져 흐르는 물이 육중한 물레방아를 번쩍 쳐들었다가 쿵하고 확 속으로 내던질 제 머슴들의 콧소리는 허연 겻가루가 켜켜 앉은 방앗간 속에서 청승스럽게 들려 나온다.[1]

쏼 쏼 쏼, 구슬이 되었다가 은가루가 되고 댓줄기같이 뻗치었다가 다시 쾅쾅 쏟아져 청룡이 되고 백룡이 되어 용솟음쳐 흐르는 물이 저쪽 산모퉁이를 십 리나 두고 돌고, 다시 이쪽 들 복판을 오 리쯤 꿰뚫은 뒤에 이 방원(芳源)이가 사는 동네 앞 기슭을 스쳐 지나가는데 그 위에 물레방아 하나가 놓여 있다.

물레방아에서 들여다보면 동북간으로 큼직한 마을이 있으니 이 마을의 가장 부자요, 가장 세력이 있는 사람으로 이름을 신치규(申治圭)라고 부른다. 이 방원이라는 사람은 그 집의 막실(幕室)[2]살이를 하여 가며 그의 땅을 경작하여 자기 아내와 두 사람이 그날그날을 지내 간다.

어떠한 가을 밤 유난히 밝은 달이 고요한 이 촌을 한적하게 비출 때 그 물레방앗간 옆에 어떠한 여자 하나와 어떤 남자 하나가 서서 이야기를 하는 소리가 들리었다.

그 여자는 방원의 아내로 지금 나이가 스물두 살, 한참 정열에 타는 가슴으로 가장 행복스러울 나이의 젊은 여자요, 그 남자는 오십이 반이 넘어 인생으로서 살아올 길을 다 살고서 거의 거의 쇠멸의 구렁이를 향하여 가는 늙은이다.

그의 말소리는 마치 그 여자를 달래는 것같이,

"얘, 내 말이 조금도 그를 것이 없지? 쉰네 할멈에게도 자세한 말을 들었을 터이지마는 너 생각해 보아라. 네가 허락만 하면 무엇이든지 네가 하고 싶다는 것은 내가 전부 해줄 터이란 말야. 그까짓 방원이 녀석하고 네가 몇 백 년 살아야 언제든지 막실 구석을 면하지 못할 터이니. 허허, 사람이란 젊어서 호강해 보지 못하면 평생 호강 한번 하여 보지 못하고 죽을 것이 아니냐. 내가 말하는 것이 조금도 잘못하는 것이 없느니라! 대강 너의 말을 쉰네 할멈에게 듣기는 들었으나 그래도 너에게 한번 바로 대고 듣는 것만 못해서 이리로 만

1) '물레방아'는 전원적인 서정을 함축하는 동시에 성적(性的)인 이미지를 포함하고 있다. 예컨대 민요 「정선 아리랑」에는 과년한 처녀가 어린 신랑을 만나 부부생활을 아쉬워하는 다음과 같은 노래가 있다. '정선 읍내 물레방아는 사시장철 물살을 안고 빙글빙글 도는데 우리 집 서방님은 날 안고 돌 줄 몰라.'

2) 꿸핑길이. 하인은 아니지만, 남의 집 행랑에 얹혀 살면서 그 집의 잡일을 도와주는 것을 행랑살이라 불렀다.

나자고 한 것이다. 너의 마음은 어떠냐? 어디 허허, 내 앞이라고 조금도 어떻게 알지 말고 이야기해 봐, 응?"

이 늙은이는 두말할 것 없이 신치규다. 그는 탐욕스러운 눈으로 방원의 계집을 들여다보며 한 손으로 등을 두드린다.

새침한 얼굴이 파르족족하고 기다란 눈썹과 검푸른 두 눈 가장자리에 예쁜 입, 뾰로통한 뺨이며 콧날이 오똑한데다가 후리후리한 키에 떡벌어진 엉덩이가 아무리 보더라도 무섭게 이지적(理智的)인 동시에 또는 창부형(娼婦型)으로 생긴 여자이다.[3]

계집은 아무 말이 없이 서서 짐짓 부끄러운 태를 지으며 매혹적인 웃음을 생긋 웃고는 고개를 돌렸다. 그 웃음이 얼마나 짐승 같은 신치규의 만족을 사게 되었으며, 또는 마음을 충동시켰는지 희끗희끗한 수염이 거의 계집의 뺨에 닿도록 더 가까이 와서,

"응? 왜 대답이 없니? 부끄러워서 그러니? 그렇게 부끄러워할 일은 아닌데."

하고 계집의 손을 잡으며,

"손도 이렇게 예쁜 줄은 여태까지 몰랐구나. 참 분결같다. 이렇게 얌전히 생긴 애가 방원 같은 천한 놈의 계집이 되어 일평생을 그대로 썩는다는 것은 너무 가엾고 아깝지 않으냐? 얘."

계집은 몸을 돌리려고 하지도 않고 영감이 하는 대로 내버려 두며 눈으로 땅만 내려다보고 섰다가 가까스로 입을 떼는 듯하더니,

"제 말야 모두 쇤네 할멈이 여쭈었지요. 저에게는 너무 분수에 과한 말씀이니까요."

"온, 천만의 소리를 다 하는구나. 그게 무슨 소리냐. 너도 아다시피 내가 너를 장난삼아 그러는 것도 아니겠고 후사(後嗣)[4]가 없어 그러는 것이니까 네가 내 아들이나 하나 나 주렴. 그러면 내 것이 모두 네 것이 되지 않겠니? 자아, 그러지 말고 오늘 허락을 하렴. 그러면 내일이라도 방원이란 놈을 내쫓고 너를 불러들일 터이니."

"어떻게 내쫓을 수가 있에요."

3) 이 '창부형'의 '계집'은 자신의 인생을 스스로의 주관으로 선택한다는 점에서는, 근대 여성으로서의 주체성을 확보한 인물로 볼 수 있다. 이러한 여성의 입장에서 이 작품을 보면, 이 작품의 주제는 '빈곤과 착취'가 아니라 '여성으로서의 주체성' 확보로 해석될 여지를 남긴다.

4) 대를 잇는 자식.

"허어, 그것이 그리 어려울 것이 무엇 있니. 내가 나가라는데 제가 나가지 않고 배길 줄 아니?"

"그렇지만 너무 과하지 않을까요?"

"무엇? 저런 생각을 하니까 네가 이 모양으로 이때까지 있었지. 어떻단 말이냐? 그런 것은 소금노 염려하지 말구. 자! 또 네 서방에게 들킬라, 어서 들어가자."

"먼저 들어가세요."

"왜?"

"남이 보면 수상히 알 게요."

"무얼 나하고 가는데 수상히 알 게 무어야. 어서 가자."

계집은 천천히 두어 걸음 따라가다가,

"영감!"

하고 무춤하고 서 있다.

"왜 그러니."

계집은 다시 말이 없이 서 있다가,

"아니에요."[5]

하고,

"먼저 들어가세요."

하며 돌아선다. 영감이 간이 달아서 계집의 손을 잡으며,

"가자, 집으로 들어가자."

그의 가슴은 두근거리는지 숨소리가 잦아진다. 계집은 손을 빼려 하며,

"점잖으신 어른이 이게 무슨 짓이에요."

하면서도 그의 몸짓에는 모든 것을 허락한다는 뜻이 보였다. 영감은 계집의 몸을 끌어안더니 방앗간 뒤로 돌아 들어섰다. 계집은 영감 가슴에 안겨서 정욕이 가득한 눈으로 그를 보면서,

"영감."

말 한마디 하고 침 한번 삼키었다.

"영감이 거짓말은 안하시지요."

5) 신치규의 제안에 대해 '계집'이 망설이고 있음을 보여 준다.

"아니."

그의 말은 떨리었다. 계집은 영감의 팔을 한 손으로 잡고 또 한 손으로는 방앗간 속을 가리켰다.

"저리로 들어가세요."[6]

영감과 계집은 방앗간에서 이삼십 분 후에 다시 나왔다.[7]

물레방앗간

2

사흘이 지난 뒤에 신치규는 방원이를 자기 집 사랑 마당 앞으로 불렀다.

"얘."

방원은 상전이라 고개를 숙이고,

"네."

공손하게 대답을 하였다.

"네가 그간 내 집에서 정성스럽게 일을 한 것은 고마운 일이지마는……."

점잔과 주짜를 빼면서 신치규는 말을 꺼내었다. 방원의 가슴은 이 '마는' 이라는 말 뒤에 이어질 말을 미리 깨달은 듯이 온 전신의 피가 가슴으로 모여드는 듯하더니 다시 터럭이라는 터럭은 전부 거꾸로 일어서는 듯하였다.

"오늘부터는 우리 집에 사정이 있어 그러니 내 집에 있지 말고 다른 곳에 좋은 곳을 찾아가 보아라."

아무 조건도 없다. 또한 이곳에서도 할 말이 없다. 죽으라고 하면 죽는 시늉이라도 해야 하는 것이다. 주인은 돈 가지고 사람을 사고 팔 수도 있는 것이다.

방원은 가슴이 답답하였다. 자기 혼자몸 같으면 어디 가서 어떻게 빌어먹더라도 살 수가 있지마는 사랑하는 아내를 구해 갈 길이 막연하다. 그는 고개를 숙이고, 허리를 굽히고, 나중에는 마음을 굽히어 사정도 하여 보고 애걸도 하여 보았다. 그러나 그것은 헛된 일이다. 주인의 마음은 쇠나 돌보다도 더

6) 계집의 말. 계집이 오히려 적극적으로 신치규의 제안을 수용하고 있음을 보여 준다.

7) 방앗간 내에서의 일은 생략되어 있다.

굳었다.

그는 하는 수 없이 자기 아내에게 그 이야기를 하였다. 그리고 아내더러 안주인 마님께 사정을 좀 하여 얼마간이라도 더 있게 하여 달라고 하여 보라 하였다. 그러나 아내는 방원의 말을 들을 리가 없었다. 도리어,

"그러면 어떻게 한단 말이오. 이제부터는 나를 어떻게 먹여 살릴 터이오?"

"너는 그렇게도 먹고살 수 없을까 봐 겁이 나니?"

"겁이 나지 않고. 생각을 해보구려. 인제는 꼼짝할 수 없이 죽지 않았소?"

"죽어?"

"그럼 임자가 나를 데리고 이곳까지 올 때에 무어라고 하였소. 어떻게 해서든지 너 하나야 먹여 살리지 못하겠느냐고 하였지요."

"그래."

"그래, 얼마나 나를 잘 먹여 살리고 나를 호강시켰소. 여태까지 이태나 되도록 끌구 돌아다닌다는 것이 남의 집 행랑이었지요?"

"애, 그것을 내가 모르고 하는 말이냐? 내가 하려고 하지 않아서 그렇게 된 것이냐? 차차 살아가는 동안에 무슨 일이든지 생기겠지. 설마 요대로 늙어 죽기야 하겠니?"

"듣기 싫소! 뿔 떨어지면 구워 먹지[8] 어느 천년에."

방원이는 가뜩이나 내어쫓기고 화가 나는데 계집까지 그리하니까 속에서 열화가 치밀어 올라왔다.

"이 육시를 하고도 남을 년! 왜 남의 마음을 글컹거리니."

"왜 사람에게 욕을 해."

"이년아, 욕 좀 하면 어떠냐?"

"왜 욕을 해!"

계집이 얼굴이 노래지며 대든다.

"이년이 발악인가?"

"누가 발악야, 계집년 하나 건사 못하는 위인이 계집보고 욕만 하고 한 세무어야? 그래 은가락지 은비녀나 한 벌 사 주어 보았어? 내가 임자 하자고 하는 대로 하지 않은 것은 없지!"[9]

"이년아! 은가락지 은비녀가 그렇게 갖고 싶으냐. 이 더러운 년아."

"무엇이 더러워? 너는 얼마나 정한 놈이냐!"

계집의 입 속에서는 '놈' 소리가 나오기 시작한다.

"이년 보게! 누구더러 놈이래."

하고 손길이 계집의 낭자[10]를 휘어 잡더니 그대로 집어 들고 두어 번 주먹으로 등줄기를 후리었다.

"이 주릿대를 안길 년!"

발길이 엉덩이를 두어 번 지르니까 계집은 그대로 거꾸러졌다가 다시 일어났다. 풀어 헤뜨린 머리가 치렁치렁 끌리고 씰룩한 눈에는 독기가 섞이었다.

"왜 사람을 치니? 이놈! 죽여라 죽여, 어디 죽여 보아라, 이놈 나 죽고 너 죽자!"

하고 달려드는 계집을 후려서 거꾸러뜨리고서,

"이년이 죽으려고 기를 쓰나!"

방원이가 계집을 치는 것은 그것이 주먹을 가지고 하는 일종의 농담이다. 그는 주먹이나 발길이 계집의 몸에 닿을 때 거기에 얻어맞는 계집의 살이 아픈 것보다 더 찌르르하게 가슴 한복판을 찌르는 아픔을 방원은 깨닫는 것이다. 홧김에 계집을 치는 것이 실상은 자기의 마음을 자기의 이빨로 물어 뜯는 것이나 다름이 없는 것이다. 때리는 그에게는 몹시 애처로움이 있고 불쌍함이 있는 것이다. 그러나 자기의 화풀이를 받아 주는 사람은 아직까지도 계집밖에는 없었다. 제일 만만하다는 것보다도 가장 마음놓고 화풀이할 수 있음이다. 싸움한 뒤, 하루가 못 되어 두 사람이 베개를 나란히 하고 서로 꼭 끼고 잘 때에는 그렇게 고맙고 그렇게 감격이 일어나는 위안이 또다시 없음이다. 계집을 치고 화풀이를 하고 난 뒤에 다시 가슴을 에는 듯한 후회와 더 뜨거운 포옹으로 위로를 받을 그때에는 두 사람 아니라 방원에게는 그만큼 힘있고 뜨거운 믿음이 또다시 없는 까닭이다.

계집은 일부러 소리를 높여서 꺼이꺼이 운다.

온 마을 사람이 거의 귀를 기울였으나,

"응, 또 사랑 싸움을 하는군!"

영화 「물레방아」의 한 장면

10) 여인의 예장에 쓰던 딴머리의 한 가지. 쪽진 머리 위에 얹어 긴 비녀를 꽂았음.

하고 도리어 그 싸움을 부러워하였다. 옆집 젊은것이 와서 싱글싱글 웃으면서 들여다보며,

"인제 고만두라구."

하며 말리는 시늉을 한다. 동네 아이들만 마당 앞에 죽 늘어서서 눈들이 뚱그래시 구경을 한다.

3

그날 저녁에 방원은 술이 얼근하여 돌아왔다. 아까 계집을 차던 마음은 어느덧 풀어지고 술로 흥분된 마음에 그는 계집의 품이 몹시 그리워져서 자기 아내에게 사과를 할 마음까지 생기었다. 본시 사람이 좋고 마음이 약하고 다정한 그는 무식하게 자라난 까닭에 무지한 짓을 하기는 하나 그것은 결코 그의 성격을 말하는 무지함이 아니다.

그는 비척거리면서 집으로 향하는 길에 거슴츠레하게 풀린 눈을 스르르 내리감고 혼잣소리로,

"빌어먹을 놈! 나가라면 나가지 무서운가? 제 집 아니면 살 곳이 없는 줄 아는 게로군! 흥, 되지 않게 다 무엇이냐? 돈만 있으면 제일이냐? 이놈, 네가 그러다가는 이 주먹 맛을 언제든지 볼라. 그대로 곱게 돼질 줄 아니?"

하고 개천 하나를 건너뛴 후에,

"돈! 돈이 무엇이냐."

한참 생각하다가,

"에후."

한숨을 쉬고 나서,

"돈이 사람 죽이는구나! 돈! 돈! 흥, 사람 나고 돈 있지 돈 나고 사람 났니?"

또 징검다리를 비척비척하고 건넌 뒤에,

"고 배라먹을 년이 왜 고렇게 포달[11]을 부려서 장부의 마음을 긁어 놓아!"

11) 암상이 나서 악을 쓰고 함부로 욕을 하며 대드는 일.

그의 목소리에는 말할 수 없이 다정한 맛이 있었다. 그는 자기 계집을 생각하면 모든 불평이 스러지는 듯이, 숙였던 고개를 쳐들어 하늘을 보면서,

"허어, 저도 고생은 고생이지."

하고 다시 고개를 숙인 후,

"내가 너무해, 너무 그럴 게 아닌데."

그는 자기 집에 와서 문고리를 붙잡고 잡아 흔들면서,

"얘! 자니! 자!"

그러나 대답이 없고 캄캄하다.

"이년이 어디를 갔어!"

영화의 한 장면

그는 문짝을 깨어지라 하고 닫은 후에 다시 길거리로 나와 그 옆집으로 가서,

"여보 아주머니! 우리 집 색시 어디 갔는지 보았소?"

밥들을 먹던 옆집 내외는,

"어디서 또 취했소그려! 애 어머니가 아까 머리 단장을 하더니 저 방아께로 갑디다."

"방아께로?"

"네."

"빌어먹을 년! 방아께로는 무얼 먹으러 갔누!"

다시 혼자 방아를 향하여 가면서 혼자 중얼거린다.

그는 방앗간을 막 뒤로 돌아서자 신치규와 자기 아내가 방앗간에서 나오는 것을 보았다.

"아!"

그는 너무 뜻밖의 일이므로 아무 말도 하지 못하고 그대로 한참이나 멀거니 서서 보기만 하였다.

그의 눈에서는 쌍심지가 거꾸로 섰다. 열이 올라와서 마치 주홍을 칠한 듯이 그의 눈은 붉어지고 번개 같은 광채가 번뜩거리었다.

그는 한참이나 사지를 떨었다. 두 이가 서로 맞쳐서 달그락달그락하여졌다. 그의 주먹은 부서질 것같이 단단히 쥐어졌었다.

계집과 신치규는 방원이 와 선 것을 보고서 처음에는 조금 간담이 서늘하여졌으나 다시 태연하게 내려앉혔다. 일이 이렇게 되었으매 할 대로 하라는 뜻이다.

방원은 달려들어서 계집의 팔목을 잡았다. 그리고 이를 악물고 부르르 떨었다.

"나는 네가 이럴 줄은 몰랐다."

계집은,

"무얼 이럴 줄을 몰라?"

하며 파란 눈을 흘겨보더니,

"나중에는 별꼴을 다 보겠네. 으레 그럴 줄을 인제 알았나? 놔요! 왜 남의 팔을 잡고 요 모양야. 오늘부터는 나를 당신이 그리 함부로 하지는 못해요! 더러운 녀석 같으니! 계집이 싫다고 그러면 국으로 물러갈 일이지 이게 무슨 사내답지 못한 일야! 놔요!"

팔을 뿌리쳤으나 분노가 전신에 가득 찬 그는 그렇게 쉽게 손을 놓지 않았다.

"얘! 네가 이것이 정말이냐?"

"정말 아니구 비싼 밥 먹고 거짓말 할까?"

"네가 참으로 환장을 하였구나!"

"아니 누구더러 환장을 했대? 온 기가 막혀 죽겠지! 놔요! 놔! 왜 추근추근하게 이 모양야? 놔."

하고서 힘껏 뿌리치는 바람에 계집의 손이 쑥 빠지었다. 계집은 손목을 주무르면서 암상맞게[12] 돌아섰다.

이때까지 이 꼴을 멀찌가니 서서 보고 있던 신치규는 두어 발자국 나서더니 기침 한번을 서투르게 하고서,

"얘! 네가 술이 취하였으면 일찍 들어가 자든지 할 것이지 웬 짓이냐? 네 눈깔에는 아무것도 보이는 것이 없단 말이냐? 너희 년놈이 싸우는 것은 너의 년놈이 어디든지 가서 할 일이지 여기 누가 있는지 없는지 눈깔에 보이는 것이 없어?"

12) 표준어는 '암상궂다'. '암상'은 남을 미워하고 샘을 잘 내는 잔망스런 심술.

짐짓 소리를 높여 호령을 하였다.

"엣, 괘씸한 놈!"

눈깔을 부라리었다. 방원은 한참이나 쳐다보고서 말이 없었다. 생각대로 하면 한 주먹에 때려 눕힐 것이지마는 그래도 그의 머릿속에는 아까까지의 상전이라는 관념이 남아 있었다.[13] 번갯불같이 그 관념이 그의 입과 팔을 얽어 놓았다. 어려서부터 오늘날까지 남을 섬겨 보기만 한 그의 마음은 상전이라면 모두 두려워하는 성질을 깊이깊이 뿌리를 박아 놓았다. 그러나 오늘부터는 신치규가 자기의 상전도 아니요, 자기가 신치규의 종도 아니다. 다만 똑같은 사람으로 마주 섰을 뿐이다. 아니다, 지금부터는 신치규는 방원의 원수였다. 그의 간을 씹어 먹어도 오히려 나머지 한이 있는 원수다.

신치규는 똑바로 쳐다보는 방원을 마주 쳐다보며,

"똑바루 보면 어쩔 터이냐? 온 세상이 망하려니까 별 해괴한 일이 다 많거든. 어째 이놈아?"

"이놈아?"

방원은 한걸음 들어섰다. 나무같이 힘센 다리가 성큼 하고 나설 때 신치규는 머리끝이 으쓱하였다. 쇠몽둥이 같은 두 주먹이 쑥 앞으로 닥칠 때 그의 가슴은 덜컥 내려앉았다.

"네 입에서 이놈이라는 소리가 나오니? 이 사지를 찢어 발겨도 오히려 시원치 못할 놈아! 네가 내 계집을 뺏으려고 오늘 날더러 나가라고 그랬지?"

"어허, 이거 그놈이 눈깔이 삐었군. 얘, 나는 먼저 들어가겠다. 너는 네 서방하고 나중 들어오너라!"

신치규는 형세가 위험하니까 슬금슬금 꽁무니를 빼려고 돌아서서 들어가려 하니까 방원은 돌아서는 신치규의 멱살을 잔뜩 쥐어 한 팔로 바싹 치켜들고,

"이놈, 어디를 가? 네가 이때까지 맛을 몰랐구나?"

하며 한번 집어 쳐 땅바닥에다가 태질을 한 뒤에 그대로 타고 앉아서 목줄띠를 누르니까, 마치 뱀이 개구리 잡아먹을 적 모양으로 깩깩 소리가 나며 말 한마디도 하지 못한다.

"이놈, 너 죽고 나 죽으면 고만 아니냐?"

13) 상전을 어렵게 생각하는 종의 노예적인 속성이 암시되어 있다. 결말 부분에서도 감히 상전을 죽이지 못하고 아내를 대신 죽이는 방원의 행동에서 이러한 노예적 속성을 재삼 확인하게 된다.

하고 방원은 주먹으로 사정없이 닥치는 대로 들이 팬다. 나중에는 주먹이 부족하여 옆에 있는 모루돌멩이를 집어서 죽어라 하고 내리친다. 그의 팔, 그의 온몸에는 끓어오르는 분노가 극도에 달하자 사람의 가슴속에 본능적으로 숨어 있는 잔인성이 조금도 남지 않고 그대로 나타났다. 그의 눈은 마치 펄떡 펄떡 뛰는 미끼를 가로차고 앉은 승냥이나 이리와 같이 뜨거운 피를 보고야 만족하다는 듯이 무섭게 번쩍거렸다. 그에게는 초자연의 무서운 힘이 그의 팔과 다리에 올라왔다.

이 꼴을 보는 계집은 무서웠다. 끔찍끔찍한 일이 목전에 생길 것이다. 그의 맥이 풀린 다리는 마음대로 놓여지지 아니하였다.

"아! 사람 살류! 사람 살류!"

적적한 밤중의 쓸쓸한 마을에는 처참한 여자 목소리가 으스스하게 울리었다. 이 소리를 들은 방원은 더욱 힘을 주어서 눈을 딱 감고 죽어라 내리 짓찧었다. 뼈가 돌에 맞는 소리가 살이 을크러지는 소리와 함께 퍽퍽 하였다. 피 묻은 돌이 여기저기 흩어지고 갈가리 찢긴 옷에는 살점이 묻었다.

동네편 쪽에서 수군수군하더니 구두 소리가 나며 칼 소리가 덜거덕거리었다.[14] 방원의 머리에는 번갯불같이 무엇이 보이었다. 그는 손에 주먹을 쥔 채 잠깐 정신을 차려 그쪽으로 귀를 기울였다.

"순검."

그는 신치규의 배를 타고 앉아서 순검의 구두 소리를 듣자 비로소 자기가 무슨 짓을 하였는지 깨달았다.

그는 미친 사람처럼 일어났다. 그리고는 옆에 서서 벌벌 떠는 계집에게로 갔다.

"얘! 가자! 도망가자! 너하고 나하고 같이 가자! 자! 어서, 어서!"

계집은 자기에게 또 무슨 일이 있을까 하여 겁을 내어 도망을 하려 한다. 방원은 계집을 따라가며,

"얘! 얘! 네가 이렇게도 나를 몰라주니? 내가 너를 어떻게 생각하는지 알지를 못하니? 자! 어서, 도망가자, 어서 어서, 뒤에서 순검이 쫓아온다."

계집은 그대로 서서 종종걸음을 치며,

14) 순검의 등장을 암시.

"싫소! 임자나 가구려! 나는 싫어요, 싫어."

"가자! 응! 가!"

그는 미친 사람처럼 계집의 팔을 붙잡고 끌었다. 그때 누구인지 그의 두 팔을 마치 형틀에 매다는 것같이 꽉 뒤로 껴안는 사람이 있었다.

"이놈아! 어디를 가?"

그는 뒤를 돌아보지 않고도 그가 누구인지 알았다. 그는 온 전신에 맥이 풀리어 그대로 뒤로 자빠지려 할 때 어느덧 널판 같은 주먹이 그의 뺨을 사정없이 갈겼다.

"정신 차려."

"네."

그는 무의식하게 고개가 숙어지고 말소리가 공손하여졌다.

땅바닥에서는 신치규가 꿈지럭거리며 이리저리 뒹군다. 청승스러운 비명이 들린다.

방원은 포승 지인 채, 계집은 그대로 주재소로 끌려가고, 신치규는 머슴들이 업어 들였다.

4

석 달이 지났다. 상해죄(傷害罪)로 감옥에서 복역을 하던 방원은 만기가 되어 출옥을 하였다.[15] 그러나 신치규는 아무 일 없이 자기 집에서 치료하고 방원의 계집을 데려다 산다.[16] 신치규는 온몸이 나은 뒤에 홀로 생각하였다.

'죽는 줄 알았더니 그래도 이렇게 살아 있으니!'

하고 얼굴에 흠이 진 곳을 만져 보며,

'오히려 그놈이 그렇게 한 것이 나에게는 다행이지, 얼굴이 아프기는 좀 하였으나! 허어.'

'어떻게 그놈을 떼어 버릴까 하고 그렇지 않아도 걱정을 하던 차에 잘되었

15) 석 달간의 감옥살이에 대한 묘사는 생략되어 있다. 그러나 방원은 감옥에서 신치규의 부당함에 대한 확신을 얻게 된다. 말하자면 이 소설의 주제를 강화하기 위해 석 달 동안의 억울한 감옥살이를 설정한 것이다.

16) 시간의 흐름을 화자가 요약적으로 제시.

방원은 감옥 속에서 생각하기를 나가기만 하면 연놈을 죽여 버리고 제가 죽든지 요정을 내리라 하였다.

집에서 내어쫓기고 계집까지 빼앗기고, 그것을 생각하면 이가 갈리고 치가 떨리었다. 그것이 모두 자기가 본 없는 닷인 것을 생각하매 더욱 분한 생각이 났다.

'에 더러운 년.'

그는 홍바지[17]에 쇠사슬을 차고서 일을 할 때에도 가끔 침을 땅에다 뱉으면서 혼자 중얼거리었다.

'사람이 이러고서야 살아서 무엇 하나. 멀쩡한 놈이 계집 빼앗기고 생으로 콩밥까지 먹으니……'

그가 감옥에서 나올 때에는 감옥소를 다시 한 번 둘러보고, 내가 여기서 마지막으로 목숨을 잃어버리든지 그렇지 않으면 내가 내 손으로 내 목을 찔러 죽든지, 무슨 요정이 날 것을 생각하고, 다시 온몸에 힘을 주고 씁쓸한 웃음을 웃었다.

그는 이백 리나 되는 길을 걸어서 계집이 사는 촌에를 왔다.

그러나 아무도 그를 아는 척하는 사람이 없었다. 전에 친하게 지내던 사람들도 그를 보고 피해 갔다.

마치 문둥병자나 마찬가지 대우를 하였다. 감옥에서 나온 뒤로부터는 더욱이 세상이 차디차졌다. 자기가 상상하던 것보다도 더 무정하여졌다. 그는 하는 수 없이 밤이 될 때까지 그 근처 산속으로 돌아다녔다. 그래서 깊은 밤에 촌으로 내려왔다. 그는 그 방앗간을 다시 지나갔다. 석 달 전 생각이 났다. 자기가 여기서 잡혀 갔다는 것을 생각할 때 더욱 억울하고 분한 생각이 치밀어 올라왔다. 그는 한참이나 거기 서서 그때 일을 생각하고 몸서리를 친 후에 다시 그전 집을 찾아갔다.

날이 몹시 추워지고 눈이 쌓였다. 옷은 입은 것이 가을에 입고 감옥에 들어갔던 그것이므로 살을 에이는 듯한 것이로되 그는 분한 생각과 흥분된 마음에 그것도 몰랐다.

17) 죄수복.

'연놈을 모두 처치를 해 버려?'

혼자 속으로 궁리를 하다가,

'그렇지, 그까짓 것들은 살려 두어 쓸데없는 인생들이야.'

하면서 옆구리에 지른 기름한 단도를 다시 만져 보았다. 그는 감격스런 마음으로 그것을 쓰다듬었다.

그는 신치규의 집 울을 넘어 들어갔다. 그의 발은 전에 다닐 적같이 익숙하였다. 그는 사랑을 엿보고 다시 뒤로 돌아서 건넌방 창 밑에 와 섰었다. 귀를 기울였으나 아무 말도 들리지 않았다. 그는 손에 칼을 빼들었다. 그리고는 일부러 뒤 창문을 달각달각 흔들었다.

"그 뉘?"

하고 계집의 머리가 쑥 나오며 문이 열리었다. 그는 얼른 비켜 섰다. 문은 다시 닫혀지고 계집은 들어갔다.

방원의 마음은 이상하게 동요가 되었다. 어여쁜 계집의 목소리가 오래간만에 귀에 들릴 때, 마치 자기가 감옥에서 꿈을 꿀 적 모양으로 요염하고도 황홀하게 그의 마음을 꾀는 것 같았다. 그는 꿈속에 다시 만난 것 같고 오래간만에 그를 만나 보매 모든 결심은 얼음같이 녹는 듯하였다. 그래도 계집이 설마 나를 영영 잊어버리랴 하고 옛날의 정리를 생각할 때 그것이 거짓말이 아니고 무엇이랴는 생각이 났다.

아무리 자기를 감옥에까지 가게 하였다 하더라도 그는 감히 칼을 들어 죽이려는 용기가 단번에 나지 않아서 주저하기 시작했다.[18]

'아니다, 다시 한 번만 물어 보자!'

그는 들었던 칼을 다시 집고 생각하였다.

'거짓말이다. 거짓말이다! 그럴 리가 없다.'

그는 반신반의하였다.

'그렇다. 한 번만 다시 물어 보고 죽이든 살리든 하자!'

그는 다시 문을 달각달각하였다. 계집은 이번에 다시 문을 열고 사면을 둘러보더니 헌 짚신짝을 신고 나왔다.

"뉘요?"

18) 아내에 대한 원한과 매혹의 이중적 감정을 잘 드러내는 대목이다.

영화의 한 장면

그는 방원이 서 있는 집 모퉁이를 돌아서려 할 제,

"내다!"

하고 입을 틀어막고 칼을 가슴에 대었다.

"떠들면 죽어!"

방원은 계집의 입을 수건으로 틀어막고 결박을 한 후 들쳐 업고서 번개같이 달음질하였다. 그는 어느 결에 계집을 업어다가 물레방아 앞에 내려놓은 후 결박을 풀었다. 그리고 한숨을 쉬었다.

"나를 모르겠니?"

캄캄한 그믐밤에 얼굴을 바짝 계집의 코앞에 들이대었다. 계집은 얼굴을 자세히 보더니,

"아!"

소리를 지르더니 뒤로 물러섰다.

"조금도 놀랄 것이 없다. 오늘 네가 내 말을 들으면 살려 줄 것이요, 그렇지 않으면 이것이야?"

하고 시퍼런 칼을 들이대었다. 계집은 다시 태연하게,

"말요? 임자의 말을 들으렬 것 같으면 벌써 들었지요, 이때까지 있겠소? 임자도 남의 마음을 알지요. 임자와 나와 이 년 전에 이곳으로 도망해 올 적에도 전남편이 나를 죽이겠다고 칼로 허리를 찔러 그 흠이 있는 것을 날마다 밤에 당신이 어루만졌지요? 내가 그까짓 칼쯤을 무서워서 나 하고 싶은 짓을 못 한단 말이오? 힝, 이게 무슨 비겁한 짓이오, 사내자식이. 자! 찌르려거든 찔러 보아요. 자, 자."[19]

계집은 두 가슴을 벌리고 대들었다. 방원은 너무 계집의 태도가 대담하므로 들었던 칼이 도리어 뒤로 움찔할 만큼 기가 막혔다. 그는 무의식하게,

"정말이냐?"

하고 한걸음 더 가까이 나섰다.

"정말이 아니고? 내가 비록 여자식이기는 당신같이 겁쟁이는 아니라오! 이 것이 도무지 무엇이오?"

계집은 그래도 두려웠던지 방원의 손에 든 칼을 뿌리쳐 땅에 떨어뜨렸다.

19) '계집'의 개성적인 성격이 가장 잘 제시된 대목.

이 칼이 땅에 떨어지자 방원은 여태까지 용사와 같이 보이던 계집이 몹시 비겁스럽고 더러워 보이어 다시 칼을 집어 들고 덤비었다.

"에잇! 간사한 년! 어쩔 터이냐? 나하고 당장에 멀리멀리 가지 않을 터이냐? 자아, 가자!"

그는 눈물이 어린 눈으로 타일러 보기도 하고 간청도 하여 보았다.

"자아, 어서 옛날과 같이 나하고 멀리멀리 도망을 가자! 나는 참으로 나의 칼로 너를 죽일 수는 없다!"

계집의 눈에는 독이 올라왔다. 광채가 어두운 밤의 번개같이 번쩍거리며,

"싫어요. 나는 죽으면 죽었지 가기는 싫어요. 이제 나는 고만 그렇게 구차하고 천한 생활을 다시 하기는 싫어요. 고만 물렸어요."

"너의 입으로 정말 그런 말이 나오느냐? 너는 나를 우리 고향에 다시 돌아가지도 못하게 만들어 놓고 나의 모든 것을 다 잃어버리게 한 후에 또 나중에는 세상에서 지옥이라고 하는 감옥소에까지 가게 하였지! 그러고도 나의 맨 마지막 원을 들어 주지 않을 터이냐?"

"나는 언제든지 당신 손에 죽을 것까지도 알고 있소! 자! 오늘 죽으나 내일 죽으나 언제든지 죽기는 일반, 이렇게 된 이상 나를 죽이시오."

"정말이냐? 정말이야?"

"정말요!"

계집은 결심한 뜻을 나타내었다. 방원의 손은 떨리었다. 그리고 그는 눈을 꽉 감고,

"에, 여우 같은 년!"

하고 칼끝을 계집의 옆구리를 향하고 힘껏 내밀었다. 계집은 이를 악물고,

"사람 죽인다!"

소리 한번에 그 자리에 거꾸러졌다. 칼자루를 든 손이 피가 몰리는 바람에 우루루 떨리더니 피가 새어 나왔다. 방원은 그 칼을 빼어 들더니 계집 위에 거꾸러져서 가슴을 찌르고 절명하여 버렸다.[20]

〈『조선문단』, 1925. 9〉

[20] 결말 부분의 살인 사건은 「탈출기」와 「홍염」의 작가 최서해의 소설에 자주 나타난다. 일반적으로 미래에 대한 전망이 없을 때, 극단적이고 개인적인 복수가 벌어진다. 이후 조명희의 「낙동강」 등의 경향문학에서는 개인적인 원한을 사회운동으로 전환해 나가는 주인공들의 모습으로 형상화된다.

나도향의 초기 작품은 낭만주의 성향을 지니고 있으며, 후기에 이르러 사실주의적인 작품이 나왔다. 「물레방아」는 빈곤으로 인해 빚어진 한 가정의 비극을 묘사한 사실주의 작품에 속하지만, 아직 낭만주의적인 분위기가 남아 있다. '물레방아'에 대한 묘사를 중심으로 낭만적인 분위기가 남아 있는 부분을 찾아보라.

나도향의 소설은 사실의 과장, 미화된 수식으로 일관해 사실성이 결여되어 있다는 평가를 받았다. 병적인 감상주의로 일관한 『백조』 동인 중의 한 사람인 나도향은 초기에 「젊은이의 시절」「별을 안거든 울지나 말걸」 등의 감상적인 작품을 남겼다. 그러나 후기에 이르러서는 자연주의와 사실주의에 입각해 「물레방아」「뽕」「벙어리 삼룡이」 등을 통해 당시의 사회 현실을 압축적으로 묘사한 작품을 남기고 있다.

이 소설의 첫 대목은 물레방아에 대한 묘사에서 시작된다. 물레방아는 인생의 덧없음과 성적인 이미지를 상징적으로 보여 주는 소도구이자, 방원의 아내와 신치규가 맺어지는 현실적인 공간이기도 하다. 작가는 '계집'과 신치규의 성적(性的)인 만남의 장소로서의 물레방아에 대한 묘사는 생략하고, 자연 속에 한가롭게 놓여 있는 물레방아의 모습을 강조함으로써 목가적이고 서정적인 상징으로서의 물레방아에만 주목한 것이다.

이 작품의 발표 연도는 1925년 무렵이므로, 일제의 지배로 인한 경제적 모순이 가장 중요한 소설적 주제가 될 법하다. 그러나 나도향은 시간적 배경을 구체적으로 암시하는 내용을 전혀 삽입하지 않아, 이들 부부의 비극이 당대 사회의 모순에서 기인하고 있다는 사실을 외면한 것으로 보인다. 이 점이 낭만주의 소설로서의 한계를 말해 준다.

「물레방아」의 결말 부분에서 방원은 아내를 죽인 후 자살하고 만다. 그러나 방원은 이 작품 속의 부정적인 인물인 신치규를 죽이는 편이 훨씬 타당해 보인다. 방원의 태도를 비판해 보라.

사실 이 작품에는 계급 간의 갈등이 밑바탕에 깔려 있다. 계급적인 갈등은 아내를 빼앗아 가고 별다른 이유 없이 소작을 떼는 지주의 부당한 횡포에서 비롯된다. 그러나 방원의 항거는 이러한 계급적인 갈등에서 출발하는 게 아니라, 자기의 아내와 간통을 하고서도 오히려 큰소리를 치는 신치규의 행동에 대한 우발적인 항거이자 분풀이에 그치고 있는 것이다. 만약 '신경향파'에 속하는 최서해가 이 작품의 결말을 썼다면, 신치규를 살해하거나 신치규의 집에 방화(放火)하는 충격적인 장면을 제시했을 것이다. 이를 통해 지주와 소작인 사이의 계급적인 갈등을 첨예하게 제시하는 것이 신경향파나 카프(KAPF) 소속 작가들의 일반적인 경향이었다.

그러나 「물레방아」는 계급 갈등을 그리기 위한 작품은 아니었다. 인간의 본능으로 내재해 있는 성욕과 금전욕을 통해 인간의 한 일면을 제시하는 데 보다 큰 비중을 두고 있다. 신치규의 첩이 된 아내, 아내를 되찾기 위해 상전을 찾아간 방원은 악인은 아니다. 다만 신치규만이 악인으로 등장할 뿐이다. 그러나 작가는 이 작품의 구도를 선인/악인, 지주/소작인, 지배자/피지배자의 도식으로 이끌어 가지 않고, 방원의 처를 개성적인 인물로 집중 부각하고, 그녀의 살해로 작품을 끝냄으로써 그녀의 개성에 대해 깊이 생각하도록 만들고 있다.

방원은 악인은 아니지만, 아직 노예적 속성을 극복하지 못한, 소극적인 성격의 소유자다. 아내와 신치규의 정사 사실을 알고 난 후에도, 방원은 감히 신치규에게 정면으로 대들지 못한다. '상전이라면 모두 두려워하는' '관념'이 그를 지배하고 있기 때문이다. 상전에게 직접 대들지 못하고, 아내에게 구걸하듯 동정을 구하는 태도는 그의 '노예적' 성격을 말해 준다. 그의 노예적 성격보다 아내의 적극적이고 진취적인 개성이 빛을 발하는 것은 이 때문이다.

통합논술 Q & A

아내가 남편인 방원을 버리고 신치규라는 늙은 노인을 선택한다는 것은 윤리적으로 보아 비난받을 만한 행동이다. 그러나 그녀의 선택을 긍정적인 시각에서 변호할 수도 있다. 그녀의 행동을 변호해 보라.

방원의 처는 '구차하고 천한 생활'은 싫으며, '나' 하고 싶은 대로' 살겠다는 생각을 지닌 개성적인 인물이다. 그녀는 칼을 들이대며 죽이겠다는 남편의 위협에도 불구하고 이러한 생각을 굽히지 않아 마침내 남편의 손에 죽고 만다. 그녀의 이러한 성격은 죽음도 두려워하지 않을 정도의 강렬한 의지력의 소산이다. 특히 그녀는 아내가 두 남편을 섬겨서는 안 된다는 유교적 윤리(不敬二夫)를 정면으로 부정하고 있어 훨씬 충격적이다.

그녀가 남편을 두 번이나 바꾼 이유를 단적으로 표현하자면, '행복의 추구'를 위해서였다. 마음에 없는 전남편을 버리고 방원을 선택한 것은 부부 간의 애정을 통해 행복을 얻고자 하는 적극적인 행동이었다. 또한 방원과의 부부생활이 지긋지긋한 빈곤으로 인해 고통받는 삶으로 일관되고 있음을 깨달았을 때, 그녀는 주저 없이 재물이 많은 노인을 새로 선택한 것이다.

근대 사회가 봉건 사회와 다른 점은, 한 개인이 자신의 행복을 추구할 권리를 타고났으며, 한 개인의 개성은 존중되어야 한다는 주장이 새롭게 대두되었다는 데 있다. 방원의 처를 봉건 시대의 윤리로 보아, 창부형의 인물이라고 비난할 수도 있다. 또한 황금만능사상을 맹목적으로 추종해 남편을 배신한 여자로 평가할 수도 있다.

그러나 그녀의 강렬한 성격에는 봉건적 질서에 반항하며 새로운 세계로의 초월을 꿈꾸었던 반항아 나도향의 낭만적 속성이 투사되어 있다. 이러한 속성은 『백조』로 상징되는 1920년대의 낭만주의 문학이 봉건 윤리나 제도를 부정하고 근대적 개성을 확보하는 데 크게 기여하고 있음을 알 수 있다. 『백조』가 초기의 개인적이고 예술적인 낭만성을 보이다가, 이후 정치적 저항의 성격을 겸하게 된 데는 낭만주의의 이러한 속성이 크게 작용하고 있다는 점을 잊어서는 안 된다.

돈

이효석

1907~1942 | 강원도 평창에서 출생 1928년 『조선지광』에 「도시와 유령」을 발표하며 등단 1930년 경성제대 법문학부 영문과 졸업 1933년 구인회에 참가, 같은 해 『조선문학』에 「돈」 발표 1936년 『조광』에 「메밀꽃 필 무렵」 발표

그 밖에 주요 작품으로 「도시와 유령」 「산」 「산협」 등이 있음

이효석의 「돈」은 돼지 한 마리를 정성스럽게 길러 새끼를 얻으려는 '식이'가 씨를 받으러 종묘장에 갔다 오는 이야기에 간간이 '분이'에 대한 회상을 삽입한 소품(小品)이다.

극적인 사건도 없고, 개성적이거나 전형적인 인물도 등장하지 않는 이 단편 소설에서 유일하게 관심을 끄는 것은 돼지와 '식이'의 관계다. '식이'에게 돼지는 생계를 유지하게 하는 고마운 동물이다. 한 마리를 충실히 기르면 세금도 낼 수 있고, 잔돈푼의 가용돈도 얻을 수 있다. 또 새끼를 쳐서 돼지가 번창하게 되면 마을 처녀인 '분이'에게 장가 들 수도 있다. 그래서 '식이'는 유일한 내 밥그릇에 물을 받아 먹이는 정성을 기울여 암돼지 한 마리를 길러 낸다. 이처럼 지극히 돼지를 아끼는 이유는 돼지가 경제적인 유용성을 가지고 있기 때문인데, 돼지에 대한 지극한 정성은 곧 인간이나 돼지나 다를 바 없다는 동일시(同一視)의 감정으로 이어진다.

이러한 동일시의 감정은 성(性)에 대한 태도에서 두드러지게 나타난다. '식이'는 나이가 덜 차 아직은 씨를 붙일수 없는 돼지를 보며 '분이의 자태'를 연상한다. 동물과 인간의 성을 동일시하는 관점이 추악하게 느껴지지 않는 이유는, 인위적인 틀을 버리고 자연스럽게 본능에 충실하게 살아가는 삶에 대한 옹호 때문이다. 이러한 인식은 일종의 원시주의, 즉 원초적인 생명에 대한 예찬에서 비롯된다. 이러한 원시주의는 위선과 제도에 억눌린 인간의 모습을 되돌아보게 한다는 점에서 긍정적인 의의를 띤다.

갈래__ 단편 소설, 유미주의 소설 | 주제__ 동물과 다를 바 없는 인간의 애욕을 제시, 인간의 순수한 애욕을 가로막는 인습과 환경에 대한 고발 | 배경__ 어느 시골 장터(기차와 자동차가 등장하므로 일제 강점기임을 알 수 있다) | 시점__ 전지적 작가 시점 | 등장인물 식이__ 돼지새끼를 길러서 세금도 내고 분이와 결혼하겠다는 소박한 꿈을 가진 청년. 분이가 가출하고 돼지새끼가 기차에 치여 죽음으로써 그의 희망은 좌절된다. 분이__ 식이가 마음에 두고 있는 처녀. 빈곤한 가세 때문에 돈벌러 타지로 떠남. 식이의 독백 속에서만 등장한다. 기타__ 종묘장의 기수와 농부들, 기찻길을 망보는 사람 등이 단역으로 등장한다. | 구성__ 발단__ 식이는 온갖 정성으로 키우는 암돼지를 교미시키려고 종묘장에 간다. 전개__ 너무 어려서 교미가 안 되는 것을 간신히 시키고 식이는 무안함을 느끼며 돌아온다. 위기__ 장에 들러 오는 식이는 분이의 고운 자태를 떠올린다. 절정__ 암돼지를 길러 돈을 마련해 분이와 만날 미래를 그리며 식이는 철길을 따라 걷는다. 대단원__ 공상에 빠져 있던 식이는 기차가 오는 것을 깨닫지 못하고, 정신이 들었을 때 이미 돼지새끼는 죽어 있다.

옛 성 모롱이[1] 버드나무 까치둥우리 위에 푸르둥한 하늘이 얕게 드리웠다. 토끼우리에서는 하아얀 양토끼가 고슴도치 모양으로 까칠하게 웅크리고 있다. 능금나무 가지를 간들간들 흔들면서 벌판을 불어오는 바닷바람이 채 녹지 않은 눈 속에 덮인 종묘장(種苗場) 보리밭에 휩쓸려 도야지우리에 모질게 부딪힌다.

우리 밖 네 귀의 말뚝 안에 얽어 매인 암토야지[2]는 바람을 맞으면서 유난히 소리를 친다. 말뚝을 싸고 도는 종묘장 씨돈[種豚][3]은 시뻘건 입에 거품을 품으면서 말뚝의 뒤로 돌아 그 위에 덥석 앞다리를 걸었다. 시꺼먼 바위 밑에 눌린 자라 모양인 암토야지는 날카로운 비명을 울리며 전신을 요동한다. 미끄러진 씨돈은 게걸떡거리며 다시 말뚝을 싸고 돈다. 앞뒤 우리에서 웅하는 도야지들 고함에 오후의 종묘장 안은 떠들썩한다.

반시간이 넘어도 여의치 않았다. 둘러싸고 보던 사람들도 흥이 식어서 주춤주춤 움직인다. 여러 번째 말뚝 위에 덮쳤을 때에 육중한 힘에 말뚝이 와싹 무지러지면서 그 바람에 밑에 깔렸던 도야지는 말뚝의 테두리로 벗어져서 뛰어나갔다.

"어려서 안 되겠군."

종묘장 기수[4]가 껄껄 웃는다.

"황소 앞에 암탉 같으니 쟁그러워서[5] 볼 수 있나."

"겁을 먹고 달아나는데."

농부는 날쌔게 우리 옆을 돌아 뛰어가는 도야지의 앞을 막았다.

"달포 전에 한번 왔다 갔으나 씨가 붙지 않아서 또 끌고 왔는데요."

식이는 겸연쩍어서 얼굴이 붉어졌다.

"아무리 짐승이기로 저렇게 어리구야 씨가 붙을 수 있나."

농부의 말에 식이는 다시 얼굴을 붉혔다.[6]

"빌어먹을 놈의 짐승."

무안도 무안이려니와 가치않게 구는 김승에 식이는 화를 비력 내면서 농부의 부축을 하여 달아나는 도야지의 뒤를 쫓는다. 고무신이 진창에 빠지고 바지춤이 흘러내린다.

1) 모퉁이.

2) 암돼지. '수퇘지' 도 마찬가지로, '암수'의 뒤에는 음운 /h/가 남아 있어, 수탉, 암탉과 같은 음운변화를 일으킨다.

3) 씨를 받으려고 기르는 돼지.

4) 일제시대 관청의 기능적 관리의 하나.

5) 쟁그랍다. 만지거나 보기에 소름이 끼칠 정도로 흉하고 더럽다.

6) 새끼 돼지의 교합(交合) 실패는 나이 어린 식이와 분이 사이의 미숙한 관계와도 연결된다. 이런 이유에서 식이는 얼굴을 붉힌다.

도야지의 허리를 맨 바를 붙들었을 때에 그는 홧김에 바를 뒤로 잡아 나꾸며 기운껏 매질한다. 어린 짐승은 바들바들 뛰면서 비명을 울린다. 농가 일 년의 생명선—좀 있으면 나올 제일기 세금과 첫여름 감자가 나올 때까지의 가족의 양식의 예산의 부담을 맡은 어린 짐승에 대한 측은한 뉘우침이 나중에는 필연코 나련마는 종묘장 사람들 숲에서의 무안을 못 이겨 식이의 흔드는 매는 자연 가련한 짐승 위에 잦게 내렸다.

"그만 갖다 매시오."

말뚝을 고쳐 든든히 박고 난 농부는 식이에게 손짓한다.

겁과 불안에 떨며 허둥거리는 짐승을 이번에는 한결 더 든든한 말뚝 안에 우겨 넣고 나뭇대를 가로질러 배까지 떠받쳐 올려 꼼짝 요동하지 못하게 탐탁하게 얽어 매었다.

털몸을 근실근실 부딪히며 그의 곁을 궁싯궁싯 굼도는 씨돈은 미처 식이의 손이 떨어지기도 전에 화차와도 같이 말뚝 위를 엄습한다. 시뻘건 입이 욕심에 목메어서 풀무같이 요란히 울린다. 깔린 암돈은 목이 찢어져라 날카롭게 고함친다.

둘러선 좌중은 일제히 웃음소리를 멈추고 일시 농담조차 잊은 듯하다.

문득 분이의 자태가 눈앞에 떠오른다. 식이는 말뚝에서 시선을 돌려 딴전을 보았다.

'분이 고것 지금엔 어디 가 있는구.'[7]

제이기분은새레[8] 일기분 세금조차 밀려오는 농가의 형편에 도야지보다 나은 부업이 없었다. 한 마리를 일 년 동안 충실히 기르면 세금도 세금이려니와 잔돈푼의 가용돈은 훌륭히 우러나왔다. 이 도야지의 공용을 잘 아는 식이다. 푼푼이 모은 돈으로 마을 사람들의 본을 받아 종묘장에서 가제[9] 난 양도야지 한 자웅[10]을 사 온 것이 지난 여름이었다. 기름이 자르르 흐르는 새까만 자웅을 식이는 사람보다도 더 귀히 여겨 가제 사 왔던 무렵에는 우리에 넣기가 아까워 그의 방 한구석에 짚을 펴고 그 위에 재우기까지 하던 것이 젖이 그리워서인지 한 달도 못 돼서 숫놈이 죽었다. 나머지의 암놈을 식이는 애지중지하여 단 한 벌의 그의 밥그릇에 물을 받아 먹이기까지 하였다. 물도 먹지 않고

7) 돼지의 성교 장면에서 분이를 연상하고 있다. 이 장면은 동물과 인간이 성(性)이라는 측면에서 보면 동일하다는 인식을 보여 준다.

8) 제2기 세금은커녕.

9) 갓(평안 방언).

10) 암수 한 쌍.

꿀꿀 앓을 때에는 그는 나무하러 가는 것도 그만두고 종일 짐승의 시중을 들었다. 여섯 달을 기르니 겨우 암토야지 티가 났다. 달포 전에 식이는 첫 시험으로 십 리가 넘는 읍내 종묘장까지 끌고 왔었다. 피돈 오십 전이나 내서 씨를 받은 것이 종시 붙지 않았다. 식이는 화가 났다. 때마침 정을 두고 지내던 이웃집 분이가 어디론지 도망을 갔다.[11] 식이는 속이 상해서 며칠 농안 일이 손에 잡히지 않았다. 늘 뾰로통해서 쌀쌀하게 대꾸하더니 그 고운 살을 한번도 허락하지 않고 늙은 아비를 혼자 둔 채 기어코 도망을 가 버렸구나 생각하니 분이가 괘씸하였다. 그러나 속 깊은 박초시의 일이니 자기 딸 조처에 무슨 꿍꿍이 수작을 대었는지 도무지 모를 노릇이었다. 청진으로 갔느니 서울로 갔느니 며칠 전에 박초시에게 돈 십 원이 왔느니 소문은 갈피갈피였으나 하나도 종잡을 수 없었다.[12] 이래저래 상할 대로 속이 상했다. 능금꽃 같은 두 볼을 잘강잘강 씹어 먹고 싶던 분이인 만큼 식이는 오늘까지 솟아오르는 심화를 억제할 수 없었다.

"다 됐군."

딴전만 보고 섰던 식이는 농부의 목소리에 그쪽을 보았다. 씨돈은 만족한 듯이 여전히 꿀꿀 짖으면서 그곳을 떠나지 않고 빙빙 돈다.

파장 후의 광경이건만 분이의 그림자가 눈앞에 어른거리는 식이는 몹시도 겸연쩍었다. 잠자코 섰는 까칠한 암토야지와 분이의 자태가 서로 얽혀서 그의 머릿속에 추근하게 떠올랐다. 음란한 잡담과 허리 꺾는 웃음소리에 얼굴이 더한층 붉어졌다. 환영을 떨쳐 버리려고 애쓰면서 식이는 얽어 매었던 도야지를 풀기 시작하였다. 농부는 여전히 게걸떡거리며 어른어른 싸도는 욕심 많은 씨돈을 몰아 우리 속에 가두었다.

"이번에는 틀림없겠지."

장부에 이름을 올리고 오십 전을 치러 주고 종묘장을 나오니 오후의 해가 느지막하였다.

능금밭 건너편 양옥 관사의 지붕이 흐린 석양에 푸르둥둥하게 빛난다. 옛성 어귀에는 드나드는 장꾼의 그림자가 어른어른한다. 성안에서 한 채의 버스가 나오더니 폭 넓은 이등 도로를 요란히 달려온다.[13] 도야지를 몰고 길 왼편 가

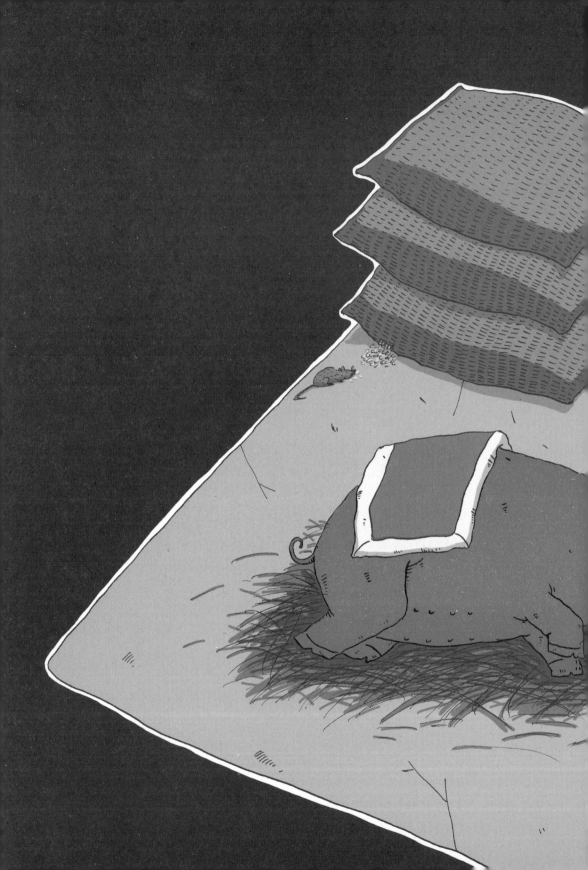

로 피한 식이는 퍼뜩 지나는 버스 안을 흘끗 살펴본다. 분이를 잃은 후로부터
는 그는 달아나는 버스 안까지 조심스럽게 살피게 되었다. 일전에 나남에서
버스 차장 시험이 있었다더니 그런 데로나 뽑혀 들어가지 않았을까? 분이의
간 길을 이렇게도 상상하여 보았기 때문이다.

　'장이나 한바퀴 돌아올까?'

　북문 어귀 성 밑 돌 틈에 도야지를 매 놓고 식이는 성을 들어가 남문 거리로
향하였다.

　분이가 없는 이제 장꾼의 눈을 피하여 으슥한 가게 앞에 가서 겸연쩍은 태
도로 매화분[14]을 살 필요도 없어진 식이는 석유 한 병과 마른 명태 몇 마리를
사 들고 장판을 오르락내리락하였다. 한동리 사람의 그림자도 눈에 띄지 않
기에 그는 곧게 성밖으로 나와 마을로 향하였다.

　어기적거리며 도야지의 걸음이 올 때만큼 재지 못하였다. 그러나 이제 매질
할 용기는 없었다.

　철로를 끼고 올라가 정거장 앞을 지나 오촌포 행길에 나서니 장보고 돌아가
는 사람의 그림자가 드문드문 보인다. 산모롱이가 바닷바람을 막아 아늑한
저녁빛이 행길 위를 덮었다. 먼산 위에는 전기의 고가선이 솟고 산밑을 물줄
기가 돌아 내렸다. 온천 가는 넓은 도로가 철로와 나란히 누워서 남쪽으로 줄
기차게 뻗쳤다. 저물어 가는 강산 속에 아득하게 뻗친 이 두 줄의 길이 새삼스
럽게 식이의 마음을 끌었다.[15] 걸어가는 그의 등뒤에서는 산모롱이를 돌아오
는 기차 소리가 아련히 들린다. 별안간 식이에게는 이상한 생각이 들었다.

　'이 길로 아무 데로나 달아날까.'

　장에 가서 도야지를 팔면 노자가 되겠지, 차 타고 노자 자라는 곳까지 달아
나면 그곳에 곧 분이가 있지 않을까. 어디서 들었는지 공장에 들어가기가 분
이의 소원이더니, 그곳에서 여직공 노릇 하는 분이와 만나 나도 노동자가 되
어 같이 살면 오죽 재미있을까. 공장에서 버는 돈을 달마다 고향에 부치면 아
버지도 더 고생하실 것 없겠지. 도야지를 방에서 기르지 않아도 좋고 세금 못
냈다고 면소 서기들한테 밥솥을 뺏길 염려도 없을 터이지. 농사같이 초라한
업이 세상에 또 있을지. 아무리 부지런히 일해도 못살기는 일반이니…… 분

14) 화장품의 일종.

15) 온천 가는 넓은 도
로와 철도에 대한 식이
의 감정도 부정적인 것
에 집중되어 있을 것이
다. 왜냐하면 분이를 자
기 곁에서 빼앗아 간 것
이 결국 도로와 철도로
대표되는 도시문명이기
때문이다.

이 있는 곳이 어디인가…… 도야지를 팔면 얼마나 받을까. 암토야지 양도야
지…….

"앗!"

날카로운 소리에 번쩍 정신이 깨었다.

찬바람이 휙 앞을 스치고 불시에 일신이 딴 세상에 뜬 것 같았다. 눈 보이지
않고, 귀 들리지 않고─잠시간 전신이 죽고 감각이 없어졌다. 캄캄하던 눈앞
이 차차 밝아지며 거물거물 움직이는 것이 보이고 귀가 뚫리며 요란한 음향이
전신을 쓸어 없앨 듯이 우렁차게 들렸다─우레 소리가…… 바다 소리가……
바퀴 소리가……. 별안간 눈앞이 환해지더니 열차의 마지막 바퀴가 쏜살같이
눈앞을 달아났다.

"앗, 기차!"

다 지나간 이제 식이는 정신이 아찔하며 몸이 부르르 떨린다.

진땀이 나는 대신 소름이 쭉 돋는다. 전신이 불시에 빈 듯이 거뿐하다. 글자
대로 전신은 비었다. 한쪽 팔에 들었던 석유병도 명태 마리도 간 곳이 없고 바
른손으로 이끌던 도야지도 종적이 없다.

"아, 도야지!"

"도야지구 무어구 미친놈이지, 어디라구 후미키리(건널목)를 막 건너."

따귀를 철썩 맞고 바라보니 철로 망보는 사람이 성난 얼굴로 그를 노리고
섰다.

"도야지는 어찌 됐단 말이오."

"어제 밤 꿈 잘 꾸었지. 네 몸 안 치인 것이 다행이다."

"아니 그럼 도야지가 치였단 말요."

"다음부터 차에 주의해!"

독하게 쏘아붙이면서 철로 망꾼은 식이의 팔을 잡아 나꿔 후미키리 밖으로
끌어냈다.

"이 도야지기 치었디니, 두 번이니 종묘강에 기서 써 받은 내 도야지 암토야
지 양도야지……."

엉겁결에 외치면서 훑어보았으나 피 한 방울 찾아볼 수 없다. 흔적조차 없

다니—기차가 달롱 들고 간 것 같아서 아득한 철로 위를 바라보았으나 기차는 벌써 그림자조차 없다.

"한방에서 잠재우고, 한그릇에 물 먹여서 기른 도야지, 불쌍한 도야지……."

정신이 아찔하고 일신이 허전하여서 식이는 금시에 그 자리에 푹 쓰러질 것도 같았다.

〈『조선문학』, 1933. 10〉

「돈」은 '나' 와 돼지의 관계를 짤막하게 그린 소품이다. 그렇지만 1930년대 현실을 반영하고 있는 부분도 있다. 당시의 경제 현실을 반영한 부분을 찾아보자.

　　이웃집 분이는 돈 십 원에 팔려 서울이나 청진으로 떠난 것으로 암시된다. 그리고 식이는 돼지 한 마리를 길러 세금도 내고 첫여름 감자가 나올 때까지 가족의 생계용으로 삼고자 하는 조촐한 계획을 갖고 있다. 또한 작품 속에서 식이는 세금에 대한 이야기를 세 차례나 꺼내고 있다. 그만큼 세금에 대한 부담이 크다는 것을 알 수 있다. '도야지를 방에서 기르지 않아도 좋고 세금 못 냈다고 면소 서기들한테 밥솥을 뺏길 염려도 없을 터이지. 농사같이 초라한 업이 세상에 또 있을지. 아무리 부지런히 일해도 못살기는 일반이니……' 라는 식이의 탄식은 당시 농민들의 궁핍상을 잘 드러내고 있다.

　　이 작품의 마지막 장면은 그토록 애지중지하던 돼지를 기차에 치여 잃게 되는 장면이다. 철로 망보는 사람은 그를 동정하기는커녕 욕설로 대한다. 작품을 유심히 읽다 보면, 농촌에 대한 묘사는 대단히 평화롭고 서정적인 분위기를 띠고 있는 데 반해, 도시와 장터에 대한 묘사는 뭔지 모를 위압감과 공포의 색채를 띠고 있다는 점을 알게 된다. 식이는 요란스럽게 달려오는 버스에 위압감을 느끼기도 한다.

　　'농촌/도시' 의 이러한 대립쌍은 작가 이효석의 작품이 지닌 자연회귀적인 성향과도 일치한다. 분명하게 제시하지는 않았지만, 작가 이효석이 바라본 도시문명에는 뭔가 부정적인 모습들이 포함되어 있다는 점을 알게 된다. 넓은 도로와 철길을 보면서 주인공 식이는 도시로 떠난 분이를 생각한다. 또한 급작스럽게 달려온 기차가 그의 유일한 희망이었던 암퇘지를 죽게 만든다. 이효석은 도로와 철길로 대표되는 도시문명의 확산 배후에 일제의 제국주의적 침략의 공포를 담고자 했는지도 모른다.

통합논술 Q & A

이효석은 사회주의 이념에 동조한 '동반자 작가' 로 분류된다. 그러나 후기에 이르러서는 극단적인 유미주의자로 변모한다. 이러한 변모 과정을 비판적인 시각에서 설명해 보자.

　　이효석은 「도시와 유령」(1928)을 발표한 이후, 동반자 작가로서 활발한 작품 활동을 보였다. '동반자 작가'란 사회주의 이념에 동조하지만, 직접 사회주의 조직에는 가담하지 않은 작가를 뜻한다. 이들은 정치적인 조직에 소속되는 것이 작가의 자유로운 창작 활동을 저해한다는 논리를 내세운다. 이러한 논리 자체는 분명 타당성을 가지고 있지만, 사회주의 이념에 동조하면서도 직접 그 활동에 참여하지 않았다는 점에서 보면, 이들의 태도가 다소 이중적이며 기회주의적인 속성을 가지고 있었다는 점도 인정된다.

동반자 작가로서의 이러한 이중성은 이효석의 단편 「들」에 전형적으로 나타난다. 작품 속의 '나'는 사회주의 운동을 하다가 퇴학 처분을 받고 들을 벗삼아 지내는 청년이다. 그가 들을 벗삼아 삶을 소일하는 이유는 그를 둘러싼 세상 사회의 부자연스러움과 속박에 대한 환멸 때문이다. 그는 자연의 전원적인 배경 속에서 아무런 죄의식 없이 인간의 본능을 만끽하며 살아간다. 이러한 태도는 이효석 특유의 에로티시즘(eroticism)을 낳는다. 그러나 사회주의 운동에 동조하는 이유가 세상 사회의 부당한 억압을 없애는 것에 있었다는 대의를 염두에 두면, 사회주의 운동을 한다는 것조차 귀찮고 하찮은 사회적인 제약으로 받아들이는 주인공의 태도에 모순이 있음을 깨닫게 된다.

그는 후기작에서 자연으로의 회귀를 통해 독특한 서정성을 확보했지만, 초기에 동반자 작가로서 지녔던 문제의식은 아무런 거리낌 없이 버렸다는 의미에서, '위장된 순응주의자'라는 평가를 받기도 했다.

이효석은 「메밀꽃 필 무렵」 「분녀(粉女)」 「들」과 같은 다른 작품에서도 원시적인 성(性)에 대한 예찬을 보여 준다. 이러한 원시주의가 의미하는 바가 무엇인지 알아보자.

18세기의 프랑스 계몽주의자인 장 자크 루소는 '자연으로 돌아가라'는 구호를 통해 기존의 위선적인 권위와 제도에서 벗어나, 자연 그대로의 충만한 삶을 살 것을 주장했다. 물론 자연으로 돌아가려는 삶의 태도 속에는 지금의 현실적인 제약에서 도피하려는 소극적인 태도가 깔려 있는 것으로 판단해도 별로 무리가 없다. 그러나 단순히 현실도피의 소극성만 담고 있는 것은 아니다. 오히려 현실에서 받아들이지 못한 부분을 과감하게 삶의 일부로 받아들이려는 적극적인 삶의 자세를 담고 있는 것으로 볼 수 있다.

성의 문제만 하더라도, 이것이 인간의 제도 속에 수렴되면 일정한 왜곡의 양상을 보인다. 동물로서의 생물학적인 성이 사회적인 성으로 대치되는 것이다. 예를 들어 여성은 생물학적인 성이기도 하지만, 남성들의 편견과 제도적 제약을 통해 형성된 사회적인 성이기도 하다. 말하자면 선천적으로 타고난 성인 동시에, 사회 생활을 통해 후천적으로 형성된 '제2의 성'인 것이다. 여성은 모름지기 순종적이며 매사에 인내해야 한다는 식의 유교적 윤리는 '여성'은 그렇게 타고날 수밖에 없었다는 관념에서 형성된 허위의식인 것이다.

이효석은 인간의 성이 동물과 다를 바가 없다는 그의 생각을 작품 속에서 누누이 강조했다.

이를 통해 인위적인 제약을 없앤, 자유롭고 충만한 인간 본성을 제시하고자 한 것이다. 이러한 태도 속에는 '사회적 성'이라는 이름 속에 매몰된, 자연적이며 충만한 성의 본래 형태를 회복하고자 하는 태도가 담겨 있으므로, 한편으로는 진보적이고 긍정적인 일면도 포함되어 있다.

「메밀꽃 필 무렵」으로 유명한 강원도 평창군 봉평면에 자리잡은 '이효석 문학관'(033-330-2700)은 튼실한 자료를 갖춘 아름다운 공간으로 이름 높다. 메밀은 아직 씨도 안 뿌린 때였지만 심미주의자 가산 이효석의 향기를 맡으러 5월16일 봉평으로 떠났다. 서울에서 강릉 방향으로 영동고속도로를 달리다 장평IC에서 나와 봉평 쪽으로 10분쯤 차를 몰면 홍정천이란 제법 큰 개울 위에 남안교가 걸려 있다. 1930년대 재래장터 객줏집들이 재현된 봉평 읍내와 이효석 생가가 있는 남안동을 가르는 다리다. 이 다리를 건너 물레방앗간을 지나면 오른편 언덕 위에 이효석 문학관이 동그마니 자리잡고 있다.

전시관에 들어서면 1930년대 어느 겨울날 찍었던 사진을 바탕으로 이효석의 집필 공간을 재현해 놓은 코너가 눈길을 끈다. 양쪽 벽 옆엔 피아노와 축음기가, 책상 위엔 이효석의 즐겨 쓰던 동그란 뿔테 안경이 있다. 'MERRY CHRISTMAS'라는 은박 장식과 크리스마스트리가 이채롭다. 책장 위에 걸린 액자 안에선 프랑스 여배우 다니엘 다류가 빙긋 웃고 있다. 모차르트와 쇼팽을 즐겨 쳤으며, 원두커피는 꼭 갈아 내려 마시고, '유별난 복식과 장식, 호사스러움을 추구하는 노블한 삶'을 원했던 스타일리스트의 방이다. 전시장엔 육필로 남아 있는 방송용 원고, 가족사진, 훈장을 비롯해 「메밀꽃 필 무렵」이 실린 일본어 소설집, 1960년대 초 김지미와 박노식이 주연한 「메밀꽃 필 무렵」 신문광고 등 유족과 연구자들이 기증한 흥미로운 자료들이 가지런히 정리돼 있다.

이곳엔 전시된 것 말고도 자필원고, 이효석 문학과 관련한 논문, 초판본 등 5천여 점의 자료를 보관하고 있다. 건물 뒤켠에 나무계단으로 꾸며진 산책로를 오르면 장돌뱅이 허생원과 동이가 나귀를 끌고 걸어간 홍정천 둑방길과 봉평 읍내가 한눈에 들어온다. 메밀꽃이 피면 동네 전체가 그대로 소설이 될 것 같다. 문학관은 지역 주민을 위한 문학강좌, 대학생·일반인을 위한 문학캠프, 세미나·시화전·문학의 밤 등 다양한 프로그램을 마련해 사람들을 끊임없이 불러 모은다.

—『한겨레21』

이효석문학관 전경

갯마을

오 영 수

1914~1979 | 경남 울주에서 출생 1935년 니혼대학 전문부 중퇴 1939년 일본 도쿄 국민예술원 졸업
1950년 『서울신문』 신춘문예에 「머루」 당선 1953년 『문예』에 「갯마을」 발표

그밖에 주요 작품으로 「고무신」 「후일담」 「은냇골 이야기」 「산호 물부리」 등이 있음

「갯마을」의 주인공은 해순이라는 이름을 가진 과부다. 해녀의 딸로 태어나 바닷가에서 자란 해순은 바다를 잊지 못한다. 해순의 남편은 바다에서 조난되어 죽고, 해순은 과부가 되어 고되고 외로운 삶을 이어 간다. 새서방을 얻어 재가(再嫁)를 하지만, 새서방이 징용에 끌려가자 산골에서의 삶을 견디지 못하고 다시 바닷가 마을로 돌아온다. 대부분이 과부인 마을 아낙들과 어울려 다시 멸치 그물을 걸어 올리기 위해 바닷가로 달려 나가는 장면에서 소설은 끝난다.

이 작품은 한 어촌을 배경으로 삶의 근원적인 운명과 애환을 형상화한 소품(小品)이다. 이 작품의 배경에는 가난의 문제가 짙게 깔려 있다. 생계를 위해 남자들은 바다로 나가지만 목숨을 잃는 경우가 허다하다. 징용으로 끌려가는 경우도 있다. 그래서 마을에는 과부가 많고, 여자들도 남자들 못지않게 험한 일을 해야만 겨우 살아갈 수 있다. 그러나 이상스럽게도 그 가난 속에서 살아가는 사람들의 모습이 비참하다거나 불쌍하게 느껴지지 않는 데에 이 작품의 매력이 있다.

작품의 시작과 끝 부분에는 각기 멸치 그물을 걷기 위해 바닷가로 달려 나가는 마을 아낙들의 부산한 움직임이 묘사되고 있다. 이들의 움직임에는 노동의 고됨보다는 삶의 활력이 느껴진다. 속옷조차 제대로 챙겨 입지 못하고 바닷가로 달려가는 이들의 모습에는 노동의 즐거움, 성(性)에 대한 호기심, 내일에 대한 기대가 가득 차 있기 때문에 훨씬 활기 있게 느껴지는 것이다.

작가 오영수를 평가할 때, '한국적 리리시즘(lyricism)'의 구현자라는 표현을 자주 쓴다. 이는 곧 한국적이고 토속적인 서정(抒情)을 잘 포착한 작가라는 말이다. 가난마저도 자신의 운명으로 받아들이고, 이를 노동의 기쁨으로 승화한 한국적 정서를 그의 작품 세계 속에서 만나게 되는 것이다. 그런 까닭에 가난의 문제, 성적인 갈구 등의 문제가 언급되고 있으면서도 시종 낙관적이고 해학적인 어조가 유지되고 있다.

갈래 __ 단편 소설, 서정 소설 | 주제 __ 한 갯마을 여인의 원색적인 사랑과 한국적인 소박한 서정적 정취 | 배경 __ 1940년대 동해 한 어촌 | 시점 __ 3인칭 전지적 작가 시점 | 등장인물 __ 해순 __ 두 번 결혼하지만, 첫 남편은 바다에서 잃고, 두 번째 남편은 징용으로 잃는 기구한 운명의 여자. 그러나 바다 여인 특유의 낙관성으로 세상을 헤쳐 나가려 한다. 상수 __ 해순의 두 번째 남편. 남편을 잃은 해순을 반강제적으로 아내로 삼지만, 정작 자신은 징용으로 끌려간다. | 구성 __ 발단 __ 해녀인 해순은 남편을 잃고 시어머니와 살고 있다. 전개 __ 해순이는 19살에 성구에게 시집을 갔다. 그러나 고등어잡이를 나간 성구 일행은 폭풍이 잠잠해진 뒤에도 돌아오지 않는다. 위기 __ 성구가 없어진 자리에 상수가 들어온다. 상수는 애원과 협박을 동원하여 해순을 자기 여자로 만든다. 절정 __ 해순은 상수를 따라 산골로 가지만, 상수는 얼마 있지 않아 징용으로 끌려간다. 결말 __ 상수가 없어진 산골을 견딜 수 없는 해순은 갯마을로 돌아와 해녀 생활을 다시 시작한다.

동해안 어촌 풍경

서(西)로 멀리 기차 소리를 바람결에 들으며, 어쩌면 동해 파도가 돌각담 밑을 찰싹대는 H라는 조그만 갯마을이 있다.[1]

더깨더깨 굴딱지가 붙은 모 없는 돌로 담을 쌓고, 낡은 삿갓 모양 옹기종기 엎딘 초가가 스무 집 될까 말까? 조그마한 멸치 후리막이 있고, 미역으로 이름이 있으나, 이 마을 사내들은 대부분 절 따라 원양출어(遠洋出漁)에 품팔이를 나간다. 고기잡이 아낙네들은 썰물이면 조개나 해조를 캐고, 밀물이면 채마밭이나 매는 것으로 여느 갯마을이나 별다름 없다. 다르다고 하면 이 마을에는 유독 과부가 많은 것이라고나 할까? 고로(古老)들은 과부가 많은 탓을 뒷산이 어떻게 갈라져서 어찌어찌 돼서 그렇다느니, 앞바다 물밭이 거세서 그렇다느니들 했고, 또 모두 그렇게들 믿고 있다.

해순[2]이도 과부였다. 과부들 중에서도 가장 젊은 스물셋의 청상[3]이었다.

초여름이었다. 어느 날 밤, 조금 떨어진 멸치 후리막에서 꽹과리 소리가 들려왔다. 여름 들어 첫 꽹과리다. 마을은 갑자기 수선대기 시작했다. 멸치떼가 몰려온 것이다. 멸치떼가 들면 막에서는 꽹과리나 나팔로 신호를 한다. 그러면 마을 사람들은 막으로 달려가서 그물을 당긴다. 그물이 올라 수확이 많으면 많은 대로, 적으면 적은 대로 '짓'이라고 해서 대개는 잡어(雜魚)를 나눠 받는다. 수고의 대가다. 그렇기 때문에 후리[4]를 당기러 갈 때는 광주리나 바구니를 결코 잊지 않았고 대부분이 아낙네들이다.

갯마을의 가장 풍성하고 즐거운 때다. 해순이도 부지런히 헌옷을 갈아입고 나갈 차비를 하는데, 담 밖에서 숙이 엄마가 한참 숨찬 소리로

"새댁 안 가?"

"같이 가요, 잠깐……."

"다들 갔다, 빨리 나오잖고."

"아따, 빨리 가면 짓 먼첨 받나 머!"

하고 해순이가 사립 밖을 나서자 숙이 엄마는

"이이구 요것아!"

눈앞에 대고 헛주먹질을 하면서

"맴(홑)치마만 걸치면 될걸…… 꼬물대고서."

동해안 어촌 풍경

1) 배경이 동해의 한 어촌임을 암시한다. 참고로 작가 오영수의 고향은 경남 울산 근처임.

2) 해순(海順)이라는 이름은 바다와의 운명적인 관계를 암시한다.

3) 청상과부의 준말.

4) 후릿그물의 준말. 자루의 양 끝에 긴 줄이 달린 그물을 강이나 바다에 둘러쳐 두었다가 두 끝을 당기어 고기를 잡는 그물.

"망측하게 또 맴치마다. 성님(형님)은 정말 맴치마래?"

"밤인데 누가 보나 머, 철벙대고 적시노면 빨기 구찮고……."

사실 그물을 당기고 보면 으레 옷이 젖는다. 식수도 간신히 나눠 먹는 갯마을이라 빨래가 여간 아니다. 그래서 아낙네들은 맨발에 홑치마만 두르고 나오는 버릇이 생겼는지도 모른다. 그러해서 또 젊은 사내들의 짓궂은 장난도 있다. 어쩌면 사내들의 짓궂은 장난을 싫잖게 받아들이는 갯마을 여인들인지도 모른다.

해순이와 숙이 엄마는 물기슭 모래톱으로 해서 후리막으로 달려갔다. 맨발에 추진[5] 모래가 한결 시원하다. 벌써 후리는 시작되었다. 굵직한 로프에는 후리꾼들이 지네발처럼 매달렸다.

—데에야 데야.

이켠과 저켠에서 이렇게 서로 주고받으면 로프는 팽팽해지면서 지그시 당겨 온다. 해순이와 숙이 엄마도 아무렇게나 빈틈에 끼여들어 줄을 잡았다. 바다 저만치서 선두가 칸델라 불(호롱불)을 흔들고 고함을 지른다. 당겨 올린 줄을 뒷거둠질하는 사내들이, 데에야 데야를 선창해서 후리꾼들의 기세를 돋우고, 막 거간들이 바쁘게들 서성댄다. 가마솥에는 불이 활활 타고 물이 끓는다. 그물이 가까워 올수록 이 데에야 데야는 박자가 빨라진다.

—데야 데야 데야 데야.

이때쯤은 벌써 멸치가 모래톱[6]에 헤뜩헤뜩 뛰어오른다. 멸치가 많이 들면 수면이 부풀어오르고 그물 주머니가 터지는 때도 있다. 이날 밤도 멸치는 무던히 든 모양이다. 선두는 곧장 칸델라를 흔든다. 후리꾼들도 신이 난다.

—데야 데야 데야 데야.

이때 해순이 손등을 덮어 쥐는 억센 손이 있었다. 줄과 함께 검잡힌 손은 해순이 힘으로는 어쩔 수 없었다. 내버려 두었다. 후리꾼들의 호흡은 더욱 거치고 빨라진다. 억센 손은 어느새 해순이의 허리를 감싸 안는다. 해순이는 그만 줄 밑으로 빠져나와 딴 자리로 옮아 갔다. 그물도 거진 올라간다.

멸치 후리는 장면과 멸치 후리는 과정

—야세 야세.

이때는 사내들이 물기슭으로 뛰어들어 그물 주머니를 한곳으로 모아 드는

5) 물기가 배어 눅눅하다.

6) 강가나 바닷가에 있는 넓은 모래벌판.

판이다. 누가 또 해순이 치마 밑으로 손을 디민다. 해순이는 반사적으로 획 뿌리치고 저만치 달아나 버린다. 멸치가 모래 위에 하얗게 띈다. 아낙네들은 뛰어오른 멸치들을 주워 담기에 바쁘다. 후리는 끝났다. 멸치는 큰 그물 쪽자로 광주리에 퍼서 다시 돌(시멘트)함에 옮겨 잡어를 골라 낸다. 이래서 멸치가 굵으면 젓감으로 날로 넘기기도 하고, 잘면 삶아서 이리고(마른 멸치)를 만든다.

해순이는 젓을 한 바구니 얻었다. 무겁도록 이고 아낙네들과 함께 돌아오면서도 괜히 가슴이 설렌다. 젓보다는 그 억센 손이 머릿속을 떠나지 않는다. 누굴까? 유독 젓을 많이 주던 막 거간이나 아니던가? 누가 엿보지나 않았을까? 망측해라!

해순이는 유독 젓이 많은 것이 아낙네들 보기에 무슨 죄나 지은 것처럼 부끄럽기만 했다. 그래서 해순이는 되도록 뒤처져 가기로 발을 멈추자 숙이 엄마가 옆구리를 쿡 지르면서,

"너 운7) 짓이 그렇게도 많어?"

해순이는 얼른 뭐라고 대답이 나오지 않았다. 주니까 받아왔을 뿐이다.

"흥 알아봤어, 요 깍쟁이……."

아낙네들이 모두 킥킥대고 웃는다. 뭔지 까닭 있는 웃음들이다. 짐작이 있는 웃음들인지도 모른다. 해순이는 귀밑이 화앗 달았다. 숙이 엄마네 집 앞에서 해순이는,

"성님, 내 젓 좀 줄까?"

숙이 엄마는,

"준 사람에게 뺨 맞게……."

그러면서도 바구니를 내밀었다. 해순이는 젓을 반이 넘게 부어 주었다.

해순이는 아랫도리를 헹구고 돌아와서 자리에 누웠으나 오래도록 잠이 오질 않았다. 그 억센 손이 자꾸만 머릿속에 떠오른다. 돌아오지 않는, 어쩌면 꼭 돌이 올 것도 같은 성구(聖九)의 손 같기도 한, 아니면 또 징용으로 끌려가 버린 상수(相洙)의 손 같기도 한, 그 억세디억센 손.

해순이는 생각을 떨쳐 버리려고 애써본다. 눈을 감아 잠을 청해 본다. 그러

7) '웬'의 사투리.

나 금하는 음식일수록 맘이 당기듯 잊어버리려고 애를 쓰면 쓸수록 또 놓치기 싫은 마음—그것은 해순이에게 까마득 사라져 가는 기억의 불씨를 솟구쳐 사르개[8]를 지펴 놓은 것과도 같았다. 안타깝고 괴로운 밤이었다.

창이 밝아 왔다. 해순이는 방문을 열었다. 사리섬 위에 달이 솟았다. 해순이는 달빛에 산산조각으로 부서진 바다를 바라보면서 이렇게 뇌어 본다.

'죽었는지 살았는지.'

눈시울이 젖는다. 한숨과 함께 혀를 한번 차고는 문지방을 베고 누워 버린다. 달빛에 젖어 잠이 들었다.

누가 어깨를 흔든다. 소스라치고 깨어 보니 그의 시어머니다. 해순이는 벌떡 일어나 가슴을 여미면서,

"우짜고, 그새 잠이 들었던가베."

시어머니는 언제나 다름없는 부드럽고 낮은 소리로,

"애야, 문을 닫아 걸고 자거라!"

남편 없는 며느리가 애처로웠고, 아들 없는 시어머니가 가엾어 친딸 친어머니 못지않게 정으로 살아가는 고부간[9]이었다. 그러나 이날 밤만은 얼굴이 달아올라 해순이는 고개를 들 수가 없었다. 그의 시어머니는 언젠가 해순이가 되돌아오기 전에도,

"애야, 문을 꼭 걸고 자거라!"

고 한 적이 있었다. 그날 밤의 기억이 너무나 생생하게 떠올랐기 때문이었다. 모든 것을 다 알고 있는 그의 시어머니다. 어쩌면 해순이의 오늘은 이 '애야, 문을 꼭 닫아 걸고 자거라……' 는 데 요약될는지도 모른다.

해순이는 보재기[海女] 딸이다. 그의 어머니가 김가라는 뜨내기 고기잡이 애를 배자 이 마을을 떠나지 못했다. 그래서 해순이가 났다. 해순이는 그의 어머니를 따라 바위그늘과 모래밭에서 바닷바람에 그슬리고 조개껍데기를 만지작거리고 갯냄새에 절어서 컸다. 열 살 때부터는 잠수도 배웠다. 해순이가 성구에게로 시집을 가는 열아홉 살 때였다. 해순이의 성례[10]를 보자 그의 어머니는 그의 고향인 제주도로 가면서,

8) 불쏘시개.

9) 시어머니와 며느리 사이.

10) 혼인의 예식을 지냄.

"너 땜에 이십 년 동안 고향 땅을 못 밟았다. 인제는 마음놓고 간다. 너도 인젠 가장을 섬기는 몸이니 아예 에미 생각을랑 마라……."

그의 어머니는 고깃배에 실려 물길로 떠났다.

해순이에게 장가들기가 소원이던 성구는 그만큼 해순이를 아꼈다. 성구는 해순이에게 물일도 시키지 않았다. 워낙 착실한 성구라 제 혼자 힘으로라도 넉넉지는 못하나마 그의 홀어머니와 동생 해서 네 식구는 먹고살아갈 수 있었다. 그러나 해순이는 안타까웠다. 물옷만 입고 나가면 성구 벌이에 못지않을 해순이었다. 어느 날 밤 해순이는

멸치잡이

"물때가 한창인데……."

"신풀이가 하고 싶나?"

"낼 전복을 좀 딸래!"

"전복은 갈바위 끝으로 가야지?"

"그긴 큰 게 많지……."

"그만둬."

"가요!"

"못 간다니……."

"집에서 별 할 일도 없는데……."

"놀지."

"싫에, 낼은 가고 말 게니……."

이래서 해순이가 토라지면 성구는 그만 그 억센 손으로 해순이를 잡아당겨 토실한 허리가 으스러지도록 껴안곤 했다.

고등어철이 왔다. 칠성네 배로 이 마을 고기잡이 여덟 사람이 한패로 해서 떠나기로 했다. 이런 때[遠洋出漁]는 되도록이면 같은 고장 사람들끼리 패를 짠다. 같은 날 같이 갔다가 같은 날 같이 돌아온다. 그렇기 때문에 고기잡이 마을에는 같은 띨에 닌 아이들이 많다. 이 H마을민 하디라도 같은 띨에 닌 아이가 다섯이나 된다.

좋은 날씨였다. 뱃전에는 아낙네들이 제가끔 남편들의 어구며 그 동안의 신

변 연모[11]들을 챙기느라고 부산하다. 사내들은 사내들대로 응당 간밤에 한 말이겠건만, 또 한 번 되풀이를 하곤 한다.

돛이 올랐다. 썰물에 갈바람을 받아 배는 미끄러지기 시작한다. 사내들은 노를 걸고 자리를 잡는다. 뭍을 향해 담배를 붙이려던 만이 아버지는 깜박 잊었다는 듯이 배꼬리로 뛰어오면서 입에 동그라미를 하고 제 아이 이름을 고함쳐 부른다. 아이 대신 그의 아내가 치맛자락을 걷어 쥐고 물기슭으로 뛰어들며 귀를 돌린다.

"꼭 그렇게 하라니!"

"멀요?"

"엊밤에 말한 것 말야?"

"알았소!"

오직 성구만은 돛줄을 잡고 서서 마을 한 모퉁이에 눈을 박고 있다. 거기 돌각담에는 해순이가 손을 뒤로 붙이고 섰다. 갓 온 시집이라 버젓이 뱃전에 나오지 못하는 해순이었다. 성구는 이번 한철 잘하면 기어코 의롱(衣籠)[12]을 한 벌 마련할 작정이었다.

배는 떠났다. 가는 사람이나 보내는 사람이나 그들의 얼굴에는 희망과 기대가 깃들여 있을망정 조그마한 불안의 그림자도 없었다.

바다를 사랑하고, 바다를 믿고, 바다에 기대어 살아온 그들에게는, 기상대나 측후소가 필요치 않았다. 그들의 체험에서 얻은 지식과 신념은 어떠한 이변에도 굽히지 않았다. 날[出漁日]을 받아놓고 선주는 목욕재계하고 풍신과 용신에 제를 올렸다. 풍어(豐漁)도 빌었다. 좋은 날씨에 물때 좋것다, 갈바람이라 무슨 거리낌이 있었으랴!

하늘과 바다가 맞닿는 곳, 솜구름이 양떼처럼 피어오르는 희미한 수평선을 향해 배는 벌써 까마득하다.

대부분의 사내들이 고기잡이로 떠난 갯마을에는 늙은이들이 어린 손자나 데리고 뱃그늘이나 바위 옆에 앉아 무연히 바다를 바라보거나, 아낙네들이 썰물 조개나 캘 뿐 한가하다.

11) 물건을 만드는 데 쓰는 기구와 재료.

12) 옷을 담아두는 농짝.

어촌 당집

사흘째 되던 날, 윤 노인은 아무래도 수상해서 박 노인을 찾아갔다. 박 노인도 막 물가로 나오는 참이었다. 두 노인은 바위 옆 모래톱에 도사리고 앉았다. 윤 노인이 먼저 입을 뗐다.

"저 구름발 좀 보라니?"

"음!"

구름발은 동남간으로 해서 검은 불꽃처럼 서북을 향해 뻗어 오르고 있다.

윤 노인이 또,

"하하아, 저 물빛 봐!"

박 노인은 보라기 전에 벌써 짐작이 갔다. 아무래도 변의 징조였다.

파도 아닌 크고 느린 너울[13]이 왔다. 그럴 때마다 매운 갯냄새가 풍겼다. 틀림없었다.

이번에는 박 노인이 뻔히 알면서도,

"대마도 쪽으로 갔지?"

"고기떼를 찾아갔는데 울릉도 쪽이면 못 갈라고……."

두 노인은 더 말이 없었다.[14] 그새 구름은 해를 덮었다. 바람도 딱 그쳤다. 너울이 점점 커 왔다. 큰 너울이 올 적마다 물컥 갯냄새가 코를 찔렀다. 두 노인은 말없이 일어나 말없이 헤어졌다. 그들의 경험에는 틀림이 없었다. 올 것이 기어코 오고야 말았다. 무서운 밤이었다. 깜깜한 칠야, 비를 몰아치는 바람과 바다의 아우성, 보이는 것은 하늘로 부풀어오른 파도뿐이었다. 그것은 마치 바다의 참고 참았던 분노가 한꺼번에 터져 흰 이빨로 물을 마구 물어뜯는 것과도 같았다. 파도는 이미 모래톱을 넘어 돌각담을 삼키고 몇몇 집을 휩쓸었다. 마을 사람들은 뒤 언덕빼기 당집[15]으로 모여들었다. 이러는 동안에 날이 샜다. 날이 새자부터 바람이 멎어 가고 파도도 낮아 갔다. 샌 날에 보는 마을은 그야말로 난장판이었다.

이날 밤 한 사람의 희생이 있었다. 윤 노인이었다. 그의 며느리 말에 의하면 돌각담이 무너지고 파도가 축담 밑까지 들이밀자 윤 노인은 며느리와 손자를 앞세우고 담 밖까지 나오다가 무슨 일로선지 며느리에게 먼저 가라고 하고 윤 노인은 다시 들어갔다고 한다. 그리고는 아무것도 모른다는 것이다.

13) 바다의 사나운 큰 물결.

14) 배가 난파될 것이라는 불길한 예감 때문.

15) 신을 모셔 놓고 위하는 집. 자연의 영향을 크게 받는 지역, 업종일수록 무속에 의존하는 바가 크다.

바다는 언제 그런 일이 있었던가 하듯 잔물결이 안으로 굽은 모래톱을 찰싹대고, 볕은 한결 뜨거웠고, 하늘은 남빛으로 더욱 짙었다.

그러나 고등어배는 돌아오지 않았다. 마을은 더 큰 어두운 수심에 잠겼다. 이틀 뒤에 후리막 주인이 신문을 한 장 가지고 와서, 출어한 많은 어선들이 행방불명이 됐다는 기사를 읽어 주었다. 마을은 다시 수라장이 됐다. 집집마다 울음소리가 그치지 않았다. 이틀이 지났다. 울음에도 지쳤다. 울어서 해결될 문제가 아니었다.

'설마 죽었으려고.'

이런 한가닥 희망을 가지고 아낙네들은 다시 바다로 나갔다. 살아야 했다. 바다에서 죽고 바다로 해서 산다. 해순이는 성구가 돌아올 것을 누구보다도 믿었다. 그 동안 세 식구가 먹고살아야 했다. 해순이도 물옷을 입고 바다로 나갔다.[16]

해조를 따고 조개를 캐다가도 문득 이마에 손을 하고 수평선을 바라보곤 아련한 돛배만 지나가도 괜히 가슴을 두근거리는 아낙네들이었다. 멸치철이건만 후리도 없었다. 후리막은 집뚜껑을 송두리째 날려 버린 그대로 손볼 엄두를 내지 않았다. 후리도 없는 갯마을 여름밤을, 아낙네들은 일쑤 불가(바닷가 모래밭)에 모였다. 장에 갔다 온 아낙네의 장시세를 비롯해서 보고 들은 이야기—이것이 아낙네들의 새로운 소식이요 즐거움이었다. 싸늘한 모래에 발을 묻고 밤새는 줄 몰랐다. 숙이 엄마가 해순이 허벅지를 베고 벌렁 누우면서,

"에따, 그 베개 편하다……."

그러자 누가,

"그 베개 임자는 어데 갔는고?"

아낙네들의 입에서는 모두 가느다란 한숨이 진다. 숙이 엄마는 해순이 얼굴을 말끄러미 쳐다보면서,

에에야 데야 에에에 데야
썰물에 돛 달고
갈바람 맞아 갔소.

16) '물질을 했다'는 의미의 제유적 표현.

하자 아낙네들은 모두,

에에야 데야
샛바람 치거든
밀물에 돌아오소
에에야 데야

아낙네들은 그만 목이 메어 버린다. 이때,
"떼과부년들이 모여서 머 시시닥거리노?"
보나마나 칠성네다. 만이 엄마가,
"과부 아닌 게 저러면 밉지나 않제?"
칠성네도 다리를 뻗고 펄썩 앉으면서,
"과부도 과부 나름이지 내사 벌써 사십이 넘었지만, 이년들 괜히 서방 생각
이 나서 자도 않고……."
"말도 마소. 이십 전 과부는 살아도, 사십……."
"시끄럽다, 이년들아, 사내녀석들 한 두름[17] 몰아다 갈라 줄 테니……."
"성님이나 실컷 하소……."
모두 딱따그르 웃는다.
이래저래 여름이 가고 잡어가 많이 잡히는 가을도 헛되이 보냈다.
모자기, 톳나물, 가스레나물, 파래, 김 해서 한 무렵 가면 미역철이다.
미역철이 되면 해순이는 금보다 귀한 몸이다. 미역은 아무래도 길 반쯤 물
속이 좋다. 잠수는 해순이밖에 없다. 해순이가 미역을 베 올리면 뭍에서는 아
낙네들이 둘러앉아 오라기를 지어 돌밭에 말린다. 미역도 이삼 월까지면 거
의 진다.
어느 날 밤, 해순이는 종일 미역바리를 하고 나무둥치같이 쓰러져 잠이 들
었다. 일마끔이나 잤을까? 분명코 짐직이 있는 이떤 압빅감에 선뜻 눈을 떴
다. 이미 당한 일이었다. 악! 소리를 지른다는 것이 숨결만 가빠지고 혀가 말
을 듣지 않았다. 대신 사내의 옷자락을 휘감아 잡았다. 세상 없어도 놓지 않을

17) 물고기나 나물을 두
줄로 길게 묶은 것. 물고
기는 한 줄에 열 마리씩
스무 마리가 한 두름.

작정 하고, 그러나 해순이의 몸뚱어리는 아리송한 성구의 기억 속으로 자꾸
만 놓여 가고 있었다. 그렇게도 휘감아 잡았던 옷자락이 모르는 새 놓아졌다.

'아니 내가 이게……'

해순이는 제 자신에 새삼스레 놀랐다. 마치 꿈속에서 깨듯 바싹 정신이 들
자 그만 사내의 상고머리를 가슴패기 위에 움켜쥐었다. 사내는 발로 더듬어
문을 찼다.

"그 방에 누고?"

시어머니의 잠기 가신 또렷한 소리다. 해순이는 가슴이 덜컥했다. 그러나
입술에 침을 발라 목을 가다듬었다.

"뒷간에 갑니더!"

그리고는 사내의 상고머리를 슬그머니 놓아 주고 자국 소리를 터덕댔다. 이
날 밤 해순이는 가슴이 두근거려 더는 잠을 못 잤다.

다음날도 미역바리를 나갔다. 숨가쁜 물속에서도 해순이 머리 한구석에는
어젯밤 기억이 떠나지 않았다. 돌아오는 길에 성게를 건져다 시어머니에게
국을 끓여 드렸다. 시어머니는 성겟국을 달갑게 먹으면서,

"애야, 잘 때는 문을 꼭 닫아 걸고 자거라!"

해순이는 고개를 못 들었다. 대답 대신 시어머니 국대접에 새로 떠온 더운
국만 떠 보탰다.

해순이는 방바위―바위가 둘러싸서 방같이 됐기 때문에―옆에서 한천(寒
天)[18]을 펴고 있었다. 이때 등뒤에서,

"해순아!"

해순이는 깜짝 놀라면서 반사적으로 몸을 움츠렸다. 후리막에서 일을 보고
있는 상수다. 해순이는 아랑곳도 않았다. 상수는 슬금슬금 해순이 곁에 다가
앉으면서,

"해순이, 내캉 살자!"

상수의 이글거리는 눈이, 물옷만 입은 해순이에게서는 온몸에 부시다. 해
순이는 암말도 없이 돌아앉았다.

18) 우뭇가사리의 점장
을 동결 건조한 젤라틴
투명막.

"성구도 없는데 멋 한다고 고생을 하겠노?"

"……."

"내하고 우리 고향에 가 살자. 우리 집엔 논도 있고 밭도 있다."

사실 그의 고향에는 별 걱정 없이 사는 부모가 있었고, 국민학교를 나온 상수는 농사 돌보고 남부럽지 않게 살았다. 누 해 전에 상처[19]를 하자부터 바람을 잡아 떠돌아다니다가 그의 이모 집인 이 후리막에 와서 뒹굴고 있다.

"은야 해순아!"

상수의 손이 해순이 어깨에 놓였다. 해순이는 탁 뿌리치고 일어났다. 그러나 상수는 어느새 해순이의 팔을 꽉 잡고 놓지 않는다. 실랑이를 하는데 돌아가는 고깃배가 이켠으로 가까워 왔다. 해순이는 바위 그늘에 허리를 꼬부렸다. 그새 상수는 해순이를 끌고 방바위 안으로 숨었다.

"해순이, 우리 날 받아 잔치하자!"

"싫에 싫에, 난 싫에!"

"정말?"

"놔요 좀, 해가 지는데……."

"그럼 내 말 한 번만 들어……."

"머 말?"

상수는 해순이 허리에 팔을 돌렸다.

해순이는 몸을 비꼬아 손가락을 비틀었다.

"내 말 안 들으면 소문낼 끼다!"

"머 소문?"

"니하고 내하고 그렇고 그렇다고……."

"……?"

"내 머리 나꾸던 날 밤에……."

해순이는 비로소 알았다. 아무도 모르는 오직 마음속 깊숙이 간직해 둔 비밀을 옆에서 엿보거니 한 젓처럼 해순이는 그만 발끈해지자 허리에 꽂은 조개칼을 뽑아들었다. 서슬에 상수는 주춤 물러났다. 해순이는 칼을 눈 위에 올려 쥐고,

19) 喪妻. 아내를 잃음.

112

"내한테 손대먼 찌른다!"

"손 안 댈게 나 말 한 번만……."

"소문 낼 텐 안 낼 텐?"

"안 낼게 내 말……."

"나 보고 알은 척 할 텐 안할 텐?"

"그래 내 말 한 번만 들어주면……."

상수는 칼을 휘두르는 해순이가 접은커녕 되레 귀여워만 보였다. 해순이는 도사리고 칼을 겨누면서도 그날 밤의 기억을 떨어 버릴 수가 없었다. 칼 쥔 손이 어느새 턱밑까지 내렸다. 해순이는 눈시울이 자꾸만 부드러워 갔다.[20]

"해순이!"

하고 상수가 한 걸음 다가오자 해순이는 언뜻 칼을 고쳐 들고 한 걸음 물러난다. 상수가 또 한 걸음 다가오자 해순이는 그만 아무렇게나 칼을 내저으면서

"더 오지 마래, 더 오면 참말 찌른다!"

"참말 찔리고 싶다. 찌르면 나도 해순이를 안고 같이 죽을 테야!"

하고 상수는 목울대 밑을 가리키며,

"꼭 요기를 찔러라. 요기를 썰러야 각 죽는다니……."

해순이는 몸서리를 한번 쳤다. 상수는 또 한 걸음 다가왔다. 그러자 해순이는 바위에 등을 붙이고 울음인지 웃음인지 알 수 없는 소리로,

"안 찌르게 오지 마라!"

"찔리고 싶어 온몸이 근질근질하다, 칵 찔러라, 그래서 같이 죽자!"[21]

하는 상수 눈에는 불이 일 듯하면서도 입가에는 어쩌면 미소가 들 것도 같다. 상수의 눈을 쏘아보던 해순이는 그만 칼을 내던지고,

"참 못됐다!"

상수는 칼을 주워 칼날을 더듬어보면서

"내 이 칼 좀 갈아다 줄까. 이 칼로야 어디……."

"어쩌면 저렇게도 못됐을꼬?"

"전복 따듯 목을 싹 도리게스리……."

"흉칙해라, 꼭 섬도둑놈 같다!"

영화 「갯마을」의 한 장면

20) 일부종사라는 사회적 관습에 대한 자각에 못지않은 유혹적인 욕망이 있음을 알 수 있다.

21) 상수의 사랑의 깊이를 나타낸다기보다 해순의 사랑을 얻기 위한 재롱 혹은 연기로 보아야 한다.

"그랬으면 얼마나 속 시원할꼬?"

"난 갈 테야……."

"날 죽이고 가거라!"

"아이 참, 그럼 어짜라커노?"

"내 말 한 번만……."

"그럼 빨리 말해 보나니……."

상수는 해순이 목에 팔을 감았다. 해순이는 팔꿈치로 뿌리치고 돌아앉아 어깨로부터 물옷을 벗기 시작했다. 이날 해순이는 몇 번이고 상수에게 소문내지 않겠다는 다짐을 받았다. 그러나 이틀이 못 가서 아낙네들 새 해순이와 상수가 그렇고 그렇다는 소문이 돌기 시작했다.

고등어철이 와도 칠성네 배는 소식조차 없었다. [22] 밤이면 아낙네들만이 불가에 모여들었다. 칠성네가 그의 시아버지(박 노인―박 노인은 그 뒤 이렇다할 병도 없이 시름시름 앓아누워 지금껏 자리를 뜨지 못한다)가 시키는 말이라면서 작년 그날을 맞아 일제히 제사를 지내라는 것이었다. 모두 그렇게 하기로 했다. 이 H마을에 여덟 집 제사가 한꺼번에 드는 셈이다. 제사를 이틀 앞두고 해순이 시어머니는 해순이에게,

"애야, 성구 제사나 마치거든 개가하두룩 해라!"

"……."

"새파란 청상이 어찌 혼자 늙겠노!"

해순이는 그저 머엉했다.

"가면 편할 자리가 있다. 그새 여러 번 말이 있었으나, 성구 첫 제사나 치르고 보자고 해 왔다. 너도 대강 짐작이 갈 게다!"

해순이는 낯이 자꾸 달아올랐다. 상수가 틀림없었다. 해순이는 고개가 자꾸만 무거워 갔다.

"과부가 과부 사정을 안다고, 나도 일찍이 홀로 된 몸이리 그 시정 디 안디. 죽은 자식보다 너가 더 애처럽다. 저것(시동생)도 인젠 배를 타고 하니 설마 두 식구야……."

[22] 사고 후 일 년이 지났음.

다음날은 벌써 상수가 해순이를 맞아 간다는 소문이 온 마을에 쫙 퍼졌다. 그러면서도 아낙네들은 해순이마저 떠난다는 것이 진정 섭섭했고 맥이 풀렸다. 눈물을 글썽대는 아낙네도 있었다. 해순이는 이 마을, 더구나 아낙네들의 귀염둥이다. 생김새도 밉지 않거니와 마음에 그늘이 없다. 남을 의심할 줄도 모르고 거짓도 없다. 그보다도 우선 미역철이 오면…… 아낙네들은 절로 한숨이 잦았다. 그러나 해순이는 그저 남녀가 한번 관계를 맺으면 으레 그렇게 되나 보다, 그래서 그렇게 됐고 또 그렇게 해야 되나 보다, 이러는 동안에 후리막 안주인과 상수를 따라 해순이는 가야 했다.

해순이마저 떠난 갯마을은 더욱 쓸쓸했다. 한길 물속에 미역발을 두고도 철을 놓쳐 버렸다. 보릿고개[23)가 작히도 고되었다. 해조로 끼니를 이어 가는 집도 한두 집이 아니었다.

또 고등어철이 왔다. 두 번째 맞는 제사를 사흘 앞두고 아낙네들은 불가에 모였다.

"요번 제사에는 고동[24] 생복[25]도 없겠다!"

"이밥은 못 차려도 바다를 베고서……."

"바닷귀신이 고동 생복 없이는 응감[26]도 않을걸!"

이렇게들 주거니 받거니 하는데 뒤에서 누가,

"왁!"

해순이었다.

"이거 새댁이 앙이가!"

"새댁이 우짠 일고?"

"제사라고 왔나?"

"너거 새서방은?"

그중에서도 숙이 엄마는 해순이를 친정 온 딸이나처럼 두 손으로 얼굴을 싸고 들여다보면서,

"좀 예빗(여위었)구나?"

그러자 칠성네가,

23) 묵은 곡식은 떨어지고 보리는 아직 여물지 아니하여 농가 생활이 가장 어려운 때. 음력 4~5월쯤.

24) 홍어.

25) 익히지 않은 전복.

26) 마음에 응하여 느낌.

"여기 좀 앉거라, 보자!"

해순이는 아낙네들에 둘러싸여 비로소,

"성님들 잘 기셨소?"

했다.

"너거 시어머니 봤나?"

해순이는 고개만 끄덕였다.

그의 시어머니는 해순이를 보자 입부터 실룩이고 눈물을 가두었다. 아들 생각을 해선지? 아니면 제삿날을 잊지 않고 온 며느리가 기특해선지? 해순이는 제 방에 들어가서 우선 잠수 연모부터 찾아보았다. 시렁 위에 그대로 얹혀 있었다. 해순이는 반가웠다. 맘이 놓였다. 그래서 불가로 나왔다.

영화의 한 장면

"난 인자 안 갈 테야, 성님들하고 같이 살 테야!"

그리고는 훌쩍 일어서서 바다를 바라보고 가슴 가득히 숨을 들이켰다. 오래간만에 맡는, 그렇게도 그립던 갯냄새였다.

아낙네들은 모두 서로 눈만 바라보고 말이 없었다.

상수도 징용으로 끌려가 버린 산골에서는 견딜 수 없는 해순이었다.

오뉴월 콩밭에 들어서면 깝북 숨이 막혔다. 바랭이풀을 한골 뜯고 나면 손아귀에 맥이 탁 풀렸다. 그럴 때마다 눈앞에 훤히 바다가 틔어 왔다.

물옷을 입고 철벙 뛰어들면…… 해순이는 못 견디게 바다가 아쉽고 그리웠다.

고등어철. 해순이는 그만 호미를 내던지고 산비탈로 올라갔다. 그러나 바다는 안 보였다. 해순이는 더욱 기를 쓰고 미칠 듯이 산꼭대기로 기어올랐다. 그래도 바다는 안 보였다.

이런 일이 있는 뒤로 마을에서는 해순이가 매구[27] 혼이 들렸다는 소문이 자자했다.

시가에서 무당을 데려다 굿을 차리는 새, 해순이는 검은 소매만 내리고 마을을 빠져나와 삼십 리 신길을 단걸음에 달려온 것이다.

"진정이냐? 속 시원히 말 좀 해라, 보자."

숙이 엄마의 좀 다급한 물음에도 해순이는 조용조용,

27) 천년 묵은 늙은 여우가 변하여 된다는 이상한 짐승.

"수수밭에 가면 수숫대가 모두 미역밭 같고, 콩밭에 가면 콩밭이 왼통 바다만 같고……."

"그래?"

"바다가 보고파 자꾸 산으로 올라갔지 머, 그래도 바다가 안 보이데."

"그래 너거 새서방은?"

"징용 간 지가 언제라고……."

"저런……."

"시집에선 날 매구 혼이 들렸대."

"쯧쯧."

"난 인제 죽어도 안 갈 테야, 성님들하고 여기 같이 살 테야!"

이때 후리막에서 야단스레 꽹과리가 울렸다.

"아, 후리다!"

"후리다!"

"안 가?"

"왜 안 가!"

숙이 엄니가 해순이를 보고

"맴치마만 두르고 빨리 나오라니……."

해순이는 재빨리 옷을 갈아입고 나왔다. 아낙네들은 해순이를 앞세우고 후리막으로 달려갔다. 맨발에 식은 모래가 해순이는 오장육부에 간지럽도록 시원했다.[28]

달음산 마루에 초아흐레 달이 걸렸다. 달 그림자를 따라 멸치떼가 들었다.

—데에야 데야.

드물게 보는 멸치떼였다.

〈『문예』 1953. 12〉

28) 바다 여자의 약동감과 생명감을 나타낸다.

「갯마을」은 규모가 작은 소품에 그치고 있다. 등장인물의 숫자도 적고 인물 사이의 갈등도 그리 심각하지 않다. 설사 한두 인물을 더 추가한다 해도 작품의 분위기나 주제가 바뀔 것 같지는 않다. 사정이 그렇게 된 이유를 분석해 보자.

이 작품은 단편 소설이라는 장르가 지닌 장점과 단점을 두루 보여 주고 있다. 단편 소설은 단일한 사건과 단일한 주제를 취급한다. 단편에서는 이러한 인상에 통일성과 선명함을 부여하기 위해 작가가 어느 한 부분을 고의적으로 과장하는 공정을 거치는 경우가 허다하다.

이 작품은 '갯마을'의 모습을 이상적인 공간으로 묘사하기 위해 현실 속에 존재할 수 있는 많은 부분을 의도적으로 생략하고 있는 점을 발견하게 된다. '것'을 분배할 때 빚어지는 갈등, 시어머니와 며느리 사이의 갈등, 어촌의 경제를 유지하는 계층에 대한 분석 등이 모두 생략되어 있는 것은 단편 소설로서의 단일성을 유지하기 위한 전략이다.

이런 이유에서 이 작품은 장편 소설로 확장될 수 없는 한계를 자체에 포함하고 있다. 대개 장편 소설은 현실 속에서 살아 숨쉬는 자연스러운 인간들의 세계를 취급한다. 물론 장편 소설에 등장하는 인물은 극단적으로 선하거나 악한 사람들만은 아니다. 대부분의 평범한 인간이 그러하듯, 선과 악의 이중성을 가지고 있는 인물을 취급하는 것이다.

그러나 이 작품의 경우, 애초부터 인간의 선의와 갯마을의 평화로운 삶 자체에만 집중하였기 때문에, 이러한 닫힌 공간이 다른 분위기나 주제로 확장될 가능성을 애초부터 차단하고 있음을 알 수 있다.

소설 「갯마을」 속의 등장인물은 대부분 착한 사람들이다. 이런 이유에서 오영수의 작품은 '온정과 선의의 세계'라는 평가를 받기도 한다. 그러나 세상에는 분명히 많은 악인들이 존재한다. 해순의 새서방이 된 상수를 악인으로 설정했다면 작품의 줄거리와 주제는 어떻게 바뀔 것인지 상상해 보라.

이 작품 속에서 해순과 상수와의 갈등 장면은 단 한 차례 등장한다. 구혼(求婚)하는 상수 앞에 해순이 칼을 내밀고 맞서지만, 이러한 갈등이 심각하게 비화하지 않고 상수의 일방적인 승리로 끝나고 있다. 이처럼 둘 사이의 갈등이 싱겁게 끝나 버린 이유는 두 사람이 모두 착하고 서로의 처지를 너무도 잘 이해하고 있기 때문일 것이다.

요긴내 이 작품 내에서 해순과 상수의 갈등은 어촌과 산촌의 대립을 통해 해순이 성장한 고향의 의미를 부각하기 위한 장치지 그 자체가 이 작품의 주제와 연결된 것은 아니다. 성의 문제도 등장하나 이 또한 자연적 삶의 한 부분을 드러내기 위한 것이지 성 자체에 대한 관심은 아니다.

그러나 상수가 악인으로 설정되었다면, 주제와 분위기는 사뭇 달라졌을 것이다. 선인과 악인의 대립은 필연적으로 한쪽이 승리와 패배로 끝나야 할 것이며, 이런 경우 작품은 남녀 사이에 존재하는 폭력 혹은 불평등의 주제에 근접하는 작품이 될 것이다.

통합논술 Q & A

「갯마을」의 주제는 사회주의 문학의 이념과는 전혀 반대의 것이다. 그러나 사회주의 문학과 공통점을 찾을 수 있다. 그것은 무엇인가. '갯마을'과 사회주의적 유토피아의 공통점을 중심으로 이를 토론해 보라.

작가는 개인이 사심을 내세우지 않고 선의와 온정을 가지고 서로 도와 가며 사는 '갯마을'을 작품의 무대로 삼았다. 이 '갯마을'은 이 세상에는 존재하지 않는 유토피아(이 어휘는 갈 수 없는 곳이라는 뜻을 담고 있다)를 말하는 것일지도 모른다.

사회주의 문학 평론가인 루카치는 근대 시민사회의 비극을 '별이 사라져 버린 시대'의 비극으로 요약한 바 있다. 그는 '별을 보고 길을 찾을 수 있었던 시절은 행복했다'는 표현을 통해, 한 공동체가 공동의 목적을 향해 아무런 갈등 없이 함께 길을 갈 수 있었던 시절을 인류사의 행복했던 시절로 규정하고 있다. 말하자면 한 개인이 공동체 속에서 다른 사람들과 함께 살아가며 공동의 선(善)을 얻을 수 있었던 시절을 인류의 황금시대로 회상하고 있는 것이다.

대부분의 인류 역사는 갈등의 역사다. 계급 혹은 신분의 차이로 인해 억압자와 피억압자가 존재했던 것이다. 그러나 원시 공산제 사회에서는 이러한 불평등 관계조차 형성되지 않았다. 그런 까닭에 그는 이러한 갈등이 없어진 사회를 건설하는 것을 인류의 새로운 희망으로 설정했다. 물론 그의 낙관적인 소망대로 인류사에서 모든 불평등이 사라진 것은 아니다. 사회주의 국가들이 이러한 불평등의 해소를 내세웠지만, 이들의 기획이 쉽사리 이루어질 수 없음은 1990년을 전후로 한 사회주의 국가의 몰락에서 구체적인 예를 찾을 수 있다.

오영수 문학은 원시적 공동체에 대한 그리움으로 가득 차 있다. 작가가 생각하는 원시적 공동체는 온정과 선의가 넘치는 세계다. 물론 그러한 세계는 사라져 버린 지 오래다. 다만 상상 속에서만 가능할 따름이다. 작가는 공동체적인 따뜻함이 남아 있는 과거의 모습을 소설 속에서 창조했다.

오영수 문학이 사회주의 문학과 공통점을 가지고 있다면, 그것은 아름다웠던 과거에 대한 동경의 태도다. 해순은 동네 아낙들을 위해 사심(私心) 없이 자신을 희생할 줄 알며, 이러한 태도는 동네 아낙들도 마찬가지다. 이 작품 속에서 자신의 이기적인 욕망을 관철하려는 사람은 거의 찾아보기 힘들다. 해순을 차지하기 위해 수작을 벌이는 상수도, 어찌 보면 해순에 대한 동정심에서 혼인을 조르고 있는 것으로 느껴질 정도다.

그러나 현실을 돌이켜보면 인간은 많은 욕망을 가지고 살아간다. 그러므로 개인의 이익 추구라는 욕망을 전제로 삼는 자본주의 사회의 이념이 훨씬 솔직하고 현실적인 대안으로 간주되는 것이다.

상식적인 기준에서 볼 때, 해순의 삶은 불행한 것으로 보일 수 있다. 그럼에도 불구하고, 작품이 시종 밝고 낙관적인 분위기를 유지하는 이유에 대해 생각해 보자. 아울러 해순을 중심으로 노동의 의미를 생각해 보라.

이 작품의 무대인 '갯마을'은 즐거운 마음으로 함께 일하고 함께 나누어 먹는 평화로운 마을이라는 점에서 이상향으로서의 유토피아를 제시하고 있는 것으로 볼 수도 있다. 물론 갯마을의 사람들은 모두 가난하고 어렵게 살고 있지만, 적어도 가진 자의 억압과 착취가 존재하지 않고 못 가진 자의 증오와 투쟁이 드러나지 않는다는 점에서 원시적 공산사회와 유사점을 가지고 있다.

공산주의 인간학에서는 '모든 사람은 저마다의 가슴에 천사를 품고 있다'는 명제를 내세운다. 사람들은 모두 천사처럼 착하게 살 가능성을 품고 있지만, 불가피한 사회적인 조건 때문에 생존경쟁과 투쟁이 존재한다고 본 셈이다. 이 작품 속의 '해순'을 비롯한 마을 사람들은 모두 천사처럼 살고 있다. 물론 천박한 성적유희나 저속한 어투가 간혹 등장하고 있지만, 이들의 삶 자체에는 인간 상호간의 갈등이 존재하지 않는다. 함께 가난하고 함께 노동하는 까닭에 불평등에서 비롯된 갈등이 없는 까닭이다.

이 작품의 첫 대목과 끝 대목에는 노동요(勞動謠)가 삽입되어 있다. 노동은 고달픈 것이지만, 노동의 결과를 한 공동체가 공평하게 나눌 수만 있다면, 그 노동은 전적으로 개인의 즐거움이 될 수 있는 법이다. 해순과 마을 사람들이 노동요를 부르며 힘을 모아 노동하는 장면은 노동의 즐거움을 예찬하고 공동체의 활력을 제시하고자 했던 이 작품의 압권인 셈이다.

낙동강

조명희

1894~1938 | 충북 진천에서 출생 1919년 도쿄 도요대학 입학 1925년 카프에 참가 1927년 『조선지광』에 「낙동강」 발표 1928년 소련 연해주로 이주 1938년 총살됨

그 밖에 주요 작품으로 「땅속으로」 「농촌 사람들」, 서사시 「짓밟힌 고려」 등이 있음

「낙동강」은 1920년대 소설 중 가장 대표적인 경향 소설로 평가된다. 이 작품의 가장 큰 특징은 경향 소설이 보여준 과장된 전망이나 전망의 부재(不在)를 일정하게 극복한 점이다. 이것은 로사와 박성운이라는 인물의 설정으로 가능했다. 박성운은 운동가로서 사회개혁을 부르짖다 병들어 고향으로 돌아오는 인물이다. 이전의 경향 소설들에서는 대개 영웅적인 인물들이 주인공으로 설정되었다. 이들은 결점이 전혀 없을 뿐만 아니라 사회개혁을 시도하려는 모든 싸움에서 전지전능한 능력을 발휘해 활로를 개척해 감이 보편적이다. 그러나 박성운은 그러한 능력에 미치지 못했을 뿐만 아니라 결국 실패하고 병들어 고향으로 돌아온다. 이렇게 비극적인 인물을 설정한 것은 세상 일이 쉽지 않음을 정직하게 보이는 것이기도 하다. 또 한 가지 특징은 함께 등장하는 로사라는 인물이다. 그녀는 밝은 미래를 암시하는 인물이다. 그러나 그 미래가 현실로 다가온 것은 아니며 다만 가능성으로 남겨져 있음을 상징하는 인물이다. 삶이란, 그것이 지닌 '가능성'에 의해서만 지탱될 수 있음이 암시된다. 이러한 인물들이 고향으로 돌아오며 시작되는 이 소설은 그간 박성운이 어떤 일을 했는가에 대해 길게 서술해 보인다. 이러한 서술이 의미 있는 것은 그의 삶의 과정이 고립된 개인의 여로가 아니라 당대 조선 사회의 사회운동과 일정하게 맥락을 같이하고 있다는 점에 있다. 또한 이러한 인물이 귀향하는 그 행위 자체도 곰곰이 의미를 새겨 보아야 한다. 긴 여정 끝에 고향으로 돌아온 그의 여정이란 한 개인의 여정을 넘어서는 것이었다. 탈향 기간 동안에 그는 여러 경험을 했을 것이고 그 경험 속에서 귀중한 깨우침을 얻었을 터이다. 이러한 귀향자들의 의식과 행동이 대단히 풍부하고 폭이 넓을 것임은 당연하다. 따라서 '귀향'이라는 계기가 소설 속에서 어떤 역할을 하는지 탐구해 보는 것은 이 소설을 이해하는 데 중요한 포인트가 될 수 있을 것이다.

이 작품의 제목은 '낙동강'이다. 누구나가 알 수 있듯, 강의 물줄기는 한두 사람의 힘으로 멈추게 할 수 없다. 그런 까닭에 도도히 흐르는 강물은 역사의 흐름에 곧잘 비유된다. 노동자가 지닌 유일한 힘은 수적으로 우세하다는 점. 작은 지류가 모여 도도한 물줄기를 이루는 장관과도 같이, 역사의 대열에 참여하는 노동자·농민의 힘을 '낙동강'에 비유한 것이다.

소설의 얼개 뜯어보기

갈래 __ 단편 소설, 경향파 소설 | 주제 __ 1920년대 사회주의 운동가의 파란만장한 삶과 죽음 | 배경 __ 1920년대 경상도 낙동강 어귀의 한 농촌 | 시점 __ 전지적 작가 시점 | 등장인물 __ 박성운 __ 이 작품의 주인공으로 사회주의 운동가. 비극적 인물 로사 __ 백정의 딸이었으나 사범학교를 졸업한 후, 교사 생활을 하다 박성운에게 감화되어 운동가가 된 인물이다. 로사는 그녀의 별명 | 구성 __ 발단 __ 낙동강 강가에 한 무리의 사람들이 나타난다. 그들은 사회주의 운동을 하다 감옥에 투옥된 뒤 병이 들어 귀향하는 박성운 일행이다. 전개 __ 박성운의 이제까지의 삶이 비교적 자세하게 그려진다. 서북간도, 서울, 그리고 경상도에서의 그의 활동이 밝혀진다. 위기 __ 경상도에서 소작 조합을 만들어 대지주인 동척과 투쟁하다 투옥된다. 절정 __ 박성운은 감옥에서 병이 들고, 결국 생명이 위태롭게 되어 귀향하게 된다. 한편 로사는 사랑의 힘, 사상의 힘으로 급격히 변화하여 부모의 만류에도 불구하고 박성운을 좇아 운동가가 된다. 대단원 __ 박성운이 죽고 로사는 박성운이 걸었던 길을 따르기 위해 떠난다.

낙동강 칠백 리 길이길이 흐르는 물은 이곳에 이르러 곁가지 강물을 한몸에 뭉쳐서 바다로 향하여 나간다. 강을 따라 바둑판 같은 들이 바다를 향하여 아득하게 열려 있고 그 넓은 들 품안에는 무덤무덤의 마을이 여기저기 안겨 있다.

이 강과 이 들과 거기에 사는 인간―강은 길이길이 흘렀으며, 인간도 길이길이 살아왔었다. 이 강과 이 인간, 지금 그는 서로 영원히 떨어지지 않으면 아니 될 것인가?[2]

낙동강

봄마다 봄마다
불어 내리는 낙동강물
구포벌에 이르러
넘쳐 넘쳐 흐르네
흐르네― 에―헤―야

철렁철렁 넘친 물
들로 벌로 퍼지면
만 목숨 만만 목숨의
젖이 된다네
젖이 된다네― 에―헤―야

이 벌이 열리고
이 강물이 흐를 제
그 시절부터
이 젖 먹고 자라 왔네
자라 왔네― 에―헤―야

1) 시에서 강은 '젖'이라 하여 강을 풍요와 안식의 이미지에 비유했다. 이 강가 사람들이 '떨어진다'는 것은 세상살이가 궁핍해지고, 한편으로 안식처를 잃게 된다는 의미다.

천년을 산 만년을 산
낙동강! 낙동강!
하늘가에 간들

꿈에나 잊을쏘냐

잊힐쏘냐― 아―하―야

어느 해 이른봄에 이 땅을 하직하고 멀리 서북간도[2]로 몰려가는 한 떼의 무리가 마지막 이 강을 건널 제 그네들 틈에 같이 끼여 가는 한 청년이 있어 뱃전을 두드리며 구슬프게 이 노래를 불러서, 가뜩이나 슬퍼하는 이사꾼들로 하여금 눈물을 자아내게 하였다 한다.

과연 그네는 뭇 강아지떼같이 이 땅 어머니의 젖꼭지에 매달려 오래오랫동안 살아왔다. 그러나 그 젖꼭지는 벌써 자기네 것이 아니기 시작한 지도 오래였다. 그러던 터에 엎친 데 덮친다고 난데없는 이리떼 같은 무리가 닥쳐와서 물어 박지르며 빼앗아 먹게 되었다. 인제는 한 모금의 젖이라도 입으로 들어가기 어렵게 되었다. 하는 수 없이 이 땅에서 표박[3]하여 나가게 되었다. 이렇게 된 것을 우리는 잠깐 생각하여 보자.

이네의 조상이 처음으로 이 강에 고기를 낚고 이 벌에 곡식과 열매를 딸 때부터 세지도 못할 긴 세월을 오래오래 두고 그네는 참으로 자유로웠다. 서로서로 노래 부르며, 시로시로 일하였을 것이다. 남쪽 벌도 자기네 것이요, 북쪽 벌도 자기네 것이었다. 동쪽도 자기네 것이요, 서쪽도 자기네 것이었다.[4]

그러나 역사는 한바퀴 굴렀었다. 놀고 먹는 계급이 생기고, 일하여 먹여 주는 계급이 생겼다. 다스리는 계급이 생기고, 다스려지는 계급이 생겼다. 그럼으로부터 임자 없던 벌판에 임자가 생기고 주림을 모르던 백성이 굶주려 가기 시작하였다. 하늘의 햇빛도 고운 줄을 몰라 가게 되고 낙동강의 맑은 물도 맑은 줄을 몰라 가게 되었다. 천년이다. 오천 년이다. 이 기나긴 세월을 불평의 평화 속에서 아무 소리 없이 내려왔었다. 그네는 이 불평을 불평으로 생각지 아니하게까지 되었다. 흐린 날씨를 참으로 맑은 날씨인 줄 알 듯이. 그러나 역사는 또 한바퀴 구르려고 한다. 소낙비 앞잡이 바람이다. 깃발이 날리었다. 갑오동학이다. 을미운동이다. 그 뒤에 이 땅에는, 아니 이 반도에는 한 괴물이 배회한다. 마치 나래 치고 다니는 독수리같이. 그 괴물은 곧 사회주의다.[5] 그것이 지나치는 곳마다 기어 가는 암나비 궁둥이에 수없는 알이 쏟아지는 셈으로 또한 알을

2) 간도(間島)는 백두산 북쪽의 만주 지역 일대로, 서간도(압록강, 송화강의 상류지방인 백두산 일대)와 동간도(북간도―훈춘, 왕청, 연길, 활룡현 등 포함 지역)로 구분된다. 주로 간도라 하면 우리가 흔히 '연변'이라고 부르는 중국 길림성 동쪽의 연변조선족자치주에 해당하는 지역인 북간도(동간도)를 가리킨다. 일세시기에는 이 지역에서 항일 빨치산 운동이 거세게 전개되었다.

3) 정처 없이 떠돌아다니며 지냄.

4) 이 작품에서 추구하는, 훼손되지 않은 유토피아 상이 제시되어 있다. 이러한 유토피아 상은 말하자면 풍요로움과 평등이 공존하는 모습으로 제시되는데, 특히 인위적인 그 무엇이 아니라 자연 그대로의 것이다.

5) "하나의 유령이 지금 유럽을 배회하고 있다―공산주의라는 유령이." 라는 마르크스 · 엥겔스의 『공산당선언』 첫 구절을 연상시킨다.

쏟아 놓고 간다. 청년운동, 농민운동, 형평운동, 노동운동, 여성운동…… 오천 년을 두고 흘러가는 날씨가 인제는 먹장구름에 싸여 간다. 폭풍우가 반드시 오고야 만다. 그 비 뒤에는 어떠한 날씨가 올 것은 뻔히 알 노릇이다.[6]

이른 겨울의 어두운 밤, 멀리 바다로 통한 낙동강 어귀에는 고기잡이 불이 근심스러이 졸고 있고 강기슭에는 찬 물결이 울리는 소리가 높아질 때다. 방금 차에서 내린 일행은 배를 기다리느라고 강 언덕 위에 웅기중기 등불에 얼비쳐[7] 모여 섰다. 그 가운데에는 청년회원, 형평사원,[8] 여성동맹원, 소작인 조합 사람, 사회운동단체 사람들이 대부분을 차지하였다. 동저고리 바람에 헌 모자 비스듬히 쓰고 보따리 든 촌사람, 검정 두루마기, 흰 두루마기, 구지레한 양복, 혹은 루바슈카[9] 입은 사람, 재킷 깃 위에 짧은 머리털이 다팔다팔하는 단발랑(斷髮娘),[10] 혹은 그대로 틀어 얹은 신여성, 인력거 위에 앉은 병인, 그들은 ○○감옥의 미결수로 있다가 병이 위중한 까닭으로 보석 출옥하는 박성운이란 사람을 고대[11] 차에서 받아서 인력거에 실어 가지고 마을로 들어가는 길이다.

"과연, 들리는 말과 같이 지독했구먼. 그같이 억대호 같던 사람이 저렇게 될 때야 여간 지독한 형벌을 하였겠니. 에라, 이 몹쓸 놈들."

이 정거장에 마중을 나와서야 비로소 병인을 본 듯한 사람의 말이다.

"그래 가주고도 죽으면 병이 나서 죽었닥 하겠지."

누가 받는 말이다.

"그러면, 와 바로 병원을 갈 일이지, 곧장 이리 온단 말고?"

"내사 모른다. 병인 당자가 한사코 이리 온닥 하니……."

"이거 와 이리 배가 더디노?"

"아, 인자 저기 뱃머리 돌렸다. 곧 올락 한다."

한 사람이 저쪽 강기슭을 바라보며 지껄인다. 인력거 위의 병인을 쳐다보며,

"늬 춥지 않나?"

"괜찮다, 내 인 춥다."

"아니, 늬 춥거든 외투 하나 더 주까?"

"언제, 아니다 괜찮다."

병인의 병든 목소리의 대답이다.

"보소, 배 좀 빨리 저오소."

강 저편에서 뱃머리를 인제 겨우 돌려서 저어 오는 뱃사공을 보고 소리를 친다.

"예─."

사이 뜨게 울려 오는 소리다. 배를 저어 오다가 다시 멈추고 섰다.

"저, 뭘 하고 있노?"

"각중12)에 담배를 피워 무는 모양이락구나. 에라, 이 문둥아."

여러 사람의 웃음은 와그르 쏟아졌다. 배는 왔다. 인력거 탄 사람이 먼저다.

"보소, 늬 인력거 사람 탄 채 그대로 배에 오를 수 있는가?"

한 사람이 인력거꾼보고 묻는 말이다.

"어찌 그럴 수 있능기오."

"아니다. 내사 내리겠다."

병인은 인력거에서 내리며 부축되어 배에 올랐다. 일행이 오르자 배는 삐걱삐걱하는 놋좆 마치는 소리와 수라수라하는 물 젓는 소리를 내며 저쪽 기슭을 바라보고 나아간다. 뱃전에 앉은 병인은 능불빛에 보아도 얼굴이 참혹하게도 여위어졌음을 알 수 있다.

"보소, 배 부리는 양반, 뱃소리나 한마디 하소, 예?"

"각중에 이 사람, 소리는 왜 하라꼬?"

옆에 앉은 친구의 말이다.

"내 듣고 싶다…… 내 살아서 마지막으로 이 강을 건너게 되는지도 모를 일이다……."

"에라, 이 백주 쨈 없는 소리만 탕탕……."

"아니다, 내 참 듣고 싶다. 보소, 배 부리는 양반, 한마디 아니하겠소?"

"언제, 내사 소리할 줄 아능기오."

"아, 누가 소리해 줄 사람이 없능가?…… 아, 로사! 참 소리하소, 의…… 내가 지은 노래하소."13)

옆에 앉은 단발랑을 조른다.

12) '갑자기'의 경상도 사투리.

13) 로사가 박성운과 매우 가까운 인물이며 함께 생활해 왔음을 알 수 있다.

"노래하라꼬?"

"응, 「봄마다 봄마다」 해라, 의."

"봄마다 봄마다

불어 내리는 낙동강물

구포벌에 이르러

넘쳐 넘쳐 흐르네

흐르네— 에—헤—야

……."

경상도의 독특한 지방색을 띤 민요 「닐리리야」 조에다가 약간 창가[14] 조를 섞은 그 노래는 강개하고도 굳센 맛이 띠어 있다. 여성의 음색(音色)으로서는 핏기가 과하고 음률로서는 선이 좀 굵다고 할 만한, 그러나 맑은 로사의 육성은 바람에 흔들리는 강 물결의 소리를 누르고 밤하늘에 구슬프게 떠돌았다. 하늘의 별들도 무엇을 느낀 듯이 눈을 끔벅끔벅하는 것 같았다. 지금 이 배에 오른 사람들이 서북간도 이사꾼들은 비록 아니건마는 새삼스러이 가슴이 울리지 아니할 수는 없었다.

그 노래 제삼절을 마칠 때에 박성운은 몹시 히스테리컬하여진 모양으로 핏대를 올려 가지고 합창을 한다.

천년을 산 만년을 산

낙동강! 낙동강!

하늘가에 간들

꿈에나 잊을쏘냐

잊힐쏘냐— 아—하—야

노래는 끝났다. 성운은 거진 미친 사람 모양으로 날뛰며, 바른팔 소매를 걷어 늘고 상불에다 삼그며, 팔에 물을 석서 보기노 하며, 손으로 물을 만시기노 하고 끼얹어 보기도 한다. 옆사람이 보기에 딱하던지,

"이 사람, 큰일 났구만. 이 병인이 지금 이 모양에, 팔을 찬물에다 정구고[15]

14) 그 당시 서양풍의 노래를 싸잡아 지칭하던 말.

하니, 어쩌란 말고."

"내사 이래 죽어도 좋다. 늬 너무 걱정 마라."

"늬 미쳤구나구마…… 백죄……."

그럴수록에 병인은 더 날뛰며, 옆에 앉은 여자에게 고개를 돌려,

"로사! 늬 팔 걷어라. 내 팔하고 같이 이 물에 정궈 보자, 의."

여자의 손을 잡다가 잡은 채 그대로 물에다 잠그며 물을 저어 본다.

"내가 해외에 가서 다섯 해 동안을 떠돌아다니는 동안에도, 강이라는 것이 생각날 때마다 낙동강을 잊어 본 적은 없었다……   낙동강이 생각날 때마다 내가 이 낙동강의 어부의 손자요, 농부의 아들임을 잊어 본 적도 없었다…… 따라서, 조선이란 것도."[16]

두 사람의 손이 힘없이 그대로 뱃전 너머 물 위에 축 처져 있을 뿐이다. 그는 다시 눈앞의 수면을 바라다보며 혼잣말로,

"그 언제인가 가을에 내가 송화강(松花江)[17]을 건널 적에, 이 낙동강을 생각하고 울은 적도 있었다…… 좋은 마음으로 나간 사람 같고 보면, 비록 만 리 밖을 나가 산다 하더라도 그같이 상심이 될 리 없으련마는……."

이 말이 떨어지자 좌중은 호흡조차 은근히 끊어지는 듯이 정숙하였다. 로사의 들었던 고개가 아래로 떨어지며 저편의 손이 얼굴로 올라갔다. 성운의 눈에서도 한 방울의 굵은 눈물이 뚝 떨어졌다.

한동안 물소리만 높았다. 로사는 뱃전에 늘어져 있던 바른손으로 사나이의 언 손을 꼭 잡아당기며,

"인제 그만둡시대, 의."

이 말끝 악센트의 감칠맛이란 것은 경상도 여자의 쓰는 말 가운데에도 가장 귀염성이 듣는 말투였다. 그는 그의 손에 묻은 물을 손수건으로 씻어 주며 걷었던 소매를 내려 준다.

배는 저쪽 언덕에 가 닿았다. 일행은 배에서 내리자, 먼저 병인을 인력거 위에다 싣고는 건넛마을을 향하여 어둠을 뚫고 움직여 나갔다.

그의 말과 같이, 박성운은 과연 낙동강 어부의 손자요, 농부의 아들이었다.

15) '담그고'의 경상도 사투리.

16) 낙동강은 풍요로운 고향과 더 나아가 조국을 동시에 암시하고 있다.

17) 중국 둥베이 지방의 지린·헤이룽장 두 성을 관류하는 하천.

간도 이주민

그의 할아버지는 고기잡이로 일생을 보내었었고 그의 아버지는 농사꾼으로 일생을 보내었었다. 자기네 무식이 한이 되어 그 아들이나 발전을 시켜 볼 양으로 그리하였던지, 남 하는 시세에 좇아 그대로 해보느라고 그리하였던지, 남의 논밭을 빌려 농사를 지어 구차한 살림을 하여 나가면서도, 어쨌든 그 아들을 가르쳐 놓았다. 서당으로, 보통학교로, 도립 간이농업학교로…….

그가 농업학교를 마치고 나서 군청 농업 조수로도 한두 해를 있었다. 그럴 때에 자기 집에서는 자기 아들이 무슨 큰 벼슬이나 한 것같이 여기며, 만나는 사람마다 자기 아들 자랑하기가 일이었었다. 그러할 것 같으면 동네 사람들은 또한 못내 부러워하며, 자기네 아들들도 하루바삐 어서 가르쳐 내놓을 마음을 먹게 된다.

그러다가 마침 독립운동이 폭발하였다.[18] 그는 단연히 결심하고 다니던 것을 헌신짝같이 집어 던지고는 독립운동에 참가하였다. 일 마당에 나서고 보니 그는 열렬한 투사였다. 그때쯤은 누구나 예사이지마는 그도 또한 일 년 반 동안이나 철창 생활을 하게 되었었다.

그것을 치르고 집이라고 나와 보니 그 동안에 자기 모친은 돌아가고, 늙은 아버지는 집도 없게 되어 자기 딸(성운의 자씨)에게 가서 얹혀 있게 되었다. 마침 그 해에도 이곳에서 살 수가 없게 되어 서북간도로 떠나가는 이사꾼이 부쩍 늘 판이다. 그들의 부자도 그 이사꾼들 틈에 끼어 멀리 고향을 등지고 떠나가게 되었었다. (아까 부르던 그 낙동강 노래란 것도 그때 성운이가 지어서 읊던 것이었다.)

서간도로 가 보니, 거기도 또한 편안히 살 수가 없는 곳이었다. 그 나라의 관헌의 압박, 호인의 횡포, 마적의 등쌀은 여간이 아니었다. 그의 부자도 남과 한가지 이리저리 떠돌았었다. 떠돌다가, 그야말로 이역 타향에서 늙은 아버지조차 영원히 잃어버리게 되었었다.

그 뒤에 그는 남북 만주, 노령, 북경, 상해 등지로 돌아다니며, 시종이 일관히게 독립운동에 노력하였었다. 그리는 동안에 다섯 해의 세월은 갔었다. 모든 운동이 다 침체하고 쇠퇴하여 갈 판이다. 그는 다시 발길을 돌려 고국으로 향하게 되었다. 그가 조선으로 들어올 무렵에, 그의 사상상에는 큰 전환이 생

18) 1919년 3월 1일을 기해 일어난 만세 사건을 말한다.

132 기었다. 그것은 다른 것이 아니라 이때껏 열렬하던 민족주의자가 변하여 사회주의자로 되었다는 말이다.[19]

북간도를 중심으로 한
광복운동 상황도

그가 갓 서울로 와서 일을 하여 보려 하였으나 그도 뜻과 같이 못하였다. 그것은 이 땅에 있는 사회운동 단체라는 것이 일에는 힘을 아니 쓰고 아무 주의 주장에 틀림도 없이 공연히 파벌을 만들어 가지고 동지끼리 다투기만 일삼는 판이다. 그는 자기와 뜻이 같은 사람끼리 얼리어 양방의 타협운동도 일으켰으나 아무 효과도 없었고, 여론을 일으켜 보기도 하였으나 파쟁에 눈이 뻘건 사람들의 귀에는 그도 크게 울리지 못하였다. 그는 분연히 떨치고 일어서며, '이 파벌이란 시기가 오면 자연히 궤멸될 때가 있으리라' 고 예언같이 말을 하여 던지고서는, 자기 출생지인 경상도로 와서 남조선 일대를 망라하여 사회운동 단체를 만들어서 정당한 운동에만 힘을 쓰게 되었다.

그리고 자기는 자기 고향인 낙동강 하류 연안 지방의 한 부분을 떼어 맡아서 일을 보게 되었다.

그리고 그는 이 땅의 사정을 보아, '대중 속으로!'[20] 하고 부르짖었다.

그가 처음으로 자기 살던 옛 마을을 찾아와 볼 때에 그의 심사는 서글프기 가이없었다. 다섯 해 전 떠날 때에는 백여 호 대촌이던 마을이 그 동안에 인가가 엄청나게 줄었다. 그 대신에 예전에는 보지도 못하던 크나큰 함석지붕집이 쓰러져 가는 초가집들을 멸시하고 위압하는 듯이 덩두렷이 가로 길게 놓여 있다. 그것은 묻지 않아도 동척[21] 창고임을 알 수 있다. 예전에 중농(中農)이던 사람은 소농(小農)으로 떨어지고, 소농이던 사람은 소작농(小作農)으로 떨어지고, 예전에 소작농이던 많은 사람들은 거의 다 풍비박산하여 나가게 되고, 어렸을 때부터 정들었던 동무들도 하나도 볼 수 없었다. 그들은 모두 도회로, 서북간도로, 일본으로, 산지사방 흩어져 갔었다. 대대로 살아오던 자기네 집터에는 옛날의 흔적이라고는 주춧돌 하나 볼 수 없었고(그 터는 지금 창고 앞마당이 되었으므로) 다만 그 시절에 싸리문 앞에 있던 해묵은 느티나무만이 지금도 그저 그 넓은 마당터에 홀로 우뚝 서 있을 뿐이다. 그는 쫓아가서 어린아이 모양으로 그 나무 밑동을 껴안고 맴을 돌아 보았다 뺨을 대어 보았다 하며 좋아서 또는 슬퍼

19) 1920년대에 들어서 우리의 독립운동은 그 노선 차이로 인해 민족주의 계열과 사회주의 계열로 나뉘게 된다.

20) 브나로드 운동은 원래 러시아에서 시작된 것으로, 대중 속으로 들어가서 대중에게 배우며 또 그들을 계몽한 민중운동의 하나였다.

21) 1908년 일제가 조선의 토지와 자원을 수탈할 목적으로 설치한 식민지 착취기관. 정식 명칭은 동양척식주식회사.

서 어찌할 줄을 몰랐다. 그는 나무를 안은 채 눈을 감았다. 지나간 날의 생각이 실마리같이 풀려 나간다. 어렸을 때에 지금 하듯이 껴안고 맴돌기, 여름철에 꼭대기까지 기어올라가 매미 잡다가 대머리 벗어진 할아버지에게 꾸지람당하던 일, 마을의 젊은이들이 그네를 매고 놀 때엔 자기도 그네를 뛰겠다고 성화 바치던 일, 앞집에 살던 순이란 계집아이와 같이 나무 그늘 밑에서 소꿉질하고 놀제 자기는 신랑이 되고 순이는 새악시가 되어 시집가고 장가가는 흉내를 내던일, 그러다가 과연 소년 때에 이르러 그 순이란 처녀와 서로 사모하게 되던 일, 그 뒤에 또 그 순이가 팔려서 평양인가 서울로 가게 될 제, 어둔 밤 남 모르게 이나무 뒤에 숨어서 서로 붙들고 울던 일, 이 모든 일이 다 생각에서 떠돌아 지나가자 그는 흐르륵 느껴지는 숨을 길게 한번 내어쉬고는 눈을 딱 떴다.[22]

'내가 이까짓 것을 지금 다 생각할 때가 아니다…… 에잇…… 쩨…….'

하고 혼자 중얼거리고는 이때껏 하던 생각을 떨어 없애려는 듯이 획 발길을 돌려 걸어 나갔다. 그는 원래 정(情)의 사람이었다. 그러나 그는 근래에 그 감정을 의지로 누르려는 노력이 많은 터이다.

'혁명가는 생무쇠쪽 같은 시퍼런 의지의 마음씨를 가져야 한다!'

이것은 그의 생활의 모토이다. 그러나 그의 감정은 가끔 의지의 굴레를 벗어나서 날뛸 때가 많았다.

그는 먼저 일할 프로그램을 세웠다. 선전, 조직, 투쟁—이 세 가지로. 그리하여 그는 먼저 농촌 야학을 실시하여 가지고 농민 교양에 힘을 썼었다. 그네와 감정을 같이 할 양으로 벗어부치고 들이덤비어 그네들 틈에 끼여 생일도 하고, 농사 일터나, 사랑 구석에 모인 좌석에서나, 야학 시간에서나, 기회가 있는 대로 교화에 전력을 썼었다.

그 다음에는 소작조합을 만들어 가지고 지주, 더구나 대지주인 동척의 횡포와 착취에 대하여 대항운동을 일으켰다.

첫해 소작쟁의에는 다소간 희생자도 내었지마는 성공이다. 그 다음해에는 아주 실패다. 소작조합도 해산 명령을 빚었다. 노동 야학도 금지나. 동척와 관영의 횡포, 압박, 이루 말할 수가 없었다. 아무리 열성이 있으나, 아무리 참을성이 있으나, 이 땅에서는 어찌할 수 없었다. 모든 것이 침체되고 말 뿐이었

22) 식민지 착취로 인한 조국의 변화를 그 이전이 평온하던 시절과 대비해 그리고 있다. 조국의 평온과 어린 시절이 겹치고 있음에 유의할 필요가 있다.

당시 소작쟁의에 관한 『동아일보』의 기사

다. 그리하여 작년 가을에 그의 친구 하나는 분연히 떨치고 일어서며,

"내 구마[23] 밖으로 갈란다. 여기에서 무슨 일을 할 수 있는가? 하자면 테러지. 테러밖에는 더 없다."

"아니다. 그래도 여기 있어야 한다. 우리가 우리 계급의 일을 하기 위하여는 중국에 가서 해도 좋고 인도에 가서 해도 좋고 세계의 어느 나라에 가서 해도 마찬가지다. 하지마는 우리 경우에는 여기 있어서 일하는 편이 가장 편리하다. 그리고 우리는 죽어도 이 땅 사람들과 같이 죽어야 할 책임감과 애착을 가지고 있다."

이같이 권유도 하였으나, 필경에 그는 그의 가장 신뢰하던 동무 하나를 떠나 보내게 되고 만 일도 있었다.

졸고 있는 이 땅, 아니 옴츠러들고 있는 이 땅,[24] 그는 피칠함이 생기고 말았다. 그것은 다른 것이 아니다. 이 마을 앞 낙동강 기슭에 여러 만 평 되는 갈밭이 하나 있었다. 이 갈밭이란 것도 낙동강이 흐르고 이 마을이 생긴 뒤로부터, 그 갈을 베어 자리를 치고 그 갈을 털어 삿갓을 만들고 그 갈을 팔아 옷을 구하고, 밥을 구하였었다.

기러기 떴다 낙동강 우에
가을 바람 부누나 갈꽃이 나부낀다

이 노래도 지금은 부를 경황이 없게 되었다. 그 갈밭은 벌써 남의 물건이 되고 말았다. 그것은 이 촌민의 무지로 말미암아, 십 년 전에 국유지로 편입이 되었다가 일본 사람 가등[25]이란 자에게 국유 미간지 처리[拂라는 명의로 넘어가고 말았다.[26] 이 가을부터는 갈도 벨 수가 없었다. 도 당국에 몇 번이나 사정을 하였으나 아무 효과가 없었다. 촌민끼리 손가락을 끊어 맹서를 써서 혈서 동맹까지 조직하여서 항거하려 하였다. 필경에는 모두가 다 실패뿐이다. 자기네 목숨이나 다름없이 알던 촌민들은 분김에 눈이 뒤집혀 가지고 덮어놓고 갈을 베어 제쳤다. 저편의 수직꾼하고 시비가 생겼다. 사람까지 상하였다. 그 끝에 성운이가 선동자라는 혐의로 붙들려 가서 가뜩이나 경찰 당국에서 미워

23) '그만'의 사투리.

24) 이 소설은 지식인이 농민을 교화한다는 계몽사상에 근거를 두고 있다. 계몽은 말 그대로 꿈을 깨게 한다는 의미로서 대상, 즉 농민의 수동성이 전제되어 있다고 할 수 있다.

25) 일본어식 발음으로 하면 '가토'다. 이처럼 그 당시에는 일본어 인명이나 지명을 우리의 한자 발음으로 읽었다. 아직도 '도쿄'를 '동경'으로 '규슈'를 '구주'로 부르는 습관은 남아 있다.

26) 전근대적 토지 개념과 근대적 토지 개념의 충돌 때문에 이러한 현상이 발생한다. 근대 이전에는 국유지 개념이 없었고, 누구에게도 소유되지 않은 땅은 누구나 이용할 수 있었다. 그러나 근대적 토지 개념이 생긴 이래로 국유지는 국가의 허락 없이 사용이 금지되었고, 그러한 땅은 국가가 임의로 개인에게 불하할 수도 있게 되었다. 이처럼 식민지 통치당국은 조선인들에게 근대적 국가의 모습으로 다가왔고, 민족의 근대화를 추구하는 사람은 식민지 체계로 흡수되기 쉬웠다는 모순이 있다.

27) 어린 시절부터 현재까지의 성장 과정을 회상하는 부분이다. 박성운의 행적을 정리해 보면, 탈향―서북간도행―귀국(서울)―귀향―활동중 투옥―출옥 후 다시 귀향으로 되어 있다. 따라서 이러한 행적을 자세히 그리면 장편 소설이 되겠지만 단편 소설의 경우는 인생의 어느 한 단면만을 확대해 그리기 때문에 성장 과정의 회고 장면은 압축적일수록 작품의 구성도가 강화된다. 이 작품에서는 전체 분량에 비해 이 회고 장면이 다소 길어서 산만한 느낌을 준다.

28) 업신여겨 마구 꾸짖음.

29) 박성운과 로사가 동지가 되는 계기가 설명된다.

30) 일제시대 지금의 초등학교인 보통학교 정규교사를 부르는 말. 공무원으로서 '판임관'이라는 직급에 있었다.

31) 구한말 대한제국·일제시대 및 일본의 제2차 세계대전까지의 관료 계급의 하나로, 각 성(省)의 대신이 총리대신을 거쳐 상주(上奏)해 임명되는 하급관료를 말한다. 구한말 고종 시절 7품에서 9품까지의 계급을 판임관이라 불렀다. 판임관은 고등관으로 불리는 칙임관·주임관 아래의 계급으로, 계급 간의 대우의 차이는 컸다. 일본의 경우 1893년 문관임용령이 제정된 이후, 판임관은 구제(舊制) 중학교 졸업 정도의 학력을 갖고 공개경쟁시험인 보통문관시험에 합격한 자 중에서 임용되었다.

하던 끝에 지독한 고문을 당하고 나서 검사국으로 넘어가서 두어 달 동안이나 있다가 병이 급하게 되어 나온 터이다.[27]

그런데 여기에 한 에피소드가 있다. 그것은 이해 여름 어느 장날이다. 장거리에서 형평사원들과 장꾼, 그 중에도 장거리 사람들과 큰 싸움이 일어났다. 싸움 시초는 상거리 사람 하나가 이곳 형평사 지부 앞을 지나면서 모욕하는 말을 한 까닭으로 피차에 말이 오락가락하다가 싸움이 되고 또 떼싸움이 되어서 난폭한 장거리 사람들이 몽둥이를 들고 형평사원 촌락을 습격한다는 급보를 듣고 성운이가 앞장을 서서 청년 회원, 소작인 조합원, 심지어 여성 동맹원까지 총출동을 하여 가지고 형평사원 편을 응원하러 달려갔었다. 싸움이 진정된 후,

"늬도 이놈들, 새 백정이로구나."

하는 저편 사람들의 조소와 만매(漫罵)[28]를 무릅쓰고도 그는,

"백정이나 우리나 다 같은 사람이다…… 다만 직업의 구별만 있을 따름이다…… 무릇 무슨 직업이든지, 직업이 다르다고 사람의 귀천이 있는 것은 결코 아니다. 그것은 옛날 봉건 시대 사람들의 하는 말이다…… 더구나 우리 무산계급은 형평사원과 같이 손을 맞붙잡고 일을 하여 나가지 않으면 아니 된다…… 그러므로 형평사원을 우리 무산 계급은 한 형제요, 동무로 알고 나아가야 한다……."

하고 여러 사람 앞에서 열렬히 부르짖은 일이 있었다.[29]

이 뒤에, 이곳 여성 동맹원에는 동맹원 하나가 더 늘었다. 그것이 곧 형평사원의 딸인 로사다. 로사가 동맹원이 된 뒤에는 자연히 성운과도 상종이 잦아졌다. 그럴수록에 두 사람의 사이는 점점 가까워지며 필경에는 남다른 정이 가슴속에 깊이 들어 배게까지 되었었다.

로사의 부모는 형평사원으로서 그도 또한 성운의 부모와 마찬가지로 딸일망정 발전을 시켜 볼 양으로 그리하였던지 서울을 보내어 여자고등보통학교를 졸업시키고 사범과까지 마친 뒤에 여훈도[30]가 되어 멀리 함경도 땅에 있는 보통학교에 가서 있다기 휴가방학에 고향에 왔던 터이다. 그의 부모는 그 딸이 판임관[31]이라는 벼슬을 한 것이 천지개벽 후에 처음 당하는 영광으로 알았었다. 그리하여 그는,

"내 딸이 판임관 벼슬을 하였는데, 나도 이 노릇을 더 할 수 있는가?"

하고는, 하여 오던 수육업이라는 직업도 그만두고, 인제 그 딸이 가 있는 곳으로 살러 가서 새 양반 노릇을 좀 하여 볼 뱃심이었다. 이번에 딸이 집에 온 뒤에도 서로 의논하고 작정하여 놓은 노릇이다. 그러나 천만 뜻밖에 그 몹쓸 큰 싸움이 난 뒤부터 그 딸이 무슨 여자청년회 동맹이니 하는 데 푸뜩푸뜩 드나들며, 주의자니 무엇이니 하는 사나이 틈바구니에 끼여 놓고 하더니 그만 가 있던 곳도 아니 가겠다, 다니던 벼슬도 내어놓겠다 하고 야단이다. 그리하여 이네의 집안에는 제일 큰 걱정거리가 생으로 하나 생기었다. 달래다, 구스르다, 별별 소리로 다 타일러야 그 딸이 좀처럼 듣지를 않는다. 필경에는 큰소리까지 나가게 되었다.

"이년의 가시내야! 늬 백정놈의 딸로 벼슬까지 했으면 무던하지 그보다 무엇이 더 나은 것이 있더노?"

하고 그의 아버지가 야단을 칠 때에,

"아배는 몇 백 년이나 몇 천 년이나 조상 때부터 그 몹쓸 놈들에게 온갖 학대를 다 받아 왔으며, 그래도 그 몹쓸 놈들의 썩어 자빠진 생각을 그저 그대로 가지고 있구면. 내사 그까짓 더러운 벼슬이고 무엇이고 싫소구마…… 인자 참사람 노릇을 좀 할란다."

하고 딸이 대거리를 할 것 같으면,

"아따 그년의 가시내, 건방지게…… 늬 뭐락 했노? 뭐락 해?"

그의 어머니는 옆에서 남편의 말을 거드느라고,

"야, 늬 생각해 보아라. 우리가 그 노릇을 해 가며 늬 공부시키느라꼬 얼마나 애를 먹었노. 늬 부모를 생각기로 그럴 수가 있능가? 자식이라꼬 딸자식 형제에서 늬만 공부를 시킨 것도 다 늬 덕을 보자꼬 한 노릇이 아닌가?"

"그러면 어매 아배는 날 사람 노릇 시킬라꼬 공부시킨 것이 아니라, 돼지 키워서 이(利) 보듯기 날 무슨 덕 볼라꼬 키워 논 물건으로 알았는게오?"

"늬 다 그 무슨 쏘리고? 내사 한마디 몬 알아듣겠다카니…… 아나, 늬 와 이라노? 와?"

"구마, 내 듣기 싫소…… 내 맘대로 할라요."

할 때에 그 아버지는 화가 버럭 나서,

"에라, 이…… 늬 이년의 가시내, 내 눈앞에 뵈지 말아. 내사 딱 보기 싫다 구마."

하고는 벌떡 일어나 나가 버린다.

이리하고 난 뒤에 로사는 그 자리에 폭 엎어져서 흑흑 느껴 가며 울기도 하였다. 그것은 그 부친에게 야단을 만나고 나서 분한 생각을 참지 못하여 그리하는 것만도 아니었다. 그의 부모가 아무리 무지해서 그렇게 굴지마는, 그 무지함이 밉다가도 도리어 불쌍한 생각이 난 까닭이었다.[32]

이러할 때도 로사는 으레같이 성운에게로 달려가서 하소연한다. 그럴 것 같으면 성운은,

"당신은 최하층에서 터져 나오는 폭발탄 같아야 합니다. 가정에 대하여, 사회에 대하여, 같은 여성에 대하여, 남성에게 대하여, 모든 것에 대하여 반항하여야 합니다."

하고 격려하는 말도 하여 준다. 그럴 것 같으면 로사는 그만 감격에 떠는 듯이 성운의 무릎 위에 쓰러져 얼굴을 파묻고 운다. 그러면 성운은 또,

"당신은 또 당신 자신에 대하여서도 반항하여야 되오. 당신의 그 눈물―― 약한 것을 일부러 자랑하는 여성들의 그 흔한 눈물도 걷어치워야 되오…… 우리는 다 같이 굳센 사람이 되어야 합니다."

이같이 로사는 사랑의 힘, 사상의 힘으로 급격히 변화하여 가는 사람이 되었다. 그의 본 성명도 로사가 아니었다. 어느때 우연히 로사 룩셈부르크[33]의 이야기가 나올 때에 성운이가 웃는 말로,

"당신 성도 로가고 하니, 아주 로사라고 지읍시다, 의. 그리고 참말로 로사가 되시오."

하고 난 뒤에, 농이 참이 된다고, 성명을 아주 로사로 고쳐 버린 일이 있었다.[34]

병든 성운을 둘러싼 일행이 낙동강을 건너 어둠을 뚫고 건넛마을로 향하여 가던 며칠 뒤 낮결이었다. 갈 때보다도 더 몇 배 긴긴 행렬이 마을 어귀에서부터 강 언덕을 향하고 뻗쳐 나온다. 수많은 깃발이 날린다. 양렬로 늘어선 사람

32) 로사의 아버지는 백정으로서 그 동안 받던 차별을 딸을 출세시킴으로써 개인적으로 해결하려 하지만, 로사는 그러한 차별이 사회적·구조적인 것임을 알고 총체적으로 해결하려고 한다. 그러기에 로사는 아버지의 심정을 이해는 하지만, 그 길을 따르지 않는다.

33) 마르크스 이후 가장 뛰어난 지식인 혁명가이자 '불꽃 여인'으로 불린 여성 사회주의 혁명가. 러시아령 폴란드에서 유태인 상인의 딸로 태어났으며, 고교시절부터 프롤레타리아 운동에 투신했다. 그녀는 독일 사회민주당이 제1차 세계대전 참전을 지지하자 반대의사를 표명하며, 폴란드 사회민주당과 독일 공산당의 전신인 스파르타쿠스단을 창설해 혁명을 통한 전쟁 종식과 프롤레타리아 정부 수립을 위해 매진했으나 결국 반혁명 세력에 의해 혁명동지 리프크네히트와 함께 피살돼 베를린의 운하에 버려진 채로 발견됐다.

34) 로사가 자신의 한계를 극복하는 계기는 박성운이라는 인물에 의해 가능했다. 이렇게 문제적인 인물 옆에서 그를 자기 계층의 대표자로 상승하도록 도와주는 인물을 매개적 인물이라 한다.

의 손에는 긴 외올 벳자락이 잡혀 있다. 맨 앞에 선 검정테 두른 기폭에는 '고 박성운 동무의 영구'라고 써 있다.

그 다음에는 가지각색의 기다. 무슨 '동맹', 무슨 '회', 무슨 '조합', 무슨 '사', 각 단체 연합장임을 알 수 있다. 또 그 다음에는 수많은 만장이다.

'용사는 갔다. 그러나 그의 더운 피는 우리의 가슴에서 뛴다.'

'갔구나, 너는! 날 밝기 전에 너는 갔구나! 밝는 날 해맞이 춤에는 네 손목을 잡아 볼 수 없구나.'

'……'

'……'

로자 룩셈부르크

이루 다 셀 수가 없다. 그 가운데에는 긴 시구(詩句)같이 이렇게 벌여서 쓴 것도 있었다.

그대는 평시에 날더러, 너는 최하층에서 터져 나오는 폭발탄이 되라, 하였 나이다. 옳소이다. 나는 폭발탄이 되겠나이다.

그대는 죽을 때에도 날더러, 너는 참으로 폭발탄이 되라, 하였나이다. 옳소 이다. 나는 폭발탄이 되겠나이다.

이것은 묻지 않아도 로사의 만장[35]임을 알 수 있었다.

이해의 첫눈이 푸뜩푸뜩 날리는 어느 날 늦은 아침, 구포역(龜浦驛)에서 차 가 떠나서 북으로 움직이어 나갈 때이다. 기차가 들녘을 다 지나갈 때까지, 객 차 안 들창으로 하염없이 바깥을 내어다보고 앉은 여성이 하나 있었다. 그는 로사이다. 아마 그는 돌아간 애인의 밟던 길을 자기도 한번 밟아 보려는 뜻인 가 보다. 그러나 필경에는 그도 머지않아서 다시 잊지 못할 이 땅으로 돌아올 날이 있겠지.

35) 만장 : 죽은 이를 애 도하며 지은 글, 또는 그 글을 명주나 종이에 적 어 기(旗)처럼 만든 것. 장사 때 상여를 따라 들 고 감.

《『조선지광』, 1927. 7》

사회주의 이념에 따라 창작된 문학. 공상적 사회주의는 계급 간의 갈등이 없는 소박한 공동 사회를 상정하고 있지만, 본격적인 사회주의 이념은 마르크스와 엥겔스의 정치 경제학에서부터 시발된 것으로 본다. 사회주의 문학은 '인간의 의식(意識)이 존재를 결정 짓는 것이 아니라, 사회적 존재가 의식을 결정 짓는다' 는 유물론(唯物論)에 근거하고 있다. 또한 철학자의 임무도 현실을 '설명' 하는 것에 있는 것이 아니라, 현실을 '변혁' 하는 데 있다고 봄으로써, 문학의 임무 또한 현실을 반영하고 고발하는 데 그쳐서는 안 되며 사회주의 이상을 실현하기 위해 직접 행동에 참여해야 한다는 점을 강조한다. 그러므로 사회주의 문학에서는 문학의 자율성을 인정하지 않고, 문학이 정치의 한 수단이 되어야 함을 강조한다. 그러나 우리 나라는 사회주의 국가나 정당이 존재하지 않았으므로, 이에 가장 근접한 논리를 보여 준 카프 등의 문학 운동도 사회주의 문학과는 약간의 차이점을 가지고 있다.

1920~30년대 경향 소설의 변화 과정에 대해 알아보도록 하자.

경향 소설이란 명칭은 원래 신경향파 문학이란 용어에서 '신' 이 빠지면서 성립된 용어다. 신경향파 문학은 1920년대 당시 새로운 경향의 문학이라는 단순한 의미로 명명된 것이다. 이 신경향파 문학은 빈궁을 소재로 다루거나 혹은 지식인 주인공이 등장하여 가난의 사회적 원인을 탐구하는 내용이었고, 그 대표적 작가로 최서해 · 송영 · 이기영 · 박영희 등이 있었다.

이러한 문학이 등장하게 된 이유로는, 세계적으로 사회주의 사상이 풍미하면서 식민지 조선에도 그 여파가 미쳤다는 점, 국내적으로는 일제의 토지 조사 사업 등을 통해 조선 농민들의 상당수가 빈농으로 전락했다는 점 등을 들 수 있다.

이후 이 경향 문학은 당시 사회주의적 정치운동과 결합해 다소 도식적인 문학으로 전락하기도 하지만, 한편으로 보다 전문적인 작가들에 의해 뛰어난 수작도 씌어지게 된다. 그러나 1930년대 중반을 지나면서 사회주의 사상 및 운동에 대한 일제의 탄압이 강화되자 이 경향 문학은 쇠퇴의 길을 걷게 된다.

이 경향 문학이 다시 소생하게 되는 때는 해방 공간(1945. 8. 15~1948. 8. 15)인데 이때에 이르면 작품에 계급 운동적 내용이 더욱 강화되어 여러 경향으로 분화하게 된다.

「낙동강」에서는 백정 계급 출신인 로사가 부모의 만류에도 불구하고 보장된 길을 걷지 않고 운동가가 된다. 그 이유를 작품 속에서 찾아보고 비판해 보라.

로사는 백정의 딸로 등장한다. 그녀는 어려서부터 자기 계층이 사람들로부터 천대받는 장면을 여러 번 목격했을 터이다. 이러한 사회적인 천대 때문에 당연히 그녀의 부모는 자식들이 고등교육을 받고 사회적 불평등에서 벗어나기를 원하지만 로사는 이러한 부모의 기대를 저버린다.

이 작품에서 로사는 두 가지 이유로 이런 행동을 한다. 첫째로, 그녀는 부모가 자신을 신분 상승의 도구로 이용한다고 생각했다. '내 딸이 판임관 벼슬을 하였는데, 나도 이 노릇을 더 할 수 있는가?' 에서 보이듯, 아버지는 신분 상승이라는 욕망을 지니고 있었다. 이런 욕망에 대해 로사는 반발했던 것이다. 둘째로, 그녀는 이러한 부모에 대해 반항할 수 있는 힘으로 사상과 사랑의 힘을 내세운다. 사상이란 물론 사회주의의 사상을 가리킨다. 또한 사랑이란 박성운과의 사랑을 뜻한다.

그런데 이 작품에서는 '로사는 사랑의 힘, 사상의 힘으로 급격히 변화하여 가는 사람이 되었다' 에서처럼, 이 두 계기를 단 한 줄로 처리해 놓았다. 그러니까 박성운과 어떤 사랑을 했는지,

또 사상의 내용이 무엇이며 이것을 어떻게 세계관으로 확보해 나갔는지에 대해서는 전혀 서술되어 있지 않다.

이렇게 단순하게 처리한 이유는 물론 작가가 사회주의에 대해 철저한 확신을 지니고 있었기 때문이다. 소설을 쓰는 작가가 작품 속에 개입해 사회주의 사상의 확실성을 어떠한 회의나 반성도 없이 설명할 때, 소설 속의 인물 역시 그러한 회의나 반성의 기회가 없어진다. 이 작품의 한계는 이러한 작가의 '확신'에서 왔다고 해야 할 것이다.

통합논술 Q & A

「낙동강」은 주인공인 박성운의 입장에서 보면 일정하게 사실적인 요소를 갖추고 있다. 이 작품의 배경이 된 1920년대의 현실과 농민운동에 대해 알아보자.

1920년대란 일본 자본주의의 침투로 인해 급속히 궁핍해 가는 시기다. 작품 초반에 박성운이 서간도로 이주하는 장면은 국내에서 살기 어려워진 농민들이 만주로 이주하는 장면에 속한다. 조선 말기부터 1930년대에 이르기까지 농민들은 생계를 유지하기 위해서 중국이나 러시아 혹은 일본의 탄광으로 이주하게 된다.

이렇게 이주한 농민들 가운데는 다시 고국으로 돌아온 이들도 많았는데, 특히 어느 정도 여유가 있었던 지식인들이 그러했다. 이러한 귀향 장면은 한설야의 작품 「과도기」에 잘 그려져 있다. 이 농민들과 지식인들은 외국에서 여러 경험을 하며 조선의 현실을 객관적으로 인식할 수 있는 기회를 많이 접했기 때문에 고국으로 돌아와 이른바 사회운동에 참가하는 경우가 많았다. 박성운의 경우도 그러하다. 그러나 이러한 운동가들 사이에 파벌이 조성되고 서로 헐뜯는 일이 벌어져 '흑하사변'처럼 운동가들 사이의 분규가 일어나기도 했다. 박성운이 이러한 양상을 비판하며 고향 근처에 와서 농민운동을 하게 되는 것은 따라서 어느 정도 사실성을 획득하고 있다.

1920년대 후반에 오면 식민지 조선에서는 수많은 농민운동 단체가 생겨나고 농민조합이 조직되어 소작인들의 권익을 옹호하는 경향이 강화된다. 물론 이러한 움직임은 1930년대 초반을 기점으로 급속히 약화되어, 이후에는 일제의 탄압에 의해 비합법적인 지하운동의 형태로 이루어질 수밖에 없었다. 첨언하자면, 이 작품이 이러한 당대 현실을 사실적으로 반영하고 있는 점은 그 한계에도 불구하고 이 작품이 평가받을 수 있는 근거가 되고 있다.

카프
KAPF

'조선 프롤레타리아 예술가 동맹'의 약칭. 영어로는 'Korea Artist Proletariat Federation'으로 표기한다. 1925년에 결성되어 1935년에 해체된 경향적인 예술 단체. '예술을 무기로 하여 조선 민족의 계급적 해방을 목적으로 한다'는 강령에서 알 수 있듯, 계급 해방이라는 목적 의식과 정치성을 띤 문학 단체였다. 이기영의 「고향」과 조명희의 「낙동강」 등의 작품을 남겼으나 그리 두드러진 성과는 이룩하지 못했고, 오히려 문학 논쟁을 통해 문학의 본질, 문학과 사회의 관계 등에 대한 적극적인 검토가 이루어졌다는 점에서 의의를 찾을 수 있다. 문학의 내용과 형식 중 어느 것이 중요한가,라는 문제를 중심으로 한 박영희와 김기진의 논쟁, 자유로운 문학 활동과 조직 활동 여부에 대한 동반자 작가들의 논쟁, 농민 문학의 본질에 대한 논쟁, 민족과 계급의 문제를 둘러싼 프롤레타리아 작가와 부르주아 작가 사이의 논쟁 등이 여기에 해당된다. 초기에 카프에 몸담았던 박영희는 '잃은 것은 예술이요, 얻은 것은 이데올로기'라는 유명한 선언을 남겼으나, 이러한 선언은 카프의 실상을 오해한 것으로 볼 수도 있다.

쑈리 킴

송병수

1932~ | 경기도 개풍에서 출생 1957년 『문학예술』에 「쑈리 킴」이 당선되어 등단 1964년 「잔해」로 제8
회 동인문학상 수상 1974년 「산골 이야기」로 제1회 한국문학작가상 수상

그 밖에 주요 작품으로 「탈주병」 「후예」 「유형인」 「저 거대한 포옹 속에」 등이 있음

선우휘의 「불꽃」과 함께 동인문학상을 수상한 「쑈리 킴」은 소년의 시점으로 전후의 폐허와 미군 부대 주변에서 기생하는 소외된 인물 군상들의 삶을 그리고 있다. 작가는 특히 '어느 양부인이 MP에게 체포되어 달러를 몰수 당하고 강제 삭발까지 당한 후 후방지구로 호송 추방되는 장면을 목격' 한 데서 온 충격이 이 작품의 창작 배경이 되었음을 말하고 있다.

'쑈리는 매일 양키부대에 가는 길에 언덕 위에 오면 으레 이 나무에다 돌멩이를 던져 그날 하루 '재수보기' 를 해 봐야 했다. 그런데 오늘은 세 번 던져 한 번도 정통으로 맞지 않았다. 아마 오늘은 재수 옴 붙은 날인가 보다' 라 는 서두 부분은 이들의 삶이 그날그날의 재수에 달려 있다는 점, 그리고 이 작품의 말미에 따링 누나가 헌병에게 붙들려 가는 사건에 대한 복선으로서 기능하고 있다. 이러한 복선 처리는 이 작품의 완결성에 긍정적인 역할을 하지만, 한편으로는 지나치게 단편적인 장면에 이 작품의 주제를 한정하는 역할을 하기도 한다.

양공주인 따링 누나와 '쑈리 킴' 을 중심으로 고아원 친구였던 딱부리, 절뚝이 등이 등장하는 이 작품에도 '양 키' 들이 등장하지만 작품 내에서는 갈등 요소로 기능하지 않고 단지 소설의 배경으로 축소되어 있다. 쑈리 킴이 따링 누나와 '저 산 너머 해님' 을 부르는 동화적 세계로 주제가 축소된 것도 이 때문이다. 미국의 군사 문화와 전 쟁의 참상 등에 대한 고찰이 생략되어 있다는 점을 아쉬움으로 지적할 수 있다.

소설의 얼개 뜯어보기

갈래 __ 단편 소설, 전후 소설 ┃ 주제 __ 전쟁의 부조리한 상황에 대한 고발, 전쟁의 폐허를 헤쳐 나가는 인간들 의 의지와 인간애에 대한 갈망 ┃ 배경 __ 6 · 25 후반기의 전방 기지촌 근처 ┃ 시점 __ 전지적 작가 시점 ┃ 등장인 물 __ 쑈리 킴 __ 전쟁 고아. 기지촌에서 양공주인 따링 누나와 함께 살고 있다. 억척스럽고 난폭한 모습을 보이 지만, 내심으로는 순수한 동심을 지니고 있는 이중적 인물이다. 따링 누나 __ 미군을 상대하는 매춘 여성. 연약 한 여성이 전쟁중에 생존을 위해 몸부림치는 모습을 확인할 수 있다. 딱부리 __ 쑈리 킴과 같은 전쟁 고아. 처음 에는 악독하고 영악한 아이로 묘사되나, 쑈리 킴과 행동을 같이하는 결말 부분에서 둘 사이의 동료의식이 회복 된다. 동적 인물 ┃ 구성 __ 발단 __ 전쟁중에 고아가 된 쑈리 킴은 친구 딱부리와 함께 미군 부대 주변 기지촌으 로 와 정착하게 된다. 전개 __ 딱부리는 하우스보이가 되고 쑈리 킴은 따링이라는 양공주에게 손님을 끌어다 주 며 생활한다. 위기 __ 그러던 어느 날 미군 헌병이 따링 누나를 잡아간다. 절정 __ 따링 누나의 달러 뭉치를 훔 쳐 가던 절뚝이는 쑈리 킴과 난투를 벌이다 딱부리 칼에 맞아 쓰러진다. 대단원 __ 쑈리 킴은 '이젠 양키 부대도 싫다' 며 따링 누나를 찾아 서울로 갈 결심을 한다.

바로 언덕 위, 하필 길목에 벼락 맞은 고목나무(가지는 썩어 없어지고 꺼멓게 그슬린 밑동만 엉성히 버틴 나무)가 서 있어 대낮에도 이 앞을 지나기가 께름하다. 하지만 이 나무기둥에다 총쏘기나 칼던지기를 하기는 십상이다. 양키[1]들은 그런 장난을 곧잘 한다. 쑈리는 매일 양키부대에 가는 길에 언덕 위에 오면 으레 이 나무에다 돌멩이를 넌져 그날 하루 '재수보기'를 해봐야 했다.

그런데 오늘은 세 번 던져 한 번도 정통으로 맞지 않았다. 아마 오늘은 재수 옴 붙은 날인가 보다.[2]

재수 더럽다고 침을 튀 뱉고, 쑈리는 언덕 아래로 내려갔다. 언덕 아래 넓은 골짝에 양키부대 캠프들이 드문드문 늘어서 있다. 저 맞은쪽 한길가에 외따로 있는 캠프는 엠피(MP)[3]가 있는 곳이고, 그 옆으로 몇 있는 조그만 캠프는 중대장이랑 루테나[4]랑 싸징[5]이랑 높은 사람들이 있는 곳이다. 캡틴 하우스보이인 딱부리놈이 바로 게 있다. 이쪽 바로 언덕 아래에 여러 개 늘어선 캠프엔 맨 졸때기 양키들뿐이다. 쑈리가 늘 찾아가는 곳은 이 졸때기 양키들이 있는 곳이다. 거기엔 밥데기(쿡) 빨래꾼(세탁부) 이발장이 쩔뚝이랑 몇몇 한국 사람도 있지만, 쑈리는 그들보다 양키들하고 더 친했다. 거기 졸때기 양키들은 몇 사람만 빼놓곤 모두 몇 번씩 따링 누나하고 붙어먹은 일이 있어, 아무 때고 쑈리가 가기만 하면 '웰컴 쑈리 킴'[6]이다. '김'이라는 멀쩡한 성을 양키들은 혀가 잘 안 돌아가 '킴'이라고 부르는 것이다.

양키들이란 참 재미있는 자들이다. 근처에 얼씬만 해도 뭐 쇼틀이나 해 가는 줄 알고 '까멤 보이 까라……'고 내쫓는 뚱뚱보 싸징이나, 검문소의 엠피 같은 깍쟁이놈도 있긴 하지만 그래도 양키라면 한국 사람들보다 모두 좋았다. 그렇다고 뭐 먹다 남은 닭다리나 초콜릿 부스러기 따위를 얻어먹는 맛에서가 아니다. 양키들이 어른답잖게 말발굽쇠 던지기랑 화약 터치기랑 어떤 놀이든 (돈내기 포커 노름만 말고) 버젓이 한몫 붙여 주는 게 좋단 말이다. 어떤 땐 슬며시 으슥한 데에 불러다가 사타구니를 까내놓고 그것을 좀 주물러 딜라거나 흔들어 달라고 징글맞게 놀 때도 있지만, 그 장난만 말곤 양키들이 노는 장난은 뭣이고 다 신나는 것뿐이다. 생각해 보면 코흘리개들이나 할 장난이지만

1) 미국인의 별칭.

2) 뒷부분에 진행될 소설 속의 불행한 사건에 대한 복선.

3) Military Police의 약자. 헌병.

4) lieutenant. 중위. 초급 장교.

5) sergeant. 하사관.

6) '엠피' '루테나' '싸징' '쿡' '쑈리 킴' 등의 어휘는 이 소설의 배경을 뒷받침해 준다.

말발굽쇠 던지기나 화약 터치기 따위를 할 땐 게서 더 재미있는 게 없다. 서울서 고작 파커 만년필이나 론손 라이터를 날쳐다가 왕초 몰래 똘마니들끼리 팔아먹던 재미나, 피엑스 앞에서 깔치들에게 매달려 한푼 달라고 생떼를 쓰다가 옷자락에 타마유[7]를 슬쩍 발라 주던 그때의 재미 따위는 이젠 생각해 보면 참 시시하고 치사하기 짝이 없다.[8]

그러고 보니 사람 사는 집이라곤 통 없는 일선 지구 산골이지만, 진작 서울서 이곳에 오길 참 잘한 것이다. 예서 양키들에게 양갈보[9]나 붙여 주고 그럭저럭 얼려 지내다가 딱부리처럼 하우스보이[10]라도 되기만 하면 그땐 팔자 고치는 거다. 뭣보다도 이곳엔 뭐 날쳐 오라고 야단 치는 왕초도 없거니와, 어디서 뭘 날치거나 쇼똘질을 안해도 뭣이든 쓸 만한 건 양키부대에 쌓여 있어 좋다.

양키들이란 먹을 것 입을 것 워낙 흔하니까 그들이 먹다 쓰다 남은 것만 얻어도 쑈리는 같이 있는 따링 누나하고 둘이서 실컷 먹고 쓰고도 남을 것이다. 하지만 그 따위 찌꺼기나 얻어먹는 데데한 짓은 아예 안한다. 그저 하루에 한두 놈씩 뒷구멍으로 슬쩍 꾀어 내어 따링 누나에게 붙여 주기만 하면 된다. 이따금 재수 좋게 전방에서 처음 온 양키가 걸려들기만 히면 그건 숫제 노다지보나 다름없다. 처음 색시맛을 들여 놓으면 한 보름 동안은 '쑈리 킴, 캄앙…….' 하며 몸이 달아 줄줄 따라다니게 마련이다. 그런 놈을 슬금슬금 잘 귀삶기만 해봐라, 그냥 박하사탕이랑 레이션[11]이랑 마구 생긴단 말이다. 여기 수송 중대 졸때기 양키들도 따링 누나가 서울서 처음 왔을 때엔 한꺼번에 여남은씩 몰려들어 저희끼리 차례를 다투곤 했었다. 그 통에 따링 누나가 여러 날 동안 되게 진땀을 빼긴 했지만 그땐 참 신바람나게 수지가 맞았었다. 시 레이션이 통째로 생긴 것도 그때였다.[12]

요새는 모두 따링 누나에게 맛을 볼 만큼 다 봐 놨고 또 웬만큼 약아질 때도 돼 놔서 꽤 인색해졌지만 그래도 하루에 어수룩한 놈 하나씩만 잘 주무르면 달러 다섯 장은 고스란히 떨어지는 것이다. 오늘은 단골 양키라도 꾀어 내야지…… 생각하는 동안 쑈리는 부대 앞에 이르렀다.

캠프마다 조용하다. 마당에 차가 없는 걸 보니 또 물건을 싣고 전방에 가서,

7) 콜타르.

8) 미국의 저급 문화가 판을 치던 당시의 세태를 짐작할 수 있다. 소위 '양키 문화' 'G.I. 문화' '피엑스(P.X.)'는 6·25전쟁 이후의 우리 사회에 부정적인 변화를 야기했다.

9) 미군을 상대하는 매춘 여성.

10) 잡역부, 잡일꾼.

11) 레이션(ration). 전투시에 지니고 다닐 수 있게 만든 미군의 비상 식량.

12) 주인공의 윤리의식 부재를 잘 말해 주는 대목.

저녁때가 다 됐는데도 아직들 안 돌아온 모양이다. 드럼통을 세워 만든 정문 앞에 보초병 혼자 하품을 하고 있을 뿐이다. 오늘은 하모니카 잘 부는 뾰죽코가 보초다. 뾰죽코는 혼자 심심했던 판에 너 잘 왔다는 듯,

"쑈리 킴."

하고 어깨를 쓸어 주며 청하지도 않은 담배까지 준다. 검둥이들이 잘 피우는 꺼먼 잎담배다. 이게 다 따링 누나에게 꿍꿍이셈이 있어 제딴엔 한턱 쓰는 걸 게다.

"쌩큐."

하며 받아 넣고 쑈리는 안으로 들어갔다.

어느 캠프든 일 안 나간 양키들이 있을 게다. 마침 문 앞 첫째 캠프에서 떠들썩하기에 넘성해 봤다. 따링 누나의 단골손님인 놉보와, 한국말 잘하는 떠버리, 그리고 딱부리놈은 언제 왔는지 셋이 얼려 지아이(G.I.)[13] 위스키를 마시고 있는 판이다.

"할로."

하며 들어서니까 놉보랑 떠버리랑,

"웰컴, 웰컴."

하며 잡아 끌어다가 다짜고짜로 술병을 안긴다. 이렇게 되면 이건 재미없다. 요전에 멋모르고 한 모금 마셨다가 목구멍이 칵칵 막혀 혼이 났었는데 또 이렇게 억지로 마시라는 덴 딱 질색이다. 게다가 딱부리놈까지,

"야, 이제 오니? 까짓 거 아무 맛도 아냐, 어서 마셔 봐."

하며 덩달아 한술 뜬다. 그리고 자식은 술맛이나 아는지, 날름날름 받아 마시며 떠버리에게 한국말을 가르쳐 준답시고 '네 에미 ××' '네 애비 ××' 따위 쌍말만 지껄여 댄다. 자식이 요전에 캡틴이 서울 피엑스에서 사다 준 거라고 입고 자랑하던 가죽잠바를 또 입었다. 모자는 할로 모자를 삐뚜로 쓰고 있다. 그리고 여전히 금시계를 찼고, 허리엔 장난감 권총과 진짜 단도를 양쪽에 하나씩 멋들어지게 차고니 보린 듯이 끼띡대며,

"오라잖아 캡틴 따라 미국에 간다."

고 야불댄다. 요게 어쩌다가 하우스보이가 됐다고 요렇게 멋을 부리며 함부

13) government issue 의 약자. 하사관·병사 는 의복 등 보급이 관급 (官給)이라는 뜻에서 미 국의 징모병 또는 일반 적으로 병사의 이칭. 'G.I. 문화'는 미군에 의해 이식된 문화를 뜻 한다.

로 뻐기는 게 참 얄밉다. 자식이 제나 내나 다 같은 똘마니면서 뭐 잘났다고 요렇게 거만한지 모르겠다. 똘마닛적 생각을 해서라도 이러진 못할 게 아니냐 말이다.

생각해 보면 이곳에 데리고 와서 자식 팔자만 고쳐 준 게 여간 분한 게 아니다. 자식은 원래 나이는 경치게 먹어 열네 살이나 되지만 제 나잇값에도 못 가는 얼뱅이다. 피란 나오다 잃어버린 제 아버지 이름도 모른다니 말이다. 똘마닛적만 해도 돈 못 벌어 온다고 청계천 다리 밑 왕초한테 지독히 얻어맞으면서도 아예 도망칠 염도 못 내던 겁보였다. 그때 쏘리는 자식하고 같이 얻어맞았지만 얼마라도 뺑소니 칠 수 있었다. 그러나 혼자 뺑소니 쳤다간 남아 있는 자식만 경칠 게 가엾어서 며칠을 벼르다가 겨우 같이 뺑소니 친 것이다. 뺑소니 치는 날도 재수 사납게 교통순경에게 먼저 붙잡힌 건 딱부리였고, 교통순경에게 끌려 청량리 고아원에 가서 보름이나 골탕을 먹은 것도 꼭 이 못난 딱부리 때문이었다. 고아원에서 한 보름 동안 그때처럼 배를 곯아 본 일은 정말 없었다. 깡통을 차고 다니는 게 치사하긴 해도 그렇게 배고프진 않았는데, 게선 겨우 하루 두 끼씩(아침에 우유죽, 저녁에 꽁보리밥) 주는 걸 가지곤, 간에 기별도 가기 전에 노상 뱃속에서 쪼르륵 소리만 났다. 그때도,

"야, 배고파 못살겠다. 찌라싱 부르자."

하니까 딱부리놈은,

"찌라싱하면 어딜 가니, 이번에 왕초한테 걸리면 당장 죽는다야……."

하며 벌벌 떨기만 했었다. 그러면서도,

"너 혼자 가지 마아."

하고 울먹울먹하는 꼴이 가엾어서 또 같이 도망쳐 준 것이다. 고아원에서 (몇 달 먼저 들어왔다고 눈꼴 시리게 굴던 반장이란 놈을 둘이 패 주고) 도망쳐 나와, 마침 지나가는 양키 트럭의 포장 속에 거뜬히 올라탄 것은 쏘리 솜씨였다. 왕초나 교통 순경에게 또 붙잡힐까 봐 얼결에 집어탄 것이지만, 지나가는 차의 포장 속에 숨는 재주는, 한때 도강증[14] 없이 한강을 왔다갔다하던 때 배운 솜씨란 말이다. 아무튼 포장 속에 숨어 얼마 동안 흔들리다 보니까 바로 일선 지구인 이곳에 와 닿게 된 것이었다.

1950년대 청계천 부근 어린아이들

14) 渡江證. 6·25 이후 한강을 건너다니기 위해 필요했던 증명서.

이곳에 와서 처음에 저 건너 엠피한테 좀 혼나긴 했지만 곧 다른 양키들하고 친하게 사귄 것도 딱부리 솜씨로는 어림도 없다. 예 와서 얼마 동안 졸때기 양키들하고 얼려, 그렁저렁 같이 얻어먹고 지내던 판에, 어찌어찌하다가 쑈리는 서울서 돈벌이 왔다는 양갈보(따링 누나)를 만나 같이 있게 됐고, 딱부리는 마침 캡틴 눈에 들어 하우스보이가 됐고…… 그저 어찌어찌하다가 그렇게 된 것이지 뭐 자식이 더 잘나고 더 똑똑해서 자식만 하우스보이가 된 것은 아니다.

알고 보면 다 그렇고 이런 자식이 별안간 부잣집 막내둥이나 된 것처럼 가죽잠바에다 할로 모자를 쓰고 꼴사납게 빼긴단 말이다. 언젠가 쑈리가 권총이든 칼이든 하나만 프레젠트하라니까 자식이 '오케이'도 아니고 '노'도 아니고 그저 빼기기만 했다.

하나, 자식의 까짓 거 요만큼도 부러울 거 없다. 따링 누나에게 맡겨 둔 달러를 몇 장 달래서 서울에 연락 가는 양키에게 주면 그런 것쯤은 피엑스에서 얼마라도 사다 준다. 그러잖아도 쑈리는 서울 가는 양키가 있으면 부탁할 셈이다. 같은 값이면 권총은 서부의(부대에서 가끔 놀리는 영화에서 본) 모젤식이 좋고, 잠바는 까짓 가죽잠바보다 반질반질하고 날씬한 나일론잠바를 살셈이다. 모자도 챙이 없는 할로 모자보다 쌈빵 모자가 더 좋다. 빳빳한 평창이 달린 모자 말이다. 시계도 딱부리 따위 금딱지보다 밤에도 번쩍번쩍하는 야광시계가 더 좋다. 그렇게만 차린다면 딱부리 이깟 놈쯤이야(그리고 서울 가서 재고 다녀도 순경이 잡지 않을 것이고, 왕초 따위는 얼씬도 못할 것이 아니냐!)…… 쑈리는 딱부리를 훑어보며 피시시 웃었다.

딱부리놈 그새 몇 잔이나 마셨는지 얼굴이 발개 가지고 해롱거리며 그 장난감 권총을 뽑아 아무 데나 함부로 겨냥질을 한다. 떠버리는 혼자 비틀거리며 딱부리한테 배운 '네 에미 ××' 따위 쌍소리를 마구 지껄인다. 놉보는 제 침대에 걸터앉은 채 아랫도리를 홀렁 벗더니 그것을 잡아 흔들기 시작한다. 놈은 술만 취하면 그런 짓을 곧잘 한다. 비러나간 노 년센가저럼 수불러 달라고 할지 몰라, 쑈리는 슬머시 밖으로 나왔다.

다른 캠프에도 누가 있는지 모르겠다. 저 구석 캠프에 딱티기 잘하는 털보

가 있으면 심심치 않을 텐데! 마침 저쪽 캠프 뒤에서 자동차 엔진을 뜯어고치고 있던 불독이,

"헤이 쑈리, 캄앙!"

하며 손짓한다. 쑈리는 그리로 갔다.

기지촌 여성(영화의 한 장면)

불독은 만나기만 하면 제발 색시 붙여 달라고 조르기 일쑤다. 놈은 이 부대의 여남은 있는 검둥이 중에 제일 못생긴 검둥이다. 놈이 양돼지같이 두북실 살만 찐데다가 상판이란 게 생겨먹기를 두툼한 입술이 삐죽이 나오고 눈두덩이 툭 튀어나온 것이, 꼭 쑈리가 서울 어느 부잣집 큰 대문을 멋모르고 들어서 '한술 줍쇼.' 하였을 때 마루 밑에서 튀어나와 정강이를 되알지게 물어뜯던 불독이라는 개가 자꾸 생각난다.

불독은 쑈리를 가까이 부르더니 기름때가 묻은 작업복 주머니에서 십 달러짜리 두 장을 꺼내 뵈며,

"쑈리 킴……."

어쩌고 은근히 지껄인다. 이 돈을 줄 테니 오늘 밤에 색시한테 가자는 말일 게다. 어려운 양말[英語]이지만 놈의 눈치코치로 이쯤은 다 알아들을 수 있다. 하지만 이런 양따리에 넘어가선 안 된다. 이십 달러면 여느 양키한테 한 번 받는 돈의 네 곱이나 되지만 따링 누나가 이 검둥이만은 딱 질색이니 '오케이' 할 순 없다. 언젠가 이놈을 멋모르고 데리고 갔다가 따링 누나가 되게 혼이 난 일이 있었다. 그날 이놈을 따링 누나가 있는 땅구덩이(전에 중공군의 참호였던 땅구덩이)에 들여보내 놓고, 쑈리는 밖에서 엠피가 오나 망을 보며, 쿨 담배를 피우고 있었다. 그러자니까 갑자기 따링 누나가,

"에그머니……."

하고 다 죽어 가는 소리를 치는 것이었다. 대체 웬일인가 하고 입구의 포장을 들치고 안을 들여다보니까, 글쎄 따링 누나가 그 큰 몸뚱이에 납작 깔려 얼굴이 새파래진 채,

"애구 죽겠다."

고 앓는 소리를 하는데, 놈은 그 못생긴 입술로 따링 누나의 얼굴에다 마구 입방아를 찧으며,

"숏, 숏, 베리 굿."

하고 군소리만 하는 것이었다. 그때 놈이,

"까뗌."

하고 소리치고 따링 누나도 다 죽어 가면서도,

"넌 보면 못써, 저리 기지 못해?"

하고 야단 치는 바람에 더는 자세히 보지 못했지만, 어쨌든 다른 양키라면 턱없이 호호대며 '하바 하바' 소리나 할 따링 누나가 끝까지 명 끊어지는 소리만 친 걸 보면 놈의 양돼지 같은 몸뚱이가 지독히 무거웠던 모양이다. 놈이 돌아간 다음에도 따링 누나는 한참 동안 그대로 널브러진 채 입만 딱 벌리고 있다가,

"다시는 그놈의 검둥이 녀석은 데려오지 마라."

고 한숨을 푹 쉬는 것이었다. 그때의 그런 걸 생각하면 지금 불독이 이십 달러 아니라 백 달러를 준대도 '노' 하는 수밖에 없단 말이다.

고개를 돌리며,

"노."

하니까 불독은 달러를 도로 집어넣고 대신 시계를 꺼내 손목에 감아 주며 또,

"쑈리 킴……."

어쩌고 뭐라 지껄인다. 어제 밤 포커 노름에서 딴 건데 널 줄 테니 좋도록 사귀어 보자는 수작일 게다. 놈이 몸이 달아도 분수가 있지, 이건 턱 한번 크게 쓴다. 어쨌든 이번엔 '노' 하기 싫다. 진작부터 꼭 사려고 벼르던 야광시계가 아니냐! 캄캄한 밤중에도 글자와 바늘이 번쩍번쩍하는 것이 딱부리놈의 부로바 따위는 갖다 댈 어림도 없다. 시간은 지금 마악 다섯시다. 시간이 제대로 맞는지 우선 떠버리의 라디오를 틀어 봐야겠다. 다섯시라면 어린이 시간이다. 아마 어제 하다 만 방송 어린이극을 오늘도 할는지 모른다. 쑈리는 시계를 찬 채 불독에게 애매하나마(오케이도 아니고 노도 이닌) 그지 씩 웃어 보이고는 곧 떠버리의 캠프로 다시 들어갔다.

떠버리랑 놉보랑 한창 술이 취해 가지고 여러 장의 사진을 돌려보며 왁작거

150

리고 있는 판이었다. 벌거벗은 남녀가 얼싸안고 입맞추는 게 아니면 여자의 젖통이나 궁둥이를 찍은, 그런 사진뿐이다. 양키들은 그런 게 뭐 그리 좋다고 이렇게 야단인지 참 싱거운 놈들이다. 게다가 딱부리놈은 제가 뭘 안다고,

"야, 이년 궁둥이 더럽게 크다야…… 히히……."

하며 벌거벗은 여자의 사진을 쳐들고 떠들어대는 것이다. 놉보가 궁둥이가 더럽게 크다는 그 여자의 거기다가 입을 쭉 맞추자 모두 한바탕 웃어댄다. 쑈리는 덩달아 좀 웃어 주고 나서 떠버리 침대맡에 있는 라디오 앞으로 갔다.

고동(스위치)을 틀었다. 삑, 삑 하더니, 도무지 듣기 싫은 양깡깡이(경음악) 소리가 나온다. 양키들은 그런 소리도 좋아하지만 쑈리는 암만 들어 보아야 영 귀만 따갑다. 숫제 왕초한테 매를 맞으며 억지로 배우던 장타령만도 못하다. 고동을 돌려 바늘을 한가운데다 맞춰 놨다. 그러니까 대뜸 '저 산 너머 해님이 숨바꼭질할 때……' 가 나온다. 이건 저절로 신이 난다. 바로 어린이 노래공부 시간이다. 꼭 따링 누나처럼 예쁘게 생겼을 선생님이 먼저 '저 산 너머 해님……' 을 부르고 나니까 사내애 계집애 여럿이 따라 부른다.[15] 고것들 뉘 집 애들인지 곧 제법이다. 쑈리도 그 애들 틈에 같이 있다면 그만큼 할 자신은 있다. 외려 더 잘할지도 모른다. 왕초한테 장타령을 배울 때도 '작년에 왔던 각설이' 를 잘하여 남보다 매도 덜 맞았으니 말이다.

쑈리는 선생님(라디오)이 하는 대로 노래를 따라 부르고 나중엔 놉보와 떠버리까지 따라 불러 한참 신나게 목청을 뽑았다.

이렇게 한창 '저 산 너머 해님' 을 신나게 넘기는 판에 불독이,

"쑈리 킴 하바 하바 레쓰꼬."

하며 뛰어들어오는 바람에 신이고 뭐고 영 잡치고 말았다. 놈은 그 생긴 꼴에다 제법 옷을 말끔히 갈아입고, 그래 봤자 꺼먼 얼굴을 면도까지 하고, 아주 단단히 차렸다. 놈이 이렇게 빨리 서둘 줄은 몰랐다. 도시 귀찮다. 시계를 도로 주며 '노' 했다. 도로 주기가 서운하지만 다신 데려오지 말라는 따링 누나의 명을 어길 수도 없거니와 우선 노래를 마저 배우고 싶다.

불독은 대뜸 통사발눈을 부라리더니 시계를 동댕이치며,

"까아뗌……."

15) 쑈리 킴도 원래는 평범하고 착한 소년이 었음을 알게 된다. 소년의 순수함을 망가뜨린 것은 전쟁과 가난이라는 점에서, 이 소설은 6·25의 상처를 다룬 사회소설에 속한다.

그리곤 쑈리는 볼때기를 얻어맞고 나가떨어져 뭐가 뭣인지 모르겠다. 놈이 마구 치러 덤비는 것을 놉보가 말리는 모양이었으나 쑈리는 골통이 아찔하기만 했다. 딱부리가,

"이 멍추야, 빨리 날러."

하며 잡아 흔드는 바람에 허둥지둥 밖으로 쫓겨나와 겨우 정신을 차렸다. 놈이 이렇게까지 골을 낼 줄은 정말 몰랐다. 놈이 골이 풀리기 전엔 에서 더 어물거리다간 재미없다. 오늘 밤에 놀리는 영화나 보고 가려고 했는데 영 틀렸다. 오늘같이 재수 없는 날은 일찌감치 집(땅구덩이)에 가서 따링 누나에게 '보물섬'이나 '백설공주' 이야기를 듣는 게 제일 장땡이다. 빨리 가야겠다.

마악 정문을 나서려고 하는데 저쪽 한국인 캠프에서 쩔뚝이가,

"어이 쑈리."

하고 부르며 따라 나온다. 놈이 쩔뚝쩔뚝 따라오더니 한다는 소리가,

"녀 양갈보하구 삼칠빠이[16]로 나눠 먹느냐, 고부고부(반반)로 먹느냐."

는 뚱딴지 소리를 한다. 말없이 쳐다만 보니까 놈이 또,

"녀 고부고부로 먹는다면 오백 달러는 모았겠구나, 내 원 달러에 두 장(2만 원)씩 줄 테니 바꾸자."

하며 징글맞게 싱글거린다. 놈이 요전엔 에서 가위질(理髮)만 해선 수지가 안 맞아 양키 물건 장사를 해야겠다고, 백 달러만 꾸어 달라고 조르더니, 남의 돈이 무척 탐이 나는 모양이다.

"달러는 누나가 갖고 있지 난 없다."

고 딱 잡아떼고 쑈리는 돌아섰다.

언덕 위로 올라서며 힐끗 돌아다보니까 놈이,

"잘 생각해 보라."

고 소리치며 씽긋 웃는다. 눈이 치째진 놈의 상판이 보기도 싫다. 놈이 버젓이 군복에다 상이군인표까지 달고 행세하지만 진짜 상이군인 아저씨는 아니다. 병정 나가기 싫어 양키부대의 이발장이로만 굴러먹으며 뚜럭질을 하다가 양키 총에 맞아 쩔뚝발이가 된 놈이라고 언젠가 딱부리한테 들은 일도 있거니와, 그러잖아도 놈은 천생 양키부대 뚜럭꾼인 줄을 쑈리는 벌써부터 알고 있

16) 3 대 7의 분배.

다. 한 달 전에 싸징 캠프에서 시계·카메라·권총·서지즈봉 따위를 감쪽같이 홅아 간 것도 필연코 놈의 짓일 게다.

언덕 위에 거진 올라오니까 밑에서 딱부리와 놉보가,

"같이 가자."

고 소리치며 따라 올라온다. 아마 놉보가 지랄하는 불독놈을 한 대 안기고 오는 건지도 모른다. 불독놈 볼품없이 덩치만 컸지 형편없는 맹물이다. 요전에 포커 노름을 하다가 싸움이 벌어졌을 때, 놉보에게 한 대 얻어터지고서도 찍소리도 못했으니 말이다. 어쨌든 놉보는 따링 누나의 단골손님이니까 아무 때고 생각나면 오는 거지만, 딱부리놈은 뭣 하러 따라오는지 모르겠다.

놉보와 딱부리는 언덕 위에 올라오자 대뜸 허리에 찬 칼들을 뽑더니 고목나무에다 던지기 시작한다. 칼이 획획 날아가 척척 꽂히는 게 참 멋있다. 놉보는 물론 영락없이 맞히지만 딱부리도 요게 제법 솜씨가 여간 아니다. 놉보의 것은 끝이 넓적한 붕어칼이고, 딱부리의 것은 손잡이에 자개수를 박은 끝이 뾰족한 칼이다. 쑈리는 이 둘 중의 어느 걸 던져 봐도 영 맞지 않는다. 다른 내기라면 자신이 있지만 이 칼던지기만은 딱부리놈 당할 수가 없어 재미없다.

"야 싱겁다, 고만 가자."

하고 쑈리는 먼저 언덕을 내려갔다. 할 수 없이 놉보와 딱부리도 따라 내려온다. 언덕 아래에 내려오면 바로 밭고랑 건너 수풀 속에 포장 덮은 땅구덩이가 보인다. 여기서 쑈리는 휘파람을 불어야 했다. 길게 한 번 불면 '양키를 데리고 가니 준비하라'는 뜻이고, 연달아 두 번씩 불면 '엠피가 가니 빨리 숨으라'는 뜻이다. 요전에 엠피들이 이곳에 양갈보가 있는 눈치를 채고 잡으러 왔을 때 쑈리는 이 휘파람으로 따링 누나를 감쪽같이 숨게 한 일이 있다. 숲 속에 숨기만 하면 엠피들은 지뢰에 걸릴까 봐 더 찾지는 않는 것이다.

휘파람으로 알아챈 따링 누나는 입으나마나 살이 다 뵈는 옷을 갈아입고 밖에 나와 기다리고 있다가 놉보에게,

"헬로."

하며 생긋 웃는다. 놉보는,

"마이 따링."[17]

17) 따링 누나의 별명이 어떻게 붙었는지를 알 수 있다.

하며 다짜고짜 입을 쭉 맞추고는 그대로 따링 누나를 번쩍 안아 들고 구덩이 안으로 들어갔다. 안에서 한바탕 얼싸 뒹굴든, 입술을 빨든 쑈리는 아랑곳할 바가 아니다. 늘 그렇듯이 엠피가 오나 망이나 보고, 이 통에 담배나 피우면 된다. 마침 아까 뾰죽코한테 받은 잎담배가 있어 딱부리하고 반씩 나눠 피우기로 했다. 그런데 딱부리놈은 연방 포장 새로 안을 훔쳐 보며,

"야, 저것 좀 봐, 저것들 아까 그 사진에 있는 것하고 똑같으다야."

하며 괜히 몸을 비비 꼰다. 한참 그러더니 나중엔 발개진 눈을 껌벅거리며,

"야, 새끼야, 넌 참 좋겠다야, 너 매일 밤 저 색시하고 같이 잔다지?"

하며 입맛을 쩝쩝 다신다.

자식 부러울 것도 많지! 하지만 밤마다 한 슬리핑백 속에서 꼭 끼여 자지만 그런 짓은 안했다. 그저 따링 누나가 꼭 껴안아 주는 게 좋고, 무엇보다도 마음대로 주무를 수 있는 고 몽실한 젖꼭지가 쑈리는 좋았다. 딱부리놈이 제아무리 캡틴한테 귀염을 받는다 해도 아직 고런 맛은 모를 것이다.

한참 만에 놉보는 허리띠를 조르며 밖으로 나와 딱부리에게 가자고 했다. 딱부리는 '노' 하며 그냥 입맛만 다실 뿐 갈 생각도 안했다. 찹찹(식사) 시간에 늦었다고 놉보는 혼자 돌아갔다.

딱부리는 건성 입맛만 다시고 있다가,

"애, 한번 노는 데 오 달러라지?"

하며 구덩이 안으로 뛰어들어간다. 피우던 담배를 마저 피우고 따라 들어가 보니까, 따링 누나가 무어랬는지 자식이,

"씨이, 비싸게 굴지 마아, 나도 돈은 얼마라도 낼 테야."

하며 고추만한 그것을 내밀고 대드는 것이었다. 그러는 놈을 따링 누나가,

"이 앙큼한 놈, 대가리에 피도 안 마른 자식이 무슨 짓이냐."

고 귀빰을 올려붙인다. 그러자 자식은,

"이 똥갈보년이 누굴 함부로 치느냐."

고 덤벼들어 따링 누나의 머리끄덩이를 마구 잡아채는 것이다. 자식을 그냥 놔 둘 순 없다. 쑈리는 자식의 꽁무니를 한 대 내질렀다. 칼만 뽑지 않는다면 자식쯤 넉장거리[18]로 안길 수 있다. 자식이 한 대 얻어맞고는 한참 동안 째리

18) 네 활개를 벌리고 뒤로 벌떡 나자빠지게 하는 것.

고 노려보더니,

"이 새끼야, 더럽다 더러워. 얼마나 똥갈보하고 붙어 사나 두고 보자."

고 씨부려뱉으며 비실비실 달아난다. 자식을 당장 붙잡다 안기고 싶지만, '어디 두고 볼 테면 보자' 고 참았다.

괜히 자식 때문에 따링 누나만 보기가 안됐다. 따링 누나는 한참 넋 빠진 사람처럼 멀거니 쳐다보더니 별안간 미쳤는지,

"이 더러운 똘마니 새끼, 너도 같은 놈이다, 어서 없어져라."

고 악을 쓰며 혼자 몸부림치다가, 땅바닥 거적 밑에서 달러 뭉치를 꺼내 동댕이치며,

"이 새끼야, 이 돈이 못 잊어서 못 없어지니? 이 새끼야, 이게 네 몫이다. 어서 갖고 가라."

고 버럭버럭 대든다. 그러다가 그 자리에 픽 엎드려 흐느껴 우는 것이다. 이거 어떻게 해야 좋을지 모르겠다. 이제까지 따링 누나가 이렇게 화를 낸 일도 없었고, 이렇게 우는 것도 처음 봤다. 쑈리는 그저 맥도 없이 슬프기만 했다.

"누나야…… 잘못했어, 다신 안 그럴게, 우지 마아."

하면서 얼결에 같이 쓰러져 울고 말았다. 뭣을 잘못했다는 것인지 저도 모르지만 그저 이렇게 같이 울어야만 될 것 같아서였다.

얼마 동안을 그렇게 울었는지 모르겠다.

"얘야, 우지 마, 네가 미워서 그런 게 아니다 잉…… 우리 이젠 서울 가서 너하고 나하고 둘이만 살자 잉……."

하고 달래는 소리가 들린다. 보니까 따링 누나가 그전처럼 두 팔로 꼬옥 껴안아 주고 있다. 그래도 쑈리는 얼마라도 마냥 울고만 싶다.

알록달록한 꽃밭인지, 파란 잔디밭인지……? 그런 곳에서 따링 누나하고 '저 산 너머 해님' 을 신나게 부르는 꿈을 또 꾸었다.[19] 예쁜 동무들도 같이 불렀다. 빨갱이가 쳐들어왔을 때 다락에 숨어 있다가 잡혀 간 아버지도 있었고 아기 젖 먹이다가 폭격에 무너진 대들보에 깔려 죽은 엄마의 얼굴도 꼭 거기서 본 것 같은데…… 눈을 떠 보니 땅구덩이다.

19) 주인공의 꿈은 6 · 25 직후의 폐허, 가난, 매춘 등의 어두운 현실과 선명하게 대비되어 이상향의 일면을 제시한다.

전쟁고아들

해가 높이 떠올라 있다. 반쯤 젖혀 놓은 포장 새로 내리쬐는 햇살이 눈이 부시다. 따링 누나는 벌써 일어나 조반을 마련해 놓고 쑈리가 깨기를 기다리고 있었다. 조반이라야 늘 먹는 레이션통의 통조림과 비스킷 따위가 고작이다. 그런 걸 먹을 때마다 예전에 엄마가 새 애기를 낳았을 때 미역국에다 말아 준 고 하얀 쌀밥 맛이 자꾸 생각나곤 했다.

오늘은 감자 통조림과 젤리를 몇 개씩 조반이랍시고 먹었다. 뱃속은 든든한데 목구멍이 달짝텁텁하다. 따링 누나도 그럴 게다. 이런 땐 입안이 환해지는 쿨 담배를 피웠으면 좋지만 따링 누나가 담배는 못 피우게 하니까 대신 박하 껌이라도 한 개 씹어야 됐다. 그런데 따링 누나는 조반도 제대로 안 먹고 그 좋아하던 백껌도 싫다고 한다. 언젠가 쑈리가 학질에 걸려 혼이 났을 때 모양 맥없이 하늘만 처다본다. 입술에 칠도 안하고 머리도 안 빗은 걸 보아 오늘은 양키를 받을 생각이 없는 모양이다. 어쩌면 양키한테 잘 옮는다는 국제 무어라던가 하는 못된 병이 또 걸렸는지도 모른다. 그렇다면 이거 큰 걱정이다. 몇 달 전에도 이 모양이더니 병을 고친다던가 뭐 뱃속의 애를 뗀다던가 하고 혼자 서울에 간 일이 있었다. 보름 만에 다시 돌아오긴 했지만 그때처럼 애가 탄 일은 없었다.

오늘은 양키부대에 가서 식당놈을 잘 귀삶아 생계란이랑 칠면조 넓적다리랑 맛있는 걸 많이 얻어다 따링 누나를 줘야겠다. 그리고 며칠 전부터 따링 누나가 부탁한 마이신이라는 약도 오늘은 꼭 얻어 와야겠다. 정 얻을 수 없으면 딱부리놈이라도 족쳐 대야지! 자식은 캡틴한테 말만 하면 그까짓 거쯤 문제없이 생길 것이다. 아마 딱부리놈 벌써 졸때기 캠프에 놀러 와서 양키들하고 복싱 장난을 하고 있을지도 모른다. 자식은 복싱을 곧잘 한다. 요전에 양키들이 시키는 바람에 자식하고 복싱을 하다가 자식의 피스톤 펀치에 좀 얻어맞은 일도 있다. 하지만 오늘은 얼리기만 하면 국물도 없다. 왕펀치로 자식의 고 반지르르한 볼때기를 단번에 먹여 버리고 말 테다.

띠링 누나에게 부대에 가서 마이신을 얻어 오겠나 하고 쑈리는 방구녕이를 나와 언덕으로 올라갔다. 가면서 노래를 불러 봤다. 휘파람으로 하면 '저 산 너머 해남'이 그럴싸하게 잘 넘어가는데 노래를 하면 자꾸 막히고 만다. '숨바꼭질' 하는 데가 제일 어렵다. 언덕 위에 올 때까지 '솜바꼭질' 하는 데만 연방 불렀다.

언덕 위 고목나무엔 어제보다 칼자국이 더 많다. 어제 딱부리놈이 돌아갈 때 몇 번 더 던진 모양이다. 쑈리는 늘 하듯이 오늘도 '재수보기' 할 돌멩이 세 개를 골랐다. (돌을 던져 첫번에 맞으면 그날 재수는 아주 장땡이고, 두 번이나 세 번에 맞으면 그저 그렇고, 세 번 다 안 맞으면 그날은 재수 옴 붙은 날이라 했다.) 우선 돌 한 개를 겨냥해 던졌다. 어림없이 빗나갔다. 두 번째 또 던졌다. 또 안 맞았다. 오늘도 어제 모양 재수 잡치는 모양이다. 세 번째 돌은 동글납작한 것이 손 안에 꽉 잡힌다. 요걸로 던지기만 하면 뭣이든지 정통으로 들어맞을 것 같으나, 그렇게 그냥 던져 버리기가 아깝다.[20]

요놈을 마저 던질까, 말까…… 좀 망설이다가 쑈리는 깜짝 놀랐다. 저 아래 땅구덩이 앞 밭고랑에 어느 틈에 엠피 차가 와 있다. 보나마나 또 엠피들이 양갈보를 잡으러 왔을 것이다. 빨리 되돌아가 따링 누나에게 알려야지, 이거 큰 일이다. 던질까 말까 하던 돌을 그대로 호주머니에 넣고 언덕 아래로 뛰어 내려가며 휘파람을 획, 획 두 번씩 불었다.

그러나 이미 늦었다. 쑈리가 언덕 아래로 내려왔을 땐 벌써 엠피들이 땅구덩이에서 따링 누나를 잡아내어 차 있는 곳으로 데려가고 있었다.

"누나야."

냅다 소리치며 쑈리는 따라갔다. 목이 꽉 막혀 소리도 잘 안 나온다. 따링 누나는 차에 올라타며 마주 소리친다.

"얘애, 서울로 오라 잉…… 피엑스 앞에서 만나자 잉…… 저기 구덩이에 있는 팔백 달러 뭉치 꼭 가지고 오라 잉…… 꼭……."

그리고는 더 무슨 말인지 부르릉하는 찻소리 때문에 들리지 않는다.

"누나야."

목이 터져라 불러 봤다. 소용이 없다. 지프차는 점점 멀어져 가기만 한다.

참, 기막힌 노릇이다. 암만해도 이건 거짓말 같다. 서러운 것인지, 분한 것인지 눈물도 안 나온다. 어쩐지 오늘 재수가 옴 붙더라니! 아마도 이건 어제 약이 오른 딱부리놈 짓인지도 모른다. 자식이 캡틴에게 주둥이질을 해서 이

칼빈소총

렇게 된 것 같다. 알아봐서 정말 자식 까탈이라면 용서없이 안겨 버릴 테다. 쑈리는 주먹을 불끈 움켜 쥔 채 내처 부대로 달렸다.

부대 마당에서 마침 딱부리놈이 양키들하고 공받기를 하고 있다. 자식 공받는 거나 던지는 거나 무척 서투르다. 하여튼 자식이 있어 잘됐다. 그런데 재수가 없자니까 하필 오늘은 불독이 정문에 떡 버티고 서 있다. 놈은 아직도 화가 안 풀린 모양이다. 쑈리가 들어가려고 하니까 놈이 심통 사납게 노려보더니,

"까멤, 가라⋯⋯."

고 소리치며 칼빈총을 찰가닥 재어 겨누는 것이다. 오늘따라 놈의 부라리는 눈이 더욱 무섭다. 오늘은 섣불리 굴다간 정말 놈의 총에 맞아 죽을지도 모른다. 사실 이런 곳에선 양키가 한국 사람 하나둘쯤 쏴 죽여도 고만이다.[21] 요전에도 캡틴 캠프에 웬 한국 사람이 얼씬거리는 것을 보초가 쏴 죽였지만 엉구렁텅이에 쓱싹 해치우고는 누구 하나 아랑곳하지 않았으니 말이다.

쑈리는 슬금슬금 언덕 쪽으로 피해 가며,

"이 양돼지 깜둥이 자식아, 당장 귀신 붙어 죽어라⋯⋯."

고 놈이 알아듣지도 못하는 욕을 했다. 그리고 딱부리에게,

"이 개새끼야, 이리 나오라, 죽여 버릴 테다. 이 새끼야!"

하고 악을 쓰며 주먹질을 했다. 그러자 딱부리놈 공받기 하다 말고,

"이 자식아, 괜히 왜 욕이냐."

고 마주 악을 쓰며 쫓아 나온다. 쑈리는,

"이 새끼, 주둥이 찢어 죽이겠다."

하며 쫓아온 자식의 멱살을 움켜 잡고 언덕 위까지 끌고 올라왔다. 고목나무 앞까지 와서,

"난 네가 왜 이러는지 모르겠다."

고 눈이 둥그레진 자식을,

"잔소리 마라."

고 왕펀치를 한 대 안겼다. 그러자 자식도 약이 올랐다. 제법 복싱식으로 몸을 재며,

"이 자식, 괜히 왜 치느냐."

고 노려보는 것이다. 쑈리는 한참 동안 마주 쏘아보다가,

"더럽다, 새끼야. 생전 양키 궁둥이나 핥아먹어라."

고 욕만 해주었다. 웬일인지 차마 더 때릴 수가 없었다. 그렇다고 자식이 찬 칼이 무서워서가 아니다. 어쩌면 자식 탓이 아닌 것 같아서였다.

쑈리는 한참 마주 쏘아보기가 싱거워 슬며시 고개를 돌렸다. 이때, 저 아래 아까 엠피가 왔던 곳으로부터 쩔뚝이가 땅구덩이로 가는 게 보인다. 놈은 서슴지 않고 구덩이로 들어간다.

"저 자식이……."

하고 저도 모르게 소리치며 쑈리는 쫓아 내려갔다. 딱부리도 뒤따라 내려왔다.

쩔뚝이는 구덩이에서 뭣을 움켜 쥐고 나오며 쑈리를 보자 씽긋 웃는다. 따링 누나가 꼭 가지고 오던 그 팔백 달러 뭉치를 움켜 쥐고 있다.

"남의 것 왜 훔쳐 가느냐."

고 쑈리는 앞을 막아섰다.

"이게 양키 물건이지 네 것이냐?"

고 비쭉이면서 놈은 달아나려 한다. 쑈리는,

"이 도둑놈의 자식, 이리 내라."

고 욕을 하며 놈의 팔을 잡고 늘어졌다. 그랬더니 놈은 눈을 부릅뜨며,

"이 새끼가 왜 귀찮게 구느냐."

고 주먹으로 내지르고는 쩔뚝거리며 달아난다. 얻어맞은 코에서 금세 피가 주르르 쏟아져 쑈리는 정신을 차릴 수가 없었다. 옆에서 보고만 있던 딱부리가 제 손수건으로 피를 닦아 주며,

"우리 함께 패 주자."[22]

고 외려 더 분해 했다. 정말 둘이 덤벼 죽여 버리고 싶다. 아마 저놈이 이러려고 엠피에게 따링 누나를 잡아가라고 했는지도 모른다. 이런 때 진짜 총만 있다면 놈을 쏴 죽이고 싶도록 분하다. 문득 즈봉 주머니에 아까 던질까 말까 하다가 넣어 둔 돌멩이 생각이 난다. 쑈리는 냉큼 돌을 꺼내 저만치 가는 놈에

22) 딱부리와의 갈등이 해소되고, 동료의식이 싹트는 장면.

게 힘껏 던졌다. 바로 뒤통수에 정통으로 맞았다. 놈은 그 자리에 푹석 고꾸라진다. 그거 쌤통이다, 했더니 고꾸라졌던 놈이 이내 목덜미랑 피투성이가 된 상판을 해 가지고,

"이놈 죽인다."

하며 덤벼든다. 피투성이가 된 상판이 도깨비같이 무섭다. 도망쳐야겠다. 그러나 웬셈인지 다리가 그 자리에서 부들부들 떨리기만 하고 뛴다는 게 겨우 엉금엉금 기어지기만 하여 이내 놈에게 덜미를 잡히고 말았다.

놈은 덜미를 잡아 메어꽂고는 사정없이 차고 짓밟고 한다. 그러다가 나중에는 뭣인지 땅바닥에서 버쩍 쳐든다. 큼직한 돌덩이다. 아아, 놈이 정말 이것으로 내려칠 셈인가…… 이젠 죽나 보다고 쑈리는 눈을 딱 감았다. 그러자 외려 놈이 먼저,

"으악!"

소리치며 나자빠진다. 똑똑히 보니까 놈의 잔등에 자개무늬가 박힌 뾰족한 칼이 꽂혔다.[23] 딱부리 솜씨였다. 놈이 내려치려던 돌덩이는 힘없이 옆에 떨어지고, 놈이 움켜 쥐었던 달러 뭉치는 벌겋게 피가 배어 발발이 흩어져 가랑잎 모양 바람에 날아가고 있다. 놈은 그것을 아는지 모르는지 나자빠진 채 눈을 희멀겋게 까뒤집으며 꿈틀거리기만 한다.

이것이 죽으려고 기를 쓰는 건지 지랄을 하는 건지 알 수가 없다. 쑈리는 겁이 덜컥 났다. 슬금슬금 꽁무니를 빼려니까 딱부리놈도 겁이 났는지,

"이 새끼야, 너 혼자만 도망 가지 마아. 이놈이 살아나면 난 어떻게 해."

하며 언젠가 고아원에서처럼 울먹울먹하며 따라온다. 그래서 자식을 앞세우고 그냥 내달렸다. 어디로 뭣 하러 가는 것인지도 모르지만, 쩔뚝이가 자꾸 덜미를 잡는 것만 같아 발걸음은 마냥 빨랐다. 쩔뚝이가 영 살아나지 못하게 돌덩이로 놈의 대갈통을 아주 바수어 놓고 가고도 싶었으나, 사방에 보이는 게 다 쩔뚝이같이만 보여 빨리 도망쳐야 했다.

인젠 이곳 앵기부내도 싫나. 아니, 무섭나. 생각해 보던 양키늘도 무섭다. 불독 같은 놈은 왕초보다 더 무섭고, 엠피는 교통순경보다 더 밉다. 빨리 이곳을 떠나 우선 서울에 가서 따링 누나를 찾아야겠다. 그 마음 착한 따링 누나를

23) 삑부리가 나무에 칼 던지기 장난을 하는 장면이 앞에 나온다. 이 칼이 딱부리의 것임을 알 수 있다.

다시 만날 수 있다면야 까짓 달러 뭉치 따위, 그리고 야광시계도 나일론잠바도 짬빵 모자도 그 따윈 영 없어도 좋다. 그저 따링 누나를 만나 왈칵 끌어안고 실컷, 실컷 울어나 보고, 다음에 아무 데고 가서 오래 자리잡고 '저 산 너머 해님'을 부르며 마음 놓고 살아 봤으면……[24] 쩔뚝이가 죽지 않고 살아날까 봐 걱정이다. 그놈이 살아나기만 하면 아무 데를 가도 아무 때고 그놈의 손에 성해 나진 못할 것이다. 쏘리는 왜 그놈의 대갈통을 으스러 버리지 못했는지 모르겠다.

〈『문학예술』, 1957. 7〉

24) 어린아이가 어린아이일 수 있는 삶에 대한 간절한 회구를 나타낸다.

쑈리 킴과 딱부리는 영악한 아이들이지만, 어느 순간에는 매우 순진한 소년들로 묘사되기도 한다. 꿈/현실의 관계를 중심으로, 쑈리 킴과 딱부리의 심리 상태를 설명해 보자.

알록달록한 꽃밭인지, 파란 잔디밭인시……? 그런 곳에서 따링 누나하고 '저 산 너머 해님' 을 신나게 부르는 꿈을 또 꾸었다. 예쁜 동무들도 같이 불렀다. 빨갱이가 쳐들어왔을 때 다락에 숨어 있다가 잡혀 간 아버지도 있었고 아기 젖 먹이다가 폭격에 무너진 대들보에 깔려 죽은 엄마의 얼굴도 꼭 거기서 본 것 같은데…… 눈을 떠 보니 땅구덩이다.

위의 문장은 본문 중의 한 대목이다. 어머니와 아버지, 동무들이 함께 있는 공간은 꿈속에서만 가능하다. '눈을 떠 보니 땅구덩이' 인 것이다. 이 작품의 배경인 '사람 사는 집이라곤 통 없는 일선 지구 산골' 은 미군의 주둔지이자, 따링 누나나 쑈리 킴과 같은 기생 계층이 사는 장소다. 전쟁과 궁핍이라는 사회적 환경 속에서 살아가는 이들의 이상은 매우 어둡고 절망적이다. 졸때기 양키, 하우스보이, 밥데기, 똘마니, 딱부리, 찌라싱, 날치기, 쑈톨질, 시 레이션, 지아이 위스키, 피엑스 등의 비어와 은어로 대표되는 이 세계는 어둠과 부정이 지배하는 암울한 공간이다.

그러나 쑈리 킴의 머릿속에 전개되는 꿈의 세계는 현실과는 다르게 순수한 유년의 공간으로 남아 있다. 따링 누나의 품속에서 '보물섬' 이나 '백설공주' 를 듣고, 라디오에서 흘러 나오는 '저 산 너머 해님이 숨바꼭질할 때' 를 들을 때, 쑈리 킴은 착하고 순진한 소년의 모습으로 돌아간다.

이러한 현실/꿈의 대립은 어둠/밝음의 대립을 나타내고 있다. 이처럼 순진한 소년이기에 그의 생활상은 좀더 비극적인 모습으로 부각되는 것이다. 이는 딱부리의 경우에도 마찬가지다. 딱부리도 부모를 잃은 전쟁 고아다. 그는 쑈리 킴을 약올리고 때로는 같이 싸우기도 하며 따링 누나에게 욕정을 발산하려고도 하지만, 천성은 그리 악하지 않다. 다만 상황이 그 소년을 이처럼 만든 것이다. 딱부리가 곤경에 빠진 쑈리 킴을 구해 주고, 따링 누나의 돈을 훔쳐 가는 쩔뚝이에게 함께 덤벼드는 장면은, 딱부리 또한 불쌍한 전쟁 고아며 이런 이유에서 같은 처지의 쑈리 킴에 대해 동정 어린 유대감을 가지고 있다는 사실을 재삼 확인해 준다.

하근찬의 작품 「수난 이대」와 「쑈리 킴」을 함께 읽고, 가족의 의미를 생각해 보자.

가정은 '축소된 사회' 다. 가족의 구성원들은 가정 생활을 통해 사회 생활의 규범을 배우고, 가족들의 보살핌과 사랑 속에서 사회의 고마움에 대해 가까이에서 실감하게 된다. 한편 가정

164 은 '확대된 개인' 이기도 하다. 한 개인은 가족 관계 속에서 자신의 위치를 깨닫게 되며, 이를 통해 자아를 형성해 간다.

사람들은 이렇게 가정 생활을 통해 한 사회 속에서의 책임감과 개인의 행복을 조화해 나간 다. 그러므로 가정은 안정되고 건강한 사회를 유지할 수 있게 하는 가장 기본적인 구성 요소로 볼 수 있다. 그러나 가정이 늘 긍정적인 역할만 하는 것은 아니다. 가족의 구성원들은 자기 가족만의 이익을 위해서 사회의 공적인 이해를 저버리는 경우도 있다. 자기 자식을 위해서라면 물불을 가리지 않는 어른들의 행태는 많은 사회적 문제를 야기할 수 있다. 예컨대 자식을 좋은 대학에 보내기 위한 무분별한 고액 불법 과외는 계층적인 위화감은 물론, 이에 필요한 돈을 벌기 위한 부정부패까지 조장할 위험성이 있는 것이다. 우리는 이러한 부정적인 의미의 가족 사랑을 '가족 이기주의' 라 부른다.

가족은 '사랑의 공동체' 이다. 「수난 이대」를 보면 자식에 대한 아버지의 사랑이 짙게 느껴진 다. 비록 다리를 잃었을지언정, 이처럼 따뜻한 부모의 사랑을 받는다면, 그 상처는 쉽게 잊힐 수 있을 것이다. 한편 「쑈리 킴」에 묘사된 인간 관계는 가정의 소중함을 역설적으로 감지할 수 있게 만든다. 전쟁통에 부모를 잃은 '쑈리 킴' 은 매춘 여성인 '따링 누나' 에게서 어머니나 누이와도 같은 사랑을 느낀다. 이들의 꿈은 단란한 가정을 만드는 일이다.

"애야, 우지 마, 네가 미워서 그런 게 아니다 잉…… 우리 이젠 서울 가서 너하고 나하고 둘이만 살자 잉……."
하고 달래는 소리가 들린다. 보니까 따링 누나가 그전처럼 두 팔로 꼬옥 껴안아 주고 있다. 그래도 쑈리는 얼마라도 마냥 울고만 싶다.

우리는 이 장면 속에서 파괴된 가정의 아픔을 느끼게 된다. 그러나 비록 현재의 삶이 힘들지라도 이러한 세계에 대한 꿈이 있기 때문에, 그들은 살아갈 수 있는 것이다. 이처럼 가정은 한 개인에게 삶의 의의를 마련해 주는 존재 기반이 된다. 그 속에서만 행복을 느낄 수 있기 때문이다.

통합논술 Q & A

1950년대 한국 사회는 여러 가지 큰 변화를 겪게 된다. 그 중 6·25 전쟁으로 말미암아 생겨났던 G.I. 문화의 폐해에 대해 비판해 보자.

6·25를 전후해 한국 사회는 엄청난 변화를 겪게 된다. 전쟁중의 피난과 군대 참전 등으로 인해 많은 사람들이 자신의 고향에서 벗어나 도시로 편입된 것도 그 중의 하나다. 도시 집중은 여러 가지 사회적 변화를 수반하게 된다. 직장을 찾아 도시로 옮기게 됨에 따라 대가족제에서 핵가족제로 변하게 되었고, 도시에 모인 사람들은 예전의 공동체적인 유대감 대신 이익 사회적인 집단을 형성하게 되었다. 도시화와 함께 진행된 산업화 과정 속에서 인정을 위주로 한 공동체 의식은 시러지게 되고, 도시인들은 극심한 인간 소외와 황금만능주의라는 부정적인 현상 속에서 살아가게 되었다.

도시화와 산업화는 서구화의 과정이기도 했다. 6·25를 전후해 급격하게 유입된 서구 문화는 전통 문화와 혼재되어, 가치관의 급격한 변동과 혼란을 초래하게 되었다. 잘 알다시피 서구 문화는 개인의 개성과 자유에 대한 존중, 자연에 대한 인간의 극복 의지 속에서 싹튼 문화다. 그러므로 가족과 마을 공동체라는 집단 속에서 체면과 염치를 존중하던 유교적인 삶의 질서는 급격하게 와해되고 만다. 도시 사회의 익명성(匿名性)과 함께, 개인의 이익과 향락만을 추구하는 문화가 싹튼 것은 그 단적인 예다.

미국의 군대 문화, 즉 G.I. 문화는 서구 문화 중에서도 가장 하급 문화라는 데서 문제의 심각함은 더욱 커진다. 군대란 강자가 약자를 지배하는 동물들의 법칙, 즉 생존 경쟁이라는 철저한 경쟁의식에 밑바탕을 두고 있다. 이 세계를 지배하는 것은 사랑이나 양심의 문제가 아니라, 극단적인 힘의 논리다. 강한 자만이 옳은 세계가 곧 전쟁인 것이다. 즉 미군들의 주둔지를 중심으로 삼아 확산된 G.I. 문화는 생존 경쟁이라는 처절한 힘의 논리, 이를 뒷받침하는 향락의 문화에 기반하고 있다는 점에서 문제적이다. 이를 통해 유입된 서구 문화는 1950년대의 한국 사회에 매춘과 향락, 소비 문화 등의 형성에 부정적인 영향을 끼쳤던 것이다.

「쑈리 킴」에는 6·25를 겪고 난 당시 한국 사회의 생활상, 그 중에서도 특히 미군 부대 주변 지역의 모습이 잘 그려져 있다. 이 작품을 중심으로, 전쟁의 폐해에 대해 비판해 보자.

전쟁이 인간의 타고난 공격 본능의 산물은 아니다. 사람은 살인을 하도록 '훈련' 되어야만 살인을 할 수 있다. 전쟁이 발생하는 원인이 무엇이든, 인간이 원래부터 공격적이고 잔인하다는 견해는 옳지 못하다.

이 작품에서 '양키' 들과 이에 기생해 사는 사람들은 모두 잔인하고 몰인정한 사람들처럼 보인다. 그러나 이 또한 전쟁이라는 상황이 빚어 낸 결과물일 따름이다. '따링 누나' 를 상대로 한 양키들의 매춘(賣春)도 공격적이고 탐욕적인 남성이 마치 상품처럼 여성을 사고 파는 부도덕한 행위라고 일반화해 말할 수 있는 성질의 것은 아니다. 전쟁이라는 죽음의 공포 앞에서 일시적인 쾌락에 몸을 맡기는 것에는 종족 본능의 욕구와 현실 속의 공포를 잊고자 하는 일시적인 충동의 일면도 있음을 이해할 수도 있다. 그런 면에서 매춘 행위에 가담한 남성과 여성 모두 전쟁의 피해자인 것이다.

이 작품 속에서 모든 인물들은 개인들끼리 작은 전쟁을 벌인다. 6·25라는 거대한 전쟁의 축소판이 이들의 생존 현장에서도 벌어지는 것이다. 단적인 예로 '쩔뚝이'는 미군의 물품을 훔치다 다리 병신이 되며, 또한 '따링 누나'와 '쑈리 킴'이 번 돈을 훔치다 딱부리의 칼을 맞는다. 따링 누나와 나는 죽음을 무릅쓰고 헌병의 감시를 피해서 돈을 번다. 전쟁이 빚은 사회적 혼란과 폐허 속에서 이들은 가혹한 생존 경쟁을 해야 하는 것이다.

전쟁은 국가 형성 초기 단계의 가장 두드러진 특성의 하나이며, 전쟁과 전투는 오늘날 현존하는 국가 간의 국경을 형성하는 데 중요한 역할을 했다. 현대 군대의 발전은 산업화의 출현과 밀접하게 관련되어 있다. 군대 내에서 유지되는 엄격한 위계질서와 규칙은 감시와 규칙을 준수하는 공장 내의 규칙과 관료제도의 발달, 교통과 통신의 발달과 밀접하게 관련되어 있다. 또한 현대전에서의 대량 살상은 무기 업체의 대량 무기 생산과 관련되어 있으며, 각종 자동화기의 등장은 인간 살상의 대량화와 자동화를 가능하게 했다.

전쟁이 국가의 안전을 지키기 위한 최후의 수단이며 생존 전략이라는 점에서, 그 의의를 찾을 수도 있다. 그러나 군대는 일반적으로 말해 거대한 소비 집단이다. 이들은 무기를 소비하며, 전쟁에 투입된 모든 인력을 탕진하며, 인간들의 사랑의 감정마저 메마르게 한다. 또한 전쟁에 대기중인 예비 전쟁 인력을 저축해야 하며, 이들은 전쟁에 대기중인 동안 아무것도 생산하지 않고 많은 물자를 소비한다. 그러므로 우리는 전쟁이 모든 것을 파괴한다는 점에서 인류의 공적(共敵)임을 명심해야 한다.

무진기행

김승옥

1941~ㅣ 일본 오사카에서 출생 1962년 『한국일보』 신춘문예에 「생명 연습」 당선으로 등단 1964년 『사상
계』에 「무진기행」 발표 1965년 서울대학 문리대 불문학과 졸업 1977년 「서울의 달빛 0장」으로 제1회 이
상문학상 수상

그 밖에 주요 작품으로 「환상수첩」 「서울, 1964년 겨울」 「다산성」 「야행」 등이 있음

4 · 19 이후 우리 문학이 1950년대의 전후 문학에서 벗어나 새로운 단계로 접어들었음을 말해 주는 표지가 바로 김승옥의 「무진기행」이다. 이 작품은 이전의 작품과는 전혀 다른 새로운 감수성을 보여 주었는데, 그것은 바람, 햇빛, 안개 등의 자연을 인간의 밖에 존재하는 단순한 환경으로서 받아들이는 것이 아니라 그 의미를 확대해 인간의 의식과 접맥시켰기 때문이다. 예를 들어 작품 속에 등장하는 안개는 자연 현상으로서의 안개가 아니라 그 속에 살고 있는 인간들의 허무의식을 드러내는 상징물로서 기능하고 있다. 이를 두고 어떤 비평가는 '감수성의 혁신'이라고 불렀거니와, 그만큼 발표 당시에는 낯설고 충격적인 것으로 받아들여졌던 것이다.

그리고 이 작품이 보여 주는 또 다른 새로움은 전쟁 이후의 사회에서 '출세한 촌놈'이 귀향할 때 갖게 되는 내면의 상태를 전형적으로 형상화한 점이다. 아내 덕에 제약회사의 중견 간부가 되려 하는 주인공은 잠시 머리를 식히러 고향에 돌아오지만, 그는 곧 과거에 자기가 겪었던 것과 똑같은 상황에 처하게 된다. 그럼에도 불구하고 그는 그 상황에 더 이상 파묻히지 않으며, 아내의 전화를 받고 다시 서울로 향하게 된다.

이 작품은 세속적인 출세를 위해 자신의 과거가 담겨 있는 고향을 등지려고 하는 결단의 순간에 느끼는 일종의 부끄러움 내지 죄의식을 사실적으로 보여 주고 있다. 한편 이 과정에서 한층 명확하게 드러나는 것은 서울과 고향 사이의 거리, 과거와 현재의 거리, 순수와 타락 사이의 거리다.

소설의 얼개 뜯어보기

갈래 __ 단편 소설, 순수 소설 | 주제 __ 이상과 현실 사이에서 갈등하는 허무주의적 의식 | 배경 __ 1960년대 초의 지방 도시 무진 | 시점 __ 1인칭 주인공 시점 | 등장인물 __ 나 __ 무진 출신으로 서울에서 출세한 30대 초반의 제약 회사 간부. 부잣집 데릴사위여서 출세가 보장된 처지지만, 그의 의식은 안개로 상징되는 허무주의에 짙게 물들어 있다. 하인숙 __ 서울에서 음악대학을 나온 후 무진에서 중학교 교사를 하고 있는 인물. 주인공 나처럼 허무주의에 빠져 있으며 무진을 탈출하고자 한다. 조 __ 나의 친구로 출세와 성공에만 관심 있는 세속주의자 박 __ 하 선생을 좋아하고 주인공을 존경하는 고향 후배 | 구성 __ 발단 __ 잠시 쉬기 위해 고향 무진에 돌아온 주인공은 도착하는 순간부터 어둡던 청년 시절을 연상하게 된다. 전개 __ 후배 박과 함께 친구 조를 방문한 나는 거기서 성악을 전공한 하 선생을 만난다. 위기 __ 나는 한밤중에 하 선생과 함께 걷는 동안 그녀에게서부터 우울했던 과거의 자기 모습을 발견한다. 절정 __ 성묘길에 목격한 자살한 사람의 시체와, 육체적 관계를 맺은 하 선생의 조바심을 통해 순수했던 과거를 다시 접하게 된 나는 그 과거와 현재 사이에서 갈등한다. 대단원 __ 상경하라는 아내의 전보를 받고 드디어 나는 과거를 배신한 채 무진을 떠난다.

무진¹⁾으로 가는 버스

버스가 산모퉁이를 돌아갈 때 나는 '무진 Mujin 10Km'라는 이정비(里程碑)를 보았다.²⁾ 그것은 옛날과 똑같은 모습으로³⁾ 길가의 잡초 속에서 튀어나와 있었다. 내 뒷좌석에 앉아 있는 사람들 사이에서 다시 시작된 대화를 나는 들었다. "앞으로 십 킬로 남았군요.""예, 한 삼십 분 후에 도착할 겁니다." 그들은 농사 관계의 시찰원들인 듯했다. 아니 그렇지 않은지도 모른다. 그러나 하여튼 그들은 색무늬 있는 반소매 셔츠를 입고 있었고 테토론직(織)⁴⁾의 바지를 입었고 지나쳐 오는 마을과 들과 산에서 아마 농사 관계의 전문가들이 아니면 할 수 없는 관찰을 했고 그것을 전문적인 용어로 얘기하고 있었다. 광주(光州)에서 기차를 내려서 버스를 갈아탄 이래, 나는 그들이 시골 사람들답지 않게 낮은 목소리로 점잔을 빼면서 얘기하는 것을 반수면(半睡眠) 상태 속에서 듣고 있었다. 버스 안의 좌석들은 많이 비어 있었다. 그 시찰원들의 말에 의하면 농번기이기 때문에 사람들이 여행을 할 틈이 없어서라는 것이었다. "무진(霧津)엔 명산물이…… 뭐 별로 없지요?" 그들은 대화를 계속하고 있었다. "별게 없지요. 그러면서도 그렇게 많은 사람들이 살고 있다는 건 좀 이상스럽거든요.""바다가 가까이 있으니 항구로 발전할 수도 있었을 텐데요?""가 보시면 아시겠지만 그럴 조건이 되어 있는 것도 아닙니다. 수심(水深)이 얕은데다가 그런 얕은 바다를 몇 백 리나 밖으로 나가야만 비로소 수평선이 보이는 진짜 바다다운 바다가 나오는 곳이니까요.""그럼 역시 농촌이군요?""그렇지만 이렇다 할 평야가 있는 것도 아닙니다.""그럼 그 오륙만이 되는 인구가 어떻게들 살아가나요?""그러니까 그럭저럭이란 말이 있는 게 아닙니까!" 그들은 점잖게 소리내어 웃었다. "원, 아무리 그렇지만 한 고장에 명산물 하나쯤은 있어야지." 웃음 끝에 한 사람이 말하고 있었다.

무진에 명산물이 없는 게 아니다. 나는 그것이 무엇인지 알고 있다. 그것은 안개다. 아침에 잠자리에서 일어나서 밖으로 나오면, 밤 사이에 진주해 온 적군들처럼 안개가 무진을 뼹 둘러싸고 있는 것이었다. 무진을 둘러싸고 있는 산들도 안개에 의하여 보이지 않는 먼 곳으로 유배당해 버리고 없었다. 안개는 마치 이승에 한(恨)이 있어서 매일 밤 찾아오는 여귀(女鬼)가 뿜어 내놓은 입김과 같았다. 해가 떠오르고, 바람이 바다 쪽에서 방향을 바꾸어 불어오기 전에는 사람들의 힘으로써는 그것을 헤쳐 버릴 수가 없었다. 손으로 잡을 수 없으면서도 그것은 뚜렷이 존재했고 사람들을 둘러쌌고 먼 곳에 있는 것으로부터 사람들을 떼어놓았다. 안개, 무진의 안개, 무진의 아침에 사람들이 만나는 안개, 사람들로 하여금 해를, 바람을 간절히 부르게 하는 무진의 안개, 그것이 무진의 명산물이 아닐 수 있을까!⁵⁾

버스의 덜커덩거림이 좀 덜해졌다. 버스의 덜커덩거림이 더하고 덜하는 것을 나는 턱으로 느끼고 있었다. 나는 몸에서 힘을 빼고 있었으므로 버스가 자갈이 깔린 시골길을 달려오고 있는 동안 내 턱은 버스가 껑충거리는 데 따라서 함께 덜그럭거리고 있었다. 턱이 덜그럭거릴 정도로 몸에서 힘을 빼고 버스를 타고 있으면, 긴장해서 버스를 타고 있을 때보다 피로가 더욱 심해진다는 것을 알고 있었지만 그러나 열린 차창으로 들어와서 나의 밖으로 드러난 살갗을 사정없이 간지럽히고 불어 가는 유월의 바람이 나를 반수면 상태로 끌어넣었기 때문에 나는 힘을 주고 있을 수가 없었다. 바람은 무수히 작은 입자(粒子)로 되어 있고 그 입자들은 할 수 있는 한 욕심껏 수면제를 품고 있는 것처럼 내게는 생각되었다. 그 바람 속에는 신선한 햇살과 아직 사람들의 땀에 밴 살갗을 스쳐 보지 않았다는 천진스러운 저온(低溫), 그리고 지금 버스가 달리고 있는 길을 에워싸며 버스를 향하여 달려오고 있는 산줄기의 저편에 바다가 있다는 것을 알리는 소금기, 그런 것들이 이상스레 한데 어울리면서 녹아 있었다.⁶⁾ 햇빛의 신선한 밝음과 살갗에 탄력을 주는 정도의 공기의 저온, 그리고 해풍(海風)에 섞여 있는 정도의 소금기, 이 세 가지만 합성해서 수면제를 만들어 낼 수 있다면 그것은 이 지상(地上)에 있는 모든 약방의 진열장 안에 있는 어떠한 약보다도 가장 상쾌한 약이 될 것이고 그리고 나는 이 세계에서 가장 돈 잘 버는 제약회사의 전무님이 될 것이다. 왜냐하면 사람들은 누구나 조용히 잠들고 싶어하고 조용히 잠든다는 것은 상쾌한 일이기 때문이다.

그런 생각을 하자 나는 쓴웃음이 나왔다. 동시에 무진이 가까웠다는 것이 더욱 실감되었다. 무진에 오기만 하면 내가 하는 생각이란 항상 그렇게 엉뚱

5) 여기에 그려진 안개는 따뜻한 분위기와는 정반대의 느낌을 불러일으킨다. 무진에 살고 있는 사람들을 '둘러싸고 있다'는 표현에서 알 수 있듯이, 이 안개는 단순한 자연적 현상이 아니라 무진 사람들의 의식을 사로잡는 어떤 실체로서 앞날에 대한 희망이 없는 허무의식을 의미한다.

6) 인간을 수면 상태로 이끄는 이상한 힘을 가진 바람은 그 자체가 무진이라는 도시가 가진 성격을 대변해 주는 요소다. 말하자면 무진은 인간에게서 기운을 빼앗아 그를 무기력한 상태로 몰고 가는 공간이다.

한 공상들이었고 뒤죽박죽이었던 것이다.[7] 다른 어느 곳에서도 하지 않았던 엉뚱한 생각을 나는 무진에서는 아무런 부끄럼 없이, 거침없이 해내곤 했었던 것이다. 아니 무진에서는 내가 무엇을 생각하고 어쩌고 하는 게 아니라 어떤 생각들이 나의 밖에서 제멋대로 이루어진 뒤 나의 머릿속으로 밀고 들어오는 듯했었다.

"당신 안색이 아주 나빠져서 큰일났어요. 어머님의 산소에 다녀온다는 핑계를 대고 무진에 며칠 동안 계시다가 오세요. 주주총회에서의 일은 아버지하고 저하고 다 꾸며 놓을게요. 당신은 오랜만에 신선한 공기를 쐬고 그리고 돌아와 보면 대회생제약회사의 전무님이 되어 있을 게 아니에요?" 라고, 며칠 전날 밤, 아내가 나의 파자마 깃을 손가락으로 만지작거리며 나에게 진심에서 나온 권유를 했을 때 가기 싫은 심부름을 억지로 갈 때 아이들이 불평을 하듯이 내가 몇 마디 입안엣소리로 투덜댄 것도 무진에서는 항상 자신을 상실하지 않을 수 없었던 과거의 경험에 의한 조건반사였었다.

내가 나이가 좀 든 뒤로 무진에 간 것은 몇 차례 되지 않았지만 그 몇 차례 되지 않은 무진행이 그러나 그때마다 내게는 서울에서의 실패로부터 도망해야 할 때거나 하여튼 무언가 새 출발이 필요할 때였었다. 새 출발이 필요할 때 무진으로 간다는 그것은 우연이 결코 아니었고 그렇다고 무진에 가면 내게 새로운 용기라든가 새로운 계획이 술술 나오기 때문도 아니었었다. 오히려 무진에서의 나는 항상 처박혀 있는 상태였었다. 더러운 옷차림과 누우런 얼굴로 나는 항상 골방 안에서 뒹굴었다. 내가 깨어 있을 때는 수없이 많은 시간의 대열이 멍하니 서 있는 나를 비웃으며 흘러가고 있었고, 내가 잠들어 있을 때는, 긴긴 악몽들이 거꾸러져 있는 나에게 혹독한 채찍질을 하였었다. 나의 무진에 대한 연상의 대부분은 나를 돌봐 주고 있는 노인들에 대하여 신경질을 부리던 것과 골방 안에서의 공상과 불면(不眠)을 쫓아 보려고 행하던 수음(手淫)과 곧잘 편도선을 붓게 하던 독한 담배꽁초와 우편배달부를 기다리던 초조함 따위거나 그것들에 관련돼 어떤 행위든이었었다. 물론 그것들만 연상되었던 것은 아니다. 서울의 어느 거리에서고 나의 청각이 문득 외부로 향하면 무자비하게 쏟아져 들어오는 소음에 비틀거릴 때거나, 밤늦게 신당동(新堂洞)

집 앞의 포장된 골목을 자동차로 올라갈 때, 나는 물이 가득한 강물이 흐르고 잔디로 덮인 방죽이 시오리 밖의 바닷가까지 뻗어 나가 있고 작은 숲이 있고 다리가 많고 골목이 많고 흙담이 많고 높은 포플러가 에워싼 운동장을 가진 학교들이 있고 바닷가에서 주워 온 까만 자갈이 깔린 뜰을 가진 사무소들이 있고 대로 만든 와상(臥床)이 밤거리에 나앉아 있는 시골을 생각했고 그것은 무진이었다. 문득 한적이 그리울 때도 나는 무진을 생각했었다. 그러나 그럴 때의 무진은 내가 관념 속에서 그리고 있는 어느 아늑한 장소일 뿐이지 거기엔 사람들이 살고 있지 않았다. 무진이라고 하면 그것에의 연상은 아무래도 어둡던 나의 청년(靑年)이었다.[8]

그렇다고 무진에의 연상이 꼬리처럼 항상 나를 따라다녔다는 것은 아니다. 차라리, 나의 어둡던 세월이 일단 지나가 버린 지금은 나는 거의 항상 무진을 잊고 있었던 편이다. 어제 저녁 서울역에서 기차를 탈 때에도, 물론 전송 나온 아내와 회사 직원 몇 사람에게 일러 둘 말이 너무 많아서 거기에 정신이 쏠려 있던 탓도 있었겠지만, 하여튼 나는 무진에 대한 그 어두운 기억들이 그다지 실감나게 되살아오지는 않았다. 그런데 오늘 이른 아침, 광주에서 기차를 내려서 역 구내(驛構內)를 빠져 나올 때 내가 본 한 미친 여자가 그 어두운 기억들을 확 잡아 끌어당겨서 내 앞에 던져 주었다. 그 미친 여자는 나일론의 치마 저고리를 맵시 있게 입고 있었고 팔에는 시절에 맞추어 고른 듯한 핸드백도 걸치고 있었다. 얼굴도 예쁜 편이고 화장이 화려했다. 그 여자가 미친 사람이라는 것을 알 수 있는 것은 쉬임 없이 굴리고 있는 눈동자와 그 여자를 에워싸고 서서 선하품을 하며 그 여자를 놀려 대고 있는 구두닦이 아이들 때문이었다. "공부를 많이 해서 돌아 버렸대." "아냐, 남자한테 차여서야." "저 여자 미국 말도 참 잘한다. 물어 볼까?" 아이들은 그런 얘기를 높은 목소리로 하고 있었다. 좀 나이가 든 여드름쟁이 구두닦이 하나는 그 여자의 젖가슴을 손가락으로 집적거렸고 그럴 때마다 그 여자는 여전히 무표정한 얼굴로 비명만 지르고 있었다. 그 여자의 비명이 옛날 내가 무진의 골방 속에서 쓴 일기의 한 구절을 문득 생각나게 한 것이었다.

그때는 어머니가 살아 계실 때였다. 6·25 사변으로 대학의 강의가 중단되

8) 한마디로 무진은 자신의 고민과 열정으로 점철된 과거가 묻혀 있는 정신적 고향이라고 말할 수 있다.

었기 때문에 서울을 떠나는 마지막 기차를 놓친 나는 서울에서 무진까지의 천여 리 길을 발가락이 몇 번이고 불어터지도록 걸어서 내려왔고 어머니에 의해서 골방에 처박혔고 의용군의 징발도 그 후의 국군의 징병도 모두 기피해 버리고 있었다.[9] 내가 졸업한 무진중학교의 상급반 학생들이 무명지(無名指)에 붕대를 감고 '이 몸이 죽어서 나라가 산다면……'을 부르며 읍 광장에 서 있는 트럭들로 행진해 가서 그 트럭들에 올라타고 일선으로 떠날 때도 나는 골방 속에 쭈그리고 앉아서 그들의 행진이 집 앞을 지나가는 소리를 듣고만 있었다. 전선이 북쪽으로 올라가고 대학이 강의를 시작했다는 소식이 들려 왔을 때도 나는 무진의 골방 속에 숨어 있었다. 모두가 나의 홀어머님 때문이었다. 모두가 전쟁터로 몰려갈 때 나는 내 어머니에게 몰려서 골방 속에 숨어서 수음을 하고 있었다. 이웃집 젊은이의 전사 통지가 오면 어머니는 내가 무사한 것을 기뻐했고, 이따금 일선의 친구에게서 군사우편이 오기라도 하면 나 몰래 그것을 찢어 버리곤 하였었다. 내가 골방보다는 전선을 택하고 싶어해 가는 것을 알고 있었기 때문이다. 그 무렵에 쓴 나의 일기장들은, 그 후에 태워 버려서 지금은 없지만, 모두가 스스로를 모멸하고 오욕(汚辱)을 웃으며 견디는 내용들이었다. '어머니, 혹시 제가 지금 미친다면 대강 다음과 같은 원인들 때문일 테니 그 점에 유의하셔서 저를 치료해 보십시오……' 이러한 일기를 쓰던 때를, 이른 아침 역 구내에서 본 미친 여자가 내 앞으로 끌어당겨 주었던 것이다.[10] 무진이 가까웠다는 것을 나는 그 미친 여자를 통하여 느꼈고 그리고 방금 지나친, 먼지를 둘러쓰고 잡초 속에서 튀어나와 있는 이정비를 통하여 실감했다.

"이번에 자네가 전무가 되는 건 틀림없는 거구, 그러니 자네 한 일주일 동안 시골에 내려가서 긴장을 풀고 푹 쉬었다가 오게. 전무님이 되면 책임이 더 무거워질 테니 말야."[11] 아내와 장인영감은 자신들은 알지 못하는 사이에 퍽 영리한 권유를 내게 한 셈이었다. 내가 긴장을 풀어 버릴 수 있는, 아니 풀어 버릴 수밖에 없는 곳[12]을 무진으로 정해 준 것은 대단히 영리한 짓이었다.

버스는 무진 읍내로 들어서고 있었다. 기와지붕들도 양철지붕들도 초가지붕들도 유월 하순의 강렬한 햇볕을 받고 모두 은빛으로 번쩍이고 있었다. 철

9) 주인공 '나'가 사회적·민족적 문제에 아무런 관심이 없고, 오로지 실존적인 문제에만 관심이 있음을 보여 준다.

10) 주인공은 미친 여자를 통해 절망과 죄의식에 괴로워했던 과거의 일을 떠올리고 있다. 그러므로 미친 여자는 주인공을 과거로 인도하는 안내자이자 주인공의 과거 모습을 드러내 주는 상징물이다.

11) 이를 통해 주인공이 출세의 문턱에 서 있음이 밝혀진다.

12) 주인공이 느끼는 고향의 의미를 집약적으로 표현한 구절이다.

공소에서 들리는 쇠망치 두드리는 소리가 잠깐 버스로 달려들었다가 물러났다. 어디선지 분뇨(糞尿) 냄새가 새어 들어왔고 병원 앞을 지날 때는 크레졸 냄새가 났고, 어느 상점의 스피커에서는 느려빠진 유행가가 흘러 나왔다. 거리는 텅 비어 있었고 사람들은 처마 밑의 그늘에 쭈그리고 앉아 있었다. 어린아이들은 빨가벗고 기우뚱거리며 그늘 속을 걸어다니고 있었다. 읍의 포장된 광장도 거의 텅 비어 있었다. 햇볕만이 눈부시게 그 광장 위에서 끓고 있었고 그 눈부신 햇살 속에서, 정적 속에서 개 두 마리가 혀를 빼물고 교미를 하고 있었다.[13]

밤에 만난 사람들

저녁 식사를 하기 조금 전에 나는 낮잠에서 깨어나서 신문지국(新聞支局)들이 몰려 있는 거리로 갔다. 이모님 댁에서는 신문을 구독하고 있지 않았다. 그렇지만 신문은 도회인이 누구나 그렇듯이 이제 내 생활의 일부로서 내 하루의 시작과 끝을 맡아 보고 있었던 것이다. 내가 찾아간 신문지국에 나는 이모님 댁의 주소와 약도를 그려 주고 나왔다. 밖으로 나올 때 나는 내 등뒤에서 지국 안에 있던 사람들이 그들끼리 무어라고 수군거리는 소리를 들었다. 아마 나를 알고 있는 사람들이었던 모양이다. "……그래애? 거만하게 생겼는데……." "……출세했다지……?" "……옛날…… 폐병……." 그런 속삭임 속에서, 나는 밖으로 나오면서 은근히 한마디를 기다리고 있었다. 그러나 결국 '안녕히 가십시오'는 나오지 않고 말았다. 그것이 서울과의 차이점이었다. 그들은 이제 점점 수군거림의 소용돌이 속으로 끌려 들어가고 있으리라, 자기 자신조차 잊어버리면서. 나중에 그 소용돌이가 밖으로 내던져졌을 때 자기들이 느낄 공허감도 모른다는 듯이 그들은 수군거리고 수군거리고 또 수군거리고 있으리라. 바다가 있는 쪽에서 바람이 불어오고 있었다. 몇 시간 전에 버스에서 내릴 때보다 거리는 많이 번잡해졌다. 학생들이 학교에서 돌아오고

13) 지극히 나른하고 일상적인 풍경들만 제시되어 있다. 이러한 풍경은 무진의 성격을 특징짓는 중요한 요소다.

있었다. 그들은 책가방이 주체스러운 모양인지 그것을 뱅뱅 돌리기도 하며 어깨 너머로 넘겨 들기도 하며 두 손으로 껴안기도 하며 혀끝에 침으로써 방울을 만들어서 그것을 입바람으로 훅 불어 날리곤 했다. 학교 선생들과 사무소의 직원들도 달그락거리는 빈 도시락을 들고 축 늘어져서 지나가고 있었다.[14] 그러자 나는 이 모든 것이 장난처럼 생각되었다. 학교에 다닌다는 것, 학생들을 가르친다는 것, 사무소에 출근했다가 퇴근한다는 이 모든 것이 실없는 장난이라는 생각이 든 것이다. 사람들이 거기에 매달려서 낑낑댄다는 것이 우습게 생각되었다.[15]

이모 댁으로 돌아와서 저녁을 먹고 있을 때, 나는 방문을 받았다. 박(朴)이라고 하는 무진중학교의 내 몇 해 후배였다. 한때 독서광(讀書狂)이었던 나를 그 후배는 무척 존경하는 눈치였다. 그는 학생시대에 이른바 문학소년이었던 것이다. 미국의 작가인 피츠제럴드[16]를 좋아한다고 하는 그 후배는 그러나 피츠제럴드의 팬답지 않게 아주 얌전하고 매사에 엄숙했고 그리고 가난하였다. "신문지국에 있는 제 친구에게서 내려오셨다는 얘길 들었습니다. 웬일이십니까?" 그는 정말 반가워해 주었다. "무진엔 왜 내가 못 올 덴가?" 그렇게 대답하며 나는 내 말투가 마음에 거슬렸다. "너무 오랫동안 오시지 않으니까 그러는 거죠. 제가 군대에서 막 제대했을 때 오시고 이번이 처음이시니까 벌써……." "벌써 한 4년 되는군." 사 년 전 나는, 내가 경리(經理)의 일을 보고 있던 제약회사가 좀더 큰 다른 회사와 합병되는 바람에 일자리를 잃고 무진으로 내려왔던 것이다. 아니 단지 일자리를 잃었다는 이유만으로 서울을 떠났던 것은 아니다. 동거하고 있던 희(姬)만 그대로 내 곁에 있어 주었던들 실의(失意)의 무진행은 없었으리라. "결혼하셨다더군요?" 박이 물었다. "흐응, 자넨?" "전 아직, 참 좋은 데로 장가드셨다고들 하더군요." "그래? 자넨 왜 여태 결혼하지 않고 있나? 자네 금년에 어떻게 되지?" "스물아홉입니다." "스물아홉이라. 아홉 수가 원래 사납다고 하더만. 금년엔 어떻게 해보지 그래?" "글쎄요." 박은 소년처럼 미리를 긁었다. 사 년 전이니까 그해의 내 나이가 스물아홉이었고 희가 내 곁에서 달아나 버릴 무렵에 지금 아내의 전남편이 죽었던 것이다. "무슨 나쁜 일이 있었던 건 아니겠죠?" 옛날의 내 무진행의 내용[17]

14) 사람들이 많아졌을 뿐 도시에 활기가 없기는 마찬가지라는 점이 드러나 있다.

15) 무진이라는 도시 자체가 진지함이나 순수함과는 거리가 먼, 왠지 모든 것을 가치 없게 만드는 쓸쓸한 도시임을 나타내고 있다. 무진이 지닌 이러한 성격은 작품의 중간쯤에 친구를 방문했던 주인공이 후배를 배웅해 주는 부분에서 다시 등장한다.

16) 제1차 세계대전 후에 환멸을 느낀 미국의 지식계급 및 예술파 청년들을 지칭하는 로스트제네레이션의 대표작가, 대표작으로 『위대한 개츠비』가 있다.

17) 과거에 주인공이 무진을 찾아온 것은 대부분 서울에서 무슨 일에 실패한 경우이거나 새 출발이 필요한 때였다는 그 자신의 고백을 상기하라!

을 다소 알고 있는 박은 그렇게 물었다. "응, 아마 승진이 될 모양인데 며칠 휴가를 얻었지." "잘되셨군요. 해방 후의 무진중학 출신 중에서 형님이 제일 출세하셨다고들 하고 있어요." "내가?" 나는 웃었다. "예, 형님하고 형님 동기 (同期) 중에서 조형(趙兄)하고요." "조라니, 나하고 친하게 지내던 애 말인가?" "예, 그 형이 재작년엔가 고등고시에 패스해서 지금 여기 세무서장으로 있거든요." "아, 그래?" "모르셨어요?" "서로 소식이 별로 없었지. 그애가 옛날엔 여기 세무서에서 직원으로 있었지, 아마?" "예." "그거 잘됐군. 오늘 저녁엔 그 친구에게나 가 볼까?" 친구 조는 키가 작았고 살결이 검은 편이었다. 그래서 키가 크고 살결이 창백한 나에게 열등감을 느낀다는 얘기를 내게 곧잘 했었다. '옛날에 손금이 나쁘다고 판단받은 소년이 있었다. 그 소년은 자기의 손톱으로 손바닥에 좋은 손금을 파 가며 열심히 일했다. 드디어 그 소년은 성공해서 잘살았다.' 조는 이런 얘기에 가장 감격하는 친구였다.[18] "참 자넨 요즘 뭘 하고 있나?" 내가 박에게 물었다. 박은 얼굴을 붉히고 잠시 동안 머뭇거리다가 모교에서 교편을 잡고 있다고, 그것이 무슨 잘못이라도 되는 것처럼 우물거리며 대답했다. "좋지 않아? 책 읽을 여유가 있으니까 얼마나 좋은가? 난 잡지 한 권 읽을 여유가 없네. 무얼 가르치고 있나?" 후배는 내 말에 용기를 얻었는지 아까보다는 조금 밝은 목소리로 대답했다. "국어를 가르치고 있습니다." "잘 했어. 학교측에서 보면 자네 같은 선생을 구하기도 힘들 거야." "그렇지도 않아요. 사범대학 출신들 때문에 교원자격고시 합격증 가지고 견디기가 힘들어요." "그게 또 그런가?" 박은 아무 말 없이 씁쓸한 미소만 지어 보였다.

저녁 식사 후, 우리는 술 한 잔씩을 마시고 나서 세무서장이 된 조의 집을 향하여 갔다. 거리는 어두컴컴했다. 다리를 건널 때 나는 냇가의 나무들이 어슴푸레하게 물속에 비쳐 있는 것을 보았다. 옛날 언젠가 역시 이 다리를 밤중에 건너면서 나는 저 시커멓게 웅크리고 있는 나무들을 저주했었다. 금방 소리를 지르며 달려들 듯한 모습으로 나무들은 서 있었던 것이다. 세상에 나무가 없다면 얼마나 좋을까 하고 생각하기도 했었다.[19] "모든 게 여전하군." 내가 말했다. "그럴까요?" 후배가 웅얼거리듯이 말했다.

18) 조가 출세 지향적이고 세속적인 인물이라는 점을 은연중에 표출하고 있다.

19) 여기에 나오는 나무들은 단순한 자연물이 아니라 당시 실의에 차 있던 주인공의 마음 상태를 간접적으로 보여주는 매개물이다.

조의 응접실에는 손님들이 네 사람 있었다. 나의 손을 아프도록 쥐고 흔들고 있는 조의 얼굴이 옛날보다 윤택해지고 살결도 많이 하얘진 것을 나는 보고 있었다. "어서 자리로 앉아라. 이거 원 누추해서…… 빨리 마누랄 얻어야 겠는데……." 그러나 방은 결코 누추하지 않았다. "아니 아직 결혼 안했나?" 내가 물었다. "법률책 좀 붙들고 앉아 있었더니 그렇게 돼 버렸어. 어서 앉아." 나는 먼저 온 손님들에게 소개되었다. 세 사람은 남자로서 세무서 직원들이었고 한 사람은 여자로서 나와 함께 온 박과 무언가 얘기를 주고받고 있었다. "어, 밀담들은 그만 하시고, 하(河) 선생, 인사해요. 내 중학 동창인 윤희중이라는 친굽니다. 서울에 있는 큰 제약회사의 간사님이시고 이쪽은 우리 모교에 와 계시는 음악선생님이시고. 하인숙씨라고, 작년에 서울에서 음악대학을 나오신 분이지." "아, 그러세요. 같은 학교에 계시는군요?" 나는 박과 그 여선생을 번갈아 가리키며 여선생에게 말했다. "네." 여선생은 방긋 웃으며 대답했고 내 후배는 고개를 숙여 버렸다.[20] "고향이 무진이신가요?" "아녜요, 발령이 이곳으로 났기 땜에 저 혼자 와 있는 거예요." 그 여자는 개성 있는 얼굴을 가지고 있었다. 윤곽은 갸름했고 눈이 컸고 얼굴색은 노리끼했다. 전체로 보아서 병약한 느낌을 주고 있었지만[21] 그러나 좀 높은 콧날과 두터운 입술이 병약하다는 인상을 버리도록 요구하고 있었다. 그리고 카랑카랑한 목소리가 코와 입이 주는 인상을 더욱 강하게 하고 있었다. "전공이 무엇이었던가요?" "성악 공부 좀 했어요." "그렇지만 하 선생님은 피아노도 아주 잘 치십니다." 박이 곁에서 조심스런 목소리로 끼여 들었다. 조도 거들었다. "노래를 아주 잘하시지. 소프라노가 굉장하시거든." "아, 소프라노를 맡으시는가요?" 내가 물었다. "네, 졸업연주회 땐 「나비부인」 중에서 「어떤 갠 날」을 불렀어요." 그 여자는 졸업연주회를 그리워하고 있는 듯한 음성으로 말했다.

방바닥에는 비단의 방석이 놓여 있고 그 위에는 화투짝이 흩어져 있었다. 무진(霧津)이다. 곧 입술을 태울 듯이 타들어 가는 담배 꽁초를 입에 물고 눈으로 들이오는 그 딤배 언기 내문에 눈물을 찔끔거리며 눈을 가늘게 뜨고, 이미 정오가 가까운 시각에야 잠자리에서 일어나서 그날의 허황한 운수를 점쳐 보던 그 화투짝이었다. 또는, 자신을 팽개치듯이 끼여 들던 언젠가의 노름판,

20) 이런 행동을 통해 후배 박과 여선생 사이에 공개적으로 밝히기 어려운 어떤 관계가 있음을 짐작할 수 있다.

21) 나중에 드러나지만, 이러한 모습은 주인공의 과거 모습과 너무나 흡사한 것이다.

그 노름판에서 나의 뜨거워져 가는 머리와 떨리는 손가락만을 제외하곤 내 몸을 전연 느끼지 못하게 만들던 그 화투짝이었다.[22] "화투가 있군, 화투가." 나는 한 장을 집어서 딱 소리가 나게 내려치고 다시 그것을 집어서 내려치고 또 집어서 내려치고 하며 중얼거렸다. "우리 돈내기 한판 하실까요?" 세무서 직원 중의 하나가 내게 말했다. 나는 싫었다. "다음 기회에 하지요." 세무서 직원들은 싱글싱글 웃었다. 조가 안으로 들어갔다가 나왔다. 잠시 후에 술상이 나왔다.

"여기엔 얼마쯤 있게 되나?" "일주일 가량." "청첩장 한 장 없이 결혼해 버리는 법이 어디 있어? 하기야 청첩장을 보냈더라도 그땐 내가 세무서에서 주판알 튕기고 있을 테니까 별수도 없었겠지만 말이다." "난 그랬지만 넌 청첩장 보내야 한다." "염려 말아. 금년 안으로는 받아 볼 수 있게 될 거다." 우리는 별로 거품이 일지 않는 맥주를 마셨다. "제약회사라면 그게 약 만드는 데 아닙니까?" "그렇죠." "평생 병 걸릴 염려는 없겠습니다그려." 굉장히 우스운 익살을 부렸다는 듯이 직원들이 방바닥을 치며 오랫동안 웃었다. "참 박군, 학생들한테서 인기가 대단하더구먼. 기껏 오 분쯤 걸어오면 될 거리에 살면서 나한테 왜 통 놀러오지 않나?" "늘 생각은 하고 있었습니다만……." "저기 앉아 계시는 하 선생님한테서 자네 얘긴 늘 듣고 있었지. 자, 하 선생, 맥주는 술도 아니니까 한잔 들어 봐요. 평소엔 그렇지도 않던데 오늘 저녁엔 왜 이렇게 얌전을 피우실까?" "네 네, 거기 놓으세요. 제가 마시겠어요." "맥주는 좀 마셔 봤지요?" "대학 다닐 때 친구들과 어울려서 방문을 안으로 잠가 놓고 소주도 마셔 본 걸요." "이거 술꾼인 줄은 몰랐는데." "마시고 싶어서 마신 게 아니라 시험 삼아서 맛 좀 본 거예요." "그래서 맛이 어떻습디까?" "모르겠어요. 술잔을 입에서 떼자마자 쿨쿨 자 버렸으니까요." 사람들이 웃었다. 박만이 억지로 웃는 듯한 웃음이었다.[23] "내가 항상 생각하는 바지만, 하 선생님의 좋은 점은 바로 저기에 있거든. 될 수 있으면 얘기를 재미있게 하려고 한다는 점, 바로 그거야." "일부러 재미있게 하려고 하는 게 아녜요. 대학 다닐 때의 말버릇이에요." "아하, 그러고 보면 하 선생의 나쁜 점은 바로 저기 있어. '내가 대학 다닐 때'[24]라는 말을 빼놓곤 얘기가 안 됩니까? 나처럼 대학엔 문전에

22) 화투짝 역시 주인공의 암담했던 과거를 떠올려 주는 중요한 소품이다.

23) 억지로 웃는 듯한 웃음 속에는 못사내들과 함부로 어울리는 하 선생을 못마땅하게 여기는 마음이 들어 있다. 그만큼 후배 박은 하 선생을 좋아하고 있는 것이다.

24) 하 선생에게 있어 대학 생활은 일종의 황금기에 해당한다. 그렇기 때문에 현재의 삶이 그곳으로부터 멀어지면 멀어질수록 그녀는 더욱더 강렬하게 그곳을 그리워하게 되고, 말을 할 때마다 자신도 모르게 그 그리움이 표출되는 것이다.

도 가 보지 못한 사람은 서러워서 살겠어요?" "죄송합니다아." "그럼 내게 사과하는 뜻에서 노래 한 곡 들려주시겠어요?" "그거 좋습니다." "좋지요." "한번 들어 봅시다." 사람들이 박수를 쳤다. 여선생은 머뭇거렸다. "서울 손님도 오고 했으니까…… 그 지난번에 부르던 거 참 좋습디다." 조는 재촉했다. "그럼 부릅니다." 여선생은 거의 무표정한 얼굴로 입을 조금만 달싹거리며 노래를 부르기 시작했다. 세무서 직원들이 손가락으로 술상을 두드리기 시작했다. 여선생은 「목포의 눈물」을 부르고 있었다. 「어떤 갠 날」과 「목포의 눈물」 사이에는 얼마큼의 유사성이 있을까? 무엇이 저 아리아들로써 길들여진 성대에서 유행가를 나오게 하고 있을까? 그 여자가 부르는 「목포의 눈물」에는 작부(酌婦)들이 부르는 그것에서 들을 수 있는 것과 같은 꺾임이 없었고, 대체로 유행가를 살려 주는 목소리의 갈라짐이 없었고, 흔히 유행가가 내용으로 하는 청승맞음이 없었다. 그 여자의 「목포의 눈물」은 이미 유행가가 아니었다. 그렇다고 「나비부인」 중의 아리아는 더욱 아니었다. 그것은 이전에는 없었던 어떤 새로운 양식의 노래였다. 그 양식은 유행가가 내용으로 하는 청승맞음과는 다른, 좀더 무자비한 청승맞음을 포함하고 있었고 「어떤 갠 날」의 그 절규보다도 훨씬 높은 옥타브의 절규를 포함하고 있었고, 그 양식에는 머리를 풀어헤친 광녀(狂女)의 냉소가 스며 있었고 무엇보다도 시체가 썩어 가는 듯한 무진의 그 냄새가 스며 있었다.[25]

그 여자의 노래가 끝나자 나는 의식적으로 바보 같은 웃음을 띠고 박수를 쳤고 그리고 육감(六感)으로써랄까, 나는 후배인 박이 이 자리에서 떠나고 싶어하는 것을 알았다. 나의 시선이 박에게로 갔을 때, 나의 시선을 받은 박은 기다렸다는 듯이 자리에서 일어났다. 누군지가 그에게 앉아 있기를 권했으나 박은 해사한 웃음을 띠며 거절했다. "먼저 실례합니다. 형님은 내일 또 뵙지요." 조는 대문까지 따라 나왔고 나는 한길까지 박을 바래다 주러 나갔다. 밤이 깊지 않았는데도 거리는 적막했다. 어디선지 개 짖는 소리가 들려 왔고 쥐 몇 마리가 한길 위에서 무엇을 먹고 있다가 우리의 그림자에 놀라 흩어져 버렸다. "형님, 보세요. 안개가 내리는군요." 과연 한길의 저 끝이, 불빛이 드문드문 박혀 있는 먼 주택지의 검은 풍경들이 점점 풀어져 가고 있었다. "자네,

25) 순수 예술적 성격의 아리아도 아니고 범속한 유행가도 아닌 미묘한 뉘앙스의 노래는 순수한 이념과 세속적인 현실 사이에 끼여 둘 중 어느 하나에 정착하지 못하고 심하게 동요하는 내면 풍경을 보여 주는 요소다. 즉, 그 노래는 희망께 피결 또는 박 선생과 세무서장 사이에서 방황하는 하 선생의 정신 상태를 보여 주고 있다.

하 선생을 좋아하고 있는 모양이군?" 내가 물었다. 박은 다시 그 해사한 웃음을 띠었다. "그 여선생과 조군과 무슨 관계가 있는 모양이지?" "모르겠습니다. 아마 조형이 결혼상대자 중의 하나로 생각하는 거 같아요." "자네가 그 여선생을 좋아한다면 좀더 적극적으로 나가야 해. 잘해 봐." "뭐 별로……." 박은 소년처럼 말을 더듬거렸다. "그 속물들 틈에 앉아서 유행가를 부르고 있는 게 좀 딱해 보였을 뿐이지요. 그래서 나와 버린 거죠." 박은 분노를 누르고 있는 듯이 나직나직 말했다. "클래식을 부를 장소가 있고 유행가를 부를 장소가 따로 있다는 것뿐이겠지. 뭐 딱할 거까지야 있나?" 나는 거짓말로써 그를 위로했다. 박은 가고 나는 다시 '속물' 들 틈에 끼었다. 무진에서는 누구나 그렇게 생각하는 것이다. 타인은 모두 속물들이라고. 나 역시 그렇게 생각하는 것이다. 타인이 하는 모든 행위는 무위(無爲)와 똑같은 무게밖에 가지고 있지 않은 장난이라고.[26]

　밤이 퍽 깊어서 우리는 자리에서 일어났다. 조는 내가 자기 집에서 자고 가기를 권했다. 그러나 다음날 아침에 잠자리에서 일어나서 그 집을 나올 때까지의 부자유스러움을 생각하고 나는 기어코 밖으로 나섰다. 직원들도 도중에서 흩어져 가고 결국엔 나와 여자만이 남았다. 우리는 다리를 건너고 있었다. 검은 풍경 속에서 냇물은 하얀 모습으로 뻗어 있었고 그 하얀 모습의 끝은 안개 속으로 사라지고 있었다. "밤엔 정말 멋있는 고장이에요." 여자가 말했다. "그래요? 다행입니다." 내가 말했다. "왜 다행이라고 말씀하시는 줄 짐작하겠어요." 여자가 말했다. "어느 정도까지 짐작하셨어요?" 내가 물었다. "사실은 멋이 없는 고장이니까요. 제 대답이 맞았어요?" "거의." 우리는 다리를 다 건넜다. 거기서 우리는 헤어져야 했다. 그 여자는 냇물을 따라서 뻗어 나간 길로 가야 했고 나는 곧장 난 길로 가야 했다. "아, 글루 가세요? 그럼……." 내가 말했다. "조금만 바래다 주세요. 이 길은 너무 조용해서 무서워요." 여자가 조금 떨리는 목소리로 말했다. 나는 다시 여자와 나란히 서서 걸었다. 나는 갑자기 이 여자와 친해진 것 같았다. 다리가 끝나는 바로 거기에서부터, 그 여자가 정말 무서워서 떠는 듯한 목소리로 내게 바래다 주기를 청했던 바로 그때부터 나는 그 여자가 내 생애 속에 끼여 든 것을 느꼈다.[27] 내 모든 친구들처

26) 그 이유는 무진이라는 도시에 살고 있는 사람들이나 주인공의 마음이 그만큼 허전하고 쓸쓸하기 때문이다.

27) 이후에 주인공과 하 선생 사이에 깊은 관계가 맺어지리라는 것을 말해 주는 복선이다.

럼, 이제는 모른다고 할 수 없는, 때로는 내가 그들을 훼손하기도 했지만 그러나 더욱 많이 그들이 나를 훼손시켰던 내 모든 친구들처럼. "처음에 뵈었을 때, 뭐랄까요, 서울 냄새가 난다고 할까요, 퍽 오래 전부터 알던 사람처럼 느껴졌어요. 참 이상하죠?"[28] 갑자기 여자가 말했다. "유행가." 내가 말했다. "네?" "이니 유행기는 왜 부르십니까? 성악 공부 한 사람들은 될 수 있는 대로 유행가를 멀리하지 않았던가요?" "그 사람들은 항상 유행가만 부르라고 하거든요." 대답하고 나서 여자는 부끄러운 듯이 나지막하게 소리내어 웃었다. "유행가를 부르지 않으려면 거기에 가지 않는 게 좋다고 얘기하면 내정간섭이 될까요?" "정말 앞으론 가지 않을 작정이에요. 정말 보잘것없는 사람들이에요." "그럼 왜 여태까진 거기에 놀러 다녔습니까?" "심심해서요." 여자는 힘없이 말했다. 심심하다, 그래 그게 가장 정확한 표현이다. "아까 박군은 하 선생님께서 유행가를 부르고 계시는 게 보기에 딱하다고 하면서 나가 버렸어요." 나는 어둠 속에서 여자의 얼굴을 살폈다. "박 선생님은 정말 꽁생원이에요." 여자는 유쾌한 듯이 높은 소리로 웃었다. "선량한 사람이죠." 내가 말했다. "네, 너무 선량해요." "박군이 하 선생님을 사랑하고 있다는 생각을 해본 적은 없었던가요?" "아이, '하 선생님 하 선생님' 하지 마세요. 오빠라고 해도 제 큰오빠뻘이나 되실 텐데요." "그럼 무어라고 부릅니까." "그냥 제 이름을 불러 주세요. 인숙이라고요." "인숙이 인숙이." 나는 낮은 목소리로 중얼거려 보았다. "그게 좋군요." 나는 말했다. "인숙인 왜 내 질문을 피하지요?" "무슨 질문을 하셨던가요?" 여자는 웃으면서 말했다. 우리는 논 곁을 지나가고 있었다. 언젠가 여름 밤, 멀고 가까운 논에서 들려 오는 개구리들의 울음소리를, 마치 수많은 비단조개 껍질을 한꺼번에 맞부빌 때 나는 듯한 소리를 듣고 있을 때 나는 그 개구리 울음소리들이 나의 감각 속에서 반짝이고 있는 수없이 많은 별들로 바뀌어 있는 것을 느끼곤 했었다. 청각의 이미지가 시각의 이미지로 바뀌는 이상한 현상이 나의 감각 속에서 일어나곤 했었던 것이다. 개구리 울음소리가 반짝이는 별들이라고 느낀 나의 감각은 왜 그렇게 되죽박죽이었을까. 그렇지만 밤하늘에서 쏟아질 듯이 반짝이고 있는 별들을 보고 개구리의 울음소리가 귀에 들려 오는 듯했었던 것은 아니다. 별들을 보고 있

28) 하 선생이 얼마나 무진을 떠나고 싶어 하고, 얼마나 서울을 그리워하고 있는가를 서울 냄새를 풍기는 주인공을 매개로 표현하고 있다.

으면 나는 나와 어느 별과 그리고 그 별과 또 다른 별들 사이의 안타까운 거리 가, 과학책에서 배운 바로써가 아니라, 마치 나의 눈이 점점 정확해져 가고 있는 듯이 나의 시력에 뚜렷이 보여 오는 것이었다. 나는 그 도달할 길 없는 거리를 보는 데 홀려서 멍하니 서 있다가 그 순간 속에서 그대로 가슴이 터져 버리는 것 같았다. 왜 그렇게 못 견디어 했을까, 별이 무수히 반짝이는 밤하늘을 보고 있던 옛날 나는 왜 그렇게 분해서 못 견디어 했을까.[29] "무얼 생각하고 계세요?" 여자가 물어 왔다. "개구리 울음소리." 대답하며 나는 밤하늘을 올려봤다. 내리고 있는 안개에 가려서 별들이 흐릿하게 떠 보였다. "어머, 개구리 울음소리. 정말예요. 제겐 여태까지 개구리 울음소리가 들리지 않았어요. 무진의 개구리는 밤 열두시 이후에만 우는 줄로 알고 있었는데요." "열두시 이후에요?" "네, 밤 열두시가 넘으면, 제가 방을 얻어 있는 주인 댁의 라디오 소리도 꺼지고 들리는 거라곤 개구리 울음소리뿐이거든요."[30] "밤 열두시가 넘도록 잠을 자지 않고 무얼 하시죠?" "그냥 가끔 그렇게 잠이 오지 않아요." 그냥 그렇게 잠이 오지 않는다. 아마 그건 사실이리라. "사모님 예쁘게 생기셨어요?" 여자가 갑자기 물었다. "제 아내 말씀인가요?" "네." "예쁘죠." 나는 웃으면서 대답했다. "행복하시죠? 돈이 많고 예쁜 부인이 있고 귀여운 아이들이 있고 그러면……." "아이들은 아직 없으니까 쬐끔 덜 행복하겠군요." "어머, 결혼을 언제 하셨는데 아직 아이들이 없어요?" "이제 삼 년 좀 넘었습니다." "특별한 용무도 없이 여행하시면서 왜 혼자 다니세요?" 이 여자는 왜 이런 질문을 할까? 나는 조용히 웃어 버렸다. 여자는 아까보다 좀 더 명랑한 목소리로 말했다. "앞으로 오빠라고 부를 테니까 절 서울로 데려가 주시겠어요?" "서울에 가고 싶으신가요?" "네." "무진이 싫은가요?" "미칠 것 같아요. 금방 미칠 것 같아요. 서울엔 제 대학 동창들도 많고…… 아이, 서울로 가고 싶어 죽겠어요." 여자는 잠깐 내 팔을 잡았다가 얼른 놓았다. 나는 갑자기 흥분되었다. 나는 이마를 찡그렸다. 찡그리고 찡그리고 또 찡그렸다. 그러자 흥분이 가셨다. "그렇지만 이젠 어딜 가도 대학시절과는 다를걸요. 인숙은 여자니까 아마 가정으로나 숨어 버리기 전에는 어느 곳에 가든지 미칠 것 같을걸요." "그런 생각도 해봤어요. 그렇지만 지금 같아선 가정을 갖는다

29) 개구리 울음소리와 별에 대한 과거의 생각은 다른 사람들과 관계를 원만하게 맺지 못하고 고독과 실의에 빠져 있었던 당시의 황량한 의식에서 나온 것이다.

30) 밤마다 라디오가 끝날 때까지 들어야만 하는 외로움이 잘 드러나 있다.

고 해도 미칠 것 같은 생각이 들어요. 정말 맘에 드는 남자가 있다고 해도 여기서는 살기가 싫어요. 전 그 남자에게 여기서 도망하자고 조를 거예요." "그렇지만 내 경험으로는 서울에서의 생활이 반드시 좋지도 않더군요. 책임, 책임뿐입니다." "그렇지만 여긴 책임도 무책임도 없는 곳인걸요. 하여튼 서울에 가고 싶어요. 절 데려가 주시겠어요?"[31] "생각해 봅시다." "꼭이에요, 네?" 나는 그저 웃기만 했다. 우리는 그 여자의 집 앞에까지 왔다. "선생님, 내일은 무얼 하실 계획이세요?" 여자가 물었다. "글쎄요, 아침엔 어머님 산소를 다녀와야 하겠고, 그러고 나면 할 일이 없군요. 바닷가에나 가 볼까 하는데요. 거긴 한때 내가 방을 얻어 있던 집이 있으니까 인사도 할 겸." "선생님, 내일 거긴 오후에 가세요." "왜요?" "저도 같이 가고 싶어요. 내일은 토요일이니까 오전 수업뿐이에요." "그럽시다." 우리는 내일 만날 시간과 장소를 약속하고 헤어졌다. 나는 이상한 우울에 빠져서[32] 터벅터벅 밤길을 걸어 이모댁으로 돌아왔다.

내가 이불 속으로 들어갔을 때 통금 사이렌이 불었다. 그것은 갑작스럽고 요란한 소리였다. 그 소리는 길었다. 모든 사물이 모든 사고(思考)가 그 사이렌에 흡수되어 갔다. 마침내 이 세상에선 아무것도 없어져 버렸다. 사이렌만이 세상에 남아 있었다. 그 소리도 마침내 느껴지지 않을 만큼 오랫동안 계속할 것 같았다. 그때 소리가 갑자기 힘을 잃으면서 꺾였고 길게 신음하며 사라져 갔다. 내 사고만이 다시 살아났다.[33] 나는 얼마 전까지 그 여자와 주고받던 얘기들을 다시 생각해 보려 했다. 많은 것을 얘기한 것 같은데 그러나 귓속에는 우리의 대화가 몇 개 남아 있지 않았다. 좀더 시간이 지난 후, 그 대화들이 내 귓속에서 내 머릿속으로 자리를 옮길 때는 그리고 머릿속에서 심장 속으로 옮겨 갈 때는 또 몇 개가 더 없어져 버릴 것인가. 아니 결국엔 모두 없어져 버릴지도 모른다. 천천히 생각해 보자. 그 여자는 서울에 가고 싶다고 했다. 그 말을 그 여자는 안타까운 음성으로 얘기했다. 나는 문득 그 여자를 껴안고 싶은 충동에 사로잡혔다. 그리고…… 아니, 내 심장에 남을 수 있는 것은 그것뿐이었다.[34] 그러나 그것도 일단 무진을 떠나기만 하면 내 심장 위에서 지워져 버리리라. 나는 잠이 오지 않았다. 낮잠 때문이기도 하였다. 나는 어둠 속

31) 주인공의 의식 속에서 무진은 항상 외롭고 괴로웠으며 절망을 거듭하던 청춘 시절의 한 도막과도 같은 것이었다. 한편 하 선생 역시 무진을 '책임도 무책임도 없는 곳'으로 여기면서 견딜 수 없어 하며, 어떻게든지 그곳을 탈출하여 서울로 가기 위해 주인공에게 매달리고 있다. 이를 통해서 보면, 청춘 시절의 주인공과 하 선생은 동일한 의식 상태에 빠져 있음을 알 수 있다. 그러니까 하 선생은 주인공에게 과거의 자기 모습을 그대로 보여 주는 분신과도 같다.

32) 하 선생에게서 자기 자신의 비참했던 옛 모습의 한 단면을 보았기 때문이다.

33) 사이렌 소리가 계속 들리다가 갑자기 그쳤을 때의 적막감은 주인공의 의식을 백지와도 같은 상태로 만들어 준다. 그 뒤에 다시 시작되는 사색은 모든 잡념이 사라져 버린 뒤의 사색이기에 오직 한 가지 주제로 집중될 수 있다. 말하자면 사이렌은 혼자만의 새로운 사색이 시작되었다는 것을 알려 주는 신호와도 같다. 물론 사색이 끝남을 알려 주는 것도 사이렌이다.

34) 하 선생을 껴안고 싶은 마음은 결국 자신의 과거에 대한 연민이기도 하다.

에서 담배를 피웠다. 나는 우울한 유령들처럼 나를 내려다보고 있는 벽에 걸린 하얀 옷들을 흘겨 보고 있었다. 나는 담뱃재를 머리맡의 적당한 곳에 털었다. 내일 아침 걸레로 닦아 내면 될 어느 곳에. '열두시 이후에 우는' 개구리 울음소리가 희미하게 들려 오고 있었다. 어디선가 한시를 알리는 시계 소리가 나직이 들려 왔다. 어디선가 두시를 알리는 시계 소리가 들려 왔다. 어디선가 세시를 알리는 시계 소리가 들려 왔다. 어디선가 네시를 알리는 시계 소리가 들려 왔다. 잠시 후에 통금해제의 사이렌이 불었다. 시계와 사이렌 중 어느 것 하나가 정확하지 못했다. 사이렌은 갑작스럽고 요란한 소리였다. 그 소리는 길었다. 모든 사물이 모든 사고가 그 사이렌에 흡수되어 갔다. 마침내 이 세상에선 아무것도 없어져 버렸다. 사이렌만이 세상에 남아 있었다. 그 소리도 마침내 느껴지지 않을 만큼 오랫동안 계속할 것 같았다. 그때 소리가 갑자기 힘을 잃으면서 꺾였고 길게 신음하며 사라져 갔다. 어디선가 부부들은 교합(交合)하리라. 아니다. 부부가 아니라 창부와 그 여자의 손님이리라. 나는 왜 그런 엉뚱한 생각을 하고 있는지 알 수 없었다. 잠시 후에 나는 슬며시 잠이 들었다.[35]

바다로 뻗은 긴 방죽

그날 아침엔 이슬비가 내리고 있었다. 식전에 나는 우산을 받쳐 들고 읍 근처의 산에 있는 어머니의 산소로 갔다. 나는 바지를 무릎 위까지 걷어 올리고 비를 맞으며 묘를 향하여 엎드려 절했다. 비가 나를 굉장한 효자로 만들어 주었다. 나는 한 손으로 묘 위의 긴 풀을 뜯었다. 풀을 뜯으면서 나는 나를 전무님으로 만들기 위하여 전무 선출에 관계된 사람들을 찾아 다니며 그 호걸 웃음을 웃고 있을 장인영감을 상상했다. 그러자 나는 묘 속으로 들어가고 싶었다.[36]

돌아가는 길은 좀 멀긴 하지만 잔디가 곱게 깔린 방죽길을 걷기로 했다. 이슬비가 바람에 뿌옇게 날리고 있었다. 비를 따라서 풍경이 흔들렸다. 나는 우

35) 앞서 말한 바와 같이, 사이렌 소리와 더불어 시작됐던 사색은 통금해제를 알리는 사이렌 소리와 함께 완결된다. 한편 사이렌 소리는 현충일에 묵념을 할 때 죽은 사람에 대한 조종(弔鐘)의 의미로 울리기도 한다. 이런 의미를 확장시키면 주인공이 잠을 못 이루는 것도 어떤 사람의 죽음을 지키기 위해서라고 할 수 있다. 그렇다면 이 사이렌 소리는 누구의 죽음을 애도하는 것일까? 바로 다음에 그 죽음의 주인이 밝혀진다.

36) 다른 사람의 힘을 빌려 출세를 하게 된 자기 자신의 세속성과 수치심을 부정하려는 마음의 표현이다.

여로형(旅路型) 소설

'여로형' 소설은 주인공이 집에서 나와 세계를 여행한 후, 다시 집으로 돌아오기까지의 여정(旅程)을 작품 구도로 설정한다. 호머의 『오디세이』는 오디세우스가 전쟁에 참가했다가 다시 귀환하기까지의 여정을 담고 있다는 점에서 여로형 소설의 전범을 보이고 있다. 염상섭의 「만세전」은 주인공이 동경에서 귀국해 고향으로 돌아왔다가 다시 동경으로 돌아가기까지의 모습을 담고 있어 대표적인 여로형 소설로 꼽을 수 있는 작품이다. 도적들의 모험과 여행을 담은 소설은 피카레스크(Picaresque) 소설이라 부르는데, 이 또한 여로형 소설과 비슷한 구도를 가지고 있다. 여로형 소설은 따뜻한 품으로서의 고향과 폭력과 위협의 상징인 외부 세계 사이의 갈등을 담고 있으므로 성장 소설 구도와도 비슷하다. 김승옥의 「무진기행」에서도 여로형 소설의 변형을 확인할 수 있다.

『무진기행』, 표지

산을 접어 버렸다. 방죽 위를 걸어가다가 나는 방죽의 경사 밑, 물가의 풀밭에 읍에서 먼 촌으로부터 등교하기 위하여 오던 학생들이 모여서 웅성거리고 있는 것을 보았다. 나이 많은 사람들이 몇 사람 끼여 있었고 비옷을 입은 순경 한 사람이 방죽의 비탈 위에 쭈그리고 앉아서 담배를 피우며 먼 곳을 바라보고 있었고, 노파 한 사람이 혀를 차며 웅성거리고 있는 학생들의 틈을 빠져 나와서 갔다. 나는 방죽의 비탈을 내려갔다. 순경 곁을 지나면서 나는 물었다. "무슨 일입니까?" "자살 시쳅니다." 순경은 흥미 없는 말투로 말했다. "누군데요?" "읍내에 있는 술집 여잡니다. 초여름이 되면 반드시 몇 명씩 죽지요." "네에." "저 계집애는 아주 독살스러운 년이어서 안 죽을 줄 알았더니, 저것도 별수없는 사람이었던 모양입니다." "네에." 나는 물가로 내려가서 학생들 틈에 끼였다. 시체의 얼굴은 냇물을 향하고 있었으므로 내게는 보이지 않았다. 머리는 파마였고 팔과 다리가 하얗고 굵었다. 붉은색의 얇은 스웨터를 입고 있었고 하얀 스커트를 입고 있었다. 지난밤의 새벽은 추웠던 모양이다. 아니면 그 옷이 그 여자의 맘에 든 옷이었던가 보다. 푸른 꽃무늬 있는 하얀 고무신을 머리에 베고 있었다. 무엇인가를 싼 하얀 손수건이 그 여자의 축 늘어진 손에서 좀 떨어진 곳에 굴러 있었다. 하얀 손수건은 비를 맞고 있었고 바람이 불어도 조금도 나부끼지 않았다. 시체의 얼굴을 보기 위해서 많은 학생들이 냇물 속에 발을 담그고 이쪽을 향하여 서 있었다. 그들의 푸른색 유니폼이 물에 거꾸로 비쳐 있었다. 푸른색의 깃발들이 시체를 옹위하고 있었다. 나는 그 여자를 향하여 이상스레 정욕이 끓어오름을 느꼈다. 나는 급히 그 자리를 떠났다. "무슨 약을 먹었는지 모르지만 지금이라도 어쩌면……." 순경에게 내가 말했다. "저런 여자들이 먹는 건 청산가립니다. 수면제 몇 알 먹고 떠들썩한 연극 같은 건 안하지요. 그것만은 고마운 일이지만." 나는 무진으로 오는 버스칸에서 수면제를 만들어 팔겠다는 공상을 한 것이 생각났다. 햇빛의 신선한 밝음과 살갗에 탄력을 주는 정도의 공기의 저온, 그리고 해풍(海風)에 섞여 있는 정도의 소금기, 이 세 가지를 합성하여 수면제를 만들 수 있다면…… 그러나 사실 그 수면제는 이미 만들어져 있었던 게 아닐까. 나는 문득, 내가 간밤에 잠을 이루지 못하고 뒤척거리고 있었던 게 이 여자의 임종을 지켜 주기 위해서가 아니었을까 하는 생각이 들었다. 통금해제의 사이렌이 불고 이 여자는 약을 먹고 그제야 나는 슬며시 잠이 들었던 것만 같다. 갑자기 나는 이 여자가 나의 일부처럼 느껴졌다. 아프긴 하지만 아끼지 않으면 안 될 내 몸의 일부처럼 느껴졌다.[37] 나는 접어 든 우산에 묻은 물을 휙휙 뿌리면서 집으로 돌아왔다. 집에는 세무서장인 조가 보낸 쪽지가 기다리고 있었다. '할 일 없 으면 세무서로 좀 들러 주게.' 아침밥을 먹고 나는 세무서로 갔다. 이슬비는 그쳤으나 하늘은 흐렸다. 나는 조의 의도를 알 것 같았다. 서장실에 앉아 있는 자기의 모습을 보여 주고 싶은 거다. 아니 내가 비꼬아서 생각하고 있는지 모 른다. 나는 고쳐 생각하기로 했다. 그는 세무서장으로 만족하고 있을까? 아마 만족하고 있을게다. 그는 무진에 어울리는 사람이다. 아니, 나는 다시 고쳐 생각하기로 했다. 어떤 사람을 잘 안다는 것―잘 아는 체한다는 것이 그 어떤 사람의 입장에서 보면 무척 불행한 일이다. 우리가 비난할 수 있고 적어도 평 가하려고 드는 것은 우리가 알고 있는 사람에 한하는 것이기 때문이다.

조는 러닝셔츠 바람으로, 바지는 무릎 위까지 걷어붙이고 부채를 부치고 있 었다. 나는 그가 초라해 보였고 그러나 그가 흰 커버를 씌운 회전의자 위에 앉 아 있는 것을 자랑스러워하는 듯한 몸짓을 해 보일 때는 그가 가엾게 생각되 었다.[38] "바쁘지 않나?" 내가 물었다. "나야 뭐 하는 일이 있어야지. 높은 자 리라는 건 책임진다는 말만 중얼거리고 있으면 되는 모양이지." 그러나 그는 결코 한가하지 않았다. 여러 사람들이 드나들면서 서류에 조의 도장을 받아 갔고 더 많은 서류들이 그의 미결함(未決函)에 쌓였다. "월말에다가 토요일이 되어서 좀 바쁘다." 그는 말했다. 그러나 그의 얼굴은 그 바쁜 것을 자랑스럽 게 여기고 있었다. 바쁘다. 자랑스러워할 틈도 없이 바쁘다. 그것은 서울에서 의 나였다. 그만큼 여기는 생활한다는 것에 서투를 수 있다고나 할까? 바쁘다 는 것도 서투르게 바빴다. 그리고 그때 나는, 사람이 자기가 하는 일에 서투르 다는 것은, 그것이 무슨 일이든지 설령 도둑질이라고 할지라도 서투르다는 것은 보기에 딱하고 보는 사람을 신경질나게 한다고 생각하였다. 미끈하게 일을 처리해 버린다는 건 우선 우리를 안심시켜 준다. "참, 엊저녁, 하 선생이 란 여자는 네 색싯감이냐?" 내가 물었다. "색싯감?" 그는 높은 소리로 웃었

37) 자살한 술집 여자의 시체에서 수없이 자살 을 꿈꾸었던 지나간 시 절의 자신을 다시 발견 했기 때문에 그 여자와 자신을 동일시하고 있 는 것이다.

38) 출세한 모습을 보여 주기 위해 애쓰는 친구 조는 속물적이고 일상 적인 삶의 무상함을 대 표하는 인물이다. 무진 으로 돌아오면서 순수 와 세속 사이에서 고민 하게 된 주인공으로서 는 그러한 인물에 대해 연민을 느낄 수밖에 없 는 것이다.

다. "내 색싯감이 그 정도로밖에 안 보이냐?" 그가 말했다. "그 정도가 뭐 어때서?" "야, 이 약아빠진 놈아, 넌 빽 좋고 돈 많은 과부를 물어 놓고 기껏 내가 어디서 굴러온 줄도 모르는 말라빠진 음악선생이나 차지하고 있으면 맘이 시원하겠다는 거냐?" 말하고 나서 그는 유쾌해 죽겠다는 듯이 웃어 대었다. "너만큼만 사는 정도라면 여자가 거지라도 괜찮지 않아?" 내가 말했다. "그래도 그게 아닙니다. 내 편에 나를 끌어 줄 사람이 없으면 처가 편에서라도 누가 있어야 하는 거야."³⁹⁾ 그가 대답했다. 그의 말투로는 우리는 공모자였다. "야, 세상 우습더라. 내가 고시에 패스하자마자 중매쟁이가 막 들어오는데…… 그런데 그게 모두 형편없는 것들이거든. 도대체 여자들이 성기(性器) 하나를 밑천으로 해서 시집가 보겠다는 고 배짱들이 괘씸하단 말야." "그럼 그 여선생도 그런 여자 중의 하나인가?" "아주 대표적인 여자지. 어떻게나 쫓아다니는지 귀찮아 죽겠다." "퍽 똑똑한 여자일 것 같던데." "똑똑하기야 하지, 그렇지만 뒷조사를 해보았더니 집안이 너무 허술해. 그 여자가 여기서 죽는다고 해도 고향에서 그 여자를 데리러 올 사람 하나 변변한 게 없거든." 나는 그 여자를 어서 만나 보고 싶었다. 나는 그 여자가 지금 어디서 죽어 가고 있는 것처럼 생각되었다. 어서 가서 만나 보고 싶었다.⁴⁰⁾ "속도 모르는 박군은 그 여자를 좋아한대." 그가 말하면서 빙긋 웃었다. "박군이?" 나는 놀란 체했다. "그 여자에게 편지를 보내어 호소를 하는데 그 여자가 모두 내게 보여 주거든. 박군은 내게 연애편지를 쓰는 셈이지." 나는 그 여자를 만나 보고 싶은 생각이 싹 가셨다. 그러나 잠시 후엔 그 여자를 어서 만나 보고 싶다는 생각이 되살아났다. "지난봄엔 그 여잘 데리고 절엘 한번 갔었지. 어떻게 해보려고 했는데 요 영리한 게 결혼하기 전까지는 절대로 안 된다는 거야." "그래서?" "무안만 당하고 말았지." 나는 그 여자에게 감사했다.⁴¹⁾

시간이 됐을 때 나는 그 여자와 만나기로 한, 읍내에서 좀 떨어진, 바다로 뻗어 나가고 있는 방죽으로 갔다. 노란 파라솔 하나가 멀리 보였다. 그것이 그 여자였다. 우리는 구름이 낀 하늘⁴²⁾ 밑을 나란히 걸어갔다. "저 오늘 빅 선생님께 선생님에 관해서 여러 가지 물어 봤어요." "그래요?" "무얼 제일 중요하게 물어 보았을 거 같아요?" 나는 전연 짐작할 수가 없었다. 그 여자는 잠시

39) 세무서장 조는 한편으로 처가 덕에 출세한 친구의 처지를 부러워하면서도 다른 한편으로 시기하고 비꼬고 있다.

40) 이 부분 역시 하 선생에게 과거의 자기 모습을 이입(移入)한 주인공의 자기연민이 표출된 부분이다.

41) 세속성에 물들지 않으려는 순수함을 여전히 포기하지 않고자 하는 '나'의 마음을 엿볼 수 있다.

42) 구름이 낀 하늘은 등장인물의 마음 상태가 우울하다는 것을 말해 주는 요소다.

동안 키득키득 웃었다. 그리고 말했다. "선생님의 혈액형을 물어 봤어요."
"내 혈액형을요?" "전 혈액형에 대해서 이상한 믿음을 가지고 있어요. 사람
들이 꼭 자기의 혈액형이 나타내 주는—그, 생물책에 씌어 있지 않아요?—꼭
그 성격대로이기만 했으면 좋겠어요. 그럼 세상엔 손가락으로 꼽을 정도의
성격밖에 없을 게 아니에요?" "그게 어디 믿음입니까? 희망이지." "전 제가
바라는 것은 그대로 믿어 버리는 성격이에요." "그건 무슨 혈액형입니까?"
"바보라는 이름의 혈액형이에요." 우리는 후텁지근한 공기 속에서 괴롭게 웃
었다. 나는 그 여자의 프로필을 훔쳐 보았다. 그 여자는 이제 웃음을 그치고
입을 꾹 다물고 그 커다란 눈으로 앞을 똑바로 응시하고 있었고 코끝에 땀이
맺혀 있었다. 그 여자는 어린아이처럼 나를 따라오고 있었다. 나는 나의 한 손
으로 그 여자의 한 손을 잡았다. 그 여자는 놀란 듯했다. 나는 얼른 손을 놓았
다. 잠시 후에 나는 다시 손을 잡았다. 그 여자는 이번엔 놀라지 않았다. 우리
가 잡고 있는 손바닥과 손바닥의 틈으로 희미한 바람이 새어 나가고 있었다.
"무작정 서울에만 가면 어떻게 할 작정이오?" 내가 물었다. "이렇게 좋은 오
빠가 있는데 어떻게 해주겠지요." 여자는 나를 쳐다보며 방긋 웃었다. "신랑
감이야 수두룩하긴 하지만…… 서울보다는 고향에 가 있는 게 낫지 않을까
요?" "고향보다는 여기가 나아요." "그럼 여기에 그대로 있는 게……." "아
이, 선생님, 절 데리고 가시잖을 작정이시군요." 여자는 울상을 지으며 내 손
을 뿌리쳤다. 사실 나는 나 자신을 알 수 없었다. 사실 나는 감상(感傷)이나 연
민으로써 세상을 향하고 서는 나이도 지난 것이다. 사실 나는, 몇 시간 전에
조가 얘기했듯이 '빽이 좋고 돈 많은 과부'를 만난 것을 반드시 바랐던 것은
아니지만 결과적으로는 잘되었다고 생각하고 있는 사람인 것이다. 나는 내게
서 달아나 버렸던 여자에 대한 것과는 다른 사랑을 지금의 내 아내에 대하여
갖고 있었다. 그러면서도 나는 구름이 끼어 있는 하늘 밑의 바다로 뻗은 방죽
위를 걸어가면서 다시 내 곁에 선 여자의 손을 잡았다.[43] 나는 지금 우리가 찾
아가고 있는 집에 대하여 여자에게 설명해 주었다. 어느 해, 나는 그 집에서
방 한 칸을 얻어 들고 더러워진 나의 폐(肺)를 씻어 내고 있었다. 어머니도 세
상을 떠나간 뒤였다. 이 바닷가에서 보낸 일 년. 그때 내가 쓴 모든 편지들 속

43) 감상이나 연민 대신
돈 많은 아내를 택함으
로써 부귀공명을 지향
하고자 하지만 자기도
모르게 감상이나 연민
에 이끌리고 있음을 보
여주는 행동이다.

에서 사람들은 '쓸쓸하다' 라는 단어를 쉽게 발견할 수 있었다. 그 단어는 다소 천박하고 이제는 사람의 가슴에 호소해 오는 능력도 거의 상실해 버린 사어(死語) 같은 것이지만 그러나 그 무렵의 내게는 그 말밖에 써야 할 말이 없는 것처럼 생각돼 있었다. 아침의 백사장을 거니는 산보에서 느끼는 시간의 시투함과 낮잠에서 깨어나서 식은땀이 줄줄 흐르는 이마를 손바닥으로 닦으며 느끼는 허전함과 깊은 밤에 악몽으로부터 깨어나서 쿵쿵 소리를 내며 급하게 뛰고 있는 심장을 한 손으로 누르며 밤바다의 그 애처로운 울음소리에 귀를 기울이고 있을 때의 안타까움, 그런 것들이 굴껍데기처럼 다닥다닥 붙어서 떨어질 줄 모르는 나의 생활을 나는 '쓸쓸하다' 라는, 지금 생각하면 허깨비 같은[44] 단어 하나로 대신시켰던 것이다. 바다는 상상도 되지 않는 먼지 낀 도시에서, 바쁜 일과중에, 무표정한 우편배달부가 던져 주고 간 나의 편지 속에서 '쓸쓸하다' 라는 말을 보았을 때 그 편지를 받은 사람이 과연 무엇을 느끼거나 상상할 수 있었을까? 그 바닷가에서 그 편지를 내가 띄우고 도시에서 내가 그 편지를 받았다고 가정할 경우에도 내가 그 바닷가에서 그 단어에 걸어 보던 모든 것에 만족할 만큼 도시의 내가 바닷가의 나의 심경에 공명할 수 있었을 것인가? 아니 그것이 필요하기나 했었을까? 그러나 정확하게 말하자면, 그 무렵 편지를 쓰기 위해서 책상 앞으로 다가가고 있던 나도, 지금에 와서 내가 하고 있는 바와 같은 가정과 질문을 어렴풋이나마 하고 있었고 그 대답을 '아니다' 로 생각하고 있었던 듯하다.[45] 그러면서도 그는 그 속에 '쓸쓸하다' 라는 단어가 씌어진 편지를 썼고 때로는 바다가 암청색(暗靑色)으로 서투르게 그려진 엽서를 사방으로 띄웠다. "세상에서 제일 먼저 편지를 쓴 사람은 어떤 사람이었을까요?" 내가 말했다. "아이, 편지. 정말 편지를 받는 것처럼 기쁜 일은 없어요. 정말 누구였을까요? 아마 선생님처럼 외로운 사람이었겠죠?" 여자의 손이 내 손 안에서 꼼지락거렸다. 나는 그 손이 그렇게 말하고 있는 듯한 느낌이 들었다. "그리고 인숙이처럼." 내가 말했다. "네." 우리는 서로 고개를 마주 보며 웃음 지었다.[46]

우리는 우리가 찾아가는 집에 도착했다. 세월이 그 집과 그 집 사람들만은 피해서 지나갔던 모양이다.[47] 주인들은 나를 옛날의 나로 대해 주었고 그러자

44) 이러한 표현을 통해 현재 생활이 고독과 같은 감정과는 거리가 멀다는 것을 알 수 있다.

45) 지금의 '나' 는 한 개인의 고민이나 고통이란 다른 사람이 알려고도 하지 않고 알 수도 없으며, 알지도 못하는 어떤 것이라 생각하고 있다.

46) 두 사람의 마음이 일치하는 장면이다.

47) 시간의 흐름에도 불구하고 변하지 않았다는 것을 나타내는 표현이다.

나는 옛날의 내가 되었다. 나는 가지고 온 선물을 내놓았고 그 집 부부는 내가 들어 있던 방을 우리에게 제공해 주었다. 나는 그 방에서 여자의 조바심을, 마치 칼을 들고 달려드는 사람으로부터, 누군지가 자기의 손에서 칼을 빼앗아 주지 않으면 상대편을 찌르고 말 듯한 절망을 느끼는 사람으로부터 칼을 빼앗듯이 그 여자의 조바심을 빼앗아 주었다.[48] 그 여자는 처녀는 아니었다. 우리는 다시 방문을 열고 물결이 다소 거센 바다를 내려다보며 오랫동안 말없이 누워 있었다. "서울에 가고 싶어요. 단지 그거뿐예요." 한참 후에 여자가 말했다. 나는 손가락으로 여자의 볼 위에 의미 없는 도화를 그리고 있었다. "세상에 착한 사람이 있을까?" 나는 방으로 불어오는 해풍 때문에 불이 꺼져 버린 담배에 다시 불을 붙이며 말했다. "절 나무라시는 거죠? 착하게 보아 주려는 마음이 없으면 아무도 착하지 않을 거예요?" 나는 우리가 불교도(佛敎徒)라고 생각했다.[49] "선생님은 착한 분이세요?" "인숙이가 믿어 주는 한." 나는 다시 한 번 우리가 불교도라고 생각했다. 여자는 누운 채 내게 조금 더 다가왔다. "바닷가로 나가요, 네? 노래 불러 드릴게요." 여자가 말했다. 그러나 우리는 일어나지 않았다. "바닷가로 나가요, 네? 방은 너무 더워요." 우리는 일어나서 밖으로 나왔다. 우리는 백사장을 걸어서 인가가 보이지 않는 바닷가의 바위 위에 앉았다. 파도가 거품을 숨겨 가지고 와서 우리가 앉아 있는 바위 밑에 그것을 뿜어 놓았다. "선생님." 여자가 나를 불렀다. 나는 여자 쪽으로 고개를 돌렸다. "자기 자신이 싫어지는 것을 경험하신 적이 있으세요?" 여자가 꾸민 명랑한 목소리로 물었다. 나는 기억을 헤쳐 보았다. 나는 고개를 끄덕이며 말했다. "언젠가 나와 함께 자던 친구가 다음날 아침에 내가 코를 골면서 자더라는 것을 알려 주었을 때였지. 그땐 정말이지 살맛이 나지 않았어." 나는 여자를 웃기기 위해서 그렇게 말했다. 그러나 여자는 웃지 않고 조용히 고개만 끄덕거렸다. 한참 후에 여자가 말했다. "선생님, 저 서울에 가고 싶지 않아요." 나는 여자의 손을 달라고 하여 잡았다. 나는 그 손을 힘을 주어 쥐면서 말했다. "우리 서로 거짓말은 하지 말기로 해." "거짓말이 아니에요." 여자는 빙긋 웃으면서 말했다. "「어떤 갠 날」을 불러 드릴게요." "그렇지만 오늘은 흐린걸." 나는 「어떤 갠 날」의 그 이별을 생각하며 말했다.[50] 흐린 날엔 사람들

48) 이 순간에 주인공은 자신이 오래전에 지녔던 절망을 그 여자를 통해 다시 갖게 된 것처럼 느끼고 있다. 다시 말해 그는 여자의 조바심을 빼앗는 행위를 통해 괴롭고 쓸쓸하던 지난날의 자신을 다시 발견하고 있는 것이다.

49) 다른 사람을 불쌍히 여기면서 자비를 베풀고 있다는 생각을 표현한 구절이다.

50) 「어떤 갠 날」을 노래하려는 여자에 대해 흐리다고 말하는 주인공의 태도는 그가 연민과 감상의 감정에 빠져 있음을 말해 주는 표지다. 그리고 그가 생각하는 이별은 작품의 끝에 가서 두 사람이 헤어지리라는 것을 암시하는 복선이다.

이탈리아 작곡가 푸치
니의 명작 오페라 「나비
부인」 2막에서 나비부
인 초초상이 부르는 주
요 소프라노 아리아다.
미국 해군 중위였던 남
편 핀커톤이 떠나고 3년
이란 세월이 흘렀지만
나비부인은 핀커톤의
약속을 믿고 있다. 하녀
가 '외국인 남자는 모두
한번 가면 오지 않는다'
고 말하자 나비부인은
이 아리아를 부르며 하
녀에게 그럴 리가 없다
고 대꾸한다. "사랑하는
그대와 이별하기 전, 뭐
라고 했던가요. 오, 나
비부인 귀여운 내 사랑.
그대가 나를 기다리니
꼭 돌아오겠소. 어떤 맑
게 갠 날, 저쪽 먼 바다
에 연기 보이더니 배 한
척이 다가오네. 그대라
면 너무 기뻐서 어떻게
하나…"라는 내용으로
남편 핀커튼이 돌아오
기만을 애타게 기다리
는 나비부인의 순정을
잘 나타내 주고 있는 아
름다운 곡이다. 이 아리
아 속에서 '죽음'이라는
말이 나오는 부분에서
는 최강음으로 외치듯
주요 선율을 연주하는
데, 이것은 그 말의 뜻을
강조하고 나비부인의
슬픈 운명을 암시하는
것이다.

51) 이 불안은 하 선생
을 통해 되찾게 된 과거
를 다시 잃게 될 것이라
는 불안이다.

은 헤어지지 말기로 하자. 손을 내밀고 그 손을 잡는 사람이 있으면 그 사람을
가까이 가까이 좀더 가까이 끌어당겨 주기로 하자. 나는 그 여자에게 '사랑한
다'고 말하고 싶었다. 그러나 '사랑한다'라는 그 국어의 어색함이 그렇게 말
하고 싶은 나의 충동을 쫓아 버렸다.

우리가 바닷가에서 읍내로 돌아온 것은 저녁의 어둠이 밀려든 뒤였다. 읍내
에 들어오기 조금 전에 우리는 방죽 위에서 키스했다. "전 선생님께서 여기 계
시는 일주일 동안만 멋있는 연애를 할 계획이니까 그렇게 알고 계세요." 헤어
지면서 여자가 말했다. "그렇지만 내 힘이 더 세니까 별수없이 내게 끌려서 서
울까지 가게 될걸." 내가 말했다.

집으로 돌아와서 나는 후배인 박이 낮에 다녀간 것을 알았다. 그는 내가 '무
진에 계시는 동안 심심하시지 않을까 하여 읽으시라'고 책 세 권을 두고 갔다.
그가 저녁에 다시 오겠다고 하더라는 얘기를 이모가 내게 했다. 나는 피로를
핑계로 아무도 만나기 싫다는 뜻을 이모에게 알려 두었다. 이모는 내가 바닷
가에서 아직 돌아오지 않았다고 대답하겠다고 말했다. 나는 아무것도 생각하
고 싶지 않았다. 아무것도. 나는 이모에게 소주를 사 오게 하여 취해서 잠이
들 때까지 마셨다. 새벽녘에 잠깐 잠이 깨었다. 나는 이유를 집어 낼 수 없이
가슴이 두근거렸는데 그것은 불안이었다.[51] '인숙이' 하고 나는 중얼거려 보
았다. 그리고 곧 다시 잠이 들어 버렸다.

당신은 무진을 떠나고 있습니다

나는 이모가 나를 흔들어 깨워서 눈을 떴다. 늦은 아침이었다. 이모는 전보
한 통을 내게 건네 주었다. 엎드려 누운 채 나는 전보를 펴 보았다. '27일회의
참석필요. 급상경바람 영.' '27일'은 모레였고 '영'은 아내였다. 나는 아프도
록 쑤시는 이마를 베개에 대었다. 나는 숨을 거칠게 쉬고 있었다. 나는 내 호
흡을 진정시키려고 했다. 아내의 전보가 무진에 와서 내가 한 모든 행동과 사

고를 내게 점점 명료하게 드러내 보여 주었다. 모든 것이 선입관 때문이었다. 결국 아내의 전보는 그렇게 얘기하고 있었다. 나는 아니라고 고개를 저었다. 모든 것이, 흔히 여행자에게 주어지는 그 자유 때문이라고 아내의 전보는 말하고 있었다. 나는 아니라고 고개를 저었다. 모든 것이 세월에 의하여 내 마음 속에서 잊혀질 수 있다고 전보[52]는 말하고 있었다. 그러나 상처가 남는다고, 나는 고개를 저었다. 오랫동안 우리는 다투었다. 그래서 전보와 나는 타협안을 만들었다. 한 번만, 마지막으로 한 번만 이 무진을, 안개를, 외롭게 미쳐 가는 것을, 유행가를, 술집 여자의 자살을, 배반을, 무책임을 긍정하기로 하자. 마지막으로 한 번만이다. 꼭 한 번만. 그리고 나는 내게 주어진 한정된 책임 속에서만 살기로 약속한다. 전보여, 새끼손가락을 내밀어라. 나는 거기에 내 새끼손가락을 걸어서 약속한다. 우리는 약속했다.[53]

그러나 나는 돌아서서 전보의 눈을 피하여 편지를 썼다. '갑자기 떠나게 되었습니다. 찾아가서 말로써 오늘 제가 먼저 가는 것을 알리고 싶었습니다만 대화란 항상 의외의 방향으로 나가 버리기를 좋아하기 때문에 이렇게 글로써 알리는 바입니다. 간단히 쓰겠습니다. 사랑하고 있습니다. 왜냐하면 당신은 제 자신이기 때문에 적어도 제가 어렴풋이나마 사랑하고 있는 옛날의 저의 모습이기 때문입니다. 저는 옛날의 저를 오늘의 저로 끌어다 놓기 위하여 갖은 노력을 다하였듯이 당신을 햇볕 속으로 끌어 놓기 위하여 있는 힘을 다할 작정입니다.[54] 저를 믿어 주십시오. 그리고 서울에서 준비가 되는 대로 소식 드리면 당신은 무진을 떠나서 제게 와 주십시오. 우리는 아마 행복할 수 있을 것입니다.' 쓰고 나서 다시 나는 그 편지를 읽어 봤다. 또 한 번 읽어 봤다. 그리고 찢어 버렸다.[55]

덜컹거리며 달리는 버스 속에 앉아서 나는 어디쯤에선가 길가에 세워진 하얀 팻말을 보았다. 거기에는 선명한 검은 글씨로 '당신은 무진읍을 떠나고 있습니다. 안녕히 가십시오' 라고 씌어 있었다.[56] 나는 심한 부끄러움을 느꼈다.[57]

〈『사상계』, 1964. 10〉

52) 연민과 감상의 감정에서 벗어날 것을 재촉하는 '전보'는 이해타산과 책임의식이 지배하는 일상 세계의 상징물이다.

53) 전보가 표상하는 세속적 세계에 대해 딱 한 번만 긍정하는 것은 부끄러움과 가난, 속된 현실과 어울릴 수 없는 데서 오는 외로움 때문에 혼자 미쳐 가던 과거의 순수한 삶 등을 완전히 부정하는 행위다. 다시 말해 그는 사회인과 생활인으로서 살아가겠다는 다짐 아래 자기 세계를 버리고 있는 것이다.

54) 앞에서 강조했던 바, 하 선생이 자기의 분신임을 주인공 자신의 입으로 확인하는 장면이다.

55) 편지를 쓸 때까지 과거의 순수한 세계와 현재의 속물적인 세계 사이에서 갈등하던 주인공이 드디어 돈이 지배하는 현재의 세계와 타협하고 과거를 부정하는 마지막 행위다.

56) 팻말과 거기에 씌어진 글귀는 여로형 구조를 취하고 있는 이 소설에서 사건이 완결되었음을 알려 주는 표지다.

57) 이 부끄러움은 오늘날의 그가 있게 한 과거의 진실, 절망, 고뇌로부터 벗어나면서 느끼는 부끄러움이다.

「무진기행」에 나오는 자연은 작품의 전개 과정에서 중요한 역할을 담당하고 있다. 그런데 그 자연은 이효석의 「메밀꽃 필 무렵」 등의 작품에 나오는 자연과 여러 가지 점에서 차이가 난다고 할 수 있다. 어떤 점에서 그러한지 설명해 보자.

일반적으로 작품에 등장하는 들판, 바다, 바람, 구름, 비 등의 자연은 무엇보다도 공간적 배경으로서의 역할을 담당한다. 예를 들어 이효석의 「메밀꽃 필 무렵」에 등장하는 봉평, 대화 등지의 장터라든가 밤중에 장돌뱅이들이 걸어가는 산길, 허생원과 성서방네 처녀가 사랑을 맺는 물레방앗간 등은 작중 인물들이 활동하는 공간적 배경이 되고 있는 것이다.

다음으로 환경 조건이나 기후 조건을 중심으로 한 자연 현상은 대부분의 경우 작품의 분위기를 돋워 주는 기능도 담당한다. 역시 「메밀꽃 필 무렵」을 예를 들어 설명하면, 어두운 밤중에 소금을 뿌린 듯이 하얗게 피어 있는 메밀꽃은 어둠과 묘한 대조를 이루면서 마치 흑백 영화에서 볼 수 있는 것과 같은 서정적인 분위기를 한껏 고조시키는 요소다.

그러나 「무진기행」에 등장하는 안개나 햇빛, 바람 등은 단지 공간적 배경이나 작품의 분위기를 결정하는 요소로 기능하는 것이 아니라 등장인물의 내면 상태와 밀접하게 관련되어 있다. 즉 이 작품에서 축축한 바람과 자욱한 안개는 감상과 고뇌에 빠져 있던 주인공의 과거의 내면을 드러내는 요소인 것이다.

그리고 자연을 단지 공간적 배경이나 분위기 조성 요소로 이용한 다른 작품들에서 자연은 그 자체가 지닌 본래의 의미로만 수용되는 데 비해, 「무진기행」에서의 자연은 본래적 의미를 훨씬 넘어서서 보다 확대된 의미로 재창조되어 수용되고 있다. 인간의 밖에 존재하는 자연을 있는 그대로 받아들이고 있는 것이 아니라 그 내포적 의미를 훨씬 확대해 인간의 의식과 결합시키고 있는 것이다. 이를 두고 '기후로서의 자연'과 '사물로서의 자연'의 차이라고 볼 수도 있다.

주인공은 도시에서 출세한 후 모처럼 고향에 다니러 온다. 그런 그에게 고향 무진과 그곳에서 만난 하 선생은 어떤 의미를 띠고 있는가?

과거에 주인공이 고향을 찾아온 것은 연인에게서 버림을 받았거나 회사에서 쫓겨남으로써 극심한 좌절을 겪었던 때가 대부분이었다. 물론 이번에는 그런 이유로 고향을 찾은 것이 아니라 승진의 길목에서 잠시 머리를 식히러 왔음에도 불구하고 주인공은 또다시 과거와 거의 비슷한 상황에 처하게 된다. 고향에 접어들면서 맨 처음으로 만난 소금기 섞인 바람과 자욱한 안개가 그로 하여금 그 동안 잊고 있었던 과거를 떠올리도록 유도했기 때문이다.

그가 무진에 접어들면서 떠올린 과거는 골방에 갇혀 고민과 좌절 끝에 늘 자살을 꿈꾸던 시절이었다. 또 그만큼 순수했기 때문에 세상의 속물성을 쉽게 받아들일 수 없었던 시절이기도 했다. 말하자면 고향 무진은 주인공을 연민과 감상이 지배하는 과거로 이끌어 가는 요소인 것이다.

한편 주인공이 고향 무진에서 만나게 되는 사람 가운데 과거의 그와 가장 비슷한 처지에 놓여 있는 사람은 하 선생이다. 그녀는 술좌석에서 순수한 아리아도 아니고 통속적인 유행가도 아닌 절규가 담긴 듯한 노래를 하는데, 이 노래를 통해 그녀가 순수와 타락 사이에서 얼마나 고민하고 있는지가 드러난다. 이처럼 책임도 무책임도 없는 무기력한 무진에서 갈등에 휩싸인 그녀의 모습은 주인공의 분신과도 같다고 할 수 있다. 그 점은 '당신은 제 자신이기 때문에 적어도 제가 어렴풋이나마 사랑하고 있는 옛날의 저의 모습'이라고 고백하는 주인공의 편지를 통해서 뚜렷이 드러난다.

이제까지의 논의를 정리하면, 주인공의 의식 속에서 고향 무진은 주인공을 과거로 이끄는 매개물이며, 그 도시에 살고 있는 하 선생은 주인공의 과거 모습을 보여 주는 거울과도 같은 존재라고 할 것이다.

통합논술 Q & A

「무진기행」의 주인공이 휩싸였던 청년기의 고민과 좌절이 성인이 되어 사회에 진입하는 과정에서 담당할 수 있는 긍정적인 역할에 대해 설명해 보자.

흔히 말하듯 청년기는 신체적 발달에 걸맞는 정신적 성숙이 뒤따르지 못하기 때문에 꿈과 이상에 마음이 부풀기도 하고 실망과 좌절에 휩싸이기도 하는 시절이다. 달리 말하면, 누구나 사회인이 되어 본격적인 생활을 해 나가기 위해서는 그것을 준비하는 단계인 청년기에 일정한 고통과 시련을 거쳐야 하는 것이다. 당연히 이러한 고통과 시련은 각 개인이 처한 현실에 따라 많은 차이를 드러낼 수밖에 없는데, 이 작품의 주인공은 정신적 고통뿐만 아니라 폐병이라는 육체적 고통을 동시에 감내해야만 했다. 그리고 순수하므로 현실의 세속성과 타협하지 못하는 데서 오는 외로움 때문에 혼자 미쳐 가야만 했다.

물론 이처럼 현실에 적응하지 못한 채 방황하는 청년기의 의식은 극단화될 경우 자칫 비관적이고 퇴폐적인 방향으로 흐를 수도 있다. 그러나 이러한 부정적 의식은 사실 크게 걱정할 것은 못 된다. 왜냐하면 그것은 대부분 자아의식이 발달하는 과정에서 스스로 모든 일을 처리해야 할 때가 많아짐에 따라 주체의식이 과도하게 표출된 경우거나, 아니면 청년기의 새로운 상황에 대해 품게 되는 불안감이 표출된 경우이기 때문이다. 그리고 이와 같은 부정적 의식은 그것이 극복되기만 하면 그 순수성으로 인해 그만큼 정신세계의 폭을 넓혀 주고 수준을 높여 주는 결과를 가져오기 때문이다.

만약 청년기에 이러한 의식을 가져 보지 못한 사람이 있다면 그 사람은 고민에 휩싸였던 사람에 비해서 다른 사람에 대한 이해심도 적을 뿐만 아니라 성인이 된 후에 훨씬 많은 어려움을 겪을 수도 있다. 그런 점에서 청년기의 고민과 방황은 한 개인을 타인에 대한 이해심과 어려움에 대처하는 현명함까지 갖춘 성인으로 키워 주는 자양분이다.

무진(霧津)은 지도상에는 존재하지 않는 상상의 공간이지만, 작가에 따르면 그곳은 "전남 순천과 순천만에 연한 대대포(大垈浦) 앞바다와 그 갯벌"이다. 그렇게 해서 소설에 나오는 무진 풍경의 실제 무대가 되고 있는 곳은 정확히 육지도 아니고 바다도 아닌 어정쩡한 대대포의 갯벌과 그 갯벌을 가로질러 바다로 뻗은 긴 방죽, 순천시 금곡동 일대의 골목과 흙담, 포플러가 우거진 학교, 그리고 시의 외각을 흘러 바다로 들어가는 동천의 냇물과 그 위에 놓인 많은 다리임이 밝혀졌다. 작가의 고향인 순천의 풍광이 무진이라는 상상의 공간을 구성하는 뼈와 살인 셈이다.

소설 속에서 윤희중이 자살한 술집 여자의 시체를 보고, 하인숙과 함께 걸었던 그 방죽길은 순천 시내에서 벌교 쪽을 향해 자동차로 20여 분을 달리면 나온다. 순천만에 연해 펼쳐지는 이 갯벌의 풍경은 소설 속의 그것과 일치한다. 방죽이 있는 곳은 갯벌을 몇십 리나 벗어나야 바다다운 바다가 나오는 어정쩡한 해안선이다. 그렇다고 이렇다 할 평야가 있는 것도 아니다. 다음은 작가의 회고다.

"이 작품은 나의 생애 중에서 가장 슬픈 시절에 쓴 것이다. 괴어서 썩어 가는 시간들과 천천히 바래져 가는 삶의 모습, 거기서 벗어나기 위해 내면으로 가는 길의 외로움, 마침내 도달한 내면에서 마주치는 또 다른 어두움, 그런 것들을 소설로 그려 내고 싶었다. 그러므로 방죽길은 「무진기행」의 가장 현실적인 배경이었다. 오래전에 쓴 이 짧은 소설이 아직도 이야깃거리가 된다면, 그것은 그 문장에 스며든 내 슬픔 때문일 것이다."

작가는 서울대 문리대 불문과 4학년 때, 사귀던 여자와 헤어지고 학점 미달로 휴학을 한 채 고향 순천으로 내려와 이 작품을 썼다고 한다.

작품의 무대인 순천만

중국인 거리

오정희

1947~ ㅣ 서울 종로에서 출생 1968년 『중앙일보』 신춘문예에 「완구점 여인」이 당선 1970년 서라벌예대 문예창작과 졸업 1979년 「저녁의 게임」으로 제3회 이상문학상 수상, 같은 해 『문학과지성』에 「중국인 거리」 발표 1982년 「동경」으로 제15회 동인문학상 수상

그 밖에 주요 작품으로 「불의 강」 「유년의 뜰」 「옛 우물」 등이 있음

오정희의 「중국인 거리」는 전쟁 직후의 항구 도시에 자리잡은 중국인 거리를 배경으로, 한 소녀가 겪어 가는 성장의 아픔을 감각적이고도 섬세한 필치로 그려 낸 작품이다.

주인공인 '나'를 비롯한 식구들은 아버지의 일자리를 따라 피난지로부터 항구 도시 외곽에 있는 중국인 거리로 이주한다. 그곳은 전쟁으로 인해 폐허가 된 건물들과 낯선 모습의 중국식 적산 가옥, 그리고 기지촌과 미군 부대로 둘러싸여 전형적인 전후(戰後)의 풍경을 연출하고 있다. 이 거리를 배경으로 공복감과 해인초 냄새가 어우러져 피어 오르는 노란 빛의 환각적 이미지로 표상되는 유년의 기억 속에서 한 편의 '성장 드라마'가 펼쳐진다.

성장의 조짐은 주인공이 우연히 건너편 이층집 창문에서 중국인 남자의 얼굴을 바라보게 되는 것에서 비롯된다. 이 순간 주인공은 설명할 수 없는 슬픔과 비애의 감정에 사로잡히게 되는 바, 그의 창백한 표정에 담긴 욕망의 시선이 주인공의 내부에서 움트고 있던 욕망과 내면을 일깨운 것이다. 주인공의 내면에 자리잡게 된 이러한 역동적인 욕망의 움직임은, 양공주 매기언니와 관계의 그늘 속에서 어두운 삶을 살다 간 할머니의 죽음을 거치면서 정적(靜的)인 성장의 고뇌로 성숙되어 간다.

욕망의 역동적 이미지와 죽음의 정적인 이미지가 교차하는 고독과 사색의 공간 속에서 주인공은 자신의 핏속에 순(筍)처럼 돋아 오르는 무언가를 감지한다. 그것은 마치 상처가 아무는 듯이, 참을 수 없는 근지러움을 동반한다. 그리고 그와 같은 성장의 고비를 확인이라도 하듯, 주인공은 절망감과 막막함 속에서 초조(初潮)를 맞이한다.

소설의 얼개 뜯어보기

갈래 __ 단편 소설 ㅣ 주제 __ 정신적인 성장의 고통과 그 형상화 ㅣ 배경 __ 전쟁 직후의 항구 도시에 위치한 중국인 거리 ㅣ 시점 __ 1인칭 주인공 시점 ㅣ 등장인물 __ 나 __ 소설의 화자인 열두 살의 소녀. 새로 이주한 중국인 거리를 배경으로 성장의 아픔을 겪어 간다. 치옥 __ '나'의 급우. 의붓자식이며, 커서 양갈보가 되기를 원한다. 매기언니 __ 치옥의 집에 세들어 살던 양공주. 동거하던 흑인 병사에 의해 죽임을 당한다. 중국인 남자 __ 창백한 얼굴의 인물로 그와의 마주침을 통해 주인공은 자신의 내부에 잠재된 욕망과 내면을 자각하게 된다. ㅣ 구성 __ 발단 __ '나'와 식구들은 아버지의 일자리를 따라 이곳 항구 도시에 자리잡은 중국인 거리로 이주해 온다. 전개 __ 중국인 거리의 낯선 풍경에 대한 인상과 그곳에서의 생활이 소개된다. 위기 __ 치옥의 집에 놀러 간 '나'는 건너편 집에서 자신을 쳐다보고 있는 중국인 청년의 창백한 얼굴과 마주치고는, 알 수 없는 슬픔과 비애를 느낀다. 절정 __ '나'는 매기언니와 할머니의 죽음을 겪으며 성장의 고뇌를 내면화한다. 대단원 __ 어느 봄날 낮잠에서 깨어난 '나'는 절망감과 막막함 속에서 초조를 맞이한다.

시(市)를 남북으로 나누며 달리는 철도는 항만의 끝에 이르러서야 잘려졌다. 석탄을 싣고 온 화차(貨車)는 자칫 바다에 빠뜨릴 듯한 머리를 위태롭게 사리며 깜짝 놀라 멎고 그 서슬에 밑구멍으로 주르르 석탄가루를 흘려 보냈다.[1]

집에 가 봐야 노루 꼬리만큼 짧다는 겨울해에 점심이 기다리고 있는 것도 아니어서 우리들은 학교가 파하는 대로 책가방만 던져 둔 채 떼를 지어 선창[2]을 지나 항만의 북쪽 끝에 있는 제분 공장에 갔다.

제분 공장 볕 잘 드는 마당 가득 깔린 멍석에는 늘 덜 건조된 밀이 널려 있었다. 우리는 수위가 잠깐 자리를 비운 틈을 타서 마당에 들어가 멍석의 귀퉁이를 밟으며 한 움큼씩 밀을 입안에 털어 넣고는 다시 걸었다. 올올이 흩어져 대글대글 이빨에 부딪히던 밀알들이 달고 따뜻한 침에 의해 딱딱한 껍질을 불리고 속살을 풀어 입안 가득 풀처럼 달라붙다가 제법 고무질의 질긴 맛을 낼 때쯤이면 철로에 닿게 마련이었다.

우리는 밀껌으로 푸우푸우 풍선을 만들거나 침목(枕木) 사이에 깔린 잔돌로 비사치기[3]를 하거나 전날 자석을 만들기 위해 선로 위에 얹어 놓았던 못을 뒤지면서 화차가 닿기를 기다렸다.[4]

드디어 화차가 오고 몇 번의 덜컹거림으로 완전히 숨을 놓으면 우리들은 재빨리 바퀴 사이로 기어 들어가 석탄가루를 훑고 이가 벌어진 문짝 틈에 갈퀴처럼 팔을 들이밀어 조개탄을 후벼 내었다. 철도 건너 저탄장[5]에서 밀차를 밀며 나오는 인부들이 시커멓게 모습을 나타낼 즈음이면 우리는 대개 신발 주머니에, 보다 크고 몸놀림이 잽싼 아이들은 시멘트 부대에 가득 석탄을 팔에 안고 낮은 철조망을 깨금발로 뛰어넘었다.

선창의 간이음식점 문을 밀고 들어가 구석 자리의 테이블을 와글와글 점거하고 앉으면 그날의 노획량에 따라 가락국수, 만두, 찐빵 등이 날라져 왔다.

석탄은 때로 군고구마, 딱지, 사탕 따위가 되기도 했다. 어쨌든 석탄이 선창 주변에서는 무엇과도 바꿀 수 있는 현금과 마찬가지라는 것을 우리는 알고 있었고, 때문에 우리 동네 아이들은 사철 검정 강아지였다.[6]

해안촌(海岸村) 혹은 중국인 거리라고도 불리어지는 우리 동네는 겨우내 북풍이 실어 나르는 탄가루로 그늘지고, 거무죽죽한 공기 속에 해는 낮달처럼

1) 철도가 끝나는 항만 지대가 공간적 배경으로 제시되어 있다. 한편 과거형의 시제는 화자가 기억 속에 어린 소녀의 시점으로 회귀하여 회상의 형식으로 사건을 서술해 나가고 있음을 알 수 있게 한다.

2) 조선소.

3) 아이들 놀이의 하나. 납작하고 네모진 돌을 땅바닥에 세우고, 얼마쯤 떨어진 곳에서 돌을 던져서 넘어뜨리거나, 발로 돌을 차서 맞혀 넘어뜨린다.

4) 어린아이들의 세계에는 권태가 없다. 따라서 밀껌과 여기저기 널린 돌들, 그리고 못 등 모두가 그들의 장난감이 될 수 있다. 그러나 시간의 흐름이 인식되지 않는 이 본원적 동심의 세계는 화자의 회고적 시선 속에서 포착되어 있기에 황량함과 나른함이 교차하는 겨울날을 배경으로 권태의 분위기를 빚어내고 있다.

5) 석탄이나 숯 따위를 저장해 두는 곳.

6) 어른들이 돌보지 않는 도심 변두리의 아이들은 일찍 어른들의 세계에 접한다. 생활의 각박함이 윤리적 가치 체계의 질서를 훼손해 버렸기 때문이다. 아무런 죄의식 없이 석탄을 훔치고 그것으로 군것질을 일삼는 아이들의 조숙한 행동은 독자로 하여금 안타까움과 비애의 감정을 느끼게 한다.

희미하게 걸려 있었다.

할머니는 언제나 짚수세미에 아궁이에서 긁어 낸 고운 재를 묻혀 번쩍 광이 날 만큼 대야를 닦았다. 아버지의 와이셔츠만을 따로 빨기 위해서였다. 그러나 바람을 들이지 않는 차양 안쪽 깊숙이 넌 와이셔츠는 몇 번이고 다시 헹구어 푸새[7]를 새로 하지 않으면 안 되었다.

망할 놈의 탄가루들. 못살 동네야.

할머니가 혀를 차면 나는 으레 나올 뒤엣말을 받았다.

광석천이라는 냇물에서는 말이다. 물론 난리가 나기 전 이북에서지. 빨래를 하면 희다 못해 시퍼렜지. 어느 독(毒)이 그렇게 퍼렇겠니.

겨울 방학이 끝나면 담임인 여선생은 중국인 거리에 사는 아이들을 불러 학교 숙직실로 데리고 갔다. 그리고 숙직실 부엌 바닥에 웃통을 벗겨 엎드리게 하고는 미지근한 물을 사정없이 끼얹었다. 귀 뒤, 목덜미, 발가락, 손톱 사이까지 탄가루가 없는 것을 확인하고서야 왕소름이 돋은 등허리를 찰싹찰싹 때리는 것으로 검사를 끝냈다. 우리는 킬킬대며 살비듬이 푸르르 떨어지는 내의를 머리부터 뒤집어썼다.

봄이 되자 나는 3학년이 되었다. 오전반이었기 때문에 한낮인 거리를 치옥이와 나는 어깨동무를 하고 천천히 걸어 집으로 돌아오고 있었다.

나는 커서 미용사가 될 거야.

삼거리의 미장원을 지날 때 치옥이가 노오란 목소리로 말했다.[8]

회충약을 먹는 날이니 아침을 굶고 와야 해요. 선생의 지시대로 치옥이도 나도 빈속이었다.

공복감 때문일까, 산토닌을 먹었기 때문일까, 해인초[9] 끓이는 냄새 때문일까. 햇빛도, 지나다니는 사람들의 얼굴도, 치마 밑으로 펄럭이며 기어드는 사나운 봄바람도 모두 노오랬다.

길의 양켠은 가건물인 상점들을 빼고는 거의 빈터였다. 드문드문 포격에 무너진 건물의 형해가 썩은 이빨처럼 서 있을 뿐이었다.

제일 큰 극장이었대.

조명판처럼, 혹은 무대의 휘장처럼 희게 회칠이 된 한쪽 벽만 고스란히 남

7) 옷 같은 데 풀을 먹이는 일.

8) 미장원 옆을 지나며 커서 미용사가 되겠다고 하는 치옥이에게서 어린아이의 순진한 욕망을 읽어 낼 수 있는 바, 교육적 가치 체계의 부재로 인해 욕망의 절대적 전범이 존재하지 않는 이 소설 속의 현실적 공간이 갖는 특수성을 엿볼 수 있다.

9) 해초의 일종으로 말려서 회충약으로 사용된다.

아 서 있는 건물을 가리키며 치옥이가 소곤거렸다. 그러나 그것도 곧 무너질 것이다. 나란히 늘어선 인부들이 곡괭이의 첫 날을 댈 위치를 가늠하고 있었다. 어느 순간 희고 거대한 벽은 굉음으로 주저앉으리라.

한쪽에서는 이미 헐어 버린 벽에서 상하지 않은 벽돌과 철근을 발라 내고 있는 중이었다.

아주 쑥밭을 만들어 버렸다니까.

치옥이는 어른들의 말투를 흉내내어 몇 번이고 쑥밭이라는 말을 되풀이했다.

사람들은 개미처럼, 열심히 집을 지어 빈터를 다스렸다. 반 자른 드럼통마다 조개탄을 듬뿍 써서 해인초를 끓였다.

치옥이와 나는 자주 멈춰 서서 찍찍 침을 뱉어 냈다.

회충이 약을 먹고 지랄하나 봐.

아냐, 회충이 오줌을 싸는 거야.

그래도 메스꺼움은 가라앉지 않았다. 끓어오르는 해인초의 거품도, 조개탄에서 피어 오르는 연기도, 해조(海藻)와 뒤섞이는 석회의 냄새도 온통 노란 빛의 회오리였다.

왜 사람들은 집을 지을 때 해인초를 쓰지? 난 저 냄새만 맡으면 머리털 뿌리까지 뽑히는 것처럼 골치가 아파.

치옥이는 내 어깨에 엇갈린 팔을 무겁게 내려뜨렸다. 그러나 나는 마냥 늑장을 부리며 천천히 걸어 해인초 냄새, 내가 이 시와 나눈 최초의 악수였으며 공감이었던 그 노란 빛의 냄새를 들이마셨다.[10]

우리 가족이 이 도시로 이사를 온 것은 지난해 봄이었다.

늬 아버지가 취직만 되면…… 어머니는 차곡차곡 쌓인 담배잎에 푸우푸우 입에 가득 문 물을 뿜는 사이사이 말했다. 담배잎을 꼭꼭 눌러 담은 부대에 멜빵을 해서 메고 첫새벽에 나가는 어머니는 이틀이나 사흘 후 초죽음이 되어 돌아오곤 했다.

긴이 열이라도 틤배 장사는 이제 못 해먹겠다. 단속이 여간 심해야. 늬 아버지 취직만 되면……

미리 월남해서 자리를 잡았거나 전쟁을 재빨리 벗어난 친구, 동창들을 찾아

10) 공복감과 해인초 냄새가 엮어 낸 노란 빛의 회오리는 화자가 처해 있던 실존적 상황에 대한 기억을 인상적으로 드러내고 있다. 그 아득한 기억은 시각과 후각이 결합된 '노란 빛의 냄새'로 존재하는 바, 그것은 두뇌의 기억이 아닌 감각의 기억인 것이다. 친컨 그 감기의 미억은 화자가 이 중국인 거리에 처음 이사 오던 날의 장면을 연상시키는 매개체다.

다니며 취직 운동을 하던 아버지가 석유 소매업소의 소장직으로 취직을 하고, 우리를 실어 갈 트럭이 온다는 날 우리는 새벽밥을 지어 먹고 이불 보따리와 노끈으로 엉글게 동인 살림 도구들을 찻길에 내다 놓았다. 점심때가 되어도 트럭은 오지 않았다. 한없이 길게 되풀이되는 동네 사람들과의 작별 인사도 끝났다.

인천 중국인 거리

해질 무렵이 되자 어머니는 땅뺏기놀이나 사방치기에도 진력이 나 멍청히 땅바닥에 주저앉은 우리들을 일으켜 세워 읍내의 국숫집에서 국수를 한 그릇씩 사 먹였다. 집을 나서기 전 갈아입은 옷이건만 한없이 흐르는 콧물로 오빠와 나 그리고 동생은 소매와 손등이 반들반들하게 길이 들었다.

날이 완전히 어두워졌어도 어머니는 젖먹이를 안고 이불 보따리 위에 올라앉은 채 트럭이 나타날 다릿목께만을 뚫어지게 노려보고 있었다.

트럭이 나타난 것은 저물고도 한참이 지난 후였다. 헤드라이트를 밝힌 트럭이 요란한 엔진 소리와 함께 다릿목에 모습을 드러내자 어머니는 차가 왔다, 라고 비명을 질렀다. 저마다 보따리 하나씩을 타고 앉았던 우리 형제들은 공처럼 튀어 일어났다. 트럭은 신작로에 잠시 멎고, 달려간 어머니에게 창으로 고개만 내민 조수가 무어라고 소리쳤다. 어머니는 되돌아오고 트럭은 다시 떠났다. 우리는 어리둥절해서 서로의 얼굴을 마주 보았다. 난간을 높이 세운 짐칸에 검은 윤곽으로 우뚝우뚝 서 있던 것은 소였다. 날카롭게 구부러진 뿔들과 어둠 속에서 흐르듯 눅눅하게 들려 오던 되새김질 소리도 역력했다.

소를 내려놓고 올 거예요, 짐을 부려 놓고 빈 차로 올라가는 걸 이용하면 운임이 절반이니까 아범이 그렇게 한 거예요.

어머니의 설명에, 아버지와 어머니에게 한 번도 이의(異意)를 나타내 본 적이 없는 할머니는 뜨아한 표정으로, 그러나 어련히들 잘 알아서 하겠느냐는 듯 몇 번이고 고개를 주억거렸다.

그러나 트럭이 정작 우리 앞에 다시 나타난 것은 두어 시간택[11]이나 지난 후였다. 삼십 리 떨어진 시의 도살장에 소들을 부려 놓고 차 바닥의 오물을 닦아 내느라고 늦었다는 것이었다.

이삿짐을 다 싣고 마지막으로 어머니가 젖먹이를 안고 운전석의, 운전수와

11) 생각보다 많은 정도를 뜻하는 의존명사인 '턱' 혹은 '템'의 방언.

조수의 틈에 끼여 앉자 트럭은 출발했다. 멀리 남행 열차의 기적 소리가 들리는 것으로 보아 자정 무렵이었다.

나는 이삿짐들 틈에서 고개만 내밀어 깜깜하게 묻힌, 점점 멀어져 가는 마을을 보았다. 마을과 마을 뒤의 야산과 야산의 잡목숲은 한데 뭉뚱그려져 더 짙은 어둠으로 손바닥만하게 너울대다가 마침내 하나의 점으로 털털대며 트럭의 꽁무니를 따라왔다.[12]

읍을 벗어나자 산길이었다. 길이 나쁜데다 서둘러 험하게 몰아 대는 통에 차는 길길이 뛰고 짐들 틈바구니에 서캐[13]처럼 박혀 있던 우리는 스프링 장치가 된 자동 인형처럼 간단없이 튀어 올랐다.

할머니는 아그그그 뼈마디 부딪치는 소리를 어금니로 눌렀다. 길 아래는 강이었다. 차가 튀어 오를 때마다 하마하마 강물로 곤두박질치겠지 생각하며 나는 눈을 꼭 감고 네 살짜리 동생을 힘주어 끌어안았다.

봄이라고는 해도 밤바람은 칼끝처럼 매웠다. 물살을 가르며 사납게 웅웅대던 바람은 그 첨예한 손톱으로 비듬이 허옇게 이는 살갗을 후비고 아직도 차 안에 질척하게 고여 있는 쇠똥 냄새를 한소끔씩 걷어 내었다.

아까 그 소들, 다 죽었을까.

나는 문득 어둠 속에서 들려 오던 소들의 눅눅한 되새김질 소리를 떠올리며 언니에게 물었다. 언니는 세운 무릎 사이에 얼굴을 깊이 묻은 채 대답이 없었다. 물론 지금쯤이면 각을 뜨고[14] 가죽을 벗기고 내장을 훑어 내기에 충분한 시간일 것이다.

달은 줄곧 머리 위에서 둥글었고 네 살짜리 동생은 어눌한 말씨로 씨팔눔아 아, 왜 자꾸 따라오는 거여어 소리치며 달을 향해 주먹질을 해대었다.

차는 자주 섰다. 다섯 명의 아이들이 차례로 오줌이 마려웠기 때문이었다. 짐칸과 운전석 사이의 손바닥만한 유리를 두들기면 조수가 옆 창문을 열고 고개를 내밀어 돌아보며 뭐야, 하고 소리 쳤다.

오줌이 마렵대요.

조수는 손짓으로 그냥 누라는 시늉을 해 보였으나 할머니가 펄쩍 뛰었다. 마지못해 차가 멎고 조수는 아이들을 하나씩 안아 내리며 한꺼번에 다 눠 버려, 몽땅, 하고 퉁명스럽게 말했다. 우리는 길바닥에 쭈그리고 앉기가 무섭게 푸드덕 몸을 떨며 오래 오줌을 누었다.

행정 구역이 바뀌거나 길이 굽이 도는 곳에는 반드시 초소가 있어 한 차례씩 검문을 받아야 했다. 전투복을 입은 경찰이 트럭 위로 전짓불을 휘두를 때면 담배 장사로 간이 손톱만큼밖에 안 남았다는 어머니는 공연히 창 밖으로 고개를 빼어 소리쳤다.

실컷 보시오, 암만 뒤져도 같잖은 따라지[15] 보따리와 새끼들뿐이오.

트럭은 기름을 넣기 위해 한 차례 멎고 두 번 고장이 났으며 굽이굽이 수많은 검문소를 지나쳐 강과 산과 잠든 도시를 밤새도록 달려 날이 밝을 무렵 이 도시로 진입해 들어왔다. 우리가 탄 트럭의 낡은 엔진의 요란한 소리에 비로소 거리는 푸득푸득 깨어나기 시작했다.

바다를 한 뼘만치 밀어 둔 시의 끝, 해안 동네에 다다라 우리는 짐들과 함께 트럭에서 안아 내려졌다. 밤새 따라오던 달이 빛을 잃고 서쪽 하늘에 원반처럼 납작하게 걸려 있었다. 트럭이 멎은 곳은 낡은 목조의 이층집 앞이었는데 아래층은 길가에 연해 상점들처럼 몇 쪽의 유리문으로 되어 있었다. 그리고 흙먼지가 부옇게 앉은 유리에 붉은 페인트로 석유 배급소라고 씌어 있었다.

바로 앞으로 우리가 살게 될 집이었다.

나는 새삼스럽게 달려드는 차가운 공기에 이빨을 마주치며 언제나 내 몫인 네 살짜리 사내동생을 업었다.

우리가 요란하게 가로질러 온, 그리고 트럭의 뒤꽁무니 이삿짐들 틈에서 호기심과 기대로 목을 빼어 바라본 시는 내가 피난지인 시골에서 꿈꾸어 오던 도회지와는 달랐다. 나는 밀대 끝에서 피어 오르는 오색의 비누방울 혹은 말로만 듣던 먼 나라의 크리스마스 트리처럼 우리가 가게 될 도회지를 생각하곤 했었다.

폭이 좁은 길을 사이에 두고 조그만 베란다가 붙은, 같은 모양의 목조 이층 집들이 늘어선 거리는 초라하고 지저분했으며 새벽닭의 첫 날갯짓 같은 어수선한 활기에 차 있었다. 그것은 이른 새벽 부두로 해물을 받으러 가는 장사꾼들의 자전거 페달 소리와 항만의 끝에 있는 제분 공장의 노무자들의 발길 때

인천 중국인 거리의 유래

우리 나라의 화교는 120년 전부터 정식으로 한국에 들어오게 되었다. 그러나 본격적으로 중국인이 우리 나라에 살기 시작한 것은 개항 이후다. 1884년 한국의 대도시에 있는 화교의 숫자는 크게 늘어 서울의 화교 숫자는 약 350명 정도로 약 4배 가까이 늘었다. 인천도 산둥반도와 인천항 사이에 정기적인 배가 운영되면서 235명으로 늘었다. 본격적인 화교들의 정착기는 1894년 11월 청상보호규칙(淸商保護規則) 제정 이후. 그러나 6·25전쟁이 터지자 당시의 가치로 약 30억 원에 달하는 화교들의 재산이 대부분 전쟁으로 상실되었으며, 그 뒤 많은 화교들이 귀국 또는 외국으로 이주하게 되었다. 이승만, 박정희 정권을 거치면서 정부는 외환거래규제법, 무역규금규제법, 거주자격심사강화 등 각종 규제조치로 화교들의 일상사까지 통제하는 정책들을 펼쳤다. 그로 인해 인천의 중국인 거리의 규모가 축소되기에 이르렀다. 최근 외국인에 대한 규제가 많이 풀려 화교들의 권익 문제가 향상되면서 중국인 거리도 차이나타운으로 거듭나게 되었다.

15) 따분하고 한심한 처지에 놓여 있는 사람.

문이었다. 그들은 길을 메우고 버텨 선 트럭과 함부로 부려진 이삿짐을 피해 언덕을 올라갔다.

지난밤 떠나온 시골과는 모든 것이 달랐음에도 불구하고 나는 잠시, 우리가 정말 이사를 온 것일까, 낯선 곳에 온 것일까 이상한 혼란에 빠졌다. 그것은 공기중에 이내처럼 짙게 서려 있는, 무척 친숙하고, 내용은 잊혀진 채 분위기만 남아 있는 꿈과도 같은 냄새 때문이었다. 무슨 냄새였던가.[16]

석유 배급소의 유리문을 밀어붙이고 나온 아버지는 약속이 틀리다고 운전수에게 고래고래 소리를 지르고 운전수는 호기심과 어쩔 수 없는 불안으로 눈을 두릿두릿 굴리고 서 있는 우리들과 이삿짐들을 번갈아 가리키며 아버지에게 삿대질을 해댔다.

목덜미에 시퍼렇게 면도 자국을 드러낸 뒷박머리에 솜이 비져 나온 노랑 인조 저고리를 입은, 아홉 살배기 버짐투성이 계집애인 나는 동생을 업고 이상하게 안절부절 못하는 심사로 우리가 살게 될 동네를 둘러보았다.

우리의 이사 소동에 동네는 비로소 잠을 깨어 사람들은 들창을 열거나 길가에 면한 출입문으로 부스스한 머리를 내밀었다.

길을 사이에 두고 각각 여남은 채씩 늘어선 같은 모양의 목조 이층집들은 우리 집을 마지막으로 갑자기 끝났다. 그리고 우리 집에서부터 완만한 경사로 이루어진 언덕이 시작되었는데 그 언덕에는 바랜 잉크 빛깔이나 흰색 페인트로 벽을 칠한 커다란 이층집들이 길을 사이에 두고 나란히 마주 보고 서 있었다.

우리 집 앞을 지나는 길은 언덕으로 이어져 있고 언덕이 시작되는 첫째 집은 거의 우리 집과 이웃해 있었다. 그러나 넓은 벽에 비해 지나치게 작은, 창문이나 출입문이라고 볼 수 있는 문들은 모두 나무 덧문이 완강하게 닫혀져 있어 필시 빈집이거나 창고이리라는 느낌이 짙었다.

큰 덩치에 비해 지붕의 물매가 싸고[17] 용마루[18]가 밭아서[19] 이상하게 눈에 설고 불균형해 뵈는 양식의 집들이었다 그 집들은 일종의 적의로 냉담하고 무관심하게 언덕 아래를 내려다보며 서 있었다. 언덕을 넘어 선창으로 향하는 사람들의 발길에도 불구하고 언덕은 섬처럼 멀리 외따로 있었으며 갑각류

16) 새로운 환경이 불러일으키는 낯설고 어수선한 분위기 속에 놓여 있던 화자는 일순간 자신이 놓여 있는 세계에서 비현실감을 느끼게 된다. 그것은 유년의 기억을 포괄하는 실존의 냄새가, 혼란스럽게 망막을 메우던 새로운 세계의 시각적 이미지들을 뚫고 의식의 표면으로 떠올랐기 때문이다.

17) 물매는 지붕·난가리 등의 경사진 정도를 의미하는 순 우리말. '물매가 싸다'고 하면 지붕의 경사가 급함을 뜻한다.

18) 지붕 위의 마루.

19) ①시간적으로 너무 여유가 없다. ②길이가 매우 짧다. ③숨결이 가쁘고 급하다. 여기서는 ②의 뜻.

의 동물처럼 입을 다문 집들은 초라하게 그러나 대개의 오래된 건물들이 그러하듯 역사와 남겨지지 않은 기록의 추측으로, 상상의 여백으로 다소 비장하게 바다를 향해 서 있었다.[20]

이삿짐을 다 부려 놓고도 트럭은 시동만 걸어 놓은 채 떠나지 않았다. 요구한 액수대로 운임을 받지 못한 운전수는 지구전에 들어간 듯 운전대에 두 팔을 얹고 잠깐 눈을 붙였다.

아이 시끄러워 또 난리가 쳐들어오나, 새벽부터 웬 지랄들이야.

젊은 여자의, 거두절미한 쇳소리가, 시위하듯 부룽대는 찻소리를 단번에 눌러 끄며 우리의 머리 위로 쨍 하니 날아왔다. 어머니는, 그리고 우리는 망연해서 고개를 쳐들었다. 허벅지까지 맨살을 드러낸 채 겨우 군복 윗도리만을 어깨에 걸친 젊은 여자가 염색한 머리털을 등뒤로 너울대며 맞은편 집 이층 베란다에서 마악 들어가려던 참이었다.

아버지는 차바퀴 사이를 들락거리며 뺑뺑이를 치는 오빠의 덜미를 잡아 끌어내어 알밤을 먹였다. 그리고는 오르르 몰려 선 우리들을 보며 일개 소대 병력이로구나 하며 기막히다는 듯 헛웃음을 쳤다.

새벽 구름이 걷히고 햇살이 조금씩 투명해지기 시작할 무렵에도 언덕 위 집들은 굳게 문을 닫은 채 잠에서 깨어나지 않았다. 시의 곳곳에서 밀려난 새벽의 푸르스름한 어두움은 비를 품은 구름처럼 불길하게 언덕 위의 하늘에 몰려 있었다.

어둠이 완전히 걷히자 밤의 섬세한 발 틈으로 세류(細流)가 되어 흐르던 냄새는 억지로 참았던 긴 숨처럼 거리 곳곳에서 피어오르기 시작했다.

아, 그제야 나는 그 냄새의 정체를 알 수 있었다. 그 냄새는 낯선 감정을 대번에 지우고 거리는 친숙하고 구체적으로 내게 다가왔다. 그것은 나른한 행복감이었고 전날 떠나 온 피난지의 마을에 깔먹여진 색채였으며 유년(幼年)의 기억이었다.[21]

민들레꽃이 필 무렵이 되면 나는 늘 어지럼증과 구역질로, 툇돌에 앉아 부걱부걱 거품이 이는 침을 뱉고 동생은 마당을 기어 다니며 흙을 집어먹었다. 할머니는 긴 봄 내내 해인초를 끓였다. 싫어 싫어 도리질을 해대며 간신히 한

20) 큰 덩치에 경사가 급한 지붕을 지닌 낯선 건물들은 화자로 하여금 새로운 상상력을 불러일으킨다. 즉 낯선 형태는 그 자체 내에 새로운 이미지를 내포하고 있는 것이다. 이와 같이 새로운 상상력에 의해 둘러싸인 낯선 대상의 신비감이 '역사와 남겨지지 않은 기록의 추측으로, 상상의 여백으로'라는 표현으로 제시되어 있다.

21) 과거의 기억은 시간적 순서에 의해 질서정연하게 배열되어 있는 것이 아니라, 균질적인 공간 속에 한데 어우러져 존재한다. 즉 시간의 벽이 형성해 놓은 낯선 감정들은 이 균질적인 기억 속에서 공간화되는 것인 바, 유년의 기억들이 형성하고 있는 고유한 분위기는 기억들 사이의 거리감을 무화시키고 있다.

사발을 마시고 나면 나는 어쩔 수 없이 천지가 노오래지는 경험과 함께 춘곤 (春困)과도 같은 이해할 수 없는 나른한 혼미 속에 빠져 할머니에게 지금이 아침인가 저녁인가를 때없이 묻곤 했다. 할머니는 망할 년, 회 동하나[22]부다고 대꾸하며 흐흐 웃었다.

나는 잊혀진 꿈속을 걸어가듯 노란 빛의 혼미 속에 점차 빠져 들며 문득 싱 큼 다가드는 언덕 위의 이층집들과 굳게 닫힌 덧창 중의 하나가 열리며 젊은 남자의 창백한 얼굴이 나타나는 것을 보았다.

어머니는 일곱 번째 아이를 배고 있어 나는 아침마다 학교에 가기 전 양재 기를 들고 언덕 위 중국인들의 집 앞길을 지나 부두로 갔다. 싱싱한 굴과 조개 만이 어머니의 뒤집힌 속을 달래 주었기 때문이었다. 나는 알 수 없는 두려움 과 호기심으로 흘끗거리며 굳게 닫힌 문들 앞을 달음박질쳤다. 언덕바지로부 터 스무 발자국 정도만 뜀박질하면 갑자기 중국인 거리는 끝나고 부두가 눈 아래로 펼쳐졌다. 내가 언덕의 내리받이[23]에 이르러 가쁜 숨을 몰아쉬며 돌아 볼 즈음이면 언덕의 초입에 있는 가게의 덧문을 여는 덜컹대는 소리가 들려 왔다.

일주일에 한 번쯤 돼지고기를 반 근, 혹은 반의 반 근 사러 가는 푸줏간이었 다. 어머니는 돈을 들려 보내며 매양 같은 주의를 잊지 않았다.

적게 주거든, 애라고 조금 주느냐고 말해라, 그리고 또 비계는 말고 살로 주 세요, 해라.

푸줏간에서는 한쪽 볼에 힘껏 쥐어질린 듯 여문 밤톨만한 혹이 달리고 그 혹부리에, 상기도 보이지 않는 손에 의해 끄들리고 있는 듯 길게 뻗힌 수염을 기른 홀아비 중국인이 고기를 팔았다.

애라고 조금 주세요?

키가 작아 발돋움질로 간신히 진열대에 턱을 올려놓고 돈을 밀어 넣는 것과 동시에 나는 총알처럼 내뱉었다.

고기를 자르기 위해 벽에 매단 가죽 끈에 칼을 문질러 날을 세우던 중국인 은 미처 무슨 말인지 몰라 뚱한 얼굴로 나를 바라보았다. 나는 비계는 말고 살

22) (회충이 꿈틀거린 다는 뜻으로) 구미가 당 기거나 욕심이 나다.

23) '언덕바지'는 '언 덕배기'라는 뜻이고, '내리받이'는 '내리막' 이라는 뜻이다. 이 두 단 어는 똑같이 '받이'를 접미사로 가지고 있으 나 표기는 다르다.

로 달래라 하고 어머니가 일러준 말을 하기 전 중국인이 고기를 자를까 봐 허겁지겁 내쏘았다.

고기로 달래요.

중국인은 꾸룩꾸룩 웃으며 그때야 비로소 고기를 덥석 베어내었다.

왜 고기만 주니, 털도 주고 가죽도 주지.

푸줏간에 잇대어 후추나 흑설탕, 근으로 달아 주는 중국차 따위를 파는 잡화점이 있었다. 이 거리에 있는 단 하나의 중국인 가게였다. 우리 동네 사람들은 가끔 돼지고기를 사러 푸줏간에 갈 뿐 잡화점에는 가지 않았다. 우리에게는 옷이나 신발에 다는 장식용 구슬, 염색 물감, 폭죽놀이에 쓰이는 화약 따위가 필요치 않았기 때문이었다.

햇빛이 밝은 날에도 한쪽 덧문만 열린 가게는 어둡고 먼지가 낀 듯 침침했다.

그러나 저녁 무렵이 되면 바구니를 팔에 건 중국인들이 모여들었다. 뒤통수에 쇠똥처럼 바짝 말아 붙인 머리를 조금씩 흔들며 엄청나게 두꺼운 귓불에 은고리를 달고 전족[24]한 발을 뒤뚱거리며 여자들은 여러 갈래로 난 길을 통해 마치 땅거미처럼 스름스름 중국인 거리를 향했다.

남자들은 가게 앞에 내놓은 의자에 앉아 말없이 오랫동안 대통 담배를 피우다가 올 때처럼 사라졌다. 그들은 대개 늙은이들이었다.

우리는 찻길과 인도를 가름 짓는 낮고 좁은 턱에 엉덩이를 붙이고 나란히 앉아 발장단을 치며 그들을 손가락질했다.

아편을 피우고 있는 거야, 더러운 아편쟁이들.

정말 긴 대통을 통해 나오는 연기는 심상치 않은 노오란 빛으로 흐트러지고 있었다.

늙은 중국인들은 이러한 우리들에게 가끔 미소를 지었다.

통틀어 중국인 거리라고 불리는 동네에, 바로 그들과 인접해 살고 있으면서도 그들 중국인에게 관심을 갖는 것은 아이들뿐이었다. 어른들은 무관심하게 그러나 경멸하는 어조로 '뙤놈들'이라고 말했다.

우리는 그들과 전혀 접촉이 없었음에도, 언덕 위의 이층집, 그 속에 사는 사람들은 한없이 상상과 호기심의 효모(酵母)였다.[25]

24) 중국에서 계집아이가 4~5세 될 무렵 발을 긴 피류으로 감아서 발을 작게 하던 풍속. 사진은 전족과 전족을 한 중국 여인들

25) 공간적으로 인접해 있음에도 불구하고 실체적 접촉을 차단하는 사회적 금기(禁忌)는 화자를 비롯한 어린아이들로 하여금 중국인들과의 의식적 거리를 형성하게끔 강요한다. 그러나 금기 속에는 항상 억압된 욕망이 꿈틀거리고 있는 바, 그러한 거리는 오히려 화자의 호기심과 상상을 배양하는 '효모' 역할을 하고 있다.

그들은 우리에게 밀수업자, 아편쟁이, 누더기의 바늘땀마다 금을 넣는 쿨리,[26] 그리고 말발굽을 울리며 언 땅을 휘몰아치는 마적단, 원수의 생 간(肝)을 내어 형님도 한 점, 아우도 한 점 씹어 먹는 오랑캐, 사람 고기로 만두를 빚는 백정, 뒤를 보면 바지도 올리기 전 꼿꼿이 언 채 서 있다는 북만주 벌판의 똥덩어리였다. 굳게 닫힌 문의 안쪽에 있는 것은, 십년을 사귀어도 좀체 내뵈지 않는다는 깊은 흉중에 든 것은 금인가, 아편인가, 의심인가.

우리 집에서 숙제하지 않을래?
집 앞에 이르러 치옥이가 이불과 담요가 널린 이층의 베란다를 올려다보며 나를 끌었다. 베란다에 이불이 널린 것은 매기언니가 집에 없다는 표시였다. 매기언니는 집에서는 언제나 담요를 씌운 침대 속에 들어가 있었다. 나는 맞은편의 우리 집을 흘긋거리며 망설였다. 할머니나 어머니는 치옥이네를 양갈보집이라고 불렀다. 그러나 이 거리의 적산[27] 가옥들 중 양갈보에게 방을 세 주지 않은 것은 우리 집뿐이었다. 그네들은 거리로 면한 문을 활짝 열어 놓고 거리낌없이 미군에게 허리를 안겼으며 볕 잘 드는 베란다에 레이스가 달린 여러 가지 빛깔의 속옷들과 때묻은 담요를 널어 지난밤의 분방한 습기를 말렸다. 여자의 옷은 더욱이 속엣것은 방안에 줄을 매고야 너는 것으로 알고 있는 할머니는, 천하의 망종들이라고 고개를 돌렸다.
치옥이의 부모는 아래층을 쓰고 위층의 큰방은 매기언니가 검둥이와 함께 세들어 있었다. 치옥이는 이층의 큰방을 거쳐 가야 하는 협실과도 같은 좁고 긴 방을 썼다. 때문에 나는 아침마다 치옥이를 부르러 가면 그때까지도 침대 속에 머리칼을 흩뜨리고 누워 있는 매기언니와 화장대의 의자에 거북스럽게 몸을 구부리고 앉아 조그만 은빛 가위로 콧수염을 가다듬는 비대한 검둥이를 만났다. 매기언니는 누운 채 손을 까닥거려 들어오라는 시늉을 했으나 나는 반쯤 열린 문가에 비껴서서 방안을 흘끔거리며 치옥이를 기다렸다. 나는 검둥이가 우둔한 남자라고 생각했다. 맥없이 늘어진, 두꺼운 아랫짝의 살, 샛빛 눈, 또한 우물거리는 말투와 내게 한 번도 웃어 보인 적이 없다는 것이 그러한 느낌을 갖게 한 것이다.

26) 중노동에 종사하는 중국·인도의 하층 노동자.

27) 敵産. 자국이나 점령지 내에 있는 적국의 재산. 우리 나라에서는 광복 이전에 한국 안에 있던 일본인 재산을 의미한다.

학교 갈 때는 길에서 불러라. 검둥이는 네가 아침에 오는 게 싫대.

치옥이가 말했으나 나는 매일 아침 삐걱대는 층계를 밟고 올라가 매기언니의 방문 앞을 서성이며 치옥이를 불렀다.

매기언니는 밤에 온다고 그랬어, 침대에서 놀아도 괜찮아.

입덧이 심한 어머니는 매사가 귀찮다는 얼굴로 안방에 드러누워 있을 것이고 오빠는 땅강아지를 잡으러 갔을 것이다. 할머니는 기다렸다는 듯 막 젖이 떨어진 막내동생을 업혀 내쫓을 것이었다.

인천 중국인 거리

커튼으로 햇빛을 가리운 어두운 방의 침대에 매기언니의 딸인 제니가 자고 있었다. 치옥이는 벽장문을 열고 비스킷 상자를 꺼내어 꼭 두 개만 집어 들고는 잘 닫아 다시 넣었다. 비스킷은 달고, 연한 치약 냄새가 났다.

이거 참 예쁘다.

내가 화장대의 향수병을 가리키자 치옥이는 그것을 거꾸로 들고 솔솔 겨드랑이에 뿌리는 시늉을 하며 미제야,라고 말했다. 치옥이는 다시 벽장 속에 손을 넣어 부시럭대더니 사탕을 두 알 꺼냈다.

이거 참 맛있다.

응, 미제니까.

치옥이가 또 새침하게 대답했다. 제니가 눈을 말갛게 뜨고 우리를 보고 있었다.

제니, 예쁘지? 언니들은 숙제를 해야 하니까 조금만 더 자렴.

치옥이가 부드럽게 말하며 손바닥으로 눈꺼풀을 쓸어 덮자 제니는 깜빡이 인형처럼 눈을 꼭 감았다.

매기언니의 방에서는 무엇이든 신기했다. 치옥이는 내가 매양 탄성으로 어루만지는 유리병, 화장품, 페티코트, 속눈썹 따위를 조금씩만 만지게 하고는 이내 손댄 흔적이 없어 본디대로 해 놓았다.

좋은 수가 있어.

치옥이 침대 머릿장에서 초록색의 액체가 반쯤 남겨진 표주박 모양의 병을 꺼냈다. 병의 초록색이 찰랑대는 부분에 손톱을 대어 금을 만든 뒤 뚜껑을 열어 그것을 따라 내게 내밀었다.

먹어 봐, 달고 화하단다.

내가 한 모금에 홀쩍 마시자 치옥이는 다시 뚜껑을 가득 채워 꿀꺽 마셨다. 그리고 손톱을 대고 있던 금부터 손가락 두 마디만큼 초록색 술이 줄어들자 줄어든 만큼 냉수를 부어 뚜껑을 닫아 머릿장에 넣었다.

감쪽같잖니? 어떻니? 맛있지?

입안은 박하를 한입 문 듯 상쾌하게 화끈거렸다.

이건 비밀이야.

매기언니의 방에서는 무엇이든 비밀이었다. 서랍장의 옷 갈피 짬[28]에서 꺼낸 비로드 상자 속에서 세 줄짜리 진주 목걸이, 여러 가지 빛깔로 야단스럽게 물들인 유리알 브로치, 귀걸이 따위가 들어 있었다. 치옥이는 그 중 알이 굵은 유리 목걸이를 걸고 거울 앞에서 단호하게 말했다.

난 커서 양갈보가 될 테야, 매기언니가 목걸이도 구두도 옷도 다 준댔어.[29]

손끝도 발끝도 저리듯 나른히 맥이 풀려 왔다. 눈꺼풀이 무겁고 숨이 차 오는 건 방안이 너무 어둡기 때문일까. 숨을 내쉴 때마다 박하 냄새가 하얗게 뿜어져 나왔다. 나는 베란다로 통한 유리문의 커튼을 열었다. 노오란 햇빛이 다글다글 끓으며 들어와 먼지를 떠올려 방안은 온실과도 같았다. 나는 문의 쇠장식에 달아오른 뺨을 대며 바깥을 내다보았다. 그리고 다시 중국인 거리의 이층집 열린 덧문과 이켠을 보고 있는 젊은 남자의 얼굴을 보았다. 그러자 알지 못할 슬픔이, 비애라고나 말해야 할 아픔이 가슴에서부터 파상(波狀)을 이루며 전신으로 퍼져 나갔다.[30]

왜 그러니? 어지럽니?

이미 초록색 물의 성질을, 그 효과를 알고 있는 치옥이 다가와 나란히 문에 매달렸다. 나는 고개를 저었다. 그럴 수밖에 없는 것이 나는 이층집 창문에서 비롯되는 감정을 알 수도, 설명할 수도 없었으며 그 순간 나무 덧문이 무겁게 닫혀지고 남자의 모습이 사라졌기 때문이었다.

유리 목걸이에 햇빛이 갖가지 빛깔로 쟁강쟁강 튀었다. 그 중 한 알을 입술에 물며 치옥이가 말했다.

난 양갈보가 될 거야.

28) (두 물체가) 서로 맞붙은 틈.

29) 치옥의 불순하고 부주의한 발언에는 목걸이와 구두, 옷 등을 향한 어린아이의 단순하고도 순진한 욕망이 담겨 있는 바, 그와 같은 어린아이의 단순한 욕망은 그 이면에 놓인 복잡하고 어수선한 어른들의 세계를 반어적으로 드러내고 있다.

30) 취기로 인해 흥분된 상태에서 화자는 우연히 창백한 젊은 남자의 얼굴과 마주치는데, 이 순간 화자는 설명할 수 없는 슬픔과 비애의 감정에 사로잡히게 된다. 그것은 아마도 그 남자의 표정 속에 담긴 어떤 욕망의 시선으로 인해 화자가 자신의 내부에서 성장하고 있던 욕망과 내면을 발견하게 된 것과 관련이 있을 터이다.

나는 커튼을 닫고 돌아와 침대에 누웠다. 그는 누구일까, 나는 기억 나지 않는 꿈을 되살려 보려는 안타까움에 잠겨 생각했다. 지난 가을에도 나는 그를 보았다. 이발소에서였다. 키가 작아 의자에 널판자를 얹고 앉아 나는 어머니가 일러준 대로 말했다.

상고머리[31]예요. 가뜩이나 밉상인데 뒷박머리는 안 돼요.

그런데 다 깎은 뒤 거울 속에 남은 것은 여전히 뒷박머리였다.

이왕 깎은 걸 어떡하니, 다음 번에 다시 잘 깎아 주마.

그러길래 왜 아저씨는 이발만 열심히 하지 잡담을 하느냐 말예요.

나는 바락바락 악을 썼다. 마침내 이발사는 덜컥 의자를 젖히며 말했다.

정말 접시처럼 발랑 되바라진 애구나, 못쓰겠어, 엄마 뱃속에서 나올 때 주둥이부터 나왔니?

못쓰면 끈 달아 쓸 테니 걱정 말아요. 아저씨는 손모가지에 가위부터 들고 나와 이발쟁이[32]가 됐단 말예요?

이발소 안이 와아 웃음바다가 되었다. 나는 의기양양해서 사람들을 둘러보았다. 웃지 않는 건 이발사와 구석 자리의 의자에 턱수건을 두르고 앉은 젊은 남자뿐이었다. 그는 거울 속에서 물끄러미 나를 보고 있었다. 나는 문득 그가 중국인 남자라고 생각했다. 길 건너 비스듬히 엇비낀 거리에서만 보았을 뿐한 번도 가까이서 본 적이 없었으나 그 알 수 없는 시선의 느낌이 그러했다. 나는 목수건을 풀어 탁 거울 앞에 던져 놓았다. 그리고 또각또각 걸어 나가 두 손으로 허리를 짚고 문께에 서서 말했다.

죽을 때까지 이발쟁이나 해 처먹어라.

그러고는 달음질쳐 집으로 돌아왔다. 아버지는 피난 시절의 셋방살이 혹은 다리 밑이나 천막에서 아이들을 끌어안고 밤을 새우던 기억에 복수라도 하듯 끊임없는 집 손질을 했다. 손바닥만한 마당을 없애며, 바느질을 처음 배운 계집애들이 가방의 안쪽이나 옷의 갈피 짬마다 비밀 주머니를 만들어 붙이듯 방을 들이고 마루를 깔았다. 때문에 집안에는 개미굴같이 복잡하게 얽힌 좁고 긴 통로가 느닷없이 나타나고, 숨으면 아무도 찾아낼 수 없는 장소가 꼭 한 군데는 있게 마련이었다.

옛 이발소

31) 앞머리는 가지런히 두고, 뒷머리와 옆머리는 치올려 깎으며, 정수리를 평평하게 깎아 다듬은 머리.

32) '~장이'는 전문가를 지칭하고(미장이, 대장장이), '~쟁이'는 사람의 성질, 독특한 습관·행동·모양 등을 나타내는 말에 붙어, 그 사람을 홀하게 이를 때 쓴다(겁쟁이, 방구쟁이). 여기서 이발쟁이와 같이 전문가의 의미를 지니고 있다기보다 얕보기 위해서 쓸 때는 '쟁이'를 붙인다(환쟁이).

나는 집으로 뛰어들어와 헌 옷가지나 묵은 살림살이 따위 잡동사니가 들어
찬 변소 옆의 골방에 숨어 들어갔다. 빈 항아리의 좁은 아구리³³⁾에 얼굴을 들이
밀어도 온몸의 뼈가 물러앉는 듯한 센 물살과도 같은 슬픔은 사라지지 않았다.

그 뒤로도 나는 여러 차례 창을 열고 이켠을 보고 있는 그 남자의 시선을 느
낄 수 있었다. 대개 배급소의 문밖에 쭈그리고 앉아 석간 신문을 기다리고 있
을 때였다.

제니, 제니, 일어나. 엄마가 왔다.

치옥이가 꾸며낸, 부드럽고 달콤한 목소리로 제니를 부르자 제니가 눈을 뜨
고 일어나 앉았다. 치옥이가 아래층에서 대야에 물을 떠 왔다. 제니는 비눗물
이 눈에 들어가도 울지 않았다. 우리는 제니의 머리를 빗기고 향수를 뿌리고
옷장을 뒤져 옷을 갈아입혔다. 백인 혼혈아인 제니는 다섯 살이 되었어도 말
을 못했다. 혼자 옷을 입는 것은 물론 숟갈질도 못해 밥을 떠넣어 주면 한 귀
로 주르르 흘렸다. 검둥이가 있을 때면 제니는 늘 치옥이의 방에 있었다.

짐승의 새끼야.

할머니는 어쩌다 문밖이나 베란다에 있는 제니를 보고 신기하다는 듯 혹은
할머니가 제일 싫어하는, 털 가진 짐승을 볼 때의 혐오의 눈으로 보며 말했다.
나는 제니를 보는 할머니의 눈초리가 무서웠다. 언젠가 집에 쥐가 끓어 고양
이를 한 마리 기른 적이 있었다. 고양이가 골방에서 새끼를 일곱 마리나 낳자
할머니는 고양이에게 미역국을 갖다 주었다. 그리고는 똑바로 고양이의 눈을
쳐다보며 나비가 쥐새끼를 낳았구나, 쥐새끼를 일곱 마리나 낳았구나 하고
노래의 후렴처럼 몇 번이고 되풀이했다. 그날 밤 고양이는 새끼를 모조리 잡
아먹고 대가리만 남겨 피 칠한 입으로 야옹야옹 밤새 울었다. 할머니는 기다
렸다는 듯 일곱 개의 조그만 대가리들을 신문지에 싸서 하수구에 버렸다. 할
머니가 유난히 정갈하고 성품이 차가운 것은 한 번도 자식을 실어 보지도 못
했기 때문이라고 어머니는 말하곤 했다. 할머니는 어머니의 서모였다. 시집
온 지 석 달 만에 영감님이 처제를 봤다지 뭐에요. 글쎄, 그래시 평생 조면(阻
面)하시고³⁴⁾ 의붓딸에게 의탁하신 거지요. 어머니는 먼 친척 할머니에게 소리
를 낮춰 수군거렸다.³⁵⁾

33) '아가리'의 잘못.
'아가리'는 '그릇 따위
의, 물건을 넣거나 낼
수 있게 된 구멍의 어
귀'의 뜻.

34) ①오랫동안 서로 만
나 보지 못함. ②절교.
여기에서는 ②의 뜻.

35) 유난히 정갈하고 성
품이 차가운 할머니의
삶에 복잡한 관계의 그
늘이 존재한다는 사실
은 어린 화자에게 있어
서 이해하기 힘든 충격
적인 인상으로 남는다.
이와 같은 인상들은 화
자로 하여금 세계 속에
내재된 어떤 삶의 비의
를 깨닫게 하는 성장의
계기로서 작용한다.

제니는 치옥이의 살아 있는 인형이었다. 목욕을 시켜도, 삼십 분마다 한 번씩 옷을 갈아입혀도 매기언니는 나무라지 않았다. 제니는 아기가 되고 때로 환자가 되고 때로 천사도 되었다. 나는 진심으로 치옥이가 부러웠다.

너도 동생이 있잖아.

치옥이가 의아하게 물었다.

의붓동생인걸.

그럼 늬네 친엄마가 아니니?

나는 마른침을 꿀꺽 삼켰다.

응, 계모야.

치옥이의 눈에 단박 눈물이 괴었다.

그렇구나, 어쩐지 그럴 거라고 생각했었어. 이건 비밀인데 우리 엄마도 계모야.

치옥이는 비밀이라고 했지만 치옥이가 의붓자식[36]이라는 것을 모르는 사람은 동네에서 아무도 없었다. 우리는 비밀을 서로 지켜 주기로 손가락을 걸고 맹세했다.

그럼 너의 엄마도 널 때리고, 나가 죽으라고 하니?

응, 아무도 없을 때면.

치옥이는 바지를 내려 허벅지의 피멍을 보이며 단호하게 말했다.

난 나가서 양갈보가 되겠어.

나는 얼마나 자주 정말 내가 의붓자식이었기를, 그래서 맘대로 나가 버릴 수 있기를 바랐는지 몰랐다.

어머니는 일곱 번째 아이를 배고 있었다. 가난한 중국인 거리에 사는 우리들 중 아기는 한밤중 천사가 안고 오는 것이라든지 배꼽으로 방긋 웃으며 나오는 것이라는 것을 믿는 아이는 아무도 없었다. 여자의 벌거벗은 두 다리 짬에서 비명을 지르며 나온다는 것쯤은 누구나 다 알고 있었다.[37]

러닝셔츠 바람의 지아이[38]들이 부대 안의 테니스 코트에 모여 칼 던지기를 하고 있었다. 동심원이 그려진 과녁을 향해 칼은 은빛 침처럼, 빛의 한순간처럼, 청년의 머리에 돋아난 새치처럼 날카롭게 빛나며 공기를 갈랐다.

36) 원래 의미는 후실이 데리고 온 자식을 뜻하나, 여기서는 계모와 함께 사는 자식을 의미한다.

37) 자신이 의붓자식임을 가장하는 화자의 태도는 성장 과정 속에서 얻게 된 삶의 복잡함에 대한 인식과 그것에 대한 자의식의 굴절된 표현이다. 그와 같은 화자의 자의식은 자신이 속해 있는 환경에 대한 환멸감과 그것으로부터 벗어나고픈 욕망에 직접적으로 닿아 있다.

38) G.I. Government Issue의 약칭으로, 미군 하사관이나 병사를 일컫는 말.

휙휙 바람을 일으키며 휘파람처럼 날아드는 칼이 동심원 안의 검은 점에 정확히 꽂힐 때마다 그들은 우우 짐승 같은 함성을 질렀고 우리는 뜨거운 침을 삼키며 아아 목젖을 떨었다.

목표를 정확히 맞추고 한걸음씩 물러나 목표물과의 거리를 넓히며 칼을 던지던 백인 지아이가, 칼이 손 안에서 튕겨져 나오려는 순간 갑자기 발의 방향을 바꾸었다. 칼은 바람을 찢는 날카로운 소리로 우리를 향해 날았다. 우리는 아악 비명을 지르며 철조망 아래로 납작 엎드렸다. 다리 사이가 뜨뜻하게 젖어 왔다. 그리고 잠시 후 고개를 들어 킬킬대는 미군의 손짓이 가리키는 곳을 하얗게 질린 얼굴로 바라보았다. 우리의 뒤 두어 걸음쯤 떨어진 곳에서 가슴에 칼을 맞은 고양이가 네발을 허공에 쳐들고 반듯이 누워 있었다. 거의 작은 개만큼이나 큰 검정 고양이였다. 부대의 쓰레기통을 뒤지는 도둑고양이였을 것이다. 우리가 다가가 둘러섰을 때까지도 날카로운 수염발이 바르르 떨리고 있었다. 갑자기 오빠가 고양이를 집어 올렸다. 그리고 뛰었다. 우리도 뒤를 따라 덩달아 뛰기 시작했다. 젖은 속옷이 살에 감겨 쓰라렸다.

미군 부대의 막사가 보이지 않는 곳에 이르자 오빠가 헉헉대며 걸음을 멈추었다. 그리고 비로소 손에 들린 것이 무엇인지 깨달은 듯 진저리를 치며 내동댕이쳤다. 검은 고양이는 털썩 둔탁한 소리를 내며 땅바닥에 떨어졌다.

그걸 왜 갖고 왔니?

한 아이가 비난하는 어조로 말했다. 도전을 받은 꼬마 나폴레옹은 분연히 고양이의 가슴팍에 꽂힌, 끝이 송곳처럼 가늘고 날카로운 칼을 빼어 풀섶에 쓱쓱 피를 닦았다. 그리고 찰칵 날을 숨겨 주머니에 넣었다.

막대기를 가져와.

한 아이가 지난봄 식목일의 기념 식수 가지를 잘라 왔다.

오빠는 혁대를 끌러 고양이의 목에 감고 그 끝을 나뭇가지에 매었다. 그리고 우리는 묵묵히 거리를 지났다.

고양이는 하염없이 늘어져 발이 땅에 끌리고 그 무게로 오빠의 어깨에 있힌 나뭇가지는 활처럼 휘었다.

중국인 거리에 다다랐을 때 여름의 긴긴 해는 한없이 긴 고양이의 허리를

미군과 한국인 매춘부

자르며 비껴 기울고 있었다.

머리에 서릿발이 얹힌 듯 희끗희끗 밀가루를 뒤집어쓴 제분 공장 노무자들이 빈 도시락을 달그락거리며 언덕을 넘어 우리 곁을 지나쳐 갔다.

고양이의 검고 긴 몸뚱어리, 우리들의 끝없이 길고 두려운 저녁 무렵의 그림자를 밟으며 우리는 부두를 향해 걸었다. 그때 나는 다시 보았다. 이층의 덧문을 열고 그는 슬픈 듯, 노여운 듯 어쩌면 희미하게 웃는 듯한 알 수 없는 눈길로 우리의 행렬을 보고 있었다.

부두에 이르러 우리는 나뭇가지를 내려놓고 고양이의 목에서 혁대를 풀었다. 오빠는 퉤퉤 침을 뱉으며 자꾸 흘러 내리려는 바지 허리를 혁대로 단단히 죄었다.

그리고 쓰레기와 빈 병과 배를 허옇게 뒤집고 떠 있는 썩은 생선들이 떠밀려 범람하는 방죽 아래로 고양이를 떨어뜨렸다.

해가 지고 있었으므로 우리는 공원으로 가기로 했다.[39)]

여느 때 같으면 한없이 올라가는 공원의 층계에 엎드려 층계를 올라가는 양갈보들의 치마 밑을 들여다보며, 고래 힘줄로 심을 넣어 바구니처럼 둥글게 부풀린 페티코트 속이 온통 맨다리뿐이라는 데 탄성을 지르거나 혹은 풀섶에 질펀히 앉아서 '도라아보는 발거름마다 눈무울 젖은 내애 처엉춘, 한마아는 과거사를 도리켜 보올 때에 아아 산타마리아아의 종이이 우울리인다' 따위 늙은 창부타령을 찢어지게 불러 대었을 텐데 우리는 묵묵히 하늘 끝까지라도 이어질 것 같은 층계를 하나씩 올라갔다.

공원의 꼭대기에는 전설로 길이 남을 것이라는 상륙작전의 총지휘관이었던 노장군의 동상이 있었다. 그곳에서는 시가지 전체가 한눈에 들어왔다.

선창에 정박해 있는 크고 작은 배들의 깃발이 색종이처럼 조그맣게 팔랑이고 있는 사이 기중기는 쉬지 않고 화물을 물어 올렸다. 선창에서 멀찌감치 물러나 섬처럼, 늙은 잉어처럼 조용히 떠 있는 것은 외국 화물선일 것이다.

공원 뒤쪽의 성당에서는 끊임없이 종을 치고 있었다. 고양이를 바다에 던질 때부터 아니 그 이전부터 우리 뒤를 따라오며 머리칼을 당기던 소리였다. 일정한 파문과 간격으로 한없이 계속되는, 극도로 절제되고 온갖 욕망과 성질

39) 인천광역시 중구 응봉산에 조성된 자유공원을 가리킨다. 맥아더 장군의 동상이 서 있다.

을 단 하나의 동그라미로 단순화시킨 그 소리에는 한밤중 꿈속에서 깨어나 문득 듣게 되는 여름밤의 먼 우렛소리, 혹은 깊은 밤 고달프게 달려가는 기차 바퀴 소리에서와 같은, 이해할 수 없는 두려움과 비밀스러움이 있었다.

수녀가 죽었나 봐.

누군가 말했다. 끊임없이 성낭의 송이 울릴 때는 수녀가 고요히 죽어 가는 것이라는 것을 우리는 모두 알고 있었다.[40]

철로 너머 제분 공장의 굴뚝에서 울컥울컥 토해 내는 검은 연기는 전쟁으로 부서진 도시의 하늘에 전진(戰塵)처럼 밀려들고 있었다.

전쟁사에 길이 남을 것이라는 치열했던 함포 사격에도 제 모습을 고스란히 지니고 있는 것은 중국인 거리라고 불리는, 언덕 위의 이층집들과 우리 동네 낡은 적산 가옥들뿐이었다.

시가지 쪽에는 아직 햇빛이 머물러 있는데도 낙진처럼 내려앉는, 북풍에 실린 저탄장의 탄가루 때문일까, 중국인 거리는 연기가 서리듯 눅눅한 어둠에 잠겨 들고 있었다.

시의 정상에서 조망하는 중국인 거리는, 검게 그을린 목조 적산가옥 베란다에 널린 얼룩덜룩한 담요와 레이스의 속옷들은, 이 시의 풍물(風物)이었고 그림자였고 불가사의한 미소였으며 천칭의 한쪽 손에 얹혀 한없이 기우는 수은이었다. 또한 기우뚱 침몰하기 시작한 배의, 이미 물에 잠긴 고물(船尾)이었다.

시의 동쪽 공설운동장에서 때 이른 횃불이 피어 올랐다. 잔양(殘陽) 속에서 그것은 단지 하나의 흔들림, 너울대는 바람의 자락이었다. 그리고 사람들은 와아와아 함성을 질렀다. 체코 폴란드 물러가라, 꼭두각시 괴뢰 집단 물러가라, 와아와아. 여름 내내 햇빛이 걷히면 한 집에서 한 명씩 뽑혀 나간 사람들은 공설운동장에 모여 발을 구르며 외쳤다. 할머니는 돌아와 밤새 끙끙 허리를 앓았다.

중립국 감시위원단 중 공산측이 추천한 체코와 폴란드가(그들은 소련의 위성국가입니다) 그들의 임무를 저버리고 유엔군측의 군사기밀을 캐내어 공산측에 보고하는 스파이가 되었기 때문입니다.

전체 조회에서 교장선생님은 말했다.[41]

인천 시내에 진격하는 유엔군

40) 배를 허옇게 뒤집은 채 떠 있는 썩은 생선과, 백인 지아이의 칼던지기 장난에 죽은 고양이 등은 화자를 둘러싸고 있는 죽음의 기호들이다. 그리고 그 죽음의 기호들 사이로 수녀의 죽음을 알리는 종소리가 들려온다. 이러한 죽음의 기호들이 환기하는 두려움과 비밀스러움 또한 화자에게 있어 성장의 한 계기를 이루고 있다.

41) 폐허의 풍경들, 그리고 미군 부대와 기지촌 등을 통해 암시되었던 이 소설의 시간적 배경이 6·25 전쟁 직후임을 확인케 하는 대목이다.

무릎을 세우고 앉아 그 사이에 깊이 고개를 묻으면 함성은 병의 좁은 주둥이에 휘파람을 불어 넣을 때처럼 아스라하게 웅웅대며 들려 왔다. 땅속 깊숙이에서 울리는, 지층이 움직이는 소리, 해일의 전조로 미미하게 흔들리는 물살, 지붕 위를 핥으며 머무는 바람.

집으로 돌아왔을 때 어머니는 수채에 쭈그리고 앉아 으윽으윽 구역질을 하고 있었다. 임신의 징후였다. 이제 제발 동생을 그만 낳아 주었으면 좋겠다고 생각하며 나는 처음으로 여자의 동물적인 삶에 대해 동정했다. 어머니의 구역질에는 그렇게 비통하고 처절한 데가 있었다. 또 아이를 낳게 된다면 어머니는 죽게 될 것이다.

밤이 깊어도 나는 잠을 잘 수가 없었다. 마악 생기기 시작한 젖망울을 할머니가 치마 말기[42]를 뜯어 만들어 준 띠로 꽁꽁 동인 언니는 홑이불의 스침에도 젖이 아파 가슴을 싸쥐며 돌아누워 앓았다. 밤새도록 간단없이 들려 오는 야경꾼[43]의 딱딱이 소리, 화차의 바퀴 소리를 낱낱이 헤아리다가 날이 밝자 부두로 나갔다. 여전히 물결에 떠밀려 방죽에 부딪는 더러운 쓰레기와 썩은 생선들 사이에도, 더 멀리 닻 없이 떠 있는 폐선의 밑창에도 고양이는 없었다.

어느 먼 항구에서 아이들의 장대질에 의해 뼈가 무너진 허리 중동이를 허물며 끌어 올려질지도 몰랐다.

가을로 접어들어도 빈대의 극성은 대단했다. 해가 퍼지면 우리는 다다미[44]를 들어내어 베란다에 널어 습기를 말리고 빈대 알을 뒤졌다. 손목과 발목에 고무줄을 넣은 옷을 입고 자도 어느 틈에 빈대는 옷 속에서 스멀대며 비린 날콩 냄새를 풍겼다. 사람들은 전깃불이 나가는 열두시까지 대개 불을 켜 놓고 잠이 들었다. 불빛이 있으면 빈대가 덜 끓었기 때문이었다. 그러나 열두시를 기점으로 그것들은 다다미 짚 속에서, 벌어진 마루 틈에서 기어 나와 총공격을 개시했다.

옅은 잠 속에서 손톱을 세워 긁적이며 빈대와 싸우던 나는 문득 나무토막이 부서지는 둔탁하고 메마른 소리에 눈을 떴다. 오빠는 어느새 바지를 주워 입고 총알처럼 계단을 뛰어 내려가고 있었다. 바깥에서는 갑작스런 소음이 끓었다. 무슨 사건이 일어났구나, 나는 가슴을 두근대며 베란다로 나갔다. 불이

42) 치마나 바지 같은 것의 윗허리에 둘러서 댄 부분.

43) 밤에 공공건물·회사·동네 등을 돌며 화재나 범죄 따위를 경계하던 사람을 일컫던 말.

44) 일본식 방에 까는, 짚과 돗자리로 만든 두꺼운 깔개. 일본인들이 살던 집을 접수한 적산 가옥임을 알 수 있다.

나간 지 오래되어 깜깜한 거리, 치옥이네 집과 우리 집 앞을 메우며 사람들이 가득 와글와글 떠들고 있었다. 뒤미처 늘어선 집들의 유리문이 드르륵 열리고 베란다로 나온 사람들이 무슨 일이냐고 소리쳤다. 죽었다는 소리가 웅성거림 속에 계시처럼 들렸다. 모여 선 사람들은 이어 부르는 노래를 하듯 입에서 입으로 죽었다는 말을 옮기며 신서리를 치거나 겹겹의 눌러싼 틈으로 고개를 쑤셔 넣었다. 나는 턱을 달달 떨어 대며 치옥이의 집 이층 시커멓게 열린 매기언니의 방과 러닝셔츠 바람으로 베란다의 난간을 짚고 아래를 내려다보고 있는 검둥이를 보았다.

잠시 후 요란한 사이렌을 울리며 미군 지프차가 달려왔다. 겹겹이 진을 친 사람들이 순식간에 양쪽으로 갈라졌다. 헤드라이트의 쏟아질 듯 밝은 불빛 속에 매기언니가 반듯이 누워 있었다. 염색한, 길고 숱 많은 머리털이 흩어져 후광처럼 얼굴을 감싸고 있었다. 위에서 던져 버렸다는군.

검둥이는 술에 취해 있었다. 엠피[45]가 검둥이의 벗은 몸에 군복을 걸쳤다. 검둥이는 단추를 풀어 헤치고 낄낄대며 지프차에 실려 떠났다.

입의 한 귀로 흘러 내리는 물을 짜증을 내는 법도 없이 찬찬히 닦아 주며 치옥이는 제니에게 물을 먹이고 있었다. 아무리 물을 먹여도 제니의 딸꾹질은 멎지 않았다.

고아원에 가게 될 거야.

치옥이가 말했다. 봄이 되면 매기언니는 미국에 가게 될 거야, 검둥이가 국제결혼을 해준대라고 말하던 때처럼 조금 시무룩한 말투였다. 그 무렵 매기언니는 행복해 보였다. 침대에 걸터앉은 검둥이의 발을 닦아 주는 매기언니의, 물들인 머리를 높이 틀어 올려 깨끗한 목덜미를 물끄러미 보노라면 화장을 지운, 눈썹이 없는 얼굴로 나를 돌아보며 상냥하게 손짓했다. 들어와, 괜찮아.

제니는 성당의 고아원에 갔어.

이틀 후 치옥이는 빨갛게 부은 눈을 사납게 찡그리며 말했다. 매기언니의 동생이 와서 매기언니의 짐을 모조리 실어 가며 제니만을 달랑 남겨 놓았다는 것이다. 치옥이네 이층은 꽤 오랫동안 비어 있었다. 그러나 나는 치옥이네 집

45) M.P. Military Police의 약칭. 헌병.

에 숙제를 하러 가거나 놀러 가지 않았다.

아침마다 길에서 큰소리로 치옥이를 불렀다.

또 아이를 낳게 된다면 어머니는 죽을 것이라는 예감이 신념처럼 굳어 가고 있었지만 어머니의 배는 치마 밑에서 조심스럽게 불러 가고 있었다. 대신 매운 손맛과 나지막하고 독한 욕설로 나날이 정정해지던 할머니가 쓰러졌다. 빨래를 하다가 모로 쓰러진 후 제정신이 돌아오지 않는 것이다. 할머니의 등에 업혀 살던 막내동생은 언니의 차지가 되었다.

대소변을 받아 내게 되자 어머니와 아버지는 할머니를 할아버지가 있는 시골로 보내는 것에 합의를 보았다.

이십 년도 가는 수가 있대요. 중풍이란 돌도 삭인다니까요.

어머니는 작게 소곤거렸다. 그리고는 조금 큰 소리로, 미우니 고우니 해도 늙마⁴⁶⁾에는 영감님 곁이 제일이에요 했고. 이어 택시를 대절해서 모셔야 해요 하고 크게 말했다.

할머니는 다시 아기가 되었다. 나는 치옥이가 제니에게 하듯 아무도 없을 때면 할머니의 방에 들어가 머리를 빗기고 물을 입에 떠 넣기도 하고 가끔 쉬를 했는지 속옷을 헤치고 기저귀 속에 살그머니 손끝을 대어 보기도 했다.

할머니가 떠나는 날 어머니는 할머니의 옷을 벗기고 새로 빤 옷을 갈아입혔다.

평생 자식을 실어 보지도 못한 몸이라 아직 몸매가 이렇게 고우시구나.

할아버지가, 할머니의 동생인 작은할머니와 그 사이에 낳은 자식들과 살고 있는 시골에 할머니를 모셔다 놓고 온 아버지는 한숨을 쉬며 더듬더듬 말했다.

못할 짓을 한 것 같아, 그 집에서 누가 달가워하겠어, 개밥에 도토리지. 그런데 부부라는 게 뭔지…… 글쎄 의식이 하나도 없는 양반이 펄떡펄떡 열불이 나는 가슴을 풀어 헤치고 영감님 손을 끌어당겨 거기에 얹더라니깐…….

그러게 내가 뭐랬어요, 역시 보내 드리길 잘했지. 평생 서리서리 뭉쳐 둔 한인걸요.

어머니는 할머니가 쓰던 반닫이의 고리를 열었다. 평소에 할머니가 만지지도 못하게 하던 것이라 우리들의 길게 뺀 목도 어머니의 손길을 따라 움직였

46) '늘그막'의 준말.
늙을 무렵.

다. 어머니는 차곡차곡 쌓인 옷가지들을 하나씩 들어내어 방바닥에 놓았다. 다리 부분을 줄여 할머니가 입던 아버지의 헌 내의, 허드레로 입던 몸뻬[47] 따위가 바닥에 쌓였다. 그리고 항라,[48] 숙고사[49] 같은 옛날 천의 옷이 나왔다. 점차 어머니의 손길에 끌려 나온, 지난날 할머니가 한두 번쯤 입고 아껴 넣어 두었을 옷가지들을 보는 사이 비로소 이제 할머니는 돌아오지 않는다, 이런 옷들을 입을 날이 없을 것이라는 생각이 들어 가슴 밑바닥에 바람이 지나가듯 서늘해졌다. 할머니는 언제 저 옷들을 입었을까, 언제 다시 입기 위해 아끼고 아껴 깊이 넣어 둔 걸까.

마지막으로 어머니는 수달피 배자[50]를 들어내고 밑바닥을 더듬었다. 그리고 손수건에 단단히 싼 조그만 물건을 꺼냈다. 어머니의 손길이 그대로 잽싸게 움직이는 동안 우리 형제들은 숨을 죽여 뚫어지게 그것을 바라보았다.

어머니는 의아한 얼굴로 눈살을 찌푸려 손수건 속을 들여다보았다. 그 속에는 동강이 난 비취 반지, 퍼렇게 녹이 슬어 금방 부스러져 버릴 듯한 구리 혁대 버클, 왜정 때의 백동전 몇 닢, 어느 옷에 달았던 것인지 모를 크고 작은 몇 개의 단추, 색실 토막 따위가 들어 있었다.

노친네도 참, 깨진 비취는 사금파리[51]나 다름없어.

어머니는 혀를 차며 그것을 다시 손수건에 싸서 빈 반닫이에 던져 놓았다. 내의 따위 속옷은 걸렛감으로 내어놓고 옷가지들은 어머니의 장에 옮겨 놓았다. 수달피는 고급품이어서 목도리로 고쳐 쓰겠다고 했다.

다음날 나는 아무도 몰래 반닫이를 열고 손수건 뭉치를 꺼냈다. 그리고는 공원으로 올라가 장군의 동상에서부터 숲 쪽으로 할머니의 나이 수대로 예순다섯 발자국을 걸어 숲의 다섯 번째 오리나무 밑에 깊이 묻었다.

겨울의 끝 무렵 우리는 할머니의 부음[52]을 들었다. 택시에 실려 떠난 지 두 계절 만이었다.

산월을 앞둔 어머니는 새삼스럽게 할머니가 쓰던, 이제는 우리들의 해진 옷가지들이 뒤죽박죽 되는대로 쑤셔박힌 반닫이를 어루만지며 울었다.

저녁 내내 아무도 찾아내지 못할, 골방의 잡동사니들 틈에서 숨을 죽이고 있던 나는 밤이 되자 공원으로 올라갔다. 아주 깜깜했지만 나는 예순다섯 걸

47) 일본에서 제2차 세계대전 시에 들어온 옷이며, 주로 여성들이 노동용·보온용으로 착용하는 바지. 일제는 전쟁에 대비해 간소한 복장을 입히기 위해 남자들에게는 국민복, 여자들에게는 몸뻬를 입혔고, 이러한 몸뻬의 편리성은 새마을운동 등을 통해 더욱 선전되어, 1960~70년대 한국 여성들의 간편복으로 정착되었다.

48) 명주실·모시실·무명실 따위로 짜는 피륙의 한 가지. 씨를 세 올이나 다섯 올씩 걸러서 한 올씩 비우고 짜는데, 구멍이 뚫려서 여름 옷감으로 알맞다.

49) 누인 명주실로 짠 고사.

50) 저고리 위에 입는, 조끼 모양으로 생긴 덧저고리.

51) 사기 그릇의 깨어진 조각.

52) 訃音. 사람이 죽었다는 기별.

222 음을 걷지 않고도 정확히 숲의 다섯 번째 오리나무를 찾을 수 있었다.

깊은 땅 속에서 두 계절을 묻혀 있던 손수건은 썩은 지푸라기처럼 축축하게 손가락 사이에서 묻어 났다. 동강 난 비취 반지와 녹슨 버클, 몇 닢 백동전의 흙을 털어 가만히 손 안에 쥐었다. 똑같았다. 모두가 전과 다름없었다. 잠시의 온기와 이내 되살아나는 차가움.

나는 다시 손 안의 물건들을 나무 밑에 묻고 흙을 덮었다. 손의 흙을 털고 나무 밑을 꼭꼭 밟아 다진 뒤 일정한 보폭(步幅)을 유지하는 데 신경을 쓰며 장군의 동상을 향해 걸었다. 예순 번을 세자 동상이었다. 나는 고개를 갸웃했다. 분명히 두 계절 전 예순다섯 걸음의 거리였다. 앞으로 다시 두 계절이 지나면 쉰 걸음으로도 닿을 수가 있을까. 다시 일 년이 지나면, 그리고 십 년이 지나면 단 한걸음으로 날듯 닿을 수 있을까.[53]

아직 겨울이고 깊은 밤이어서 나는 굳이 사람들의 눈을 피하지 않고도 쉽게 장군의 동상에 올라갈 수 있었다. 키를 넘는, 위가 잘려진 정사면체의 받침돌에 손톱을 박고 기어올라 장군의 배 위에 모아 쥔 망원경 부분에 발을 딛고 불빛이 듬성듬성 박힌 시가지를 내려다보았다. 지난해 여름 전진(戰塵)처럼 자욱이 피어 오르던 함성은 이제 들려 오지 않았다. 다만 조용했다. 귀기울여 어둠 속에 부드럽게 흐르는 소리를 좇노라면 땅속 가장 깊은 곳에서 숨어 흐르는 수맥이라도 손끝에 닿을 것 같은 조용함이었다.

나는 깜깜하게 엎드린 바다를 보았다. 동지나해로부터 밤새워 불어오는 바람, 바람에 실린 해조류의 냄새를 깊이 들이마셨다. 그리고 중국인 거리, 언덕 위 이층집의 덧문이 열리며 쏟아져 나와 장방형으로 내려앉는 불빛과 드러나는 창백한 얼굴을 보았다. 차가운 공기 속에 연한 봄의 숨결이 숨어 있었다.

나는 따스한 핏속에서 돋아 오르는 순(筍)[54]을, 참을 수 없는 근지러움으로 감지했다.

인생이란……

나는 중얼거렸다. 그러나 뒤를 이을 어떤 적절한 말도 떠오르지 않았다. 알 수 없는, 다만 복잡하고 분명치 않은 색채로 뒤범벅된 혼란에 가득 찬 어제와 오늘과 수없이 다가올 내일들을 뭉뚱그릴 한마디의 말을 찾을 수 있을까.[55]

53) 매기언니와 할머니의 죽음을 통해 화자는 삶의 유한성을 인식하기에 이른다. 화자의 성장에는 이와 같은 죽음의 인식을 통한 개체적 삶에 대한 자각 과정이 그 배경으로 놓여 있다. 이러한 의식의 성장 과정에 고독과 사색의 순간이 또 하나의 계기로서 자연스럽게 뒤이어 오고 있다.

54) 나뭇가지나 풀의 줄기가 될, 길게 돋은 싹.

55) 죽음과 성장이 교차하면서 마련한 고독과 사색의 공간 속에서 화자는 봄의 숨결을, 그리고 자신의 핏속에서 순처럼 돋아 오르는 무엇인가를 느낀다. 마치 상처가 아무는 듯이, 그것은 참을 수 없는 근지러움을 동반하며 어렴풋하게나마 인생이라는 형식을 화자에게 부여한다.

만화대본집

다시 봄이 되고 나는 6학년이 되었다. 오빠는 어디서인지 강아지를 한 마리 얻어 와 길을 들이는 중이었다. 할머니가 없는 집 안에 개는 멋대로 터럭을 날리고 똥을 쌌다.

나는 일 년 동안 키가 한 뼘이나 자랐고 언니가 쓰던, 장미가 수놓여진 옥스포드 천의 가방을 들게 된 것은 지난해부터였다.

우리는 겨우내 화차에서 석탄을 훔치고 밤이면 여전히 거리를 쥐떼처럼 몰려다니며 소란을 떨었으나 때때로 골방에 틀어박혀 대본집[56]에서 빌려 온 연애 소설 따위를 읽기도 했다.

토요일이어서 오전 수업뿐이었다. 회충약을 먹는 날이니 아침을 굶고 와요, 배가 부른 회충은 약을 받아 먹지 않아요.

사람들은 이제는 집을 훨씬 덜 지었으나 해인초 끓이는 냄새는 빠지지 않는 염색 물감처럼 공기를 노랗게 착색시키고 있었다. 햇빛이 노랗게 끓는 거리에, 자주 멈춰 서서 침을 뱉으며 나는 중얼거렸다.

회충이 지랄을 하나 봐.

치옥이는 깡통에 파마약을 풀고 있었다.

제분 공장에 다니던 치옥이의 아버지가 피댓줄[57]에 감겨 다리가 끊긴 후 치옥이의 부모가 치옥이를 삼거리의 미장원에 맡기고 이 거리를 떠난 것은 지난 겨울이었다. 나는 매일 학교를 오가는 길에 미장원 앞을 지나치며 유리문을 통해 치옥이를 보았다. 치옥이는 자꾸 기어 올라가는 작은 스웨터를 끌어당겨 바지허리 위로 드러나는 맨살을 가리며 미장원 바닥에 떨어진 머리칼을 쓸고 있었다.

나는 미장원 앞을 떠났다. 수천의 깃털이 날아 오르듯 거리는 노란 햇빛으로 가득 차 있었다. 언제였지, 언제였지, 나는 좀체로 기억 나지 않는 먼 꿈을 되살리려는 안타까움으로 고개를 흔들며 집을 향해 걸었다. 그리고 집 앞에 이르러 언덕 위의 이층집 열린 덧창을 바라보았다. 그가 창으로 상체를 내밀어 나를 손짓해 부르고 있었다.

내가 끌리듯 언덕 위를 올라가자 그는 창문에서 사라졌다. 그리고 잠시 후 닫힌 대문을 무겁게 밀고 나왔다. 코허리가 낮고 누른빛의 얼굴에 여전히 알

56) 책 대여점

57) 두 개의 기계 바퀴에 걸어 동력을 전달하는 띠모양의 물건.

수 없는 미소를 띠우고 있었다.

그는 내게 종이 꾸러미를 내밀었다. 내가 받아 들자 그는 몸을 돌려 안으로 들어갔다. 열린 문으로 어둡고 좁은, 안채로 들어가는 통로와 갑자기 나타나는 볕 바른 마당과, 걸음을 옮길 때마다 투명한 맨발에 찰랑대며 묻어 오르는 햇빛을 보았다.

나는 골방에 들어가 문을 잠근 뒤 종이 뭉치를 끌렀다. 속에 든 것은 중국인들이 명절 때 먹는 세 가지 색의 물감을 들인 빵과, 용이 장식된 엄지손가락만 한 등이었다.

나는 그것들을 금이 가서 쓰지 않는 빈 항아리 속에 넣었다. 안방에서는 어머니가 산고(産苦)의 비명을 지르고 있었으나 나는 이층으로 올라갔다. 그리고 숨바꼭질을 할 때처럼 몰래 벽장 속으로 숨어 들어갔다. 한낮이어도 벽장 속은 한 점의 빛도 들이지 않아 어두웠다. 나는 차라리 죽여 줘라고 부르짖는 어머니의 비명과 언제부터인가 울리기 시작한 종소리를 들으며 죽음과도 같은 낮잠에 빠져 들어갔다.

내가 낮잠에서 깨어났을 때 어머니는 지독한 난산이었지만 여덟 번째 아이를 밀어내었다. 어두운 벽장 속에서 나는 이해할 수 없는 절망감과 막막함으로 어머니를 불렀다. 그리고 옷 속에 손을 넣어 거미줄처럼 온몸을 끈끈하게 죄고 있는 후덥덥한 열기를, 그 열기의 정체를 찾아내었다.

초조(初潮)였다.[58]

〈『문학과지성』, 1979. 봄호〉

58) 여자의 월경. 성장의 고비를 넘어서면서 화자의 삶은 새로운 지평 위에 놓이게 된다. 치옥이는 미장원에 취직했으며, 중국인 청년은 그녀를 손짓하여 부르고는 빵과 등이 담긴 종이 꾸러미를 건넨다. 그리고 어머니는 난산 속에 여덟 번째 아이를 낳고, 화자는 자신의 성장을 확인이라도 하듯 초조를 맞이한다.

한 개인이 성장하면서 겪게 되는 고통과 번민을 주제로 삼은 소설. 주로 사춘기의 남녀가 성인으로 성장하는 과정에 겪는 성(性)의 발견, 지적인 성숙, 첫사랑의 경험, 개인과 사회 사이의 근원적인 대립 등을 다룬다. 작가들은 자기가 성장하면서 경험한 일들을 소재로 삼아 소설을 쓰는 경우가 많다. 현재의 자아를 형성시킨 것이 결국 과거의 체험들이기 때문이다. 한편 인간의 성장은 유년의 순수함을 포기하고 기성세대의 가치관에 적응해 가는 과정이므로, 성장 소설에서는 흔히 유년의 순수함과 기성세대의 속물 근성, 혹은 성인들의 타락한 가치관을 대립시켜 표현하는 경우가 많다. 한 인간이 사회의 교양을 받아들인다는 의미에서 교양 소설, 자아의 발전 과정을 그리고 있다는 점에서 발전 소설이라는 개념으로 혼용해 사용하기도 한다.

언어논술 Q & A

「중국인 거리」에 형상화된 한 소녀의 성장 과정이 깊은 울림을 전해 주는 데는 문체의 역할을 간과할 수 없다. 문체를 중심으로, 이 작품의 표현 방법에 나타난 특징에 대해 구체적으로 살펴보자.

이 작품에서 감각적인 문체를 이루는 요소 중의 하나는 세련된 활유적 표현의 사용에 있다. 가령 '석탄을 싣고 온 화차는 자칫 바다에 빠뜨릴 듯한 머리를 위태롭게 사리며 깜짝 놀라 멎고 그 서슬에 밑구멍으로 주르르 석탄가루를 흘려 보냈다'와 같은 문장이나, '물살을 가르며 사납게 웅웅대던 바람은 그 첨예한 손톱으로 비듬이 허옇게 이는 살갗을 후비고 아직도 차 안에 질척하게 고여 있는 쇠똥 냄새를 한소끔씩 걷어 내었다'와 같은 문장 등은 좋은 예가 될 수 있다. '화차'나 '바람'을 마치 살아 있는 생물처럼 묘사한 이와 같은 표현에서, 대상을 바라보는 주인공의 예민하고도 섬세한 감각을 느낄 수 있다.

또한 이 작품에서는 대화나 독백 등이 화자의 서술과 형식적으로 구분되지 않은 채 사용되고 있다. 이것은 화자의 심리 상태나 서술의 흐름에 독자를 묶어 두는 역할을 한다. 즉 이와 같은 내적 독백의 서술적 태도로 말미암아 작품 속의 화자와 독자의 거리가 한층 가까워지게 되는 것이다.

요컨대 활유적 표현을 중심으로 한 감각적인 문체와 내적 독백의 서술적 태도 등은, 한 소녀가 겪는 비극적인 성장의 형상화라는 이 작품의 주제를 표현하는 데 효과적으로 기여하고 있다.

「중국인 거리」에서 주인공이 정신적·육체적으로 성장해 가는 과정을 설명해 보자.

우선 성장을 이루어 가는 출발점은 주인공이 치옥을 매개로 하여 어른들의 세계를 엿보는 장면에서 비롯된다. 중국인 거리의 낯선 풍물들과 새로운 문화적 환경은 주인공으로 하여금 섬뜩한 세계에 대한 새로운 이해를 가능케 하는 고유한 분위기를 형성한다.

작품 속에서 주인공의 성장은 이와 같은 문화적 환경을 배경으로 하고 있으며, 그것은 욕망의 역동적 이미지와 죽음의 정적 이미지의 단계를 거치면서 진행된다. 주인공이 자신의 내면에 자리잡은 욕망을 발견하게 되는 계기는 우연히 건너편 이층집 창문에서 중국인 남자의 얼굴을 바라보게 되는 장면에서 찾아볼 수 있다. 이 순간 주인공은 설명할 수 없는 슬픔과 비애의 감정에 사로잡히게 되는 바, 그의 창백한 표정에 담긴 욕망의 시선이 주인공의 내부에서 움트고 있던 욕망과 내면을 일깨운다.

한편 주인공의 내면에 자리잡게 된 이러한 역동적인 욕망의 움직임은, 양공주 매기언니와 할머니의 죽음을 거치면서 정적(靜的)인 성장의 고뇌로 성숙되어 간다.

이처럼 욕망과 내면의 발견, 그리고 죽음과 고독에 대한 인식을 거치면서 주인공의 삶은 새로운 지평 위에 놓이게 된다. 수없이 다가올 내일을 향해 열려 있는 그 세계는, 이제 막 성장의 고비를 겪고 있는 주인공에게는 복잡하고 분명치 않은 색채들로 뒤범벅된 혼란스러운 이미지로 다가온다. 그러한 막막함과 절망감을 동반하는 고통스러운 체험의 끝에서 이루어지는 주인공의 성장은, 번데기가 자신의 껍질을 찢고 나비가 되어 세상으로 나오는 것에 비유될 수 있을 것이다.

통합논술 Q & A

일반적으로 개인이 자신이 속한 집단의 가치와 규범을 내면화해 가는 과정을 사회화 (socialization) 과정이라고 한다. 「중국인 거리」에 나타난 사회화의 양상에 주목하고, 그 특수성과 의미에 대해 서술해 보자.

인간은 사회화 과정을 통해 자신과 타인이 속한 집단에 동조·이해할 수 있는 공통 문화를 학습하고, 자신을 둘러싸고 있는 환경과의 상호 작용을 통해 타인과는 구별되는 독특한 자아를 형성한다. 이와 같은 사회화를 담당하는 기관으로 가장 중요한 역할을 하는 것은 가족이다. 그 밖에 친구 집단, 교육 기관 등도 인간의 사회화 과정에 영향을 미치는 요인들이며, 특히 현대 사회에서는 대중매체 또한 중요한 역할을 담당한다.

이 작품에 나타난 주인공의 성장 과정 또한 사회화의 측면에서 바라볼 수 있다. 주인공의 성장은 기성 문화와 규범을 체험하면서 그것에 반응하고 이를 내면화하는 일련의 과정으로 볼 수 있기 때문이다. 즉 할머니를 비롯한 가족들과 중국인 거리에서 살아가는 여러 부류 사람들의 삶의 방식은 주인공에게 '동일시'와 '배제'의 선택적인 반응을 불러일으키고, 그러한 과정에서 주인공의 가치 체계가 자리잡아 가는 것이다.

그런데 정상적인 사회화 과정과 대비해 볼 때, 이 작품에 나타난 사회화의 양상은 다소 특이한 모습을 보여 주고 있다. 우선 지적될 수 있는 것은 사회화 여건의 전반적인 미비 상태다. 주인공은 가족이나 교육기관을 통한 정상적인 사회화를 경험하지 못하고, 어른들의 타락한 문화와 윤리 규범에 그대로 노출되어 있음을 볼 수 있다. 아무런 죄의식 없이 석탄을 훔쳐 그것으로 군것질을 하는 아이들의 조숙한 행동, 거리낌없이 양공주가 되겠다고 말하는 치옥의 단순한 욕망, 푸줏간에서 어른들처럼 흥정을 하는 주인공의 모습 등에서, 전후의 무너진 가족 질서의 양상과 문화의 불모 상태를 확인할 수 있다.

심리 소설

개인의 심리를 주제로 한 소설. 예전의 소설이 대부분 보이는 세계, 즉 역사나 사회 현실 등을 주요한 소재로 다루었다면, 심리 소설은 보이지 않는 세계, 즉 인간의 내면 심리를 주로 다룬다. 우리 문학사에서는 1930년대 이상의 「날개」를 심리 소설의 효시로 볼 수 있으나, 심리 소설이 보편화된 것은 1970년대 무렵이다. 특히 오정희의 「중국인 거리」나 서정인의 「후송」은 논리적으로는 해명하기 힘든 개인의 불안 심리를 주로 다루고 있다. 심리 소설의 출현은 정신분석학의 출현과 관계가 깊다. 프로이트의 정신분석학은 이성적인 논리나 언어로는 해명하기 힘든, 무의식(無意識)의 영역이 인간의 행동에 영향을 미친다는 가설하에 성립된 과학이다. 프로이트가 발견한 무의식의 영역은 인간의 모호한 심리도 소설의 좋은 소재가 될 수 있음을 반증해 주었다.

작품 속에 나타난 이와 같은 사회화의 특수성을 세대적인 시각에서 바라본다면, 주인공을 둘러싼 이러한 특수한 사회화의 환경은 전후 세대의 내면에 자리잡은 체험과 의식의 한 단면을 이해할 수 있는 계기로서의 의미를 갖는다.

「중국인 거리」의 배경이 되는 인천 차이나타운은 1884년 4월 청나라의 치외법권 지역으로 체결이 된 후로 화교들이 몰려와 생성되었다. 북성동, 선린동 일대의 5천 평에 청나라의 영사관과 학교가 설치되고, 중국의 산둥반도와 정기적으로 배가 운영되면서 화교의 숫자는 더욱 늘어나게 되었다. 대부분의 화교들은 중국에서 가지고 온 식료잡화, 소금, 곡물을 팔고 우리 나라의 사금 등을 중국으로 보내 상권을 장악하고 세력을 넓혀 나갔다.

1937년 중일 전쟁이 일어나 청관의 상권이 마비되면서 화교들은 대만, 미국, 동남아시아로 떠나고, 일부는 요리집과 잡화상 등을 운영하거나, 일부는 부두근로자로 전락하기도 했다. 1948년 한국 정부가 수립되면서 각종 제도적 제한, 차별대우로 화교 사회는 더욱 어렵게 되었으며, 더불어 1949년 중국정부가 설립되어 외국 이동을 금지하면서 더욱 쇠퇴의 길을 걷게 되었다.

그러나 화교 1세들은 고유 풍습을 그대로 간직하고 살았다. 중국의 큰 명절인 설날과 원소절(보름날)사이의 15일 동안 마을은 온통 축제 분위기였으며, 집집마다 복을 기원하는 글을 빨간 종이에 써서 붙이고 색등을 걸어 놓았다. 해가 저물면 긴 장대 끝에 폭죽을 수백 개씩 달아 놓고 불꽃놀이를 즐겨 많은 구경꾼들이 몰려들었지만, 지금은 그런 모습을 볼 수 없다.

현재 화교 2 · 3세들이 1백 70여 가구 500여 명이 살고 있으며, 자금성, 중화루, 진흥각 등이 중국의 맛을 이어가고 있다. 2005년은 자장면이 탄생한 지 100년이 지난 해라 하여, '자장면 100주년 축제'가 열리기도 했다.

인천 차이나타운 축제

젊은 느티나무

강신재

1924~2001 ｜ 서울에서 출생 1943년 이화여전 가사과 중퇴 1949년 『문예』에 「정순이」로 추천 완료
1959년 「절벽」으로 한국문협상 수상 1960년 『사상계』에 「젊은 느티나무」 발표

그 밖에 주요 작품으로 「여정」 「해방촌 가는 길」 「그들의 행진」 등이 있음

230

여고생 숙희는 어머니의 재가로 이복 오빠인 현규를 만나게 된다. 숙희는 한지붕 밑에서 살면서 오빠에게 첫사랑을 느끼게 된다. 그 사랑의 느낌은 비누 냄새로 다가온다. 이 소설의 첫 줄은 '그에게서는 언제나 비누 냄새가난다'라는 문장으로 시작된다. 사춘기 소녀의 섬세한 후각에 포착된 이 비누 냄새는 이 소설을 시종 이끌고 가는 마력으로 작용하고 있다.

공부만 잘하는 게 아니라 스포츠에도 만능인 오빠의 모습은 세련되고 부유한 가정의 분위기와 잘 어울려 이상적인 남성상을 재현한다. 더욱이 이들의 사랑은 육체적인 게 아니다. 비누 냄새로 모호하게 다가오는 남성이야말로 사춘기 소녀가 지닐 법한 첫사랑에 대한 막연한 설렘과 순수한 이상을 대변하고 있다.

비록 이복 남매라고는 하지만, 이들의 사랑은 현실에서는 이루어질 수 없는 사랑이다. 만약 현실 속에서 그 사랑이 이루어진다면, 이는 근친상간(近親相姦)이라는 철저한 윤리적 파멸로 치닫게 된다. 작가는 이들의 사랑을 순수한 것으로 이상화하기 위해, 마치 물빛을 그린 수채화처럼 가볍고도 감각적인 문체를 구사하고 있다. 비누 냄새로 촉발된 이들의 사랑은 숙희가 '젊은 느티나무'를 꼭 껴안는 것으로 끝난다. 오빠의 육체를 껴안는 것을 느티나무를 껴안는 것으로 대신할 때, 이들의 사랑은 꿈속에서나마 더 계속될 수 있는 것이다.

갈래 __ 단편 소설, 성장 소설 ᅵ 주제 __ 첫사랑의 열정과 순수 ᅵ 배경 __ 현대, 중산층 가정 ᅵ 시점 __ 1인칭 주인공 시점 ᅵ 등장인물 __ 나(숙희) __ 여고생. 어머니의 재혼(再婚)으로 이복 오빠인 현규와 만나게 된다. 사춘기 남녀의 사랑에 대한 열정, 오빠와 동생 사이의 근친상간(近親相姦)이라는 윤리적인 죄책감 사이에서 갈등을 일으킨다. 그(현규) __ 건강하고 세련된 젊은이. 이복 여동생과의 사랑의 갈등을 보다 냉정하고 지혜롭게 헤쳐 나가는 인물 어머니 __ 남편과 사별하고, 결혼 전부터 혼담이 있었던 무슈 리와 재혼한다. 무슈 리 __ 현규의 아버지이자 숙희의 새아버지 ᅵ 구성 __ 발단 __ '나'는 어머니의 재혼으로 인해 이복 오빠인 현규를 만나게 된다. 전개 __ '나'는 현규를 이성으로 느끼며 사랑의 감정을 갖기 시작한다. 위기 __ 현규 친구로부터 '나'에게 온 연애 편지에 대해 현규가 질투하는 모습을 보인다. 절정 __ 괴로운 마음을 안고 시골로 간 '나'에게 현규가 찾아온다. 대단원 __ 서로의 감정을 이해하고 먼 훗날을 약속하며 각자 현재의 길을 가기로 다짐한다.

그에게서는 언제나 비누 냄새[1]가 난다.

아니 그렇지는 않다. 언제나라고는 할 수 없다.

그가 학교에서 돌아와 욕실로 뛰어가서 물을 뒤집어쓰고 나오는 때면 비누
냄새가 난다. 나는 책상 앞에 돌아앉아서 꼼짝도 하지 않고 있더라도 그가 가
까이 오는 것을―그의 표정이나 기분까지라도 넉넉히 미리 알아차릴 수 있다.

티셔츠로 갈아입은 그는 성큼성큼 내 방으로 걸어 들어와 아무렇게나 안락
의자에 주저앉든가, 창가에 팔꿈치를 짚고 서면서 나에게 빙긋 웃어 보인다.

"무얼 해?"

대개 이런 소리를 던진다.

그런 때에 그에게서 비누 냄새가 난다. 그리고 나는 나에게 가장 슬프고 괴
로운 시간이 다가온 것을 깨닫는다. 엷은 비누의 향료와 함께 가슴속으로 저
릿한 것이 퍼져 나간다―이런 말을 하고 싶었던 것이다.

"뭘 해?"

하고 한마디를 던져 놓고는 그는 으레 눈을 좀더 커다랗게 뜨면서 내 얼굴
을 건너다본다.

그 눈동자는 내 표정을 살피려는 것 같기도 하고 어쩌면 그보다도, 나에게
쾌활하게 웃고 떠들라고 권하고 있는 것 같기도 하다. 또 어쩌면 단순히 그 자
신의 명랑한 기분을 나타내고 있는 것에 불과한지도 모른다.

어느 편일까?

나는 나의 슬픔과 괴롬과 있는 대로의 지혜를 일점에 응집시켜 이 순간 그
의 눈 속을 응시하지 않을 수 없다.

나는 알고 싶은 것이다.

그의 눈 속에 과연 내가 무엇으로 비치는가?

하루 해와, 하룻밤 사이, 바위를 썻는 파도 소리같이, 가슴에 와 부딪고 또
부딪고 하던 이 한 가지 상념에 나는 일순 전신을 불살라 본다.

그러나 매일 되풀이하며 애를 쓰지만 나는 역시 알 수가 없다. 그의 눈의 의

1) 이 작품은 상당 부분
감각적인 묘사에 의존
하고 있다. 한 인물을 등
장시킬 때 성격·직
업·용무 등에 대한 구
체적인 소개를 생략하
고 곧장 '비누 냄새'라
는 감각을 제시하고 있
는 것도 한 예다.

미를 헤아릴 수가 없다. 그래서 나의 괴롬과 슬픔은 좀더 무거운 것으로 변하면서 가슴속으로 가라앉아 버리는 것이다.

그리고 다음 찰나에는 나는 그만 나의 자연스러운 위치—그의 누이동생이라는, 표면으로 보아 아무 스스럼도 불안정함도 없는 나의 위치로 돌아가 있지 않으면 안 될 것을 깨닫는다.[2]

"인제 오우?"

나는 이렇게 묻는다. 그가 원한 듯이 아주 쾌활한 어투로. 이 경우에 어색하게 군다는 것이 얼마만한 추태인가를 나는 알고 있다.

내 목소리를 듣고는 그도 무언지 마음 놓였다는 듯이,

"응, 고단해 죽겠어. 뭐 먹을 거 좀 안 줄래?"

두 다리를 쭈욱 뻗고 기지개를 켜면서 대답을 한다.

"에에 성화라니깐. 영작[3] 숙제가 막 멋지게 씌어져 나가는 판인데……."

나는 그렇게 투덜거려 보이면서 책상 앞에서 물러난다.

"어디 구경 좀 해. 여류 작가가 될 가망이 있는가 없는가 보아 줄게."

그는 손을 내밀며 몸까지 앞으로 썩 하니 기울인다.

"어머나, 싫어!"

나는 노트를 다른 책들 밑에다 잘 감추어 놓고 아래층으로 내려가서 냉장고 문을 연다.

뽀오얗게 얼음을 내뿜은 코카콜라와 크래커, 치즈 따위[4]를 쟁반에 집어 얹으면서 내 가슴은 비밀스런 즐거움으로 높다랗게 고동치기 시작한다.

그는 왜 늘 내 방에 와서 먹을 것을 달라고 할까? 언제나 냉장고 앞을 그냥 지나 버리고는 나에게 와서 달라고 조른다.

어떤 게으름뱅이라도 냉장고 문을 못 열 까닭은 없고, 또 누구를 시키는 것이 좋겠다면 부엌 사람들게 한마디 하는 편이 나을 것이다.

군소리를 지껄대거나 오래 기다리게 하거나 그렇지 않더라도 줄곧 먹을 것을 엎지르거나 내려뜨리거나 하는 나를 움직이기보다는 쉬울 것이 확실하다.

(어쩐 셈인지 나는 이런 따위 일이 참말 서툴다. 좀 얌전하고 재빠르게 보이려고 하여도 도무지 그렇게 되질 않는다.)

2) 표면에 드러나지 않은 심리적 감정과 표면에 드러난 누이·오빠 관계 사이에서 비롯된 갈등.

3) 영어 작문.

4) 당시로서는 상당히 새롭고 호사스러운 외국 제품들로 보인다. 이 소설의 상당 부분이 호사(好事) 취미와 관련되어 있음을 알 수 있다.

아폴로상

5) 여기서 아폴로는 미술 수업에서 사용하는 아폴로 석고상을 말한다.

6) '그' 또한 '나'에게 예사롭지 않은 감정을 가지고 있을 것이라는 암시.

7) 테니스 코트에서 들려오는 가볍고 탄력적인 공의 음색, 산뜻한 운동복 차림의 소녀, 구왕가의 고풍스럽고 아늑한 분위기는 젊음과 첫사랑이라는 이 소설의 주제에 적절한 분위기를 제공하고 있다.

쟁반을 들고 돌아와 보면 그는 창 밖의 덩굴장미께로 시선을 던지고 옆얼굴을 보이며 앉아 있다.

무엇을 생각하는지, 내가 곁에 있을 때는 보이지 않는 조용히 가라앉은 눈초리를 하고 있다. 까무레한 피부와 꽤 센 윤곽을 가진 그의 얼굴을 이런 각도에서 볼 때 나는 참 좋아진다. 나에게는 보이려 하지 않는, 혼자만의 표정도 무언지 가슴에 와 부딪는다.

그의 머리통은 아폴로의 그것처럼 모양이 좋다.[5] 아주 조금 곱슬거리는 머리카락이 몇 올 앞이마에 드리워 있다.

"곱슬머리는 사납다던데."

언젠가 그렇게 말하였더니,

"아니, 그렇지 않아. 숙희, 정말 그렇지 않아."

하고 그는 진심으로 변명을 하려 드는 것이었다. 나는 그저 농담을 하였을 뿐이었는데……[6]

오늘도 그는 그렇게 내 방에서 쉬고 나더니,

"정구 칠까?"

하며 자리에서 일어섰다.

"응."

"아니 참, 내일부터 중간시험이라구 하잖았던가?"

"괜찮아, 그까짓 거……."

사실 시험이고 무엇이고 없었다. 나는 옷서랍을 덜컹거리며 흰 쇼트(짧은 반바지)와 감색 셔츠를 끄집어내었다.[7]

"괜히 낙제하려구."

하면서도 그는 이내 라켓을 가지러 방을 나갔다.

햇볕은 따가웠으나 나뭇잎들의 싱싱한 초록 사이로 서늘한 바람이 지나가곤 한다. 우리는 뒷산 밑 담장께로 걸어갔다. 낡은 돌담의 좀 허수룩한 귀퉁이를 타고 넘어서 옆집 코트로 미끄러져 들어간다.

옆집이라고 하는 것은 구왕가에 속한다는 토지의 일부인데 기실 집이라고는 까마득히 떨어져서 기와집이 두어 채 늘어서 있고 이쪽은 휘영하니 비어 있는 공터였다. 그 낡은 기와집에 사는 사람들은 이 공터를 무슨 뜻에선지 매일 쓸고 닦고 하여서 장판처럼 깨끗이 거두어 오고 있었다.

"아깝게시리…… 테니스 코트나 만들면 좋겠는데. 응, 그러면 어떨까?"

어느 날 돌담에가 걸터앉아서 내려다보던 끝에 그런 제의를 했다.

처음에는 그는 움직이려 들지 않았으나 결국 건물께로 걸어가서 이야기를 해보았다.

이튿날 우리는 석회를 들고 가 금을 그었다. 또 며칠 후에는 네트를 치고 땅을 깎아 내어서 아주 정식으로 코트를 만들어 버렸다.

그렇게까지 할 줄은 몰랐을 주인이 야단을 치면 걷어 버리자고 주춤거리며 일을 했는데 호호백발의 할아버지인 그 집 주인은 호령을 하지 않을 뿐더러 가끔 지팡이를 끌고 나와 플레이를 구경하는 것이었다.[8]

이렇게 나이 많은 노인네의 표정은 언제나 나에게는 판정하기 어려운 것이지만 특히 이 할아버지의 경우는 그러하였다. 구태여 말한다면 웃고 있는 것 같기도 하고 신기해 하고 있는 것 같기도 했지만 또 동시에 하늘 밖의 일을 생각하는 듯 아득해 보이기도 하였으니 기묘했다.

한두 번은 담을 넘는 나의 기술을 적이 바라보고 분명히 무슨 말을 할 듯이 하더니 그만 입을 봉하고 말았다. 말을 해 봤자 들을 법하지도 않다고 짐작을 대었는지 알 수 없었다. 어쨌든 그곳은 아주 좋은 우리의 놀이터인 것이었다.

물리학 전공의 그는 상당히 공부에도 몰리고 있는 눈치였으나 운동을 싫어하는 샌님도 아니었다.

테니스를 나는 여기 오기 전에도 하고 있었지만 기술이 부쩍 는 것은 대부분 그의 덕분이다. 그가 내 시골학교의 코치보다도 훌륭한 솜씨를 갖고 있음을 알았을 때의 나의 만족이란 이루 말할 수도 없는 것이었다.

머리가 둔한 사람을 나는 도저히 좋아할 수 없지만 또 운동을 전연 모른다는 사람도 매력적이라고 생각할 수 없다. 스포츠는 삶의 기쁨을 단적으로 맛보여 준다. 공을 따라 이리저리 뛰면서 들이마시는 공기의 감미함이란 아무것에도 비할 수 없다.

나는 오늘 도무지 컨디션이 좋지가 못하였다. 이렇게 엉망진창인 때는 엉망

8) 할아버지/우리의 관계는 늙음/젊음의 관계와 일치한다. 할아버지는 우리들의 모습에서 청춘의 아름다움을 회상하고 있다. 이 때문에 우리들을 위해 약수터까지 배려하는 친절을 보이게 된다.

진창인 대로, 또 턱없이 좋으면 좋은 그대로 적당히 이끌고 나가 주는 그의 솜씨가 적이 믿음직해질 따름이었다.

"와아, 참 안 된다. 퇴보 일로인가 봐."

"괜찮아. 아주 더워지기 전에 지수랑 불러서 한번 시합을 할까."

하늘이 리라빛으로 물들 무렵 우리는 볼들을 주워 들고 약수터께로 갔다.

바위틈으로 뿜어 나오는 물은 이가 시리도록 차갑고 광물질적으로 쌉쓰름하다.

두 손으로 표주박을 만들어 떠내 가지고는 코를 들어박고 마신다. 바위 위로 연두색 버들잎이 적이[9] 우아하게 늘어지고, 빨간 꽃을 다닥다닥 붙인 이름 모를 나무도 한 그루 가지를 펼친 것으로 보아, 이런 마심새[10]를 하라는 샘터는 아닌 모양 같지만 우리는 늘상 그렇게 하여 왔다.

"약수라니까 많이 마셔. 약의 효험이나 좀 볼지 아나."

"뭣 땜에?"

"뭣 땜에는. 정구 좀 잘 치게 되나 보려구 그러지."

이렇게 시끌덤벙 떠들던 샘가였다.

그런데 오늘 바위 언저리에는 조그만 표주박이 하나 놓여 있었다. 필시 그 할아버지가 갖다 놓아 준 것이 분명하였다.

"오늘부터 얌전히 마셔야 해."[11]

"산신령님이 내다보신다."

정말 한동안 음전[12]하게 앉아서 쉬었다. 그리고 그는 허리를 굽혀 표주박으로 물을 떴다. 그는 그것을 내 입가에 대어 주었다. 조용한, 낯선 표정을 하고 있었다. 나에게는 보이는 일이 없는, 자기 혼자만의 얼굴의 하나인 것 같았다.

나는 아주 조금만 마셨다. 그리고 얼굴을 들어 그를 바라다보고 있었다. 그는 나머지를 천천히 자기가 마셨다.

그리고 표주박을 있던 자리에 도로 놓았으나 아주 짧은 사이 어떤 강한 감정의 움직임이 그 얼굴을 휘덮은 것 같았다. 그는 내 쪽을 보지 않았다.

나는 돌연 형언하기 어려운 혼란 속에 빠져 들어갔으나 한 가지의 뚜렷한 감각을 놓쳐 버리지는 않았다. 그것은 기쁨이었다.

9) 약간. 다소. 얼마간. 조금.

10) 여기서 '새'는 일부 명사 또는 용언의 명사형 뒤에 붙어 됨됨이 · 상태 · 정도 따위의 뜻을 나타내는 접미사다. 생김새, 꾸밈새 등과 같이 쓰이며, '마심새'라는 것은 '마시는 모양' 정도로 이해하면 된다.

11) 소녀의 발랄한 모습이 암시됨.

12) ①말이나 행동이 의젓하고 점잖음. ②(모나거나 날카롭지 않고) 얼굴이 둥글고 번듯함. 여기서는 ①의 뜻.

나는 라켓을 둘러메고 담장께로 걸어갔다.

'오빠.'

그는 나에게는 그런 명칭을 가진 사람이었다.

'오빠.'

그것은 나에게 있어 무리와 부조리[13]의 상징 같은 어휘이다.

그 무리와 부조리에 얽힌 존재가 나다.

나는 키보다 높은 담장 위에서 뛰어내렸다. 그리고 뒤도 안 돌아보고 정원 안을 걸어갔다.

운동화를 벗어 들고 맨발로 걷는다. 까실까실하면서도 부드러운 잔디의 촉감이 신이나 양말을 신고 디딜 생각은 나지 않게 한다.

"발바닥에 징을 박아 줄까? 어디든지 구두 안 신고 다니게 말야."[14]

그는 옆에 있는 때면 이런 소리를 한다.

"맨발로 풀 위를 걸으면 고향에 온 것 같아. 아니 내가 나 자신에게 돌아온 것 같은 그런 맘이 드는걸……."

나는 중얼중얼 그런 소리를 지껄이는 것이나 저녁 이맘때가 되면 별안간 거의 수습할 수 없을 만큼 감정이 엉클리곤 하므로 그 뒤로는 완고 덩어리 할멈처럼 입을 봉하고 아무런 대꾸도 하질 않는다.

시무룩해 가지고 테라스 앞에 오면—그 안 넓은 방에 깔린 자색 양탄자, 여기저기에 놓인 육중한 가구, 그 속에 깃들인 신비한 정적, 이런 것들을 넘겨다보면—그리고 주위에 만발한 작약, 라일락의 향기, 짙어진 풀내가 한데 엉켜 풋풋한 이곳에 와서 서면—나는 내 존재의 의미가 별안간 아프도록 뚜렷이 보랏빛 공기 속에 떠 있는 것을 보는 것이다.

내가 잠시 지녔던 유쾌함과 행복은 끝내 나의 것일 수는 없고, 그것은 그대로 실은 나의 슬픔과 괴로움이었다는 기묘한 도착(倒錯)[15]을, 나는 어떻게도 처리할 길이 없다.

오누이…….

동생…….

이런 말은 내 맘속에서 혐오와 공포를 자아낸다.

13) ①조리가 서지 아니함. 도리에 맞지 아니함. ②실존주의 철학에서, 인생의 의의를 발견할 수 없는 절망적인 상황을 가리키는 말. 여기서는 ①의 뜻.

14) 소녀의 성격이 발랄하고 활동적이라는 점을 다시 확인할 수 있다.

15) 이복 남매 사이의 첫사랑은 기쁨이자 동시에 괴로움이다. 기뻐해야 할 순간에 괴로움을 느끼는 도착(倒錯) 현상이야말로 사랑과 윤리의식 사이의 갈등이라는 이 소설의 구도와 관련되어 있다.

싫다.

확실히 내가 느껴 온 기쁨과 즐거움은 이런 범주내에서 허용될 수 있는 것이 아니었다.

날마다 경험하는 이 보랏빛 공기 속에서의 도착은 참 서글픈 감촉을 갖고 있었다. 나는 그의 곁에 더 오래 머무를 용기조차 없어진다.

검은 눈을 껌벅이면서 그는 또 농담이라도 할 것이다. 내게 더 웃고 더 쾌활해지라고 무언중에 명령할 것이다.

그가 내게 해줄 수 있는 일은 그것뿐이다.

오늘 나는 가슴속에 강렬한 기쁨을 안았던 까닭에 비참함도 더한층 큰 것만 같았다.

나는 그곳에 한동안 서 있었다. 그리고 볼을 불룩하니 해 가지고 마루로 올라갔다.

번들거리는 마룻바닥에 부연 발자국이 남아 난다. 그렇게 마루가 더럽혀지는 것이 어쩐지 약간 기분 좋다. 몸을 씻고 옷을 갈아입으면서 창으로 힐끗 내다보았더니 그는 등나무 밑 걸상에 앉아 있었다. 무릎 위에 팔꿈을 짚고 월계 숲께로 시선을 던진 모양이 무언지 고독한 자세 같아 보였다. 그도 조금은 괴로운 것일까? 흠, 그러나 무슨 도리가 있담. 까닭 없이 그에 대해 잔인해지면서 나는 그렇게 혼잣말을 하였다.[16)]

나는 방에 불도 켜지 않고 밖에서 보이지 않을 구석에 가만히 앉아 내다보고 있었다. 주위가 훨씬 어두워진 연에 그는 벤치에서 일어났다. 그리고 사라지기 전에 한참 내 창문께를 보며 서 있었다.

나는 어느 때까지나 불을 켜지 않았다.

저녁을 먹으러 내려가지도 않았다.

그 대신에 그가 마시다 둔 코크의 잔을 집어 들었다. 그리고 가만히 입술을 대었다. 아까 그가 내가 마신 표주박에 입술을 대었듯이…….[17)]

16) 사랑의 괴로움을 공유(共有)하고자 하는 심리.

17) 키스에 대한 소망의 암시.

'그'를 무어라고 부르면 마땅할까.

오빠라고 불러야 한다는 것이 나의 운명이다.

재작년 늦겨울 새하얀 눈과 얼음에 뒤덮여서 서울의 집들이 마치 얼음사탕처럼 반짝이던 날 무슈 리[18]에게 손목을 끌리다시피 하며 이곳에 도착한 나에게 엄마는 그를 이렇게 소개했다.

"숙희의 오빠예요. 인사를 해. 이름은 현규라고 하고."

저 진보랏빛 양탄자 위에 서서 나는 그의 얼굴을 바라보았다.

"이과대학(理科大學)의 수재란다. 우리 숙희두 시골서는 꽤 재원이라고들 하지만 서울 왔으니까 좀 어리벙벙할 테지. 사이 좋게 해줘요."

엄마의 목소리는 가벼웠으나 눈에는 두려움이 어려 있는 것 같았다. 엄마는 열심히 청년의 두 눈을 주시하고 있었다.

V네크의 다갈색 스웨터를 입고 그보다 엷은 빛깔의 셔츠깃을 내보인 그는, 짙은 눈썹과 미간 언저리에 약간 위압적인 느낌을 갖고 있었으나 큰 두 눈은 서늘해 보였고, 날카로움과 동시에 자신(自信)에서 오는 너그러움, 침착함 같은 것을 갖고 있는 듯해 보였다. 전체의 윤곽이 단정하면서도 억세고, 강렬한 성격의 사람일 것 같았다. 다만 턱과 목 언저리의 선이 부드럽고 델리킷하여 보였다.

'키도 어깨폭도 표준형인 듯하고…… 흐응, 우선 수재 비슷해 보이기는 하는걸…….'

하고 나는 마음속으로 채점을 하였다. 물론 겉보매만으로 사람을 평가할 만큼 나는 어리석은 계집애는 아니었지만.

내가 그의 눈을 쏘아보자, 그는 눈이 부신 사람 같은 표정을 하면서 입술 한쪽으로 조금 웃었다. 그것은 약간 겸연쩍은 것 같기도 하였지만, 혼자 고소[19]하고 있는 것같이도 보였다. 자기를 재어 보고 있는 내 맘속을 환히 들여다보는 때문일까? 그러자 나는 반대로 날카로운 관찰을 당하고 있는 듯한 긴장을 느꼈다.

18) 무슈(Monsieur)는 미스터(Mr.)에 해당하는 프랑스어.

19) 쓴웃음.

그러나 그는 지극히 단순한 태도로,

"참 잘 왔어요. 집이 이렇게 너무 쓸쓸해서 아주 좋지 못했는데……."

하고 한 손을 내밀어서 내 손을 잡았다.

나를 도무지 어린애로만 보았다는 증거일 게고 또 아마 엄마의 감정을 존중한 결과였을 것이다.

아닌게아니라 엄마의 얼굴에는 일순 안도와 만족의 표정이 물결처럼 퍼져 갔다. 나는 이 청년이 엄마에게 어떤 존재인지를 짐작하였다. 말하자면 그들 인공적(?)인 모자 관계에 있어서는 항상 세심한 배려가 상호간에 베풀어져야 하는 것이다.

무슈 리는 매우 대범한 성질이어서 만사를 복잡하게 받아들이지는 않는 것 같았다. 그는 그저 미소를 띠고 우리를 바라다볼 뿐이고, 내가 고단할 게라는 소리를 몇 번이나 하였다.

어쨌든 그는 그로부터 나를 숙희라고, 쉽고도 간단하게 불러 오고 있다.

"헤이, 숙!"

하기도 한다. 그리고 나에게 무조건 관대하였다. 지나칠 만큼. 그래서 때로는 섭섭할 만큼.

그러므로 그가 이 즈음 내 방에 와서 배가 고프다고 한다거나 손 같은 데에 약을 발라 달라고 하게 된 것은 나에게는 대단히 귀중한 변화인 것이다.

그것은 어쨌든 내 편에서는 그를 오빠라고는 도저히 부를 수 없었다. 처음에는 너무 생소하여서, 그리고 나중에는 또 다른 이유들로.

이것은 무슈 리를 아버지라고 부르기 어렵기보다 몇 갑절이나 힘든 일이었다. 나는 자기가 대단한 고집쟁이인지, 또는 부끄럼쟁이[20]인지 분간할 수 없다. 나의 이런 곤란을 그도 엄마도 어느 정도 알고는 있는 모양으로 요즈음은 내가 그 말을 피하려고 이리저리 애를 쓰지 않고도 적당한 대답을 할 수 있도록 저편에서 고려하여 말을 걸어 준다. 이런 의미에서 사양 없이 나를 곤경에 몰아넣곤 하는 것은 그러니까 무슈 리 한 사람뿐이다.

서울 와서 일 년 남짓 지내는 새에 나는 여러 모로 조금씩 달라진 것 같다. 멋을 내는 방법도 배웠고, 키가 커지고 살결도 희어졌다. 지난 사월에는 '미

20) '쟁이'는 '미장이', '대장장이'처럼 ~에 대한 전문가라는 의미로 쓰이고, 그 외에는 '~쟁이'라고 쓴다.

240

스 E여고'에 당선되어서 하루 동안 학교의 퀸 노릇을 하였다. 바스트가 약간 모자랄 거라고 나는 생각하고 있었는데 압도적으로 표가 많이 나와서 내가 오히려 놀랐다. 엄마는 좋아서 어쩔 줄을 몰랐고 무슈 리는 기막히게 비싼 팔목시계를 사 주었다.

그는 별 말을 하지 않았다. 농담조차 하지 않았다. 축하한다고 한 번 그것도 아주 거북살스런 투로 말하고는 무언지 수줍은 것 같은 얼굴을 하고 있었다. 그런 것을 보니까 나는 썩 기분이 좋았다.

나는 성질도 조금 달라져 온 것 같다. 동무도 많았고 노래도 잘 부르던 시골 시절보다 조용한 이곳에서 더 감정이 격렬해진 것 같다.

삶의 기쁨이란 말을 나는 이제 이해한다.

이 집의 공기는 안락하고 쾌적하고, 엄마와 무슈 리와의 관계로 하여 약간 로맨틱한 색채가 감돌고 있기도 하다. 서울의 중심에서 떨어진 S촌의 숲 속의 환경도 내 마음에 들고, 무슈 리가 오래전부터 혼자 살아왔다는 담쟁이덩굴로 온통 뒤덮인 낡은 벽돌집도 기분에 맞는다.

그는 엄마에게 예절 바르고, 친절하고, 무슈 리는 내가 건강하고 행복스런 얼굴만 하고 있으면 어느 때고 지극히 만족해 하고 있다. 그는 어느 사립대학의 경제학 교수인데 약간 뚱뚱하고 약간 호인다워 보인다. 불란서와 아무 관계도 없는 그를 무슈라고 내가 속으로 부르고 있는 까닭은 어느 불란서 영화에서 본 한 불쌍한 아버지의 모습과 그가 닮아 있기 때문이다. 무슈 리는 불쌍하지는 않다. 오히려 지금은 참 행복하다. 그러나 이렇게 호의 덩어리 같은 사람은 자칫하면—주위가 나쁘면—엉망으로 불행해질 것같이 보이는 것이다.

괴테의 베르테르 같은 청년의 비극에는 날카로운 아름다움이 있다.[21] 그러나 우리 무슈 리 같은 타입의 슬픔에는 오직 비참만이 있을 듯하다…… (우리 엄마가 그의 곁에 와 준 것은 하니까 얼마나 다행한 일이었을까!)

엄마는 줄곧 집에만 들어앉아 있으나 행복해 보였고 옛부터 특징이던 부드러운 목소리가 한층 더 부드러워진 것 같다. 다만 엄마는 엄마의 행복에 대해서 한편으로 죄스러움 같은 것을 느끼고 있는 듯한 눈치로서, 그래서 바깥으로 나다니지도 않고 큰소리로 웃는 일도 없는 것 같았다. 그러나 그녀는 늘 고

21) 괴테의「젊은 베르테르의 슬픔」은 로테라는 부인을 사랑하다 결국 자살하고 마는 베르테르의 순수한 사랑과 고독을 다루고 있다. 이 사랑은 현실적으로는 실패한 사랑이지만, 지극히 낭만적인 사랑이다. 괴테는 이 작품을 통해서 지극히 현실적인 인생보다는 낭만적인 사랑이 더 고귀하다고 말함으로써, 낭만주의 문학의 한 정점을 이루었다.

『젊은 느티나무』 표지

운 옷을 입고 있었고 엷게 화장을 하고 있었다. 이 일도 내 마음에 흡족하였다.

그러나 이곳에는 뜻하지 않은 괴로움이 또한 있었다. 현규에 대한 감정은 언제나 내 맘을 무겁게 하고 있다. 너무나 고통스럽게 여겨질 때에는 여기 오지를 말았더라면 하고 혼자 중얼대는 일도 있다. 그러나 그 생각은 오래 가지 않는다. 나는 만약 내 생애에서 한 번도 그를 만나는 일이 없이 죽고 말 경우라는 것을 생각해 보면 가슴이 서늘해지기까지 한다. 아무 일도 이루어지지 않아도 좋았다. 나는 그를 만났다는 일만으로 세상의 어느 여자보다도 행복한 것이다. 그의 곁에서 호흡하고 있는 기쁨을 무엇으로 바꿀 수 있을까?

그러나 나는 여전히 슬프고 초조한 것도 사실이다. 정직히 말한다면 내 기분은 일 분마다 달라진다.

무슈 리가 요즘 외국을 여행중인 것은 내게는 하나의 구원과도 같다.

아침마다 행복 그것 같은 얼굴로 인사를 하지 않아도 좋고 저녁마다 시간에 식당에 내려가지 않아도 좋기 때문이다.

"돌아오실 때까지 눈감아 줘, 응 엄마. 시간 지키는 거 나 질색인 줄 알잖우. 먹고 싶은 때 먹고 안 먹고 싶은 때 안 먹고 그럴게, 응?"

무슈 리가 떠나는 즉시로 나는 엄마에게 이렇게 교섭을 하였다. 사실 현규의 얼굴을 보는 일이 두려운 때가 점점 잦아 오는 것만 같다.

그는 대개 엄마와 함께 저녁을 드는 모양이었다.

3

예절 바른 그가 식당에서 엄마의 상대를 하고 있을 동안 나는 멍하니 창가에 앉아서 저물어 가는 하늘을 바라다보고 있다.

군데군데 작은 집들이 몰려 있는 촌락과, 풀숲와 번득이는 연못 같은 것들이 있는 넓은 들판 너머에, 무디게 빛나며 강이 흐르고 있다. 강은 날씨와 시간에 따라 플래티나(백금)같이 반짝이기도 하고 안개처럼 온통 보얗게 흐려

버리기도 한다. 하늘이 보랏빛으로부터 연한 잿빛으로 변하여 가는 무렵이면 그 강도 부드러운 회색 구름과 한덩이가 되었다.

나는 여러 가지 감정이 뒤범벅이 된 혼란 상태에서 자기를 건져 내야 한다고 어두운 강물[22]을 바라보며 늘 생각하는 것이었다. 마음 가는 대로 몸을 내맡길 수 없는 것이 나의 입장이고 또 그 마음 가는 일 자체에 대해서도 분열된 생각을 수습할 수가 없었다.

현규를 사랑한다는 일 가운데 죄의식은 없었다. 그런 것은 있을 수 없었다. 그러나 엄마와 무슈 리를 그런 의미에서 배반하는 것은 곧 네 사람 전부의 파멸을 의미하는 것이었다. 파멸이라는 말의 캄캄하고 무서운 음향 앞에 나는 떨었다.

이곳에 오기 전에 나는 시골 외할아버지의 집에 있었다. 삼사 년 전까지는 엄마와도 함께, 그리고 그 후로는 할머니 할아버지와 단 셋이서. 일하는 사람들은 여럿 있었고 과수원을 지키는 개도 여러 마리, 그 중에는 내가 특별히 귀여워한 진돗개 복동이도 있었지만 나는 언제나 못 견딜 만큼 적적하였다. 엄마가 서울로 떠난 후에는 마음이 막 쓰라린 것을 참아야 했지만 그 엄마가 같이 있었을 때에라도 나는 우리의 생활에서 마음 든든하다거나 정말로 유쾌하다거나 하는 느낌을 가져 본 일은 없다.

젊고 아름다운 엄마가 언제나 조용히 집안에서 세월을 보내고 있는 일은 내게 어떤 고통을 주었다. 그 무릎 위에는 늘 내게 지어 입힐 고운 헝겊 조각이나 털실 같은 것이 얹혀 있었지만, 그리고 그 입에서는 늘 나에 관한 이야기가 흘러나왔지만 나는 그것이 불만이고 불안하기조차 하였다.

그런 걸 만들어 주지 않아도 좋으니 다른 애들 엄마처럼 집안 살림에 볶이어서 때로는 악도 쓰고 나더러 야단도 치고 어린애도 둘러업고 다니고—말하자면 그녀 자신의 생활을 하고 있으면 나도 흐뭇할 것 같았다. 할머니도 할아버지도 나에게와 마찬가지로 엄마에게도 그저 유하고 부드럽기만 하였다.

엄마의 그림자 같은 생활은 언제부터 시작되었는지 기억할 수 없다. 사변과 함께 우리가 시골 할아버지 댁으로 내려가던 때 그러니까 지금부터 십 년쯤 전에도 이미 그랬었고 또 그보다 전 서울서 국민학교에 입학하던 즈음에도 역

22) '어두운 강물'은 운명을 상징한다. 자연스러운 사랑의 감정에 몰입하다 보면 근친상간(近親相姦)이라는 어두운 파멸에 이를 것이라는 자기 견제와 절제의 감정이 표현되어 있다.

시 그런 느낌이던 것을 잊지 않고 있다.

'아버지'에 관하여 나는 아무것도 모른다. '돌아가셨다'는 설명을 언센가 들은 적이 있었으나 어쩐지 정말 같지 않다는 인상으로 남아 있었다. 사변 후에,

"너의 아버지는 돌아가셨다."

하고 할머니가 일러 주셨는데 이때의 말투에는 특별한 것이 깃들여 있어서 그 후로는 그것이 진실이거니 여기고 있다. 아마 나의 엄마와 아버지는 내가 아주 어릴 때부터 별거하고 있었고 그러는 사이 그들은 다시 만나는 일도 없이 사별하고 만 모양이었다. 어쨌든 나는 내 부친에 관해서 아무런 지식도 관심도 감정도 갖고 있지 않다. '윤'이라는 내 성이 그로부터 물려받은 유일의 것이지만 흔한 성이라고 느낄 뿐이다.

무슈 리가 피난지에서 할아버지의 과수원을 찾아온 것은 어떤 경위를 거친 뒤였는지 나는 알 수 없다. 그날 나뭇가지에 걸터앉아서 사과를 베어 먹고 있노라니까 좀 뚱뚱한 낯선 신사가 걸어왔다. 대문 앞에서 망설이듯이 멈추었다가 모자를 벗어 들고 걸어 들어왔다. 나무 밑을 지나갈 적에 사과씨를 떨구었더니 발을 멈추고 쳐다보았으나 웃지도 않고 그냥 가 버렸다. 도무지 어수선하기만 하다는 얼굴이었다. 나중에 방안에서 정식으로 인사를 하였는데 그때의 판단으로는 나무 위로부터 환영받은 일을 까맣게 기억하지 못하는 것 같았다.

그는 하룻밤 체류하지도 않고 되돌아갔다. 그리고 할아버지와 할머니에게는 대단히 중요한 의논거리가 생긴 모양이었다. 밤에 가끔 사과밭 사이를 혼자 걷는 엄마를 보게 되었다.

무슈 리는 한 번 더 다녀갔다. 그리고 얼마 후에 엄마는 상경하였다.

"애초에 그렇게 혼인을 정했더면 애 고생을 안 시키는걸……."

어느 날 옆방에서 할머니가 우시며 수군수군 그런 소리를 하시는 걸 듣고 놀랐다.

"그럼 우리 수희는 안 태어났을 것 아뇨? 공연한 소릴……."

"그저 팔자소관이죠. 경애가 생각을 잘못 먹었었다느니보다도……."

애어멈이라고 하지 않고 그렇게 엄마의 이름을 대는 것을 듣고 나는 엄마의

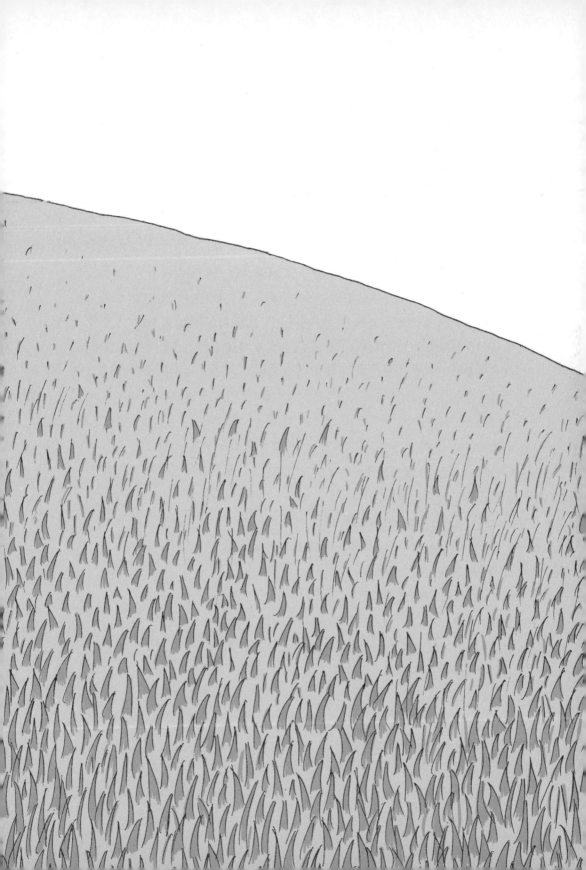

젊은 시절을 생각하며 미소 지었다.

　그림자처럼 앉아서 내 블라우스 같은 것을 매만지는 엄마를 보는 서글픔은 이제는 없어졌다. 엄마가 그럭저럭 행복해진 듯한 것은 기뻤으나 뼈저리게 쓸쓸한 것도 사실이었다. 나는 밤낮 커단 소리로 노래를 부르고 있었다. 산모퉁이 길을 학교에서 돌아오는 때에도, 사과나무의 흰 꽃 밑에서도, 또 빨간 봉선화가 핀 마당에서도.

　"이애야, 그렇게 큰소릴 내면 남들이 웃는다."

　할머니는 가끔 진정으로 그런 소리를 하셨다. 재작년 늦은 겨울 무슈 리가 내려와서 나를 데려가겠다고 우겨댔을 때에 제일 놀란 사람은 나 자신이었다. 두 분 노인네도 더러 망설였다. 그러나 무슈 리의 끈기 있는 태도에 양보를 하는 수밖에 없는 눈치여서, 노인네들은 그만 풀이 없었다. 나는 무슈 리가 할머니 할아버지에게,

　"무엇보다 엄마가 그걸 원하고 있으니까요. 말은 안하지만 절실히 바라고 있는 걸 내가 아니까요."

　하고 열심히 이야기하는 것을 보다가 그만 싱그레 웃고 말았다. 나 보기에 할아버지 할머니는 이미 설복되어서, 무슈 리가 만약 그 연설을 잠시 끊기만 한다면 이내 대답을 할 것 같은데 그는 마치 그들이 결단코 나를 놓지는 않으리라고 굳이 믿는 사람처럼 애걸복걸을 하는 것이었다. 그가 말을 하면서 나를 흘깃 보았을 때 나는 조그맣게 끄덕여 보였다. 그랬더니 그는 말을 뚝 끊고 벙글 웃더니 손수건을 꺼내서 이마를 닦았다.

　이래서 나는 서울 E여고로 전학을 하였다.

　나는 생각한다.

　무슈 리와 엄마는 부부이다. 내가 그를 아버지라고 부르기 어려운 것은 거의 그런 말을 발음해 본 적이 없는 습관의 탓이 크다.

　나는 그를 좋아할 뿐더러 할아버지 같은 이로부터 느끼던 것의 몇 갑절이나 강한 보호 감정—부친다움 같은 것도 느끼고 있다.

　그러나 나는 그의 혈족은 아니다.

　현규와도 마찬가지다. 그와 나는 그런 의미에서는 순전한 타인이다. 스물

두 살의 남성이고 열여덟 살의 계집아이라는 것이 진실의 전부이다. 왜 나는 이 일을 그대로 알아서는 안 되는가?

나는 그를 영원히 아무에게도 주기 싫다. 그리고 나 자신을 다른 누구에게 바치고 싶지도 않다. 그리고 우리를 비끄러매는 형식이 결코 '오누이'라는 것이어서는 안 될 것을 알고 있다.[23]

나는 또 물론 그도 나와 마찬가지로 같은 일을 생각하고 있기를 바란다. 같은 일을—같은 즐거움일 수는 없으나 같은 이 괴로움을.

이 괴롬과 상관이 있을 듯한 어떤 조그만 기억, 어떤 조그만 표정, 어떤 조그만 암시도 내 뇌리에서 사라지는 일은 없다. 아아, 나는 행복해질 수는 없는 걸까? 행복이란, 사람이 그것을 위하여 태어나는 그 일을 말함이 아닌가?

초저녁의 불투명한 검은 장막에 싸여 짙은 꽃향기가 흘러든다. 침대 위에 엎드려서 나는 마침내 느껴 울고 만다.

4

"숙희야, 나 이런 것 주웠는데……."

일요일 아침 아래층으로 내려가니까 소파에 앉아 있던 엄마가 손에 쥐었던 봉투 같은 것을 들어 보였다.

"뭔데?"

나는 가까이 갔다.

그리고 좀 겸연쩍어졌지만 하는 수 없이,

"어디서 주웠수, 이걸?"

하면서 손을 내밀어 그것을 집으려고 하였다.

"잠깐…… 거기 좀 앉아 봐아."

엄마는 짐짓 긴장한 낯빛을 감추려고 하면서 앞의 의자를 가리켰다.

나는 속으로 픽 하고 웃음이 나왔으나 잠자코 거기에 가 걸터앉았다.

23) 극단적인 소유의 감정으로 나타날 만큼 사랑의 감정이 강렬하게 싹트고 있다.

지수는 K 장관의 아들이다. 언덕 아래 만리장성 같은 우스꽝스런 담을 둘러친 저택에 살고 있다. 현규랑 함께 정구를 치는 동무이고 어느 의과대학의 학생인데 큼직큼직하고 단순하게 생겨 있었다. 지프차에다 유치원으로부터 고등학교까지의 동생들을 그득 싣고 자기가 운전을 하여 학교에 가곤 한다.

나도 두어 번 그 차를 얻어 탄 일이 있다. 한 번은 현규와 함께였으니까 사양할 것도 없었고, 다른 한 번은 시내에서 돌아오는 길목이라 굳이 싫다는 것도 이상할 것 같아서 탔다.

"작은 학생들이 오늘은 하나도 없군요."

"나 있는 데까지 시간 안에 오는 놈은 태워 가지고 오고 그 밖엔 뿔뿔이 재주대로 돌아오깁니다. 기차나 마찬가지죠."

그러한 그가 걸맞지 않게 적이 섬세한 표현으로 러브 레터를 써 보냈다고 해서 나는 우습게 생각하는 것은 아니다. 그러나 엄마의 엄숙한 표정은 역시 약간 난센스가 아닐 수 없었다.

"글쎄, 이게 어디서 났을까?"

"등나무 밑 걸상에서."

"오오라, 참 게다 놨었군."

"오오라 참이 아니야. 숙희는 만사에 좀더 조심성이 있어야 해요. 운동을 하구 난 담에두 그게 뭐야? 라켓은 밤낮 오빠가 치워 놓던데."

흐흥 하고 나는 웃었다.

"편지 보낸 사람에게 첫째 미안한 일 아니야?"

"참 그래. 엄마 말이 옳아."

그리고 나는 편지를 잡아채었다.

"귀중한 물건인가? 엄마 좀 읽어 봄 안 되나?"

"읽어 봐두 괜찮아. 안 되는 거라면 게다 놔 둘까. 감추지."

나는 조금 성가셔졌다.[24]

"그럼 안심이군. 사실은 벌써 읽어 봤어."

"아이, 엄마두."

"그런데 엄마가 얘기하고 싶은 건 숙희가 자기 주위에 일어나는 일들을—이

24) 지수의 연애 편지 정도는 '나'에게는 관심 밖이다. 오로지 오빠를 향한 감정만이 강렬하게 '나'의 의식을 지배하고 있다.

런 편지에 관한 거라든지 또 그 밖의 일들을, 혼자 처리하지 말고 그 요점만이라도 엄마한테 의논해 주었으면 좋겠어. 그건 그렇게 해야만 하는 거야."

듣고 있는 사이에 나는 점점 우울해져서 잠시라도 속히 이 자리에서 떠나고 싶은 생각밖에는 없어졌다.

"엄마가 언제나 숙희 편에 서서 생각하리라는 건 알고 있겠지?"

"응."

나는 선대답을 해 놓고 천천히 밖으로 걸어 나갔다.

'엄마의 아들을 사랑하고 있어요.'

이렇게 말한다면 엄마는 어떤 모양으로 내 편에 서 줄까?

엄마 힘에는 미치지 않는 일이었다. 무슈 리의 힘에도 미치지 않는 일이었다.

나는 편지를 주머니에 구겨 놓고 아침 이슬로 무릎까지 폭삭 적시면서 경사진 풀밭을 걸어 내려갔다. 되도록 사람을 만나지 않을 방향으로―멀리 늪이 바라다보이는 쪽으로 천천히 걸음을 옮겨 갔다. 아카시아의 숲이니 보리밭이니 잡목 옆을 지나갔다.

현규와의 사이는 요즘 어느 때보다도 비관적인 상태에 놓여 있는 것 같았다. 나는 그와 마주치기를 피하고 있었다. 웃고 농담을 하고 아무것도 아닌 체 헤어지는 고통이 참기 어려운 것이다. 그가 예사 얘기를 해도 나는 공연히 화를 냈다. 그러면 그는 상대를 안 해주었다.

머리 위에서 새들이 우짖었다. 하늘은 깊은 바닷물 속같이 짙푸르고 나무 잎새들은 빛났다. 여름이 무르익어 가고 있었다. 상수리숲이 늪의 방향을 가려 버렸으므로 나는 풀 위에 앉아 턱을 괴고 생각에 잠겼다.

세계적인 발레리나가 되어 보석처럼 번쩍이면서 무대 위에서 그를 노려보아 줄까? (한 번도 귀담아들은 적은 없지만 내 발레선생은 늘 나에게 야심을 가지라고 충동을 한다.) 그러면 그는 평범한 못생긴 와이프를 데리고 보러 왔다가 가슴이 아파질 터이지. 아주 짧은 동안 그것은 썩 좋은 생각인 듯 내 맘속에 머물렀다. 그리고는 물거품처럼 사라져 없어졌다. 그리고는 이이 그에게 아무것도 바라지를 말고 식모처럼 그저 봉사만 하는 일에 감사를 느끼자는 생각이 떠올랐다. 그러자 슬픈 마음이 들기도 전에 발등 위로 눈물이 한 방울 굴러 떨어졌다.

나는 일어나서 돌아가려고 하였다. 그때 와삭거리고 풀 헤치는 소리가 등뒤에서 나며 늘씬하게 생긴 세터[25]가 한 마리 나타났다. 그 줄을 쥐고 지수가 걸어왔다. 건강한 체구에 연회색 스포츠웨어가 잘 어울린다. 그의 뒤에서 열 살 전후의 사내애와 계집아이가 둘 장난을 치면서 달려 나왔다. 지수는 나를 보고 좀 당황한 듯하였으나 이내 흰 이를 보이고 웃으면서 다가왔다.

"안녕하셨어요? 산봅니까?"

"네, 돌아가는 길이에요."

아이들은 우리를 새에 두고 떠들어대면서 잡기내기를 한다. 지수는 한 아이를 붙들어 세터를 맨 줄로 들려 주고는 어서 앞으로들 가라고 손짓하였다.

우리는 잠자코 한동안 함께 걸었다. 아카시아의 숲새 길에서 그는 앞을 향한 채 불쑥,

"편지 보아 주셨죠?"

하고 겸연쩍은 듯한 소리를 내었다.

"네."

"회답은 안 주세요?"

나는,

"네, 어떻게 써야 할지 모르겠어요."

했다.

그는 성급하게 고개를 끄떡거렸다. 귀가 좀 빨개진 것 같았다.

"그러나 여하간 제 의사를 알아 주시긴 했겠죠?"

나는 그렇다고 하였다. 그리고 이야기를 끝맺기 위해서 현규가 가까이 또 정구를 치자고 하더라는 말을 했다.

"네, 가죠."

그도 단번에 기운을 회복하며 대답하였다.

그는 휘파람을 불기 시작했다. 그의 휘파람을 들으며 집 가까이까지 왔다.

"오늘 대단히 기뻤습니다. 감사합니다."

그는 조금 슬픈 어조로 인사를 하였다. 그리고 내 어깨로 기어 오르는 풀벌

25) 세터 : 영국산 개의 한 품종.

레를 떨구어 주었다.

"안녕히 가세요. 그리구 연습 많이 하세요. 저희들 팀은 아주 세졌으니깐요."

그는 다른 일을 생각하고 있는 듯 입술을 문 채 끄떡끄떡하였다.

잔석을 접은 좁단 층계를 뛰어오르사, 나는 곧상 내 방으로 올라갔다. 지수가 한 듯이 휘파람을 불고 있었다. 어쨌건 기운을 잃어서는 안 된다는 생각이었다. 내 팔뚝이나 스커트에는 아직도 풀과 이슬의 냄새가 묻어 있는 듯했다. 나는 기운차게 반쯤 열린 도어를 밀치고 들어섰다.

뜻밖에도 거기에는 현규가 이쪽을 보며 서 있었다. 내가 없을 때에 그렇게 들어오는 일이 없는 그라 해서 놀란 것은 아니었다. 그는 몹시 화를 낸 얼굴을 하고 있었다. 너무도 맹렬한 기세에 나는 주춤한 채 어떻게 할지를 모르고 있었다.

"어딜 갔다 왔어?"

낮은 목소리에 힘을 주고 말한다.

"……."

"편지를 거기 둔 건 나 읽으라는 친절인가?"[26]

그는 한발 한발 다가와서 내 얼굴이 그 가슴에 닿을 만큼 가까이 섰다.

"……."

"어디 갔다 왔어?"

나는 입을 꼭 다물었다.

죽어도 말을 할까보냐고 생각했다.

별안간 그의 팔이 쳐들리더니 내 뺨에서 찰각 소리가 났다.

화끈 하고 불이 일었다. 대번에 눈물이 빙글 돌았으나 그는 거들떠보지도 않고 방을 나가 버렸다.

나는 멍청하니 창 밖으로 시선을 던졌다.

연회색 셔츠를 입은 지수가 숲새 길을 걸어가고 있는 것이 보였다. 그리고 조금 전에 지수가 풀벌레[27]를 털어 주던 자리도 손에 잡힐 듯이 내려다보였다.

전류 같은 것[28]이 내 몸 속을 달렸다. 나는 깨달았다. 현규가 그처럼 자기를

26) '그'가 질투의 감정을 가지고 있을 것이라는 암시.

27) 애정과 관심의 흔적.

28) 사랑을 확인한 데에서 오는 환희의 감정.

잃은 까닭을. 부풀어오르는 기쁨으로 내 가슴은 금방 터질 것 같았다. 나는 침
대 위에 몸을 내던졌다. 그리고 새우처럼 팔다리를 꼬부려 붙였다. 소리내며
흐르는 환희의 분류가 내 몸 속에서 조금도 새어 나가지 못하도록.

5

나는 어떻게 하면 좋을까?
밤에 우리는 어두운 숲 속을 산보하였다.
어두운 숲 속에서 우리는 손을 잡고 걸었다.
그리고 나는 그에게 안겨 버렸다.
나는 어떻게 하면 좋을까?
어떻게 해야 할지 점점 더 알 수 없어진다.
여하간 나는 숲 속에 가는 일을 그만두어야 한다.
지금 확실히 말할 수 있는 일은 그것뿐이다.[29]

학교에서 돌아오니까 엄마가 기다린다고 안방으로 가라고 했다. 요즈음 인
사도 않고 나가고 들어오던 나는 우선 가슴이 철렁 내려앉았다.
"인제 오니? 그런데 얼굴이 파랗구나. 어디 아픈 것 아닌가?"
엄마는 내 이마에 손을 얹어 보았다.
"오빠는 밤 늦어야 돌아오고 숙희도 이렇게 부르지 않음 보기 어렵고……."
엄마는 조금 웃었다. 아무것도 알지 못하는 웃음 같았다.
"……편지가 왔는데 어쩌면 엄마가 미국엘 가야 할지 모르겠어. 그렇게 되
면 일 년이나 아마 그쯤은 못 돌아올 것 같은데 숙희하고 오빠를 버리고 가기
도 어렵고…… 그래 싫다고 몇 번이나 회답을 냈지만……."
엄마는 조금 외면을 하였다.
"어떨까? 오빠는 찬성을 해주었는데."

29) '나'와 '그' 사이의 관계에 대한 요약적 설명.

그러면서 내 눈 속을 들여다보았다.

"나도 좋아요."

우리는 그러면 어떻게 되는 걸까 하고 멍하니 생각하면서 나는 대답하였다.

"고맙다. 그럼 구체적으로 어떻게 할지는 내일이라도 또 의논하지. 큰댁 할머니더러 와 계셔 달랠까? 그래도 미덥잖긴 마찬가지고……."

큰댁의 꼬부랑 할머니는 사실 오나마나 마찬가지였다. 엄마가 없는 이 집에서 어떤 일이 일어나려고 하는 걸까?

현규와 단둘이 있어야 할 일을 생각하니 얼굴에서 핏기가 가시었다. 아무도 막아 낼 수 없는 운명적인 사건이, 이미 숲 속에 가지 않는 것쯤으로는 어찌할 수도 없는 벅찬 일이 생기고야 말 것이다.[30]

잠을 잘 수 없었다. 내 온 신경은 가엾은 상처처럼 어디를 조금만 건드려도 피를 흘렸다.

며칠이 지나니까 나는 더 견딜 수 없어졌다. 할머니한테 갔다 온다고 우겨 대어 서울을 떠났다.

다시는 그곳에 돌아가지 않으리라고 결심하였다. 다시는 학교에 다니지도 않으리라고 마음먹었다. 내 삶은 일단 여기서 끝막았다고 그렇게 생각을 가져야만 이 모든 일이 수습될 것같이 여겨졌다.

그것은 칼로 살을 도려 내는 듯한 아픔이었다. 그러나 다른 무슨 일을 내 머리로 생각해 낼 수 있었을까?

날이면 날마다 나는 뒷산에 올라갔다. 한 시간 남짓한 거리에 여승들의 절이 있다. 나는 절이라는 곳이 싫었으나 거기를 좀더 지나가면 맘에 드는 장소가 나타났다. 들장미의 덤불과 젊은 나무들의 초록이 바람을 바로 맞는 등성이었다.

바람을 받으면서 앉아 있곤 하였다. 젊은 느티나무의 그루 사이로 들장미의 엷은 훈향이 흩어지곤 하였다.

터키스 블루의 원피스 자락 위에 흰 꽃잎을 뜯어서 올려놓았다. 수없이 뜯어서 올려놓았다. 꽃잎은 찬란한 하늘 밑에서 이내 색이 바래고 초라하게 말

30) 부모가 곁에 있었기 때문에 그나마 유지되던 균형이 부모의 부재 시에는 걷잡을 수 없는 사랑의 불장난으로 비화될 것을 미리 예감하고 있다.

려들었다.

그러고 있다가 시선을 들었다. 다음 찰나에는 나는 나도 모르게 일어서 있었다.

현규였다.

그는 급한 비탈을 올라오고 있었다. 입을 일자로 다물고 언젠가처럼 화를 낸 것 같은 얼굴이었다. 아니 일자로 다문 입은 좀 슬퍼 보여서 화를 낸 것 같은 얼굴은 아니었다.

그가 이삼 미터의 거리까지 와서 멈추었을 때 나는 내 몸이 저절로 그편으로 내달은 것 같은 착각을 느꼈다. 사실은 그와 반대로 젊은 느티나무[31] 둥치를 붙든 것이었다.

"그래, 숙희, 그 나무를 놓지 말아. 놓지 말고 내 말을 들어."

그는 자기도 한두 걸음 뒤로 물러서면서 말하였다. 그 얼굴에는 무언지 참담한 것이 있었다.

"숙희는 돌아와서 학교에 가야 해. 무엇이고 다 잊고 공부를 해야 해. 나도 그렇게 할 작정이니까. 우리는 헤어져 있어야 해. 헤어져서 공부해야 해. 어머니가 떠나시려면 비용도 들 테니까 집은 남 빌려 주자고 말씀드렸어. 내가 갈 곳도 생각해 놓고. 숙희도 어머니 친구 댁에 가 있으면 될 거야. 그렇게 헤어져 있어야 하지만, 숙희, 우리에겐 길이 없는 것은 아니야. 내 말을 알아들어 줄까?"

그는 두 발로 땅을 꾹 딛고 서서 말하였다. 나는 느티나무를 붙들고 가늘게 떨고 있었다.

"그때 숲 속에서의 일은 우리에게는 어찌할 수도 없는 진실이었다. 우리는 이 일을 잊을 수도 없고 이제 이 일을 부정하고는 살아가지도 못할 게다. 우리는 만나기 위해서 헤어지는 것이야. 우리에겐 길이 없지 않아. 외국엘 가든지······."[32]

그는 부르쥔 손등으로 얼굴을 닦았다.

"내 말 알아주겠어, 숙희?"

나는 눈물을 그득 담고 끄덕여 보였다. 내 삶은 끝나 버린 것이 아니었다.

31) 걷잡을 수 없는 사랑의 위태로움이 '강물'에 비유되었다면, 여기에서의 '젊은 느티나무'는 나무 특유의 안정성과 불변성, 젊음의 생명력을 표상하고 있다. 오빠를 껴안는 대신 느티나무를 껴안는 장면에서, 우리는 그녀가 육체적이고 직접적인 사랑보다는 아직 막연하게 이상화된 관념 속의 사랑을 경험하고 있다는 점을 알게 된다.

32) 보수적인 한국적 윤리를 버린다면, 새로운 돌파구를 찾을 수 있으리라는 암시. 이 소설의 주제가 남녀간의 순수한 사랑 자체에 국한되어 있음을 상기할 것.

나는 그를 더 사랑하여도 되는 것이었다.

"이제는 집에 돌아오겠다고 약속해 주겠지? 내일이긴 모레건 되도록 속히……."

나는 또 끄덕여 보였다.

"고마워, 그럼."

그는 억지로처럼 조금 미소하였다.

그리고 빙글 몸을 돌려 산비탈을 달려 내려갔다.

바람이 마주 불었다.

나는 젊은 느티나무를 안고 웃고 있었다. 펑펑 울면서 온 하늘로 퍼져 가는 웃음을 웃고 있었다. 아아, 나는 그를 더 사랑하여도 되는 것이다…….[33]

33) 사랑에 대한 지극한 예찬. 더 사랑해도 된다는 결론은 육체적인 사랑이 아니라 정신적인 사랑만은 더 지속해 나갈 수 있다는 자기위안의 결론으로 받아들일 수 있다.

「젊은 느티나무」의 등장인물은 모두 세련되고 선한 사람들이다. 또한 이웃집의 남자친구가 연애편지를 건네는 장면 외에는, 모든 이야기가 두 남녀에 국한되어 있다. 소설의 구조상으로 보면, 이는 매우 단순한 구조다. 그럼에도 이 소설이 독자에게 감명을 주고 있다면 그 원인은 무엇인지, 작품을 읽으며 이를 정리해 보자.

첫사랑의 설렘을 잘 포착한 이 작품에는 딱히 주제라고 내세울 만한 사건이나 인물이 등장하지 않는다. 부모의 별거와 이혼에 무슨 심각한 일이 있었을 듯하지만 소설 속에서 그 사연이 정확하게 드러나지 않는 것도 그 한 예다. 이 작품에서 등장인물과 사건은 모두 첫사랑이라는 풍경을 그리는 것에 집중되어 있다. 그림에 비유하자면 인물과 사건은 그림의 뒤편에 어렴풋하게 드러날 뿐, 그림 전체를 차지하고 있는 것은 첫사랑의 설렘과 아름다움뿐이다.

이를 소설의 구성에 적용해 보자면, 전경화(前景化)의 기법으로 볼 수 있다. 이 소설은 인물과 사건을 후경(後景)으로 밀쳐 두고, 전경에 사랑의 분위기만을 아름답게 내세우고 있는 것이다. 그러므로 이 소설의 주제는 전경에 그려진 첫사랑과 젊음의 묘사에서 찾아야 한다.

고급 주택가에 놓인 한적한 산책길, 그 곁에 있는 차고 시원한 옹달샘, 당시로서는 매우 희귀했을 정구장에서 젊은 남녀들이 주고받는 정구공의 가볍고 탄력적인 소리들, 거침없이 뛰어다니는 소녀의 발랄한 움직임과 부주의한 웃음소리들, 세련된 남자아이의 정갈한 매너와 부드러운 눈길―이들이 어울려 그려 내는 첫사랑의 세계는 지극히 아름다운 것이다. 첫사랑은 일생의 어느 때에도 다시 찾아오지 않기 때문에 값진 것. 작가는 그 순간을 비누 냄새의 감각으로 예민하게 포착하고 있다.

이 작품의 제목은 '젊은 느티나무'이지만, 이 느티나무는 결말 부분에 단 한 줄 등장할 뿐이다. 작가가 '젊은 느티나무'를 소설의 제목으로 삼은 이유를 생각해 보자.

숙희는 이복 오빠를 향한 지극한 사랑의 감정을 표출할 수 없다. 숙희 자신도 이러한 행동이 윤리적으로나 현실적으로나 불가능하다는 사실을 잘 알고 있기 때문이다. 그러나 숙희는 이러한 사랑을 포기할 수 없다. 오히려 점차 그 사랑의 격랑에 빨려 들어가는 자신을 발견할 따름이다. 숙희는 이러한 감정에서 벗어나기 위해 시골로 도피하기도 한다. 이복 오빠와의 관계를 청산하기 위해서다. 그러나 첫사랑의 열기가 그렇게 이성적인 해결로 끝날 성질의 것은 아니다.

그녀는 '어두운 강물'이 무섭게 흘러가는 것을 바라보면서 자기 자신을 돌이켜본다. 자기도 자칫 잘못하면 저토록 무서운 강물에 휩쓸려 들어갈지도 모른다는 불안감이 그것이다. 숙희를 달래러 온 오빠 앞에서 그녀는 생의 위기를 경험한다. 자살의 충동이 그것이다.

숙회 앞에 다가온 오빠는 숙회의 위험한 상황을 알리며 나무를 꼭 잡고 있으라고 말한다. 숙희는 오빠 대신 '젊은 느티나무'를 꼭 안고서 새로운 삶의 활력을 찾는다. 느티나무를 껴안고서 그녀는 '아아, 나는 그를 더 사랑하여도 되는 것이다……' 라는 결론을 내린다.

그녀의 첫사랑은 꿈속에서만 가능한 사랑이다. 그녀는 현실 속에서 오빠와의 정상적인 가족 관계를 유지하되, 머릿속에서는 오빠와의 지속적인 사랑을 유지하기로 맹세한 것은 아닐까. 오빠의 육체를 껴안는 대신 젊은 느티나무를 껴안은 것은 이러한 심리가 가장 극적으로 요약된 장면이다. 그녀의 사랑은 비누 냄새와 같이 모호하고 감각적인 차원에서만 가능하기에 아름다울 수 있는 것이다.

통합논술 Q & A

다음은 괴테의 「젊은 베르테르의 슬픔」에서 베르테르가 친구 빌헬름에게 보내는 편지의 한 구절이다. 이 대목과 「젊은 느티나무」를 비교하면서 순수하고 낭만적인 사랑에 대해 생각해 보자.

한 젊은이가 어떤 처녀에게 마음이 끌려서 하루 종일을 그녀 곁에서 지내며, 매순간순간을 그 처녀에게 완전히 헌신하고 있다는 것을 표현하기 위해 자기의 모든 힘과 모든 재산을 탕진해 버렸다고 하세. 그런데 그때 어떤 속된 인간, 예컨대 공직에 있는 남자가 찾아와서는 그 청년에게 "여보게 젊은이! 사랑이란 인간적이라네. 그러니 자네는 인간적으로 사랑해야만 할 걸세! 자네 시간을 나누어서 하나는 일하는 데 바치고, 나머지 휴식 시간을 자네의 연인에게 바치도록 하게. 그리고 자네의 재산도 잘 계산해서 자네가 필요한 데 쓰고 남는 것이 있어서 그녀에게 선물을 한다면 반대하지 않겠네. 그러나 너무 자주 해서는 안 되고 그녀의 생일이나 행사 때 하도록 하게." 하고 말한다면, 그리고 그 젊은이가 그 말을 따른다면, 그는 유용한 젊은이가 될 걸세. 하지만 그 젊은이의 사랑은 끝장난 것일세.

그가 예술가라면 그의 예술은 끝장난 것이고. 아아, 친구들이여! 어찌하여 천재의 흐름이란 그다지도 드물게 솟아나오고, 거대한 홍수를 이루어 용솟음치며 그대들의 놀란 영혼을 뒤흔들어 놓는 일이 드물까? 사랑하는 친구들이여, 거기 천재의 흐름의 양쪽 강변에는 평범한 인간들이 살고 있으며, 그들의 조그만 정자나 튤립 화단이나 채소밭이 파괴될까 염려하여 그들은 적당한 때에 제방을 쌓고 도랑을 파서 미래에 닥쳐올 위험을 막는 거라네.

「젊은 베르테르의 슬픔」은 젊은 부인과 사랑에 빠져 마침내 자살하고 만 베르테르의 순수한 열정과 사랑을 담고 있는 작품이다. 여기에 실린 부분은 베르테르가 부인을 사랑하는 데 대한 사회적 비난을 감수하면서, 친구 빌헬름에게 자신의 심경을 변명하는 장면이다. 베르테르는 바로 이 장면의 앞에서, 한 어머니와 어린아이가 공원에 나와 사탕을 두고 실랑이를 벌이는 것을 바라보고 눈물을 흘리고 있다. 어머니는 사탕이 몸에 좋지 않으므로 조금만 먹어야 한다며, 말하자면 절제(節制)의 미덕에 대해 가르치고 있다. 베르테르는 그 장면을 바라보면서 그들의 인생이 마냥 행복한 것임을 느낀다. 절제의 미덕을 가지고 살아가는 평범하고 순탄한 사람들의 평화로움에 대한 깨달음 때문이다. 그러나 베르테르는 자신은 그렇게 살아갈 수 없다고 외친다. 이미 그는 사랑의 열병을 앓고 있기 때문.

괴테는 이 작품 속에서 인생의 의미, 예술의 의미에 대해 말하고 있다. 법칙을 준수하고 타산적인 이성에 맞춰 살아가는 것에 평범한 삶의 즐거움이 있다 해도, 천재의 예술과 젊은이의 사랑은 그럴 수 없다는 것. 천재는 거대한 힘으로 용솟음치는 물결과도 같으며, 조그만 꽃밭 하나가 손상될까 봐 조바심치며 내일을 위해 제방을 쌓는 사람들과는 다르다는 것이 이 글 속에 웅변적으로 표출되고 있다. 이러한 괴테의 웅변은 '질풍노도(疾風怒濤)'로 요약되는 독일 낭만주의의 출발점이 된 바 있다.

강신재의 「젊은 느티나무」는 젊음의 열정과 첫사랑의 고귀함을 다루고 있다는 점에서, 괴테의 낭만주의적 세계관과 닮아 있다. 이 작품 속의 주인공 숙희는 마치 베르테르가 그러했던 것처럼, 사랑의 열병을 앓고 있다. 베르테르가 사회적 지탄을 감수해야 했던 것처럼, 그녀 또한 이복 남매와의 사랑이라는 금기 앞에서 심한 정신적 열병을 앓고 있다. 그녀의 열병은 베르테르의 자살과도 같이 매우 위험한 것이다.

그러나 「젊은 느티나무」의 숙희는 현실 속의 사랑을 포기하고 이상 속의 사랑을 선택함으로써 이러한 정신적 위기에서 벗어난다. 이 점이 「젊은 느티나무」와 「젊은 베르테르의 슬픔」을 구분하는 갈림길이다. 또한 이런 점에서 「젊은 느티나무」는 낭만적인 사랑의 열정을 이상적인 사랑의 감정으로 승화시킨 작품으로 평가할 수 있다.

겨울의 환 —밥상을 차리는 여인

김채원

1946~ ㅣ 경기도 덕소에서 출생 1968년 이화여대 미대 회화과 졸업 1975년 『현대문학』에 「밤인사」로 추천 완료 1989년 『현대문학』에 「겨울의 환」 발표, 이 작품으로 제13회 이상문학상 수상

그 밖에 주요 작품으로 「초록빛 모자」 「아이네 크라이네」 「봄의 환」 「가을의 환」 등이 있음

「겨울의 환」은 유년 시절부터 이어 온 삶의 열망을 기억의 형식 속에서 확인해 가는 한 여성 화자의 고백적 서술을 통해, 한 개인이 자신의 내적 열망과 현실적 삶의 길항 관계 속에서 삶에 대한 여성적 인식에 도달하게 되는 과정을 펼쳐 보여 준다.

이 여정의 출발점은 '나이 들어 가는 여자의 떨림'을 써 보라는 '당신'의 말이 '나'에게 던진 자극이며, 그 파문이 '나'의 의식을 일깨우면서 기억과 성찰이 어우러진 '겨울의 환'의 세계가 전개된다. 주인공의 유년 시절의 기억 한편에는 김장을 담그던 장면과 동치미 뜨러 다니던 기억처럼 고요한 떨림과 밝음의 세계가 있는가 하면, 다른 한편에는 할머니와 어머니, 순젱이 아주머니의 신산한 삶으로 이루어진 어둠의 세계가 자리하고 있다.

이 밝음과 어둠의 기억이 교차하는 속에서 주인공은 은밀한 자의식을 동반한 내적 욕망을 키우며, 이 주인공의 내적 욕망은 반복되어 등장하는 '눈(雪)의 세계'를 통해 순수 동경의 형식을 획득하기에 이른다. 그리고 이 순수 동경의 지향성은 결혼의 실패와 어머니와의 갈등으로 구체화된 삶의 굴곡을 겪으면서 운명의 표정을 발견한다. 주인공 화자는 이 운명을 내면화하는 한편, 삶의 부대낌으로 생겨난 '눈 속의 더러운 자국'을 지워 가며 자신에게 주어진 운명에 끊임없이 저항한다. 이 내면화와 저항의 긴장 속에 '당신'과의 만남이 놓여 있다.

주인공에게 있어 '당신'은 삶의 긴장감을 촉발하고, 순진성과 욕망을 일깨우는 존재다. 그러므로 일상을 뚫고 올라온 당신과의 만남은, 어쩌면 일시적인 생활의 순간으로부터 구원되기를 열망하는 화자의 내적 욕망이 이루어 낸 것일 수도 있다.

주인공은 '당신'과의 만남을 계기로 할머니와 어머니, 그리고 자신의 삶을 되돌아보면서 격렬한 내면의 열망 속에 담긴 여성성을 인식하기에 이른다. 그것은 '따뜻한 밥상에 대한 갈증'과 '기다림에 대한 소망의 마음'으로 구체화되는 바, 기억과 사색의 먼 길을 에둘러 도달한 이 지점에서야 비로소 주인공은 '나이 들어 가는 여자의 떨림'의 영상화에 도달한다.

소설의 얼개 뜯어보기

갈래 __ 중편 소설 ｜ 주제 __ 삶에 대한 여성 특유의 인식과 순수 동경의 발견 ｜ 배경 __ 겨울의 어느 날 밤 ｜ 시점 __ 1인칭 주인공 시점 ｜ 등장인물 __ 나(가혜) __ 소설의 화자로 43세의 중년 여성. 이혼한 후 어머니와 함께 살고 있으며, '당신'과의 만남을 계기로 삶의 여성적 인식에 대해 생각하게 된다. 당신 __ '나'에게 삶의 긴장감을 촉발하고, 순진성과 욕망을 일깨우는 존재로 설정되어 있다. ｜ 구성 __ 발단 __ 나이 들어 가는 여자의 떨림을 써 보라는 당신의 얘기에 '나'는 지나온 삶을 돌이켜 본다. 전개 __ 유년 시절 김장을 담그고 동치미를 뜨러 다니던 기억을 떠올리며, 그 속에 겹쳐진 어머니의 삶과 자신이 품었던 삶에 대한 열망을 회고한다. 위기 __ 결혼의 실패를 통해 '나'는 일상과 욕망의 거리를 체험한다. 그것은 일상적 현실의 인식 과정이자 순수한 삶에 대한 동경의 확인이다. 그러한 삶에 대한 열망 속에서 '나'는 '당신'을 만난다. 절정·대단원 __ 할머니와 어머니의 운명을 한편으로 내면화하며 다른 한편으로 그것에 저항하는 이중적 감정 속에서 '나'는 여성으로서의 운명을 깨닫는다. 그리고 그 바탕 위에서 순수한 삶에 대한 격정적 열망을 승화시켜, 파편화된 삶의 균열을 어루만지는 여성성의 영원한 형식을 발견한다.

1

언젠가 당신은 제게 나이 들어 가는 여자의 떨림[1]을 한번 써 보라고 말하셨습니다. 저는 그 얘기를 지나쳐 들었습니다,라기보다 글이라고는 편지와 일기 정도밖에 써 보지 못한 제가 어떻게 그런 것을 쓸 수 있을까 두려운 마음이 앞섰습니다. 저는 감정의 훈련도, 또한 그 감정을 끌어내어 표현하는 능력도 갖고 있지 못하기 때문입니다.

그러나 마음 한편으로는 그때부터 죽 나이 들어 가는 여자의 떨림에 대해서 분명 생각하고 있었습니다. 아니, 그보다 그 말 자체가 가지는 의미에 대해서 어떤 매혹을 느꼈다고 해도 과언이 아니겠습니다. 그 말에서 스스로를 여자로 느꼈기 때문입니다.

이렇게 얘기한다면 조금 어폐가 있겠습니까?

그러나 정말입니다. 저는 이제껏 마흔세 살이라는 나이가 되도록 단 한 번도 스스로를 여자로 느끼지 못했습니다. 저는 단지 여자의 흉내만을 내고 있다고 생각합니다. 어느때, 목욕을 하고 나서 새 속치마를 꺼내어 입을 때, 혹은 화장을 할 때, 혹은 생리 냅킨을 꺼낼 때 자신이 여자의 흉내를 낸다는 느낌에 젖게 됩니다만 그 외에는 언제나 나의 용모나 성 따위를 전혀 잊고 있는 것입니다. 즉, 외부에서 보는 나가 아니라 내 안에 있는 나 그것일 뿐입니다 (다른 여자들도 그런지 어쩐지 그것은 모르겠습니다). 그런 연고로 당신이 그 말을 하셨을 때 저는 젊었을 때도 느끼지 못했던 여자라는 성과, 그 성이 가지는 떨림에 대해서 생각해 보게 된 것입니다. 그 말 자체에는 무언가 설레게 하는, 인생에서 어떤 신묘한 가능성까지를 내포하고 있기 때문입니다.

늙어 가는 것이 단지 멸해 가기만 하는 것이 아니라 여자로서의 떨림이 있을 수 있는 것이로구나 하는 확연한 느낌을 가질 수 있었습니다.

저는 그 말에서 비로소 여자가 된 듯한 기분을 맛보았습니다.[2]

늙어 가는 사람이 떨림이란 좀 어색하지 않습니까. 늙어 가는 사람의 떨림이라기보다 늙어 가는 여자의 떨림이란 말이 훨씬 자연스러운 것이고 보면 제가 스스로를 언제나 사람이라고 느끼던 것에서 저의 성을 찾아 여자가 된 것

<hr>

[1] '떨림'은 차가움에 대한 반응이며, 차가움은 감각과 의식에 대한 직접적인 자극이다. 따라서 떨림은 의식의 긴장 상태로 연결되며, 그 긴장의 밀도는 뜨거움의 열망과도 상통한다. 그리하여 이 '떨림'은 이 소설 전체의 화두이며, 작품 제목의 겨울은 바로 이 의식의 긴장을 끊임없이 유발하는 차가움의 집적체라 할 수 있다.

[2] 통상적으로 생각의 결과로서 말이 생겨난다고 여겨진다. 그러나 말(언어)이나 사건의 발생이 의식을 자극해 사유를 형성하는 계기로 작용하는 측면 또한 있는 법이다. 이 글은 '나이 들어 가는 여자의 떨림을 써 보라'며 '당신'이 하나의 계시처럼 던진 '말', 이 '말'이라는 돌멩이가 의식의 수면에 던져져 일으키는 파문에서 비롯되고 있다.

이, 그 자각이 이제라도 기쁨으로 다가오기도 합니다.

그러므로 저는 비로소 여자에 눈떴다고 할 수도 있겠습니다. 그리고 그 자각이 나 하나에서 머무는 것이 아니라, 내 어머니와 할머니, 이분들은 내가 실제 보았던 인물들이고, 말로만 들었던 증조할머니 그리고 더 거슬러 올라가 선조의 여자들까지도 생각해 보게 되고, 인맥을 통해 면면이 흐르는 여자로서의 숙명 같은 것도 감지하게 되었습니다.

자궁을 가진 여자로서의 숙명감, 아버지가 아닌 어머니로서의 모(母)라는 의미, 결연히 인생과 마주한 여자로서 서야 하는, 또한 그 중에서도 동양의 여자, 소나무가 크고 있는 지역의 여자, 이런 의미들이 밀려 들어오는 것입니다. 그것은 복 받을 만한 서구의 자연, 그리고 그들의 깨어 있는 문화가 만들어 놓은 개인주의, 저는 한때 그 개인주의에 공감하고 그를 따르려 했습니다만 서구의 개인주의와 동양의 미덕과는 어쩔 수 없이 다를 수밖에 없다는 그런 깨달음이 망연히, 그러나 어떤 확신감을 가지고 다가오는 것입니다.[3]

우리가 서양에서만 보던 서양의 잣나무와 솔바람을 품어 안는 소나무와는 다를 수밖에 없다는 자각, 우리가 이 시간 그리고 동양권인 이 공간 속에 태어났다는 것은 하나의 운명이기도 하지 않겠습니까.

그리하여 당신과 만났다는 것도 운명이라고 생각합니다.

어디서부터 얘기를 끌어내야 할지 잘 갈피를 잡을 수 없습니다.[4]

저는 지금 몹시 흥분된 상태이고, 되도록 내일 새벽까지 이 글을 마쳐 보겠다는 각오하에 펜을 들었으므로 나오는 대로 두서없이 쓸 수밖에 없겠습니다.

조금 전 마지막 뉴스로 산불이 아직도 계속되고 있어 예비군이 동원되고 헬리콥터까지 소화제를 뿌리고 있는 현장을 보았습니다.

그 산불은 오늘 할머니 묘소에서 집안 아저씨와 제가 낸 것입니다.

산불의 모습은 상상을 불허하는 장관스런 풍경입니다.

지진이나 홍수 그리고 산불 같은 자연의 모습 앞에 인간은 그저 무릎 꿇을 수밖에 없습니다. 두렵도록 아름다운, 죄악과 천사가 함께 있는 듯한 그 모습을 그래도 인간이 감당해 내야 한다는 일이 이상할 지경입니다.

3) '나이 들어 가는 여자의 떨림'이라는 화두는 바로 이 소설이 그려 내고자 하는 대상이기도 하다. 이 부분은 그것의 구체적이고 현실적인 범위를 암시하는 대목으로, 체험의 시공간적 배경이 선언처럼 제시되고 있다. 그것은 보편적 인류의 삶과 맞닿아 있으면서도 거기로 환원되지 않는 동양적, 한국적 여성의 삶이라는 구체성으로 드러나고 있다.

4) 이 소설은 화자가 '당신'에게 자신의 기억과 심경을 고백하는 형식을 취하고 있다. 작품 전체를 흐르고 있는 내밀하고도 차분한 분위기는 그 상당 부분이 바로 이 고백적 서술의 형식에서 연유한다고 볼 수 있다. 또한 이 고백적 서술의 여성적 어조는 여성의 삶에 대한 이해와 인식이라는 층위와 아울러 '삶에 대한 여성적 인식'이라는 작품의 새로운 층위를 형성하고 있다.

그것은 이미 인간의 몫은 아니라고 보아야 옳겠습니다.[5]

또한 그런 대자연 앞에서마저 내가 있어서 내가 그것을 보아야 한다는 일이, 내가 없으면 산불도 무엇도 다 없는 것이라는 그 사실이 꿈에서 깬 듯 이상하기만 합니다.

뉴스를 본 아저씨가 내일 아침 경찰서에 자진 출두하겠다고 전화를 하셨습니다. 저도 같이 가겠다고 했더니, 노모를 돌봐야 하는 문제도 있고 하니 그냥 집에 있으라고 했습니다.

"불을 끄고 나서 그렇게 오랫동안 앉아 있다가 왔는데 불씨가 남아 있었나⋯⋯."

아저씨는 말끝을 흐리며 허둥거리셨습니다.

저는 전화를 끊고 나서 한동안 화면에 눈길을 주며, 그러나 아무것도 눈에 들어오지 않는 상태로 앉아 있었습니다. 무슨 전화인가 묻는 어머니의 소리도 묵살해 버렸습니다. 제 눈앞에 지금 이 순간에도 산야의 송림숲을 잿더미로 만들며 무서운 속도로 번져 나가는 불길의 환영이 투시력을 가진 듯 환히 보였습니다. 할머니의 묘가 다 타 버린 것, 뿐만 아니라 다른 망자들의 묘까지 전부 태운 것, 조상의 무덤을 잘 가꾸어야 하는 우리네 풍습에 묘자리가 다 타 버렸다는 사실이 자손들에게 어떤 영향을 끼치는지 심히 두려우면서도 왠지 무덤 속에서 망자들이 훨훨 타오르는 불길에 가슴에 맺힌 응어리들을 다 녹여 내린 후련함을 맛볼 것 같은 그런 기분 또한 가지게 됩니다.

사람들 마음속에는 왜 응어리가 있는 것일까요.

이제 와서 세상 이치를 어느 정도 깨닫고 보면 세상사가 모두 손바닥 안에 있다는 그 말에 수긍하고 공감하면서도 왜 마음은 이렇게 늘 괴로운 것일까요? 사람의 마음속은 기쁨, 슬픔, 평온, 희열, 고뇌, 비애, 공포, 고요 등으로 다양하게 변모하며 그러한 마음이 세상 속의 자연으로 표출되는 것이 아닌가 하는 생각도 합니다.

베토벤의 9번 신포니를 듣고 사람의 감정의 폭이 어쩌면 지렁게도 무한한 것일까, 깊은 공감으로 엎드려 운 적이 있습니다만 천둥과 번개, 바다와 시냇물, 들판, 꽃밭, 비, 눈 등은 우리의 감정이 형상화된 것이 아닐까요? 아니면

[5] 자연의 초월성에 대해 갖는 화자의 경외감이 잘 나타나 있는 대목이다. 자연의 초월성이 인간에게 부과하는 두려움은, 한편으로 삶에 대한 경건함을 불러일으키며 나아가 감정의 투명함을 마련해 준다. 그렇기 때문에 화자는 산불의 광경을 '두렵도록 아름다운' 것이라고 역설적으로 표현하고 있다.

그 자연을 닮아 우리의 감정이 형성된 것일까요?

그러니까 산 하나를 다 태우고야 꺼질 이 무서운 불길은 저의 마음이겠습니까. 그리고 꺼져 버린 잿더미, 간혹 바람에 피식피식 흰 연기만 날릴 그 소화 후의 빈 산 또한 저의 마음이지 않겠습니까.[6]

어쩔 수 없는 일입니다.

이미 불은 나 버렸고 그 무섭게 타 들어가고 있는 불기운에 힘입어 글에 대한 아무 지식이나 훈련이 없는 저로서도 이 밤은 무엇인가 써낼 듯한 기(氣)를 감히 느끼는 것입니다.

그러므로 무엇을 향해 어떻게 써야 한다는 일에 염려하지 않겠습니다.

2

어머니와 저의 손은 똑같이 생겼습니다.

실지 두 손을 맞대어 본 적은 없지만, 마주하면 오른손과 왼손이 만난 듯 아마 꼭 맞을 것입니다. 갸름한 손톱 모양과 매듭, 어느 순간 꼭 닭다리로 착각되는 손가락, 단지 다른 것이 있다면 손금일 것입니다. 어머니와 저의 운명이 똑같을 수는 없으니까요. 이 세상에 똑같은 손금이 있을 리 없으니까요. 그러나 그것 역시 확실하게 말할 수 없는 것이 어머니와 딸의 운명은 한줄기이기 때문입니다.

딸은 대개 어머니와 운명을 닮는다고 말하던가요. 제가 가장 어머니와 운명적임을 느끼는 것은 밥상에서부터라고 생각됩니다.

어머니는 따뜻한 밥상을 차리지 못하는 여인입니다. 이렇게 말한다면 어머니는 펄쩍 뛰실 것입니다. 어머니는 종종 자신의 손이 달아서 반찬이 맛이 있다고 자랑을 합니다.

"하여튼 우리 집 김장을 가져다 먹어 본 사람은 이 서울 장안에서 이처럼 맛있는 김치는 먹어 본 일이 없다고 했지. 저기 어느 집 아주 격식 차려서 음식

6) 자연 현상과 인간적 감정의 교호(交好) 관계가 잘 드러나 있다. 그 관계의 바탕 위에서 작가는 무섭게 타오르고 있는 불길에는 절제할 수 없는 감정의 분출 상태를, 그리고 불타 버린 빈 산의 형상에는 감정의 소진으로 인한 허망함과 후련함의 양가적인 심리 상태를 투영하고 있다.

하기로 소문났다는 김장김치보다 우리 것이 더 맛이 있다고 했어. 그때는 내가 왜 그랬을까. 식구도 없는데 김장을 백 포기나 했으니까. 그걸 나 혼자 조용히 앉아서 했지. 누구 도움 받는 것도 싫고 해서 말이야. 그렇게 해 놓고는 겨울 내내 먹고 아마 초여름까지 먹었을 거야. 남한테 한 바께쓰씩 퍼 주기도 했어."

어머니는 이런 얘기를 자랑 삼아 기쁨 삼아 추억거리로 하십니다. 혹은,

"우리 집 된장찌개를 먹어 본 사람은 모두들 정말 맛있다고 했으니까. 서민 음식을 만드는 데는 최고라고들 했어."

이런 얘기를 들을 때면 은근히 반감이 솟아오릅니다. 왜냐하면 그 된장찌개는 어린 시절 바로 제가 먹던 것으로, 제가 기억하고 있는 것이니까요.

김장김치 얘기 때는 무언지 아물아물 떠오르는 것으로 하여 그런가, 정말 그런 것 같다 하고, 긴긴 겨울 동안 광에 파묻은 독에서 김장김치를 꺼내 먹던 정경을 떠올리어 긍정하며 듣고 있지만, 된장찌개 부분에서만은 저는 아니라는 생각이 드는 것입니다.

잠깐 김장김치 얘기를 할까요.

아파트에서 겨울 동안 먹을 것을 열 포기 정도 담그는 요즘에 그 시절을 떠올리니 그 일은 정말 신선한 감회가 있습니다.

먼저 배추를 트럭으로 싣고 오지요. 혹은 손구루마[7]로 오기도 했지요. 그것을 마당에 부릴 때면 뭔가 큰일이 이제 시작되는 스산스러움과 함께 풍성함이 가득 차 오릅니다. 우리 집은 층계가 있는 높다란 언덕 위의 집이어서 트럭이 힘들게 올라와 집 앞 길에 부려 놓은 후 그것을 다시 큰 대야나 물통에 담아 날랐습니다. 검게 된 목면장갑을 낀 배추 장수가 한걸음에 네다섯 포기씩 나르기도 하고 어머니와 나와 동생도 끼어서 나르면 그 많은 배추가 어느새 다 날라집니다.

배추는 너무 크지도 작지도 않고, 잎의 두께가 너무 두껍지도 얇지도 않았지요. 잎 자체에 달고 구수한 맛을 풍기고 있는 배추를 어머니는 쏙 골라 내셨습니다.

배추 끝에는 커다란 꼬랑지들이 그대로 달려 있어, 가마니에 묻어 두었다가

7) 손수레의 일본어식 표기.

겨우내 그것을 깎아 먹는 일도 즐거움이었습니다.

커다란 무쇠 식칼로 배추를 쪼개는 일, 큰 포기는 네 쪽으로, 작은 것은 두 쪽으로 마당에서 쪼개었습니다. 머리에는 타월을 덮어쓰고 돌아앉아 어머니는 배추를 쪼개었지요. 배추를 쪼개면 그 속에 고실고실한 연한 노랑과 연두색의 작은 잎들이 나타나지요. 그 부분은 따로 소금에 절여 양념을 속에 싸서 먹지요.

다 쪼갠 배추를 소금에 절여 놓았다가, 다음날 아침에 김장을 시작합니다. 우물가에서 배추를 씻어 커다란 소쿠리에 절여진 배추를 척척 걸쳐 놓으면 전날 그렇게 많아 보이던 배추도 양이 많이 줄어듭니다. 무를 채칼로 채를 쳐서 고춧가루, 마늘, 파, 젓갈 등의 양념으로 버무리고 생굴도 넣었습니다. 소금으로 간을 맞추며 특히 동태를 조금 잘게 썰어 함께 집어넣으셨습니다. 그리고 청각[8]도 많이 집어넣으셨습니다.

앞 부분이 파르스름한, 너무 크지 않고 맛있어 보이는 무들은 동치밋감으로 따로 골라 내놓았지요.

할머니가 시골서 올라와 계실 때면 할머니도 함께 하셨습니다.

마당과 마루에는 김장거리로 즐비합니다. 그런 날은 창호지 문을 닫아도 방문이 열린 듯 휑하니 스산스럽고 날이 어두워질 때까지 그 스산스러움이 끝나지 않던 것입니다.

이윽고 어머니가 발을 구르며 들어와 아랫목에 버선발을 파묻고, 시뻘겋게 얼고 불어터진 손을 녹이며 손이 가려워하던 것, 손이 매워 뜨거운 물에 담그던 것들을 떠올릴 수 있습니다.

어둠이 찾아왔는데 다시 밖으로 나가 주섬주섬 그릇들을 챙기고 뒷마무리를 하던 것, 곡괭이라는 말이 오가고 김칫독을 파묻을 일이 남아 있던 것, 그리고 김칫속을 해서 밥을 먹고 나면 깜깜한 한밤중이었어요.

며칠 후 어머니는 쇠고기를 몇 근 사다가 푹 고아서 그 국물을 식힌 다음 김칫독에 부어 넣습니다. 바로 이 부분인 것 같습니다. 우리 집 김치가 장안의 어느 김치보다 맛이 있다고 하던 것은.

쇠고깃국물이 김칫국물이 되고, 청각과 동태·굴이 시원한 바다의 맛을 더

8) 청각과의 바닷말. 얕은 바닷속 바위에 붙어 살며, 몸은 너더댓 번 가랑이져서 사슴의 뿔과 비슷함. 김장 때 고명으로 쓰임. 청각채라고도 한다.

해 주었던 것 같습니다. 참, 여름에 담가 놓았던 오이지도 함께 김치 속에 통으로 집어넣습니다. 김치 포기를 꺼낼 때 가끔씩 오이도 딸려 나오고, 그 오이의 아삭아삭한 맛을 잊을 수 없습니다.[9]

김치와 동치미는 어린 우리 입에도 이상하게 시원하면서 맛이 있었습니다. 그러나 된장찌개 부분만은—된상씨개노 그렇게 맛있어서 서민적인 음식을 만드는 데는 내가 제일이라고들 했지—바로 이 부분은 어쩐지 은근히 반감이 솟는 것입니다. 그 부분에서만은 전혀 아니라고 고개를 흔들고 싶어집니다. 오히려 바로 그 부분이 내 어린 시절 자라면서 늘 느끼던 갈증의 부분이라고 말하고 싶은 마음이 듦을 어쩔 수 없습니다.

어머니는 교원 생활을 오래 하셨으나 웬일로인지 잠시 방황하던 시절, 화투로 날을 지새셨습니다. 어린 시절의 기억 중 아버지가 우리 집에 얼굴을 보인 적은 없는데, 아버지는 작은어머니를 얻어 생활하셨고, 동생이 태어나던 해 객지에서 병사하셨다고 듣고 있습니다.

집에는 화투 손님이 끊이지 않았습니다. 인원은 대개 두 사람이나 세 사람, 섰다가 아닌 민화투로서 작은 푼돈이 왔다갔다하는 것으로 미루어 보아 판이 큰 것은 아니었습니다. 어머니는 화투를 짝짝짝 다듬어 치다가 늦은 저녁때가 되면 다락문을 열고, 부엌에서 떨고 있는 동생과 내게 소리치셨습니다. 다락문을 열어야만 부엌에 그 소리가 잘 들리기 때문입니다.

"얘 가혜야, 왜 아침에 먹던 된장찌개 있잖니? 거기다 된장을 한 숟가락 떠다가 더 풀고 두부 한 모 썰어 넣고 마늘 다져 넣고 보글보글 끓여라. 그리고 며루치도 좀 집어넣어라. 그래서 밥하구 상을 차려서 좀 가지구 들어와라, 응. 김치는 새것을 썰어라."

부뚜막에서 졸듯이 쪼그리고 앉아 연탄 냄새를 맡고 있던 동생과 나는 비로소 부스스 몸을 일으켜 어머니가 지시한 대로 막숟가락과 양재기를 하나 가지고 된장을 푸러 어두워진 장독대로 더듬어 갑니다.

그때 우리가 느낀 것은 손님 앞에서 큰소리로 부엌에다 대고 소리치는, 교사까지 지낸 어머니의 교양에 대한 반감이었을까요. 더구나 신비감도 없이 아침에 먹던 된장찌개에다가,라고 서슴없이 말하는 것은 정말 싫은 기분이었

9) 섬세한 기억의 바탕 위에서 진행되는 김장 장면에 대한 감칠맛나는 묘사는 소설의 육체를 풍부하게 만드는 동시에 생생한 사실감을 확보하는 역할을 하고 있다. 또한 그것이 불러일으키는 분주함과 풍성함의 이미지는 유년 시절의 어렴풋한 기억을 환기함으로써 읽는 이로 하여금 충일감을 맛보게 해 준다.

습니다. 그리고 무엇보다 불을 땐 방이라고는 화투 치는 방뿐인데, 아이들이 있을 곳이 없는 데 대한 배려는 어떻게 되는 것인가, 그런 감정들이 뒤엉켜 있었을 것입니다.[10]

메주

그런데 어머니는 바로 그 된장찌개를 이제 와서 자랑하는 것입니다. 돌이켜 생각해 보면, 정말 그 된장찌개가 맛이 있었다면, 첫째는 우리 집의 장맛이 좋았을 것이고(그것은 어머니의 손이 단 데 연유했을 것입니다만, 아니 그보다 할머니가 시골에서 쑤어 오신 메주에 달렸을 것입니다), 그리고는 아침에 먹던, 의 바로 그 먹던에 원인이 있지 않을까 생각해 봅니다. 한번 끓였던 것에다 다시 끓이면 그만큼 재료가 여러 가지 많이 들어간 결과가 되고, 아울러 푹 달구어진 맛이 우러나올 수 있기 때문입니다.

어머니는 음식에서 늘 영양가를 우선으로 생각했고, 또 아무리 조금 남은 것이더라도 절대로 버리는 일이 없으므로, 그런 것들이 늘 찌개에 들어가게 마련이어서 두루뭉수리 독특한 찌개 맛을 자아냈는지 모릅니다.

이렇게 정의 내리듯 생각해 보지만 돌이켜 보면 어린 시절 항상 음식에 대한 아쉬움을 품고 지냈던 것 같습니다. 즉, 된장찌개에 가장 생명이라고도 할 수 있는, 마지막에 파를 썰어 넣는 일이 대개 빠져 있었습니다. 다시 말하면 어머니의 음식에서 항상 그 파와 같은 부분이 빠지는 것입니다.

음식점에서 장국밥을 처음 먹어 보던 날, 음식점 특유의 그 깔끔한 맛이 후춧가루와 깨소금, 파 같은 양념들에서 오는 것임을 알고, 후춧가루라는 처음 맛보는 양념에 거의 경의마저 품었을 지경이었으니까요.

어머니는 왜 후춧가루와 파와 같은 부분을 생략했는가. 가난했던 탓일까. 그 당시는 전후로서 모두들 대강 그냥 끓여 먹고살던 시절이었다고 생각해 보려 해도, 그 후 이웃집이나 친구들 집이 그런 것들을 점점 갖춘 생활로 변해감에 비해 우리 집은 항상 그대로였습니다.

오히려 점점 더 빛을 잃은 뭉뚱그러진 음식이었습니다.

어머니의 자랑을 제가 시큰둥하게 넘기게 되는 것은 바로 그런 까닭입니다. 뿐더러 어머니의 음식이 설혹 맛이 있었다 하더라도 그것이 늘 우리에게 먹게끔 해주었던 그런 따뜻한 밥상은 아니었다는 인상 때문입니다. 누구나 늘 따

10) 어머니의 화투 치는 행위에는 일상에서 겪는 절망감과, 그 일상에서 벗어나고자 하는 일탈의 욕망이 담겨 있는 것으로 해석할 수 있다. 그러한 절망과 욕망은 삶의 어수선함과 허망함에서 비롯된 것으로 보인다. 또한 삶의 고단함과 불행한 운명에 대한 보상의식이 자식과 생활의 등한시로 나타났다고 볼 수 있다.

'남포'는 lamp에서 온 말로서 외래어다. 조선 시대 서양의 문물은 중국을 거쳐서 들어오거나, 일본을 거쳐서 들어오는 경우가 많았는데, 이 말은 일본을 거쳐서 들어왔기 때문에 일본어의 흔적이 남아 있다. 그 당시 쇄국정책을 펴고 있던 우리와는 달리 일본은 막부 시대에 나가사키 등을 통해서 포르투갈, 네덜란드 등과 교역을 했다. 그러나 이런 말들은 우리말로 편입된 지 너무 오래되어 외래어라는 사실조차 잘 인식되지 않을 정도로 우리말이 되어 버린 경우다. 이와 비슷하게 일본을 경유해서 들어온 네덜란드 말로는 'tabaco 담배', 'gom 고무' 등이 있고 포르투갈 말로는 'paô 빵' 등이 있다.

11) 타자(他者)로서의 어머니가 힘겨운 이해의 과정을 통해 화자에게 내면화되었음을 보이는 대목. 이 내면화의 연장선상에서 운명의 일체감이 확보된다. 또한 이 운명의 일체감은 '어머니와 딸의 운명은 한줄기'라는 일반화된 명제로 확대되어 나타나기도 한다. 그리하여 딸에게 있어 어머니는 삶의 기원이자 삶에 대한 인식의 출발점이라는 의미를 지닌다.

뜻한 손길 같은 것을 그리워하고 있듯이 누구나 다 바로 그 따뜻한 밥상을 그리워하고 있을 것입니다.

하루 종일 그림자처럼 조용히 일만 하고 있는 여인, 조용히 묵묵히 끝도 없이 일을 하고 있는 여인, 아플 때 와서 손을 얹어 주고 물을 떠다 주고, 그리고 내일내일 밀물처럼 낙쳐오는 세 끼의 밥을 따뜻이 먹게끔 차려 주는 여인이 비치어 옵니다. 대부분의 옛 여인의 모습이 그랬을 것입니다.

어린 시절 기억에 떠오르는 할머니가 그랬으므로 실지 제가 본 생생한 여인의 모습으로 다가듭니다.

어머니와 저는 그런 여인은 아닙니다. 그런 여인이 아닐 뿐더러 오히려 밥상을 깨부수는 힘을 가지고 있지 않은가 하는 솔직한 두려움을 느낍니다. 아니, 깨부순다는 표현이 너무 과격하다면 언제까지나 부엌과 밥상에 친해지지 않는다고 할까요. 부엌에서 찬바람 같은 것이 돈다고 할까요.

이것을 가히 손금, 어머니와 저의 운명에서 비롯된다고 얘기할 수 있을까요.[11]

잠시 밥상에 대한 것을 접어 두고, 긴 겨울밤 광으로 동치미 뜨러 다니던 일을 추억하고 싶습니다.

동생과 나는 촛불이나 남폿불을 밝히고 커다란 양은냄비를 하나 들고 어둠을 휘저으며 광으로 갑니다. 어둠은 회오리바람처럼 불빛 밑으로 소용돌이치며 흐르고 우리들의 그림자는 크고 괴상하게 떠오르다가 없어집니다. 광 문을 열면 광 속에서 나는 냄새, 습지고 새끼줄에서 나는 듯한 냄새가 김치 냄새와 어우러져 독특한 냄새를 풍깁니다.

독 위에 덮어진 가마니(그러고 보니 새끼줄 냄새란 바로 이 가마니에서 풍겼을 것입니다)를 치우고 독 뚜껑을 열고 싸아한 동치미내를 맡으며 무겁게 지질러진 돌을 옆으로 밀치면, 흰 동치미무가 둥실 떠오르거나, 파뿌리 · 청각 · 무청 · 파란 고추 같은 것들이 먼저 올라올 때도 있습니다.

반들반들하고 너무 크지 않은 동치미무를 몇 덩이 꺼내 올리노라면 손가락이 떨어져 나갈 듯 시려집니다.

남폿불의 등잣이 비치는 영역 안에서 이런 일을 할 때면 비밀스런 일을 하는 기분이 들어 스스로 재미있어지기도 합니다.

「알리바바와 도적」에 나오는 열려라 참깨는 아니더라도, 땅속에 묻은 것을 한밤중에 꺼내는 은밀한 재미가 있습니다.

김칫독에서 김치를 한 포기 꺼낼 때도 있습니다.

두텁게 덮은 우거지를 들치고 알맞게 절여진 익은 배추김치 한 포기를 꺼내 올립니다. 그것들을 가지고 와서 긴 겨울밤을 먹으며 지냅니다. 남폿불을 켜 들고 방문 밖으로 나설 때는 언제나 약간 싫은 기분이지만 적진을 돌파하는 기분으로 무찌르고 났을 때는 참으로 통쾌하고 후련합니다. 때 아니게 흰 눈이 사르락사르락 내리고 있을 때가 있는가 하면, 아무도 모르게 저 혼자 눈이 내려 버려 마당이고 장독대고 지붕이고 나뭇가지 위에 흰 눈이 쌓여 있는 때가 있습니다.[12]

1940~60년대 전후 전기불이 보급되기 이전에 사용하던 석유등불인 남포등

양말을 신지 않은 따뜻하고 부드러운 발이 찬 고무신 속에서 이질감을 느끼면서도 뽀드득뽀드득 흰 눈을 밟아 발자국을 내던 그 음향과 감촉이 지금 전해져 옵니다. 그때 느끼던 눈의 세계가 지금 갑자기 확 되살아나 가슴이 뜨거워지려 합니다.

방문을 열었을 때 온통 새하얀 눈의 세계가 보이면 갑자기 눈앞이 환해지며, 무언가 형용키 어려운 반가움이 마음속에서 불러일으켜집니다. 그 정경은 이 세상에 있는 기쁨이나 행복감을 미리 예견해 주는 것 같습니다. 달도 별도 없는 밤이어도 눈의 빛은 제 스스로 인광과도 같은 빛을 발해 세상을 하얀 고요로 쌉니다. 어디선가 어깨 위로 머리 위로 앉은 눈을 털어 내는 소리가 들리고, 신발에 묻은 눈을 발을 굴러 털어 내는 소리도 들립니다.

밤이 깊도록 눈의 고요가 적막 위에 쌓입니다. 그 적막을 더욱 적막 속으로 떨어뜨리는 먼데서 개 짖는 소리가 들리고, 밤은 결코 뛰어넘을 수 없이 깊어집니다.

밤의 깊은 곳에서는 가만히 무엇인가가 울려 퍼집니다.

저는 동생과 동치미를 먹으며 촉수가 희미한 전등불 밑에서 방학숙제 그림일기 속에 눈이 내리고 있는 풍경을 그려 넣습니다.

12) 동치미를 뜨러 다니던 일은 화자의 유년 시절 기억을 강력하게 지배하고 있는 사건이다. 고독과 순수의 표상으로 결정화된 이 기억은 순간순간 부딪히는 삶의 허무에 대한 치유의 의미를 갖는다. 또한 그것은 자연적 시간과는 구별되는 순수 지속의 시간성 위에 서 있기 때문에 미래의 지평을 향한 동경의 시선과도 관련을 맺는다.

벌판 위에 기와집이 한 채 서 있고 바둑이가 대문 앞에서 꼬리를 흔들고 눈사람이 모자를 쓰고 지팡이를 들고 서 있으며 설빔을 입은 아이들이 하늘에 연을 띄우고 있습니다. 눈 위에는 어디로인가 사라져 버린 사람의 발자국이 찍혀 있습니다. 이것은 제가 본 눈의 풍경이 아니라 달력이나 어린이책에서 본 풍경입니다. 눈송이를 확대해 보면 정육면체 혹은 팔면체의 예쁜 꽃송이라는 눈의 세계, 멍멍이와 눈 위의 하얀 발자국과 벌판 위에 서 있는 집 들창 속의 느낌, 이런 것들을 나는 그림 속에나 있는 먼 세계로 느끼며 그려 넣었습니다. 그 나이의 내게 그것은 있는 그대로 쉬운 동요였건만, 그 정서를 왠지 벅차 하며, 먼 곳에 있는 것으로 느껴 그리워하였습니다.

그것은 어른이 된 지금에도 역시 마찬가지입니다.

가령, 아리랑 아리랑 아라리요 아리랑 고개를 넘어간다, 싸리문 여잡고 기다리는가, 기러기 달밤을 울고 간다, 이 노래를 생각할 때의 정서 또한 저는 아직 감당키 어렵습니다.

어려서 이 노래를 들을 때는 어른이 되면 자연스레 몸속에 익을 수 있는 감정이려니 했습니다. 그 세계를 감당 못하여 멀리 느끼기보다는 몸 안에서 우러져 나오는 그런 느낌의 세계이려니 했습니다. 기러기가 우는 달밤에 싸리문을 여잡고 누군가를 기다릴 수 있다고 생각했던 것입니다.

그렇게 성숙한 여자의 세계를 가슴속에 품고 그리워하며 자랐던 것입니다. 이제 알겠습니다. 당신이 말한 나이 들어 가는 여자로서의 떨림, 그러고 보니 그 여자의 성을 저도 느끼지 않은 것은 아님을 알겠습니다. 오히려 어린 시절 바로 방학숙제 속에 눈의 세계를 그려 넣던 그 시절부터 저는 성숙한 여인의 세계를 그리워하며 가슴에 품고 커 왔다고 할 수 있겠습니다. 그럼에도 당신이 그런 얘기를 했을 때 매혹까지 느끼며 처음으로 여자라는 성을 감지하는 느낌을 맛보았던 것은, 어린 시절 눈의 세계를 어디 먼 곳에 있는 것으로 그리워했듯 여자라는 성을 그저 그리워만 했던 것인 듯합니다.[13] 누군가 내게 여자의 성을 띄워 놓이 주지 않았기 때문인지도 모릅니다. 제 속에 있는 무한한 여자, 심포니 9번을 들으며 사람의 감정의 폭이 어쩌면 저렇게 무한대일 수 있을까 한 바로 그 감정의 폭을 제게 띄워 준 사람이 없었기 때문인지 모릅니

13) 시간의 흐름을 뚫고 과거로부터 솟아 올라온 기억은 영원성의 세계를 지향한다. 따라서 그것은 먼 곳을 향한 그리움이라는, 미래에 대한 동경을 불러일으킨다. 그리고 이 동경은 현실적 삶에 대한 구원의 의미를 지니는 바, 여성성의 순수한 형식을 획득한다. 이와 같은 과정은 '눈의 세계'로 표상된 기억의 현실적 공간을 배경으로 진행된다.

다. 그리하여 저는 이제 뒤늦게 마흔셋이라는 나이에 처음으로 나이 들어 가는 여자의 떨림을 감지하고 무언가 스스로 북받쳐 오르는 어떤 격류에 휘말리는 것 같습니다.

그것은 운명과 같은 것인지 모릅니다. 아마 그것이 바로 이름하여 운명이라 부르는 것일까요. 어머니와 저의 운명이 한줄기라고 하는 바로 그 운명 말이지요. 그 운명을 얘기하기 위해서 좀더 저의 지난 시절들을 들추어 나가지 않으면 안 되겠습니다.

3

내 나이 그때 서른둘, 여자로서 절정일 때일까요?

화장을 하기 위해 거울 앞에 다가앉으면 가장 젊은 젊음이 은은히 울려 퍼지는 때, 그런 나이에 저는 결혼 생활 육 년 만에 구겨진 버선[14]처럼 되어 친정으로 돌아왔습니다. 아이가 없는 것도 큰 이유가 되겠지요. 그러나 가장 직접적인 원인은 결혼 예물 때문이려니 막연히 생각했습니다. 저는 아무것도 해 가지고 가지 않았으며, 장롱은커녕 이불조차 변변히 해 오지 않은 제게 친척들은 따가운 눈총을 주었습니다. 무엇인지 쑤군쑤군대다가 제가 방에 들어가면 방안 가득히 모여 앉았던 친척들은 말을 뚝 끊었습니다.

자기 그것만 믿고 아무것도 없으면서 시집 가려는 여자들, 이라는 구절을 요즈음 와서 어느 소설에서 읽었을 때 저는 저절로 얼굴을 붉혔습니다. 바로 제가 그런 꼴이었으니까요. 한 여자로서 성숙되지 못하게 그저 어리광 부리듯 결혼이라는 대사를 치렀는가 하는 생각이 들었습니다. 그러니까 저의 태도는 남편에 대한 예의를 저버린 것이었다고 할 수 있겠습니다.

하긴 떳떳하고 정당하게 성의껏 자신의 예물을 준비하는 정성스런 태도가 요즈음 와서 좋게 보이기도 합니다. 예부터 사람들이 왜 예물을 그리도 중요하게 챙겼으며 그런 일을 소홀히 하며 오로지 사랑을 우선적으로 내세울 것

14) 여성적 비유라고 할 수 있다. 시간체와 함께 이 소설을 여성적인 감수성으로 빛나게 하는 요소다.

같은 서구에서도 지참금 운운하는 얘기를 들을 때마다 뒤늦게 새삼 깨닫기는 합니다. 인도의 어느 곳에서는 며느리가 지참금을 가져오지 않아서 굶겨 죽였다는 일화도 있다던가요. 그리하여 저의 태도가 잘못이었는가 하는 생각이 조심스럽게 들기도 하지만 그러다가도 저는 아니,라고 단호하게 부정하기도 합니다.

우리는 젊은이가 아닌가. 무엇인가를 장만해 간다는 것은 젊은이로서는 할 수 없는 일이다. 준비가 되어 있을 리가 없다. 이제까지 길러 준 부모에게 그것마저 어떻게 해 받아 가는가, 둘이 힘을 합하여 앞날을 살아가면 되는 것이다. 대신 나 역시 남편에게서 아무것도 받지 않지 않는가. 오로지 내 뜻은 자신들의 힘으로 함께 살아가자는 것뿐이다. 이런 말들이 치밀어 오르는 것입니다.

대신 저는 버선과 속치마[15]만은 넉넉히 마련해 갔습니다.

"애, 버선은 좀 몇 켤레 충족하게 가져가라. 집에서도 양말이나 스타킹보다 버선을 신고 있어. 그래야 발이 퍼지지 않고 이뻐지기도 해. 그리고 버선은 벗었을 때 엄지발가락하고 둘째발가락 사이에서 갈라진 금이 정말 얼마나 이쁘니? 그것처럼 섹시한 게 없어. 여자들 가슴 가운데 갈라진 선보다 더 그런 것 같애. 그리구 잠옷 대신 한복 속치마를 입어, 그게 훨씬 훨씬 이쁘다."

시집을 안 간 사촌언니가 꼭 늙은이처럼 이렇게 말하며 제게 버선과 속치마를 마련해 주었던 것입니다.

그러고 보면 마음씀씀이를 전혀 쓰지 않아 남편에 대한 예의를 아주 저버렸다고 말할 수 없을지도 모르겠습니다. 저로서의 노력을 기울이지 않은 것은 아니라고 봅니다. 저도 첫출발하는 다른 모든 여자들처럼 그 출발에 꿈과 기대를 걸고 저대로의 마음가짐이나 태도를 등한히 했던 것은 아닌 것 같습니다. 오히려 결혼 예물을 의례적으로 해 가는 사람들보다 버선이나 속치마에 색다른 꿈을 걸었던 것은 아니었을까요?

신혼 여행중 바닷가의 횟집에 앉아 어떻게 살고 싶은가 남편이 제게 물었습니다. 수평선이 퍼렇게 일어서던 이른 아침이었습니다.

물새 우는 소리가 들렸던가, 바닷소금내가 커다란 그물막처럼 한 겹씩 한

15) 버선과 속치마는 여성성을 상징하는 도구다.

겹씩 갯벌 쪽으로 올라오고 있었습니다.

인격적으로 서로 존중하며 살고 싶다고 저는 말했지요. 제가 어떻게 그런 말을 했는가 지금 생각하면 의아스럽습니다. 그 당시의 저란 서로 사랑하며 살고 싶다든가 그런 유의 말을 했을 법한데, 결혼 육 년의 생활을 청산한 뒤 결혼이라는 것을 뒤돌아 생각해 볼 때 떠오르는 말을 그 당시의 제가 했다는 것이 이상스럽습니다.

신혼 여행에서 돌아와 아침 식사 때 그는 토스트를 먹기 바랐습니다(아마 제게는 빵이라고 말하면서 속으로는 토스트를 머릿속에 떠올렸나 봅니다). 계란과 우유, 설탕을 넣고 휘저은 속에 빵을 담갔다가 버터로 프라이팬에 지지는 프렌치 토스트를 접시에 담아 내놓자 그는 벌컥 성을 내었습니다.

그 후, 저는 음식이 잘못되면 아까우면서도 지체 없이 버렸습니다. 그것이 자신의 살림이어서 간장 한 종지, 기름 한 방울 아껴야 한다는 생각보다 우선 그에게 떳떳한 음식을 내놓아야 한다는 과제가 앞섰습니다.

저는 생각했지요. 제가 요새 여자들처럼 호강을 하다가 온 여자도 아니고, 어린 시절부터 막숟가락을 가지고 된장을 뜨러 어둠 속 장독대를 다니던 여자이다. 그때부터 죽 밥짓고 반찬하는 일들이 훈련되어 있다, 어머니의 말대로 격식 있는 음식은 못한다 해도 밥지을 줄도 김치 담글 줄도 모르는 여자는 결코 아니다. 그런데도 왜 이렇게 힘이 드는가, 왜 이렇게 숨쉬기마저 곤란한가. 저는 그만 가져온 버선도 속치마도 입지 않고 오로지 살림과 싸우기에만 분투했지요. 이 괴물 같은 살림아, 아니 니가 이기나 내가 이기나 한번 해보자라고 들러붙으며 저는 애꿎은 살림 쪽을 원망했습니다.

생일이나 환갑 잔치 등으로 하여 친척 집으로 가는 버스에서 그는 항상 눈을 샐쭉하게 뜨고 있었습니다. 친척들의 얼굴을 떠올리면 스스로 창피해지고 자존심이 상하여 잊고 있던 결혼 당시의 감정들이 되살아나는가 봅니다.

샐쭉하게 내려앉은 그의 눈꼬리를 보며 저의 마음은 말할 수 없이 썰렁해져서 버스 손잡이를 잡은 채 울음을 삼키는 시선을 창 밖으로 돌리곤 하였습니다.

제게 돌아올 용기를 직접적으로 부어 준 것은 눈입니다.

홀시아버님이 돌아가시던 때의 눈, 그 눈의 아우성[16]을 잊을 수 없습니다.

16) 시적 표현에서나 쓰는 감각의 전이 기법을 사용하고 있다.

저는 현관 가득히 벗겨져 있는 문상객들의 구두를 차례로 정돈해 놓고 있었습니다. 그러다가 눈을 들었을 때, 현관문 하나 가득히 새까맣게 떨어져 내리고 있는 눈을 보았습니다.

추운 엄동의 바람이 휘몰아치고, 그 사이로 눈은 내려오기에 고심하면서 비집을 틈이 없는 공간 속으로 새까맣게 떨어져 내렸습니다. 저는 검은 치마저고리의 상복을 입고 구두[17] 정리를 하던 그대로 허리를 굽힌 채 잠시 눈을 바라보았습니다. 어마, 눈이,라고 뜻도 없이 중얼거리며 주저앉을 때, 고무신이 벗겨져 나간 제 버선발이 내려다보였습니다. 며칠 동안 갈아 신지 못한 버선은 부엌 바닥에서 찐득한 때가 새까맣게 달라붙어 있었습니다.

급한 마음에 시댁으로 올 때 갈아 신을 버선을 가져오지 않은 탓이지요. 이상한 불행감이 저를 휩쌌습니다. 제 인생이 바로 이 버선 바닥처럼 더럽게 구겨져 있는 것이라고 생각했습니다.

장례차에 실려 장지로 가던 날도 눈이 쏟아졌습니다. 눈 때문에 세상은 환하고 장례용 버스 밑에 관을 싣고 우리는 잠시 망자의 일을 잊은 채 며칠 간의 고된 밤샘으로 인해 반졸음 상태에서 눈의 벌판 속으로 그저 달리기만 하였지요. 눈이 떨어져 차창에 수북이 앉았습니다. 성에가 가득한 유리창을 손바닥으로 닦아 내고 밖을 보았습니다. 눈은 먼 곳에서 반가운 손님처럼 찾아와 제가 앉은 차창으로 다가왔다 멀어지고 다시 다가왔다가 멀어졌습니다. 그러다가 유리창에 찰싹 달라붙기도 하였습니다. 유리창에 달라붙은 눈에서 육면체, 팔면체, 십육면체의 눈꽃송이를 자세히 들여다볼 수 있었습니다. 어린 시절 품었던 눈의 세계가 갑자기 되살아났습니다. 반가운 손님처럼 찾아와 기쁨과 행복의 감정을 미리 맛보여 준다고 느꼈던 눈 오는 날의 정감 말입니다.

가까이 왔던 눈이 멀어지고 또 새로운 눈이 다가왔다가 멀어지고 하는 일이 반복되는 동안 공중에는 수많은 선들이 서로 얽히다가 하나의 뿌우연 면으로 변해 버리기도 했습니다.

눈벌판이 지나고 나무들이 군데군데 서 있고, 흙더미가 검게 뒤집혀져 있는 빈 들판이 계속되었습니다. 누군가 열심히 돌아다니며 부삽으로 흙을 뒤집어 놓은 것 같았습니다. 저는 왠지 모르게 상을 찌푸렸습니다. 그 더러운 곳에서

17) 구두를 순수한 우리말이라고 생각하는 사람들이 많지만, 실은 일본어에서 온 밀이다. 구츠(くつ)라는 말을 우리식으로 발음해서 '구두'가 된 것이다.

제 더러운 버선발을 떠올렸기 때문입니다.

눈 속에 저런 더러운 자국이 있다니, 그냥 무한한 흰 눈의 세계일 수 없을까. 이 세상을 하얀 고요로 쌀 수 없을까. 저는 장지[18] 로 가는 동안 점점 세찬 어떤 감정 속으로 빠져 드는 것을 느낄 수 있었습니다.[19]

장례가 끝난 후 드디어 저는 그를 원망하면서 짐을 쌌습니다.

"우리 어머니가 다른 집 어머니처럼 내게 그렇게 잘해 보내지 못한 것을 오히려 다행스럽게 여겨요. 그렇지 않았다면 일평생 모르고 살 뻔하지 않았어요. 일평생 남편을 제일인 줄만 알고, 제일 위에다 올려놓고, 그런 밑바닥에 깔린 감정을 볼 수 없었을 게 아니에요. 그런 것을 속속들이 볼 수 있었다는 게 무사한 결혼 생활보다 훨씬 다행스러워요."

이 말을 하고 난 직후의 그 자유스러움, 비로소 숨을 쉴 수 있을 듯하던 순간을 기억할 수 있습니다.

저는 결국 돌아오고 말았으며 그는 회사에서 파견되어 사우디아라비아로 떠났습니다. 그리하여 겉으로는 남편의 파견이 구실이 되어 주었으나 실은 저는 돌아온 것입니다.

아까도 말했지만 제가 돌아온 것은 거슬러 올라가 그 원인이 결혼 예물 때문이러니 했습니다. 어려운 인생의 관문인 결혼이 출발부터 잘못이었다고 생각했습니다.

그러나 요즈음 차츰, 그것이 아니지 않은가 하는 생각이 들기 시작하는 것입니다. 그것은 무엇이었을까, 그런 지엽적인 것이 아니고 더 근원적인 것, 딸이 어머니 운명을 닮는다고 하는 것과 같은 어떤 것, 다시 말해 그것은 운명의 손길이지 않은가 하는 생각이 드는 것입니다.

아버지가 우리를 버려 두었듯, 즉 어머니가 남편을 섬기며 사는 여자이지 못했듯 저 역시 그런 것입니다. 그럴 때면 남편이 꼭두각시처럼 느껴져 멀리 떠나 있는 그에게 미안감과 아울러 차라리 측은한 애정까지 드는 것입니다.

그는 사우디에서 몇 통인가의 엽서―햇빛이 너무 살인적이어서 옆 건물에 잠시 갈 때 신문지를 머리에 펼치고 뛰노라면 우박 쏟아지듯 햇빛 쏟아지는 소리가 들린다―를 보내기도 했으며, 그곳에서의 임기를 마친 후 미국으로

18) 장사 지낼 땅. 시체를 묻을 땅.

19) 다시 반복되어 등장한 '눈의 세계'는 순수 동경의 형식으로 삶에 대한 내밀한 자의식을 환기하는 하나의 상징성을 획득한다. 따라서 그것은 생활의 현실적 측면과 적대적 관계에 놓일 수밖에 없다. 화자가 묵묵히 지켜 오던 결혼 생활을 일시에 청산하게 되는 계기는 바로 '눈의 세계'가 환기시킨 순수 동경의 지향에서 온 것이다.

20) 제유법에 해당한다. 한 순간의 눈길로 남편의 성격을 형상화하는 방식이다.

1970년대 초 원유 가격의 급등으로 오일쇼크가 도래하게 된다. 때문에 우리 나라의 원유 수입단가의 증가와 수입의 급증으로 인해 1973년의 경상수지 적자는 3억 880만 달러였는데, 1974년에는 20억 2,270만 달러로 적자 폭이 17억 1,390만 달러로 늘어나게 되었다. 이 무역수지 적자가 결국 국가의 위기를 초래하고 이 대안으로 나온 것이 바로 인력수출이었다. 석유파동으로 인해 돈을 많이 벌게 된 중동 지역의 국가들의 건설 증가를 이용해 건설 수주를 하게 되고 인력수출이 자연스럽게 이루어지면서 경제적 위기를 벗어날 수 있었다. 이러한 중동붐은 1970년대 후반에서 1980년대까지 지속되었는데, 1982년에만 미국, 영국, 독일 등의 업체와 합작으로 총 22건에 22억 6천만 달러 상당의 공사를 수주한 것으로 나타나고 있다. 그리고 1982년 당시 수주 실적 순위로 볼 때 미국에 이어 2위를 차지했다. 특히 중동 지구에서는 미국의 36.1%에 이어 우리 나라가 20.9%를 차지함으로써 3위인 프랑스의 7.2%를 크게 앞질렀다. 이 소설은 이러한 시대적 배경하에 쓰여졌고 1970~80년대를 배경으로 한 소설들에서는 중동에 파견된 노동자의 이야기가 심심치 않게 등장한다.

건너가 재혼을 했고, 아이를 낳아 잘살고 있다는 소식을 인편을 통해 들었습니다. 그는 그냥 제 운명의 역할을 충실히 해준 저의 엑스트라에 지나지 않는지도 모릅니다. 그는 음식이 마음에 맞지 않아 화를 내고, 친척 집으로 가는 버스에서 눈을 샐쭉하게 내리떠야 하는 역[20]을 맡은 것뿐인지 모르겠습니다.

이렇게 말한다면 밥상을 깨부순다는 표현처럼 너무 과격한 것일까요.

저는 왜 저 자신을 밥상을 깨뜨린다고 생각하려 드는 것일까요.

어머니와 살면서 저녁밥을 짓는 시간을 가장 아늑하고 보람되게 느끼면서…… 종종걸음으로 달려가 가까운 거리에 있는 시장에서 파를 한 단 사 올 때, 이런 아늑함이 언제까지 계속될 것인가, 조바심 섞인 의구심마저 품으면서 말입니다. 집의 불빛이 창으로 보이면 저는 숨을 멈추듯 걸음을 멈추고 아, 하는 감회와 함께 다른 인생을 찾아 남의 인생을 살아 주기 위해 어디 멀리까지 헤매다가 이제 제 운명 속으로 돌아온 안도감을 느끼곤 했습니다.

시집 가기 전에 쓰던 장롱과 거울, 조그만 책상 같은 것들이 그대로 놓여 있는 내 방에 누워 있으면 제 본래의 자리로 돌아왔다는 이상한 안도감을 느낍니다. 제 어린 시절에 뿌리를 내린다고 할까요. 인생에 뿌리를 박는 것은 옛 시절이 배어 있는 내 집을 떠나서는 헷갈린다고 할까요.

그렇다면 운명이란 무엇일까요. 우리에게는 정말 운명이라고 하는 것이 있을까요. 우주의 질서 그 안에 인간 개개인이 타고난 시간과 공간이 만난 어떤 한 점, 이것이 운명의 사슬이 되는 것일까요. 그러면 제 운명은 과연 어떤 것이며 거기서 해방시킬 수는 없는 것일까요. 정녕 나보다 멀리 갈 수 없으며 나보다 창조적일 수는 없는 것일까요.

제가 돌아온 후로도 세월은 많이 흘렀습니다. 갓삼십을 넘기고 돌아온 저는 어느덧 노모와 단둘이 사는 아늑함에 젖어 있는 중년의 여인이 되었습니다. 헐벗지 않아도 될 집이 있고, 그리고 절약해 가며 생활을 해 나갈 만한 돈이 있어, 집과 시장만을 왔다갔다하며 그 누구의 간섭을 받거나 하지 않고도 이 세상에 살 수 있다는 기쁨이 큽니다.

알찌개를 한다거나 생선을 구워 남기지 않고 알뜰히 상 위의 것들을 비워 나가며 텔레비전을 즐기는 저녁 시간의 안락함은 실로 어제까지 어머니와 제 인생의 어느 부분보다 빼어나게 즐거운 것이기도 합니다.

　이런 운명의 줄기에서 제 동생만은 제외되어 있는데 멀리서 행복한 가정을 꾸며 잘살고 있는 동생 영혜를 생각할 때면 저는 항상 대견스럽고 가슴이 뿌듯해 옵니다. 동생이 간호원으로 서독에 파견되어 거기서 독일인과 결혼했다는 소식을 듣던 날은 저는 터지는 웃음을 참을 길 없었지요.

　그러나 그런 안락함 속에서도 왠지 모를 갈증을 솔직히 숨길 수 없었습니다. 저는 이따금 어머니에게 울면서 달려들기도, 또 무언지 모를 불만을 한숨 섞어 털어놓기도 했습니다. 어머니, 검버섯이 피어나는 칠순 노인인 당신과 내가 같을 순 없지 않겠어요, 그 한숨의 뒤끝에는 이런 속말이 저절로 중얼거려지는 것이었어요.[21]

4

　당신을 만난 것은 그 무렵이었습니다. 물극필반(物極必返)의 이치라는 것을 그런 데서도 엿볼 수 있는 것일까요. 사물이 극에 달하면 반드시 되돌아온다는 이치, 무엇인지 극에 달해 더 나아갈 수 없을 듯할 때 새로운 어떤 일, 어떤 현상이 벌어지는 것일까요.[22]

　저는 그날 가까스로 감자 두 알을 벗기며 제 몸이 움직여 주지 않는 것을 느꼈습니다.

　일이 진정 하기 싫고 몸이 움직여 주지 않아 짜증스러웠습니다. 다른 아무런 생활도 없이 오로지 이 실내의 아늑함에만 젖어 방석 커버를 만든다, 스웨터를 떠 본다, 그리고 텔레비전이나 보며 지내는 이 생활에 말할 수 없는 답답증을 느꼈습니다. 누구의 간섭도 받지 않고 된장찌개를 끓이거나 굴비를 구워 어머니와 단둘이 알뜰히 상 위의 것들을 남기지 않고 다 비워 내는 일에도 저는 심한 갑갑함을 느끼고 있었습니다.

　그 무렵부터 어머니는 관절염으로 바깥 출입을 전혀 못하고 있었으므로 어

21) 어머니와의 운명의 일체감을 발견하면서도, 다른 한편으로 어머니와 동일시된 자신의 운명에 저항하고 있는 화자의 심리가 잘 드러나 있다. 즉 운명의 발견과 그것에 대한 저항은 길항 관계에 놓여 있다고 할 수 있다. 그런 만큼 환멸은 끊임없이 삶의 표면으로 떠올라 지속되고 있는 것이다.

22) 물극필반이라는 용어를 통해 인생사의 일반적인 현상으로 서술하고 있지만, 실은 새롭게 삶을 재편하고자 하는 화자의 강렬한 욕망이 외부적 현실을 바꾸는 내적 계기로 작용하고 있다. 그러니까 '당신'과의 만남은 외부에서 우연히 주어진 사건이 아니라, 새로운 삶의 계기를 발견하고자 하는 화자의 간절한 소망이 현실화된 것으로 보아야 할 것이다.

머니와 제가 때로 외식을 하고 영화라도 구경하고 들어오는 작은 기쁨마저 생활에서 차단되어 있었습니다.

감자를 벗긴 후 볶음을 하려고 보니 면실유[23]가 떨어져 있기에 손지갑을 챙겨 들고 동네 슈퍼마켓으로 향했지요. 현관문을 닫는데 어머니가 무어라 하는 소리가 들려 왔지만 저는 왠지 심사가 사나워져서 못 들은 체 쾅 문을 닫아 버리고 말았습니다. 쾅하고 닫히는 문소리에 제 마음속에 무엇인가가 쾅하고 닫히는 듯 어떤 어둠이 일시에 몰려드는 느낌을 맛보았습니다. 그러나 한편, 쾅 하고 닫히는 그것은 이제까지의 제 생활이 쾅 닫혀 버리는, 어떤 새로움의 장을 기대해 보는 소망의 마음이 깃든 소리로도 느껴졌습니다.

처음 어둠 속에 서 있는 당신을 발견했을 때 저는 당신이 저의 상상의 산물인가 하는 생각마저 들었습니다. 그만큼 당신의 출현은 의외였으면서도 또한 필연이라는 생각이 들었습니다.

당신은 제게 길을 물었지요.

당신의 부름에 잠시 멈추는 순간, 길에는 아무도 없고 당신과 저 둘만 있었습니다. 길에 있는 그 많은 사람들이 갑자기 전부 멀어져 간 것입니다. 당신은 물론 저를 알아보지 못했습니다. 저는 당신이 묻고 있는 집, 당신의 옛집을 충분히 잘 가르쳐 드릴 수 있었습니다.

당신은 담 밖에 서서 그 집을 넘겨다보았습니다. 등나무 덩굴이 드리워진 창으로 불빛이 흐를 뿐 집안은 조용하였습니다. 그 집에서인지 다른 어느 집에서인지 간간 텔레비전 소리가 들려 오는 듯했습니다. 저는 조금 떨어진 곳에 서서 당신의 모습을 지켜보았습니다. 그리고 뒤꼭지에 미련을 남긴 채 몸을 돌렸습니다. 이상한 끌림. 이대로 돌아서고 싶지 않은, 한마디 얘기라도 건네고 싶은 마음을 그대로 이끌고 슈퍼마켓을 향했습니다. 슈퍼마켓에서 면실유와 몇 가지 물건을 사 가지고 나오다가 그 골목에서 나서고 있는 당신을 발견할 수 있었습니다. 우리는 자연스레 조금 전 당신이 길을 묻던 그 지점에서 다시 만날 수 있었던 거지요.

당신은 미처 하지 못했던 인사를 제게 하였지요. 그리고 덧붙여 물었습니다. 그곳이 자신이 찾는 집인 줄 어떻게 그렇게 잘 알았는가고요.

23) 목화(木花)의 씨에서 짠 기름.

지금 돌이켜 보면, 그것은 수학의 공식과도 같다는 생각이 듭니다. 당신과 제가 만났던 일, 그리고 그 후에도 공중으로 떠도는 전자파와 같은 것이 우리의 마음속에 어떤 수치를 끊임없이 제공하여 계속해서 이끌어 왔던 걸로 생각됩니다.

당신과 처음 만난 삼 일 후 다시 그 장소에서 당신을 만날 수 있었던 것은 바로 그 전자파와도 같은 수치의 공식이 아니고 무엇이겠어요. 저는 매일 저녁녘 어스름이 내릴 무렵 손지갑을 챙겨 들고 동네 시장이나 슈퍼마켓에서 저녁 찬거리를 사 오는 길에 왠지 발걸음이 그쪽으로 향해지곤 했습니다. 골목 앞에서 골목 저쪽 당신의 옛집이 있는 부근을 바라보았습니다. 그곳은 늘 어둠이 몰려 있었고, 그러면 저는 당신은 제 상상의 산물인가 다시 생각하곤 하였습니다. 외로운 나머지 제가 어떤 일을 스스로 꾸며낸 것이라고요. 밤에 꾸는 꿈처럼 낮에 눈을 뜨고 꾼 꿈일 뿐이라고요.

그 당시의 저는 어머니의 검버섯과 같은 그 칙칙함, 무미건조함에 젖어 있었으니까요. 밥상 위의 것들을 말끔히 남기지 않고 비운 후 텔레비전 앞에 앉아 즐기는 그 즐거움이란 사실 내게 있어 허위가 아니었을까요.

아니, 이렇게 말한다면 정확한 표현이 아닙니다. 거기에도 일상의 아늑함은 확실히 있었습니다. 저는 그 일을 무엇보다 고마워했습니다. 이런 조용하고 아늑한 생활이 언제까지 가려나 스스로 조바심마저 쳐졌으니까요. 그러면서 한편 텔레비전을 보고 있는 등줄기로 진땀이 주르륵 흘러 내리며 나보다 더 멀리, 나보다 더 창조적으로를 구호처럼 속으로 부르짖었습니다. 인생이란 것이 이런 식으로 이렇게 스치고 지나가 버리는 것인가 하고 허망한 심정이 자주 되어졌습니다.

이제 생각하면 그 당시의 저는 희망이 없는 노년과도 같았다고 할까요. 칠순을 넘긴 저의 어머니와 같은 형편에 저를 몰아넣고는 이대로 먹고살 최소한의 돈만 있으면 밖에 나가서 돈을 벌어 오지 않아도 되고, 현관문을 닫은 후의 그 안의 생활에서만 진정한 아늑함을 찾으려 했던 것에는 확실히 무언가 무리가 있었습니다.[24]

삼 일째 되던 날 우리는 다시 만났습니다.

24) 의식은 끊임없이 스스로를 부정하는 갱신의 과정을 겪는다. 일상의 아늑함이 어느 순간 허망함으로 돌변하는 것은 바로 이러한 의식의 부정성 때문이다. 그렇기에 삶은 지속적으로 반복되는 새로운 의미 부여로 채워져 있다.

당신의 얼굴에서 역력한 반가움의 빛을 저는 어둠 속에서도 잘 분간해 낼 수 있었습니다. 새로 생긴 동네 지하다방에서 우리는 차를 마시고, 그리고 위스키를 한 잔씩 마셨습니다.

저는 당신이 좋았으므로 몹시 부끄러워했으며 당신이 제게 전화하겠다고 했을 때 뛸 듯이 기뻤습니다. 당신은 또 제게 물으셨지요, 그날 당신이 찾는 집을 어떻게 그렇게 잘 알 수 있었느냐구요.

저는 대답하지 않았습니다. 그것을 말하는 것보다 하지 않는 쪽이 좋으리라는 생각이 들었습니다. 별다른 무슨 비밀이 있어서가 아니라 그냥 묻는 일에 대답하지 않음으로써 그 자체에 비밀을 간직하고 싶어서였을 거예요.

어린 시절 살던 집이 그때 골목에서 제일 막다른 집이었는데 그 위로 길이 트이고 새로 집이 많이 들어섰기 때문에 찾을 수 없었노라고 당신은 말했습니다. 정말로 동네가 많이 변했군, 중학생 때 이 집을 떠났는데, 산 위로도 또 마을이 하나 생겼으니 못 찾을밖에, 혼잣말처럼 하였지요.

그 후 당신은 보름 간이나 제게 전화를 주지 않으셨어요.

저녁마다 찬거리를 사 가지고 오는 길에 그곳을 지났지만, 저는 잠깐 머물러 살필 뿐 시간을 지체하지 않았습니다. 집을 비운 그 사이라도 당신이 전화를 걸면 안 되겠기에 말입니다.

저는 하루 종일 전화 옆에 붙어서 책을 읽거나 뜨개질을 했습니다. 목욕을 할 때면 물소리가 크지 않게 숨을 죽였습니다. 청소를 할 때나 빨래를 널기 위해 베란다에 나가 섰을 때일지라도 전화벨 소리가 잘 들리도록 신경을 썼습니다. 간혹 전화가 불통인가 수화기를 들어 확인해 보기도 했지요. 전화는 불통이기나 한 것처럼 계속 울릴 줄을 몰랐으니까요.

당신의 목소리가 아닌 다른 전화를 받을 때의 실망감, 드디어 저는 발광이 났습니다.[25]

저는 옷소매를 걷어붙이고, 장이 서고 있는 시장거리로 가서 동동주를 마셨습니다. 일 년에 한 번씩 여름에서 가을로 넘어가는 시기에 시장 한쪽에 장터가 서고 있었지요. 강원도 호박엿, 춘천 막국수, 평양 냉면, 전주 비빔밥 등 팔도의 음식이 소개되고, 싸구려 옷가지를 벌여 놓고 여러 가지 놀이도 벌어

25) 무언가를 절실히 기다림으로 인해 예민해진 감각이 잘 묘사되어 있는 대목이다. 전화기에 붙어 있거나, 전화벨 소리에 신경을 곤두세우거나, 혹은 전화가 불통인가를 확인해 보는 화자의 일련의 행동은 모두 이러한 기다림의 감정으로 인한 마음쓰임의 형상화라 할 수 있다.

집니다. 혼자 마시는 것이 안되었던지 제가 늘 가는 야채 가게 아줌마가 상대를 해 주어 함께 마셨습니다. 제가 술을 잘 마실 소지의 여자임을 처음 알았지요. 술은 얼마든지 제 허한 속으로 들어갔습니다. 별로 취기가 오르지도 않았어요.

동동주를 마시고 나오는 길에 기분 삼아 동그라미 던지기를 하였습니다. 천원을 내고 링 다섯 개를 받아 가지고 겨냥도 별로 않고 되는대로 던졌습니다. 콜라 한 병, 소주 한 병, 담배 두 갑, 해태 봉봉, 과자, 캐러멜 등이 여기저기 놓여 있었습니다. 그런데 제가 던진 링 하나가 제일 뒤에 있는 대두 한 되들이 소주병에 가서 걸렸습니다. 둘러섰던 사람들은 모두 놀라며 박수를 쳤습니다.[26]

나중에 알고 보니 동네 사진관집, 복덕방, 페인트 가게, 과일 가게, 슈퍼마켓의 젊은이들이 다 한 번씩 던졌지만 모두 실패였다고 해요. 물론 모두 다 그 대두 한 되들이 술병을 겨냥하고 던진 것이지요.

링은 무게가 전혀 없이 가볍게 만들어져 정확한 겨냥으로 되는 것이 아니었어요. 그러므로 아무렇게나 겨냥도 없이 막 집어던진 제 것이 덜컥 맞아 떨어진 것이지만, 그러나 거기에는 어떤 숨은 힘이 작용했던 것은 아닐까요. 거기에는 바로 당신을 그리워하는 강한 힘이 작용했던 것이에요. 저는 그렇게 믿어요.

큰 술병을 들고 그곳을 빠져 나와 집에 와서 거울을 들여다보니, 술이 올라 붉은 반점이 얼룩진 제 얼굴이 꼭 도깨비 같던 것을 기억합니다. 어마, 어쩌면 이렇게 도깨비 같을까, 도깨비가 꼭 이렇게 생겼겠지,라고 혼자 속으로 중얼거렸습니다. 저는 동생과 제가 결혼 전에 읽던 서가에서 최면술이나 무슨 마술, 염력[27], 심령술 등의 책을 더듬어 보았습니다. 저의 간절한 마음을 전할 강한 주파수의 방법을 알고 싶어서지요.

아아 무슨 마술이 없을까, 그 어떤 묘법이 없는 것일까. 악마와 결탁할 수는 없을까, 어떤 흥정이 가능한 것일까. 제게 있어 중요한 어떤 것을 내어놓고, 그리고는 당신과의 연(戀)을 가능하게…… 내게 있어 중요한 것이란 무엇일까, 저는 숨가쁘게 스스로에게 묻기도 했지요.[28]

26) 기다림의 감정이 절실한 것에 비례해 그 좌절에 의한 실망도 기대의 크기에 맞먹을 만큼 커지는 법이다. 평소와는 달리 술을 마시고, 혹은 동그라미 던지기에 몰두하는 화자의 일탈적인 행동은 기다림의 절망으로 인한 안타까움과 답답함의 해소책이자, 마음 허전함의 반영이라 할 수 있다. 화자의 어머니가 생활을 등한시하고 화투치기에 열중했던 것과도 비교해 볼 수 있다.

27) 정신의 집중으로 손을 대지 않고 물건을 움직이는 초능력.

28) 일상을 뚫고 올라온 '당신'과의 만남은 일상적인 생활부터 구원되기를 열망하는 화자의 내적 욕망이 이루어 낸 것이다. 그것은 삶의 중요한 한 축인 생활 전부를 지불할 대가로서 주어지는 것이기에 항상 불안정한 경계선상에 서 있는 것이 될 수밖에 없다. 악마와의 결탁을 꿈꿀 만큼 그 욕망과 불안은 절실한 실감을 지니고 있다.

1980년대 강남(대치동
은마아파트 앞)과 개발
중인 강남

그러기를 며칠여 만에 드디어 당신에게서 전화가 왔습니다. 당신의 목소리를 듣고 저는 추운 바람이 불어오는 듯 몸을 흐읍 하고 떨었습니다. 정말 추운 바람이 제 몸을 강타하고 지나가는 것을 느꼈습니다. 그리고는 전화를 끊고, 목욕실로 달려가 거울을 보며 한바탕 웃었습니다. 예기치 못했던 웃음이 계속해서 터져 나왔어요. 그 순간의 행복, 그 찰나적인 행복, 어떤 불안의 요소도 있을 수 없는 첫 시작의 느낌.

분출되는 분수의 이제 막 솟아오르는 물줄기, 아직 절정으로 올라가기에 느긋한 여유가 있는, 아니 그런 것을 따져 볼 필요도 없이 저는 물줄기가 되어 뿜어져 나왔던 것입니다.

탕에 물을 받아 목욕을 한 후 머리를 세트로 만 채 저녁을 지었습니다. 당신의 전화를 받고 집을 빠져 나오기까지 저는 일 초의 여유도 없이 발을 동동동 구르며 바삐 움직여야만 했습니다.

그리고는 집을 빠져 나갔을 때의 그 통쾌함이란. 외출다운 외출을 한 지 까마득한 지경이어서 신고 있는 구두나 옷차림에 몹시 신경이 써졌습니다. 왜 무리를 해서라도 옷을 장만하지 못했는가 후회했지만 때는 늦었습니다. 당신의 전화에만 신경을 집중하느라고 다른 일을 염두에 둘 여지가 없었던 것입니다. 당신이 지명한 어느 호텔 커피숍으로 가기 위해, 택시 운전사는 차에서 두 번이나 내려 사람들에게 장소를 물었습니다. 그 호텔은 이 즈음 새로 지은 아직 별로 잘 알려지지 않은 곳인가 봅니다. 고층 빌딩과 널찍한 길이 뚫린 새로운 도시 강남은 제게 무척 낯설고 조금 두렵기도 한 곳이었습니다.

그곳의 거리를 마음대로 활보하고 있는 사람들을 차창 밖으로 내어다보며, 이곳을 걷기 위해서는 어떤 자격증을 가져야 하는 것일까 하는 생각을 문득 하였습니다.

국민학교 4학년 때던가요, 같은 반의 부유한 친구가, 이것 우리 아빠가 미도파에서 사 온 거다,라고 말하며 얼음사탕을 조금 떼어 주었을 때, 미도파라는 처음 들어 보는 그 리드미컬한 어휘과, 그곳에 들어갈 수 있는 사람은 친구의 아버지쯤 되는 부자, 권위 있는 사람이어야 한다는 생각을 했던 것 같습니다. 보통 사탕이 아니고, 꼭 얼음처럼 생긴 얼음사탕의 모양도 무척 특이한 것이었지요. 그런데 커진 후 어느 날 중심가에 어머니를 따라서 나갔다가 미도 파라고 씌어진 건물을 보았고, 그것이 백화점이며, 아무나 들어갈 수 있는 곳이라는 것을 알았을 때의 허전함이 기억났습니다. 바로 그렇게 강남의 거리는 아무나 걸을 수 있는 곳이겠지요. 그럼에도 제게는 어쩐지 자격이 모자라는 것같이만 여겨졌어요. 이곳을 걷기 위해서는 조금 더 아름답게 단장을 해야 하지 않을까, 조금 더 젊어야 하지 않을까, 아니 새로 생긴 이곳 길이라기보다 당신 앞에 나타나기 위해 저는 무척이나 모자란 듯이 느껴지는 것이었어요. 당신에게 애정을 구하면서도 이런 부수적인 것들이 자리하는 것을 쓸쓸히 느꼈습니다.[29]

커피숍은 사람들로 몹시 붐비었고, 당신은 그곳 이인용 조그만 테이블에 앉아 있었습니다. 며칠 전에 무슨 일 때문에 이곳에 왔는데 이른 시간이어서인지 전부 비어 있고, 한적하고 그렇게 좋았다고 당신은 말했습니다. 당신의 그 말에 내 속에서 품었던 의문이 비로소 살아나며 저는 기어이 웃음을 터뜨렸습니다. 바로 이런 곳으로 오기 위해 운전사까지 택시에서 두 번 내린 것이라 생각하니 웃음이 났던 것입니다.

당신을 만나기 위해 온 첫 장소가 어디 아늑하고 조용한 곳이 아니라, 바로 이렇게 도떼기시장 같은 곳, 당신은 사람들에게 떠밀리듯 겨우 가장자리 이인용 조그만 테이블에 자리잡고 앉아 있어야 했으니까요.

당신을 몽상가라고 다시 생각했습니다.

예전에 살던 집을 세월이 흐른 뒤 찾아보는 그 행위도 보통 사람으로선 있기 힘든 일이지요. 한바탕 웃고 나자 당신과 저 사이는 한결 부드러워지고 급격히 간격이 좁혀진 것 같았습니다. 예부터 서로 잘 알고 있는 사람인 듯 생각되어지기도 했어요. 하긴 우리는 그 옛날 한 번 스친 일이 있지요. 당신은 기억 못하시지만 저는 당신을 기억합니다.

그날 우리는 플라타너스 가로수 밑을 걸었습니다. 누군가 우리를 보았다면 저녁 후 산보 나온 부부로 보았을 것이 틀림없습니다. 여름내 자란 플라타너스의 밑가지는 우리의 키보다 낮게 잎을 드리워 나무 밑을 지날 때마다 허리를 굽히는 행동을 하지 않으면 안 되었습니다. 천천히 느릿느릿 걸으며 나뭇

29) '당신'과의 만남을 준비하는 긴장감과 설렘이 화자로 하여금 자신과 주위를 돌아보게 한다. 즉 화자에게 있어 '당신'은 긴장을 촉발하고, 그 속에서 순진성과 욕망을 일깨우는 존재인 것이다.

가지가 우리의 키보다 밑으로 내려올 때마다 허리를 굽히는 그 리듬은 일정하게 반복되었고, 우리는 그저 간간이 몸을 서로 스치기도 하며 걸었습니다.

당신과 저의 만남은 그렇게 시작된 것입니다.

그것이 첫 시작이었습니다. 그렇게 시작되어 어느새 삼 년이 지났습니다. 횟수로 따지면 불과 서른 번을 넘지 못한 것 같습니다. 만나는 일을 두 달이고 석 달을 건너뛸 때도 있었으니까요. 그러나 그런 일은 별로 문제가 되지 않습니다. 누군가 있다는 것과 없다는 것은 크나큰 차이이지요. 오로지 그것이 중요하지요.

만나지 않아도 누군가 저기 어디 있다는 것만으로도 저의 생활은 달라지며 매일매일 노력하게 됩니다. 손지갑을 챙겨 들고 저녁에 시장에 나갈 때의 행동 하나만 보더라도 예전과 다릅니다. 감자를 벗기는 일, 빨래를 너는 일 하나에도.[30]

그렇습니다. 당신이 말하는 나이 들어 가는 여자의 떨림, 바로 그 떨림이 배어 있는 그런 표정과 행동이었다고 생각합니다. 무언가 조심스럽고, 남자를 그리워하는 몸짓이란 그렇지 않은 행동과 전혀 다를 것입니다.

[30] 존재 그 자체가 부여하는 충만감은 만남의 구체성보다 크다. 존재 그 자체가 발휘하는 이와 같은 효과는 대상에 대한 몰입 혹은 신뢰에서 연유하는 바, 그것은 스스로에게 거는 주문과도 같은 것이다.

[31] 이 대목에서 화자는 기억의 막을 뚫고 나와 현실적 공간으로 회귀하고 있다. 몰입의 찰나 섞인 순간이 밀실에서 기억으로 들어가는 입구라면, 각성의 찰나적인 순간은 기억에서 현실로 나오는 출구다.

5

쓰기를 멈추고 팔을 뻗고 담배를 찾습니다.[31]

어느새인가 제게는 담배 피우는 습관이 생겼습니다.

책상에서 잠시 내려와 방바닥에 앉아서 담배 연기를 후욱 내뱉습니다. 지금 이 순간 옛날 할머니들이 담배를 피우던 기분 그대로가 제 숨 속에 되살아나는 듯합니다. 밖은 괴괴하고 간혹 창문이 덜컹거리는 소리가 들립니다. 어머니 방에서 나는 밭은기침 소리도 들립니다. 늦가을의 바람은 예상 외로 차고 매워서 아까 저녁 무렵 빨래를 걷으러 베란다에 섰을 때 헝겊에 엷은 얼음이 낀 듯 빨래들이 굳어져 있었습니다. 바람이 계속 일어 소화 작업에 큰 지장을 주고 있다는 아나운서의 멘트가 생각나서 불안스러이 바람 소리에 귀를 기울입니다.

불은 아직도 타고 있을까요.

시커먼 밤 속으로 타 들어가는 거대한 불 더미를 떠올리며 저는 두 개비째의 담배에 불을 붙입니다. 실은 술을 마시고 싶습니다만, 지금 입에 술을 댄다면 정신을 잃을 정도로 마셔 버릴 것이고, 그러면 이 글을 더 이상 쓸 수 없을 것 같기에 참습니다. 지금 펜을 놓아 버리면 다시는 잡기 힘들 것이기 때문입니다.

불이 타고 있는 동안만 바로 그 기운에 힘입어 저는 무엇인가 제 안에 있던 것, 제 안에서 나오고 싶어하던 것을 끌어낼 수 있을 것 같기 때문입니다.

어마어마어마어마.[32]

허둥거리며 음식을 싸 가지고 갔던 무명보자기와 벗어 놓았던 코트로 불길을 향해 내려치면서 그 순간이 요원하게 생각되었습니다. 설명하기 힘듭니다만 여기가 이 세상이라 하는 것인지, 이 세상이 있는 것인지 없는 것인지, 내가 있는 것인지 없는 것인지, 아무것도 분간할 수 없으면서도 정신은 말짱하였습니다.

처음 여유를 가지고 삽으로 불길을 내려찍던 집안 아저씨도 갑자기 우리를 에워싸고 바람 부는 쪽으로 반원을 그리며 퍼져 나가는 불길을 향해 정신 없이 부삽으로 흙을 퍼대었습니다.

이렇게 해서 산불을 낸다, 그 무서운 산불이 우리에게 닥쳤다, 꿈이 아니다, 정말 어이없이 우리 앞에 벌어진 일이다. 아저씨도 저도 허둥거리며 점점 빠른 속도로 움직여지는 팔놀림에는 이런 뜻이 담기어 있었을 것입니다. 바로 그 느낌은 또한 당신과 만나게 되었을 당시의 느낌과도 흡사합니다. 이것이 바로 내게 다가온 일이다, 꿈과 같이, 라고 저는 중얼거렸지요.

어머니와 현관 안에서의 생활로 인생을 지나가 버리는가 보다, 이것으로 내 인생은 이제 마감을 하는가 보다 생각하고 있을 때 당신이 나타났던 바로 그 느낌과 흡사합니다.

32) 의식과 상상 속의 불길이 기억 속의 실제 산불 장면과 겹치면서 현실과 기억이 순간적으로 만나고 있다. 이 순간의 접점을 통해 화자는 현실에서 기억으로 다시 이동하고 있는 것이다.

저는 조금 높은 지대, 마을과 논이 내려다보이는 곳으로 가서 소리쳤습니다. 여보세요오, 불이 났어요오, 얼른 와 주세요오, 불났어요 불이요오—나무들 사이로 제 목소리는 퍼져 나갔습니다만 올려 미는 바람 때문에 곧 내게로 되돌아오는 듯했습니다.

무덤들 사이로 불길이 퍼져 나가는 소리, 군불 지필 때와 비슷한 냄새, 아저씨가 삽으로 내려치는 소리 속에 서 있으면서 잠시 순간이 영원으로 멎는 것 같았습니다.

마치 당신을 처음 만나던, 당신의 부름에 고개를 돌리는 순간 길에 있던 모든 것이 멀리로 물러나고 오직 당신과 저 둘만이 있는 듯 느껴지던 그 순간과 흡사합니다.

평화로운 산과 논밭, 들판, 어디선가 개 짖는 소리, 닭 울음소리 그리고 아이들 소리, 한낮의 햇빛과 바람 속에서 긴박감을 알리는 제 소리가 전혀 현실감이 없었습니다.

이것은 이 세상이래도 좋고 아니래도 좋다. 이 세상이 아닌 것 같다. 아마 이 세상이 아닌가 보다. 도깨비 방망이를 흔들어 어딘가 이 세상과 다른 세상이 잠시 열린 것 같은, 갈피를 잡을 수 없는 심정이 되었습니다.[33]

저는 그쯤 소리쳐 놓고 다시 돌아와 아저씨와 떨어져서 다시 외투로 내려치기 시작했습니다. 다행히 논두렁에서 무엇인가를 하고 있던 마을 사람 몇이 달려왔습니다.

그들은 굵은 소나무 가지를 꺾어 들고 익숙하게 불길을 다잡았습니다. 불길은 잡히는 것 같다가 다시 더욱 밀려나고 다시 마을 사람들 손에 잡히기를 계속했습니다. 산에서 나는 연기를 보고 마을 사람들이 더 달려왔고, 결국 불은 십여 분 만에 꺼졌습니다. 시계를 보니 그 정도의 시간이었지만 참으로 오랫동안 불끄기 작업을 했던 것으로 생각됩니다.

타 버린 할머니의 묘 주위 여기저기 앉아서 마을 사람들은 아저씨가 권하는 담배를 땀을 닦으며 피웠습니다. 불길이 그만해서 잡혔기 다행이라고 입을 모아 말했습니다. 가을부터는 산에서 담뱃불 하나도 붙이지 말아야 하는 것이라고 말했습니다. 산에 있는 마른 잎, 마른 가지, 마른 덤불, 모든 것이 불

33) 산불이 났다는 갑작스러운 사실은 화자에게 순간 당황스러운 느낌을 주었지만, 이내 그것은 시간의 자연적 흐름과 함께 현실감을 상실해 버린다. 체험 자체의 강렬함 때문에 감각의 현실성이 무디어져 버린 것이나. 그런 의미에서 산불의 체험과 '당신'과의 만남은 그 긴박함과 격렬함에서 서로 맞먹는 것이다.

감[34]인 것이라고요. 아저씨와 저는 처음으로 알아듣고 고개를 끄덕였지요. 그런 것도 모르고 묘에서 키만큼 자란 억새풀들과 마른 잔디 봉분 가장자리로 제멋대로 뻗어 간 밧줄 같은 덩굴들을 낫으로 잘라 내어 한쪽에 놓고 성냥을 그어 댔던 아저씨가 차라리 천진스러워 보였지요.

우리는 마을 사람들에게 사과의 뜻으로 수없이 머리를 숙이고 막걸리나 받아 마시라고 아저씨가 가지고 있던 돈과 저의 것을 합해서 오만 원을 그분들에게 드렸습니다.

타 버린 흙더미 속에서 간혹 피식피식 흰 연기가 오르는 것을 보며 아저씨와 저는 안심이 안 되어 한 시간여를 더 앉아 있었습니다. 다 꺼진 불이라고 별로 걱정도 안하며 내려가는 마을 사람들에게서 자연에 익숙한 솜씨를 보았습니다.

저는 주섬주섬 김밥을 싸 왔던 찬합과 김치를 담아 온 스테인리스 통을 챙겼습니다. 그것들은 꺼멓게 그을리고 숯검댕을 묻혀 가지고 있었습니다. 여기저기 구멍 뚫린 무명보자기에 그릇들을 챙기고 나서 그제서야 아까워하며 코트를 살피니 코트는 소매 하나가 떨어져 나가고 검댕이 범벅이 되었습니다. 오래된 것이지만 애착을 느껴 왠지 해가 갈수록 아껴 입었던 것입니다. 특히 고전적인 칼라의 선을 마음에 들어 했습니다만, 언젠가 당신도 잘 어울린다고 한번 얘기해 주신 적이 있지요.

흰 연기가 솟고 있는 흙더미를 밟아 주며 돌아다녔습니다. 흙더미는 따뜻한 기운으로 녹진녹진하고 한결 부드러워져 있으며 소나무에서 송진이 흘러 내려 짙은 송진의 냄새가 났습니다.

아직도 무언가 안정이 되지 않아 다리가 후들후들 떨렸습니다. 담배를 피우는 아저씨에게 한 개비 얻어 같이 피우고 싶은 마음 간절했으나 그냥 꾹 참아 눌렀습니다.

문득 고개를 드니 커다란 산줄기와 그리고 산의 능선을 따라 파랗게 일어나고 있는 하늘이 신선하게 눈에 들어왔습니다. 산줄기와 능선의 아름다움은 할머니의 묘를 찾을 때마다 돌아올 제 보게 됩니다. 묘를 향해 올라갈 때면 산봉우리를 뒤에 두기 때문에 돌아서서 잠시 멈추어 설 때 외에는 보이지 않습니

34) 불감이라는 단어는 사전에는 존재하지 않는다. '불' 이라는 명사에 '일정한 자격에 알맞은 대상자' 의 뜻을 나타내는 '감' 이라는 명사를 합성해서 작가가 만들어낸 말이다. '불을 내기에 적합한 소재' 라고 해석하면 된다.

다. 하나 내려올 때는 죽 산봉우리가 푸르른 하늘과 맞닿아 만들어 내는 능선을 바라보며 내려오게 됩니다. 산줄기는 거대한 산맥을 이루어 아마 삼팔선을 지나 이북까지 그대로 뻗어 나갔을 것입니다만 이곳서는 높다란 여러 개의 봉우리를 볼 수 있을 뿐입니다. 이것이 태백의 줄기일까, 이런 생각을 하다가 이북오도청에 등록되어 있는 단천군민묘지, 그런 고유명사를 머리에 떠올렸습니다. 이곳이 단천군민묘지라는 것을 몰랐을 리 없건만 처음 그것을 깨달은 것이지요. 더구나 이곳에 누워 있는 망자들이 전부 실향민이라는 사실도.

왜 이제까지 거기에 생각이 미치지 못했는지 의아함마저 들며 불시에 어떤 감정이 솟아올랐습니다.

실향민, 그렇습니다. 어휘 자체에서부터 느껴지는 그 짙은 이북지방의 색채, 그 중에서도 함경도.[35]

저는 우선 친척 중의 한 분인 순젱이를 떠올리고, 그리고 그 비슷한 내음을 풍기는 많은 사람들을 떠올렸습니다. 함경도 사투리를 쓰는 사람을 어쩌다가 시장 포목점에서라도 만나게 되면 무언지 모르게 우선 반갑다는 생각이 듭니다. 함경도 분이시죠?라고 물으면 그쪽에서도 갑자기 얼굴을 펴며 어떻게 알았지요?라고 묻지요.

저의 어머니가 함경도세요.

함경도 어디?

남도 단천요.

어이구, 저어 위구마. 어쨌든 반갑소이, 애기 엄마.

이런 말을 쉽게 건네고는 값을 조금 깎아 주기도 하지요.

서울에서 지낸 지 오래되어 이제는 거의 서울말을 쓰고 있어도 그 억양이나 어투 어디에는 꼭 특이한 꼬리를 달게 마련이지요. 저는 함경도를 가 본 적도 물론 없고 얘기도 별로 듣지 못했으며 친척들이 많은 것도 아니고 또한 가까이 지내지도 않았기 때문에, 할머니나 어머니 고향에 대해서 거의 모르고 어떤 느낌도 가지고 있다고 생각지 않다가도 함경도 사투리를 들으면 우선 반가운 마음이 듦을 어쩔 수 없습니다.

고향이란 정말 특이한 어떤 것인가 봅니다. 왜인지 그 훈훈한 냄새, 저절로

35) 실향민인 할머니와 순젱이 아주머니, 그리고 외삼촌과 관련된 서술은 부분적으로나마 이 작품에서 역사적 현실성에 대한 인식의 편린들을 볼 수 있는 대목이다. 그것은 전쟁과 피난에 대한 개인적 체험에 닿아 있다. 그로 인해 무리 없이 역사적 현실을 작품 속으로 끌어들일 수 있는 자연스러움을 갖는 반면, 개인적 체험의 범위에 국한되어 본격화되지 못한 한계 또한 지니고 있다.

손을 잡고 싶어지는 마음, 그곳이 이남에 있지 않고 삼팔선 저쪽에 있기 때문에 그들이 자아내는 그 실향민의 분위기와 어우러져 더욱 절실해지는 건지 모릅니다.

"함경도 사람들 실루 측살[36]하고 인색하지비."

제가 어린 시절 할머니와 어머니는 함경도 사투리로 얘기하곤 하셨지요. 어머니는 밖에 나가서나 우리들에게는 표준말을 쓰다가도 할머니하고는 함경도 말로 얘기하셨습니다. 할머니 먼 친척 되는 어떤 아저씨가 월남한 후 할머니 소식을 듣고 찾아왔는데 곶감을 한 꼬치 사 오셨습니다.

"그래, 그 곶감 한 꼬치가 뭐이요. 그만하면 살 만한데, 에구우, 실루 측살하지비."

어머니가 이렇게 얘기하시던 것이 생각납니다.

실루라든가 측살이라는 말을 이해하시겠는지요. 첨관이라는 말을 알아들으실 수 있으세요? 새쓰개는 어떻고요?

그런 말들은 그 해석이 불가능한 것은 아니지만 그 말 자체로 그냥 이해되는 것 외에 별도리가 없는 듯이 여겨집니다. 그것을 번안하는 즉시 거기에 끼인 독특한 특질이 없어지고 마니까요.[37]

함경도 사람이라고 하면 먼저 떠오르는 것이 순젱이입니다.

그녀야말로 제가 잘 알 수 있는 실향민입니다. 생김새부터가 몽골리안을 여실히 나타내 주고 있지요. 높은 광대뼈와 반듯한 얼굴, 그 이마에 띠를 두르고 새털이라도 하나 꽂으면 영락없이 인디언 추장의 모습이 될 그런 용모입니다. 피부는 햇빛에 그을어 반들반들하고 눈에서는 정기가 납니다. 거무스름한 쥣빛 두루마기를 입고 서 있으면 그 몸 전체가 무슨 산악이 되는 것 같습니다. 맑고 강인하고 그리고 용맹스럽습니다.

이름은 순정, 성은 무엇인지 모릅니다. 할머니 사촌언니의 딸이라고 하지만 할머니와 성은 다를 것이겠지요. 함경도 사투리로 그를 순젱이라고 부르는데 할머니의 손녀인 우리가 그녀를 어떻게 불러야 되는지 모르는 채 어른들을 따라 순젱이, 순젱이 하고 불렀습니다.

순젱이는 어머니를 아지미라고 불렀지요. 어머니는 그녀에게 아줌마가 되

36) '칙살'의 함경도 사투리. '칙살하다'는 '(하는 짓이나 말이) 아니꼽게 잘고도 더럽다'는 뜻.

37) 대상 그 자체가 빚어내는 본원성의 분위기를 말한다. 가령 사진이 실물의 외형을 완벽하게 모사할 수 있다 해도 그 대상의 고유한 분위기와 느낌까지 담아낼 수는 없다. 여기에서는 사투리의 경우를 통해 대상 고유의 본원성이 뿜어 내는 이와 같은 대체 불가능한 성격을 이야기하고 있다.

는가 봅니다.

그녀는 이들 흉을 한참 보고 돌아갑니다. 윗목에 앉아서 물 한잔 청해 마시지도 않고 할머니나 어머니가 무어라도 좀 대접하려고 하면, 지금 금방 밥을 먹고 와서 배가 너무 불러 아무것도 못 먹는다고 말립니다. 아지미, 여기 가마아이 앉아 있소,라고 절대로 못 일어나게 합니다. 그 힘이 어찌나 상한시 절대로 일어나지를 못하지요. 그런 모습을 바로 첨관이라고 말합니다. 그렇게 말리는 그 사양의 마음에는, 상대가 일어나서 무엇인가 먹을 것을 가져오는 그 일이 너무 미안한 것이지요. 절대로 폐를 끼치고 싶지 않은 최고의 겸손한 마음입니다. 적절한 예의, 사교 등이 세련된 요즈음의 인간 관계에서는 이해하기 힘든 구시대의 마음인지도 모릅니다.

순젱이 아들을 흉보는 대범한 마음은 할머니와 어머니가 함경도 사람을 흉보는 그런 마음과 일맥상통한 데가 있습니다. 무엇인가에 대한 자랑은 간지러운 북방 여자들 특유의 강한 개성이 거기에 숨어 있습니다.

아들을 흉보는 내용은 대개 이런 것입니다.

아들이 양복을 해달라고 하도 졸라서 겨우 양복을 한 벌 해주었더니 이번에는 구두를 해내라고 해서 구두는 신던 것을 그냥 신어라, 엄마가 무슨 돈이 있어 한꺼번에 그렇게 새 양복에 새 구두까지 하느냐고 하니 새로 맞춘 양복을 면도칼로 찢더라는 얘기입니다.

'면도칼로 쪽쪽 찢소'라고 기가 막힌 얘기를 아무렇지도 않게 합니다. 말리는 순젱이를 냅다 밀쳐 저만큼 나가떨어지게 하고 세간을 부수고 해서 파출소에 신고하여 순경이 나와 잡아갔습니다. 유치장에 들어가서 좀 반성하라고 순경한테 잡아가게 했지만, 또 너무 얻어맞지는 않는지 걱정이 돼서 그 길로 담배 두 보루를 사 가지고 뒤쫓아갔더니 그 밤으로 풀려 났더라는 얘기입니다. 너무 때리지 말아 달라는 부탁이었는데 그 밤으로 풀려 나왔다고요. 아시겠어요, 이 얘기의 골자를.[38]

이북에서 실더기 피난을 니의 갑자기 산 선고 물 선고 사람 선, 모든 것이 어설픈 상황에서 빚어진 그 당시 실향민의 진면목이 들어 있는 얘기입니다.

저의 외삼촌, 바로 할머니의 외아들도 그런 타입이었습니다. 할머니를 곧

[38] 말썽을 피우는 아들에 대한 순젱이 아주머니의 양가적인(ambivalent) 감정이 잘 드러나 있다. 한편으로 밉지만, 그럼에도 오히려 아들에 대한 걱정이 앞서는 것이다. 이와 같은 진솔한 순젱이 아주머니의 행동이 전후 실향민의 어설픈 삶과 맞물려 서글픈 감정을 자아내고 있다.

292

잘 마당에다 메어꽂곤 했다는 얘기를 들어서 알고 있습니다. 그러던 삼촌이 6·25가 터지니까 월북했고 그 후 소식을 모릅니다(해방되기 몇 해 전 어머니네 식구들은 월남해 있었습니다). 삼촌이 왜 월북했는지, 삼촌에게 뚜렷한 사상이 있었는지 아니면 해방되고 남북으로 갈리는 그 시기에 편승하여 그냥 북으로 넘어갔는지 알 수 없으나 제가 간간이 얻어들은 얘기로 보면 삼촌 역시 실향민이 낳은 실패자입니다. 아니, 저는 오늘 낮에 묘에 다녀온 바로 이전까지 그 실향민에 대해 별로 연관 지어 생각해 본 적이 없습니다.

사람들은 각자 자기가 타고난 환경 능력, 개성, 성격들로 인해 자신의 운명을 사는 것이라고 생각하고 있었지요. 결코 사회나 어떤 제도에 연계를 갖고 생각해 보지 않았습니다.

그러나 오늘 묘에 다녀온 후 우리의 실수로 묘자리가 타 버린 지금, 비로소 실향민이라는 무리에 대해 눈이 떠진 것이라고 할 수 있겠습니다.[39] 지금 떠오르는 것이 있습니다. 어린 시절 우리가 살던 동네 산 위에 새까맣게 들어앉은 판잣집, 이제 생각하니 그것이 바로 실향민촌이었습니다.

그들은 모두 이북 사투리를 썼습니다. 아이들은 억세고 야생의 냄새가 느껴졌습니다. 좀체로 산밑 동네 아이들과 잘 어울리지 않았지요. 아니, 동네 아이들이 산동네 아이들과 어울리지 않았을 거예요. 어른들은 이른 새벽 집을 나가 밤늦게야 집에 돌아오므로 산동네에는 맨 아이들뿐이었습니다. 간혹 산동네를 기웃거리노라면 집집마다의 아늑함에 놀라곤 했습니다. 저는 열려진 방문 안쪽을 들여다보기를 좋아했지요. 그 속에 있는 농이랑 거울, 개켜 올려진 이불, 벽에 걸린 옷가지, 문 쪽에 놓인 방비와 쓰레받기, 요강 같은 것을 볼수 있었습니다. 방 한쪽이 부엌인 집도 있고 툇마루를 조금 붙여 놓은 집도 있고 부엌을 따로 만들어 붙인 집도 있습니다.

모든 것이 방 하나에서 이루어지고 있는 생활이, 소꿉장난하듯 재미있게 느껴졌습니다. 또한 어른들이 없는 산동네는 뭔가 특별한 나라같이도 여겨졌지요. 산은 어린 시절 우리의 놀이터였는데 전후 어느새 판자촌이 되어 버렸지요. 그 판자촌은 밤중에 몰래 짓고, 날이 새고 나면 순경이 철근이나 몽둥이로 때려부수고, 식구들이 울음바다가 되기를 거듭거듭 하여 생긴 동네입니다.

39) 이 작품 전체의 성격은, 화자의 입을 통해 말해지고 있듯이 개인의 운명에 밀착되어 있고 따라서 사회성이 뚜렷이 드러난다고는 할 수 없다. 그럼에도 이 대목에서는 실향민의 삶에 대한 서술을 통해 삶의 역사적 성격에 접근하고 있음을 확인할 수 있다. 이와 같은 측면은 한편으로 작품 폭의 확대로 해석할 수 있는 반면, 그것이 에피소드의 차원으로 제시될 때 구성의 산만함이라는 약점을 드러낼 우려도 있을 것이다.

그런 장면들을 참으로 많이 보았지요.

　그곳에는 이북서 넘어온 의사와 간호부도 있었는데 의사는 판잣집에 사는 사람 같지 않게 언제나 검은 양복에 흰 와이셔츠를 단정히 입고 의사 가방을 들고 산을 오르내렸습니다. 검은 치마에 흰 저고리, 뾰족구두를 신은 곱살하게 생긴 간호원은 점점 배가 불러와 동네 사람들이 수군거렸지요. 그러나 그들은 곧 결혼을 한다고 했습니다.

　산동네의 어느 결혼식도 보았습니다.

　알록달록한 색종이를 단 택시에서 신부가 내려 산동네로 올랐습니다. 신부는 흰 레이스 장갑에 꽃을 들고 부축을 받으며 힘겹게 산동네로 올랐는데 동네 조무래기들이 길게 신부 뒤를 따랐지요. 신랑 집에서는 음식을 장만하고 술상을 벌였습니다. 새색시는 큰절을 한 뒤 방 한구석에 고개를 숙이고 얌전히 앉아 있고, 신랑의 어머니는 부엌에 앉아 큰 다라이 안에 놓인 음식들에 달라붙는 쉬파리를 쫓으며 자꾸만 웃었습니다. 판잣집 단칸방에서 아들을 장가보내며 잠시 시름을 잊고 자꾸 웃던 것입니다. 그때 판자촌의 그 아이들이 지금은 나와 같이 중년이 되어 있을 것입니다. 그리고 이른 새벽 나가서 깜깜한 밤에야 들어오던 어른들, 신랑의 어머니도 저의 어머니처럼 고령이거나 이미 세상을 떠났을 것입니다. 그들의 지난 세월은 타향에서 발을 붙여 보려고 무척 힘겨웠을 것입니다. 포목시장이나 어디서 고향 사람을 만나면 서로 반가워하는 이유가 거기에 있을 것입니다.[40]

　바로 그 무리들, 그 중의 한 사람이 할머니나 삼촌, 어머니 그리고 우리라는 것을 오늘 비로소 깨달았습니다. 아직 한 번도 고향을 잃었다고 생각해 본 적이 없었는데 오늘 비로소 그런 생각이 들었어요. 고향을 떠난 후 무엇인가를 잃었으며 끝없이 잃어 가는 데 대한 두려움을 느끼는 사람들.

　삼촌은 평소에는 얌전하다가도 술을 마시면 독째로 퍼마시며 사람이 돌변하여 걷잡을 수 없이 되었습니다. 세간을 부수고 있는 삼촌을 할머니가 말리려 하다가 냅다 마당에 내팽개쳐졌습니다. 할머니가 봉숭아 꽃밭 위에 나가 떨어졌던 장면을 제가 실제로 본 듯합니다만 실지 보았던 것인지 아니면 얘기로 듣고 상상한 것인지 잘 분간할 수 없습니다.

40) 유년의 파편화된 기억들이 항상 의식의 표면에 떠올라 삶의 방향을 결정하는 것이 아니라 할지라도, 개인의 실존적 내면에 미세한 주름을 남기며 그 결과로 인간과 세계에 대한 태도에 있어 미팅을 이룬다. 묻혀진 기억의 잔상들은 삶의 어느 순간 실타래처럼 풀려 나와 현재의 의식과 결부된다.

또한 삼촌의 혼인날 이발소에 간다고 나가서 돌아오지 않았던 일도. 웅성거리며 당황하는 어른들 속에서 빠져 나와 뒷동산에 오르니 삼촌이 거기 푸른 하늘을 보며 소나무 밑에 팔베개를 하고 누워 있었습니다. 술을 마시면 제 손에 난 물사마귀를 면도칼로 밀어 버리자고 위협을 하여 저는 그때마다 겁에 질려 울음을 터뜨렸습니다만 그날 삼촌은 전혀 무섭지 않았습니다.

"삼촌, 여기서 무어 하고 있어?"

"음, 가혜로구나."

"할머니랑 엄마랑 사람들이 막 찾아."

삼촌은 아무 일도 없는 듯 그냥 팔베개를 하고 드러누워 있었습니다. 그러나 그 장면 역시 저의 상상인지 실제인지 분간할 길 없습니다. 지금 이 글을 쓰고 있노라니 아득하게 외삼촌의 모습이 잡혀 옵니다. 머리는 반곱슬로 숱이 많고 멜빵을 단 바지에 와이셔츠를 입고 손에는 대두 한 되들이[41] 푸른 병을 들었습니다. 삼촌은 저와 동생을 데리고 논두렁길을 걸어 논으로 벼메뚜기를 잡으러 가는 것입니다. 벼메뚜기를 잡아서 푸른 병 속에 가득 집어넣습니다.

논두렁길, 누런 벼 그리고 벼메뚜기의 빛깔, 이런 것이 정말로 아득하게 넘어가는 저편 하늘처럼 떠오릅니다. 이러한 비현실적인 실체감을 어떻게 표현하면 좋을까요. 이것이야말로 존재의 본질일까요. 제가 삼촌을 생각할 때 떠오르는 이 무엇. 형상도 실체도 거의 잡히지 않게 아스름하지만 그럼에도 더욱 뚜렷이 뭉쳐져 오는 이 실체감. 제가 삼촌을 생각할 때 느끼는 아련한 실체감과 당신을 떠올릴 때 느끼는 실체감은 거의 비슷합니다. 아무것도 잡히지 않으며 그러나 없는 것이 아닌, 거기에 뚜렷이 있는 바로 이것이 우리 모두의 존재일까요.[42]

다시 순쟁의 얘기로 돌아가, 순쟁은 남대문시장 입구에서 달러장사를 했습니다. 그 골목을 지나노라면 달러 있어요, 달러 있어요? 하고 묻는 아주머니들 사이에서 순쟁의 모습이 갑자기 우뚝 솟아납니다.

쥐색 두루마기를 입고 머리를 반듯이 쪽찐 그 모습에는 생명력이 넘쳐 있습니다. 분이 뜨고 머리를 함부로 볶아 푸시시한 모습의 동료 달러 장수들에 비

41) 콩이 한 되 들어가는 분량.

42) '비현실적인 실체감'은 화자에게 자각된 기억의 존재 방식이다. 기억은 과거의 실재라기보다 어느 측면에서 현재의 자아가 추구하는 내밀한 욕망이 빚어낸 산물이라고 할 수 있다. 그렇기에 그것은 잡힐 듯 잡히지 않지만, 뚜렷한 실체로서 존재한다.

해 순젱의 그 모습은 언제나 힘이 넘쳐 보였습니다. 그래서 망나니아들 하나를 너끈히 이기고 거리에 나와서 의연히 서 있는 바로 산악과 같았지요. 그러다가 아들이 이민을 갔고, 뒤따라갔다가 혼자 돌아왔습니다. 순젱에게는 딸도 셋이나 있다고 합니다만, 그 부분을 잘 모르겠습니다. 오직 아들만을 기리는 옛 여자들의 마음을.

돌아온 후 갑자기 생기를 잃은 처진 모습으로 저희 집에 몇 번 오셨습니다. 이미 할머니는 돌아가시고, 어머니도 관절로 바깥출입을 거의 못하실 때, 그녀는 다리가 아파 이제 더 이상 못 올 것 같다면서 전화번호 하나를 적어 두고 돌아갔습니다. 그렇게 생명력이 강해 보이던 모습이 어떻게 저렇게 빛을 잃을까, 돌아가는 모습을 뒤에서 바라보며 생각했습니다. 그리고 얼마 후, 함께 살던 같은 방 사람이 순젱이 죽었노라고 전화를 주었습니다.

순젱의 묘는 어디에 있는 것일까.

묘를 쓰기나 한 것일까, 그냥 화장을 하고 말았을까.

이런 생각을 하며 산을 내려왔습니다.

밤낚시를 하려는 사람인지 낚시 장비를 갖춘 남자가 우리 옆을 스쳐 지나갔습니다. 묘에 올 때마다 낚시하러 가는 사람을 만나는 것을 보면 이 등성이 너머 어디 저수지가 있는가 보다 생각하며 국도에 내려섰을 때, 산으로 난 오솔길 입구에 어둔리라고 쓴 팻말이 눈에 들어왔습니다. 동네 이름이 무엇인가고 묻는 아저씨에게 어둔리[43]요, 외우기도 쉽지요 어둡다고 어둔리라고요, 말하던 마을 사람 얘기가 떠올라서 저는 그 팻말을 한참 들여다보았습니다. 왠지 오늘은 실향민의 묘지도 그렇고, 어둔리라는 그 마을 이름도 그렇고, 무엇이든 처음인 듯 새롭게 제게 들어왔습니다.

할머니가 묻힌 곳이 어둔리라는 마을인 것은 전혀 우연이 아닌 것처럼 여겨지며 할머니야말로 바로 이곳, 이북으로 뻗어 나간 저렇게 높은 산봉우리를 바라보며 누워 있을 자격이 있는 듯 생각되어졌습니다. 그 무덤은 마루 끝에 나와 앉아 있는 할머니의 모습으로 화하는 듯도 했습니다

할머니가 마루 끝에 나와 앉아 있는 모습이 지금 환히 제게 되살아납니다. 이 세상 아무 데도 없으며 그를 기억하는 사람조차 이 세상에 한두 명 정도일,

43) '어둔리'라는 지명은 양주읍, 횡성군, 영월군 등 한반도 곳곳에 있다.

그리고 기억하는 사람마저 없어져 버리면 머잖아 할머니는 이 세상에 살다 간 다른 많은 사람들처럼 흔적조차 없어질 그런 존재입니다만, 바로 살아 숨쉬던 그 생생한 존재로 지금 제 옆에 다가와 있습니다. 제가 보았던 할머니, 제가 느끼고 만졌던 할머니로 말이지요.

왜인지 늘 할머니 부분을 생각하기 싫고 어떤 죄책감을 느끼며 그리고도 무심히 강한 한줄기 빛처럼 떠오르면 어쩔 수 없이 음, 하는 신음 소리가 저절로 나오는, 그 부분을 두렵지만 더듬어 가지 않을 수 없습니다. 할머니를 떠올리면 사람이 얼마나 외로운 존재인가, 얼마만큼 시련을 겪어야 하는 존재인가, 기쁨의 순간이 과연 있었을까 하는 것들을 생각하게 됩니다. 마치 흑인 노예로 태어난 사람들에게서 느끼듯 말이지요.

역사는 구르고 사람들은 그 역사라는 것을 피를 흘리면서도 개선해 나가지 않으면 안 되는 이유가 바로 거기에 있는 것인지 모릅니다.

할머니라는 어떤 한 생명이 구한말기에 태어나 일제의 압박을 겪고 해방을 맞은 후 다시 6·25를 겪으면서 살아 나온 그 과정이 우리 나라 역사와 꼭 맞물려 있으며 할머니를 통해 짓밟혀진 사람들의 생활을 구체적으로 볼 수 있기 때문입니다. 이렇게 말한다면 제가 무엇인가 대단히 아는 듯 들릴지 모릅니다만, 저는 이미 할머니가 된 여자인 할머니를 그것도 저의 유년에 보았을 뿐으로 할머니의 시절들을 모르는 것이지만 역사책에서 배우는 역사가 아닌 그저 막연하게, 복사꽃 피어 있는 어느 마당에서 할머니는 유년의 짧은 한때 즐거움을 누렸을까, 그런 생각을 해보게 되지요. 우리 할머니뿐 아니라 그 시대를 살았던 여자들의 삶은 대동소이할 거예요.

제가 오늘 여기에서 숨쉬고 있는 것은 할머니와 그보다 더 위에 선조들로부터 무동을 타듯[44] 이어 내려온, 오로지 그 덕분이지요. 그것이 확실합니다. 당신과 플라타너스 밑을, 밑으로 처진 나뭇가지 때문에 간혹 허리를 굽혀 걷던 때 저는 문득 그 생각이 들었습니다. 제 몸속에 흐르고 있는 선조들의 피, 할머니와 할머니의 어머니, 까마득한 그 너머 어머니들의 숨결을 느꼈지요. 그녀들이 무동을 태워 저를 여기 이 아름다운 플라타너스 거리에 결국은 세워놓은 것이라고요. 이렇게 아름다운 순간을 맛보라고 말이지요. 훗날 어느때

44) '무동을 타다'에서 무동은 남사당놀이 따 위에서, 남의 어깨 위에 올라가서 춤을 추거나 재주를 부리는 소년을 가리키는 '舞童'이라는 말에서 유래되었다.

엔가는 그들의 마음속에 품었던 한을 꽃피우라고 말이지요.

그렇게 생각해 본다면 운명조차 바로 그런 것이 아닐까요. 그 누군가의 간절한 염원, 혹은 한들이 뭉쳐서 이루어지는 것이 아닐까요. 그러니까 당신이 저를 저녁 어둠 속에서 부른 것도 그 누군가가 시켜서 그 누군가의 염원에 곁들여서 된 일이 아닌시요.[15]

6

할머니의 존재가 제 머릿속에 뚜렷이 남은 것은 피난을 떠나던 날 아침입니다. 할머니는 자루 밑에 조금 남아 있던 아끼던 쌀을 꺼내어 보리밥을 지어서 주먹밥을 싸 주셨습니다. 할머니는 돌아앉아서 양손으로 밥을 뭉치셨어요. 주먹밥 속에는 소금을 조금 집어넣었습니다.

6·25때 미처 피난을 떠나지 못했던 우리는 아버지의 친구분이던 군인의 도움으로 뒤늦게 피난을 떠날 수 있었습니다. 할머니는 집에 그대로 남겠다고 하셨습니다. 공산당들이더라도 늙은이 혼자 남아 있는 것을 해치지는 않을 것이라고 말하셨지요. 할머니는 대문 앞에서 옷고름으로 눈물을 닦으며 우리를 태운 지프차가 모퉁이를 돌아설 때까지 서 계셨습니다. 우리를 실은 차가 안 보이게 되자 울음을 터뜨리셨을 것입니다.

온 동네가 다 피난을 떠나고, 6·25때 피난을 못 떠났던 사람들도 공산당 밑에서는 살지 못하겠노라고 몸서리를 치며 너도나도 다 떠나 버리고 난 후의 텅 빈 마을 속에 할머니 홀로 남아 계셨던 것입니다. 사람의 그림자라고는 얼씬도 않는 곳에서 아니 사람의 그림자가 얼씬 않는 것이 차라리 덜 무섭지, 사람의 그림자가 보이면 더 무서워 해가 진 뒤에도 등잔불을 켜지 못하고 지내셨습니다. 간혹 빈 마을을 털러 다니는 도둑이 그제까지 남아 있었던 것입니다.

동생과 저는 처음 타 보는 지프차와, 어디론가 떠난다는 일에 들떠 있었습니다. 지프차를 타고 당도한 육군 본부가 우리의 피난처인 줄 알고, 이렇게 가

45) 삶의 과정 속에서 겪는 시련과 한이 염원을 낳고, 그 염원이 모여 운명을 이룬다는 화자의 인식이 드러나 있다. 즉 운명은 신집미흐므로 주어진 것이면서, 동시에 무의식 속에 축적된 내적인 염원이 외부화되어 나타나는 것이다.

298

깝다면 할머니에게 자주 가 볼 수 있지 않을까, 왜 할머니는 눈물지으며 주먹밥을 쌌을까 의아하게 생각했습니다.

그러나 정작 피난행은 그때부터 시작되었지요.

군인 가족을 위한 트럭 한 대가 육군 본부 앞에 서 있었습니다. 벌써 사람들이 트럭 위에 가득 올라앉아서 산봉우리를 이루고 있었습니다. 저는 지금 구차하게 그 피난행을 쓰려는 것은 아닙니다. 단지 그때 내리던 눈, 그리고 할머니가 만들어 주셨던 주먹밥을 얘기하고 싶습니다. 그것이 할머니에 대한 뚜렷한 저의 첫 기억이니까요. 그 쌀과 보리는 깊이 감춰 두었던 아주 귀한 것이었을 것입니다. 할머니는 자신의 배고픔을 참고 새로 밥을 해서 찬물에 손을 적셔 가며 뜨거운 밥을 뭉칠 때, 그 주먹밥이 참 먹고 싶으셨을 것입니다. 그럼에도 밥알 하나 남기지 않고 전부 주먹밥으로 뭉치셨습니다.

트럭 위에서 어머니가 주먹밥을 내밀었을 때 김이 무럭무럭 나던 주먹밥은 어느새 꽁꽁 얼어 있었습니다. 저와 동생은 배가 고프면서도 안 먹겠다고 고개를 저었습니다. 트럭이 멈출 때면 마을에 들어가서 몇 번 사 먹은 따뜻한 국밥에 어느새 맛들여 있었습니다. 어머니 혼자 언 주먹밥을 트럭 위에서 먹었습니다.

우리는 피난민들의 짐이 산봉우리를 이룬 그 맨 꼭대기에 타고 있었으므로 아주 위태로웠습니다. 그래서 어머니는 동생 영혜가 굴러 떨어질까 봐 두루마기 옷고름에다 잡아매고 제 손을 붙들고 있었습니다. 며칠이고 계속해서 우리는 트럭에 실려 달렸습니다. 차가운 눈보라가 치기 시작하고 눈은 계속해서 내렸습니다. 밤과 낮을 끊임없이 내렸습니다. 트럭은 눈 때문에 하루 종일 굼벵이처럼 기다가 날이 어두워지면 마을에 멈추어 서는 일을 거듭하였습니다. 그리고는 이른 새벽에 다시 떠났습니다. 트럭이 멈추면 사람들은 잘 곳과 허기를 면하기 위해 마을을 찾았습니다. 트럭에서 내린 사람들이 다같이 행동하면 좋으련만 언제고 뿔뿔이 흩어지고 말았습니다. 저는 그것이 안타까웠지요.

왜 함께 가지 않는 것일까.

눈이 내 넓적다리 있는 데까지 쌓였습니다. 발을 옮겨 디딜 수가 없도록 늪

지프차

특정상표를 나타내는 고유명사가 물건 자체를 대표하는 보통명사가 된 경우다. 지프는 미국에서 군용으로 개발된 사륜구동의 자동차의 상표였으나 지금은 비포장 도로를 달릴 수 있게 만든 소형 자동차를 모두 지프라고 부른다. 이와 비슷한 것으로는 포스트 잇, 스카치 테이프, 쵭스틱, 다시다, 대일밴드, 워크맨, 크리넥스, 폴로 티, 지포 같은 말이 있다.

속에 빠지듯 한없이 빠져 들었습니다. 어머니는 동생을 업고 제 손을 꼭 붙들었습니다. 어디를 둘러보아도 마을은 보이지 않고, 눈 속에서 솟아나온 나무들만 드문드문 서 있었습니다. 하늘 쪽으로 고개를 들지 않았기 때문에 나무가 얼마나 큰지, 나뭇가지의 형상은 어떤지 볼 수 없었습니다. 단지 나무는 눈 속에 허리를 박은 채 나무둥지의 가운데 부분만이 여기지기 유령처럼 서 있었던 것입니다.

저는 지금 생각해 봅니다.

눈 속에 박혀 있는 유령 같은 나무들의 영상. 그것은 무엇일까요, 막막하며 적막하고 깊은 고요한 그 풍경은. 전쟁도 폿소리도 추위도 배고픔도 어머니도 동생도 주먹밥도 그리고 나마저도 모든 것이 멀리 물러가고 오로지 눈(雪)과 대면하던 그 눈(眼)이 보았던 것은……

그것은 이 세상이었을까요. 이 세상은 있는 것일까요 혹은 없는 것일까요. 당신이 저를 어둠 속에서 불렀을 때, 갑자기 거리의 많은 사람들, 모든 것이 다 물러가고 당신과 나, 아니 내가 아닌 내 눈만이 거기에 있던 것과도 흡사합니다. 그것은 인생에 있어서 어떤 것, 인생이라고 하는 것 속에서 우리가 뽑아낼 수 있는 가장 최선의 것을 순간적으로 맛보게 해준 것이었을까요. 순간이 영원으로 변하는 그 가능성, 아니 무엇인가를 만들어 나갈 수 있는 열리고 더욱 열리며 아름다운 자유의 개념 같은 것, 인간이 근본적으로 갖고자 하는 조건 같은 것, 그런 것에의 형상화가 아니었을까요.

혼돈이며 땅으로 떨어지는 쪽이 아닌 최선의 것, 아마 그것이었을 것입니다. 그것은 전쟁과는 정반대 쪽에 서 있었습니다.[46]

피난지에서 돌아온 날 밤을 상기할 수 있습니다.

칠흑 밤 속에서 우리가 두드리는 대문 소리에 할머니는 한참 만에 마루 끝에 나와 서서 게 누구 왔소? 게 누구 왔소? 하고 소리치셨습니다.

할머니, 할머니.

우리가 부르는 소리에 할머니는 허겁지겁 대문을 열러 나오셨습니다.

이게 누구냐, 이것들이 살아 있었구나, 결국 살아서 보게 되는구나, 이렇게

46) 이 소설 속에서 '눈'은 조금씩 의미의 편차를 가지면서 반복 등장하고 있다. 그것은 새로운 의미로서 나타나지만, 이전의 의미와 병치되면서 하나의 전체적 상징을 형성한다. 여기에서 눈은 고통스러운 피난 장면과 겹쳐 있어서 이전의 의미와는 구별되지만, 동치미를 뜨러 다니던 시절의 눈, 그리고 결혼 생활을 청산하고 새로운 삶의 열정을 회복하던 계기로서의 눈의 이미지와 결합하면서, 눈 속에 박혀 있는 나무의 이미지도 연결되어 삶의 내밀한 자의식을 승화시킨 순수 동경의 세계라는 상징적 의미를 획득한다.

수없이 중얼거리시면서.

그 밤 이후 우리는 할머니와 다시 함께 살게 되었습니다.

할머니는 몇 날이고 계속해서 그 기간 동안 지낸 일을 어머니에게 얘기하셨습니다. 지금 생각하면 할머니는 묘사력이 뛰어나신 것 같습니다. 눈에 본 듯이 환하게 장면 장면을 그리셨습니다. 어머니는 에구우, 에구우, 실루 고생두 측살하게 했구마, 하고 눈물지으며 할머니의 얘기를 들으셨습니다. 우리가 그 얘기를 들을 수 있는 시간은 밖에 나가서 놀다가 잠깐 집에 들렀을 때, 그리고 밤에 자기 위해 누웠을 때뿐입니다.

내가 얼핏얼핏 들은 얘기는, 할머니는 인민군들이 어디선가 가져온 쌀로 그들에게 밥을 지어 주며 지냈다고 합니다. 여자 빨치산들도 있었는데 그들은 할머니에게 어마이라고 부르며 딸처럼 따르다가 동상이 걸린 발을 절룩이면서 며칠 만에 떠났다고요. 인민군들이 후퇴하고 나자(그것이 1·4 후퇴[47]였지요) 다시 텅 빈 마을에 할머니 혼자 몹시 무서웠습니다. 우리가 피난지에서 오기까지(그때는 피난민들이 돌아오기에 아직 조금 이른 시기로 마을은 텅 비어 있었습니다. 어머니는 할머니 때문에 일찍 돌아왔던 것이지요) 할머니는 텃밭에 배추와 무를 심어서 김치를 담가 시장에 나가 파는 일을 하셨습니다. 그런데 김치를 무겁게 이고 가다가 미군 지프차에 치어 다리를 다치셨습니다. 그 후 조금 절게 되셨지요. 그래서 무거운 것은 이지 못하고 미군부대에서 나오는 담배를 받아다가 파는 일을 하셨지요.

할머니는 안방이나 혹은 마루에서 방문을 열어 놓은 채 허공을 향해 얘기하시고 어머니는 건넌방에 앉아서 듣습니다. 그들의 앉음새는 비슷합니다. 한쪽 무릎을 올리고 눈은 허공을 향한 채…….

그리고 그 앉음새는, 몇 년 뒤의 어느 봄날로 이어집니다.

피난지에서 돌아와 몇 날이고 계속해서 끊임없이 얘기하시고, 어머니는 눈물지으며 듣던 그 자세대로, 이번에는 할머니와 어머니가 싸우고 계십니다. 어머니가 할머니에게 이모 집에 가서 좀 지내라고 하신 것입니다. 이모네는 살기도 넉넉할 뿐 아니라, 어머니의 몸이 아파 혼자 조용히 있고 싶고요. 할머니는 싫다고 하셨습니다. 사돈이랑 있는 집에 남부끄러워 이제 어떻게 가

47) 6·25전쟁 당시 중국 공산군의 공세에 따라 1951년 1월 4일 정부가 수도 서울에서 철수했던 일을 일컫는다. 1950년 6월 25일 전쟁이 처음 발발되었을 때는 정부의 늑장대처로 서울에 남은 사람이 많았으나, 1·4 후퇴 때에는 정부의 피난 권고로 대부분의 사람들이 피난을 떠났다. 따라서 피난이라고 하면 십중팔구는 이때의 피난을 가리킨다.

몸뻬

있는가 하셨습니다. 그때 할머니는 기력이 쇠하셔서 간혹 내려가 계시던 시골 집을 정리하고 죽 저희와 함께 사셨지요.

"내가 아픈 동안만 좀 가 있소게나."

어머니는 마구 역정을 내고 할머니는 노여움에 눈물지으셨습니다.

왜 만날 나한테만 있는가, 남편이 없으니 내가 그렇게 만만한가,고 어머니는 말하셨지요. 할머니는 네게 짐 지워 주고 싶지 않아 피난도 가지 않지 않았는가,라고 하셨고, 어머니는 피난을 안 간 것이 어디 나 때문인가, 외삼촌이 이북에서 내려올까 봐 아들을 기다린 것이 아닌가고 말했습니다.

밖에서 놀다가 들어와 보면 안방과 건넌방 문이 열린 채로 두 분이 싸우고 계십니다. 효녀라는 말을 들으시던 어머니가 어째서 할머니를 괴롭히는지 알 수 없었습니다.

드디어 어머니는 결단을 내리신 듯 학교에서 돌아와 마루에 앉아 있는 내게 심부름을 시켰습니다. 이모한테 가서 할머니를 모셔 가라고 전하라고. 꽤 먼 이모 집까지 걸어서 갔습니다. 이모는 경대 앞에서 머리를 빗고 옷을 갈아입은 후 나와 함께 집으로 왔습니다. 할머니는 피할 수 없는 운명을 만난 듯 울면서 조그만 보퉁이를 하나 싸셨습니다. 그리고 이모와 함께 집을 나섰습니다. 할머니는 진실로 가고 싶지 않으셨던 것입니다. 늘 있던 곳, 더구나 사위가 없는 그 집이 자신의 집 같고, 있을 곳 같았던 것입니다. 아니, 아들이 있다면 아들의 집이 바로 자신의 집이었을 것이지만.

할머니가 울면서 대문 밖으로 사라지자 어머니는 저더러 따라가 보라고 했습니다. 화창한 봄날이었습니다. 할머니의 흰옷이 햇빛에 눈처럼 반사하던 것을 기억합니다. 할머니는 울면서 아픈 다리를 어기적어기적 떼어 놓았습니다.

그렇게 해서 떠난 할머니의 뒷모습에 이어 이번에는 마루 끝이 아니라 이모 집 문지방이 높은 방안에 오두마니 앉아 계신 할머니의 모습을 떠올릴 수 있습니다.

우리 집에서는 끊임없이 일을 하시던 할머니가 이모 집에서는 머리를 단정히 빗고 몸뻬 차림으로 방안에 가만히 앉아 계십니다. 이모 집에는 방의 수가 많지만 아이들도 많고 또한 친척 대학생이 그 집에서 학교에 다니고 있으므로 할머니는 일하는 아줌마와 함께 방을 쓰고 계셨습니다. 할머니는 그 집에 가서는 아마 할 일이 없으셨을 것입니다. 아니, 일이 하고 싶어도 자신이 할 일이 무엇인지 잘 잡혀 오지 않고, 성수 또한 나지 않으셨을 것입니다. 그리고 무엇보다 사돈이나 집안 사람들 눈에 안 띄게 그저 조용히 숨고 싶은 심정으로 방안에 앉아 계셨던 것입니다.

그곳에서의 생활은 일을 해야만 살 수 있는 할머니의 생명을 갉아먹는 셈이었을지 모릅니다.

저희 집에서는 끊임없이 아픈 다리를 끌고 고추를 널고 고추씨를 빼서 털고 방앗간에 가서 빻아 오고 메주를 쑤고 간장을 담그고 장독을 건사하느라고 붉은 고추와 숯검댕이를 장에다 담가 놓으면 독 안에서 익어 가던 그 풍성함, 집 근처 공터에 무와 배추를 심고 거름을 날라다 주시고 그리고도 끝없는 그 많은 일들, 우리가 밖에서 놀다가 집에 잠깐씩 들를 때마다 할머니는 무엇인가 일을 하시기 위해 돌아서는 모습을 보이셨지요. 우리가 우리의 소원은 통일을 노래부를 때(그 시절 그 노래는 각 골목 속에서마다 고무줄놀이 때문에 울려 퍼졌지요) 할머니는 일을 하시기 위해 언제나 돌아서는 모습을 보이셨습니다.

"할머니, 젊었을 때 이뻤어? 이뻤겠네."

바느질하시는 할머니 옆에 앉아 우리 형제가 물으면,

'얽은[48] 게 이쁘긴 뭐이 이뻤게이냐'라고 말하셨습니다.

"어마, 할머니 곰보였어?"

우리의 놀란 물음에 할머니는 그냥 웃고 계셨지요. 할머니로서 손주들에게 웃는 그런 웃음이 아니라, 그저 조금 미안한 듯, 어쩐지 자기라는 것을 아직 간직한, 아니면 다 버린 그런 웃음이었던 것 같습니다. 그러니까 어른으로서의 웃음이 아니라 순쟁이, 아지미, 여기 가마아이 앉아 있소,라고 첨관을 떠는 바로 그런 웃음, 최고의 겸손함을 간직한 그런 웃음이었던 것 같습니다. 할머니가 곰보라는 그 사실이 미안해서라기보다 할머니는 아마 언제나 그런 자세였던 것 같습니다. 그것은 어린 시절, 더구나 여자아이가 마마를 앓고 곰보

48) '얽다'는 '얼굴에 마마의 자국이 생기다'는 뜻으로서 곰보를 얽음뱅이라고도 한다.

가 되어 자라난 데서부터 연유한 성격 형성일지도 모릅니다. 아마 그렇겠지요. 그리하여 할머니는 순젱이보다 더 첩관을 떠는 사람이 아니었는가 지금 생각해 보게 됩니다.

할아버지는 타관에서 첩을 얻어 사시고 할머니는 일찌감치 체념하며 살아오신 것일 거예요. 아무것도 가진 것이 없는 여자가 딸 셋에 외아들을 네리고 그 어려운 시대를 살아온 고난의 세월을 짐작하고도 남습니다.

이모 집에 가 계신 다음부터 할머니를 잘 만나지 못하였습니다. 어머니 심부름으로 외삼촌이 살아 계시다는 소식을 전하러 갔던 날을 기억할 수 있습니다. 그때도 할머니는 단정한 몸뻬 차림으로 문지방 높은 방안에 오두마니 앉아 계셨습니다. 어머니가 어디선가 전해 들은, 삼촌이 이북에 아직 살아 있다는 소식을 전했을 때 할머니는 주저하는 듯 살았대? 하고 한번 반문하셨지요. 그것이 아마 할머니와의 마지막 만남이었을 것입니다.

그 후 얼마 안 되어 할머니는 이를 닦으시다가 갑자기 쓰러지셨고 며칠 동안 의식 없이 누워 계시다가 돌아가셨습니다.

7

그때 할머니가 울면서 조그만 보따리 하나를 꾸리던 모습을 보았으므로 저는 이 즈음 어머니에게 곧잘 그 일을 들추며 달려듭니다.

어머니와 저의 싸움이 봄철에서 여름철, 가을철로 접어들었다가 다시 겨울, 봄에 이르기를 몇 해인가 거듭했지요. 싸우고 또 싸우는 동안 어머니는 드디어 쓰러지셨습니다. 그날의 일은 생각하기도 싫습니다. 밥을 드시다가 갑자기 핑 하고 쓰러진 것인데, 곧 의식은 회복되었으나 입이 삐뚤어지고 반신에 마비가 왔습니다[49]. 오늘 끝이 묘에 긴 집안 아저씨에게 연락을 하고 이모님과 집안내 사람들 몇이 모여들었습니다.

한의원이 와서 침을 놓고 한약을 달인다, 손님상을 차린다, 한바탕 법석을

49) 이러한 병증을 한의학에서는 '중풍'이라 하고, 양의학에서는 '뇌졸중'이라고 한다. 한의학의 명칭이 증세를 나타내는 것이라면, 양의학의 명칭은 병원(病原)을 나타낸다. 이러한 명칭에도 한의학과 양의학의 세계관 차이가 드러난다고 할 수 있다.

떨고 난 후 조용해진 저녁 시간, 다른 친척들은 다 돌아가고 환자 시중 등 궂은일을 도맡아 해주었던 시집 안 간 사촌이 목욕물을 받아 목욕을 하고선 마루에 나와 앉았습니다. 초여름의 시원한 저녁이었습니다.

사촌의 긴 머리칼이 바람에 흔들리며 마르던 것을 기억합니다. 말없이 산을 내다보던 사촌이 우뚝 솟은 먼 산봉우리 하나를 가리키며 아마 저기일 거야, 그래 저기가 맞아, 백운의 줄기였으니까, 거기다가 부적을 묻었어, 내가 부적을 묻었던 데가 바로 저기야,라고 말했습니다.

제가 결혼할 때 속치마와 버선을 많이 해주었던 바로 그 사촌입니다.

아, 하고 짧은 비명이 나올 정도로 충격을 느끼며, 결혼도 하지 않아 자식도 남편도 없는 여자가, 더구나 평소 자신의 감정을 잘 안 나타내며 절에 많이 다니는 보살처럼 겉으로는 무덤덤해 있는 그녀가 도대체 무엇을 위해 부적을 파묻은 것인가, 그녀의 원은 무엇인가 하는 궁금증이었습니다.[50]

"어떻게 거기다 부적을?"

"나 절에 다니던 스님하고 같이 가서 묻었지. 그 스님은 중옷을 벗고 점괘를 보고 있었지. 올라갈 때는 괜찮았는데 내려올 때 날이 어둑어둑해지기 시작하니까 좀 이상하더라. 눈이 많이 온 뒤라 굉장히 미끄러웠는데 스님이 먼저 내려가서 여기 잡으시오 해. 그때 공연히 쭈뼛쭈뼛하면 안 되겠더라. 그래서 자, 하고 스님보다 더 씩씩하게 손을 내밀고, 또 자, 자, 여기, 하고 더 크게 소리치면서 손을 내밀었지. 부츠를 신었기 때문에 산에 익숙지 않아 많이 뒹굴었어."

'무슨 부적?' 하고 물으려다가 그만두었습니다.

그때에도 저는 베토벤의 심포니 9번에서 느끼던 사람의 감정의 폭이란 것을 다시 한 번 생각했지요.

어머니는 비교적 쉽게 입이 제자리로 돌아오고, 마비도 풀렸습니다만 워낙 아프던 관절 때문에 다리에 더욱 힘을 잃고 침대에 드러눕게 되셨습니다. 화장실 출입만 겨우겨우 하셨지요.

어머니가 비뚤어진 입으로 저를 보고 웃으시던 그 처참한 몰골을 잊을 수 없습니다. 어머니와 싸울 때는 서로를 미워하고 있는지라 어머니도 저를 미

50) 인간은 저마다의 가슴속에 드러나지 않은 숨겨진 욕망과 염원을 간직한 채 살아간다. 즉 누구에게나 외면적 형상 속에 감추어진 내면의 진실은 있는 법이어서, 겉으로 드러나는 모습이나 지위로 판단하는 것을 허용하지 않는다.

위하다가 잠시 백기를 드는 기분으로 웃으신 것입니다만, 저는 무엇인지 아직도 응어리가 풀리지 않아 화가 난 듯 뚱하게 가만히 있었습니다.

어머니, 나를 좀 가만 놔 두시지요.

어머니 젊었을 때를 좀 기억해 보세요. 좀 뒤돌아보세요. 어머니는 정말 자유로웠지요. 할머니가 어머니에게 무엇 하나 간섭을 했어요? 오직 밑없이 어머니를 도와주기만 했지 않아요. 그런데도 할머니를 쫓아내셨지요. 어머니는 제 생활을 전부 박탈해 가요.

제가 사는 일에 가지는 열정의 부분을, 가장 힘 기울이는 부분을, 바로 그 부분을 어머니는 타락이라고 생각하시는 거지요. 저보고 만날 미치광이라고, 새쓰개라고. 어머니와 저의 싸움의 내용은 이것입니다. 싸움이 한창 고조될 때면 어머니는, 니가 결국 나를 죽이고 말겠다, 나는 다 알 수 있다, 자식이 아니고 원수다, 나가라,라고 하십니다.

항상 그 나가라는 말에 저는 주춤합니다. 그것은 결혼에 실패해 돌아온 여자의 약점을 가장 찌르는 말이기 때문입니다. 실지 나가 보려고 이 근처 방을 얻으러 다니기도 여러 번 하였습니다만 방값이 예상외로 비싸고, 제가 생각던 방이 아닌, 남의 집 가정 한가운데 들어가서 앉게 되는 그런 방들뿐이었습니다. 화장실이나 부엌 또한 을씨년스럽기 그지없었습니다.

제가 없으면 몸이 불편한 어머니를 돌보아드릴 사람도 없으면서 저는 그런 것을 사고할 여유도 없이 복덕방을 여기저기 헤매고 돌아다녔습니다. 그러다가 문득 당신과 처음 시작의 무렵 악마에게 한 약속이 떠올랐습니다. 저에게 있어 중요한 것을 내어놓고 당신과의 연(戀)을 가능하게……라고 저는 분명 중얼거렸지요.

그렇다면 이것은 악마의 짓인가, 악마가 우리 모녀를 이렇게 싸움으로 이끌어 가는가, 그렇다면 그 끝이 도대체 어디인가, 당신과의 끝도 모르겠고, 어머니와의 끝도 모르겠는, 정말 아무것도 모르는 기분이 되어, 울어서 부은 눈을 손등으로 가리고 슬픔을 한줌구기에 교신차였습니다.

당신을 얻게 되어 말할 수 없이 기쁘면서도 도대체 언제를 위해 지금을 살고 있는 것인가. 어린 시절부터 꿈꾸던 꿈의 시간은 바로 언제인 것인가. 사랑하는 사람을 얻은 지금인가. 그렇다면 나는 지금 꿈의 한가운데 들어와 있는 것이련만 아직도 어디로 가기 위해 준비하고 있는 것 같은 기분은? 어린 시절 눈을 보면서 왠지 반가운 일이 이제 앞날에 올 것 같던, 그 앞날이 아직도 온 것 같지 않으며, 아직도 이제 앞날에 올 것이라고 생각하게 되는 것은 어떤 일일까?[51]

이런 의문을 당신에게 한번 실토한 적이 있습니다. 우리가 언제를 위해서 사는 것일까 하고요. 그때 당신은, 어차피 사는 일은 하나의 준비 과정에 지나지 않는 것이라고 명대답을 해주셨습니다.

사는 일은 하나의 준비 과정, 정말 그런가 봅니다. 어딘가로 향해서 끝없이 나아가는 과정일 뿐입니다.

이제는 어머니와의 싸움을 화해로 이끌어 가고 싶은 기분이 조금씩 들기도 합니다. 이 화해를 하고 싶은 기분이란 당신과의 결별이라는 또 다른 의미를 내포하고 있는 것은 아닐까요. 당신에게로 가졌던 저의 열정이 고조됐을 때 어머니와의 싸움 또한 극에 달했지요. 저는 매일매일 머리를 싸매고 어머니에게 울며 달려들었습니다. 무엇인지 도저히 참을 수 없는 감정이 되곤 하였습니다. 그런 일을 의식처럼 되풀이하였지요.

이제 보니 그것은 악마의 내기였을 가능성이 큽니다. 분명 악마의 짓이지요. 당신을 사랑하는 한 내게 있어서 어떤 중요한 것을 내어놓아야 했던 것이지요. 그런 행복감을 쉽사리 어떤 희생도 치르지 않고 맛볼 수는 없는 것이겠지요. 저는 그 두 가지를 저울에 달아 어느 것이 더 무거웠다고 그 형량을 달지는 않겠습니다. 후회 또한 하지 않습니다. 후회란 있을 수 없는 일입니다. 그 시간 그렇게밖에 되지 않는, 않을 수 없는 운명과도 같은 것이었다고 봅니다. 저는 있는 힘껏 당신에게 달려갔고 당신 또한 저를 기꺼이 받아 주셨지요.

어두운 거리를 걷고 있을 때 당신은 저만큼 먼저 걸어가고, 가로등 불빛에 그림자가 길게 드리워진 뒤를 멀리서 따라 밟아 갈 때 그 형용할 수 없는 당신과 나의 고독감을 봅니다.

호텔을 찾아 들기 위해서지요. 저는 언제나 술을 많이 청해 마셨고 어떤 격정 속으로 숨을 몰아쉬며 떨어져 가기까지 술을 마셨지요. 부끄러움, 혹은 두

51) 여기에서 사랑은 열망의 순수한 상태를 추구하는 끊임없는 노력의 은유적 명칭으로 제시되고 있다. 그렇기에 그것은 인생의 진지함과 등치되며, 사는 일은 언제나 준비 과정일 수밖에 없는 것이다. 또한 자신의 생을 걸고 사랑을 선택했던 파우스트처럼 그것은 여러 가치들 중의 하나를 절대적으로 추구하는 것이기에 다른 가치들을 담보로 하는 것이며, 그런고로 일종의 악마와의 결탁이 아닐 수 없다.

려움 같은 것을 이겨 내고자 한 짓이었을까요. 그것은 아닙니다. 저는 당신과 함께 있는 한 그런 두려움은 없었습니다. 제가 있을 자리에 와 있다는 확신감을 느낄 수 있었습니다. 당신을 따라서 어디까지 가도 두렵지 않다고 생각했습니다.

그럼에도 저는 꼭 술을 마셨으며 한바탕 서로의 존재를 확인하고 난 후 호텔 문을 나서서 걸을 때—할머니와 어머니가 긴긴 봄날 한쪽 무릎을 세우고 눈은 허공을 향한 채 앉아 계시던 바로 그처럼 당신과 저는 긴긴 날들을 앞서고 뒤를 밟으며 걸었던 것이에요. 길디길게 줄을 이으며 마치 밤의 순례자와도 같았습니다—그때 저만큼 멀어져 가는 당신의 그림자를 보며 저는 죽으리만큼 외로워하지요.

무엇 때문일까요. 당신은 얘기하셨지요. 참말만 하기도 시간이 모자라는데 언제 거짓으로 살 시간이 있느냐고요. 당신의 그 말을 좋아하고 그런 말을 할 수 있는 당신을 좋아하면서도 그럼에도 전해져 오는 허기, 어린 시절부터의 갈증이 고스란히 내 몸을 둘러쳐 헉헉거려지는 것이에요. 무엇으로인지 일그러진 저의 얼굴을 살피며 당신은 꼭 버릇처럼 어디 가서 뜨거운 차를 마시는 게 어떻겠느냐고 제의합니다.

이렇게 안개 끼고 습지며 축축한 밤, 어딘가 밤 카페에 들어가 차를 마시며 마주 보고 얘기할 수 있는 그 시간을 정수로 느끼고 싶으면서도 왜인지 그 부분을 사양한 채 돌아서지요.

함경도 사람들의 첨관, 그것일까요. 할머니에게서 물려받은 내력과 같은 것일까요. 아니 그보다 더 직접적인 원인은 아버지가 없어서일까요. 내가 나의 몫이 없다는 것, 바로 이 부분을 양보한다는 것은 아버지가 없는 데서 얻어진 상황 탓이 아닐까. 영혜와 내가 크면서 어머니에게 무엇을 사 달라고 조른 적이 없는 것이 그것을 증명해 주는 것이 아닐까. 무엇을 사 달라는 말을 하면서 컸다면 나는 지금 그와 함께 카페로 들어가지 않을까, 이런 생각을 하며 저는 택시를 붙잡아 탑니다.[52]

택시를 타고 차창으로 그 넓은 어두운 거리에 서 있는 당신을 보면 당신의 주위에 얇은 종잇장 같은 것이 찢어져 날리고 있습니다. 당신은 그냥 서 있을

52) 긴장의 열도가 점증하는 절정의 순간 끝에는 함정처럼 허무의 늪이 놓여 있다. 따라서 격정 뒤에는 항상 공허한 감정이 자리잡는다. 여기에서는 그 공허에서 비롯되는 애수의 감정이 여실하게 드러나 있다. 화자는 그러한 공허감에 노출된 자신의 심적 상태의 기원을 아버지가 부재했던 자신의 개인적 이력에서 찾고 있다.

뿐인데 당신 주위에 어둠을 밀치고 흰 종잇장들이 날리고 있는 영상을 봅니다. 그 모습은 몹시 애수 어려 보이며 무엇인가 잃어져 가고 있는 듯 제 눈에 비칩니다.

무엇을 잃고 있는 것일까요.

당신은 무엇을 찾기 위해 옛집으로 오신 것인가요.

언젠가 옛날에 먹던 동치미에 대해 얘기하신 적이 있지요. 어느 한식집에 가서 저녁을 먹던 때로 기억되어요. 당신은 무심코 동치미에 수저를 넣어 한 입 뜨다가 내려놓고 얘기하셨어요. 옛날의 동치미[53] 맛을 이제 어디 가서도 찾을 수 없다고요. 그 동치미를 먹기 위해서도 지금의 아파트에서 단독주택으로 꼭 옮기고 싶다고요.

'고모님이 한 분 남아 계시거든. 그 고모님을 모셔다가 동치미를 꼭 좀 담가 달라고 부탁해야겠어요. 땅속에 묻어 두고 겨우내 먹었으면 싶어' 라고요.

당신은 그 일을 꼭 그렇게 하실 양으로 얘기하셨어요. 그 말에 저는 속으로 얼마나 공감하였는지요. 아, 이이는 무언지 나와 아주 같은 것 같다. 심지어 어린 시절을 함께 공유한 듯이도 느껴지고, 이렇게 생각했지요.

그런데 왜 좀더 사랑할 수 없는 것일까.

왜 이 정도에서 그치고 마는가, 정말로 사랑한다는 것은 어떤 형태의 것일까, 그것 역시 준비 과정일 뿐일까, 정말로 사랑하기 위한 준비 과정밖에 사람들은 살아가면서 할 수 없는 것일까. 아니, 그라는 대상보다 나라는 존재의 문제가 우선이고 나는 거기서 헤어나지 못하고 있는 것이다, 저는 이렇게 중얼거릴 수밖에 없었지요.

밀려드는 나른한 피곤감과 함께 또 한 번의 만남을 치러 냈다는 생각을 하며 저는 택시와 함께 당신을 뒤로하고 미끄러져 갑니다.

언제 언제까지일까? 저는 이렇게 중얼거립니다.

이것 또한 악마의 짓일까요. 모래시계 속에 인간을 가두어 버리는 악마의 짓일 거예요.

당신은 저의 이런 의중을 잘 간파한 듯 가혜씨가 오십이 될 때까지는 이런 식으로 만나겠다고 얘기하셨지요. 그리고 육십, 칠십이 될 때까지 가끔 카페

53) 이 소설에서 나오는 음식들은 여성적 삶의 결을 의미한다.

에서 만나 얘기하는 좋은 여자친구로 지내고 싶다고요. 그 말은 저의 마음을 살펴 주는 뜻에서 한 것이었음에도 불구하고 저의 자존심은 상처를 입었습니다. 오십이 될 때까지 연애를 하고 있는 여자를 상상할 수 없으면서도 솔직히 제 마음속으로는 오십이라는 나이의 한정을 두지는 않았던 것입니다. 아아 오십, 하고 구체적인 실체감이 들이닥치며 삼팔선이 가로막히는 기분[54]이었지요. 언제 언제까지?

이렇게 스스로 반문하는 의미 속에는 일 년? 이 년? 아니 혹은 삼 년까지는? 하는 기대감 같은 것이 있었지요. 그리고 이제 우리는 삼 년을 지난 것입니다.

당신은 저의 이런 심리를 잘 파악하고 있었으므로 제게 나이 들어 가는 여자의 떨림을 한번 써 보라 하신 것인지요.

갑자기 전화벨이 울려 저는 깜짝 놀라 수화기를 부둥켜안습니다. 집안 아저씨의 목소리가 수화기 속에서 흘러 나옵니다. 새벽같이 경찰서에 다녀오는 길이라고요. 불은 할머니 무덤 반대편 등성이에서 붙기 시작했으므로 우리가 낸 것이 아니라고요. 아베크 족[55]의 담뱃불이 원인임이 판명이 났다고요. 아저씨는 밤새 스스로 시달렸는지 목소리가 쉬어 있었습니다.

전화를 끊으려 하다가 지금 첫눈이 오고 있다고 얘기하셨어요.

눈이요?

반문하는 동안 전화는 끊겼습니다.

제가 눈이요?라고 묻는 순간 저는 어린 시절의 눈의 느낌, 그간의 세월을 거치지 않고 맞바로 그때의 그 순백의 느낌이 되살아났습니다.[56]

어제 저녁 빨래에 끼었던 엷은 살얼음으로 보아 바깥 날씨가 성큼 차진 것 같습니다. 저는 전화를 끊고 한동안 가만히 앉아 있었습니다. 이제 불은 꺼지고 다 타 버린 잿더미 속에서 흰 연기만 푸슬푸슬 날리고 있는 영상이 제게 잡혀 왔습니다. 불이 붙고 있는 동안만 무엇인가 그 기운에 힘입어 내 속에서 빠져 나오고 싶어하던 것들을 끌어내었는지, 과연 제 속에 재만 남도록 스스로를 연소하여 내었는지 의문을 느끼며 저는 처탄간으로 담배에 불을 붙여 물고 앉아 있었습니다.

그러고 보니 북쪽으로 난 조그만 들창도 어느새 환해져 있고, 특히 눈이 온

54) 이런 표현은 통일 이후 세대에게는 이해되지 않을 것이다. 이를 통해 문학의 표현이 시대적이고 사회적이라는 사실을 알 수 있을 것이다. 문학이 감각의 표현을 매개로 해서 이루어지는 것이라면 문학 작품이 씌어진 시대의 세밀한 분위기를 알아보는 것도 문학 이해의 좋은 방법 가운데 하나다. 최근의 풍속사적 문학 연구가 이러한 신역사주의를 대표하고 있다.

55) 함께 행동하는 한 쌍의 젊은 남녀. 특히, 연인 관계에 있는 한 쌍의 남녀를 이름.

56) 앞서 보았듯이 '눈'은 어린 시절의 기억 속에서 순화되어 온 하나의 상징이기에, 눈이 오고 있다는 말을 듣는 것만으로도 그 순백의 느낌은 되살아난다. 여기에서 화자는 그 순백의 느낌 속에서 새로운 반성과 사유의 여백을 마련한다.

날의 그 환한 느낌이 들창으로 전해져 오고 있었습니다. 저의 가족들, 제 주변의 사람들이 이유 없이 한 사람 한 사람 떠올랐습니다. 그들과는 어떤 관계인지, 어떤 끈을 서로 연결하고 있는 것인지, 같은 시대 같은 공간 안에 함께 혹은 엇갈려서 태어난 그 운명의 끈을 찾아보려 하였습니다. 그들은 도대체 어떤 관계인 것인가.

제가 사랑하는 동생 영혜는 왜 멀리 떨어져 있어야만 하는 것일까. 가장 가까우면서도 자랄 때 이외에는 모르는 사람보다도 더 멀리, 일생 떨어져 살아야 한다는 일이 이상하게 느껴졌습니다. 이제까지는 남편이 외국인이니까 어쩔 수 없는 일이며 그리고 서로 편지를 쓰고 하니까 함께 있는 것이나 다름없다고 생각했건만 이 새벽, 그것은 정말 크나큰 이별로 다가옵니다.

저는 그런 식으로 한 사람 한 사람 짚어 가기 시작합니다.

어머니와 이제 화해를 한다고 해도 함께 산다는 것은 속박일 뿐이라는 생각을 합니다. 그러나 바로 그런 삶을 제가 사는 것이겠지요. 소멸해 가는 어머니를 담당하는 것이 저의 운명이라고 생각합니다. 그 옛날 어머니가 몸이 아파 조용히 있고 싶다고 할머니를 이모 댁에 가시게 한 것도 바로 그런 연유가 아니었을까 지금 생각해 봅니다. 점점 소멸해 가는 할머니를 감당하기 벅찼던 것이 아닐까 하고요. 거기에는 제가 몰랐던 어머니의 고통이 있었는지 모르겠다고 지금 비로소 생각이 듭니다.[57]

또 기억 속에 아무런 영상도 없이 오직 무(無)인 아버지를 생각해 봅니다. 그러나 아버지 역시 없는 것과는 다른 뚜렷한 존재이지요. 아버지가 계시다면 저의 성격, 저의 운명들은 훨씬 달라졌을 것입니다. 저는 좀더 삶을 신뢰하고 당신에게도 무엇인가를 요구하고 있지 않을까요.

그런데 지금 제게 갑자기 잡혀져 오는 영상이 있습니다.

할머니가 군불을 지피며 밥상을 차리는 장면입니다. 소박한 나무상, 칠이 번쩍이지 않는 다갈색의 네모진 조그만 소반 위에 할머니는 아들의 수저를 놓고 콩자반, 무말랭이, 호박오래기 등의 밑반찬을 놓으십니다. 국이 끓고 있고 밥도 뜸이 들고 있습니다.

그리고 장면이 바뀌어 삼촌이 돌아오고 있습니다. 삼촌은 옛모습 그대로 멜

57) 눈이 제공한 순백의 느낌, 그것은 화자에게 사유의 여백을 마련해 주었다. 그 과정에서 화자는 할머니와 어머니의 대립을 지켜보는 것이 실은 자신과 상대방의 고통을 들여다보는 행위였음을 이해하면서 운명의 자각과 관계에 대한 인식에 도달하고 있다.

빵 바지에 푸른 와이셔츠, 숱이 많은 반곱슬머리를 하고 있습니다. 전쟁 당시, 모두가 피난을 떠난 후의 아무도 없는 빈 동네, 빈 집에서 할머니는 삼촌을 만나 보았던 것일까요? 어머니 말대로라면 할머니는 삼촌을 기다리느라고 피난을 가지 않으셨지요. 어머니에게 짐 지우고 싶지 않은 마음과 혹시 아들을 만날 수 있지 않을까 하는 그 두 마음이 함께 있으셨을 거예요. 그리고 그 밤 다시 떠나는 삼촌을 문 앞에 서서 배웅하고 계신 할머니 모습입니다. 할머니는 문 앞에 붙박이듯 서 있습니다.

이 두 개의 영상이 참으로 조용히 다가와 제 안으로 들어옵니다. 저는 무엇인가의 열쇠를 끌어 쥐듯 그 영상을 소중히 끌어안습니다. 제가 제 안에서 끌어내고 싶었던 것은 바로 이것이었을까요. 바로 이 두 개의 영상, '밥상을 차리는'과 '싸리문 여잡고 기다리는' …… 이 두 개의 영상을 끌어내기 위해, 지난밤새 진통을 하며 이 많은 말들을 쏟은 것 같습니다. 저는 삶의 열쇠를 찾은 기분입니다.

나이 들어 가는 사람의 떨림이 아니라 나이 들어 가는 여자의 떨림으로, 저의 성을 찾아 여기에 서는 일은 이리도 힘이 든 일입니다.

할머니가 제 손에 쥐어 주셨습니다. 어린 시절부터 품어 온, 먹게끔 차려진 따뜻한 밥상에 대한 갈증과 이제 앞날에 다가올 기다림에 대한 소망의 마음이 그 두 개의 영상이었음을 깨달았습니다.[58]

사랑하는 사람들, 그리고 사랑하는 당신.

당신이 잃어 가는 것은 무엇인가요.

당신은 왜 옛집에 찾아오셨나요(저는 지금 이 순간 당신을 비롯한 모든 사람이 실향민이라고 느껴집니다).

혹시 당신도 저와 같이 그런 소망을 품고 지내 온 것이라면 당신은 그런 사람을 이제 찾은 것이라고 생각하셔도 좋습니다.

우리의 이런 만남이 오십까지라고요? 그것은 너무도 당연한, 아니 삼 년까지는, 하고 시간을 정해 놓고 있는 제게 오히려 과분한 시간일 터이지만 그러나 저는 그렇게 생각하고 싶지 않아요. 이 글을 시작할 때까지만 해도 더한 조바심 속에 있었습니다만 그런 모래시계 속에 저를 가두고 싶지 않아요. 저는

58) 여기에서 화자의 삶을 지탱해 왔던 격렬한 열정은 파편화된 삶을 오롯이 접합해 무봉(無縫)의 옷감을 직조하고자 하는 욕망으로 내면화된다. 그것은 삶의 균열을 어루만지는 손길이며, '따뜻한 밥상에 대한 갈증'과 '기다림에 대한 소망의 마음'으로 구체화되고 있다. 이 지점에서 나이 들어 가는 여자의 떨림의 영상화가 비로소 제시되었다.

이제 그런 힘을 얻었습니다.

　누구인가 제게 따뜻한 밥상을 차려 주고 끝까지 기다려 주었으면 하는 저의 소망의 마음을 이제 제 편에서 누군가에게 해주는 사람으로 자리잡은 때문입니다.

　저는 굳건하게 여기에 섭니다. 그것은 여자로서 서는 것일 뿐 아니라 또한 할머니나 순쟁이, 그 이전의 선조들이 전해 준 마지막 인간의 조건으로서이기도 하지요. 피난 가던 때 본 눈 속에 서 있는 나무와 같이 순간이 영원으로 변하는 그 가능성.[59]

　당신이 만약 원하신다면 원하실 때 언제든 돌아올 곳이 있으세요.

　참, 그리고 마지막으로 당신이 찾는 집이 그곳인 줄 어떻게 그렇게 잘 알았느냐고 물으셨지요.

　그 옛날 제가 어렸을 때—저희가 살던 집자리도 지금은 아파트가 세워져 우리도 그 중 한 호에 살고 있지요. 그리고 그 옛날 산 위의 실향민촌도 지금은 불도저로 밀려 아파트나 연립주택이 세워져 있지요—당신은 야구공을 던졌고, 길을 지나던 제 이마에 땅 하고 맞은 적이 있었습니다. 저는 국민학생으로 밤이면 동생과 동치미를 뜨러 다니던 시절이었을 거예요. 그때 중학생이던 당신이 뛰어와서 야구공을 주워 가며 미안하다고 말했어요. 금방 혹이 부풀어오르는 이마를 싸 쥐고 돌아서다가 뒤돌아보니 당신은 유유히 그 집으로 들어가고 있었어요.

　그때 아팠던 야구공의 기억 때문에 당신을 기억하고 있는지 모릅니다.

　그러고서 몇십 년이 지났을까요.

　어둠 속에서 처음 당신을 보았을 때 저는 당신의 얼굴을 알아볼 수 있었고 자신 있게 그 집을 가리킬 수 있었던 것이에요.

　이제 한 자도 더 쓸 수 없도록 피곤이 한꺼번에 밀려옵니다.

　저는 조금 눈을 붙여 한숨 자고 일어나서 아침을 지어야겠습니다.

　그때 일어나서 들창을 열고 눈의 세계를 아주 새로운 눈으로 보고 싶습니다.

『현대문학』, 1989. 8)

59) 역사 속에서 여성에게 부과된 시련과 한이 낳은 염원이 모여 자신의 운명의 조건을 이루고 있다는 화자의 인식은 역으로 보면, 화자 자신의 열망이 삶의 계기들을 거치며 이어 온 과정을 돌이켜 보면서 할머니와 어머니의 삶과 그 속에 담긴 염원을 이해하고 확인하는 과정이기도 하다. 한 개인 속에 존재하는 열망은 이와 같은 인식 속에서 세대를 초월하는 영원성을 담고 있는 것이다.

「겨울의 환」에는 '눈(雪)의 세계'라는 표현이 여러 번 반복해 등장하며, 그를 통해 하나의 상징적인 의미를 형성하고 있다. '눈'이 갖는 상징적 의미에 대해 설명해 보자.

이 소설 속에서 '눈'은 조금씩 의미의 편차를 가지면서 반복해 등장하고 있다. 그것은 새로운 상황을 배경으로 다른 의미를 지니면서 나타나지만, 이전의 의미와 병치되면서 하나의 전체적 상징을 형성하고 있다.

동치미를 뜨러 다니던 유년 시절의 '눈의 세계'가 동화 속처럼 막연히 먼 곳에 있는 그리움과 동경의 세계였다면, 주인공의 시아버지가 돌아가시던 날의 '눈의 세계'는 순수 동경의 형식으로 삶에 대한 내밀한 자의식을 환기하는 하나의 상징성을 획득한다. 따라서 그것은 생활의 현실적 측면과 적대적 관계에 놓일 수밖에 없다. 화자가 묵묵히 지켜 오던 결혼 생활을 일시에 청산하게 되는 계기는 바로 '눈의 세계'가 환기시킨 순수 동경의 지향에서 온 것이다.

그런가 하면 피난 시절의 '눈의 세계'는 고통스러운 피난 장면과 겹쳐 있어서 이전의 눈의 의미와는 구별되지만, 동치미를 뜨러 다니던 시절의 눈, 그리고 결혼 생활을 청산하고 새로운 삶의 열정을 회복하던 계기로서의 눈의 이미지와 결합하면서, 눈 속에 박혀 있는 나무의 이미지로 연결되어 삶의 내밀한 자의식을 승화시킨 순수 동경의 세계라는 상징적 의미를 획득하게 된다.

이처럼 '눈'은 어린 시절의 기억 속에서 순화되어 온 하나의 상징이기에, '나'는 눈이 오고 있다는 말을 듣는 것만으로도 그 순백의 느낌을 되살린다. 작품 후반부에서 눈은 그 순백의 느낌을 통해 화자에게 새로운 반성과 사유의 여백을 제공하고 있으며, 그녀가 여성적 삶 속에서 순수 동경의 형식을 발견하게 되는 배경 역할을 하고 있다.

「겨울의 환」에서 '당신'은 구체적으로 형상화되어 있지 않다. 그럼에도 불구하고 '당신'의 존재는 화자에게 있어 절대적인 것으로 설정되어 있다. 그렇다면 이 작품에서 '당신과의 만남'이 갖는 상징적인 의미는 무엇인지 이야기해 보자.

알에서 깨어난 새만이 하늘을 날 수 있는 것처럼, 의식(意識)은 끊임없이 스스로를 부정하는 갱신의 과정을 겪는다. 일상의 아늑함이 어느 순간 허망함으로 돌변하는 것은 바로 이러한 의식의 부정성 때문이다. 그렇기에 삶은 지속적으로 반복되는 새로운 의미 부여로 채워져 있다. '당신'과의 만남은 주인공의 이와 같은 새로운 삶에 대한 일상의 확인 과정 끝에서 이구어진 것이다.

이렇듯 일상을 뚫고 올라온 당신과의 만남은 일시적인 생활의 순간으로부터 구원되기를 열망하는 주인공의 이와 같은 내적 욕망이 이루어 낸 것이다. 그것은 삶의 중요한 한 축인 생활 전부를 지불한 대가로서 주어지는 것이기에, 항상 불안정한 경계선상에 서 있을 수밖에 없다. 악마와의 결탁을 꿈꿀 만큼 그 욕망과 불안은 절실함을 지니고 있는 것이다.

한편 당신과의 만남을 준비하면서 주인공은 긴장감과 설렘으로 자신과 주위를 돌아보곤 한다. 즉 화자에게 있어 '당신'은 긴장을 촉발하고, 그 속에서 순진성과 욕망을 일깨우는 존재인 것이다. 그러므로 '당신'에 대한 사랑은 열망의 순수한 상태를 추구하려는 끊임없는 노력의 은유적 명칭으로 제시되고 있는 것으로 해석할 수 있다.

「겨울의 환」은 전체적으로 차분하고도 따뜻한 감성으로 채워져 있다. 이와 같은 효과를 낳은 주요한 요소들이 무엇인지 생각해 보자.

이 소설은 화자가 '당신'에게 자신의 기억과 심경을 고백하는 형식을 취하고 있다. 작품 전체에 흐르고 있는 내밀하고도 차분한 분위기는 그 상당 부분이 바로 이 고백적 서술의 형식에서 연유한다고 볼 수 있을 것이다. 그러나 이 작품에서 고백적 서술은 독자에게 단지 부드러운 인상만을 주는 것은 아니다. 고백적 서술을 통한 내면에의 천착을 통해 비로소 진실한 삶에 대한 열망과 현실적 상황과의 긴장이 절실하게 표현될 수 있었기 때문이다.

한편 이 고백적 서술의 여성적 어조는 여성의 삶에 대한 이해와 인식이라는 층위와 아울러 '삶에 대한 여성적 인식'이라는 작품의 새로운 층위를 형성하고 있다. 주인공은 한편으로 할머니와 어머니, 그리고 순쟁이 아주머니 등 여성들의 삶에 대한 투시를 통해 여성으로서의 자신의 운명을 발견하고 이를 내면화하면서도, 다른 한편으로 이와 같은 현실 속에서 주어진 운명에 저항하며 순수한 동경의 형식을 열망하고 있다. 이와 같은 내면화와 저항의 긴장을 통해 주인공은 파편화된 삶의 균열을 어루만지는 여성성의 영원한 형식을 발견한다. 이와 같은 이 작품의 주제는 바로 고백적 서술의 여성적 어조를 통해 효과적으로 제시되고 있다.

통합논술 Q & A

「겨울의 환」에 나타나 있는 작품의 사회적 가치와 예술적 가치를 염두에 두면서, 문학 작품이 갖는 인식적 기능과 상상적 기능에 대해 서술해 보자.

문학은 그 속성상 이원적인 성격을 갖는다. 음악이나 미술의 경우 향수(享受)가 전부이며, 따라서 그것만이 예술적 진리다. 이는 음악이나 미술이 음(音)과 색(色)이라는 순수한 예술적 수단을 통해 표현된다는 사실과 관련을 맺고 있다. 소리와 색깔은 역사·현실·생활의 의미와는 무관하면서도, 그 자체가 아름다움으로 존재할 수 있는 것이다.

그러나 문학은 그 수단인 언어 자체가 본질적으로 갖고 있는 역사성·사회성을 고려하지 않을 수 없다. 언어는 사회적 약속인 까닭에, 사회와 현실의 의미를 그 자체의 속성으로 담고 있는 것이다. 그렇기 때문에 문학은 본질적으로 상상력과 더불어 인식론적 측면을 그 고유한 속성으로 갖는다.

문학 작품이 갖고 있는 가치를 평가함에 있어서도 상상적 측면에서는 예술성, 인식적 측면에서는 역사성과 사회성이 각각 중요한 논의 항목으로 설정된다. 따라서 이와 같은 문학 자체의 속성을 고려하지 않은 채, 어느 한 가지 기준에 의해 작품을 일방적으로 평가할 수 없는 것이다. 즉 작품의 예술적·미학적 측면과 인식적 측면이 함께 조화를 이루어야 한다. 작품 감상 또한 작품에 나타나는 사회적 가치와 예술적 가치에 대한 균형 잡힌 인식 위에서 이루어질 필요가 있다.

한계령

양귀자

1955~ㅣ 전북 전주 출생 1978년 원광대학교 국문학과 졸업.『문학사상』에「다시 시작하는 아침」이 신인상에 당선되어 등단 1988년「원미동 사람들」로 유주현 문학상 수상 1992년「숨은 꽃」으로 제16회 이상문학상 수상 1996년「곰이야기」로 현대문학상 수상 1999년「늪」으로 제4회 21세기문학상 수상

그 밖에 주요 작품으로『원미동 사람들』(1987),『희망』(1990),『나는 소망한다 내게 금지된 것을』(1992),『모순』(1998) 등이 있음

한계령과 큰오빠, 미화의 공통점은 무엇일까. 그리고 그들과 한국사회의 공통점은 무엇일까. 아마 그것은 정점에 도달해 있다는 것일 터이다. 그리고 그 정점에 도달하는 동안 수많은 고난과 굴곡, 바위와 절벽, 골짜기들을 거쳐 왔다는 점일 것이다. 개인적인 차이는 있겠지만, 지금 시대를 사는 한국의 중년들은 이와 비슷한 인생 역정을 거쳐 왔을 것이다. "넘어졌다가 다시 일어나고, 또 넘어지는 실패의 되풀이 속에서도 그들은 정상을 향해 열심히 고개를 넘고 있었다. 정상의 면적은 좁디좁아서 아무나 디딜 수 있는 곳이 아니라는 엄연한 현실도 그들에게 단지 속임수로밖에 납득되지 않았다. …… 그들에게 있어 인생이란 탐구하고 사색하는 그 무엇이 아니라 몸으로 밀어 가며 안간힘으로 두들겨야 하는 굳건한 쇠문이었다. 혹은 멀리 보이는 높은 산봉우리였다." 그들이 그렇게 해서 도달한 곳이 어디인가. 그것은 동생들은 물론 자식들도 모두 자립해서 자신의 도움이 필요 없게 되어 더 이상 인생의 목표가 없는 상황이거나(큰오빠), 밤업소 가수로 유랑하다가 이젠 제법 돈을 모아 한국 최고의 부자 마을 강남으로 진출하게 되는 상황(미화)이다. 뒤도 돌아보지 않고 달려오면서 많은 희생을 치렀지만 지금은 먹고살 만큼 경제가 좋아진 한국 사회를 지금까지 책임져 온 그들의 인생사가 곧바로 한국 현대사인 것이다.

이처럼 이 소설은 여러 굴곡을 거쳐 한국 사회를 이만큼이나 되도록 만든 이름 없는 주역들에 대한 기록이다. 그들을 위로하고 안아 주는 것이 바로 이 소설이다. 마치 한계령이 그곳에 올라온 사람들을 품어 주고 쉬게 해 주듯이. 그들은 더 이상 앞으로 나아갈 공간이 없기 때문에 과거를 추억하면서 그 상처들을 보듬어야 한다. 과거에는 인생의 꿈이라는 훼손되지 않는 가치들이 들어 있기도 하고, 그 가치들을 추구하는 과정에서 겪는 큰 좌절이 존재하기도 한다. 그러나 이미 훼손되어 버린 어린 시절이기에 그것을 회복할 수는 없다. 그것은 오로지 기억 속에서만 존재하거나, 그 기억을 떠올리는 소설적 장치를 통해서만 존재한다. 소설이란 그러한 기억을 통해서 그저 인생에 지친 어깨를 토닥거려 준다. 「한계령」이라는 노래처럼 말이다. 그런 의미에서 소설은 옛날 노래와 같은 것이라고 할 수 있다.

소설의 얼개 뜯어보기

갈래 __ 단편 소설 | 주제 __ 소시민 중년이 겪은 인생사의 굴곡과 그 치유 | 배경 __ 1980년대 말 서울의 위성도시(부천 원미동) | 시점 __ 1인칭 주인공 시점 | 등장인물 __ 나 __ 소시민들의 지친 영혼을 달래 주는 소설을 쓰는 소설가. 어린 시절의 친구 미화의 전화를 받지만, 그녀와 만나기를 주저한다. 박미화 __ 나의 어릴 적 친구. 가수를 지망했던 밤무대 가수로 온갖 인생 역정을 거쳐 지금은 돈을 좀 모아 안정된 삶을 살려고 한다. 큰오빠 __ 집안을 책임진 장남으로서 동생들을 먹여 살리느라 인생을 바친 이 시대의 가장. 목표가 없이 심한 무력감에 싸여 술로 나날을 보낸다. | 구성 __ 발단 __ 어느 날 나는 어릴 적 동네 친구 미화에게서 전화를 받는다. 그녀는 자신의 인생이 지나온 길을 이야기해 준다. 전개 __ 나는 고향 마을과 그곳에 남아 있는 큰오빠를 생각한다. 그리고 어린 시절의 가난했던 미화와 가난했던 집안을 부양해야 했던 큰오빠의 일을 회상한다. 위기 __ 미화와 큰오빠의 현재 처지에 대해서 생각한다. 그들은 모두 인생의 내리막에 접어들고 있었다. 절정 __ 미화가 노래를 부른다는 나이트클럽을 찾는다. 나는 미화인 듯한 가수가 '한계령'을 부르는 것을 보고 그녀를 만나지 않은 채 돌아선다. 대단원 __ 며칠 후 미화에게서 다시 전화가 와서 자신이 강남에 차리게 된 카페로 찾아오라고 한다.

전화[1]에서 흘러나오는 여자의 목소리는 지독히도 탁하고 갈라져 있었다. 얼핏 듣기에는 여자인지 남자인지 구분하기가 힘들 정도였다. 그 목소리를 듣자 나는 곧 기억의 갈피를 젖히고 음성의 주인공을 찾아보기 시작했다. 내게 전화를 건 적이 있는 그런 굵은 목소리의 여자는 두 사람쯤이었다. 한 명은 사보[2] 편집자였고 또 한 명은 출판인이었다. 두 사람 다 만나 본 적은 없었지만 아무래도 활동적이고 거침이 없는 여걸이 아니겠냐는 선입견을 가지고 있는 터였다.

두 사람 중의 하나라면 사보 편집자이기가 십상이라고 속단한 채 나는 전화 저편의 여자가 순서대로 예의를 지켜 가며 나를 찾는 것에 건성으로 대꾸하고 있었다. 가스 레인지를 켜 놓고 무언가를 끓이고 있던 중이어서 내 마음은 급하기 짝이 없었다. 급한 내 마음과는 달리 여자는 쉰 목소리로 또 한 번 나를 확인하고 나더니 잠깐 침묵을 지키기까지 하였다. 그리고는 대단히 자신 없는 목소리로 이렇게 말하였다.

"혹시 전주에서…… 철길 옆 동네에서 살지 않았나요?"

수필이거나 콩트거나 뭐 그런 종류의 청탁 전화려니 여기고 있던 내게는 뜻밖의 질문이었다. 그러나 어김없이 맞는 말이기는 하였다. 나는 전주 사람이었고 전주에서도 철길 동네 사람이었다. 주택가를 관통하며 지나가던 어린 시절의 그 철길은 몇 년 전에 시 외곽으로 옮겨지긴 하였지만 지금도 철로 연변의 풍경이 내 마음에는 고스란히 남아 있었다. 그렇다는 대답을 듣고 나서도 전화 속의 목소리는 또 한 번 뜸을 들였다.

"혹시 기억할는지 모르겠지만 난 박미화라고, 찐빵집 하던 철길 옆의 그 미화인데……."

잊었더라도 할 수 없다는 듯이, 그리고 이십 년도 훨씬 전의 어린 시절 동무이름까지야 어찌 다 기억할 수 있겠느냐는 듯이 목소리는 한층 더 자신이 없었다.

박미화. 그러나 나는 그 이름을 또렷이 기억하고 있었다. 얼마큼이나 또렷하게 기억하고 있는가 하면 전화 속의 목소리가 찐빵집 어쩌고 했을 때 이미 나는 잡채 가닥과 돼지 비계가 뒤섞여 있는 만두 속 냄새까지 맡아 버린 뒤였다.[3] 하지만 나는 만두 냄새가 난다고 말하지는 않았다. 세월이 그간 내게 가르쳐 준 대로 한껏 반가움을 숨기고, 될 수 있으면 통통 튀지 않는 음성으로 그 이름을 분명히 기억하고 있음을 알렸을 뿐이었다. 그렇게 했음에도 반기는 내 마음이 전화선을 타고 날아가서 그녀의 마음에 꽂힌 모양이었다. 쉰 목소리의 높이가 몇 계단 뛰어오르고, 그러자니 자연 갈라지는 목소리의 가닥가닥마다에서 파열음이 튀어나오면서 폭포수처럼 말이 쏟아져 나오기 시작했다.

"반갑다. 정말 얼마 만이냐? 난 네가 기억하지 못할 줄 알았거든. 전화 할까 말까 꽤나 망설였는데……. 그런데 자꾸 여기저기에 네 이름이 나잖아? 사람들한테 신문을 보여 주면서 야가 내 친구라고 자랑도 많이 했단다. 너 옛날에 만화책 좋아할 때부터 내가 알아봤어. 신문사에 전화했더니 네 연락처 알려 주더라. 벌써 한 달 전에 네 전화번호 알았는데 이제서야 하는 거야. 세상에, 정말 몇 년 만이니?"

정확히 이십오 년 만에 나는 미화의 목소리를 듣고 있는 중이었다. 철길 옆 찐빵집 딸을 친구로 사귀었던 때가 국민학교 2학년이었으므로 꼭 그렇게 되었다. 여기저기 이름 석 자를 내걸고 글을 쓰다 보면 과거 속에 묻혀 있던, 그냥 잊은 채 살아도 아무 지장이 없을 이름들이 전화 속에서 튀어나오는 경우가 더러 있었다. 물론 반갑기야 하고 추억을 떠올리게도 하지만 단지 그것뿐이었다. 서로 살아가는 행로가 다르다는 엄연한 사실을 확인하면서도 겉으로는 한번 만나자거나 자주 연락을 취하자거나 하는 식의 말치레만으로 끝나는 일회성의 재회였다.

그렇지만 찐빵집 딸 박미화의 전화를 받으리라고는 상상도 하지 않았었다.

그 애가 설령 어느 지면에서 내 이름과 얼굴을 발견했다손 치더라도 나를 기억할 수 있겠느냐고 전혀 자신 없어 한 것은 오히려 내 쪽이었다. 만에 하나 기억을 해냈다 하더라도 신문사에 전화를 해서 내 연락처를 수소문할 이유는 전혀 없었다. 우리들은 그저 60년대의 어느 한 해 동안 한동네에 살았을 뿐이었다. 지금 와서 돌이켜 보면 나에게는 그 한 해가 커다란 위안이었지만 그 애에게는 지겨운 나날이었을 게 분명했다.

[3] 기억은 두뇌가 하는 의식적인 기억과 몸이 하는 무의식적·육체적 기억으로 나눌 수 있다. 후자가 훨씬 오래 가고, 더욱 생생한 것임은 말할 것도 없다.

4) 이 소설에 나오는 두
노래, '검은 상처의 블
루스' 와 '한계령' 은 상
처받은 소시민의 삶을
나타내는 소도구라 할
수 있다.

5) 소시민의 생활 공간
으로서 부천 원미동은
고향인 전주와도 구분
되는 공간이고 상류층
의 동네이자 미화가 카
페를 차리게 되는 신사
동과도 구분되는 공간
이다.

6) 망을 보기 위해 세운
높은 대. 전망대.

그 뜻밖의 전화는 이십오 년이란 긴 세월을 풀어 놓느라고 길게 이어졌다. 무엇보다도 먼저 나는 그 애에게 왜 가수가 되지 않았느냐고 물을 참이었다. 검은 상처의 블루스4)를 너만큼 잘 부르는 사람은 아직 보지 못했노라고 말해 주고 싶었다. 하지만 좀처럼 말할 기회가 주어지지 않았다. 어디어디에서 너의 짧은 글을 읽었다는 것과 네가 내 친구라는 사실을 믿지 않던 주위 사람들의 어리석음과 네 이름을 발견할 때의 기쁨이 어떠했는가를 그 애는 몇 번씩이나 되풀이 말하였다. 그런 이야기 끝에 미화가 먼저 자신의 직업을 밝혔다.

"난 어쩔 수 없이 여태도 노래로 먹고 산단다. 아니, 그런데 넌 부천5)에 살면서 '미나 박' 이란 이름도 들어 보지 못했니? 네 신랑이 샌님이구나. 너를 한 번도 나이트클럽이나 스탠드바에 데려가지 않은 모양이네. 이래봬도 경인 지역 밤업소에서는 미나 박 인기가 굉장하다구. 부천 업소들에서 노래 부른 지도 벌써 몇 년째란다. 내 목소리 좀 들어 봐. 완전 갔어. 얼마나 불러제끼는지. 어쩔 때는 말도 안 나온단다. 솔로도 하고 합창도 하고 하여간 징그럽게 불러댔다."

그제서야 난 전화에서 흘러나오는 쉰 목소리의 다른 모습들을 떠올릴 수 있었다. 가수들의 말하는 음성이 으레 그보다 훨씬 탁했었다. 목소리가 그 지경이 될 만큼 노래를 불렀구나 생각하니 갑자기 가슴이 뜨거워졌다. 노래를 빼놓고 무엇으로 미화를 추억할 것인지 나는 은근히 두려웠던 것이다. 노래와는 전혀 무관한 채 보통의 주부가 되어 있다가 내게 전화를 했더라면 어떤 기분이었을까. 비록 텔레비전에 자주 출연하는 인기 가수가 아니더라도, 밤업소를 전전하는 무명 가수로 살아왔더라도 그 애가 노래를 버리지 않았다는 것이 내게는 중요했다. 그래서 나는 슬쩍 검은 상처의 블루스나 버드나무 밑의 작은 음악회, 그리고 비 오는 날 좁은 망대6) 안에서 들려주었던 가수들의 세계 따위, 몇 가지 옛 추억을 그 애에게 일깨워 주었다. 짐작대로 미화는 감탄을 연발하면서 기뻐하였다. 그렇게 세세한 일까지 잊지 않고 있는 나의 끈질긴 우정을 그녀는 거의 까무러칠 듯한 호들갑으로 보답하면서 마침내는 완벽하게 옛 친구의 자리로 되돌아갔다.

그 밖에도 나는 아주 많은 부분을 기억하고 있었다. 그해 여름 장마 때 하천으로 떠내려오던 돼지의 슬픈 눈도, 노상 속치마 바람이던 그 애의 어머니도, 다방 레지로 취직되었던 그 애 언니의 매끄러운 종아리도, 그 외의 더 많은 것들도 나는 말해 줄 수 있었다. 그럴 수밖에 없는 것이 몇 년 전 나는 미화를 주인공으로 하는 유년 시절에 관한 소설을 한 편 발표한 적이 있었다. 소설을 쓰는 일이 과거를 되살려 불러낼 수도 있다는 것과 쓰는 작업조차도 감미로울 수 있다는 깨달음을 안겨 준 소설이었다.[7] 마치 흑백사진의 선명한 명암 대비처럼 유난히 삶과 죽음의 교차가 심했던 유년의 한때를 글자 하나하나로 낚아 올려 내던 그 때의 작업만큼 탐닉했던 글쓰기는 경험해 본 적이 없었다. 육친의 철저한 보호 속에 갇혀 있다가 굶주림과 탐욕과 애증이 엇갈리는 세계로의 나아감, 자아의 뾰족한 새 잎이 만나게 되는 혼돈의 세상을 엮어 나가던[8] 그 사이사이 나는 몇 번씩이나 눈시울을 붉히곤 했었다. 미화는 그때 이미 나보다 한 발 앞서 세상 가운데에 발을 넣고 있었다. 유행가와 철길과 죽음이 그 애의 등을 떠밀어서 미화는 자꾸만 세상 깊은 곳으로 나아가고 있었다. 그 애가 세상과 익숙한 것을 두고 나의 어머니는 '마귀새끼' 라는 호칭까지 붙여 줄 지경이었으니까. 흡사 유황불이 이글거리는 지옥의 아수라장처럼 무섭기만 했던 그 세상에서 나는 벌써 몇십 년을 살고 있는가. 아니, 살아 내고 있는가…….[9]

그러나 나는 미화에게 소설 이야기는 하지 않았다. 사실은 할 기회도 없었다. 어떻게 해서 밤업소 가수로 묶이고 말았는지를 설명하고 지금처럼 먹고 살 만큼 되기까지 어떤 우여곡절을 겪었는지 대충 말하는 데만도 시간이 많이 걸렸다. 나는 고작해야 십 몇 년 전에 텔레비전 전국노래자랑에 출전하지 않았느냐고, 그런 말을 들은 적이 있다는 것만 알려 줄 수 있었을 뿐이었다.

"맞아. 그때 장려상인가 받았거든. 그리고 작곡가 선생님이 취입시켜 준다길래 부지런히 쫓아다녔는데 밑천이 있어야 곡을 받지. 아까 전주 관광호텔 나이트클럽에서 잠깐 노래 부른 적이 있다고 했지? 그때가 스무 살이었어. 돈 좀 마련해서 취입하려고 거기서 노래 부른 거라구. 그러다 영영 밤무대 가수가 되고 말았어. 아무튼 우리 만나자. 보고 싶어 죽겠다. 니네 오빠들은 다 뭐해? 참, 니네 큰오빠 성공했다는 소식은 옛날에 들었지. 암튼 장해. 넌 어때?

7) 삶의 상처를 치유하는 한판의 살풀이로서의 소설이라는 생각을 잘 드러낸다.

8) "새는 알을 깨고 나온다"는 헤르만 헤세의 『데미안』에서 잘 볼 수 있듯이 소년·소녀기의 각성과 성장을 그린 성장 소설·교양 소설이라 할 수 있다.

9) 험한 세상을 고통스럽지만 살아가지 않으면 안 되는 소시민이 겪는 상처와 그 치유가 이 소설의 주제라고 할 수 있다. 자아와 세계의 대결과 자아의 상처는 소설의 근본적 주제 가운데 하나다.

『원미동 사람들』표지

빨리 만나고 싶다. 응?"

전화로는 아무래도 이십오 년을 다 풀어 놓을 수가 없다는 듯이 미화는 만나기를 재촉했다. 거절할 수도 없는 것이 매일 밤 바로 부천의 어느 나이트클럽에서 노래를 한다는 것이었다. 그녀의 무대는 밤 여덟시에 한 번, 그리고 열시에 또 한 번 있었으므로 나는 아홉시쯤에 시간 약속을 해서 나가야 했다. 작가라서 점잖은 척해야 한다면 다른 장소에서 만날 수도 있다고 그녀는 말했다. 그래 놓고도 작가라면 술집 답사 정도는 예사가 아니겠느냐고 제법 나를 부추기기도 하였다.

물론 나 역시 미화를 만나고 싶었다. 그러나 당장 오늘이나 내일로 시간을 정하라는 그녀의 성화에는 따를 수 없었다. 밤 아홉시면 잠자리에 들어야 할 딸도 있었고, 그 딸이 잠든 뒤에는 오늘이나 내일까지 꼭 써 놓아야 할 산문이 두 개나 있었다. 이십오 년이나 만나지 않았는데 하루나 이틀 늦어진다고 무엇이 잘못되겠느냐, 매일 밤 부천에서 노래를 부른다면 기어이 만날 수는 있지 않겠느냐고 말을 했더니 미화는 갑자기 펄쩍 뛰었다.

"오늘이 수요일이지? 이번 주 일요일까지면 계약 끝이야. 당분간은 부천뿐 아니라 경인 지역 밤업소 못 뛴단 말야. 어쩌다 보니 돈을 좀 모았거든. 찐빵집 딸이 성공해서 신사동에다 카페 하나 개업한다니까. 보름 후에 오픈이야. 이번 주일 아니면 언제 만나겠니? 넌 내가 안 보고 싶어? 아휴, 궁금해 죽겠다. 일단 한번 보자. 얼굴이라도 보게 잠깐 나왔다가 들어가면 되잖아? 너네 집이 원미동이랬지? 야, 걸어와도 되겠다. 그 옛날 전주로 치면 우리집서 오거리까지도 안 되는데 뭘. 그땐 맨날 뛰어서 거기까지 놀러 갔었잖아?"

넌 내가 보고 싶지도 않아? 라고 소리치는 미화의 쉰 목소리가 또 한 번 내 가슴을 뜨겁게 하였다. 그 닷새 중에 어느 하루, 밤 아홉시에 꼭 가겠노라고 약속을 한 뒤에서야 우리는 비로소 그 긴 전화를 끊었다. 수화기를 내려놓으면서 나도 모르는 사이에 긴 한숨이 흘러나왔다. 이십오 년을 넘나드느라고 나는 지쳐 있었다. 그리고 현실로 돌아왔을 때 그제서야 나는 가스 레인지의 푸른 불꽃과 끓고 있던 냄비가 생각났다. 황급히 달려가 봤을 때는 벌써 냄비 속의 내용물이 바삭바삭한 재로 변해 버린 뒤였다.

이상한 일이었다. 난데없는 미화의 전화가 아니더라도 나는 요즘 들어 줄곧 그 시절의 고향 풍경을 떠올리고 있었다. 하필 이런 때에 불현듯 그 시절의 미화가 나타난 것이었다. 고향에 대한 잦은 상념은 아마도 그곳에서 들려 오는 큰오빠의 소식 때문일 것이었다. 때로는 동생이, 때로는 어머니가 전해 주는 이야기들은 어떤 가족의 삶에서나 다 그렇듯이 미주알고주알 시작부터 끝까지가 장황했지만 뜻은 매양 같았다. 항상 꼿꼿하기가 대나무 같고 매사에 빈틈이 없어 도무지 어렵기만 하던 큰오빠가 조금씩 조금씩 허물어지고 있다는 것이었다. 처음에는 큰오빠의 말수가 점점 줄어들고 있다는 소식이 고작이었다. 자식들도 대학을 다닐 만큼 다 컸고 흰머리도 꽤 생겨났으니 늙어 가는 모습 중의 하나일 것이라고, 식구들은 그렇게 여겼을 뿐이었다. 그때가 작년 봄이었을 것이다. 술이 들어가기 전에는 거의 온종일 말을 잊은 채 어디 먼 곳만을 쳐다보고 있는 날이 잦다고 어머니의 근심 어린 전화가 가끔씩 걸려 왔다. 건강이 좋지 않아 절제해 오던 술이 폭음으로 늘어난 것은 그 다음부터였다. 때로는 며칠씩 집을 나가 연락도 없이 떠돌아다니기도 하였다. 온 식구가 발을 동동 구르며 애를 태우고 있으면 큰오빠는 홀연히 귀가하여 무심한 얼굴로 뜨락[10]의 잡초를 뽑고 있기도 하였다. 그렇게 열심히 매달려 있던 사업도 저만큼 던져 놓은 채 그는 우두망찰[11] 먼 곳의 어딘가에 시선을 붙박아 두고 있는 사람처럼 보였다. 어머니는 그런 큰오빠를 설명하면서 곧잘 "진이 다 빠져 버린 것 같아……"라고 말하였다. 동생은 또 큰오빠의 뒷모습을 보면 눈물이 핑 돌 만큼 애닯다고 말하였다. 아닌게아니라 전화 저편의 어머니도 진이 빠진 목소리였고 동생 또한 목메인 음성이곤 하였다. 그것은 마치 믿고 있던 둑의 이곳 저곳에서 물이 새고 있다는 보고를 듣는 것처럼 나에게도 허망한 느낌을 불러일으켰다.

그렇지 않아도 세상살이의 올곧지 못함에 부대껴 오던 나날이었다. 나는 자연 튼튼하고 믿음직스러웠던 원래의 둑[12]을 그리워하지 않을 수 없었다. 이제는 결코 젊다고 할 수 없는 나이의 그가, 더욱이 몇 년 전의 대수술로 건강마저 염려스러운 그가 겪고 있는 상심(傷心)의 정체를 나는 알 것도 같았다. 아니, 정녕 모를 일인 것처럼 여겨지기도 하였다. 그를 짓누르고 있던 장남의 명

10) 뜰의 방언.

11) 갑작스런 일로 얼떨떨하여 어찌할 바를 모르다.

12) 세상의 험난함으로부터 화자를 지켜 주던 큰오빠를 의미하고, 더 나아가서는 세상으로부터 안전한 지대였던 유년시절을 의미하기도 한다.

에가 벗겨진 것은 겨우 몇 해 전이었다. 아버지가 없었어도 우리 형제들은 장남의 어깨를 밟고 무사히 한 몫의 사람으로 커 올 수 있었다. 우리들이 그의 어깨에, 등에 매달려 있던 때 그는 늠름하고 서슬 퍼런 장수처럼 보였다. 미화도 알 것이었다. 내 큰오빠가 얼마나 멋졌던가를. 흡사 증인(證人)이 되어 주기나 하려는 듯 홀연히 나타난 미화를, 그 애의 쉰 목소리를 싱기하면시 나는 문득 마음이 편안해졌다.[13]

그러나 그날 밤에도, 다음날 밤에도 나는 미화가 노래를 부르는 클럽에 가지 않았다.[14] 그렇다고 그 애의 전화를 잊은 것은 절대 아니었다. 잊기는커녕 틈만 나면 나는 철길 동네의 풍경 속으로 걸어 들어가곤 했다. 멀리는 기린봉이 보이고, 오목대까지 두 줄로 달려가던 레일 위로는 햇살이 눈부시게 반짝이며 미끄러지곤 했었다. 먼지 앉은 잡초와 시궁창물로 채워져 있던 하천을 건너면 곧바로 나타나던 역의 저탄장. 하천은 역의 서쪽으로도 뻗어 있었고 그곳의 뚝방 동네는 홍등가[15]여서 대낮에도 짙은 화장의 여인네들이 뚝길을 서성이곤 했었다. 동네에서 우리 집은 아들 부잣집으로 일컬어졌었다. 장대같은 아들이 내리 다섯이었다. 그리고 순서를 맞추어 밑으로 딸 둘이 더 있었다. 먹는 입이 많아서 어머니는 겨울 김장을 두 접씩 하고도 떨어질까 봐 노상 걱정이었다. 둥근 상에 모여 앉아 머리를 맞대고 숟가락질을 하다 보면 동작 느린 사람은 나중에 맨밥을 먹어야 했다. 단 한 사람, 우리 집의 유일한 수입원인 큰오빠만큼은 언제나 따로 상을 받았다. 그 많은 식구들을 책임지고 있는 가장답게 큰오빠는 건드리다가 만 듯한 밥상을 물렸고 그러면 그 밥상이 우리 형제의 별식으로 차례가 오곤 했었다.

학교에서 나누어 주는 옥수수빵 외에는 밀떡이나 쑥버무리가 고작인 우리들의 군것질 대상에서 미화네 찐빵이나 만두는 맛이 기가 막혔다. 그 애의 부모들이 평소 위생 관념에는 젬병이어서 어머니는 그 집 빵이라면 거저 주어도 먹지 말라고 신신당부를 했지만 오빠들은 몰래 미화네 집을 드나들며 빵을 사 먹곤 했었다. 비 오는 날, 오빠들이 서로서로의 옹색한 용돈을 털어 내어 내게 시키는 심부름은 대개 두 가지였다. 미화네 찐빵을 사 오는 일과 만화 가게에서 만화를 빌려 오는 일이었다. 돈을 보태지 않았으니 응당 심부름은 내 몫

13) 세상의 험난함으로부터 자신을 지켜 주는 둑이 있던 유년기에 대한 회상으로 가는 입구가 미화임을 알 수 있다. 그리고 미화는 그러한 유년기의 지표와 같은 인물이다.

14) 미화와 만나지 못하는 것은 지금은 끝내 도달할 수도 회복할 수도 없는 유년기의 성석를 잘 보여 준다.

15) 술집이나 유곽 따위가 늘어선 거리.

이었다. 미화네 집에 빵을 사러 가면 미화는 제 엄마 몰래 두어 개쯤 더 얹어 주었고 만화 가게까지 우산을 받쳐 주며 따라오기도 했었다. 그 우산 속에서 미화는 목청을 다듬어 노래를 불렀다. 오빠들 몫으로 전쟁 만화를, 내 몫으로 는 엄희자의 발레리나 만화를 빌려 품에 안고 돌아오는 길에 나는 미화의 노래 를 듣고 또 듣곤 했었다. 우리 집 대문 앞에까지 왔는데도 노래가 미처 끝나지 않았으면 제자리에 서서 끝까지 다 들어 주어야만 집에 들어갈 수 있었다.

옛날 만화방

　사는 모양새야 우리 집보다 더 옹색하고 구질구질한 미화네였지만 그래도 그 애는 잔돈푼을 늘 지니고 있어서 우리 또래 아이들 중에서는 제일 부자였 다. 가게에서 찐빵 판 돈을 슬쩍슬쩍 훔쳐 내다가 제 아버지에게 들켜 아구구 구, 죽는 소리를 내며 두들겨 맞는 미화를 나는 종종 볼 수 있었다. 미화 아버 지는 미화만이 아니라 처녀인 그 애 큰언니도, 그 애의 어머니도 곧잘 때렸고 그래서 그 애네 집 앞을 지나노라면 아구구구, 숨넘어가는 비명쯤은 예사로 들을 수 있었다. 미화가 가수의 꿈을 안고 밤도망을 쳤을 때 그 애 아버지는 이미 이 세상 사람이 아니었다. 만약 살아 있었다면 미화도 어린 나이에 밤도 망을 칠 엄두는 못 냈을 것이었다. 가수가 되어 성공하면 돌아오겠노라던 미 화는 그 뒤 철길 옆 찐빵집으로 금의환향하지는 못했다. 그 애가 성공하기도 전에 찐빵 가게는 문을 닫았고 내가 기억하기만도 그 자리에 양장점, 문구점, 분식 센터, 책방 등이 차례로 들어섰었다. 그리고 지금, 미화네 찐빵 가게가 있던 자리는 자취도 없이 사라졌다. 철길이 옮겨진 뒤 말짱히 포장되어 4차선 도로로 변해 버린 그곳에서 옛 시절의 흙냄새라도 맡아 보려면 아스팔트를 뜯 어 내고 나서야 가능할 것이었다.

　금요일 정오 무렵 다시 미화에게서 전화가 왔다. 첫마디부터가 오늘 저녁에 는 꼭 오라는 다짐이었다. 이미 두 번째 전화여서 그 애는 스스럼없이, 진짜 꾀복쟁이[16] 친구처럼 굴고 있었다.

　"일어나자마자 너한테 전화하는 거야. 어젯밤에는 너 기다린다고 대기실에 서 볶음밥 불러 먹었단다. 오늘은 꼭 오겠지? 네 신랑이 못 가게 하대? 같이 와. 내가 한잔 살 수도 있어. 그 집 아가씨 하나가 말야, 네 소설도 읽었다더 라. 작가 선생이 오신다니까 팔짝팔짝 뛰고 난리야."

16) 어릴 적부터 함께 놀던 정다운 옛친구. 오 랜 친구. 죽마고우.

17) 소시민적 생활의 상징.

그러고 나서 그 애는 아들만 둘을 두었다는 것과 악단 출신의 남편과 함께 사는 지금의 집이 꽤 값나가는 아파트라는 사실을 알려 주었다. 그 애의 전화를 받고 난 뒤 내내 파리가 윙윙거리던 그 애의 찐빵 가게만 떠올리고 있었던 것을 알고 있었다는 듯이 미화는 한창 때 열 군데씩 겹치기를 하던 시절에는 수입이 얼마였던가까지 소상히 일러 주었다. 그 애가 잘살고 있다는 것은 어쨌든 기분 좋은 일이었다. 그래 봤자 얼마나 부자일까마는 여태까지도 돼지비계 섞인 만두속 같은 퀴퀴한 냄새를 풍기고 있다면 얼마나 막막한 삶일 것인가.

"오늘 꼭 와야 된다. 니네 자가용 있지? 잠깐 몰고 나오면…… 뭐라구? 돈 벌어다 어데 쌓아 두니? 유명한 작가가 자가용[17]도 없어서야 체면이 서냐? 암튼 택시라도 타고 휭 왔다 가. 기다린다야."

그 애는 제멋대로 나를 유명한 작가로 만들어 놓았다. 그리곤 자가용이 없다는 내 말에 미화는 혀까지 끌끌 찼다. 짐작하건대 그 애는 나의 경제적 지위를 다시 가늠해 보기 시작했을 것이었다. 미화는 그만큼 확신을 가지고 자가용이 있느냐고 물었으니까. 어쩌면 그 애는 스스로가 오너 드라이버란 사실을 말하고 있는 건지도 몰랐다. 미화는 내가 과거의 찐빵집 딸로만 자기를 기억하고 있는 것을 몹시 안타깝게 여기고 있었다. 얼마나 달라졌는가를, 지금은 어떤 계층으로 솟구쳤는가를 설명하는 쉰 목소리는 무척 진지하였다. 만나기만 한다면야 그 애의 달라진 현실을 확실히 알 수가 있을 것이었다. 만남을 회피하지 않고 오히려 간곡하게 재회를 원하는 그녀의 현실을 나는 새삼 즐겁게 받아들였다. 언젠가의 첫 여고 동창회가 열렸던 때를 기억하고 있는 까닭이었다. 서울 지역에 살고 있는 동창 명단 중에 불참자가 반 이상이었다. 물론 피치 못할 이유가 있어서 불참한 경우도 있겠지만 졸업 후의 첫 만남에 당당하게 나타날 만한 위치가 아니라는 자괴심이 대부분의 이유였을 것이다.

미화의 전화가 있고 난 뒤 곧바로 전주에서 시외전화가 걸려 왔다. 고춧가루는 떨어지지 않았느냐, 된장 항아리는 매일 볕에 열어 두고 있느냐 등을 묻는, 자식의 안부보다는 자식의 밑반찬 안부를 주로 묻는 친정어머니의 전화였다. 나는 어머니에게 미화의 소식을 전했다. 이름은 언뜻 기억하지 못했어

328

도 찐빵집 딸이라니까 얼른 "박센 딸?" 하고 받으시는데 목소리에 기운이 없었다. 어머니의 전화는 예사롭게 밑반찬 챙기는 것만으로 그칠 것 같지는 않았다. 따라서 나 역시 미화의 이야기를 길게 늘어놓을 일도 아니었다. 모녀는 잠깐 침묵을 지켰다. 어머니 쪽에서 무슨 말이 나오리라 기다리면서 나는 한편으로 전화 곁의 메모판을 읽어 가고 있었다. 20매, 3일까지. 15매, 4일 오전중으로 꼭. 사진 잊지 말 것. 흘려 쓴 글씨들 속에 나의 삶이 붙박혀 있었다.[18] 한때는 내 삶의 의지였던 어머니의 나직한 한숨 소리가 서울을 건너고 충청도를 넘어 전라도 땅의 한 군데에서 새어나왔다.

"아버지 추도 예배 때 못 오것쟈?"

어머니는 겨우 그렇게 물었다. 노상 바쁘다니까, 이제는 자식의 삶을 지휘할 수 없다는 것을 잘 아니까 어머니는 오월이 가까워 오면 늘 이렇게 묻는다. 그러나 오늘의 전화는 그것만도 아닐 것이다. 나는 잘 알고 있었다. 어젯밤에도 큰오빠는 어머니의 치마폭에 그 쇳조각 같은 한탄과 허망한 세월을 털어놓으며, 몸이 못 버텨 주는 술기운으로 괴로워하며, 그 두 사람이 같이 뛰었던 과거의 행로들을 추억하자고 졸랐을 것이다. 어려웠던 시절의 뼈아픈 고생담을 이야기하면서, 춥고 긴 겨울 밤을 뜬눈으로 지새며 앞날을 걱정했던 그 시절의 암담함을 일일이 들추어 가면서 큰오빠는 낙루도 서슴지 않았으리라. 어머니는 그런 큰아들 때문에 가슴이 미어지도록 슬펐을 것이다.[19] 그렇지만 나는 끝내 입을 열지 않았다.

"네 큰오빠, 어제 산소 갔더란다. 죽은 지 삼십 년이 다 돼 가는 산소는 뭐 헐라고 쫓아가 쌓는지. 땅속에 묻힌 술꾼 애비랑 청주 한 병을 다 비우고 왔어야……"

큰오빠가 공동묘지에 묻혀 있던 아버지를 당신의 고향 땅에 모신 것도 벌써 오래전의 일이었다. 추석날이면 나는 다섯 오빠 뒤를 따라 시(市)의 끝에 놓인 공동묘지를 찾아가곤 했었다. 큰오빠는 줄줄이 따라오는 동생들의 대열을 단속하면서 간혹 "니네들 아버지 산소 찾아낼 수 있어?" 하고 묻곤 했었다. 대열 중에서는 아무 대답도 나오지 않았다. 찾을 수 있거나 찾지 못하거나 간에 큰형 앞에서는 피식 멋쩍게 웃는 것이 대화의 전부인 오빠들이었다. 똑같

18) 화자인 나의 일상을 규제하는 것들.

19) 오늘의 삶이 내일의 삶보다 나을 것이라는 믿음은 진보주의의 특징이다. 이러한 믿음 때문에 큰오빠에게는 1970년대의 고난은 견딜 만했지만, 지금의 목표 상실은 견딜 수 없는 허무감으로 다가오는 것이다.

은 크기의 봉분들이 산 전체를 빽빽하게 뒤덮고 있는 공동묘지에 들어서면 큰 오빠는 한 번도 멈추지 않고 단숨에 아버지가 누운 자리를 찾아냈다.

세월이 흐르고 하나씩 집을 떠나는 형제들 때문에 성묘 행렬에 구멍이 생기기 시작하던 무렵, 큰오빠는 아버지 묘의 이장을 서둘렀다. 지금에 와서는 단 한 번도 형제들 모두가 아버지 산소를 찾아산 적은 없다. 산다는 일은 인제나 돌연한 변명으로 울타리를 치는 것에 다름 아니까. 일 년에 한 번, 딸기가 끝물일 때 맞게 되는 아버지의 추도식만은 온 식구가 다 모이도록 되어 있었다. 그 유일한 만남조차도 때때로 구멍난 자리를 내보이곤 하였지만.

"박센 딸은 웬일루?"

전화를 끊으려다 말고 어머니는 가까스로 미화에 대한 호기심을 나타냈다. 기어이 가수가 된 모양이라고, 성공한 축에 끼였달 수도 있겠다니까 어머니는 "박센이 그 지경으로 죽었는데 그 딸이 무슨 성공을……" 하고는 나의 말을 묵살하였다. 미화의 언니를 다방 레지로 취직시킨 것에 앙심을 품은 망대지기 청년이 장인이 될지도 모를 박씨를 살해한 사건은 그해 가을 도시 전체를 떠들썩하게 했었다. 어머니는 아직도 찐빵집 가족들을 마귀로 여기고 있는 모양이었다. 유황불에서 빠져나올 구원의 사다리는 찐빵집 식구들에게만은 영원히 차례가 가지 않으리라고 믿는지도 몰랐다. 살아남은 자의 지독한 몸부림을 당신만큼은 더할 나위 없이 잘 알면서도 짐짓 그렇게 말하는 건지도 모를 일이었다.

어머니와의 통화는 언제나 그렇지만 마음을 심란하게 만들었다. 늦은 밤이나 이른 아침에 울리는 전화벨 소리가 가슴을 철렁 내려앉게 하듯이 요즘에는 고향에서 걸려 오는 전화 또한 온갖 불길함을 예상하게 만들었다.[20] 될 수 있는 한 외출을 삼가고 집에만 박혀 있는 나에겐 전화가 세상과의 유일한 통로인 셈이었다. 아마 전화가 없었다면 이만큼이나 뚝 떨어져 있을 수도 없을 것이다. 싫든 좋든 많은 이들을 만나야 하고 찾아가야 했으리라. 그런 의미에서 전화는 세상을 연결시키는 통로이면서 동시에 차단시키는 바람벽이기도 하였다. 고향에 대해서도 예외는 아니었다. 일 년에 한 번쯤이나 겨우 찾아가면서 그다지 격조함을 느끼지 못하는 이유는 전화가 있기 때문이었다. 또한 찾

아가지 않아도 되게끔 선뜻 나서서 제 할 일을 해버리는 것도 전화였다.[21]

마음이 심란한 까닭에 일손도 잡히지 않았다. 대충 들춰 보았던 조간들을 끌어당겨 꼼꼼히 기사들을 읽어 나가자니 더욱 머리가 띵해 왔다. 신문마다 서명자 명단이 가지런하게 박혀 있고 일단 혹은 이단 기사들의 의미심장한 문구들이 명멸하였다.[22] 봄이라 해도 날씨는 무더웠다. 창가에 앉으면 바람이 시원했다. 이층이므로 창에 서면 원미동 거리가 한눈에 내려다보였다. 행복사진관 엄씨가 세 딸을 거느리고 시장길로 올라가고 있는 게 보였다. 써니전자의 시내 아빠는 요즘 새로 산 오토바이 때문에 늘 싱글벙글이었다. 지금도 그는 시내를 태우고 동네를 몇 바퀴씩 돌고 있었다. 냉동오징어를 궤짝째 떼어 온 김 반장네 형제슈퍼는 모여든 여자들로 시끄러웠다. 김 반장의 구성진 너스레에 누가 안 넘어갈 것인가. 오늘 저녁 원미동 사람들은 모두 오징어 요리를 먹게 될 모양이었다. 그들이 아니더라도 거리는 소란스럽기 짝이 없었다. 부천시 원미동이 고향이 될 어린아이들[23]이, 훗날 이 거리를 떠올리며 위안을 받을 꼬마치들이 쉴 새 없이 소리지르고, 울어 대고, 달려가고 있었다.

얼마를 그렇게 창가에 있었지만 쓰다 만 원고를 붙잡고 씨름할 기분은 도무지 생겨나지 않았다. 이제 다시 전화벨이 울린다면 그것은 분명코 저 원고를 챙겨 가야 할 충실한 편집자의 전화일 것이 분명했다. 그럼에도 불구하고 나는 불현듯 책꽂이로 달려가 창작집 속에 끼어 있는 유년의 기록을 들추었다. 그 소설은 낮잠에서 깨어나 등교 시간인 줄 알고 신발을 거꾸로 꿰어 신은 채 달려가는 이야기로부터 시작되고 있었다. 눈물 주머니를 달고 살았던 그때, 턱없이 세상을 무서워하면서 또한 끝도 없이 세상을 믿었던 그때의 이야기들은 매번 새롭게 읽혀지고 나를 위안했다. 소설 쓰는 것을 업으로 삼는 자가 자기가 쓴 소설을 읽으며 위안을 받는다는 사실을 어떻게 설명해야 할지 모른다. 깊은 밤 한창 작업에 붙들려 있다가도 마음이 편치 않으면 나는 미화가 나오는 그 소설을 읽었다. 시간을 거꾸로 돌려서, 자꾸만 뒷걸음쳐서 달려가면 거기에 철길이 보였다. 큰오빠는 젊고 잘생긴 청년이었고 밑의 오빠들은 까까중머리의 남학생이었다. 장롱을 열면 바느질통 안에 아버지 생전에 내게 사 주었다는 연지 찍는 붓솔도 담겨 있었다. 아직 어린 딸에게 하필이면 화장

21) 전화를 통해서만 고향과 소통하는 화자에게 고향은 현실의 삶을 뒤흔드는 두려움의 대상이자, 더없이 안온한 공간이기도 한 이중적 모습을 지니고 있다.

22) 아무런 의미가 없이 세상을 떠도는 활자들에 대한 거부감이 드러나 있다. 거대한 담론, 예를 들어 정치나 경제 같은 것은 화자에게는 아무런 의미가 없는 관념적 노름에 불과하다. 그것은 사람들을 위협하지만, 생활 속으로 깊이 파고들지는 못한다.

23) 서울 근교 위성도시를 고향으로 가지게 될, 처음부터 소시민적 삶을 살게 된 새로운 세대의 탄생을 의미한다.

도구를 사 주었는지 지금에 와서 생각하면 알 듯도, 모를 듯도 싶은 장난감이었다.[24]

　네 큰오빠가 아니었으면 다 굶어죽었을 거여. 어머니는 종종 이런 말로 큰아들의 노고를 회상하곤 했지만 그 말은 사실이었다. 떠도는 구름처럼 세상 저편의 일만 기웃거리며 살던 아버지는 찌든 기난과, 빚과, 일곱이나 되는 자식을 남겨 놓고 갑자기 세상을 떠났었다. 가장 심하게 난리 피해를 당했던 당신의 고향 마을에서도 몇 안 되는 생존자로 난리를 피한 아버지였다. 보리짚단 사이에서, 뒤뜰의 고구마움에서 숨어 살며 지켜 온 목숨이었는데 도시로 나와 아버지는 곧 이승을 떠나 버렸다. 목숨을 어떻게 마음대로 하랴마는 어머니에게 있어 그것은 결코 용서 못할 배반이었다. 나는 그래도 연지붓솔[25]이나 받아 보았다지만 내 밑의 여동생은 돌을 갓 넘기고서 아버지를 잃었다. 아버지 살았을 때부터 야간대학을 다니면서 생계를 돕던 큰오빠는 어머니와 함께 안간힘을 쓰며 동생들을 거두었다. 아침이면 우리들은 차마 입을 뗄 수 없어 수도 없이 망설이다가 큰오빠에게 손을 내밀었다. 회비, 참고서값, 성금, 체육복값 등등 내야 할 돈은 한없이 많았는데 돈을 줄 사람은 하나밖에 없었다. 밑으로 딸린 두 여동생들에겐 관대하기만 했던 큰오빠의 마음을 이용해서 오빠들은 곧잘 내게 돈 타 오는 일을 떠맡기곤 했었다. 밑으로 거푸 물려줘야 할 책임이 있는 셋째 오빠의 푸대자루 같은 교복이, 웃형 것을 물려받아서 발목이 드러나는 교복 바지의 넷째 오빠가, 한 번도 새 옷을 입은 적이 없다고 불만인 다섯째 오빠의 울퉁불퉁한 머리통이 골목길에 모여 서서 나를 기다렸다. 나는 오빠들이 일러 준 대로 기성회비·급식값·재료비 따위를 큰오빠 앞에서 줄줄 외우고 있는 중이었다. 공장에서 돈을 찍어 내도 모자라겠다. 그러면서 큰오빠는 지갑을 열었다.

　자라면서 나 역시 그러했지만 오빠들은 큰형을 아주 어려워했다. 아무리 맛있는 음식이라도 큰형이 있으면 혀의 감각이 사라진다고 둘째가 입을 열면 셋째도, 넷째도, 다섯째도 맞장구를 쳤다. 여름의 어떤 일요일, 다섯 아들이 함께 모여 수박을 먹으면 큰오빠만 푸아푸아 시원스레 씨를 뱉어 내고 나머지는 우물쭈물하다가 씨를 삼켜 버리기 예사였다. 두레박으로 물을 길어 올려 등

24) 화자에게 유년시절은 물질적인 고난은 있었지만, 모든 의미도 가득 찬 충만한 공간이다.

25) 아버지의 애정을 의미하는 제유법.

멱이라도 하게 되면 큰오빠 등허리는 어머니만이 밀 수 있었다. 둘째는 셋째
가, 셋째는 넷째가 서로서로 품앗이를 하여 등멱을 하고 난 뒤 큰오빠가 "내
등에도 물 좀 끼얹어라" 하면 모두들 쩔쩔매었다. 우리 형제들뿐만 아니라 동
네 사람들도 큰오빠를 예사롭게 대하지 않았다. 인조 속치마를 펄럭이고 다
니면서 동네의 온갖 일을 다 참견하곤 하던 미화 엄마도 큰오빠가 지나가면서
인사를 하면 허둥지둥 찐빵 가게로 들어갈 궁리부터 했으니까.[26]

　기다린다아, 고 길게 빼면서 끊었던 미화의 전화를 의식한 탓인지 나는 그
날따라 일찍 저녁밥을 마쳤다. 서두르지 않더라도 아홉시까지는 그 애가 일
한다는 새부천 클럽에 갈 수가 있었다. 작은방에서 책을 읽고 있던 남편은 아
이야 자기도 재울 수 있으니 가 보라고 권하기도 하였다. 소설의 주인공이 부
천의 한 클럽에서 노래를 부르고 있다는 사실에 대해 그 역시 미화에게 흥미
가 많은 사람이었다. 시간은 자꾸 흘러가고 있었다. 아홉시가 가까워 오자 아
이는 연신 하품을 하기 시작했다. 재울 것도 없이 고단한 딸애는 금방 쓰러져
꿈나라로 갈 것이었다. 집 앞 큰길에는 귀가하는 이들이 타고 온 택시가 심심
치 않게 빈 차로 나가곤 하였다. 일어서서 집을 나가 택시만 타면 되었다. 택
시 기사에게 "시내로 갑시다."라고 이르기만 하면 되었다. 그런데도 얼른 몸
을 일으킬 수가 없었다.

　여덟시 무대를 끝내고 미화는 내가 올까 봐 입구 쪽만 주시하며 있을 것이
었다. 아홉시를 알리는 시보가 울리고 텔레비전에서 저녁 뉴스가 시작될 때
까지도 나는 그대로 있었다. 아이는 마침내 잠이 들었고 남편은 낚시 잡지를
뒤적이면서 월척한 자의 함박웃음을 부러운 듯이 들여다보고 있었다. 몇 가
지 낚시 도구를 사들이고, 낚시에 관한 정보를 놓치지 않으려고 귀를 모으면
서, 매번 지켜지지 않을 낚시 계획을 세우는 그는 단 한 번의 배낚시 경험밖에
없는 사람이었다. 단 한 번의 경험은 그를 사로잡기에 충분하였다. 어느 주말
홀연히 떠나가 낚싯대를 드리우게 되기까지는 그 자신 풀어야 할 매듭이 많은
사람이었다. 어떤 때 그는 마치 낚시꾼이 되기 직전의 그 경이로움만을 탐하
는 것처럼 보이기도 하였다. 봉우리를 향하여 첫발을 떼는 자들이 으레 그렇
듯 그는 세상살이의 고단함에 빠질 때마다 낚시터의 꾼들 속에 자기를 넣어

26) 큰오빠가 아버지를
대신했음을 알 수 있다.
그런 점에서 보면 큰오
빠의 정신적 몰락은 가
부장의 정신적 몰락으
로 볼 수 있다. 이러한
'부성의 상실'은 한국
문학에서 주요 주제가
된다. 그것은 삶의 지표
의 상실을 의미하고, 이
소설에서는 그에 동반
된 일상의 지배를 의미
한다.

두고 싶어 하였다.²⁷⁾ 나는 그가 뒤적이는 낚시 잡지의 원색 화보를 곁눈질하면서 미구에 그가 낚아 올릴 물고기를 상상해 보았다. 상상 속에서 물고기는 비늘을 번뜩이며 파닥거리고 시계는 미화의 두 번째 출연 시간을 가리키며 째깍거리고 있었다.

다음날 아침 어김없이 미화의 전화가 걸려 왔다. 토요일이었다. 이제 오늘밤과 내일 밤뿐이었다. 미화도 그것을 강조하였다.

"설마 안 올 작정은 아니겠지? 고향 친구 한번 만나 보려니까 되게 힘드네. 야, 작가 선생이 밤무대 가수 신세인 옛 친구 만나려니까 체면이 안 서대? 그러지 마라. 네 보기엔 한심할지 몰라도 오늘의 미나 박이 되기까지 참 숱하게도 넘어지고 또 넘어지고 했으니까."

그렇게 말할 만도 하였다. 고상한 말만 골라서 신문에 내고 이렇게 해야 할 것 아니냐, 저렇게 되면 곤란하다, 라고 말하는 게 능사인 작가에게 밤무대 가수 친구가 웬말이냐고 볼멘소리를 해 볼 만도 하였다. 나는 아무런 대꾸도 할 수 없었다. 우리들의 대화가 어긋나고 있더라도 수수방관할 수밖에 없었다. 박미화에서 미나 박이 되기까지 그 애는 수없이 넘어지고 또 넘어진 모양이었다. 누군들 그러지 않겠는가. 부천으로 옮겨 와 살게 되면서 나는 그런 삶들의 윤기 없는 목소리를 많이 듣고 있었다. 딱히 부천이어서가 아니라 내가 부천 사람이어서 그랬을 것이었다. 창가에 붙어 앉아 귀를 모으고 있으면 지금이라도 넘어져 상처 입은 원미동 사람들의 이야기를 들을 수 있었다.²⁸⁾ 넘어졌다가 다시 일어나고, 또 넘어지는 실패의 되풀이 속에서도 그들은 정상을 향해 열심히 고개를 넘고 있었다. 정상의 면적은 좁디좁아서 아무나 디딜 수 있는 곳이 아니라는 엄연한 현실도 그들에게는 단지 속임수로밖에 납득되지 않았다. 설령 있는 힘을 다해 기어올랐다 하더라도 결국은 내리막길을 마주해야 한다는 사실 또한 수긍하지 않았다. 부딪치고, 아등바등 연명하며 기어나가는 삶의 주인들에게는 다른 이름의 진리는 아무런 소용도 없는 것이었다. 그들에게 있어 인생이란 탐구하고 사색하는 그 무엇이 아니라 몸으로 밀어 가며 안간힘으로 두들겨야 하는 굳건한 쇠문이었다. 혹은 멀리 보이는 높은 산봉우리였다.²⁹⁾

27) 세상은 기본적으로 사악하며 상처로 가득한 곳이라고 화자는 말하고 있다. 그럴 때 그것을 위로해 줄 안온한, 자기만의 공간을 마련하고자 하는 것은 인간의 기본적인 욕구다. 남편에게 그것은 낚시로 드러나고, 화자에게 그것은 유년기다.

28) 이 소설이 수록되어 있는 양귀자의 연작소설집 『원미동 사람들』이 다루고 있는 제재이자 주제다.

29) 인생이라는 것을 산 오르기에 비유한 것은 뒤에 나오는 「한계령」이라는 노래에서도 잘 드러난다.

미화는 마침내 봉우리 하나를 넘었다고 믿는 사람 중의 하나였다. 노래로는 도저히 먹고살 수 없어서 노래를 그만둔 적도 있었다고 했다. 처음의 전화 이후, 아니 더 정확히 말하면 내가 허겁지겁 달려 나오지 않으리란 것을 그 애가 눈치챈 이후 미화는 하나씩 둘씩 자신의 과거를 털어놓곤 했다. 싸구려 흥행단에 끼어 일본 공연을 갔던 적이 있었는데 돌아오지 않을 작정으로 마지막 공연 날, 단체에서 이탈해 무작정 낯선 타국 땅을 헤맨 경험도 있다는 말은 두 번째 전화에서 들었던가. 그런데 오늘은 더욱 비참한 과거 하나를 털어놓았다. 악단 연주자였던 지금의 남편을 만나 살림을 차린 뒤 극장식 스탠드바의 코너를 하나 분양받았다가 빚더미에 올라앉게 되었던 모양이었다. 미화는 주안·부평·부천 등을 뛰어다니며 겹치기를 하고 남편 역시 전속으로 묶여 새벽까지 기타 줄을 퉁겨야 했다고 하였다. 첫아이를 임신하고 있는 중이었으나 부른 배를 내민 채 술집 무대에 설 수가 없었다. 코르셋[30]으로, 헝겊으로 배를 한껏 조이고서야 허리가 쑥 들어간 무대 의상을 입을 수가 있었다. 한 달쯤 그렇게 하고 났더니 뱃속에서 들려 오던 태동이 어느 날부터인가 사라져 버렸다. 이상하긴 했지만 그런대로 또 보름 가량 배를 묶어 놓고 노래를 불렀다. 그리고 나서야 병원에 갔다가 아이가 이미 오래전에 숨졌다는 사실[31]을 알게 되었다면서 미화는 이렇게 말하였다.

"유명하신 작가한테는 소설 같은 이야기로밖에 안 들리겠지? 아무리 슬픈 소설을 읽어 봐도 내가 살아온 만큼 기막힌 이야기는 없더라. 안 그러면 무슨 소리인지 도통 못 알아먹을 소설뿐이고. 너도 읽으면 잠만 오는 소설을 쓰는 작가야? 하긴 네 소설은 아직 못 읽어 봤지만 말야. 인제 읽어야지. 근데, 너 돈 좀 벌었니?"

미화가 내 소설들을 읽지 않았다는 것은 참으로 다행한 일이었다. 바로 어젯밤에도 나는 '읽으면 잠만 오는' 소설을 쓰느라 밤새 진을 빼고 있었는지도 모를 일이었다. 그래 놓고도 대단한 일을 한 사람처럼 이 아침 나는 잠잘 궁리만 하고 있는 중이었다. 그런데 미화 또한 이제부터 몇 시간 더 자야 한다고 말하는 것이었다. 귀가 시간은 언제나 새벽이 다 되어서라고 했다. 그 애나 나나 밤일을 한다는 하나의 공통점이 있다는 사실을 떠올리며 나는 씁쓰레하게

30) 코르셋 : 여성용 속옷의 한 가지. 가슴 부분에서 허리 부분에 걸쳐 몸매를 아름답게 만들기 위해 입는다.

31) 아이의 유산은 소시민이 지금의 위치에 오르기 위해 치러야 했던 대가를 의미하고, 더 나아가 한국사회가 지금만큼의 부를 이룩하기 위해 희생한 사람들을 의미한다.

2004년 6월 원미구청 옛 청사 앞길 120여 미터에 양귀자의 소설 『원미동 사람들』을 기리는 '원미동 사람들 거리'가 조성되었다. 여기에는 분수대와 등장인물의 브론즈 등이 설치되어 있다. 마당에는 소설 속 몽달씨로 생각되는 청년이 책을 읽는 동상을 포함해 등장인물의 모습이 동상으로 만들어져 있었고, 김 반장과 강 노인, 인삼찻집 여자, 사진관 주인 등의 소설 속 소시민들은 책장 밖으로 나와 구청 담장을 장식하고 있다. 가로등 덮개도 소설 속 인물들의 모습으로 꾸며져 있어 보는 이에게 즐거움을 선사한다.

웃어 버렸다.

미화는 졸음이 묻어 있는 목소리로 다시 오늘 저녁을 약속했다. 주말의 무대는 평일과 달라서 여덟시부터 계속 대기중이어야 한다고 했다. 합창 순서도 있고 백코러스로 뛸 때도 있다면서 토요일 밤의 손님들은 출렁이는 무대를 좋아하므로 시종일관 변화무쌍하게 출연진을 교체시키는 방법이라고 일러주었다.

"무대에 올라도 잠깐잠깐이야. 자정까진 거기 있으니까 아무 때나 와도 좋아. 오늘하고 내일까지는 그 집에 마지막 서비스를 하는 거지 뭐. 내 노래 안 듣고 싶어? 옛날엔 내 노래 잘 들어줬잖니? 그리고 말야, 입구에서 미나 박 찾아왔다고 말하면 잘 모실 테니까 괜히 새침 떠느라고 망설이지 마라."

물론 가겠노라고, 어제는 정말 짬이 나지 않았노라고 자신 있게 입막음을 하지도 못한 채 나는 어영부영 전화를 끊었다. 처음 그 애가 "혹시 미화라고, 철길 옆에 살던……." 하면서 전화를 걸어 왔을 때의 무작정한 반가움은 웬일인지 그 이후 알 수 없는 망설임으로 바뀌어져 있었다.

미화는 내 추억의 가운데에 서 있는 표지판이었다. 미화를 기둥으로 하여 이십오 년 전의 한 해를 소설로 묶은 뒤로는 더욱 그러하였다. 기록한 것만을 추억하겠다고 작정한 바도 없지만 나의 기억은 언제나 소설 속 공간에서만 맴을 돌았다. 일 년에 한 번, 아버지 추도식에 참석하기 위해 고속버스를 타고 전주에 갈 때마다 표지판이 아니면 언뜻 알아볼 수 없을 만큼 달라져 있는 고향의 모습이 내게는 낯설기만 하였다. 이제는 사방팔방으로 도로가 확장되어 여관이나 상가 사이에 홀로 박혀 있는 친정집도 예전의 모습을 거의 다 잃고 있었다. 옛 집을 부수고 새로이 양옥으로 개축한 친정집 역시 여관을 지으려는 사람이 진작부터 눈독을 들이고 있는 중이었다. 집 앞을 흐르던 하천이 복개되면서 동네는 급격히 시가지로 편입되기 시작하였다. 그나마 철길이 뜯기면서는 완벽하게 옛 모습이 스러져 버렸다. 작은 음악회를 열곤 하던 버드나무도 베이진 지 오래였고 찐빵 가게가 있던 자리로는 차들이 씽씽 달려가곤 했다. 아무래도 주택가 자리는 아니었다. 예전에는 비록 정다운 이웃으로 둘러싸인 채 오손도손 살아왔다 하더라도 지금은 아니었다. 은성장 여관, 미림 여관, 거부장 호텔 등이 이웃이 될 수는 없었다.[32] 게다가 한창 크는 아이들이 있었다. 우리 형제들은 물론, 조카들까지 제 아버지에게 이사를 하자고 졸랐었다. 하지만 큰오빠는 좀체 집을 팔 생각을 굳히지 못하였다. 집을 팔라는 성화가 거세면 거셀수록 그는 오히려 집수리에 돈을 들이곤 하였다. 그 동네에서 마지막까지 버티고 있는 유일한 사람이 바로 큰오빠였다.

일 년에 한 번씩 타인의 낯선 얼굴을 확인하러 고향 동네에 가는 일은 쓸쓸함뿐이었다. 이제는 그 쓸쓸함조차도 내 것으로 남지 않게 될 것이었다. 누구라 해도 다시는 고향으로 돌아가지 못할 것이었다. 고향은 지나간 시간 속에 있을 뿐이니까. 누구는 동구 밖의 느티나무로, 갯마을의 짠 냄새로, 동네를 끼고 흐르는 긴 강으로 고향을 확인하며 산다고 했다. 내게 남은 마지막 표지판은 미화인 셈이었다. 보이는 것들은, 큰오빠까지도 다 변하였지만 상상 속의 미화는 언제나 같은 모습이었다. 미화만 떠올리면 옛 기억들이, 내게 남은 고향의 모든 숨소리가 손에 잡힐 듯이 다가오곤 하였다. 허물어지지 않은 큰오빠의 모습도 그 속에 온전히 남아 있었다. 내가 새부천 클럽에 가서 미화를 만나 버리고 나면 그때부터는 어떤 표지판에 기대어 고향을 찾아갈 수 있을 것인지 정말 알 수 없었다.

미화의 지금 모습이 어떤지 나는 전혀 떠올릴 수가 없다. 설령 클럽으로 찾아간다 하여도 그 애를 알아볼 수 있을지 자신할 수도 없었다. 내 기억 속의 미화는 상고머리[33]에, 때 낀 목덜미를 물들인 박씨의 억센 손자국, 그리고 터진 겨드랑이 사이로 내보이던 낡은 내복의 계집아이로 붙박여 있었다. 서른도 훨씬 넘은 중년 여인의 그 애를 어떻게 그려 낼 수 있는가. 수십 년간 가슴에 품어 온 고향의 얼굴을 현실 속에서 만나고 싶지는 않다, 라고 나는 생각하였다. 만나 버린 뒤에는 내게 위안을 주었던 유년의 소설도, 소설 속의 한 시대도 스러지고야 말리라는 불안감을 떨쳐 버릴 수가 없었다. 그렇다 하더라도 이미 현실로 나타난 미화를 외면할 수 있을는지 그것만큼은 풀 수 없는 숙제로 남겨 둔 채 토요일 밤을 나는 원미동 내 집에서 보내고 말았다.

일요일 낮 동안 나는 전화 곁을 떠나지 못하였다. 이제 미화는 가시 돋친 음성으로 나의 무심함을 탓할 것이었다. 그녀의 질책을 나는 고스란히 받아들

32) 현대 자본주의 사회의 속물성을 나타내는 소재로 안온했던 유년기와 대비되는 것이다.

33) 앞머리는 가지런히 둔 채, 뒷머리와 옆머리는 치올려 깎고 정수리를 평평하게 깎아 다듬은 머리.

앞만 보고 달려온 1970
년대의 한 전경

일 작정이었다. 나는 그 애가 던져 올 말들을 하나하나 상상해 보면서 전화를 기다렸다. 오전에는 그러나 한 번도 전화벨이 울리지 않았다. 일요일은 언제나 그랬다. 약속을 못 지킨 원고가 있더라도 일요일에까지 전화를 걸어 독촉해 올 편집자는 없었다. 전화벨이 울린다면 그것은 분명 미화라고 나는 생각하였다.

오후가 되어서 이윽고 전화벨이 울렸다. 그러나 수화기에선 쉰 목소리 대신에 귀에 익은 동생의 목소리가 흘러나왔다. 고향에서 들려 오는 살붙이의 음성은 모든 불길한 예감을 젖히고 우선 반가웠다. 여동생이 전하는 소식은 역시 큰오빠에 관한 우울한 삽화들뿐이었다. 마침내 집을 팔기로 하고 계약서에 도장을 찍었다는 것과, 한 달 남은 아버지 추도 예배는 마지막으로 그 집에서 올리기로 했다는 이야기였다. 계약서에 도장을 찍은 것은 어제였는데 큰오빠는 종일토록 홀로 술을 마셨다고 했다. 집을 팔기 원했으나 지금은 큰오빠의 마음이 정처없을 때라서 식구들 모두 조마조마한 심정이라고 동생은 말하였다.

집을 팔았다고는 하지만 훨씬 좋은 집으로 옮길 수 있는 힘이 큰오빠에게 있으므로 걱정할 일은 아니었다. 하지만 큰오빠는 어제 종일토록 홀로 술을 마셨다고 했다. 나도, 그리고 동생도 걱정하지 않을 수 없을 만큼.

"이번 추도 예배는 한 사람이라도 빠지면 안 되겠어. 내가 오빠들한테도 모두 전화할 거야. 그렇지 않아도 큰오빠 요새 너무 약해졌어. 여관 숲이 되지만 않았어도 그 집 안 팔았을 텐데. 독한 소주를 얼마나 마셨는지 오늘 아침엔 일어나지도 못했대. 좋은 술 다 놓아 두고 왜 하필 소주야? 정말 모르겠어. 전화나 한번 해 봐. 그리고 추도식 때 꼭 내려와야 해. 너무들 무심하게 사는 것 같아. 일 년 가야 한 번이나 만날까, 큰오빠도 그게 섭섭한 모양이야……."

그 집에서 동생들을 거두었고 또한 자식들을 길러 냈던 큰오빠였다. 그의 생애 중 가장 중요했던 부분이 거기에 스며 있었다. 큰오빠는, 신화를 창조하며 어린 동생을 기르었던 큰오빠는 이미 한 시대의 의미를 잃은 사람이 되고 말았다. 이십오 년 전에는 젊고 잘생긴 청년이었던 그가 벌써 쉰 살의 나이로 늙어 가고 있었다. 이십오 년을 지내 오면서 우리 형제 중 한 사람은 땅 위에서 사라졌다. 목숨을 버린 일로 큰오빠를 배신했던 셋째말고는 모두들 큰오빠의 신화를 가꾸며 살고 있었다. 여태도 큰형을 어려워하는 둘째 오빠는 큰오빠의 사업을 돕는 오른팔의 역할을 묵묵히 수행하면서 한편으로는 화훼에 일가견을 이루고 있었다. 내과 전문의로 개업하고 있는 넷째 오빠도, 행정고시에 합격하여 고급 공무원이 된 공부벌레 다섯째 오빠도 큰오빠의 신화를 저버리지 않았다. 고향의 어머니나 큰오빠가 보기에는 거짓말을 능수능란하게 지어 낼 뿐인, 책만 끼고 살더니 가끔 글줄이나 짓는가 보다는 나 또한 궤도 이탈자는 결코 아닌 셈이다. 아버지가 세상을 뜨던 해에 고작 한 살이었던 내 여동생은 벌써 두 아이의 엄마가 되어 음악 선생으로 일하고 있는 중이었다.

그러나 정작 큰오빠 스스로가 자신이 그려 놓은 신화에 발이 묶이고 말았다.[34] 공장에서 돈을 찍어 내서라도 동생들을 책임져야 했던 시절에는 우리들이 그의 목표였다. 새로운 사업을 시작할 때마다 실패할 수 없도록 이를 악물게 했던 힘은 그가 거느린 대가족의 생계였었다. 하지만 지금은 동생들이 모두 자립을 하였다. 돈도 벌 만큼 벌었다. 한때 그가 그렇게 했듯이 동생들 또한 젊고 탱탱한 활력으로 사회 속에서 뛰어가고 있었다. 저들이 두 발로 달릴 수 있게 된 것은 누구 때문인가, 라고는 묻고 싶지 않지만 노쇠해 가는 삶의 깊은 구멍은 큰오빠를 무너지게 하였다. 몇 년 전의 대수술로 겨우 목숨을 건진 이후부터는 눈에 띄게 큰오빠의 삶이 흔들거렸었다. 이것도 해선 안 되고 저것도 위험하며 이러저러한 일은 금하여라, 는 생명의 금칙이 큰오빠를 옥죄었다. 열심히 뛰어 도달해 보니 기다리는 것은 허망함뿐이더라는 그의 잦은 한탄을 전해 들을 때마다 나는 큰오빠가 잃은 것이 무엇인가를 생각해 보지 않을 수 없었다. 내가 수없이 유년의 기록을 들추면서 위안을 받듯이 그 또한 끊임없이 과거의 페이지를 넘기며 현실을 잊고 싶어 하는지도 모를 일이었다. 그러면서 한 발자국 한 발자국씩 이 시대에서 멀어지는 연습을 하는지도.

머지않아 여관으로 변해 버릴 집을 둘러보며, 집과 함께해 온 자신의 삶을 안주 삼아 쓴 술을 들이켜는 큰오빠의 텅 빈 가슴을 생각하면 무력한 내 자신이 안타까웠다. 아버지 산소에 불쑥불쑥 찾아가서 죽은 자와 함께 한 병의 술을 비우는 큰오빠의 마음을 알 수 있을 것도 같았다. 한 인간의 뼈저린 고독은

34) 그 신화는 뚜렷한 목표를 향해 일상과 자아를 희생하는 삶이 가장 아름답고 가치 있는 삶이라고 생각했던 우리 시대의 아버지들이 그러온 신화다.

살아 있는 자들 중 누구도 도울 수 없다는 것, 오직 땅에 묻힌 자만이 받아 줄 수 있다는 것은 의미심장하였다.[35] 동생은 마지막으로 어머니의 결심을 전해 주고 전화를 끊었다. 말하자면 그것은 어머니가 큰아들을 위해 할 수 있는 유일한 방법인 셈이었다.

"오늘 아침부터 엄마, 금식 기도 시작했어. 큰오빠가 교회에 나간 때까지 아침 금식하고 기도하신대. 몇 달이 걸릴 지 몇 년이 걸릴지, 노인네 고집이니 어련하겠수."

교회만 다니게 된다면, 그리하여 주님을 맞아들이기만 한다면 당신이 견뎌 온 것처럼 큰오빠 또한 허망한 세상에 상처받지 않으리라 믿는 어머니였다. 어쨌거나 간에 나로서는 어머니의 금식 기도가 가까운 시일 안에 끝나지길 비는 수밖에 다른 도리가 없었다. 동생의 전화를 받고 난 다음 나는 달력을 넘겨서 추도식 날짜에 붉은 동그라미를 두 개 둘러 놓았다.

오후가 겨웁도록 미화에게서는 아무런 연락도 없었다. 지난밤에도 나타나지 않은 옛 친구를 더 이상은 알은체 않겠다고 다짐한 것은 아닌지 슬그머니 걱정이 되기도 하였다. 오늘 밤의 마지막 기회까지 놓쳐 버리면 영영 그 애의 노래를 듣지 못하리라는 생각도 나를 초조롭게 하였다. 그 애가 나를 애타게 부르는 것에 답하는 마음으로라도 노래만 듣고 돌아올 수는 없을까 궁리를 하기도 했다. 진달래가 흐드러지게 피었더라고, 연초록 잎사귀들이 얼마나 보기 좋은지 가만히 있어도 연초록물이 들 것 같더라고, 남편은 원미산을 다녀와서 한껏 봄소식을 전하는 중이었다. 원미동 어디에서나 쳐다볼 수 있는 길다란 능선들 모두가 원미산이었다. 창으로 내다보아도 얼룩진 붉은 꽃무더기가 금방 눈에 띄었다. 진달래꽃을 보기 위해서는 꼭 산에까지 가야만 된다는 법은 없었다. 나는 딸애 몫으로 사 준 망원경[36]을 꺼내어 초점을 맞추었다. 원미산은 금방 저만큼 앞으로 걸어와 있었다. 진달래는 망원경의 렌즈 속에서 흐드러지게 피어났고 새순들이 돋아난 산자락은 푸른 융단처럼 부드러웠다. 그 다음에 그가 길어 온 약수를 한 컵 마시면 원미산에 들어갔다 나온 자나 집에서 망원경으로 원미산을 살핀 자나 다를 게 없었다. 망원경으로 원미산을 보듯, 먼 곳에서 미화의 노래만 듣고 돌아온다면……

[35] 큰오빠가 미래를 바라보지 못하고 과거만을 바라보는 삶을 살고 있음을 보여 준다. 삶의 목표가 상실된 것이 그 원인이다.

[36] 전화와 마찬가지로, 망원경도 화자가 세상과 소통하는 한 방식이다. 이러한 장치가 있는 존재야말로 소설가라고 화자는 생각하는 듯하다. 직접 생활의 생생한 현상에 잠기지 않으면서 그것을 삼자의 입장에서 관찰하는 일을 하는 자가 소설가인 것이다.

마침내 나는 일요일 밤에 펼쳐질 미나 박의 마지막 무대를 놓치지 않겠다고 작정하였다. 검은 상처의 블루스를 다시 듣게 된다면 더 이상 바랄 게 없겠지만 미나 박의 레퍼토리가 어떤 건지는 짐작할 수 없었다. 미루어 추측하건대 그런 무대에서는 흘러간 가요가 아니겠느냐는 게 짐작의 전부였다. 그렇다 하더라도 내 귀가 괴로울 까닭은 없었다. 나는 이미 그런 노래들을 좋아하고 있었다. 얼마 전 택시에서 흘러나오는, 끝도 없이 이어지는 트로트 가요의 메들리가 그렇게 듣기 좋을 수가 없었다. 부천역에서 원미동까지 오는 동안만 듣고 말기에는 너무 아쉬웠다. 그래서 나는 택시 기사에게 노래 테이프의 제목까지 물어 두었다. 아직까지 그 테이프를 구하지는 못했지만 구성지게 흘러나오는 옛 가요들이 어째서 술좌석마다 빠지지 않고 앙코르되는지 이제는 확실하게 이해할 수 있었다.

새부천 나이트클럽은 의외로 이층에 있었다. 막연히 지하의 음습한 어둠을 상상하고 있었던 나는 입구의 화려하고 밝은 조명이 낯설고 계면쩍었다. 안에서 들려 오는 요란한 밴드 소리, 정확히 가려낼 수는 없지만 수많은 사람들이 어우러져 내는 소음들 때문에 나는 불현듯 내 집으로 돌아가고 싶어졌다. 이런 줄도 모르고 아까 집 앞에서 지물포[37] 주씨에게 좋은 데 간다고 대답했던 게 우스웠다. 가게 밖에 진열해 놓은 벽지들을 안으로 들이던 주씨가 늦은 시각의 외출이 놀랍다는 얼굴로 물었었다. "어데 가십니꺼?" 봄철 장사가 꽤 재미있는 모양, 요샌 얼굴 보기 힘든 주씨였다. 한겨울만 빼고는 언제나 무릎까지 닿는 반바지 차림인 주씨의 이마에 땀이 번들거리고 있었다. 가죽문을 밀치고 나오는 취객들의 이마에도 땀이 번뜩거리는 것을 나는 보았다. 계단을 내려가는 취객들의 어지러운 발자국 소리를 세고 있다가[38] 나는 조심스럽게 가죽문을 밀고 안으로 들어섰다.

기대했던 대로 홀 안은 한껏 어두웠다. 살그머니 들어온 탓인지 취흥이 도도한 홀 안의 사람들 가운데 나를 주목한 이는 한 사람도 없었다. 구석에 몸을 숨기고 서서 나는 무대를 쳐다보았다. 이제 막 여가수 한 사람이 스포트라이트를 받으며 등장하는 중이었다. 미화의 순서는 끝난 것인지, 지금 등장한 여가수가 바로 미화인지 나로서는 전혀 알 도리가 없었다. 내가 서 있는 자리에

37) 벽지 따위의 종이붙이를 파는 가게. 지전.

38) 미화와 만나기를 주저하는 심리의 표현.

한계령. 강원도 인제군 인제읍 북면과 양양군 서면을 잇는 고개.

서 무대까지는 꽤 먼 거리였고 색색의 조명은 여가수의 윤곽을 어지럽게 만들어 놓기만 하였다. 짙은 화장과 늘어뜨린 머리는 여가수의 나이조차 어림할 수 없게 하였다. 이십오 년 전의 미화 얼굴이 어땠는가를 생각해 보려 애썼지만 내 머릿속은 캄캄하기만 하였다. 노래를 들으면 혹시 알아차릴 수도 있을 것 같아 나는 긴장 속에서 여가수의 입을 지켜보았다. 서서히 음악이 흘러나오기 시작하였다. 악단의 반주는 암울하였으며 느리고 장중하였다. 이제까지의 들떠 있던 무대 분위기는 일시에 사라지고 오직 무거운 빛깔의 음악만이 좌중을 사로잡았다.

그리고 탁 트인 음성의 노래가 여가수의 붉은 입술에서 흘러나오기 시작하였다. 저 산은 내게 오지 마라, 오지 마라 하고 발 아래 젖은 계곡 첩첩산중……. 가수의 깊고 그윽한 노랫소리가 홀의 구석구석으로 스며들면서 대신 악단의 반주는 점차 희미해져 갔다. 나는 자신도 모르게 한 걸음 앞으로 나가서 노래를 맞아들이고 있었다. 무언지 모를 아득한 느낌이 내 등허리를 훑어 내리고, 팔뚝으로 번개처럼 소름이 돋아났다. 나는 오싹 몸을 떨면서 또 한 걸음 앞으로 나갔다. 가수는 호흡을 한껏 조절하면서, 눈을 감은 채 노래를 이어 가고 있었다. 저 산은 내게 잊으라, 잊어버리라 하고 내 가슴을 쓸어내리네……. 가수의 목소리는 그윽하고도 깊었다. 거기까지 듣고 나서야 나는 비로소 저 노래를 예전부터 알고 있었다는 데 생각이 미쳤다. 분명 몇 번 들은 적이 있었다. 그랬음에도 전혀 처음 듣는 것처럼 나는 노래에 빠져 있었다. 아니, 노래가 나를 몰아대었다. 다른 생각을 할 틈도 없이 노래는 급류처럼 거세게 흘러 들이닥쳤다. 아, 그러나 한 줄기 바람처럼 살다 가고파. 이 산 저 산 눈물구름 몰고 다니는 떠도는 바람처럼……. 여가수의 목에 힘줄이 도드라지고 반주 또한 한껏 거세어졌다. 나는 훅, 숨을 들이마셨다. 어느 한순간 노래 속에서 큰오빠의 쓸쓸한 등이, 그의 지친 뒷모습이 내게로 다가왔다. 그 모습을 보지 않으려고 나는 눈을 감았다. 눈을 감으니까 속눈썹에 매달려 있던 한 방울이 눈물이 볼을 타고 흘러내렸다.

노래의 제목은 '한계령' 이었다. 그러나 내가 알고 있었던 '한계령' 과 지금 듣고 있는 '한계령' 사이에는 커다란 차이가 있었다.[39] 노래를 듣기 위해 이곳

39) 노래로서만의 한계령과 화자와 화자 주변 사람들의 삶이 투영된 한계령이 서로 다른 의미를 지니는 것은 당연할 것이다. 노래는 단지 노래로만 존재하는 것이 아니라, 자기 삶을 통해서 재해석함으로써 새로운 의미로 존재하게 되는 것이다.

에 왔다면 나는 정말 놀라운 노래를 듣고 있는 셈이었다. 무대 위에서 혼신의 힘을 다해 노래를 부르는 저 여가수가 미화 아닌 다른 사람일지라도 상관없는 일이었다.[40] 나는 온몸으로 노래를 들었고 여가수는 한순간도 나를 놓아 주지 않았다. 발 밑으로, 땅 밑으로, 저 깊은 지하의 어딘가로 불꽃을 튕기는 전류가 자꾸 쏟아져 내리는 것 같았다. 질퍽하게 취하여 흔들거리고 있는 테이블의 취객들을 나는 눈물 어린 시선으로 어루만졌다. 그들에게도 잊어버려야 할 시간들이, 한 줄기 바람처럼 살고 싶은 순간들이 있을 것이었다. 어디 큰오빠뿐이겠는가. 나는 다시 한번 목이 메었다. 그때, 나비넥타이의 사내가 내 앞을 가로막고 정중하게 고개를 숙였다.

"테이블로 안내해 드릴까요?"

웨이터의 말대로 나는 내가 앉아야 할 테이블이 어딘가를 생각했다. 그리고는 막막한 심정으로 뒤를 돌아다보았다. 뒤는, 내가 돌아본 그 뒤는 조명이 닿지 않는 컴컴한 공간일 뿐이었다. 아마도 거기에는 습기차고 얼룩진 벽이 있을 것이었다. 나는 웨이터에게 무언가를 말하려고 하였다. 하지만 아무런 말도 나오지 않았다. 저 산은 내게 내려가라, 내려가라 하네. 지친 내 어깨를 떠미네……. 더듬거리고 있는 내 앞으로 '한계령'의 마지막 가사가 밀물처럼 몰려오고 있었다.

집에 돌아와서야 나는 내가 만난 그 여가수가 미화라는 것을 확신하였다. 넘어지고 또 넘어지고, 많이도 넘어져 가며 그 애는 미나 박이 되었지 않은가. 울며 울며 산등성이를 타오르는 그 애, 잊어버리라고 달래는 봉우리, 지친 어깨를 떨구고 발 아래 첩첩산중을 내려다보는 그 막막함을 노래 부른 자가 미화였다는 것을 그제서야 깨달은 것이었다.

그날 밤, 나는 꿈속에서 노래를 만났다. 노래를 만나는 꿈을 꿀 수도 있다는 사실을 그 밤에 나는 처음 알았다. 노래 속에서 또한 나는 어두운 잿빛 하늘 아래의 황량한 산을 오르고 있는 한 무리의 사람들도 만났다. 그들은 모두 지쳐 있었고 제각기 무거운 짐꾸러미를 어깨에 메고 있었다. 짐꾸러미의 무게에 짓눌려 등은 휘어졌는데, 고갯마루는 가파르고 헤쳐야 할 잡목은 억세기만 하였다. 목을 축일 샘도 없고 다리를 쉴 수 있는 풀밭도 보이지 않는 거친

40) 특정한 사람의 삶의 상처가 아니라 소시민이 보편적으로 가질 수 있는 삶이 상처라는 의미를 포함하고 있다.

숲에서 그들은 오직 무거운 발자국만 앞으로 앞으로 옮길 뿐이었다.[41]

그들 속에 나의 형제도 있었다. 큰오빠는 앞장을 섰고 오빠들은 뒤를 따랐다. 산봉우리를 향하여 한 걸음씩 옮길 때마다 두고 온 길은 잡초에 뒤섞여 자취도 없이 스러져 버리곤 하였다. 그들을 기다려 주는 것은 잊어버리라는 산울림, 혹은 내려가라고 지친 어깨를 떠미는 한 줄기 바람일 것이었다. 또 있다면 그것은 잿빛 하늘과 황토의 한 뼘 땅이 전부일 것이었다. 그럼에도 등을 구부리고 짐꾸러미를 멘 인간들은, 큰오빠까지도 한사코 봉우리를 향하여 무거운 발길을 옮겨 놓고 있었다.

그리고 사흘이 지났다. 미화는 늦은 아침, 다시 쉰 목소리로 내게 나타났다.

"전라도말로 해서 너 참 싸가지 없더라. 진짜 안 와 버리대?"

고향의 표지판답게 그녀는 별수 없이 전라도말로 나의 무심함을 질타하였다. 일요일 밤에 새부천 클럽으로 찾아갔다는 말은 하지 않은 채 나는 그냥 웃어 버렸다. 물론 '한계령'을 부른 가수가 바로 너 아니었느냐는 물음도 하지 않았다.

"내가 지금 바쁜 몸만 아니면 당장 쫓아가서 한바탕 퍼부어 주겠지만 그럴 수도 없으니, 어쨌든 앞으로 서울 나올 일 있으면 우리 카페로 와. 신사동 로타리 바로 앞이니까 찾기도 쉬워. 일주일 후에 오픈할 거야. 이름도 정했어. 작가 선생 마음에 들는지 모르겠다. '좋은 나라'[42]라고 지었는데, 네가 못마땅해도 할 수 없어. 벌써 간판까지 달았는걸 뭐."

좋은 나라로 찾아와. 잊지 마라. 좋은 나라. 미화는 거듭 다짐하며 전화를 끊었다. 그녀가 카페 이름을 '좋은 나라'로 지은 것에 대해 나는 조금도 못마땅하지 않았다. 얼마나 좋은 이름인가. 다만 내가 그 좋은 나라를 찾아갈 수 있을는지, 아니 좋은 나라 속에 들어가 만날 수 있게 될는지 그것이 불확실할 뿐이었다.

41) 목표 없이 성장만을 최고 가치로 여겨 온 성장 제일주의에 대한 비판일 수도 있고, 더 나은 삶을 위해 옆도 돌아보지 않고 달려온 소시민의 애환을 감싸는 말일 수도 있다.

42) 중의법이다. 카페 이름이기도 하고, 상처 없이 살 수 있는 공간이기도 하다.

(『원미동 사람들』, 문학과지성사, 1987)

'나' 는 미화를 한번 만나줄 법도 한데, 끝까지 그녀를 만나지 않는다. 나이트클럽까지 찾아가 지만, 노래만 듣고 되돌아오기도 한다. '나' 라는 인물이 미화를 만나지 않는 것으로 설정한 것 에 어떤 의미가 있는가?

작가는 "미화는 내 추억의 가운데에 서 있는 표지판이었다"고 쓴다. 표지판은 언제나 그 자 리에 서 있어야 하는 것이지 다른 곳으로 옮겨 가서는 표지판의 구실을 하지 못하게 된다. 고향 은 사방팔방으로 도로가 확장되고 여러 건물들이 들어서서 어디가 어딘지 알 수 없는 곳이 되 어 버렸고, 그 시절 위대했던 큰오빠는 이토록 초라해져 버린 지금, 나와 나의 고향과 큰오빠의 과거를 원형대로 보존하고 있는 가상의 존재가 필요하다. 물론 그것은 허위의식이지만, 그러 한 허위의식 때문에 인생을 버틸 수 있다.

따라서 나에게 필요한 것은 어린 시절 가수의 꿈을 간직하고 있는, 그리고 그 시절 고향을, 그리고 큰오빠를 기억하고 있는 미화이지, 온갖 인생역정을 거쳐 소시민이 되어 버린 미화는 아닌 것이다. 그렇기 때문에 '내가 새부천 클럽에 가서 미화를 만나 버리고 나면 그때부터는 어 떤 표지판에 기대어 고향을 찾아갈 수 있을 것인지 정말 알 수' 없는 것이다.

고향을 찾기 위한 표지판으로 '미화' 를 설정한 이러한 작가의 의식에는 그 반대의 흐름도 존 재한다. 반대 흐름이라는 것은 고향을 찾고자 하지만 찾을 수 없다는 인간적인 숙명을 미화와 만나지 못함으로 드러낸다는 의미다. 끝내 성에 도달하지 못하는 카프카의 소설 『성』에 나오는 주인공 K처럼 회복하고자 하지만 회복할 수 없는 고향의 이미지를 드러내기 위해 미화와 만나 지 못하는 것으로 설정했을 수도 있다.

이 반대의 두 가지 의식 흐름은 서로 모순된 것은 아니다. 주인공은 미화를 만나지 않는다고 해서 유년 시절이 고스란히 보존되리라 생각하는 것도 아니고, 미화를 만난다고 해서 고향이 회복될 수 있는 것도 아니기 때문이다.

통합논술 Q & A

다음은 하덕규가 작사 · 작곡하고 양희은이 1985년에 부른 「한계령」의 가사다. 「한계령」이라 는 노래와 소설 주제의 연관성에 대해서 설명하라.

저 산은 내게 오지 마라 오지 마라 하고
발 아래 젖은 계곡 첩첩산중
저 산은 내게 잊으라 잊어 버리라 하고
내 가슴을 쓸어 버리네
아 그러나 한 줄기 바람처럼 살다 가고파
이 산 저 산 눈물 구름 몰고 다니는 떠도는 바람처럼
저 산은 내게 내려가라 내려가라 하네
지친 내 어깨를 떠미네

한국 사람들은 산을 오르는 것을 특히 좋아한다. 그것은 도시 근교에 이처럼 좋은 산들이 많다는 물리적 조건과 요즘 부쩍 증가한 건강에 대한 관심 때문이기도 하지만, 산 오르기가 인생과의 유비관계로 설명되는 독특한 의식체계를 우리 나라 사람들이 가지고 있기 때문이다. 그 때문에「한계령」이라는 노래도 자기 인생과의 유비관계 하에서 읽힌다. 이러한 유비관계는 근대 이후에야 형성되었는데, 자연을 인간과 분리된 것으로 인식하고 그것을 정복해 문명을 만들어 내는 것이 인간 주체라는 근대적 사고방식에 근거해 있기 때문이다. '등산'이라는 스포츠가 개발된 것이 근대 이후라는 점을 보면 이는 쉽게 알 수 있을 것이다.

사람들은 보통 "산에 왜 오르는가" 하는 질문에 "산이 거기에 있기 때문이다"라고 대답한다. 그 점에서 아무런 목적도 없이 앞만 바라보고 성장을 향해 달려간다는 점에서 근대적 삶과 등산은 닮아 있다. 가사에서 보듯이 "저 산은 내게 오지 마라 오지 마라" 해도 가지 않으면 안 되는 이유는 거기에 있다. 큰오빠의 삶도, 미화의 삶도 자기 꿈을 위해 인생을 산 것이 아니다. 그냥 앞만 보고 내달린 것이다. 큰오빠도, 미화도 그렇게 나아가기 위해 실은 자기 인생의 꿈을 버린 것이다. "이 산 저 산 눈물 구름 몰고 다니는 떠도는 바람처럼" "한 줄기 바람처럼 살다 가고"픈 꿈, 자유롭게 자기의 꿈을 위해 사는 인생을 접고 그와 그녀는 돈을 모으기에 진력했다. 이것은 한국 사회가 성장 신화에 빠져 있는 것과 겹친다. 처음에는 가난을 벗어나기 위해 경제 성장을 도모했지만, 지금은 성장 자체가 하나의 이데올로기가 되어 있다. 무엇을 위한 성장인지, 성장하면 우리가 행복한지를 묻는, 목적에 대한 질문은 빠져 있는 것이다.

그렇다고 해서 산 오르기의 과정을 모두 부정할 수는 없는데, 그것은 그들이 산 오르는 과정에서 얻은 상처들 때문이다. '발 아래 젖은 계곡 첩첩산중'은 그것을 나타내는데, 인생살이의 온갖 고난들은 누구나 가지고 있는 것이다. 한국 사회에서는 노동자, 농민 같은 기층 민중들이 근대화 과정에서 많은 희생을 했다. 어린 시절 큰오빠와 미화의 꿈이 산산조각이 났듯이, 돈을 벌기 위해 미화가 유산을 해야 했듯이 한국 사회가 성장하는 과정에서 숱한 역경이 있었다. 그 역경들을 '잊으라 잊어 버리라 하고' 저 산은 '내 가슴을 쓸어 버'리며 위로를 해 준다.

그들은 인생의 최 봉우리에, 그러니까 정점에 도달한 사람들이다. 이제 먹고살 만해지고, 아이들도 모두 대학에 보낸 세대다. 그들이 뒤돌아보는 것은 더 이상 올라갈 곳이 없기 때문이다. 산 정상에서는 누구든 아래를 내려다본다. 자기가 지나쳐 온 골짜기와 암벽들을 바라보는 것이다. 그때 미화는 어릴 적 친구에게 전화를 하고, 큰오빠는 추억과 술에 빠져든다. 어릴 적에 는 자유롭게 꿈을 펼치고자 했지만, 그것을 버려 두고 앞만 바라보고 달려온 인생의 정점에서 그들은 허무감에 빠지는 것이다. 무엇을 위해 나는 이렇게 달려왔던가 하고 말이다. 이제 그들 에게 남은 것은 산을 내려가는 것뿐이다. 산은 "지친 내 어깨를 떠" 밀며 내려가 쉬라고 말한다. 그들이 쉬는 것은 결국 죽음뿐이다.

산을 오르는 것은 인생의 과정을 짧은 순간에 겪는 것이다. 「한계령」이라는 노래도 마찬가 지고, 소설도 마찬가지다. 사람은 인생을 두 번 살 수 없지만, 이러한 가상의 과정을 통해 여러 번 삶을 살 수는 있다. 이러한 가상의 삶을 통해 내가 지금 어디에 있고, 어디로 가고 있는지를 재 보기도 하고, 지친 삶에 위로를 얻기도 한다.

몽달씨라는 별명을 가진, 약간 돈 원미동 시인. 그는 동네 사람들의 부시를 받아가며 김 반장 가게에서 일곱 살짜리와 노닥거리며 지낸다. 그러다가 하루는 밤에 깡패를 만나 물씬 두들겨 맞지만 김 반장은 오히려 그를 쫓아낸다. 이런 김 반장의 행동을 모두 엿본 일곱 살짜리 아이는 큰 소리로 동네 사람들을 부른다. 그러자 지물포점의 주씨가 모든 걸 헤결헤 준다.

은혜네는 이사 간 지 얼마 안 되어서 천장과 벽에 습기가 배어 물이 흐르고 작은방의 난방 파이프가 터져 버리는 바람에 정신이 없다. 그런 데다 이번에는 목욕탕 사건이 터지는 통에 연탄 가게와 지물포를 겸한 주씨에게 일을 맡긴다. 주씨가 이것저것 다 고친다지만 전문가가 아니라고 트집을 잡으며 공사비 바가지를 씌울까 봐 아내는 조바심을 낸다. 그러나 주씨는 18만 원이라는 견적보다 훨씬 적은 7만원을 받고 공사를 한다. 덤으로 옥상 공사까지 해 주며 오히려 미안해 한다. 일이 끝난 후 주씨와 술을 마시며 주씨 자신의 고생담을 듣게 된다.

행복 사진관을 하는 엄씨는 한강 인삼찻집을 하는 30대 여자와 바람이 났는데, 남편의 외도를 안 부인이 인삼찻집 여자와 대통 싸움을 하는 통에 바람피운 것이 들통난 엄씨는 동네 사람들에게 놀림을 받게 된다. 하지만 엄씨는 인삼찻집 여자에 대해 미안함과 동정심을 갖는다. 결국 인삼찻집 여자는 동네 사람들의 눈총에 못 이겨 힘들게 낸 찻집을 떠나고 그 자리에는 경자 친구가 하게 될 화장품 할인 코너가 들어선다.

경호네는 연탄 주문, 쌀 배달 등으로 알뜰히 살아 김포 슈퍼까지 내게 되자, 김 반장의 형제 슈퍼와 출혈 경쟁이 붙는 바람에 헐값에 물건을 살 수 있게 된 동네 사람들만 신바람이 난다. 그런 와중에 김포 슈퍼와 형제 슈퍼 사이에 싱싱 청과물점이 생겨 부식 일체와 완주 김까지 팔았다. 이것을 알게 된 경호네와 김 반장은 휴전을 맺고 힘을 합쳐 싱싱 청과물의 수입을 막아 버린다. 약이 오른 싱싱 청과물은 김 반장에게 대들어 싸움이 붙지만 김 반장에게 물씬 언어맞는다. 이 싸움으로 김 반장은 신임을 잃어 동네 사람들의 미움만 산다.

연립주택의 지하실 생활을 하는 우리 가족은 용변 보는 일에 눈치를 보느라 힘들어 한다. 주인집 화장실 사용이 쉽지 않아서 그 동안 남의 집 신세를 져 가며 그럭저럭 해결해 왔다. 그런데, 이집 저집에서 문단속을 하기 시작하는 바람에 더욱 난처해진 '나'는 주인집을 잔뜩 원망한다. 하지만 주인집 여자는 유부남을 끌어들여 사는 처지라서 문을 함부로 열 수 없다는 사실을 알게 되었다. 그래서 '나'는 그런 그녀를 오히려 동정하게 된다.

원미동 전경